外国文学

Foreign Literature

第四版 下册

陈应祥 傅希春 王慧才 刘洪涛 主编

高等教育出版社·北京

内容提要

本书分上下两册，上册介绍欧美文学中的上古、中古和近代文学；下册介绍欧美文学中的现当代文学及亚非文学。各章安排点面结合，详略适当，既便于读者全面了解外国文学史发展的脉络，又有利于读者深入把握重点作家和作品。

本书此次修订以 2009 年第三版为基础。除对欧美文学部分的文字进行了统一修饰，调整了一些章节的顺序、译名和提法，还增加了"艾略特"和"福克纳"这两节内容。此外，本书还通过二维码链接了部分作品的精彩片段。

本书为普通高等教育中文专业外国文学教学用书，对其他外国文学爱好者，也是适宜的入门读物。

图书在版编目（CIP）数据

外国文学．下册／陈应祥等主编．--4 版．--北京：高等教育出版社，2018.4（2023.8 重印）

ISBN 978-7-04-049394-8

Ⅰ．①外… Ⅱ．①陈… Ⅲ．①外国文学-文学史-高等学校-教材 Ⅳ．①I109

中国版本图书馆 CIP 数据核字（2018）第 020186 号

外国文学 第四版 下册

Waiguo Wenxue

策划编辑	刘新英	责任编辑	刘新英	封面设计	张 楠	版式设计	童 丹
责任校对	高 歌	责任印制	刘思涵				

出版发行	高等教育出版社	网　址	http://www.hep.edu.cn
社　址	北京市西城区德外大街 4 号		http://www.hep.com.cn
邮政编码	100120	网上订购	http://www.hepmall.com.cn
印　刷	高教社（天津）印务有限公司		http://www.hepmall.com
开　本	880mm×1230mm 1/32		http://www.hepmall.cn
印　张	13.625	版　次	1988 年 4 月第 1 版
字　数	390 千字		2018 年 4 月第 4 版
购书热线	010-58581118	印　次	2023 年 8 月第 6 次印刷
咨询电话	400-810-0598	定　价	27.80 元

目　录

第一编

欧美文学

（下）

第六章　现当代文学

第一节　概　　论

〔**学习提示**〕　学习本节应注意以下几点：一、把握这个时期的社会历史条件及其对文学的影响。二、弄清楚各个文学派别发展的概况及其相互关系。三、把握住高尔基等几位设专节讲授的作家的创作特点和成就。

20 世纪已经成为历史，回顾过去的百余年，我们可以看到人类社会翻天覆地的变化，这些巨变表现在一系列空前重大的事件中：两次世界大战、苏联和东欧社会主义国家的形成与解体、科学技术的迅猛发展、国际政治多元化以及经济全球化。

从 19 世纪末开始，欧洲各主要资本主义国家先后进入帝国主义阶段。资本主义社会固有的矛盾使它们自身陷入循环不断的危机之中。生产过剩、市场紧缩、工厂倒闭、工人失业，成了这种危机的必然结果。为了摆脱经济危机，它们竭力推行殖民主义与帝国主义政策，不断向外扩张，疯狂掠夺殖民地国家的资源与财富，同时又加紧压榨本国人民。对外扩张必然导致帝国主义与殖民地国家之间、帝国主义国家之间矛盾的不断尖锐化，而残酷压榨国内人民又必然加剧统治阶级与人民大众之间的矛盾。这些矛盾发展的结果便是战争。两次世界大战爆发之前的情形都是如此，大规模的经济危机造成种种矛盾加剧，各种矛盾的不可调和导致战争。1914 年爆发的第一次世界大

4

战以法、英、俄等国为一方的"协约国"和以德、奥等国为另一方的"同盟国"，在世界范围内进行了四年多的战争，大约一千万人失去生命，城市瘫痪，田园荒芜，经济崩溃，民不聊生。1939 年又开始了第二次世界大战，规模比第一次世界大战更大，六十多个国家和地区、近八成的世界人口卷入了这场浩劫，七千多万人死于非命，人类文明一度濒于毁灭。

两次世界大战促进了另一类重大历史事件的发生。第一次世界大战加速了俄国革命的进程。1917 年 11 月 7 日（俄历 10 月 25 日），在列宁与布尔什维克党的领导下，俄国工人阶级率先突破帝国主义阵线上的薄弱环节，取得革命胜利，建立了世界上第一个社会主义国家。伟大的十月革命以及社会主义新制度的确立为全世界无产阶级树立了光辉榜样，各国无产阶级纷纷起而效法，建立无产阶级政党，为争取社会主义革命的胜利而斗争。第二次世界大战后期德国法西斯进攻苏联，各国人民反法西斯的斗争风起云涌。在反法西斯战争胜利的凯歌声中，东欧和亚洲一批崭新的社会主义国家先后诞生，从而使世界进入了东西方两大阵营对峙和冷战的新阶段。

然而遗憾的是，到 20 世纪后半叶，苏联和东欧社会主义阵营却发生了戏剧性的变化。由于斯大林的政策失误和"大清洗"的错误带来的社会政治动荡，国民经济的衰退乃至停滞，加上戈尔巴乔夫和叶利钦改革的过激行为等众多复杂因素，最终导致 20 世纪 80 年代后期直至 90 年代初东欧的剧变和苏联的解体。

20 世纪科学技术迅猛发展，其最重大的成果乃是信息革命和互联网的出现以及在生命科学、人工智能和太空开发等方面日新月异的进步。然而对于人类文明而言，高科技无疑是一把双刃剑。它一方面极大地促进了社会生产力的发展，极大地促进了物质文明的进步，但另一方面也将人类自身置于更大的威胁之下，使人类文明进入一种随时有被自己的创造摧毁的尴尬境遇中。

东欧剧变和苏联解体（加上中国和东方世界的崛起）极大地改变了 20 世纪末的世界政治经济版图。正是在过去的三四十年间，世界在全球化的大背景中呈现出多元化、复杂化的风貌。

　　20 世纪科学技术的迅猛发展以及社会政治经济形势的这些重大变化，促使思想家、哲学家乃至方方面面的有识之士对人类自身的现状和未来作出了痛苦、深刻的思考，由此产生了纷繁复杂、林林总总的哲学社会学说和思潮，而在这样一个政治、经济、文化背景中的文学也自然呈现出不同往昔的、多样复杂的风景。

　　20 世纪的西方文学可以粗略地分作现当代两段。现代从 20 世纪初到第二次世界大战之后的 50 年代；当代则从 20 世纪五六十年代至今。

　　从总体上看，西方现当代文学一直有两条线贯穿始终，一条线是较多地反叛传统，提倡实验和创新的文学，也就是我们通常所说的现代主义和后现代主义文学，一般地说，现代主义大致与现代同步，而后现代主义文学则主要发生在当代。另一条线是现代主义与后现代主义之外的文学，这类文学对于近代各家各派特别是从浪漫主义到现实主义的文学均有较大继承，同时又从现代主义与后现代主义文学吸收有益的养分，形成一种新的现实主义文学样式，我们或可从权宜的角度将其归纳为"广义的现实主义"。

　　现代主义文学在反映现代欧美的社会现实时采用了完全不同于传统文学的角度与形式。在反映角度上，现代主义文学着重表现现代西方世界中人与自然、人与人、人与自我关系的全面颠倒与扭曲；在反映形式上则标新立异，甚至荒唐怪诞。

　　在人与社会的关系上，现代主义文学把人与社会完全对立起来，表现出对社会一切现存秩序进行攻击的倾向。理想的社会本应给它的每一个成员带来幸福，然而现代西方社会由于其不可克服的矛盾却使社会与社会成员之间形成完全敌对和颠倒的关系，它给人带来的是灾难和屈辱。随着社会矛盾的发展，其价值观念也越来越暴露出虚伪性。典型的现代主义文学以局外人、流亡者或被社会抛弃的种种下层分子的身份对这样一个虚假的社会进行全面的攻击。由于现代主义作家本身的局限，加上大量使用隐喻和象征，他们对社会的攻击往往带有一定的抽象性，但在客观上他们的矛头无疑是指向自己安身立命的那个社会和整个西方文明的。

在人与自然的关系上，现代主义文学同样表现出对自然全盘否定的态度。在浪漫主义作家笔下，人与自然的关系是和谐的，大自然是美好的、动人的，而在现代主义作家笔下，大自然是邪恶的、丑陋的。在他们看来，大自然只是人表达主观愿望的一些"客观关联物"。此外，物质世界的膨胀造成了人与物关系的全面颠倒，导致了人为物役的异化现象。在现代主义作品中，我们常常可以看到人被机器人、计算机取代，人的空间被物完全挤占的异化景象。这种自然、物与人的尖锐对立形成了人对自然与物质世界的仇视。

在人与人的关系上，现代主义文学揭示了一幅同样全面异化的图景。西方社会固有的矛盾造成了人与人关系的冷漠、疏远，不要说一般人之间，就是亲属之间，家庭成员之间也往往视若路人。现代主义的许多作品十分真切地反映了人与人之间无法沟通、无法信任的主题。

在人与自我的关系上，现代主义文学竭力表现人对自我的探索与思考。自我是什么？自我是稳定的，还是可变的？人死后，自我变成了什么？人有多少个自我？这个自我与那个自我间有什么关系？在现代社会中，人成了非人、成了物，完全丧失了自我。这种人自身的异化也是现代主义文学经常表现的主题。

为表现上述四种关系，现代主义文学采用了独特的手法，概括起来有三点：一是注重表现瞬间的、复杂多变的情绪和印象，挖掘深层的、潜在的意识世界；二是用表现法代替再现法，具体地说，就是多使用象征和隐喻，采用打破时空正常秩序的跳荡式自由联想，摒弃传统的描写、模拟、叙述等笔法；三是采用怪诞、荒唐、梦幻、反理性、反逻辑的结构形式。

20世纪上半期的现代主义文学发端于19世纪中后期产生于法国的象征主义运动，随后从欧陆腹地向外扩散，对整个欧洲、北美乃至东方各国发生影响，形成世界范围内的文学潮流或运动，到第二次世界大战后逐渐被新兴的后现代主义文学取代。现代主义文学可以归纳为后期象征主义、表现主义、未来主义、超现实主义、意识流文学等五大流派以及"广义的现代主义"。

象征主义是由法国诗人莫雷亚斯首先提出的。1886 年 9 月 18 日莫雷亚斯在《费加罗报》上发表了一份象征主义宣言。在这篇宣言中，他明确提出，象征主义艺术的宗旨是赋予思想一种敏感的形式，它既反对浪漫主义，也反对自然主义。象征主义认为，真正的诗歌应该剔除那些说教的、客观摹写的成分，也要排除那些滥用情感的、虚假的成分。它应该通过原始的、新奇的、神秘的象征来表达某种观念的东西。它要求大胆的、打破常规的创造，而不是因袭陈旧的传统。波德莱尔、马拉美、魏尔兰和兰波是象征主义代表，他们强调诗歌创作中的直觉、幻觉、通感、象征、暗示性、音乐性等，创作了《恶之花》《牧神的午后》《幻美集》等一批惊世骇俗的经典作品。

表现主义是 20 世纪初产生于德国的一个艺术流派，它首先发生在绘画中，随后才蔓延到文学、音乐等其他领域。表现主义绘画是对追求外在光和色彩美的印象主义绘画的反动，是后期印象主义的进一步发展，它强调内心世界与主观感情的表现。文学中的表现主义反对现实主义和自然主义的创作思想，强调表现人的主观感受和复杂多变的精神状态，揭示人的灵魂。表现主义反对忠实于事物的表象，主张挖掘事物内在的本质，从而展示抽象的、永恒的真理。从方法上看，表现主义者竭力寻求使人的主观情绪外化的独特方式。譬如，表现主义戏剧就强调潜在情绪的戏剧化或者说内在精神的舞台化，调动一切戏剧和舞台手段（如旁白、对白、衬白、道具、服装、灯光、假面具、场景、效果等）来创造特殊的情绪和气氛，表现人物的心灵、直觉和下意识。此外，表现主义者还特别强调运用象征（象征化的场景、人物、情节、舞台手段等）来表现人物的内心世界。表现主义的代表人物有瑞典的戏剧家斯特林堡、德国戏剧家凯泽、魏德金德和托勒尔。此外，卡夫卡等人的一些作品也是属于表现主义的。

未来主义要求彻底反叛过去、反叛历史，面向未来。它在"宣言"中宣布历史已经消亡，主张彻底反叛传统、反叛理性。它宣称，离经叛道正是艺术的本质特征，要求全部摧毁那些代表过去、传统和历史的博物馆、图书馆、科学院。它的"宣言"公然号召"切除"意大利身上"由教授、考古学家、导游者和古董商组成的臭气熏天的痛疽"，呼吁人们憎恨图书馆和博物馆，"憎恨理智"；它歌颂"冒险的激情"和"横冲直撞的行动"，歌颂"敢作敢为、无所畏惧"的行动，歌颂直觉、非理性和无政府的行为，歌颂战争和军国主义。①未来主义赞美运动、速度、力和斗争，反对静止、沉思、怀旧和循规蹈矩。歌颂机器和技术，认为正是机器和技术代表了新的时代。未来主义要求文学形式彻底抛弃一切传统的观念和法则，要求消灭句法、取消形容词、取消副词、取消标点符号，要求不分等级，完全凭直觉来使用形象，从而形成一种全新的句式。未来主义的代表作家有意大利的马里内蒂、帕拉采斯基和俄国的马雅可夫斯基等。

超现实主义是产生于两次世界大战之间的一个文学艺术流派。它首先发生于法国，然后传播到欧美各地。倘若我们将 1919 年法国诗人布勒东和苏波合作出版《磁场》作为其开端，而将 1969 年舒斯特在《世界报》撰文宣布超现实主义结束看作其终结的话，超现实主义就存在了近半个世纪。

从理论上讲，超现实主义与达达主义有着某种特殊的关系，在某种意义上，达达主义是超现实主义的前身，超现实主义是达达主义的演变与发展。

达达主义是发生于 20 世纪一二十年代的一种国际性文艺思潮。第一次世界大战的残酷与灾难彻底击碎了人们对理性和理想的信念，一批先锋派知识分子开始对现代文明产生了深刻的怀疑，他们要求打破一切形式的等级和差别，彻底抛弃传统，否定历史，获得一种绝对的精神自由。在文学艺术上，他们则主张摒弃传统形式，消灭句法，倡导创新和实验，崇尚"拼贴"和"自发"的艺术。他们那种彻底革命的精神、叛逆的心态、绝对自由的行为方式，追求自主性、相对性、创新性和实验性的思维模式对后来的超现实主义等各种先锋派都产生了不同程度的影响。

"超现实主义"这一概念由法国诗人阿波利奈尔首先使用，随

---

① 参见袁可嘉等编：《现代主义文学研究》，中国社会科学出版社，1989 年。

后，由曾经参加过达达运动的法国诗人布勒东在其"超现实主义宣言"中加以发挥，形成了超现实主义的基本理论。按照布勒东的解释，超现实主义包含两方面的含义：首先，它是一种自动的、自主的心理形式，旨在把文学艺术从其传统的理性模式中解放出来；其次，它是一种新的哲学信仰，认为通过语言和形象的自由联想，可以打破梦的疆界，从而获得某种"超"现实。

　　超现实主义的理论可以概括为以下几点：第一，从弗洛伊德的理论出发，文学艺术不能停留在对一般现实表面的反映上，而要深入人性的底层去发现更深刻、更复杂的现实，这个底层就是梦和无意识。文学艺术必须开掘梦与无意识，发现人的灵魂与世界的内在奥秘，从而真正把握现实。第二，文学艺术必须摆脱传统哲学的束缚，即从理性、逻辑、美学、道德等传统价值观念的制约中解放出来，使创作中主体与客体、意识与无意识获得一种相互交融、相互映照的新关系，使人与世界的同一性本质（类似于我们所说的天人合一的境界）清晰、直接地呈现在人的眼前。第三，在审美中，艺术品必须具有惊奇性、神奇性，才能获得动人心魄的艺术魅力。而要获得这种惊奇性或神奇性，必须将距离最远、最不相关的意象组合在一起，只有这样，才能产生最大的美感，因此，超现实主义艺术中充满了神奇甚至怪诞的意象或意象组合。第四，超现实主义充分认识到人要求发挥无限可能性与由于自身和现实局限导致这种可能性难以发挥之间的矛盾，因此，要求艺术家一方面要对自身及周围现实有客观清醒的认识，另一方面又要以毫不妥协的态度寻求充分表现现实的可能途径。

　　在这些理论指导下，超现实主义提出了一些独特的创作方法，其中最著名的便是所谓的"自动写作法"。这种方法以弗洛伊德的无意识理论为根据，要求诗人和作家排除一切理性、道德和美学的思考，使自己完全处于一种被动的接受状态，以尽快的速度"听写"出现在脑中的话语。"自动写作法"显然是一种非理性、非逻辑的方法。超现实主义的第二种创作方法是"梦幻记录"，它要求艺术家在梦幻状态下写诗作画，因为在梦幻状态下，人的精神不受自觉意识的"监察"，处于绝对自由、天马行空的境界中，艺术家只要对这一状态作忠实的记录，便可以产生出充分展示人的本质和精神的艺术作品。超现实主义的第三种创作方法是语言游戏。这种方法主张将各种毫无关联的话语随意拼凑成篇，例如"绝妙的僵尸将喝新酒"，"插翅的蒸汽诱惑着被锁起来的鸟"之类。尽管这种语言游戏随意性、偶然性太大，但也偶尔能产生一些颇有诗意或值得玩味的好句子。超现实主义的第四种创作方法是"黑色幽默"。这种方法要求艺术家对现实保持一种超然的、冷静的、绝望的幽默心态，以此来对抗现实的丑恶，表现现实的荒诞。超现实主义的代表性作家有法国的布勒东、阿拉贡、阿波利奈尔等人。

意识流文学产生在 20 世纪 20 年代，它在理论和实践两方面对西方现当代文学产生了深远的影响。意识流文学从弗洛伊德的无意识理论、威廉·詹姆斯的关于意识是一条斩不断的"流"的观点和亨利·柏格森关于心理时间绵延的理论出发，要求作家摒弃对人物、环境、客观现实作忠实描摹的传统，深入开掘人物的内心世界，特别是潜意识；反对作家像一个无所不在的、全知全能的神一样对作品不断地说明、解释、评论，要求作家退出作品，从而将人物的内心世界打开，将人物的意识不折不扣、原原本本地呈现在读者面前。意识流文学以小说为主，它采用的方法通常有：第一，以内心独白为主干，以自由联想贯穿人物的意识；第二，大量使用象征；第三，多借用电影和音乐手法，如电影中的蒙太奇、特写、慢镜头、化出、化入、穿插、闪回等，音乐中的奏鸣、协奏、交响、赋格等；第四，在语言标点的使用上创新，常用典故、双关语、俚俗语、外来语、新词新字，常玩语言游戏。著名的意识流小说家有法国的普鲁斯特、爱尔兰的乔伊斯、英国的弗吉尼亚·沃尔芙等，此外，美国作家福克纳笔下的一些作品也是典型的意识流小说。至于采用意识流手法写作的作家那就更多了。

后现代主义是第二次世界大战后西方出现的一种文艺思潮，从 20 世纪 50 年代末一直持续到八九十年代。它首先从建筑的领域发生，随即进入文学和艺术的其他范畴并与时推移，不断扩展到社会和文化的广大空间中。它是西方后工业化社会的产物，对现代主义既有继承，又有反动。

后现代主义文学是一个内涵不确定、概念不分明的运动，从总体上说，它包含了众多不同的流派，诸如荒诞派戏剧、新小说、"黑色幽默"、魔幻现实主义等。

荒诞派产生于 20 世纪 50 年代，其成就主要表现在戏剧领域。荒诞派戏剧接受存在主义哲学的影响，继承表现主义和超现实主义戏剧的传统，力图以荒诞的人物、情节、对话、舞台设计，表现世界的荒诞、无意义。其代表性人物是爱尔兰的贝克特，法国的尤奈斯库、热奈，英国的品特，美国的奥尔比等。新小说派也是 50 年代产生的一个文学流派，新小说家们认为，小说的任务不是编织故事，塑造人物，表达作者的思想感情、政治立场、道德观念，一句话，不是反映现实，而是要运用非人格化的、不带任何感情色彩的语言来描述客观事物，来表现一个物化的、异化的世界。因此，这样的小说是一种没有故事情节、没有典型人物，甚至取消了标点符号的作品。新小说家的代表是法国的罗伯-格里耶、纳塔丽·萨洛特、米歇尔·布托尔和克洛德·西蒙等。"黑色幽默"是 20 世纪六七十年代出现在美国的一种后现代主义文学流派，其要旨是以绝望的幽默嘲讽社会，戏弄人生，进而进行苦涩的自嘲；将幽默加以放大、变形，使之显得荒诞古怪；以冷漠超然的态度将人生的悲剧喜剧化。"黑色幽默"的主要作家有托马斯·品钦、约翰·巴思、约瑟夫·海勒、库尔特·冯尼格等。魔幻现实主义是 20 世纪六七十年代产生在拉丁美洲的一个文学流派。它在一定程度上继承现实主义，同时又反叛现实主义。其要点是，广泛运用时空顺序颠倒、多角度叙述、多人称独白、自由联想、象征隐喻、荒诞情节等手法，将拉丁美洲梦幻般的历史与神奇的现实巧妙地融为一体，制造出奇幻的氛围与效果，给人以立足现实但又超越现实的感受。这一流派的代表作家有哥伦比亚的马尔克斯、阿根廷的博尔赫斯、墨西哥的鲁尔福等。此外，还有一大批作家处于这些流派之外，可以被看作广义的后现代主义作家。后现代主义文学在小说、戏剧和诗歌等各个方面均取得了令世人瞩目的成就，产生了广泛而深远的影响。

为了讲述的便利，我们将从地域的视角，将其分为"欧陆"、

"美洲"和"俄罗斯东欧"三块来加以讲述。

一、欧陆诸国文学

除东欧之外的欧陆，20 世纪之初的文学主流仍然是现实主义。这一时期文学上成就斐然的大家莫不继承法、俄、英、德等国现实主义大家的余绪。他们的文学成就在今天看来依然是现实主义文学长河中不可多得的辉煌篇章。这一类作家的代表有英国的哈代、萧伯纳、高尔斯华绥、威尔斯，法国的罗曼·罗兰等人。

托马斯·哈代（1840—1928）在晚年创作了大量诗歌，在去世前的近 30 年中，总共创作了近千篇短诗和两部诗剧。哈代在诗歌创作中倾注了全部的心力和热情，他的诗作很快就受到文学界的关注和赞誉。《威塞克斯诗集》（1898）、《今昔之歌》（1901）、《时间的笑柄》（1909）、《环境的讽喻》（1914）、《幻觉的瞬间》（1917）等现在都被看作 20 世纪初西方诗歌的精品。史诗剧《列王》（1904—1908）是作者殚精竭虑打造的扛鼎之作，这部作品规模宏大、主题突出，全剧 3 部 19 幕 130 场，以拿破仑战争为中心线索，囊括了数百个人物，写出了一幅"战争与和平"的广阔图景，可以见出托尔斯泰的影响，也可以在一定程度上与托翁的大作媲美。

萧伯纳（1856—1950）的剧作具有鲜明的批判精神，虽然在第一次世界大战前后他流露了明显的妥协情绪，但对垄断资本主义的揭露和批判仍旧十分尖锐有力。《巴巴拉少校》（1905）无情地撕下了英国资产阶级假民主的面具，揭示了垄断资本家为聚敛财富无所不用其极的罪恶本质；《苹果车》（1929）进一步暴露了资产阶级议会民主的虚伪和工党政府的软弱。

高尔斯华绥（1867—1933）是 20 世纪早期英国重要小说家，1932 年获得诺贝尔文学奖。他的创作以第一次世界大战为界，可以大致分为两段。第一次世界大战前以长篇小说《有产业的人》（1906）和剧本《斗争》（1909）为代表，作品充满对资产阶级的批判和对劳苦大众的同情。战后以《骑虎》（1920）、《出租》（1921）和《现代喜剧》三部曲（《白猿》，1924，《银匙》，1926，《天鹅之歌》，1928）为代表，作品中表现出日趋明显的保守趋势，对资产阶级批判的锋芒日趋减弱。高尔斯华绥的主要成就是以《福尔赛世家》命名的三部曲（包括《有产业的人》《骑虎》和《出租》）。这部作品以 19 世纪末与 20 世纪初的英国社会为背景，以福尔赛家族第四代与第五代人错综复杂的关系为线索，展开了一幅资本主义社会生活的广阔画图，反映了资产阶级兴盛和衰落的历史过程，揭露了资本主义私有制的罪恶和资产阶级精神上的堕落，是 20 世纪初现实主义的一部杰作。

赫伯特·乔治·威尔斯（1866—1946）以写科幻小说闻名于世，与法国作家凡尔纳一起被后人并列为科幻小说的创始人。《时间机器》（1895）是他最早获得声誉的作品之一，小说讽刺剥削阶级的不劳而食，影射资本主义社会贫富悬殊的现实。随后的《莫洛医生的岛屿》（1896）、《隐身人》（1897）和《星际战争》（1898）强调科技的发展必须受理性约束，否则非但不能造福人类，反而会给社会带来灾难性的后果。进入 20 世纪之后，威尔斯继续原先的创作思路，写出了《最先登上月球的人》（1901）和《获得自由的世界》（1914），这两部作品预言人类登月和发展原子武器的可能性。威尔斯的科幻作品充满奇特的想象和丰富的寓意，具有一定的乌托邦色彩。这一时期他还创作了一些更多关注现实生活与社会问题的作品。《吉普斯》（1905）、《托诺–邦盖》（1909）和《波里先生传》用漫画式的形象和幽默的笔触抨击不合理的社会制度，寄托社会改革的理想。

罗曼·罗兰（1866—1944）在其巨著《约翰·克利斯朵夫》（1904—1912）中揭露了资本主义社会的政治腐败及其文化的腐朽没落，而在《母与子》（也译《欣悦的灵魂》，1922—1933）中反映了法西斯势力的猖獗和人民群众的反法西斯斗争，表现了对自由、民主、光明、正义的热烈追求。

从 20 世纪二三十年代至第二次世界大战后，现代主义成为西方文学的主流，在这一主流之外的作家无不受到它的影响。但就受影响的程度而言，又可分为较大和较小的两类。受其影响较小的有英国的福斯特、毛姆、格林，法国的杜伽尔、莫里亚克，德国的亨里希·曼等人；受其影响较大的有英国的康拉德、劳伦斯，法国的纪德，德国的托马斯·曼、布莱希特，意大利的皮蓝德娄等。

福斯特（1879—1970）基本上是继承奥斯丁、萨克雷、梅瑞狄斯等人以描写风俗人情见长的现实主义传统的作家，他一生共写了7部小说：《天使不敢涉足的地方》（1905）、《最长的旅行》（1907）、《一间带景观的屋子》（1908）、《霍华德别业》（1910）、《印度之行》（1924）、《莫里斯》（1971）、《北极之夏》（未完成，2003 出片段）。此外他还写了短篇小说、戏剧、电影剧本、评论等，其中最为人称道、影响最大的是小说《印度之行》和批评文集《小说面面观》（1927）。《印度之行》以殖民时期的印度为背景，通过三个主要人物游历一个山洞的经历，探讨人与人之间的友谊、民族、阶级、宗主国与殖民地乃至东西方之间的关系，谴责殖民统治的不公正和不人道，指出只有彻底结束殖民统治，不同民族才能实现真正的理解与信任，人与人之间才能建立真正的友谊。作者较多地采用了象征主义技巧，赋予现实中的人或事一定的神秘色彩，如《霍华德别业》中的榆树和威尔考克斯夫人、《印度之行》中的摩尔夫人等都具有一定的象征和神秘意味。《小说面面观》是一部关于小说理论的重要著作。作者通过对不同作品的分析论述了小说中故事、情节、结构、人物、作者的观察角度等各种因素，提出小说大于现实又小于现实及"扁平人物"（flat character）和"圆整人物"（round character）的著名论点，对后来的小说理论有深远影响。

毛姆（1874—1965）从小接受法国文化的熏陶，父母双亡后，被送回英国由叔父收养，读中学，后在伦敦皇家医学院学医，曾到世界各地旅游，熟悉不同地区和不同民族的生活。他将异国他乡的见闻艺术地再现在他的艺术创造中，其一生创作了大量的长篇和短篇小说以及剧本。主要的长篇小说有《兰贝思的丽莎》（1897）、《人性的枷锁》（1915）、《月亮和六便士》（1919）、《刀锋》（1944）。他的作品大多有一定的纪实性。《兰贝思的丽莎》是他作为医学院学生在兰贝思贫民区实习时，根据见闻构思的，小说描写一个贫苦少女被一个中年男子引诱怀孕，最终惨死的悲剧，属于乔治·吉辛那类以写下层社会生活为特征的作品行列。《人性的枷锁》具有半自传性，作品以作者本人幼年失怙的孤苦经历为依据，写人生道路上的种种曲折与纠葛，表现主人公对传统价值的反叛，揭露宗教教条、僵化的教育制度和陈腐的社会观念对人性的束缚。《月亮与六便士》以法国后印象主义画家高更为原型，写一位画家在塔希提岛上与土著居民一起生活的故事，表达对资本主义物质文明的憎恶，对自然和淳朴人生的向往。《刀锋》以第一人称的口吻，叙述第二次世界大战劫后余生的一个美国青年对人生意义的探索，反映战后一代西方青年的迷惘心理，表达对精神生活的肯定。这部小说中神秘的东方色彩和颇类似后来的垮掉派的形象都具有较多的现代意味。

格雷厄姆·格林（1904—1991）是一位多产的英国作家，作品涉及小说、戏剧、电影剧本、游记、文学批评等多个领域。他的创作从 20 世纪 20 年代末一直延续到 80 年代初。他的小说可以大致分为两类。一类是他自己所谓的"消遣作品"，即那些情节紧张、充满悬念的间谍小说，例如《斯坦布尔的列车》（1932）、《一支出卖的枪》、《密使》（1939）、《第三个人》（1950）等。这类作品在不同的背景上反映了尖锐的国际政治斗争，在一定程度上暴露了资本主义世界的黑暗和丑恶。另一类是他所谓的"真正的小说"，即严肃作品，例如《英国人造就了我》（1935）、《权力和荣耀》（1940）、《问题的核心》（1948）、《沉静的美国人》（1955）等。在这类作品中，作者着力挖掘人物的内心世界，刻画人心中善与恶、灵与肉的冲突，表现人格的分裂。格林十分重视细节描写和气氛渲染，还常常插入巧妙、自然的议论，也时而采用一些电影的手法，如镜头的快速转换等，因而作品显得有声有色，富于感染力。

马丁·杜伽尔（1881—1958）是 20 世纪前期法国现实主义的代表作家之一，1937 年获得诺贝尔文学奖。他的代表作是《谛博父子》（1922—1940）。小说通过谛博一家父子、兄弟之间的矛盾和纠葛以及他们与另一个家庭中兄妹俩的种种关系再现了第一次世界大战前后包括法国在内的资本主义世界政治、经济和精神生活的方方面面。谛博与封塔南两个家庭的衰败象征了大战前夕资本主义内部矛盾的激化与危机的加深。主人公雅克在各种矛盾与冲突中进一步认识了社会的种种罪恶，坚定了反战的信念，他的经历与思想是新一代的经历与思想的缩影。这一代人从人道主义出发反战，尽管没有取得有意义的结果，但他们并不绝望，仍然寄希望于未来。

杜伽尔深受托尔斯泰、司汤达、左拉、果戈理等现实主义和自然主义大师的影响，十分重视作品的内容与细节的真实。他认为只要作品内容充实生动，即便形式平常，也能写出具有感染力的作品。他的语言简洁明快，人物形象刻画细腻深刻。

莫里亚克（1885—1970）是与杜伽尔齐名的法国现实主义作家，1952 年诺贝尔文学奖获得者。他出生于一个虔诚的天主教家庭，从小受天主教教会学校教育，在浓重的宗教气氛中长大成人，他的创作不可避免地带有鲜明的宗教色彩，因此他往往被归为天主教作家之列。

莫里亚克说过，他力图让人们感知天主教世界的罪恶，神学家只是从抽象的意义上描述罪人，他却要赋予他们血与肉。他的基本主题是从宗教立场出发，表现人的堕落与罪恶，说明人间失去了爱，已经变成了一片"爱的荒漠"，到处弥漫着自私、虚伪、庸俗和丑陋，只有按照上帝的教导真心地去爱、同情、宽恕，才能洗涤罪恶、拯救堕落的灵魂。他的另外几部重要作品《和麻风病人亲吻》（1922）、《黛蕾丝·德斯盖鲁》（1927）和《蝮蛇结》（1932）都在客观上暴露了资产阶级的虚伪、贪婪、卑鄙和丑恶。

亨利希·曼（1871—1950）是 20 世纪前期德国现实主义文学的代表。他的主要作品有《臣仆》（1914）和《亨利四世》（1935—1938）。前者通过对帝国臣仆的典型——赫斯林发迹的描写，塑造了一个对上阿谀奉承、奴性十足，对下阴险歹毒、无恶不作的保皇党人形象，揭露了德皇威廉二世黑暗、腐朽的统治，同时也说明了自由党在支持工人运动方面的软弱无能以及工人阶级中一部分人的蜕化。后者以 16 世纪法国的宗教战争为素材，塑造了一个代表人民和民族利益，同一切反动、保守势力坚决斗争的英明领袖形象。作者借古讽今，把历史上的贤明君主与法西斯的所谓"领袖"希特勒作了鲜明对比，既表明了作者的政治理想，也具有相当的批判力量，对当时人民的反法西斯斗争是一个有力的鼓舞。

一批在现实主义传统中较多结合现代主义观念与技巧的作家取得的成就似乎更大，产生的影响也似乎更广泛、更深远。这批作家有英国的康拉德、劳伦斯，法国的纪德，德国的托马斯·曼、布莱希特，意大利的皮蓝德娄等。

康拉德（1857—1924）是出生在波兰的英国著名作家。他的创作包括长篇小说、中短篇作品、回忆录和散文等。早年在海上当水手的经历为他的创作提供了丰富的素材。他的作品深刻剖析人心中深层的心理，揭示人性中邪恶、卑劣的部分，具有震撼人心的力量。代表作有《黑暗的心》（1989）、《吉姆爷》（1900）、《诺斯特罗莫》（1904）、《特务》（1907）、《在西方的注视下》（1911）等。

康拉德虽然深受巴尔扎克、福楼拜、莫泊桑、屠格涅夫等现实主义作家的影响，而且其作品中也不乏浪漫主义的情愫，但他的创作却在两方面与传统现实主义方法不同：一是他不像传统作家那样强调故事本身，而是强调讲故事的人。故事的讲述者既是站在故事之外冷静的观察者、讲述者，又是故事中的主角。随着故事的演进，他也逐层展示自己的内心世界，这样，讲述者的心理就与故事主人公的心理扭结在一起，形成一种独特而复杂的心理结构。《黑暗的心》《吉姆爷》和《青春》（1902）中的马娄就是这样一个身兼二任的角色。二是作者多采用象征主义的手法，例如《水仙号上的黑鬼》（1897）中的船、航行、风暴、海都是与人对立的神秘、邪恶力量的象征。

康拉德具有现代意味的文体风格与创作技巧对格林、劳伦斯、海明威、菲茨杰拉德、巴罗斯、海勒、卡尔维诺、奈保尔等后来的大作家产生了重要影响。

劳伦斯（1885—1930）虽然也继承了19世纪现实主义的传统，却放弃了以传统手法分析人物动机的常规，而侧重对人物潜意识中被压抑的欲望和动机的分析，还较多地采用了象征和富有宗教意味的意象。劳伦斯憎恶大工业生产的现代文明，认为正是"现代文明"压抑、扭曲了正常的人性，因此，他倡导人与自然、人与人，特别是两

18

性关系的自然发展，崇拜人自身勃勃的生机与活力。他的作品中贯穿着对性能力的强调和对性爱的复杂心理的开掘。《儿子与情人》（1913）、《虹》（1915）、《恋爱中的女人》（1920）和《查泰莱夫人的情人》（1928）等重要作品都以描写两性问题为主要线索，揭示反自然、反人性的工业文明对正常人性的压制与摧残，但是作者对性的过分渲染也有消极作用。

纪德（1869—1951）是 20 世纪前半期杰出的法国作家，1947 年诺贝尔文学奖获得者。他的代表作有《背德者》（1902）、《窄门》（1909）、《田园交响曲》（1919）、《伪币制造者》（1925）等。纪德的创新表现在对作品结构的创造上。譬如，《伪币制造者》就是一部结构独特的典型作品。小说没有连贯的情节，主人公爱德华是一位作家，正在写一部题为"伪币制造者"的小说，他对社会人事进行了多年的细致观察，对许多现象和事件进行了深入的思考，然后用一些日记与笔记的形式将事件、人物以及自己的感悟连缀起来，这样就形成了一种小说套小说的结构。作品中那些松散的片断，仿佛是围绕着站在中心的主人公的一面面旋转着的镜子，从不同侧面折射出社会现实，揭露了形形色色的虚伪与黑暗。此外，在他的创作中也可以看到象征主义色彩。

托马斯·曼（1876—1955）无疑是 20 世纪前半期最伟大的西方作家之一，他的创作一方面继承了传统，另一方面也蕴涵了诸多现代主义因素。《布登勃洛克一家》（1901）和《魔山》（1924）堪称世界文学中的经典之作。前者以一个家族四代人的生活和关系为主线，描写 19 世纪中期到垄断资本主义时期德国"市民"社会的历史，揭示资本主义必然衰败的命运，说明经商与艺术水火不容的本质。全书的基调是现实主义的，却采用了嘲讽的散文笔法和象征的技巧，在小说结构中引入了瓦格纳提出的"主导动机"的音乐元素以及叔本华关于"死亡"的哲学观念。后者将一个疗养院中的现实场景和"教育小说"的故事线索置于一个深层的象征结构中，通过不同人物之间的纠葛和思想交锋，讨论了人文主义、极权主义、酒神精神，涉及生、死、爱、责任、时间等道德和哲学命题，折射了第一次世界大战前的时代危机，可以清楚地看出尼采、叔本华、瓦格纳、弗洛伊德等现代思想家的影响。主人公追寻式的情节、富于寓意和象征的众多人物和环境、复杂巨大的交响结构构成了这部伟大作品的现代特征。《死在威尼斯》（1912）和《约瑟和他的兄弟们》（四部曲，1933—1942）也是作者的两部重要作品。前者写一个著名作家在威尼斯邂逅一位非常美丽的波兰少年，随即陷入迷恋而不能自拔的境地。他秘密尾随，想方设法接近自己的目标，甚至明知霍乱已经开始在当地蔓延而置之不顾，最终感染瘟疫，死在威尼斯的海滩上。这一作品中有两点不同于现实主义创作方法之处值得指出，其一是故事情节中十分明显的同性恋意味。西方艺术家有同性恋倾向者不在少数，托马斯·曼这一故事中的主人公阿申巴赫在一定程度上是以他的好友音乐家马勒为原型的。其二是其深层暗含的神话结构。作品借用了希腊神话中阿波罗与狄奥尼索斯对立、争斗的基本格局。日神精神显然体现在阿申巴赫的形象中，而酒神精神则体现在各种不同的角色身上（如"红发的男子"、"街头艺术家"、"平底船船夫"、"摩托艇上那个戴假发、假牙，穿着花里胡哨，故弄姿态，假装年轻的老头子"等）。从深层来解读，《死在威尼斯》就不仅是一个艺术家为变态的情欲所累以致丧身的故事，而且是在艺术、美、欲望的相互纠葛中理性与非理性之间的搏斗，象征了人类永难摆脱的困境。后者取材于《旧约·创世记》，托马斯·曼将故事背景设置于公元前 14 世纪，通过圣经故事与各种东方神话的关联，探索人类从天国堕落入地狱的精神历程，有浓郁的宗教和象征意味。

布莱希特（1898—1965）是 20 世纪最伟大的戏剧家之一，也是一个诗人。他不仅创作了许多有影响的剧本，而且对戏剧理论也有新的建树。

布莱希特的作品不仅描写资本主义制度造成的种种弊端，还尝试运用马克思主义的学说剖析资产阶级国家机器作用和实质，揭示人剥削人、人压迫人的不合理现象，歌颂人民的革命斗争和解放事业。他的一些作品还涉及反战和反法西斯的题材。布莱希特的戏剧创作在德国文学的传统中融合了英、法、美、俄、中以及北欧戏剧文学的因素，英、法、美戏剧题材与角色，俄国形式主义，中国古代戏剧和理论，北欧的传说，都对他有所启迪，为他的"叙事剧"（或译"史诗剧"）的创作和"间离效果"等理论的提出提供了前提。

他的"叙事剧"特别强调戏剧的教育作用。他认为戏剧应该诉诸观众的理性，让观众在冷静的观看中思考，然后判断是非曲直，受到教育，而不是继承亚里士多德传统，主要诉诸观众的感情，通过恐惧与怜悯导致灵魂净化，产生共鸣。按照这一理论，叙事剧没有传统剧作的性格刻画和心理分析，只要客观地把人物的言行举止、社会地位表现出来就可以了，同时也不必有强烈的戏剧冲突与悬念，戏剧结构则可以是可拼可接的松散联合，甚至可以由一个戏外的叙述者以夹叙夹议的方式将各场串联起来，时间和地点无足轻重，可以在剧作家的想象中自由安排。

布莱希特的叙事剧按题材可分三类：一类是教育剧，特点是长于逻辑说理，人物有概念化倾向。例如，《措施》（1930）中的人物不仅没有性格，甚至没有姓名。根据高尔基原作改编的《母亲》（1932）增加了与德国现实有关的内容，着眼点依然是教育人民。另一类是寓意剧，特点是多采用他民族文学中的素材，对现实中的种种关系进行哲理性概括。例如根据芬兰女作家赫拉·沃里约基的民间故事改编而成的《潘蒂拉老爷和他的男仆马狄》（1940）的寓意是：剥削者的本性不会改变，人们在任何情况下都不应对他们抱有幻想。根据中国作家李行道的杂剧《包待制智勘灰阑记》改编的《高加索灰阑记》（1945）也是一出寓意剧。布莱希特把一个讲现代内容的楔子和两个联系松散的故事拼在一起，揭示一切归于善于对待它的人这样一个哲理。还有一类是历史剧，特点是借用历史题材，回答现实生活中的重大问题。例如取材于17世纪德国小说家格里美尔斯豪森作品的《大胆妈妈和她的孩子们》（1939），通过大胆妈妈一家人的遭遇说明，想在战争中捞取好处的人必将自食其果。根据伽利略证明并坚持"太阳中心说"遭到宗教裁判所迫害的史实写成的《伽利略传》（1947）意在说明，为了更远大的目标，在黑暗势力面前作暂时退让是必要的。《公社的日子》是写巴黎公社的戏，剧作家力图以马克思主义的观点来反映这一伟大革命实践的始末及其失败的教训。

"间离效果"（又译"陌生化效果"）是布莱希特戏剧理论的核心，与其"叙事剧"理论相辅相成。其要点是，演员必须与角色保持一定距离，这样，观众才能与角色（演员）之间保持距离。演员既是角色的表演者，又是角色的"裁判"，这样就可使观众始终保持"旁观者"的清醒，用探讨的、批判的态度对待舞台上的表演，收到寓教于乐的效果。

布莱希特的理论与俄国斯坦尼斯拉夫斯基的理论和中国梅兰芳的理论一起被公认为戏剧表演中的三派理论。

皮蓝德娄（1867—1936）是意大利著名戏剧家、小说家。他的剧作赢得了很高的世界声誉，由于"对戏剧和舞台表演大胆而出色的革新"，他于1934年获得诺贝尔文学奖。他的代表作是《六个寻找作者的剧中人》（1921）和《亨利四世》（1922）。前者写自称某剧中的六个角色闯入一个剧团的排练场，要求导演将他们的戏排出来，结果形成戏中戏；后者写一个被情敌暗算、失去理智的青年自称亨利四世，12年后从疯狂状态清醒，想要恢复过去的正常生活，但已不可能。六个剧中人和这位无名青年在一个充满罪恶的世界上失去了自我，他们力图找回失去的身份和本质，却做不到。皮蓝德娄以离奇、怪诞的情节、夸张的笔法和悲喜剧的形式写人的异化，深刻地再现了现代人的悲剧，这显然是传统剧作没有的特征。

欧陆是现代主义文学的始源地。后期象征主义、表现主义、未来主义、超现实主义和意识流文学等现代主义文学中的代表人物都最先诞生于欧陆诸国。

后期象征主义在创作方法上承接前期象征主义大师波德莱尔、马拉美、魏尔兰、兰波等人的余绪，影响所及从20世纪初的法国直到20世纪四五十年代与第二次世界大战后的西方诸国，其代表人物有法国诗人瓦雷里、奥地利诗人里尔克、爱尔兰诗人叶芝和比利时剧作家梅特林克等。

瓦雷里（1871—1945）的《年轻的命运女神》（1917）、《海滨墓园》（1920）是后期象征主义的典范之作。作品中充满了大量神秘的、晦涩的、纯美的象征，具有鲜明的形而上色彩。《年轻的命运女神》是"一个梦幻"，是"意识到意识"，是关于意识的消隐与展现之间的冲突和斗争，或者说二者之间的分裂与统一。《海滨墓园》在大海的背景上，通过许多相互纠缠而具有暗示性的象征展示存在与虚无、时间与空间、意识与无意识、变动与静止、肯定与否定之间的二元对立。全诗语言晦涩、朦胧，但又具有巨大创造力。犹如一个不断转动的万花筒，在不断产生令人眼花缭乱的图景。诗歌音韵别致，在空幻的节奏中呈现出丰富变化。瓦雷里还提出了一种"纯诗"的理论。他认为，诗的本质在于它是由不同寻常的、绝对的语言构成的，是一种纯粹的形式、绝对的形式，这种纯诗或者说绝对的诗，要彻底排除一切情感、道德、说教、思辨意味，它像音乐一样，是一种声音与意义的有机统一，具有高度的音乐性。

里尔克（1875—1926）的创作通过精心选择的意象和象征来表达情感和思想，重视音乐美和雕塑美，试图结合象征主义的韵味和罗丹雕塑艺术的视觉效果，因此，他的诗作常常被人称为"物象诗"。收在《新诗集》（1907）中的《豹》正是这种"物象诗"的典型例子。全诗将"豹"作为一个中心象征，通过"强韧的步态"、"疲倦的目光"、"旋转"、"昏眩"、"舞"等具有强烈暗示的意象内化抽象的观念"力"、"意志"等，获得瓦雷里所谓的"抽象的肉感"和艾略特提倡的"思想知觉化"的效果，最终将迷惘、彷徨和苦闷的情绪外化在以"豹"为中心的一组物象中。《杜伊诺哀歌》（1922）是他的代表作。诗人把痛苦、哀怨、忏悔等内心情感的抒发和对人生的哲学沉思结合起来，通过复杂的象征探索人与世界的存在、生与死、幸福与苦难等问题，带有悲观与虚无色彩。

叶芝（1865—1939）要求通过象征既表达诗人的主观感情，同时又表达某种抽象的观念，通过使声音、颜色和形式融为一体的意象和象征将丰富的物象世界和复杂的观念世界准确地、精密地联系起来。《丽达与天鹅》（1923）与《基督重临》《驶向拜占庭》都是体现他这种象征主义理念的典型作品。譬如《丽达与天鹅》中的核心象征"丽达"和"天鹅"就表达了诸如"美"、"善"、"爱"、

"恨"、"权威"、"意志"、"暴力"、"历史"、"性爱"等多方面的复杂意蕴，在希腊神话故事的语境中，为读者提供了巨大的阐释空间。再如《基督重临》中的核心象征"基督"、"重临"、"怪兽"、"猎鹰"、"放鹰人"、"伯利恒"等则提供了一幅世界分崩离析，人类世界将走向毁灭的图景，在圣经故事的框架中引导读者对"欲望"、"暴力"、"权威"、"道德"、"意志"、"信仰"等诸多关乎人类命运的问题作深长思考。叶芝晚年创作中神秘主义与个人化色彩进一步加剧，其早期从民间信仰、巫术、勃拉瓦茨基夫人的通神学中接受的神秘思想与印度教中的奥义结合起来，作品中的象征往往变成极端隐秘晦涩，难于解析的意象。概言之，叶芝的象征主义是在神秘主义笼罩下的象征主义，这一点在后期象征主义中是十分突出的。

　　表现主义的成就主要体现在戏剧中，斯特林堡、凯泽等人是成就最为突出的表现主义剧作家。

　　瑞典作家斯特林堡（1849—1912）的早期创作尽管以小说知名（如《父亲》《红房子》等），但他的主要成就仍然是在戏剧方面。他早期的剧作属于自然主义传统，其代表作是《朱丽小姐》（1888）。不过，他后期的表现主义剧作却更为人关注，这类作品的代表是《死亡之舞》（1900）、《一出梦的戏剧》（1901）、《鬼魂奏鸣曲》（1907）和《到大马士革去》三部曲（1898—1902）。斯特林堡的这些剧作摒弃了现实主义的创作方法，角色大多是类型化的；很少使用对白，也几乎没有动作和表演，大量采用奇特象征和隐喻。《一出梦的戏剧》运用了梦幻的结构，象征的人物、环境，以及新奇的舞台技巧。戏中印度神话中主神的女儿到人间视察人类的生活状况，她遇到的几十个人物都是某一类型的代表，或象征贫穷、罪恶、残酷等，或象征哲学、神学、医学等；戏中的时间颠来倒去，空间神秘转换，花园中突然长出城堡，在戏的结尾，这座城堡又突然烧毁，从灰烬中升起一道苦难的墙，墙上幻化出绝望的面孔，顶端开放出一朵巨大的菊花。因为在梦幻中一切都是无逻辑的，一切都可能发生。《鬼魂奏鸣曲》中鬼魂在光天化日中走来走去，漂亮的女人突然变成了木乃伊。《死亡之舞》几乎是一出哑剧。《到大马士革去》中的人物同样是体现人的精神状态和情绪的象征化形象。总之，斯特林堡试图通过这类人鬼同台、梦幻与真实并存、以长篇独白代替对白和动作的种种独特手法表现人物的内在精神、情感和潜意识，获得更强烈的艺术效果。

斯特林堡还在《到大马士革去》中创造了一种新的戏剧结构，即用"分站叙述法"（Stationentechnik）取代传统的"分幕分场叙述法"。剧作家将这个三部曲分作 17 个"站"（Stationen）以取代原先的场景，剧情不连贯，通过站与站之间的对位转换实现场景变化，观众仿佛同角色一起在不同"站"中转换，体察他们内心世界转化发展的历程。这种结构往往产生一种蒙太奇般的效果。

德国作家凯泽（1878—1945）是继斯特林堡之后最典型的表现主义剧作家，在他创作的六十多个剧作中，《从清晨到午夜》（1912）和《瓦斯》三部曲（1917—1920）是典型的表现主义剧作。《从清晨到午夜》写一个银行小职员为生活的浮华所诱惑，监守自盗，贪污一笔巨款逃跑，最终精神崩溃，开枪自杀的故事。全剧采用斯特林堡式的分站戏结构，角色全是没有姓名的类型化人物，不注重情节，故事在充满象征和寓意的站点之间穿插转换，角色常常通过大段内心独白取代传统式的对白，剧作意在讨论人生的意义，揭示现代人理想的幻灭和精神价值的失落。《瓦斯》三部曲进一步开掘象征性人物与结构的表现空间，通过电报式对话、类型化人物与荒诞的情节结构表现一个百万富翁一家数代人对财产、幸福、自我人格等问题的思考、迷惘与探寻，揭示人文精神的失落与现代文明衰败的现实，显现出较多的悲观与虚无情绪。

德国的魏德金德（1864—1918）以写两性问题为特色，被认为是表现主义的先驱之一；而他的年轻同道托勒尔（1893—1939）是激进的左派表现主义剧作家。前者的《地神》（1895）和《潘多拉的盒子》（1904）写一个既迷人又邪恶的舞蹈演员堕落的历程，采用了较多的象征，并引入了马戏团杂耍的技巧，意在揭示社会道德的伪善和沦丧。后者的《转变》（1919）、《群众与人》（1921）采用真实场景和梦幻场景交叉、象征和符号化的人物以及寓意的结构，意在引导人们对革命、理想、战争、和平、暴力等问题作出深入思考，表达作者人文关怀和社会思想，但作品流露出较为分明的图解生活的倾向。

未来主义是 20 世纪初从意大利发源，然后向欧陆传播的一个政治上十分激进的文学艺术流派。它首先发生在诗歌领域，然后向艺术的其他领域扩散。

马里内蒂（1876—1944）是未来主义公认的领袖，也是未来主义纲领和宣言的制定者。他早年受印象主义、象征主义等文艺思潮的影响，大学期间就尝试写作象征主义诗歌，后来曾创办《诗歌》杂志，热心介绍法国象征主义诗歌。他的小说《未来主义者马法尔卡》（1910）和《扎图图》（1914）、剧作《他们来了》和诗作《未来主义大学生》《时间和空间》等都是典型的未来主义之作。马里内蒂在《扎图图》中采用了一种他所谓的"自由语"，这种"自由语"完全无视语法、句法，不用形容词、副词和标点符号，一切都建立在自觉和类比而不是逻辑和理性的基础上。这部作品还采用了新奇的排版方式，书页上的"自由语"用不同型号的字体，中间穿插着数学符号和不同的图案和花饰。特别是"一列装满伤兵的列车"一章，他甚至试图用怪诞的版式来模拟声音、气味和色彩，意在表现列车上 1 500 名伤兵的痛苦、渴望和梦想。《他们来了》写三个人在等客人的光临，全剧基本上没有情节和戏剧冲突，三个人物只有三句可理解的台词和一句莫名其妙的胡言乱语，结果客人没有来，舞台上的桌椅却自动走了起来。这种作品对后来的"反戏剧"、"荒诞派戏剧"产生了决定性影响。在《时间和空间》《未来主义大学生》等诗歌中马里内蒂充分展示了未来主义者反叛传统，面向未来的"新人"、"强者"形象，这些诗作中充满对叛逆精神和强人哲学的崇拜，充满对力量、速度和进取精神的赞颂。

帕拉采斯基（1885—1974）1909 年加入未来主义行列，与马里内蒂一起编辑《诗歌》《莱采巴》等未来主义杂志，其诗风从早期的颓废和悲观厌世转向未来主义。他的诗集摒弃传统的理念和格律，具有鲜明的未来主义倾向。例如《病泉》采用一连串谐声字模拟病泉的呻吟、喘息、咳嗽和颤抖及其给人心理上带来的痛苦感；《我是谁?》用简洁的反诘口吻，以极其冷漠的调子作自我剖析，表达一种超脱现实，否定一切和朦胧地向往未来的情绪。

布勒东（1896—1966）是超现实主义的开创者和代言人。他早年曾攻读医学，深受弗洛伊德学说的影响；后来又受法国象征主义诗歌的影响，成为马拉美、瓦雷里等人的崇拜者；再后来参加达达运动，成为达达主义队伍中的重要成员；最终脱离达达主义，发起了超现实主义运动。他与苏波合作的《磁场》是第一部超现实主义的典范之作。这部作品似乎是一种对话体。两个对话者"听写"了各自无意识中冒出的句子，形成一篇毫无逻辑、杂乱无章、荒诞不可解的文字。一个说：河流不是镜子，他要拿一块石头把全城的玻璃都砸碎，一些比小孩的声音还细小的虫子在挖摩天大楼的基础。另一个说：我们还没有目睹过中心抢劫。如此之类。他的诗集《地球之光》（1923）、《白发手枪》（1932），剧作《悉听尊便》（1920，与苏波合作）等都是超现实主义作品。

阿拉贡（1897—1982）像布勒东和苏波一样，早期参加达达运动，后来又与他们一起脱离达达，发起超现实主义运动，但在20世纪30年代之后，他便与上述先锋派运动分道扬镳，投向共产主义，成为激进的左派作家，回到传统的现实主义阵营。不过，到晚年他又在一定程度上回归了早年的超现实主义。因此，他的超现实主义主要体现在他早期和晚期的创作中。《欢乐之火》（1920）、《永恒的运动》（1925）等诗集和《巴黎的乡下人》（1926）、《处死》（1965）、《马蒂斯》（1971）等小说都是超现实主义色调鲜明的作品。此外，他还在《梦幻的浪潮》（1924）等理论著作中提出打碎现实主义的"镜子"，抛弃反映论，践踏传统的语法和句法，从而使语言爆炸等论点，产生了较大影响。

阿波利奈尔（1880—1918）最先使用了"超现实主义"一语，明确要求在诗歌中引入对"梦"的关注，他还提出诗人必须创新并产生惊人的效果。正是他的这些思想引发布勒东等人对梦和无意识的进一步开掘，从而提出了一整套关于超现实主义的理论。他在《醇酒集》（1913）中率先放弃使用标点符号，试图用诗行中的自然节奏取而代之，并坚持对传统诗歌格律进行革新；他还借鉴立体派绘画和未来主义的观念创造新的诗歌形式。《市郊贫民区》将大城市贫民区不同场合获得的印象，通过大胆奇特的意象组合成一幅立体派的画卷；《失恋者之歌》将许多看似独立、毫无关联的历史事件拼贴到一起，形成一种拼合和插入式结构。阿波利奈尔还根据诗歌的题材与内容选择不同的诗行排列方式，组成一幅幅图像（如"心"、"鸽子"等），产生惊人的视觉效果，被人称为"图像诗"。剧作《蒂雷西亚的乳房》（1917）是其著名的超现实主义之作。正是在此剧的前言中，阿波利奈尔提出了"超现实主义"的说法。剧作结构套用了希腊神话的传说，女主人公在改变性别后乳房迅速长大，充斥舞台，仿佛变成了两颗硕大的玩具气球。这样的表演，显然开启了后来荒诞派戏剧的先河。阿波利奈尔曾与20世纪初巴黎各式各样具有反叛精神的艺术家往来，参加了达达主义、超现实主义等先锋派运动，还与毕加索等人一起提出了"立体派"绘画的概念，他本人的创作也包含了各种不同的先锋派风格，因此，许多论者不仅将他看作一个超现实主义作家，而且将他看作一个先锋派作家。

早期的意识流作品是法国作家杜亚丹的《月桂树被砍倒了》（1888），普鲁斯特（1871—1922）是继之而起的第一个重要的意识流小说家。他从中学时代起就喜欢柏格森的哲学，后在巴黎大学还听过这位哲学家的课。柏格森哲学对他产生了持久的影响，他试图以柏格森关于心理时间绵延的理论为出发点来进行文学创作。这一创作思想体现在他的代表作《追忆逝水年华》（1913—1927）中。《追忆逝水年华》是一部构思独特、结构复杂的作品，全书七部，15卷，洋洋三百余万言。这部小说没有传统意义上的故事和情节，主要以回忆为线索，展示了主人公复杂的内心世界。主人公清晨醒来，躺在床上，辗转反侧，思绪万千，他想起了童年和如烟的往事、古老的小镇、家庭、朋友、阔佬斯万、他与这位阔佬女儿的恋爱和分手、他后来的再次恋爱、女友的不辞而别、他的追寻以及最终发现女友的死亡、他的绝望与悲哀，他决定写一本书来记录这一段生活的悲欢苦乐。从某种意义上说，这本书是关于一本书怎样出现并存在的书，写作开始时已经写完，因此，与其说这本小说是一本关于回忆的小说，毋宁说它是一本关于小说的小说。诚如小说的标题《追忆逝水年华》（直译当为"追寻失去的时间"）所示，这部作品的主题是"时间"，但它所要探索的不是一般物理意义上的时间，而是心理意义上时间的绵延。主人公的回忆并不是按时间顺序进行的，而是在脑海中颠来倒去，向不同方向蔓延，犹如柏格森所说的，仿佛一群羊一样，在漫无方向地随时改变着形状移动。一块小点心的味觉、一片云、一个三角形、一座钟楼、一块砾石等能引发向各个方向散射的回忆。主人公意识中这种看似紊乱无序的流动给传统读者的阅读带来了巨大的困难，因此，它的问世遇到了相当多的障碍，甚至连现代名作家纪德都未能给它恰当的评价。然而，随着时间的推移和研究的深入，人们终于认识到它作为一部典型的意识流小说的重大价值。

乔伊斯(1882—1941)的创作是从现实主义转向现代主义的。他早期的《都柏林人》（1914）基本上是现实主义的；《青年艺术家的肖像》（1916）是现实主义与现代主义的混合；《尤利西斯》（1922）则是现代主义的典型的意识流之作。《尤利西斯》采用了意识流和大量的象征和游戏笔墨。全书18章几乎都是三位主要人物的意识流，譬如第3章是斯蒂芬在海滩漫步时的意识流，他的意识在哲学、历史、宗教、神话、艺术等不同领域流来流去，夹杂着法语、德语、拉丁语、意大利语和西班牙语等种种外来语；第5章和第6章主要是布卢姆在浴室和墓地时的意识流；第18章则是莫莉的意识流，她的思绪在昏昏欲睡的朦胧状态中流淌，全章以四十多页几乎没有标点的文字来暗示意识的绵延不绝，展示她即将进入梦乡时似睡非睡、似醒非醒的意识状态。全书在《奥德赛》的象征大框架中充斥着无以数计的隐喻、象征、典故、双关语、俏皮话、方言、俚语、外国语，每一章采用一种不同的结构模式，如第7章采用新闻广告语，第8章采用大量的烹饪用语，第10章采用电影蒙太奇结构，第11章采用赋格结构，第14章采用医学术语，并模拟从古英语到现代英语不同阶段的文体，第15章采用幻觉与梦境的语言和戏剧的结构，第17章采用枯燥乏味的仿科学论文模式，等等。乔伊斯在叙述结构与手法上的彻底变革使这部作品成为一部十分晦涩、费解的作品，在问世时被人们称为"天书"而遭到多方抵制与批评，但随着读解与研究的深入，它蕴涵的奥妙逐渐展现在世人眼前，它的巨大价值也终于得到了举世公认，并对后来的许多现代和后现代作家发生了不可估量的影响。

沃尔芙（1882—1941）创作中最典型的意识流作品是《达罗威夫人》（1925）、《到灯塔去》（1927）和《海浪》（1931）等。《达罗威夫人》以达罗威夫人为筹备晚上的宴会，早晨外出买花开始直到晚上举行宴会的 12 个小时的意识流为主线，穿插了彼得和塞普蒂默斯两个男人的意识流，巧妙交织转换，构成了复杂的意识网，从而展示复杂的人生中生、死、爱、恨的复杂纠葛，从主观世界透视了客观世界的历史、现状与种种面貌。《到灯塔去》是一个三分结构：第一部分题名"窗"，采用间接内心独白的手法，以拉姆齐夫人的意识为中心，纠结了她的先生以及画家莉丽等的意识流：她对丈夫、儿子和家庭的种种感受、她的幸福感和歉疚、对宾客的友善以及交往等过去场景在她的脑海中流淌和闪回；拉姆齐先生回顾自己对事业的感受、求索的过程、已经获得的成功与不足；莉丽的意识集中在对拉姆齐夫人母子和自己绘画的思考上。第二部分题名"岁月流逝"，是一个短的过渡段，时间已经跨越了十年，恍惚朦胧中，第一次世界大战已经爆发，拉姆齐夫人已经过世，女儿死于难产，儿子在战争中阵亡。老房子中到处是灰尘，充斥着孤寂与死亡的氛围。处处物是人非，一派萧索。第三部分题名"灯塔"，有两条线索平行推进：画家莉丽在对拉姆齐夫人的回忆和对人生与艺术的感悟中，为自己那幅多年来一直未完成的画添上最后一笔，终于圆满结束了这一艺术创作；拉姆齐先生也终于实现了早年的承诺，带一双小儿女，完成"到灯塔去"的旅行，在旅行过程中体悟了父子间心理上的隔阂和最后达成的谅解与和谐。这部作品除典型的意识流手法外，还具有浓重的象征意味。

除了上述流派之外，还有一些作家具有更加综合的现代性，可以统称之为现代主义作家，其中的代表当推艾略特。艾略特（1888—1965）的诗歌创作熔种种现代观念与技法于一炉，深刻地改变了英美诗歌的传统；他的戏剧在继承古希腊戏剧的基础上，同样注重观念与形式的创新，对西方诗剧的发展作出了重要贡献；他的批评和理论是新批评文论的重要组成部分，对现代文论的产生和发展具有深远意义。

艾略特的《荒原》（1922）是西方现代诗歌中一部里程碑式的作品，是诗人创作中登峰造极的成果。它从 17 世纪玄学派诗歌和法国象征主义诗歌中汲取营养，采用神话、传说、人类学和其他文学著作中的众多典故，构成一部小型史诗。它在一个象征的框架中，通过极其强烈的暗示和多层次、多侧面的意象，展示战后西方文明的危机和传统价值观念的崩溃，反映了整整一代人理想的幻灭和精神的失落。

《荒原》是一首典型的现代主义诗作。它把看来互不关联的戏剧性场景拼接起来，把表面上风马牛不相及的意象并置在一起，纳入一个"荒原"的象征结构中。为了表现现实的邪恶与病态，作者继承《恶之花》的传统，全诗充满了枯槁、干涸、破碎、散乱、空虚、孤独、丑陋、衰朽、荒蛮、死亡等意象。《荒原》具有思维上跳跃幅度大的特点。意象之间、场面之间的衔接常常显得十分突兀，加上众多的引语、典故、对话等构成一幅五光十色的图画，形成奥秘、复杂的意蕴。《荒原》具有明显的音乐结构，它仿佛是一首宏大的交响诗，展示现代荒原与荒原上的现代人无疑是它的主部主题，而拯救荒原则是它的副部主题，主部主题与副部主题在呈示与对比中展开，其余各种小的动机和音型则围绕着它们，以不同的音色和强度，在不同的时空交响。《荒原》采用了典型的自由体，诗句长短不一，不用规则的韵，但节奏分明、舒展自如、收放有致，这样的形式为诗人十分自由地驰骋想象，拼接意象提供了可能。

《荒原》既有历史的透视，又有现实的观照，它描绘了众多的男女，这些人虽各具面貌，但本质上是一致的，所以诗人说，"所有的女人都是一个女人"，其实，所有的男人也都是一个男人，他们丢弃了信仰，丢弃了上帝，因为有欲无情，成了一个个行尸走肉。《荒原》犹如一部独特的纪录片，从不同的角度记录了现代世界的荒原化，揭示了现代社会的本质特征。

欧洲后现代主义文学的主要成就体现在荒诞派戏剧和新小说中。

荒诞派戏剧的大家首推爱尔兰的贝克特（1906—1989），他的《等待戈多》（1952）被看作荒诞派戏剧的开山之作。此剧没有情节、没有具体的时空，只有两个流浪汉在一条乡间小路上等待所谓的"戈多"，"戈多"是什么，不知道。他们等了一天又一天，据说要来的"戈多"却始终没有来。在等待的过程中，这两个流浪汉时而说些前言不搭后语、让人摸不着头脑的话，时而做些猥琐、无聊的动作，戏在他们依旧执着的等待中结束。此剧要传达的是这样一个悲剧性主题：世界原本是荒诞的，人生永远处在一种无望的等待中，希望是盲目的、遥不可及的，因而也是未能实现的，希望等于无望，然而希望却是人生的本质追求，没有希望也就没有人生，人们绝不会放弃这种追求，而这种追求注定是失望，绝望乃至无望。贝克特的其他剧作如《终局》《最后一盘磁带》《啊，美好的日子》以及后期的小说都表现了类似的主题。罗马尼亚裔法国剧作家尤奈斯库（1909—1994）也写出了重要的荒诞派剧作。《秃头歌女》（1950）最初是以"反戏剧"的名目登上舞台的。剧中没有情节，对话杂乱无章，人物如机器般走来走去，毫无目的，时钟刚过了一点半，马上敲29响，剧中根本没有什么"秃头歌女"，换言之，这一标题与戏剧本身毫无关系，只是来自一个角色在排演中的口误。主人公夫妇等来的马丁夫妇竟然互不相识，见面谈了一阵才弄清楚，原来他们来自同一地方，坐了同一列火车，有一个同名且长相同样的女儿，他们还睡在同一张床上，原来他们是夫妻。正如剧作家所说，他要做的正是以一种荒诞的喜剧手法来处理这既荒诞又痛苦的人生。尤奈斯库的其他剧作如《椅子》《阿美戴或怎样摆脱它》《未来在鸡蛋中》《新房客》《犀牛》等都是这类典型的荒诞派剧作。英国剧作家品特（1930—2008）早期的荒诞派剧作写神秘莫测的外力对人生的威胁以及人为取得一个屋子的空间所作的痛苦而无谓的努力，因此有论者将品特的这类剧作称作"威胁的喜剧"。《生日晚会》（1958）是其中最有影响的一部名作。此剧写一对房东夫妇为一个房客办"生日晚会"，结果被两个不速之客搅局的故事，但剧中的许多细节（例如究竟何时是这位房客的生日；例如这位所谓的钢琴家房客究竟是"演遍了世界"，还是

"演遍了全国"，或者"只开了一次音乐会"等）含混不清；人物的身份全都模棱两可；人物对话语无伦次，矛盾重重。到处存在着让人感到恐惧的莫名的外力。这一切都昭示了现实的荒诞和存在的无意义。此外，法国剧作家热奈（1910—1986）的《阳台》（1956）、《女仆》（1947）等也是常为人提及的荒诞派作品。

新小说派的代表性作家基本上在法国，这类小说的一个主要特征是突出物的世界，而彻底消解了其中的人，从而消解了意义，展示了一个高度物化的现实。重要的新小说家有罗伯-格里耶、纳塔丽·萨洛特、米歇尔·布托尔和克洛德·西蒙等。罗伯-格里耶（1922—2008）是新小说派公认的领袖。在他二十余部实验性很强的作品中，早期的《嫉妒》（1957）和《在迷宫里》（1959）是这类小说的典型之作。前者将小说的背景设在一个封闭的世界（非洲的一个热带香蕉种植园），彻底取消了人物（人物的外貌、性格、心理特征乃至姓名都消失了）和情节，摒弃了人格化的隐喻和心理分析，只是通过一系列电影镜头式的位移记录一个完全客观、冷漠的物的世界。后者的叙述则变得更加内向、更加自我封闭。小说的情节被淡化，人和物被用作编织一个文本迷宫的种种符码，作者通过不断消解、变形或复制，将虚幻与真实彻底纠缠为一个语言的迷宫结构，产生一种亦真亦幻的效果。

纳塔丽·萨洛特（1900—1999）不仅在一些文章（收于《怀疑的时代》，1956）中表述了主张打破传统小说模式，全面革新小说创作的观点，强有力地支持了罗伯-格里耶的新小说理论，而且在《陌生人肖像》（1948）、《马尔特洛》（1953）和《行星仪》（1959）等作品中大胆实验，尽力淡化情节和人物，为新小说派作品园地增添了颇有说服力的例证。米歇尔·布托尔（1926—2016）作为新小说派一个重要的作家和理论家，也在小说创作的实验中作出了独特的、不懈的努力，他的《米兰巷》（1954）、《日程表》（1956）、《变》（1957）和《度》（1960）也是新小说中的典范之作，特别是《变》采用的第二人称叙述法，格外引人注目。克洛德·西蒙（1913—2005）在新小说的实验方面更注重在模糊的人物与情节的框架中采用破碎的结构、意识流等手法。他还喜用长句和括号，有的句子长达数页而不间断。他的《佛兰德公路》（1960）、《大酒店》（1962）等都是新小说中的代表之作。

还有一些作家无法归入后现代诸流派，或者说他们综合或结合了后现代各家的特征。这些作家中重要的有：英国的莱辛、福尔斯、拉什迪，意大利的卡尔维诺等。

多丽丝·莱辛（1919—2013）的创作以鲜明的实验性和风格多样、思想深邃著名。她的《金色笔记本》（1962）是一部典型的后现代作品。这部小说采用一种多层次的象征结构，描写了一个女作家和她的女友多侧面的生活，内容涉及了共产主义、冷战、爱情、婚姻、家庭生活和写作等，小说在形式上完全打破了线形的叙事模式，在金色的笔记本中描述女作家安娜及其女友莫莉的家庭生活，而将女主人公的其余四个笔记本中的内容穿插其中。安娜在非洲的经历（黑色笔记本）、参加共产党的活动（红色笔记本）、根据自身经历虚构的一个爱情故事（黄色笔记本）和安娜的日记（蓝色笔记本）在题为"自由的女人们"的小说（《金色笔记本》）主线中交织成一个万花筒式的变幻不定的图景，为小说中的人物与读者间多角度、多侧面的互动与游戏提供了广阔的空间。福尔斯（1926—2005）的《法国中尉的女人》（1969）是一部实验性很强的后现代主义小说。小说将历史小说、神秘小说的模式结合起来，以不确定的说法塑造女主人公萨拉，并为小说提供了四种可能的结尾，使其形成了一种完全开放的结构，为读者的参与提供了一个真正的平台，因而格外令人瞩目。拉什迪（1947—　）的创作往往具有一个魔幻现实主义的框架，将历史、现实、种族、宗教、寓言、象征杂糅在一起，赋予其神秘主义、后殖民主义等色彩，《午夜的孩子们》（1981）和《撒旦诗篇》（1988）是其代表作，前者为他赢得了布克奖，后者甚至引发了伊斯兰世界抗议和追杀他的巨大风波。卡尔维诺（1923—1985）特别注重形式上的实验，他将科学、童话、寓言、符号学、结构主义、解构主义、魔幻现实主义等多种观念杂糅在自己的创作中，采用戏仿、讽喻、象征、拼贴、时空次序颠倒等种种手法来构思故事、叙事和塑造形象。

《宇宙奇趣》（1965）、《看不见的城市》（1972）、《命运交叉的城堡》（1973）、《寒冬夜行人》（1979）和《帕洛马尔》（1983）都是典型的后现代主义小说或元小说。上述作家在小说观念和形式上的创新为后现代小说树立了样板。

二、美洲诸国文学

美国文学无疑是美洲诸国文学中的最亮点。20 世纪上半叶美国文学同样是现实主义与现代主义平行交错的局面。在现实主义这条主线上，世纪初成就最为卓著者有德莱塞和刘易斯。德莱塞（1871—1945）开创了美国现实主义文学的先河，他的《嘉莉妹妹》（1900）和《美国的悲剧》（1925）以写实甚至自然主义的笔法描写了贫富悬殊的畸形社会中对金钱的无尽渴望和追求带来的种种罪恶，从人性和社会制度两方面的弊端揭示了"美国的悲剧"产生的根本原因。刘易斯（1885—1951）是与德莱塞齐名的现实主义作家，美国第一个诺贝尔文学奖获得者。刘易斯的兴趣主要集中在中产阶级身上。他以惟妙惟肖的写实手法揭示中产阶级面临的矛盾，对他们表达一种既爱又恨的矛盾心理，对他们既有同情，又有批判，在一定程度上暴露了社会的黑暗。其代表作有《大街》（1920）和《巴比特》（1922）等。

到 20 世纪二三十年代，继承这一传统的作家中以斯坦倍克（1902—1968）为代表，他以现实主义的观念和方法描写经济大萧条年代美国劳苦大众在失业贫困中挣扎的情形以及他们的觉醒和斗争。他的代表作《愤怒的葡萄》（1939）以 20 世纪 30 年代俄克拉荷马州大批佃农迫于灾害和地主的盘剥压榨，不得不背井离乡，到西部去谋生的史实为背景，写乔德一家三代人变卖家产，含辛茹苦到加利福尼亚流浪的艰苦旅程，以及他们到达加州后又被果园主压迫剥削的悲惨处境，指出贫苦的人们只有起来斗争，才有希望摆脱饥饿和苦难，才有出路。此作具有鲜明的左倾色彩，也使他获得了诺贝尔文学奖。

较多地结合了现实主义与现代主义的观念与方法的作家中最有代表性的有海明威、菲茨杰拉德和福克纳。海明威（1899—1961）的创作思想与风格对 20 世纪西方文学发生了重大影响。他的《太阳照常升起》（1926）、《永别了，武器》（1929）等作品写出了第一次世界大战后一代人的精神危机和幻灭感，使他成为"迷惘的一代"的代表。他还在《老人与海》（1951）以及许多短篇中塑造了一类"可以被消灭，却不能被打败"的硬汉子性格，此外，他刻意创造了一种简洁、含蓄的电文式文体，被称为"海明威文体"，成为许多人效法的榜样。菲茨杰拉德（1896—1940）也属于"迷惘的一代"的一位代表。他的代表作《了不起的盖茨比》（1925）深刻地揭示了美国梦的破灭，成为 20 世纪西方文学中的一部经典。福克纳（1897—1962）是一位颇具独创性的作家，他的创作基调是现实主义的，故事情节比较连贯，形象比较鲜明。大部分故事都被置于一个虚构的"约克纳帕塔法县"，以这个地方及其附近的杰弗逊镇上几个古老贵族庄园主家族若干代人的故事为线索，反映南方贵族阶级的没落及其道德沦丧、精神罪恶给后人遗留的心理负担。其主题是揭示人灵魂深处的阴郁和复杂，说明无止境的欲望是造成种种罪恶的根本原因。但他中后期的创作中也相当多地结合了现代主义的方法与技巧。特别是《喧哗与骚动》（1929）和《我弥留之际》（1930）采用了复杂的结构与意识流手法，成为典型的意识流之作。此外，一批所谓的"犹太作家"也基本上采用现实主义笔法，同时结合现代派的观念与技巧，创作出了一批具有重大影响的作品。这批作家中有获得诺贝尔文学奖的索尔·贝娄（1915—2005）、艾萨克·巴什维斯·辛格（1904—1991），还有诺曼·梅勒（1923—2007）和菲利普·罗斯（1933—　）等。贝娄的《赫佐格》（1964）、《洪堡的礼物》（1975），辛格的《傻瓜吉姆佩尔及其他故事》（1957）、《卢布林的魔术师》（1960），梅勒的《裸者与死者》（1948）、《一场美国梦》（1965）和罗斯的《别了，哥伦布斯》（1959）、《美国田园曲》（1997）等都是产生了较大影响的作品。在犹太文学之外，长期在《纽约客》杂志发表短篇小说的一批作家中，约翰·厄普代克（1932—2009）堪称其代表，他以其《兔子四部曲》享誉 20 世纪美国文坛，也在现当代美国文学史上占有不可动摇的一席。

在一般认为是现代主义作家的行列中，具有代表性的是意象主义诗歌的领袖庞德、集各种现代主义观念与手法之大成的剧作家奥尼尔。埃兹拉·庞德（1885—1972）是美国新诗运动的领袖人物，他以革新传统诗歌为己任，迅速在欧美掀起了现代主义诗歌大潮，成就了艾略特、威廉斯、斯蒂文斯等一批著名的现代主义诗人。他和一批欧美诗人一道发起了所谓的意象主义诗歌运动。他们倡导运用简练、得体的意象，"硬朗、干燥"的语言来表达情感。在他们看来，意象是在瞬间呈现的一个理性与感性的复合体，用这种意象写诗，就要反对冗言赘语，反对使用虚假、拙劣的装饰语，反对一般的叙事和说教，反对浪漫主义诗歌那种刻意的抒情和无病呻吟，而要让准确的情绪直接呈现在准确、凝练的意象中。庞德那首经过两度删削最后从三十余行变为两行的《在一个地铁车站》正是意象主义诗歌的极端范例。庞德后来又同另一位先锋派艺术家温德海姆·刘易斯发起了所谓的"旋涡主义"运动，试图将一种巨大的动力注入先前的意象中，使其成为旋涡一般的或集结在一起的、融化了的、而且充满了能量的思想。庞德在《华夏集》等作品中融会了中日等东方文化的因素。他集毕生心血写下的鸿篇巨制《诗章》（1904—1972）和艾略特的《荒原》一起被看作现代主义诗歌中的双璧。此作由120首长诗构成，长达23 000行，囊括了古今东西方的各种文化及其名人，涉及文史哲经等不同的文化层面，在英语中插入了数十种语言，形成了一部内容庞杂、结构繁复、超越时空、艰深费解的皇皇巨著，被许多人看作现代主义诗歌中的天书。威廉·卡洛斯·威廉斯（1883—1963）和沃勒斯·斯蒂文斯（1879—1955）也是具有重大影响的美国现代主义诗人。前者曾是意象主义诗歌中重要的一员，他主张采用鲜明、准确的意象，重视音乐性和诗行形式的变化，反对过分的征引和使用外语，倡导以平易的、地方的内容写诗。其长诗《佩特森》（1946—1958）正是其诗学的体现，也是现代主义诗歌中的典范。后者的诗作更多地继承了象征主义诗歌的传统，他的诗注重象征和隐喻的运用和想象力的发挥，充满哲理与思想，浸透了绘画的色彩和音乐的律动。《坛子的逸事》《十点钟的觉醒》《星期天的造成》《冰淇淋皇帝》《观看鸫鹞的十三种方式》等都是脍炙人口的名篇。

尤金·奥尼尔（1888—1953）是美国现代戏剧的奠基人，他热心戏剧实验与创新，综合了现实主义、表现主义、荒诞派等不同戏剧流派的方法与技巧来揭示现实和社会的问题，运用了意识流、面具、精神分析、古希腊悲剧中的歌队等手法来展示人物丰富而深刻的内心世界和精神冲突，无论在内容与形式上都取得了显著的突破，为美国现代戏剧史增添了辉煌的篇章。《琼斯皇》（1920）、《毛猿》（1922）、《榆树下的欲望》（1924）、《大神布朗》（1925）、《奇异的插曲》（1928）、《悲悼》（1931）、《长夜漫漫路迢迢》（1941）等都是他的代表作，也是现代主义戏剧中的精品。

后现代主义文学中的"黑色幽默"和"元小说"两个流派主要发生在美国。"黑色幽默"是对 20 世纪六七十年代一批具有创新和实验精神的小说家的称谓。这批小说家的共同特征是：采用寓言化的故事情节、扭曲甚至荒诞的形象以及极度夸张的幽默或者说夸张到极度冷漠、荒唐甚至残酷的幽默来讨论形而上的社会问题，揭示世界本身的荒诞和异化。库尔特·冯尼格（1922—2007）的《五号屠场》（1969）和《呱呱叫的早餐》（1973）、约瑟夫·海勒（1923—1999）的《第二十二条军规》（1962）、托马斯·品钦（1937— ）的《V》（1963）和《万有引力之虹》（1973）都是"黑色幽默"的代表性作品。"黑色幽默"有时又被称为"黑色喜剧"或"残酷幽默"，其体裁也从小说扩大到戏剧、电影等其他文学艺术领域中。"元小说"是后现代主义文学中与"黑色幽默"相映生辉的另一景观。学者们有时也交叉使用"超小说"、"反小说"、"自省小说"等称谓。这类小说的最大特点是将注意力集中在作品自身，审视小说的基本叙事结构，探索存在于小说外部的虚构世界的状况，通过这样一种"自反性"的审视和评判，对虚构与现实的关系提出疑问。此外，这类小说也以不确定的、颠覆的叙事模式打破了传统的阅读期待。约翰·巴思（1930— ）的《迷失在游乐场中》（1968）、《吐火女怪》（1972）、《书信》（1979），罗伯特·库弗（1932— ）的《保姆》（1969）、《火刑示众》（1977）等都是这派小说中的重要作品。

"黑色幽默"和"元小说"之外的许多后现代主义小说家特别注重采用戏仿、拼贴、不确定，甚至荒诞的叙事手法。俄裔美国小说家纳博科夫（1899—1977）的创作中出现了几部典型的后现代主义作品。《普宁》（1957）不仅将古老的俄罗斯文化与现代美国文明巧妙地融合起来，而且通过主人公对往昔时光的回忆以及叙述者"我"对当下时间的叙述，将过去、现在、未来在刹那间结合在一起，实验了一种崭新的时间观。《微暗的火》（1962）对一般意义上的时间作了彻底的重构。全书在一个框架故事中塞入了种种与之关联的小故事，将虚构时间和真实时间彻底混淆，在一个拼凑的万花筒般的景观中，时间的过去、现在和未来完全消失了。作品还运用了大量的典故、隐喻、多义词、双关语、外来语，通过语言的游戏，彻底颠覆了传统的叙事模式。《洛丽塔》（1955）和《微暗的火》等作品中还混用甚至改造了种种文体（如忏悔录、日记、诗、剧作说明、广告词、证词、文学评论、索引、注释等），并成功地运用了戏仿和文字游戏的手法。唐纳德·巴塞尔姆（1931—1989）也纯熟地运用了戏仿、拼贴手法，他的《白雪公主》（1967）、《城市生活》（1970）和《亡父》（1975）都是这方面的杰作。进一步运用并发展这些后现代手法的重要作家还有唐·德里罗（1936—　）等，他与品钦、罗斯、麦卡锡一起被著名文学批评家哈罗尔德·布洛姆称为当代美国四大小说家，他的《白噪音》（1985）被公认为后现代小说中的一部杰作。

20世纪拉丁美洲文学诸国文学中最值得一提的是所谓"魔幻现实主义"文学的出现。这一流派最著名的代表当推哥伦比亚作家加西亚·马尔克斯。马尔克斯（1927—2014）的《百年孤独》（1967）被称为魔幻现实主义当之无愧的典范之作，它引发了拉美文学的大爆炸，也产生了世界性的影响。这部作品通过"马孔多"这一虚构的小镇的生活变迁和布恩蒂亚家族的兴衰折射了拉丁美洲百年的历史，涉及这块大陆上荒凉原始的景象、内部的党派斗争、内战灾荒、外部入侵和殖民统治、移民、拓荒、香蕉种植园和工业的兴起，作者采用现实与神奇交叉融会的笔法，将大量的神话传说、圣经故事和怪诞荒唐的神奇景象与现实的场景杂糅在一起，形成一种光怪陆离、难以理喻的现实图景，产生一种似是而非、似真却幻的艺术效果。在马尔克斯看来，生活本身是不可信的，神奇就是现实，正是这种神奇不可信的现实造成了拉丁美洲的百年孤独。墨西哥的胡安·鲁尔福（1917—1986）被普遍看作魔幻现实主义的先驱，他的《佩德罗·巴拉莫》（1955）通过第一人称和第三人称交叉的叙事模式，将现实和鬼魂出没炼狱的景象混淆起来，对马尔克斯等后来的作家产生了关键性影响。

阿根廷作家博尔赫斯（1899—1986）和科塔萨尔（1914—1984）有时也被称作魔幻现实主义作家，但他们的创作具有更广泛的后现代性。博尔赫斯的短篇小说获得极高的评价。这些作品在对虚构的强调中消除了小说和散文的界限，通过反逻辑与非理性的手法消除了因果关系和时空的正常秩序，通过梦幻和游戏的笔墨构筑了一个个迷宫的结构。《交叉小径的花园》（1941）、《虚构集》（1944）、《阿莱夫》（1949）等都是后现代短篇小说中的佳作。科塔萨尔着力于小说结构的创新，他试图打破传统小说的连贯性与封闭性，使小说成为一种开放的、可以为读者提供多样阅读方式的作品。他的《跳房子》（1963）正是这样一部力作。小说总共155章，可以分为三部分，第一部分1—36章，题为"在那边"，叙述主人公及其女友在巴黎的生活。第二部分37—56章，题为"在这边"，叙述主人公回到布宜诺斯艾利斯之后的生活。第三部分57—155章，题为"在其他地方"，也称作"可以放弃阅读的其他各章"。此章由种种报刊、文学作品、哲学作品中的引文、主人公的自我剖析和一个称作莫莱里的人的思索和评论组成，试图对前56章的情节做出补充。科塔萨尔指出，读者可以按照章节顺序阅读，并自由舍弃57章之后的部分，也可以选择另一种读法，这种读法犹如"跳房子"的游戏，完全打破章节顺序，从73章开始，然后按照每章结尾处指示的顺序读下去。两种读法可以产生完全不同甚至多元的意义和人生体悟。《跳房子》由于其结构与内涵的复杂而成为后现代主义的经典之作。科塔萨尔也因此被称为拉丁美洲的乔伊斯。

三、俄罗斯东欧诸国文学

20 世纪俄罗斯文学在世界文学史上占有重要位置，但它却经历了一个曲折的历程。一方面，它处于世界文学文化发展演化的大语境中，接受世界文学特别是西方文学的影响；另一方面它又具有自己的特色。

就纵的线索看，20 世纪俄罗斯文学是俄罗斯文学自古及今各个不同历史阶段的发展和演变，它继承和发展了俄罗斯浪漫主义和现实主义的文学传统，从这个意义上说，普希金、果戈理、屠格涅夫、托尔斯泰、陀思妥耶夫斯基等大师的影响始终存在；但就横的线索而言，它又不能不受到波及整个世界的现代主义、后现代主义诸思潮流派的感染和影响，从这个意义上说，它又始终处于创新与变革中，其总体面貌与传统的浪漫主义和现实主义大师们的文学已经有了很大的差别。当然，这种变化一方面来自外部的影响，另一方面也产生自俄罗斯文学自身强大传统中固有的创造和变革的力量。譬如说，俄国形式主义和巴赫金学派的理论就是在这样两种合力作用下产生的重大文学思潮，对 20 世纪文学产生了重大影响。

20 世纪俄罗斯文学中还有一个独特的现象，那就是从十月革命苏联新政权诞生直到 20 世纪 90 年代苏联解体这一特定历史阶段形成的苏联文学。苏联文学在时间上跨越了大半个世纪，在地域上又包括了曾经处于俄罗斯文学之外的一些联盟共和国的文学，因此在某种意义上，它大于俄罗斯文学；更重要的是，苏联文学从一开始就具有强烈的政治和意识形态感，是官方认可的文学，始终处于主流地位，从这个意义上说，它的作用和影响在那个特定的历史阶段远大于俄罗斯文学。因此，学者们在相当长的一段时间内往往将苏联文学看作俄罗斯文学的全体，即便考虑到苏联诞生前十余年的文学，也依然不会改变苏联文学的主导地位。正因为如此，当人们谈及 20 世纪俄罗斯文学时，多采用“苏俄文学”或“俄苏文学”的说法。然而，无论“苏俄文学”还是“俄苏文学”都无法准确地表达 20 世纪俄罗斯文学的实际，因为，这样的提法排除了与官方认可的主流文学处于对立地位的地下文学和流亡文学（或者说俄侨文学、境外文学等）这两股具有相当影响和活力的文学，同时又包含了一部分原本不属于俄罗斯文学的其他民族的文学，因此，越来越多的学者主张仍然采用"俄罗斯文学"的名称。

19世纪末到十月革命前后的二十余年间，俄罗斯文学迎来其历史上一个鼎盛时期，文学史家们将其看作19世纪"黄金时代"之后的又一个高峰，因之冠以"白银时代"的称谓。这个时代文学艺术的总体倾向是在继承的基础上现实主义的偏颇，注重形式和审美的实验与创造。在文学理论领域，俄国形式主义者们强调对文本、语境、语言，乃至声音和色彩的研究，试图使文学研究科学化。从诗歌领域出现的象征主义、阿克梅主义和未来主义等流派可以清楚地看出法国象征主义、未来主义等现代派文学的影响。因此，在某种意义上说，白银时代的文学主要是现代主义文学。在形式主义理论家的队伍中有提出了"陌生化"理论的维克多·什克洛夫斯基（1893—1984）；有致力于对语言做结构分析，提出交流过程六要素（信息发送者、信息接收者、信息、语境、途径、符码）的罗曼·雅科布森（1896—1982）等。俄国形式主义对后来英美的"新批评"和"结构主义"等理论流派产生了重大影响。俄国象征主义诗歌最有影响的人物当推勃洛克、别雷、勃留索夫等。亚历山德尔·勃洛克（1880—1921）是俄国象征主义诗歌大师，也是普希金之后最有成就的俄罗斯诗人，还是"白银时代"文学的象征。勃洛克的诗歌在抒情基调中注入了神秘、奇特的象征和隐喻，在美妙的韵律和斑斓的色彩中赋予声音和颜色特别的象征意味。早期的诗集《美女诗草》（1904）、描写彼得堡的诗集《城市》（1904—1908）以及歌颂十月革命的长诗《十二个》（1918）都是俄国象征主义的名作。勃洛克对年青一代的诗人（诸如阿赫玛托娃、茨维塔耶娃、帕斯捷尔纳克、纳博科夫等）产生了巨大的影响。安德烈·别雷（1880—1934）试图将散文、诗、音乐熔于一炉，注重运用象征主义和印象主义的技巧，强调声音和色彩的重要，他的小说《彼得堡》（1913—1914）被普遍看作象征主义小说的精品。瓦列里·勃留索夫（1873—1924）是俄国象征主义的先行者。他编辑的《俄国象征主义者》三本诗集（1894—1895）被批评家看作俄国象征主义的开山之作。阿克梅派诗歌主张诗歌的明晰，反对象征主义过分使用象征和隐喻，强调诗歌语言的预言性，要求精雕细刻，突出诗歌的绘画和雕塑效果。这派的代表有古米廖夫、阿赫玛托娃等人。古米廖夫（1886—1921）是这派诗歌的奠基者，也是这派诗歌的代表。他的诗技巧讲究，形式精致，音韵铿锵，他的《珍珠》（1910）、《异国的天空》（1912）等作品是此派诗歌的代表。阿赫玛托娃（1889—1966）的《黄昏》（1912）和《念珠》（1914）是阿克梅派的代表性作品。俄国未来主义的理论主张与意大利未来主义的理论主张如出一辙：激烈反叛传统，认为应将普希金、陀思妥耶夫斯基、托尔斯泰等"从现代生活的轮船上扔出去"[①]，赞颂力、速度、现代城市生活，赞颂未来，强调形式的实验和创作，提出诗人有任意造新词和派生词的权利，同时简化词组，革新词和词组的意义，甚至采用新奇的排版方式等。俄国未来主义有自我未来主义与立体未来主义之分。自我未来主义强调"我即未来"，强调个人的自觉、力量和神性。这派的代表是谢韦里亚宁和伊格纳季耶夫。立体未来主义试图将立体主义绘画的意象与未来主义美学原则结合起来，这派的代表是马雅可夫斯基、赫列勃尼科夫、布尔留克等。伊戈尔·谢韦里亚宁（1887—1941）的诗作充满大城市意象、外来语、生造词、花样翻新的格律形式以及自我中心的情调。代表作有诗集《雷杯》（1913）等。伊万·伊格纳季耶夫（1882—1914）竭力主张诗歌语言的革新与实验，曾编辑了九辑"自我未来派丛书"，成为这派诗歌的后期领导者。弗拉基米尔·马雅可夫斯基（1893—1930）既是诗人，也是画家，与画家兼诗人的布尔留克（1882—1967）以及维克多·赫列勃尼科夫（1885—1922）、阿列克塞·克鲁乔内赫（1886—1968）等共同组织了称为"希列亚"（即后来的"立体未来主义"）的社团，发表立体未来主义宣言，宣称要给社会趣味一记耳光，理出反

---

① 林骧华主编：《西方文学批评术语辞典》，上海社会科学院出版社，1989年，第349页。

对传统、面向未来、革新诗歌创作的纲领。马雅可夫斯基的长诗《穿裤子的云》（1915）、《人》（1916）、《一亿五千万》（1921），布尔留克的《瘦弱的月亮》（1913），赫列勃尼科夫的《笑的咒语》（1910）等都是立体未来主义的代表作。

新的苏维埃政权建立后，俄罗斯文学进入了苏联文学的新阶段。这个阶段的文学呈现出鲜明的阶级性、党性和意识形态性。它强调文学为人民服务、为社会主义和解放全人类的伟大事业服务。列宁要求文学成为无产阶级总的事业的一部分，成为党所领导的一部统一的、伟大的机器的齿轮和螺丝钉，因此，这样的文学要以社会主义革命和建设的伟大实践为题材，描绘和歌颂无产阶级的英雄形象，展示无产阶级的人生理想和世界观。

苏联文学最伟大的代表作家无疑是马克西姆·高尔基（1868—1936）。他的长篇小说《母亲》（1906）是苏联社会主义文学的第一部经典。他的创作和实践对苏联和世界各国的社会主义文学产生了深远而重大的影响。绥拉菲莫维奇（1863—1949）的小说《铁流》（1924），马雅可夫斯基后期的长诗《列宁》（1925）、《好》（1927），富尔曼诺夫（1891—1926）的《恰巴耶夫》（1923），法捷耶夫（1901—1956）的《毁灭》（1927）和《青年近卫军》（1945），肖洛霍夫（1905—1984）的《静静的顿河》（1928—1940）和奥斯特洛夫斯基（1904—1936）的《钢铁是怎样炼成的》（1932—1934）等都是苏联文学的杰作。

1934 年 4 月，高尔基主持召开了第一次全苏作家代表大会，批判并清算了活跃于 20 世纪最初二十余年的各种现代派文学，特别是 20 年代的所谓"谢拉皮翁兄弟"、"山隘派"、"列夫派"等派别的文学，明确提出"社会主义现实主义"的理论纲领，要求将其作为文学创作和批评的基本方法。在"社会主义现实主义"大旗的指引下，苏联社会主义现实主义文学成为正统的、主流的文学，获得了进一步发展，而形形色色的现代派文学则被迫转入地下或流亡国外。

20 世纪六七十年代，以爱伦堡（1891—1967）发表中篇小说《解冻》（1954）为开端开始了一个不彻底的所谓"解冻时期"。尽管"社会主义现实主义"的创作方向依旧占据主流地位，一些居于主流之外的作家依然遭到批判和打击，但文艺领域意识形态的钳制毕竟或多或少开始松动。一些抨击官僚体制的作品得以发表；马雅可夫斯基曾被禁演的《澡堂》（1929）等讽刺官僚主义的剧作得以重上舞台；40年代中期受到批判、遭受压抑近20年的女诗人阿赫玛托娃（1889—1966）获得了平反；长期流亡海外而于回国仅两年后即自杀的女诗人茨维塔耶娃（1892—1941）的旧作得以重印；20年代因写作未来派诗歌受到"拉普"批判而相当长一段时间不再能发表诗作的帕斯捷尔纳克（1890—1960）恢复了创作并获得发表诗作的权利，尽管使他获得诺贝尔文学奖的著名长篇小说《日瓦戈医生》（1955年意大利版）30年后才得以在俄国国内出版；长期遭到攻击和批判的布尔加科夫（1891—1940）终于被重新发现，他生前无法与广大读者见面的许多作品获得流行，《大师和玛格丽特》（1929—1939，1966年在苏联出版）涉及艺术、创造性和犯罪感等多种主题，被公认为20世纪世界文坛的佳构之一，其余如《狗心》（1969年海外版，1987年俄国版）、《白卫军》（1927—1929，1969年在苏联出版）等都是十分出色的作品。这一时期最重要的作家还有西尼亚夫斯基（1925—1997）和索尔仁尼琴（1908—2008）。西尼亚夫斯基于1956年就写出了《什么是社会主义现实主义?》一文，向官方文学的权威与主流地位提出挑战，后来在集中营的7年间又写出了《与普希金漫步》（1975）与《在果戈理的影子中》（1975）等文章，对这些传统文学大师加以调侃，并宣传自己的自由主义文学观。索尔仁尼琴由于始终坚持不同政见和对官方文化的批评而被送入集中营和流放，但他的创作却具有揭示社会黑暗和弊端的巨大力量，1970年他因此被授予诺贝尔文学奖。他的《伊万·杰尼索维奇的一天》（1962）问世后曾产生重大影响并受到当局的赞扬，但不久后却遭到批判，后来他被逐出苏联作协，因此他后来的大部分作品都是在海外出版的。其中最重要的有：《第一圈》（1968）、《癌病房》（1969）、《1914年8月》（1971）和《古拉格群岛》（1973）等。

　　20世纪三四十年代出生的较为年轻的一代作家表现出了多样的

倾向，也取得了显著的成绩。这一代作家中必须提及的有布罗茨基、拉斯普京、比托夫等。

约瑟夫·布罗茨基（1940—1996）早年就表现出诗人的天才，他的创作受到阿赫玛托娃等文化界著名人士的赞赏，1964 年被以"社会寄生虫"罪判处徒刑 5 年，送往边远的劳改营服苦役。他的诗作继承了英国玄学派和"白银时代"阿克梅派的传统，既保留形式和韵律的和谐，又追求形式的创新，试图将"白银时代"的俄罗斯文学遗产介绍给世界。1987 年，他获得了诺贝尔文学奖。他的代表作有诗集《韵文与诗》（1965）、《悼约翰·邓及其他》（1967）、《诗选》（1973）、散文集《小于一》（1986）等。瓦连京·拉斯普京（1937—2015）出生于西伯利亚乡村，熟悉农民生活，他坚持写农村生活的题材，以细腻的心理刻画、富于哲理和抒情的笔触，揭示人的精神生活与种种社会问题。他被广泛看作"新斯拉夫派"文学的代表，具有广泛和深刻的社会影响。《玛丽亚借钱》、《活着，可要记住》（1974）等都是广为传颂的佳作。安德列伊·比托夫（1937—　）70年代曾参与地下文学刊物《大都会》的活动，是地下文学中十分活跃的一员。他的《普希金之家》（1971）借鉴意识流等现代派技巧，深刻揭示集权统治下俄罗斯社会生活的呆滞和阴暗，暗示俄罗斯文化的僵化。此作被普遍看作俄罗斯后现代文学的奠基之作。维涅季克特·瓦西里耶维奇·叶罗菲耶夫（1938—1990）的中篇小说《从莫斯科到佩图什基》（1969）是另一部具有现代主义和后现代主义因素的重要作品。此作采用狂欢化的手法和嬉笑怒骂的笔触以及宏大的对话体结构，运用大量的典故、征引和戏仿，将主人公的思想和言行与时空的配置紧密结合起来，描写了一位酗酒的主人公从莫斯科到佩图什卡旅途中的各种遭遇、思考，揭示了苏联"停滞"时期物质紧缺、精神贫乏、个性丧失等种种社会问题。

一些更年轻的作家的创作中体现了更多现代主义和后现代主义因素。维克多·叶罗菲耶夫（1947—　）深受纳博科夫和萨德的影响，20 世纪 70 年代末因参加地下文学刊物《大都会》的编辑工作，被开除出苏联作协，作品被禁止公开发表，直到 80 年代末才重获自由。

他的代表作《俄国美女》（1992）描写莫斯科一个高级妓女的生活，以大量涉及性、暴力和死亡的内容引人注目。此外，他在《追悼苏联文学》（1990）和《俄罗斯的恶之花》（1993）两文中对70年代苏联的社会主义现实主义文学作了批判性反思，提出了这一文学死亡的观点，引发了广泛的争议。塔吉亚娜·托尔斯泰娅（1951—　）的《野猫精》（2000）将反乌托邦与俄罗斯的童话与寓言、科幻小说和讽刺小品、通俗文艺与精英意识杂糅在一起，运用丰富奇特的想象力和别致的叙事手法，深刻揭示了当代人，特别是知识分子的猫性。这一作品的问世，引发了社会各界的广泛关注。弗拉基米尔·索罗金（1955—　）以后现代主义的小说和戏剧创作闻名，他的小说《蓝色脂肪》（1999）以语言游戏和亵渎文明的态度引发了广泛的争议，作品大量使用方言土语、粗话切口以及多种外语，流露出媚俗倾向和文化危机意识。维克多·佩列文（1962—　）是当代俄罗斯文学中影响较大的作家之一，他的创作结合了现代主义、后现代主义的各种手法与技巧，体现了当代年青一代知识分子解构权威、解构传统，尝试对人生与社会万事万物作出个人阐释的努力。他的创作从科幻小说起步，试图将通俗文化与精英意识、外来观念与本土思想杂糅在一起，在小说结构、叙事模式、人物情节的构思等层面，他都追求复杂、神秘而深刻的内涵，不注重意义的表达和对话，强调读者参与的决定作用。《"百事"一代》（1999）是他的代表作，也是具有较为典型的后现代品格的杰作。作品涉及俄罗斯当代生活、消费文化、传媒的巨大作用、美索不达米亚神话、阴谋理论等种种层面，通过主人公对充满物欲与消费主义的当代现实与文化的深入思考，揭示一个光怪陆离的幻象世界背后传媒、金钱、商品拜物教联手共谋的控制作用。

20世纪东欧各国的文学与俄苏文学的情形相仿佛，世纪初在继承现实主义文学传统的同时，接受来自西方象征主义、表现主义、超现实主义等各种现代派和先锋派文学的影响，第二次世界大战后相继建立社会主义政权，在相当长一段时间内一方面继承其自身的传统，另一方面又追随苏联社会主义现实主义的模式，到"解体"之后，接受现代主义和后现代主义的文学又变得十分活跃起来。波兰小说家

亨利克·显克维奇（1846—1916）因历史小说创作的伟大成就获得
1905 年诺贝尔文学奖，他的历史小说具有史诗般的规模，反映 17 世
纪波兰历史事件的三部曲《火与剑》（1884）、《洪流》（1886）、《伏
沃多约夫斯基先生》（1889）以及后来的《你往何处去》（1896）和
《十字军骑士》（1900）等都是波兰文学史上的杰作。罗马尼亚的米
哈伊尔·萨多维亚努（1880—1961）也以历史小说的创作知名，其
《吉德尔兄弟》（1935）、《巨蟹宫》（1929）等获得了很高的声誉；
而《斧头》（1930）等作则可看出心理小说、自然主义甚至社会主义
现实主义的影响。南斯拉夫的伊沃·安德里奇（1892—1975）以
1945 年问世的三部曲中的《德里纳河上的桥》（其余两部为《特拉
夫尼克纪事》和《小姐》）获 1961 年诺贝尔文学奖。这一作品描写
波斯尼亚人反对奥匈帝国的统治，争取民族解放的伟大斗争，深刻揭
示了国家的历史和人的命运，具有广泛而深远的影响。他后来的
《罪恶的牢院》（1954）在一个象征和寓言式结构中，采用多重叙述
声音和不同叙述角度的手法写一个奥托曼帝国晚期发生在土耳其的关
于阴谋、权力、迫害和恐惧的故事，具有巨大的艺术感染力，受到广
泛的赞誉。此外，捷克的雅洛斯拉夫·哈谢克（1883—1923）和匈
牙利的阿蒂拉·尤若夫（1905—1937）都是广为人知，影响巨大的著
名作家。前者的《好兵帅克》（1912）是一部家喻户晓的政治讽刺小
说，后者的诗集《美丽的乞丐》（1922）、《外城之夜》（1932）、《熊之
舞》（1934）和《剧痛》（1936）等结合了超现实主义、表现主义等手
法，表现了深刻的社会主义人本主义精神，受到普遍的赞扬。

　　捷克小说家米兰·昆德拉（1929—　　）和于 1980 年获得诺贝尔文
学奖的波兰诗人切斯拉夫·米沃什（1911—2004），以及于 1996 年获
得诺贝尔文学奖的波兰女诗人维斯瓦娃·希姆博尔斯卡（1923—
2012），在一定程度上代表了当代东欧文学的方向。昆德拉提出小说
要响应四个召唤，即游戏的召唤、梦的召唤、思想的召唤和时间的召
唤。他在自己的创作中对这四个要素都做了认真的实验。在《为了
告别的聚会》（1970）、《笑忘录》（1976）、《生命中不能承受之轻》
（1984）、《不朽》（1991）等作品中，他以游戏的笔墨将喜剧、幽默、

讽喻、梦幻、时空颠倒、无理性、非因果、非逻辑等因素巧妙地结合在一起，试图使小说成为最高的精神综合。米沃什的诗作综合了田园诗与启示录的风格，在现实、历史和人的层面展示了宏阔的视角；希姆博尔斯卡的诗作从早期揭露法西斯的残暴罪行、歌颂波兰的复兴与建设到后期转而对人的生存状态与环境的关注，风格与形式发生了重大的转变，丰富奇幻的想象中增添了更富理性的思辨力量。他们都被看作 20 世纪最伟大的波兰诗人而载入了史册。

思考题

1. 概略说明 20 世纪前期欧美文学在内容和形式上的特点。
2. 试分析一个既继承现实主义传统但又有所创新的重要作家。
3. 20 世纪前期现代派文学有哪些流派？它着重表现哪些关系的扭曲与颠倒？

第二节 高 尔 基

〔学习提示〕 高尔基是 20 世纪享有世界声誉的重要作家，他的创作开创了世界无产阶级文学的新纪元，在世界文学史上占有重要地位，对我国文学和革命产生过巨大的影响。

学习本节，要求掌握高尔基的思想和创作发展的粗略线索和特点。

代表作《母亲》的革新之处：正确地反映了新的革命现实，首次塑造了工农英雄形象。

比较深入地了解代表作自传体三部曲《童年》《在人间》和《我的大学》。自传体三部曲真实地展现了 19 世纪七八十年代俄国社会的历史画卷和劳动群众探索生活真理的思想过程，描写了作家在童年和青少年时代度过的艰难岁月以及寻找光明的奋斗历程，是表现新人成长、刻画新人形象的优秀作品。艺术上有突出的成就。

一、生平与创作

马克西姆·高尔基（1868—1936）（原名阿列克赛·马克西莫维奇·彼什科夫）是20世纪享有世界声誉的重要作家，是"无产阶级艺术的最杰出的代表"①。他的创作开始了世界无产阶级文学的新纪元。他的名字"代表着世界文学史上的新时期"（鲁迅语）。远在20世纪初，他的作品就开始介绍到我国，对我国文学和我国革命产生了巨大的影响。

1. 早期生活与创作（1868—1899）

1868年，高尔基出生于俄国伏尔加河畔的下诺夫戈罗德城。他很小失去父母，在外祖父家度过童年，11岁开始独立谋生。高尔基的童年和青少年时代是在旧社会的底层度过的，他曾饱尝人间的苦难，经受了生活的种种磨炼，因而能深刻认识沙皇专制统治的黑暗腐败，了解底层人民的悲惨境遇和革命要求。1884年，他离开故乡来到喀山，本来想进大学，但喀山的贫民窟和码头成了他生活的大学。他在繁重劳动之余，勤奋自学。他早年的不平凡经历在他著名的自传体三部曲，即《童年》《在人间》和《我的大学》中有生动的记述。19世纪80年代末90年代初，他跋山涉水，两次漫游俄罗斯，更深入地了解了人民的疾苦，同时也积累了丰富的创作素材。1892年，高尔基在《高加索报》上发表了浪漫主义短篇《马卡尔·楚德拉》，这是他文学活动的开始。19世纪90年代，俄国工人阶级登上政治舞台，黑暗落后的俄国变成了世界革命的摇篮。高尔基是在这种特定的历史条件下开始他的战斗生活和创作活动的。

高尔基是作为浪漫主义作家进入文坛的。他19世纪90年代写的最著名的浪漫主义短篇有《伊则吉尔老婆子》和《鹰之歌》等。前者由两个民间传说和一个生活故事组成，塑造了腊拉、伊则吉尔和丹柯三个形象，其核心是谴责腊拉的极端个人主义和歌颂为集体献身的

---

① 《列宁全集》第十九卷，人民出版社，1989年，第246页.

丹柯的英雄精神。后者塑造了鹰和蛇两个对立的形象，在奔腾的山泉的背景上飞翔着鹰，在潮湿的峡谷里躺着一条蛇。鹰虽然身受重伤，仍热爱辽阔的天空，它在牺牲前的独白充满着对战斗的渴望，终于葬身于汹涌澎湃的海浪中。它是追求光明、视死如归的勇士的象征性形象。蛇与它完全相反，是安于现状、害怕斗争、缺乏理想的市侩的象征性形象。这篇作品的独特风格是两个象征性形象的鲜明对比。高尔基的早期浪漫主义作品文笔优美，有浓厚的传奇色彩，其中心不是复杂的情节，而是性格鲜明的传奇式人物之间的对立和冲突，因而具有强烈的艺术魅力。

在这个时期，高尔基创作了更多的现实主义短篇。这些作品所提出的问题和反映的生活范围比浪漫主义作品更深刻、更广泛，风格也更加多样，充分显示出作者有深厚的生活基础和雄厚的创作潜力。其中有的暴露了资产阶级的残酷剥削和心灵的空虚（如《钟》《闲逸的生活》《苦恼》），有的抨击了道德堕落、灵魂丑恶的市侩化的知识分子（如《因为烦闷无聊》《重逢》《他的报复》），有的描绘了下层人民的不幸遭遇（如《阿尔希普爷爷和廖恩卡》《有一次，在秋天》），但最有名和最富特色的是写流浪汉生活的短篇，如《叶美良·皮里雅依》（1893）、《我的旅伴》（1894）、《切尔卡什》（1895）、《柯诺瓦诺夫》（1896）、《玛莉娃》（1897）、《草原上》（1897）等。《切尔卡什》显示了高尔基对底层人民生活和流浪汉心理的透彻了解以及刻画复杂性格的卓越技巧。小说在海港的背景上描写了两个流浪汉之间的一场冲突。流浪汉切尔卡什雇用刚沦落到底层的青年农民加夫里拉深夜泛舟，盗卖码头上的货物。在紧张的走私活动中，切尔卡什表现出大胆机智和强烈的冒险精神，而加夫里拉则显得迷信胆小。可是第二天分赃时加夫里拉起了贪心，想杀死自己的伙伴，独吞巨款。切尔卡什轻蔑地把钱全部扔给了加夫里拉，觉得自己是"一个英雄"。作者运用对比的手法描绘了两位主人公迥然不同的性格：一个是爱好自由、蔑视金钱、自发地反抗资本主义制度的流浪汉切尔卡什，另一个是灵魂被私有观念毒害了的农民加夫里拉。高尔基肯定了切尔卡什的叛逆精神，但指出他对现实的不满是消极的。《玛莉娃》是最接近

《切尔卡什》的描写流浪汉的名篇。女主人公玛莉娃同切尔卡什一样，向往"海鸥似的，要飞到什么地方就飞到什么地方"的自由生活。她虽然放荡，却保持着自己的独立和尊严；虽然贫穷，却鄙视自私自利。作者歌颂了她落拓不羁的性格，批判了狭隘自私的农民华西里父子。

高尔基重视写流浪汉有两方面的原因。一是由于当时俄国资本主义的发展使大批城乡劳动者破产，沦落成流浪汉，描写他们的痛苦生活是为了揭露资本主义的罪恶。另一方面，高尔基本人曾在流浪汉中间生活过，熟悉他们，了解他们。他一直在下层人民中寻找正面人物，他发现流浪汉大多数都爱好自由，敢于反抗，重义轻财，豪放不羁，他们在精神上远远高于小市民和资产阶级。高尔基后来在回答青年们提出的"为什么要描写流浪汉"的问题时曾说，流浪汉虽然比"平常的人"过得更坏，但是他们"并不贪心，不相互倾轧，也不积蓄金钱"。不过，高尔基并没有把流浪汉理想化，他对他们的看法是清醒的。

高尔基的早期短篇作品既展示了19世纪末俄国社会生活的广阔画面，又对人生理想和时代的正面人物进行了卓有成效的探讨。同时，它们在艺术形式方面也提供了许多可贵的借鉴。作者力求作品形象生动，色彩鲜明，语言精练，富于音乐旋律。他广泛地运用了象征、隐喻、对比、讽刺、夸张和拟人化等艺术手法，善于用简练的文学表达丰富深刻的内容。不少作品已经成为世界文学名篇，至今保持着巨大的艺术魅力。

1899年和1900年，高尔基完成了他最早的两部长篇小说：《福玛·高尔杰耶夫》和《三人》。前者通过商人之子福玛性格形成的过程和他同本阶级的冲突，揭露了俄国资产阶级的丑恶本质。后者通过三个出身下层的青年所走的三条道路，描写了19世纪90年代末小城市居民的生活，提出了关于生活意义的主题。

卢那察尔斯基曾说，高尔基在90年代反映了蓬勃发展的无产阶级的第一步。80年代的朦胧的黄昏逝去了。90年代使人兴奋的大雷雨发作了，出现了许多感觉到即将来临的事件的意义的作家，高尔基便是其中的第一人。这段话极为中肯。在 19 世纪末的俄国作家中，没有任何人像高尔基那样具有丰富而复杂的下层社会的生活经验，像他那样深刻地了解下层人民的痛苦和要求。同时代作家们所不理解的俄国广大人民的苦闷、希求和理想，在高尔基的作品中鲜明生动地表现了出来。他的早期创作之所以受到群众的热烈欢迎，原因就在这里。

2. 1905 年革命准备时期和革命时期的创作（1900—1907）

20 世纪初，俄国工人运动高涨。高尔基积极地参加革命活动，在思想上迅速地成长，并将自己的创作与无产阶级斗争紧密地联系在一起。作家以表现时代精神、歌颂革命理想、洋溢着革命激情的战斗诗篇《海燕》（1901）迎接了 20 世纪初的无产阶级革命风暴。诗中广泛地运用了象征的艺术手法，自然现象都是某种社会力量的象征：乌云、狂风、雷、闪电象征黑暗的反动势力；许多水鸟（海鸥、海鸭、企鹅）象征害怕革命的资产阶级社会阶层；大海象征日益觉醒的人民群众；暴风雨象征日益逼近的革命风暴；太阳象征革命的胜利；海燕（这一名词的俄文意思是"暴风雨的报信者"）象征着在革命斗争中涌现出来的革命战士，是作品歌颂的中心形象。这首诗描写了暴风雨来临之前、暴风雨越来越近和即将来临时的情景，在三幅变幻的自然画面的背景上，步步深入地刻画了海燕的形象，以群鸟在暴风雨来临之前的丑态衬托海燕英勇的战斗风貌和崇高的精神境界。该诗是 1905 年俄国革命前夕群众运动的艺术反映，对俄国和世界各国的革命斗争起过巨大的宣传鼓动作用。高尔基因这篇作品被称为"暴风雨中的海燕"。

20 世纪初，高尔基创作了一系列剧本。《小市民》（1901）描写了小市民思想同无产阶级思想的冲突。革命工人、火车司机尼尔是俄国文学中第一个以新的精神面貌出现的工人形象。这一形象预示了高尔基以后创作的方向。名剧《在底层》（1902）使高尔基在俄国和欧洲剧坛赢得了极大的声誉。该剧是高尔基 20 年观察流浪汉生活的总结。同时，它也体现了高尔基戏剧的风格。

幕一揭开，出现在观众面前的，是一个像窑洞一样的地下室，一幅阴森可怕的墓地的图景。这里居住着一群生活在底层的流浪汉。夜店老板柯斯蒂略夫是一个残暴的吸血鬼，他剥削、压榨着每一个房客，迫害妻妹娜达莎。老板娘瓦西里沙比丈夫更狠毒，她想借刀杀害丈夫，去过更加放荡的生活。

同老板相对立的，是夜店的房客，一群无家可归的流浪汉：小偷贝贝尔、锁匠克列士、妓女娜思佳、潦倒的男爵和戏子等。尽管他们挣扎在死亡线上，但在他们身上仍然保留着某些健康的品格。贝贝尔坚强，有毅力，心胸开阔，幻想过另一种生活。锁匠克列士勤劳正直。娜思佳向往着纯真的爱情。戏子是一个感情丰富的浪漫主义者。社会底层埋没了无数有才能的人。剧本告诉人们，像专制俄国这样压迫和摧残人的社会制度，是不能存在下去的。这是剧本的革命意义，它是对资本主义社会严厉的控诉。

不过，剧本的中心是探讨如何挣脱"底层"的枷锁、改变不合理的社会制度的问题。这个问题的解决是同鲁卡和沙金的形象联系着的。游方僧鲁卡外表是一个善良、待人亲切的老头儿。他处处安慰人，向人们散布幻想。可是在第三幕结尾的一场争风吃醋的斗殴中，娜达莎被打得半死，贝贝尔一怒之下打死了老板，夜店乱成一团，人物命运等待着决策。这时，鲁卡却悄悄地溜走了。在第四幕中，剧情的发展宣判了鲁卡的安慰哲学的全部破产。他建议贝贝尔去西伯利亚寻找"黄金宝地"，可是贝贝尔却是作为犯人去西伯利亚服苦役。鲁卡对戏子说，某地有一所免费治疗酒精中毒症的医院，但戏子却上吊自杀了。鲁卡所宣扬的那条跟现实妥协的道路是行不通的。

高尔基塑造了流浪汉沙金的形象，来跟鲁卡的形象相对立。为了帮助人们改变生活，沙金说，应该做什么？"应该尊重人！不要你去怜悯……不要拿怜悯去伤了人的尊严。""人，就是真理……人，是伟大的！人有创造一切的力量……万事都在于人，万事都为着人啊！""人啊！这名字……真光荣！"在剧本充分揭露了资本主义社会底层人民的痛苦生活之后，沙金这段独白有很大的革命意义。它唤醒被压迫者去反对柯斯蒂略夫世界，反对资本主义制度，改变生活。在1905年革命准备时期，沙金的话被认为是"起义的信号"，《在底层》被称为"海燕式"的剧本。在整个 20 世纪，它不仅是俄罗斯，而且是世界许多国家剧院的保留剧目。

《在底层》最能代表高尔基的戏剧风格。首先是冲突的特点。高尔基戏剧的冲突不在外表，不表现在台词中，而在于戏剧的内部变化，在潜台词中。《在底层》剧情的发展揭示了台词中没有说的话：应该积极改变生活。高尔基的戏剧冲突也有别于契诃夫式的心理冲突。他往往着重描写各阶级、各阶层的矛盾，不同的世界观、政治观点之间的冲突。其次是戏剧的哲理性质。剧中没有复杂的情节，却带有深刻的哲理性质。作者把思想问题、哲学问题提到首位，使剧本具有巨大的政治意义，因此高尔基被称为社会政治哲理剧的创始人。

1904—1905 年间，高尔基还写了一组关于知识分子的剧本：《避暑客》（1904）、《太阳的孩子们》（1905）、《野蛮人》（1905）等。

高尔基积极参加了 1905 年革命，同年加入布尔什维克党并会见了列宁。这使他的思想发生了很大的飞跃。1905 年俄国革命失败后，布尔什维克党派他出国募集资金。1906 年，高尔基在美国完成了《母亲》的第一部和剧本《敌人》。《敌人》也是高尔基最优秀的剧作之一。它以 1905 年初莫洛佐夫工厂发生的事件为素材，展示了工人和资本家两个敌对阵营之间面对面的冲突。作家刻画了不同类型的资本家的形象，同时着重描写了工人群众在党的领导下迅速走上觉醒的道路。工人代表辛佐夫是一个富有斗争经验的布尔什维克，他与《小市民》中的尼尔有一些共同的特点：明确的目的性，沉着、果断，对本阶级的力量充满信心。作者把他放在与阶级敌人的直接冲突中加以描写，因而表现了他的一些新特点——善于组织和领导群众以及富有地下工作的经验等。他是工厂地下党的负责人，是他把工厂里年老的和年轻的工人团结成战斗的集体。他们在罢工中坚持明确的政治目标，表现了团结互助、大义凛然、勇于自我牺牲的高尚品德。

《敌人》是一部有重大意义的作品。它比《小市民》大大前进了一步，写的不是尼尔那样的单枪匹马的战士，而是为本阶级的利益而斗争的工人阶级集体。这是高尔基，也是俄国文学史上第一次把工人群众作为一个自觉的、有组织的、有共同奋斗目标的革命阶级来描写。在剧本末尾，罢工工人虽然集体被捕，但斗争的进程表明，未来一定属于无产阶级。

与《敌人》同时创作的长篇小说《母亲》堪称一部划时代的巨著。它第一次深刻地反映了 20 世纪初俄国无产阶级政党领导下的群众斗争，生动地塑造了具有社会主义觉悟的无产阶级英雄形象，在世界文学史上开辟了无产阶级文学的新时期。

小说开头展现了帝俄时代工人阶级惨遭剥削的生活环境和老钳工米哈依尔·弗拉索夫悲惨的一生。接着，小说通过弗拉索夫一家人的遭遇表现了工人阶级如何从自发走向自觉的斗争。年轻的巴维尔和父亲生活的时代不同，他在革命知识分子的帮助下学习革命理论，走上了革命的道路。他和工人马克思主义小组的成员在斗争中依靠群众、教育群众，也和群众一起成长。巴维尔通过"沼地戈比"事件和监狱生活的锻炼，不断总结斗争的经验，逐渐掌握了同反动派作斗争的艺术。在"五一"游行和法庭斗争中，他表现了大无畏的英雄主义和对工人阶级解放事业的无限忠诚。在世界文学史上，他是第一个血肉丰满的无产阶级英雄形象，是 20 世纪初俄国先进工人的艺术典型。这个形象最令人感动之处是他全心全意追求真理，勤奋不懈地学习革命理论的精神和坚定的共产主义信仰。

小说的另一位重要人物是巴维尔的母亲尼洛夫娜。她像千百万受压迫的妇女一样，被繁重的劳动和丈夫的殴打折磨成逆来顺受、忍气吞声的人。丈夫死后，她的儿子不久便走上革命的道路。母亲也在儿子以及他的同志们的启发、帮助下逐渐接受革命的真理。在"沼地戈比"事件以后，母亲为了搭救儿子出狱，接受了散发传单的任务。五一游行时，巴维尔高举红旗走在队伍的最前列，在武装警察面前英勇不屈，这使母亲进一步懂得了真理的力量，也使她更自觉地参加革命工作。儿子再次被捕后，她搬到城里，和革命知识分子住在一起，完全献身党的工作。她常装扮成修女、小市民或女商贩，带着传单奔走于市镇和乡村。她锻炼得坚强开朗，举止稳重。巴维尔在法庭上的演说和斗争更加提高了母亲的觉悟。小说结尾时，母亲冒着生命危险去散发印有儿子演说稿的传单，不幸在车站被暗探围住。她勇敢地把传单散发给车站上的群众，还大声疾呼："真理是用血海也扑灭不了的。"母亲是20世纪初俄国正在觉醒的革命群众的艺术典型。作者通过她的觉醒过程深刻地揭示了革命思想教育人、改造人的巨大威力，表现了无产阶级革命运动的深度和广度。同时，母亲的形象在小说的结构中也具有重要的作用。作品的一切重大事件几乎都是通过她的感受来描写的。生动细腻的心理描写不仅揭示了母亲丰富的内心世界，还使作品的事件和其他人物具有浓厚的浪漫主义色彩。

《母亲》是无产阶级文学的奠基之作。它以对新的革命现实的真实描写，以对时代本质的深刻概括，以具有高度思想性和艺术性的英雄人物形象开创了无产阶级文学的新纪元。

1907年，高尔基参加了在伦敦召开的俄国社会民主工党第五次代表大会，同列宁建立了深厚的友谊。他们的友谊持续了近20年，一直到列宁逝世。

3. 两次革命之间的创作（1908—1917）

在1905年革命失败后的反动统治时期，高尔基长期侨居意大利的喀普里岛，与鲍格丹诺夫等召回派接近，受到马赫主义哲学思潮的影响，试图用"宗教无神论"来创建一种新神。这表现在中篇小说《忏悔》（1908）和一些文章中。《忏悔》描写农民出身的青年马特威在流浪中寻找真理的故事。马特威是一个孤儿，从小被遗弃，饱尝人间辛酸，成年后又接连死去妻子和孩子，因此对生活失去了信心。不过，他有根深蒂固的宗教观念，想在流浪中寻找上帝和真理。可是他看到到处都是肮脏和罪恶，找不到真理。他最后领悟到：上帝和真理是找不到的，人民是造神者。他们正在制造一种"新神——美和理智、正义和爱之神"。小说虽然揭露了欺骗人民的官方教会，但主要是为"造神论"作了艺术图解，因而是错误的。列宁为了争取高尔基，亲自赴意大利访问并给他写了许多信。列宁指出，"造神论"的要害是"美化了神的观念"，宣传"造神论"等于帮助统治阶级来"奴役人民"。但当他了解到高尔基的真实思想状况时，对高尔基又十分关切，并对他的创作给予高度的评价。列宁说，高尔基"用他的伟大的艺术作品把自己同俄国和全世界的工人运动结合得太牢固了"[1]，"他对无产阶级艺术作出了许多贡献，并且还会作出更多的贡献"[2]。

在喀普里时期，高尔基冷静地思考了许多重要问题：俄国革命失败的原因，俄国革命与俄罗斯民族性格、民族文化心理的关系，并反映在许多作品中。中篇小说《夏天》（1909）通过一个职业革命家在农村的活动，反映了在1905年革命的影响下农村的觉醒和进步力量的成长。中篇《奥库罗夫镇》（1909）和长篇《马特维·科热米亚金的一生》（1910—1911）描写了偏僻城镇奥库罗夫半个世纪的小市民生活，揭露了他们的落后、自私和保守。这是高尔基探索小市民心理的两部代表作。作者通过表现主人公自我意识的流动、矛盾和变形来展示小市民的感情和思想的变化。《意大利童话》（1911—1913）由27篇以童话的形式写的美丽的故事组成，写的是意大利的自然景色、人物和生活，从古代传说、乡土风情，一直到里巷琐事。作品的题材新颖，内容丰富，有浓厚的浪漫主义色彩。作品写的虽然是意大利的生活和自然景色，实际上反映了俄国及欧洲新的革命高涨，具有浓厚的浪漫主义色彩和强烈的革命精神。高尔基曾经将其中的7篇寄给布尔什维克的《明星报》，列宁读后认为这些童话写得极为精彩，称赞它们是革命的传单。

在这一时期，高尔基还创作了自传体三部曲的前两部《童年》（1913）和《在人间》（1914）。

总的来说，作家在1908—1917年间所写的小说中，现实主义心理分析艺术有所加强。他在奥库罗夫系列小说中深入细致地剖析了小市民的心理，在自传体三部曲的头两部中探讨了俄国劳动者反抗小市民习气的意识的产生和新人成长的曲折道路。在《罗斯记游》（1912—1917）中，他通过"漫游者"的角度透视俄罗斯人民群众复杂的心理状态，描绘了"斑驳"、"杂色"的人民群众集体的心理。

---

① 《列宁全集》第十六卷，人民出版社，1959年，第101–102.

② 《列宁全集》第十六卷，人民出版社，1959年，第202页.

高尔基这十年的心理分析艺术是他继《母亲》之后发展现实主义的新成就，是他整个现实主义心理分析艺术的重要组成部分，也是向十月革命后创作的过渡。

4. 十月革命后的创作（1917—1936）

十月革命期间，高尔基与布尔什维克党产生了重大的分歧。1917—1918 年间，他在《新生活报》上发表了一组以《不合时宜的思想》为总标题的政论文章，否定十月革命，反对当时列宁和新政权的一系列政策措施，揭露现实中的反面现象，在进行揭露时情绪激动，措辞激烈。过去，苏联当局对高尔基这段历史，或一笔带过，或避而不谈，《不合时宜的思想》这本书则被封存了 70 年，直到 20 世纪 80 年代后期才重新予以发表。实际上，这是一部内容丰富又很复杂的著作，对于这组文章应该做具体的分析，因为它们反映了高尔基这一时期的情绪和思想矛盾。一方面，高尔基不理解阶级斗争的规律和辩证法以及革命的战略战术等，他反对列宁关于十月革命的论断以及做法，对十月武装起义的看法是错误的；但另一方面，他之所以反对十月革命和武装起义，是基于他对革命的任务、动力的理解，对俄国历史发展经验的理解，他害怕起义会遭到失败。他看到了革命的复杂性和残酷性，大胆说出了对革命，对俄罗斯人民的看法，表达了对俄国革命及文化发展的种种忧虑，并在一定程度上预言了许多后来发生的历史悲剧。这些至今对我们正确理解俄国的历史和当代文化仍有重大的价值。

1918 年 8 月，列宁遭到社会革命党人的暗杀。高尔基深受震动。在列宁被刺的第二天，他立即给列宁拍慰问电，并在报上发表声明说，对列宁所实行的恐怖手段使他走上与苏维埃政权密切合作的道路。这时，高尔基亲自去克里姆林宫看望列宁，向他认错。正像高尔基后来说的，从 1918 年，从卑鄙地谋刺列宁的那一天起，他又觉得自己是一个布尔什维克了。此后，他更积极地为社会主义文化建设贡献力量。他重视保护遗产，保护活着的科学家、作家等对文化有贡献的人，并且吸引他们为苏维埃政权服务。1921 年，高尔基接受列宁的劝告，出国治病，但仍开展了多方面的社会活动、文学创作活动和文学组织工作。

在创作方面，高尔基在 20 世纪 20 年代从总结历史经验的角度出发，写了一系列揭露资产阶级和资产阶级知识分子的作品。如长篇小说《阿尔塔莫诺夫家的事业》（1925）、史诗《克里姆·萨姆金的一生》（1925—1936）和 20 世纪 30 年代的戏剧等。

《阿尔塔莫诺夫家的事业》通过三代资本家的生活和活动，概括地描写了俄国资本主义发展的历史过程。小说开头写农奴解放后两年（1863）一个名叫伊里亚·阿尔塔莫诺夫的被解放的农奴带着三个儿子来到小城德略莫夫。他创办了一个亚麻厂，成为新兴的资本家。他精力充沛，自认为是事业的主人，但没过几年，他突然死去。大儿子彼得继承了父业。可是他生活在俄国资本主义开始走下坡路的时代，已经失去了父亲对事业的那种信心。他自认为是事业的奴隶，因而走上了堕落的道路。第三代资本家不仅比祖父一辈，而且比父亲一辈更渺小。彼得的小儿子亚科甫是个贪图享受、生活腐化、懦弱无能的寄生虫，十月革命期间被人打死。小说通过祖孙三代对待"事业"的心理变化揭示了俄国资本主义发展的特点和短暂的历史。此外，高尔基还描写了一个工人家族三代人的历史，他们一代比一代觉悟，由资本家的奴隶变成了国家的主人。作者通过这些形象表现了无产阶级是旧世界的掘墓人，是历史的真正主人的思想。

史诗《克里姆·萨姆金的一生》反映了十月革命前 40 年间俄国社会的政治、哲学等思想领域里的斗争。主人公萨姆金是资产阶级个人主义者的典型。作者通过这一典型揭露了资产阶级个人主义和资产阶级知识分子对革命的恐惧，深刻地批判了市侩习气。高尔基曾多次说过，关于市侩习气，相关的作品很多，但是还没有把市侩习气体现在一个人物身上、一个形象身上，必须通过一个人物把它描绘出来，而且要描绘得像浮士德、哈姆莱特等世界典型那样巨大。高尔基笔下的萨姆金就是这样的典型。这部史诗是高尔基全部创作的总结，是他最杰出的艺术成就之一。

在 20 世纪 30 年代，高尔基还写了几个剧本，如《索莫夫和别的人》（1930—1931）、《耶戈尔·布雷乔夫和别的人》（1931）、《陀斯契加耶夫和别的人》（1932），1935 年还改写了剧本《瓦萨·日列兹诺娃》。其中最有名的是《耶戈尔·布雷乔夫和别的人》。该剧以 1917 年 2 月资产阶级革命前夕的俄国社会为背景，刻画了巨商布雷乔夫的形象。身患癌症的布雷乔夫在临死之前看透了资产阶级的虚伪、腐朽和丑恶，他意识到整个资本主义社会，就像他本人一样，已经病入膏肓，再也无法维持下去。布雷乔夫精神上的危机是伟大历史变化的回声。这个形象是高尔基笔下一系列否定自己阶级的商人形象中最深刻的一个。

高尔基一生中写过三十多篇回忆录，大部分是在 20 世纪 20 年代完成的，其中最为人传诵的是 1930 年完成的回忆录《列宁》。回忆录分为两部分。第一部分写革命前高尔基与列宁在伦敦、巴黎、喀普里的会见。高尔基从 1907 年的伦敦党代会写起，选择了三个环节，把列宁同孟什维克领袖普列汉诺夫进行对比，比较了他们两人给高尔基的印象，两人在大会上发言时表现的不同风格以及工人们对他们两人的评价。经过这样三次对比，列宁的生动形象跃然纸上。在回忆录的第二部分，高尔基描绘了十月革命后作为国家领导人的列宁的形象。他把十月革命后初期的俄国比作"巨大而沉重的海船"，列宁是它英明果断的舵手。高尔基结合对自己十月革命前后一些错误的认识，歌颂列宁高度的革命坚定性和预见性。这篇回忆录在高尔基的创作中占有重要的地位，高尔基曾一直梦想要创造一个英雄人物、一个为人们所效法的典型形象。他认为列宁就是理想的人的化身。高尔基笔下的列宁既是高大的，又是平凡的，既高瞻远瞩，又极为现实。作家以卓越的艺术技巧刻画了列宁生动而完美的形象。同时，回忆录又是高尔基关于他自己同列宁的友谊的总结，是他们两人之间许多争论的总结。此外，作者还表达了他对列宁的深切爱戴和无比崇敬的感情。列宁的夫人克鲁普斯卡娅在读了回忆录之后曾写信给高尔基："您笔下的伊里奇是活生生的。关于伦敦代表大会写得好极了。一切都是真实的。您的回忆录中每一句话都会使人想起许多类似的话来。而且您热爱伊里奇。如果不爱他，就写不出这样的形象来。"

除了文学作品以外，高尔基还写了大量政论。他在十月革命前就写过不少政论，但在生活的最后十年写得最多。因为政论是及时反映现实、参加战斗的最好的艺术形式。瞿秋白曾说，高尔基的论文，也和鲁迅的杂感一样，是他自己创作的注释；战斗紧张和剧烈的时候，他们来不及把自己的感情、思想、见解融化到艺术形象里去，用小说戏剧的体裁表现出来，他们直接向社会说出自己的心事，吐露自己的愤怒、憎恶或是赞美。高尔基的论文，都可以从这个角度去读。高尔基的政论具有高度的思想性和鲜明的战斗精神，有的至今仍有现实意义。

此外，高尔基论文艺的文章也是他留下的一份十分珍贵的遗产。他在十月革命前就写了《个人的毁灭》（1908）、《俄国文学史》（1909）等著名作品，力图用历史唯物主义观点系统地阐述欧洲和俄国文学发展的规律。在苏联时期，他根据自己的创作实践和苏联文学的经验，写了许多文学论文，涉及文学创作的各个方面，其中有许多精辟的见解，至今仍有现实意义。在培养青年作家方面，十月革命后的高尔基更不愧为辛勤的园丁。他曾关心巴别尔、左琴科、普拉东诺夫等一大批作家的命运。他热爱从社会主义祖国土地上成长起来的文学新苗的事例，不胜枚举。他对马克思主义文艺理论和培养青年作家作出了巨大的贡献。

综上所述，我们看到，高尔基经历了俄国无产阶级革命蓬勃兴起到社会主义建设的整个伟大的历史时代。他的一生，不论是文学创作，还是社会政治活动，全部献给了无产阶级的文学事业。在世界文学史上，他第一个在创作中真实而生动地歌颂了无产阶级的革命斗争，塑造了光辉的英雄形象。他对无产阶级文学作出了可贵的贡献。

高尔基是小说家、剧作家、诗人、政论家和文学批评家，不愧为文学中的全能者。他作为小说家在创作社会心理小说方面的贡献十分突出，其主要特点是通过表现人们的精神世界来艺术地概括现实生活。他的许多小说有着一些共同的特点：首先，从结构来看，高尔基的重要小说的基本情节线索都是主人公的个人生活史。这一特点从作品的篇名上就可以看出。不仅《福玛·高尔杰耶夫》《母亲》《克里姆·萨姆金的一生》，而且自传体三部曲、《三人》、《阿尔塔莫诺夫家的事业》等作品也主要以某个主人公的生活经历为核心。高尔基在这方面的创新是他没有着重写主人公的经历、活动和遭遇，而更多的是写主人公的精神生活和思想意识的发展变化，而且这种精神发展史是同社会思想史紧密结合在一起的。如《克里姆·萨姆金的一生》既展示了"一个空虚灵魂的历史"，又广泛地多方面地描写了十月革命前40年间俄国社会的哲学、政治、历史、宗教、美学观点的复杂斗争。其次，从题材特点来看，高尔基小说的中心不是两种社会力量的斗争，不是人与环境的斗争，而是人物的心理矛盾，人物内心世界的各种意识、思想、人生态度之间的冲突。如自传体三部曲着重描写主人公的精神成长过程的同时，形象地表现了19世纪七八十年代俄国的社会心理面貌和劳动群众探索生活真理的艰难思想历程。第三，在形象塑造方面，高尔基笔下的人物主要体现的是某种社会心理现象，也就是说，作家着重表现的是人物的内心活动，通过刻画人物的心理来揭示他们的人生见解、情绪和愿望。高尔基笔下的社会心理形象系列有：探求人生意义和社会正义的流浪汉，形形色色高谈哲理的知识分子，彷徨苦闷否定自己阶级的商人，卑微胆怯的小市民等。对于《母亲》中的母亲尼洛夫娜，作者也是着重描写其精神成长史，通过这一形象揭示20世纪初人民群众觉醒的社会心理特征。尼洛夫娜的觉醒是当时劳动群众的社会心理的反映。最后，在艺术表现手法方面，高尔基的心理描写又是博采众长和熔铸一新的。他显然受列夫·托尔斯泰的影响而描写人物心灵运动的过程，他受陀思妥耶夫斯基的影响而通过梦境、幻觉、回忆、联想来展现人的心灵的奥秘（表现在1907—1917年以及1917年以后的许多作品中）。他还向屠格涅夫学习，把人物的内心感受同环境、自然景色的描写结合起来。高尔基在学习前人的基础上有自己的创造革新，形成了独具一格的高尔基式的心理分析法。

应该指出的是，一百多年来，围绕高尔基及其创作，一直存在着争议。这种争议往往不是学术争论，而带有浓厚的政治色彩，尤其在社会政治生活处于大变动的时期。在十月革命前如此，在苏联解体前后，形势更为严峻。那么，高尔基究竟是一位什么样的作家？是一个只写过一些毫无艺术价值的作品的浅学之辈，还是一位享有世界声誉的真正的艺术大师？我们认为，首先，高尔基的历史功绩和他在世界文学史上的地位，是历史早已确定了的。因为他的世界声誉首先取决于他为俄苏文学和世界文学作出的贡献（即他的著作），取决于热爱他著作的全世界的广大读者。其次，高尔基的同时代人，尤其是他的国外同行——艺术大师们对他的评价是非常值得重视的。世界文坛上有许多著名作家，尽管有的在政治观点上与高尔基大不相同，却异口同声地承认他的成就和作用。奥地利著名作家茨威格说，高尔基是无产阶级的骄傲和欧洲的光荣。法国作家法朗士说，高尔基属于整个世界。德国作家瓦谢尔曼说，高尔基无疑是影响整个欧洲文学的一位作家。美国作家安德森说，许多人受过他的人道主义精神、他的天才的影响，他是整个现代创作真正的父亲。同高尔基有着 20 年友谊的法国著名作家罗曼·罗兰说，高尔基像一座高大的拱桥，连接着过去和未来两个世界，同时也连接着俄国与西方。它耸立在大路上，而我们的后来人还将长久地看到它。他认为，高尔基是世界文学中第一个最崇高的人，他为无产阶级革命清除了道路，把自己的全部精力，光荣的威望和丰富的人生经验都献给了无产阶级革命事业。这些赞语充分肯定了高尔基在世界文学史上的地位。

　　最后还应提及的是，高尔基对于我国人民的解放斗争一贯是热情支持的，他的著作对我国影响很大。可以说，在外国作家中，没有第二个人能像高尔基那样，给予中国读者，特别是青年作家，那样广泛和深刻的影响。关于对我国的巨大影响，许多中国作家都谈到过。夏衍说，高尔基教育了整整一个时代的中国文艺工作者，他们这一辈人，没有一个不受到他的哺育和影响。郭沫若在《中苏文化之交流》一文中也说：高尔基对中国作家的影响，是超文学的，高尔基在中国的文艺工作者的精神上所占的地位，在中国长远的文艺史上，似乎找不出一个人可以和他匹敌。这些评价在今天仍然有着现实意义。此外，整个 20 世纪，在我国形成了三次译介高尔基著作的高潮。第一次在 20 世纪 30 年代，第二次在新中国成立初期，第三次在 20 世纪七八十年代。1985 年，由夏衍主编、由人民文学出版社出版的内容丰富、经过重新翻译校订的《高尔基文集》20 卷全部出齐。该文集是我国改革开放后最早出现的外国作家文集之一，因其高质量于 1991 年获首届全国优秀外国文学图书奖特别奖（1980—1990）。这也同样说明我国读者对高尔基著作的热爱。

二、自传体三部曲《童年》《在人间》和《我的大学》

高尔基的自传体三部曲《童年》《在人间》和《我的大学》创作于 1913—1922 年间，是高尔基重要的代表作。

第一部《童年》是高尔基 1913 年在意大利的喀普里岛完成的。次年回到俄国后，他写了第二部《在人间》（1914）。第三部《我的大学》（1922）则在十月革命后完成。三部曲的主人公阿廖沙就是作家本人。《童年》描写了作家 1871 年至 1879 年在外祖父家的生活；《在人间》记述了他 1879 年至 1884 年在"人间"的生活；《我的大学》是对 1884 年至 1888 年他在喀山时期的"社会大学"的写照。高尔基曾经建议他的传记作者以三部曲为准核对他的传记材料，可见小说中所用的材料是真实可靠的。但是三部曲并不是作家那段生活的简单再现，而是一部艺术作品，是以主人公的精神生活史为核心的个人生活史与社会现实的有机结合。作家以 19 世纪七八十年代俄国现实为背景，运用典型化原则，刻画了一系列艺术典型。高尔基自传体作品最显著的特点是通过主人公阿廖沙的生活经历，着重描写他的精神成长的过程，他的思想发展脉络，以及如何克服种种困难走向革命的艰难道路。三部曲不仅记录了作家 20 岁以前的生活，而且展现了 19 世纪七八十年代俄国社会的历史画卷，同时，它又是一部表现新人成长、刻画新人形象的文学作品。

《童年》描写了小主人公从 3 岁到 11 岁（1871—1879）的生活。

阿廖沙 3 岁时（1871）得了霍乱，父亲因看护他不幸染病身亡。母亲瓦尔瓦拉悲痛欲绝，完全变成了另一个人。外祖母来到阿斯特拉罕，将阿廖沙母子接回尼日尼·诺夫戈罗德城的外祖父家。这是一个典型的小市民家庭。高尔基生动地表现了当时俄国人民生活的社会环境——"铅样沉重的"、残忍可怕的小市民的世界。外祖父卡希林年轻时曾在伏尔加河上拉纤，后来成为染坊老板。阿廖沙到来时他的家业开始衰落，他变得吝啬、贪婪而残暴。这个家里弥漫着人与人之间炽热的仇恨之雾。尔虞我诈、为争夺财产而争吵打架是司空见惯的事。有一次，阿廖沙出于好奇将一块白桌布投进染缸，被外祖父毒打得失去知觉，接着大病了一场。但在他生病期间，外祖父又给他带来礼物，向他讲述自己青年时代的痛苦经历。

阿廖沙的两个舅舅米哈伊尔和雅可夫也极端残酷自私。他们为了分家和想侵吞阿廖沙母亲的嫁妆而不断争吵斗殴，并将阿廖沙看成眼中钉。在这个家里，只有外祖母阿库林娜真正爱护阿廖沙，成为他童年时代唯一的保护人。她给外孙讲述的生动优美的童话故事和民间歌谣使阿廖沙大为神往。她把自己对俄罗斯大自然的热爱，对童话、民歌的热爱传给了外孙。阿廖沙说，"在她没来以前，我仿佛是躲在黑暗中睡觉，但她一出现，就把我叫醒了，把我领到光明的地方"，"她马上成为我终身的朋友，成为我最知心的人"，"是她那对世界无私的爱丰富了我，使我充满了坚强的力量以应付困苦的生活"。外祖母不仅激发了阿廖沙对民间文学的热爱，并且以人民的道德理想和对光明生活的向往陶冶着阿廖沙，使他产生了对正义事业和美好生活的憧憬。

在外祖父的染坊里，阿廖沙还有两位好朋友。一位是青年学徒小茨冈。每当外祖父打阿廖沙时，小茨冈总是拦在中间，用自己的手臂去挡鞭子，第二天他把被打肿了的手臂伸给孩子看。但在舅母忌辰那天，两个舅舅叫小茨冈背十字架上坟。十字架太重，小茨冈被压倒在地，因背脊断裂而死去。另一个好朋友是老工人葛利高里。他给外祖父干了一辈子活，双目失明后，被主人赶出家门，沦为乞丐。

外祖父和舅舅们分家后招了两位房客，其中一位绰号叫"好事情"的房客是进步知识分子，阿廖沙对他很感兴趣。他的房里有许多书和盛着各种颜色液体的瓶子。从早到晚，他总在焊什么，在小天平上称来称去，在破本子里写什么。他很喜欢外祖母讲的童话，要阿廖沙学会写字，把外祖母讲的记下来。他成了阿廖沙的好朋友。但外祖父却说他是"上帝的敌人"，把他撵走了。阿廖沙认为他是祖国的无数优秀人物中的第一个人。另一个房客是抢劫教堂后伪装成车夫的彼得，他的残酷和奴隶习气引起阿廖沙对他的反感。

到了入学年龄，阿廖沙上过一段学，后因出天花辍学。病后不久，外祖母向他讲述了他父亲的故事。他的父亲出生在西伯利亚，9岁成了孤儿，20岁时已是一位上好的细木匠。他和阿廖沙的母亲相爱，遭到外祖父反对，于是他们秘密结婚，直到阿廖沙快出生时，才回到外祖父家。可是两个舅舅对父亲很不友好，有一次外出时将他推到冰窟窿里。父亲自己爬了上来，并不记仇，反而向警察瞒过了舅舅们的劣迹。为此外祖父和外祖母都十分器重父亲。

阿廖沙的父亲死后，母亲一直生活在不幸中。后来她嫁给了一个贵族出身的大学生，婚后生活更加不幸。继父是个赌棍，经常被解雇。贫困和疾病使母亲丧失了原来的美丽。阿廖沙为了糊口，放学后和邻居的孩子们去捡破烂，但遭到学校的非难。他只读了三年级，就永远离开了学校。

继父对母亲和阿廖沙都很不好，孩子只好又回到外祖父家。这时，老人已经破产。不久母亲病逝。外祖父对阿廖沙说："你不是一枚奖章，我脖子上不是挂你的地方，你到人间混饭吃去吧。"于是，11岁的阿廖沙走进了"人间"。

三部曲的第二部《在人间》描写了阿廖沙11岁至16岁（1879—1884）的生活。

阿廖沙来到"人间"，从家庭走向社会，生活的圈子扩大了，生活道路却更为坎坷，经受的考验更加严峻。他最初在鞋店当学徒。生活向他展示了全部丑恶和虚伪的内幕。他想逃走，后因烫伤了手被送进医院，离开了鞋店。冬天，外祖父送他到绘图师（外祖母的外甥）家当学徒。阿廖沙不喜欢这个家庭，认为亲戚之间的关系比外人还不如。老主妇不许儿子教阿廖沙绘图，只要他干繁重的家务。最使阿廖沙苦恼的，是小市民生活的枯燥无聊，人们热衷于互相诽谤中伤。到了春天，他逃跑了。

阿廖沙来到伏尔加河的"善良号"轮船上当洗碗工。他从早到晚忙着洗碗碟盘子。轮船上的厨师斯穆雷有一箱子书，一有空，他就逼着阿廖沙念书给他听，教导他："一个人想聪明，得多念书，念得越多越好，要把所有的书都念过，才能找到好书。"厨师表面上对人粗暴，实际上正直、热情、善良、孤独而愤世，对阿廖沙和善又关怀，并酷爱读书。在他的指导下，阿廖沙对读书产生了兴趣并养成了读书的习惯。书籍对他的成长起了巨大的作用。但书上谈的跟实际生活不一样，实际生活却越来越让人受不了。船上的水手和旅客都很愚昧野蛮，毫无同情心。斯穆雷对阿廖沙说："你老待在这群猪猡当中，会完蛋的。"果然，不久阿廖沙被诬陷为小偷，并被解雇。斯穆雷很难过，告别时还嘱咐他要多看书。

阿廖沙回到外祖父家。冬天，他又被送去绘图师家里。阿廖沙从邻居那里借书偷偷地读，被主人们发现。他们千方百计地阻止他读书，把书烧掉或撕碎。但书籍使阿廖沙看见了另一种生活，使人产生去干大事业的愿望。一有书看，他的心境就好了。一旦书被没收，他便变得百无聊赖。一次，老主妇痛打他，他的背肿得像枕头一样高，他被送进医院。医生从他的背上钳出 42 根木刺，要他去控告主人。阿廖沙不肯控告，只要他们同意他看书就行。主人不敢拒绝，于是阿廖沙可以看书了。

不久，阿廖沙主人的楼下搬来一位寡居的贵妇人和 5 岁的女儿。小女儿很喜欢阿廖沙，她的母亲开始借书给阿廖沙看。当他读到普希金的诗集时，他好像走进一处从未见过的美丽的地方，感到狂喜。读书使他成为幸福的人。阅读阿克萨耶夫、屠格涅夫等人的著作使他产生了坚定的信心：他在大地上不是孤独的，因而不会走投无路。

阿廖沙第二次离开了绘图师家，到轮船上当洗碗工，后来又去圣像作坊当学徒。作坊里有二十多位圣像画工，他们虽然都是好人，但生活得很不好。阿廖沙有时向他们谈自己在轮船上的见闻、书中的故事，有时给他们念书。这样，他在作坊里"得到了说书人和朗诵者的特别地位"。一次，阿廖沙给他们读莱蒙托夫的长诗《恶魔》，整个作坊似乎沉痛地沸腾起来，像被磁石所吸引，围在他的身边。人们彼此身子紧靠着，互相拥抱。许多工匠十分感动。他 13 岁命名日那天，作坊的人送他一张精美的圣徒画像，称赞他"对万事从不背过脸去，总是面向一切"。他第一次感到自己是人们需要的人。书籍使

68

他更加厌弃小市民的庸俗生活，在他面前展示了一个奇妙的新世界，给他带来无穷的乐趣。经过勤奋学习，他终于迈进了珍藏人类文化遗产宝库的殿堂。当他读到普希金和贝朗瑞的诗歌、巴尔扎克和龚古尔兄弟的小说时，他立即被这些作品中所表现的生活真实和艺术魅力所吸引。优秀的浪漫主义作品和现实主义作品虽然还不能帮助他解决生活中遇到的尖锐矛盾，却使他开始思考人的命运和人的崇高使命，培育了他对英雄业绩的向往。正是这种精神力量，使他抵挡了各种不健康思想的影响。

《在人间》表现了阿廖沙性格形成和发展的一个新阶段。一方面，他对小市民生活有了进一步认识，思想上明确否定了这种生活。另一方面，他开始有了朦胧的浪漫主义的社会理想，而且艰苦生活的锻炼和书籍的教育使阿廖沙逐渐形成了反抗的性格。这部小说中有许多作者的插话，表现了他对事物的看法。小说仿佛是由阿廖沙和作者共同总结一个少年对生活的观察，叙述他的反抗性格形成的过程。

《在人间》的末尾，阿廖沙觉得自己走进了迷宫，很苦闷。他不喝酒，不胡来，喜欢书籍。但书读得越多，就越不愿去过毫无意义的生活。在他心中有两个人，一个人对卑鄙龌龊的事情知道得太多，对自己、对一切人都抱着悲悯之情，想尽可能离开人间；另一个人受过书籍的圣灵的洗礼，因而他切齿抡拳，摆定了架势，严阵以待，准备迎接各种争论和搏斗。他想：必须把自己改变一下，要不然便会毁灭。他相信总有一天会走出一条路。这年秋天，他怀着也许可以上大学的希望，到喀山去了。

自传体第三部《我的大学》描写了阿廖沙 16 岁至 20 岁（1884—1888）的生活。

《在人间》将近结束时，阿廖沙听信了一位中学生的劝告："您生来是为科学服务的！"他萌生了上大学的念头，以为在大学里能找到自己所需的知识及许多问题的答案。他辞别了外祖母，来到喀山，但不久他就觉悟到上大学不过是梦想。喀山的贫民窟和码头成了他的生活的大学。为了谋生，他到伏尔加码头去劳动。不久结识了一个叫古里的中学生，跟着他来到"马鲁索夫卡"大杂院（贫民窟）居住。

古里在一个印刷厂里做报纸的夜班校对员，阿廖沙和他睡在同一张木板床上，古里白天睡，阿廖沙夜里睡，白天则到外面去做零工。这个大杂院到处散发着腥酸刺鼻的臭气，从清早到深夜总是乱糟糟的。看了这一切，阿廖沙不禁产生一个疑问："人们这样活着是为了什么呢？"

在这个大杂院的许多怪人中，古里最机灵、最乐观。他和一些革命者很接近。在他的影响下，阿廖沙也参加了民粹派的秘密活动和学习小组。

阿廖沙向往着伏尔加河上的劳动生活。一次，一艘货轮触礁，他和搬运工人去卸货。那虽然是一个狂风暴雨之夜，阿廖沙和工人们却共同体验了富有诗意的英勇劳动的快乐。他们从晚上一直干到次日下午两点，终于把船上的货物全部卸完。阿廖沙万分钦佩人类世界充满着如此强大的力量。这件事使他终生难忘。

阿廖沙也认识了杂货铺老板杰连科夫。他有全城最好的图书室，收藏着禁书和珍本书。喀山的许多大学生和有革命情绪的人都来借阅，常在这里热烈争论。杰连科夫告诉阿廖沙，他赚的钱全用来帮助这些民粹派大学生。后来杰连科夫开了面包店，阿廖沙来这里做面包师的助手，还将烤好的面包送去神学院。在与大学生的接触中，他为他们崇拜人民的思想所感动。他下决心不再为自己着想，要更多地关心他人。但他不理解，也不同意民粹派把人民看成神圣原则的化身。

阿廖沙感到现实生活十分痛苦。他不愿像周围的人那样照老样子生活下去，又找不到出路。1887年12月，在思想极端混乱与苦闷的时刻，他决心自杀。他买到一支旧手枪，对着自己的胸膛开了一枪，本想打中心脏，实际只打穿了一个肺叶。一个月后，他惭愧万分地回到面包坊去干活。

三月末，他遇见了一位名叫罗马斯的民粹派。他邀请阿廖沙去离喀山很远的红景村。他在那里开了一个杂货店，阿廖沙可以帮他做买卖，他有一些好书，可供阿廖沙学习。但村里的农民并不信任罗马斯，放火烧了他的商店，罗马斯只好离开这里。阿廖沙与罗马斯对农民的看法也有了分歧。他怀着沉重的心情，在一个秋夜乘船南下，经过辛比尔斯克、萨马拉到了里海，在一个渔民合作社找到了工作，开始了他在俄罗斯的第一次漫游。

喀山时期是阿廖沙性格发展和思想成长的重要阶段。这时他的视野已经不局限于小市民阶层，而是转向整个社会。这四年中，他在思想、学识、社会经验等各方面都有了很大进步。高尔基这部小说在一定程度上表现了19世纪80年代复杂的政治和思想状况，特别是民粹派思潮对阿廖沙的影响。大学生和有革命情绪的青年组成的秘密小组成为阿廖沙的"社会大学"。他开始阅读革命民主主义和马克思主义的著作，同城市的无产者发生联系。他虽然还没有明确的政治信仰，但已经成长为一个积极探求生活真理的不妥协的青年。

高尔基在自传体三部曲中不仅描绘了过去，而且提出并力图解决"人为什么活着"、"应该怎样活着"等重大问题。《童年》是阿廖沙探索人生的开端，他从单纯的目击者渐渐变成对所见到的事物开始进行思考的人。《在人间》中他对生活的积极态度比童年时更进了一步。《我的大学》则可以说是这种人生探索的继续，阿廖沙开始从自发的反抗走向自觉的斗争。他想找到能使人们的生活变得合理和幸福的神圣真理。作者在小说中不仅努力艺术地再现自己的生活历史，还想写出自己对生活的感受和思考，把个人的成长同时代潮流紧密地联系起来。从个人的命运同人民命运紧密联系的角度来塑造新型英雄人物的形象，是贯穿自传体三部曲的指导思想，也是作家最可贵的革新之处。

自传体三部曲的突出成就还在于：高尔基运用现实主义心理分析手法，描绘了俄国社会各阶层形形色色的人物。书中刻画了不少善良而勤劳的俄国劳动人民的形象。外祖母、青年学徒茨冈、老工人葛利高里、阿廖沙母子是其中的典型代表，而以外祖母的形象最为突出。许多评论家都认为，外祖母是高尔基笔下"最令人惊叹的形象"。瑞典著名女作家塞尔玛·拉格洛夫说，在高尔基的创作中，她最感激他的是他所刻画的外祖母的形象，这是一位有着温柔的心并通晓许多美妙民间传说的老人，是她在世界文学中读到的许多奇迹般的俄罗斯妇女中最令人神往的一位。三部曲中也描绘了许多小市民的形象，外祖父是其中的突出代表。作者多侧面地刻画了他复杂的个性。他专横暴戾，贪婪吝啬，但他又饱经沧桑，尝尽人世间的辛酸。总之，自传体三部曲的许多人物形象都刻画得有血有肉，给人留下了深刻印象。

三部曲问世以来，在国内外获得了一致的好评。苏联批评家丘科夫斯基说，《童年》不仅是一部艺术珍品，而且是高尔基的传记，是他全部创作的注解，是极为珍贵的。德国女革命家罗莎·卢森堡中肯地指出了三部曲可贵的革新，她认为，三部曲所概括的思想相当深刻，表现的不仅是高尔基个人成长的历史，而且是无产阶级革命时代一代新人、一代革命者的性格形成与发展的历史。她说：只有读过高尔基的《童年》的人，才能正确地评价高尔基惊人的历程——他从社会的底层上升到具备当代文化修养、天才的创作艺术和科学的世界观这样一个阳光普照的顶峰。在这一方面，高尔基个人的命运，对于俄国无产阶级来说，是有象征意义的。这段话极为深刻。如果说，高尔基在《母亲》中展现了无产阶级争取解放的斗争的画面，成功地塑造了以科学社会主义思想武装的无产阶级革命战士的英雄形象；那么，自传体三部曲则展示了无产阶级革命时代所需要的新人是怎样在旧生活中逐步成长起来的。在三部曲中，阿廖沙虽然还没有找到革命的真理，但他已走上通往真理的道路。

三部曲的艺术成就曾受到罗曼·罗兰、茨威格等艺术大师的热烈赞扬。罗曼·罗兰认为，高尔基具有令人赞叹的才能，善于将往事、将那些似已无用的生活素材变得永恒不朽。他说，在俄国文学中，没有比《童年》和高尔基关于托尔斯泰、契诃夫等人的特写更美的作品了。茨威格说，多年来他已不曾感受过在高尔基的回忆录里感受到的那种发自内心的热情，如此鲜明、真诚的人性。他认为，高尔基的叙述如此简明扼要，令人惊叹不已；在欧洲谁也没有这样的才华。

直到今天，高尔基的三部曲仍然是具有深刻教育意义和巨大艺术魅力的优秀作品，是世界文学宝库中的明珠。

思考题

- 1. 高尔基早期的短篇小说在思想和艺术上有何主要特点？
- 2. 为什么说《母亲》是一部划时代的作品？
- 3. 应该怎样评价高尔基自传体三部曲《童年》《在人间》和《我的大学》的艺术成就和意义？
- 4. 简述高尔基在文学史上的地位。

第三节 法 捷 耶 夫

〔**学习提示**〕 法捷耶夫是 20 世纪杰出的俄罗斯作家，是十月革命后成长的新一代作家的代表。

《毁灭》是 20 世纪 20 年代苏联文学中最成熟的作品之一，其中刻画了生动、丰满的共产党员形象。

《青年近卫军》深刻地反映了苏联人民在反法西斯斗争中所表现的英勇精神，成功地塑造了苏联青年的群像并通过他们反映了当时苏联青年一代的风貌。小说的史诗性规模、完整的结构和刻画青年英雄群像的丰富艺术手法也是值得借鉴的。

一、生平与创作

法捷耶夫（1901—1956）是 20 世纪杰出的俄罗斯作家、文艺理论家和社会活动家。他的杰作《毁灭》和《青年近卫军》在苏联文学史上占有重要的地位，也是世界文学名著。

1901 年 12 月，法捷耶夫生于特威尔州的基姆雷城。1908 年，全家迁往远东。他的童年和少年时代是在南乌苏里边区的苏昌溪谷度过的。1918 年，他在海参崴商业学校学习时加入布尔什维克党，1919年参加游击队，同白匪高尔察克以及日本干涉军作战，由普通战士提升为旅政委。国内战争的锻炼和艰苦的斗争生活，为他以后的创作提供了素材。

国内战争结束后，法捷耶夫和富尔曼诺夫、肖洛霍夫一起进入文学界，成为刚诞生不久的无产阶级文学的主力军。他的早期作品都以国内战争为题材。1923 年发表短篇小说《逆流》，1924 年发表中篇小说《泛滥》。但最有名的，是反映十月革命后远东游击队战斗生活的小说《毁灭》（1927）。这部小说同富尔曼诺夫的《恰巴耶夫》（1923）、绥拉菲莫维奇的《铁流》（1924）一起，是 20 世纪 20 年代苏联文学中最优秀的作品。

《毁灭》的情节很简单：十月革命后不久（1919 年夏秋之间），共产党员莱奋生领导的一支 150 人组成的远东游击队，受到日寇和白匪军的追击，进行战略转移，且战且走，历尽艰苦考验，最后只剩下19 个人。但是他们完成了战斗任务，精神上更加坚强，准备投入新的战斗。

游击队队长莱奋生是小说的中心人物。他体现了共产党员的优秀品质和在游击运动及人的改造过程中的领导作用。他是优秀的指挥员和教育者。为了战胜敌人，他在战斗环境中对队员们进行艰苦细致的思想教育工作，如他通过对莫罗兹卡偷瓜事件的处理来培养游击队员的纪律性，同时，也密切了军民关系。

莱奋生对革命事业无限忠诚。自从他接到战略转移的命令之后，就坚决执行上级指示，及时做出转移的决定，进行有准备、有秩序的转移。在游击队陷入沼泽地的紧急关头，他表现出钢铁般的意志和出色的组织才能，手持火把出现在人群中。惊慌失措的队员们被他组织起来，在沼泽地上奇迹般地铺出了一条路，终于把队伍从毁灭中救了出来。小说末尾，游击队只剩下 19 个人，莱奋生觉得他们是自己最亲近的人。他虽因失去助手巴克拉诺夫和许多同志而伤心落泪，但远远地看到打麦场上的人们，就想到应该很快地使他们变成自己人，吸引他们参加革命。

在小说中，莱奋生既是一位冷静、威严的队长，又是一个内心充满阶级友爱的人。书中动人地描绘了莱奋生夜间查岗的场面。他"悄悄地在篝火中间穿过"，发现值班人在出神，"眼睛睁得大大的，好像在沉思，脸上露出善良的、孩子般的笑意"。于是，他把"脚步放得更轻"，"走起来更小心"，为的是"怕把值班人脸上的微笑惊走"。法捷耶夫克服了 20 年代许多作家对群众自发性的歌颂以及他们在描写共产党员形象时所犯的公式化、概念化的毛病。他不仅描写了莱奋生作为领导者、教育者的作用，也充分揭示了莱奋生的精神面貌和内心世界。当时的苏联作家在刻画先进人物时，谁也没有像法捷耶夫那样把严峻同温柔巧妙地结合在一个人身上，像他那样细腻地表现共产党员丰富的精神世界。

游击队员莫罗兹卡的形象鲜明地表现了人民群众在革命斗争中锻炼、成长为新人的过程。他最初是一个具有浓厚农民意识的落后的矿工，自发地参加了革命队伍，他身上存在着不守纪律、偷东西、酗酒、胡闹等缺点。在前进的道路上，他每取得一个胜利都要付出痛苦的代价。小说最后，他担任前哨侦察，遇到敌人的伏兵。在面临生死考验的关头，他毫不考虑个人安危，只想到应该向同志们报警。为了让同志们得救，他献出了宝贵的生命。

在小说中，与莱奋生和莫罗兹卡的形象相对立的，是最终叛变革命的资产阶级个人主义者密契克的形象。他是怀着浪漫主义的幻想参加游击队。为了保全自己的性命，不惜断送在炮火中搭救过他的莫罗兹卡和其他游击队员。之后，他还打算扮演一个受难英雄的角色，想自杀。不过，密契克最爱的毕竟"还是他自己"，于是"赶快把手枪藏进衣袋"。作者在这里彻底撕下了叛徒的假面具。

小说结尾，作家描绘了一幅富有寓意的画面。莱奋生的部队在又一次摆脱敌人的追击后走出森林，在他们眼前"呈现出大片高高的青天和阳光照耀着的、两面都是一望无际的、收割过的、鲜明的棕黄色的田野"。远处打麦场上，劳动的人群在快乐、热闹地忙碌着。这幅画象征着革命的光明远景。打麦场上的人们将是新的革命生力军。因此，小说没有给人留下凄惨的印象，却使人对革命的前途满怀信心。

《毁灭》于 1927 年出版后，立即引起苏联文学界和国外广泛的重视。高尔基赞扬作者非常有才华地提供了国内战争的广阔真实的画面。鲁迅于 1931 年就将它译成了中文，并称之为纪念碑式的小说。

20 世纪 30 年代，法捷耶夫写了长篇小说《最后一个乌兑格人》（1929—1944），但未能完成。卫国战争期间，他一面积极组织作家参加反法西斯斗争，一面作为《真理报》的记者，写了一系列歌颂苏联人民英勇战斗的政论和特写。1944 年，出版了他的特写集《封锁期间的列宁格勒》。1943 年到 1951 年，他创作了长篇小说《青年近卫军》。

此后，法捷耶夫着手写以现代苏联工人阶级生活为题材的长篇《黑色冶金》，因故未能完成。

从 20 世纪 30 年代至 50 年代，法捷耶夫结合自己的创作实践研究了许多文艺理论问题，对苏联多民族文学和文学遗产问题发表过许多文章。1957 年出版了作家在世时亲自整理的论文集《三十年间》。

在此期间，法捷耶夫一直担任着苏联作家协会的领导工作。在斯大林去世后苏联政治形势发生重大变化之际，法捷耶夫受到苏共新领导的冷遇和排斥。赫鲁晓夫等人对斯大林的批判和全盘否定对他是十分沉重的打击；同时，种种事实使他对苏共新领导有了清醒的认识，对他们完全失望。1956 年 5 月 13 日，在极端痛苦的情况下，法捷耶夫开枪自杀。他在去世前给苏共中央写的一封遗书直到 1990 年才得以发表。

法捷耶夫去世后，他在苏联一直受到文学界某些人的攻击。苏联解体后，他受到的人身攻击和否定更为严重。我国著名俄罗斯学专家张捷在法捷耶夫百年诞辰之际（2001）写了《法捷耶夫的悲剧》一文。文章引用大量翔实的新资料和解密档案，对围绕《青年近卫军》的争论以及法捷耶夫的死因作了实事求是、客观具体的分析。文章最后的结论是："法捷耶夫的结局具有浓重的悲剧性。他的死是历史出现曲折时多种因素造成的。他直到生命的最后一刻没有放弃自己的理想，仍在进行抗争。他的死是战士的死，给人以悲壮之感，发人深思。这就像在他的作品里所写的那样，是乐观的悲剧。"①

二、长篇小说《青年近卫军》

《青年近卫军》是苏联卫国战争时期和战后初期最优秀的文学作品之一。

1941 年 6 月，德国法西斯对苏联进行了突然袭击。苏联人民经过四年艰苦卓绝的斗争，赢得了战争的胜利。在战争的第二年，进行了著名的斯大林格勒战役，该战役是这场战争的重要转折点。

小说中的"青年近卫军"是乌克兰矿工城克拉斯诺顿的青年们为反抗德国法西斯建立的地下组织。该城位于法西斯进攻斯大林格勒的重要通道上，于 1942 年被德寇占领。1943 年 2 月，当苏联红军重新解放该城时，发现了青年地下组织的英勇事迹。"青年近卫军"从1942 年 9 月开始活动，给敌人以巨大的打击，但由于叛徒出卖，在该城解放前夕大部分队员被法西斯杀害。克拉斯诺顿解放后，这些青年受到苏联政府的表彰。五位总部委员被追赠"苏联英雄"的光荣称号。"青年近卫军"的英雄事迹成为法捷耶夫进行创作的素材。法捷耶夫于 1945 年完成小说的第一版。1951 年，新版本问世。

小说分两部。第一部写 1942 年 7 月德寇进逼克拉斯诺顿城和当地居民撤退时的情景。在撤退的人群中，作家着重刻画了后来成为"青年近卫军"总部委员的五位青年。第二部描写在地下州委书记普罗庆柯、克拉斯诺顿区委书记刘季柯夫的领导下，青年们组织"青年近卫军"，对敌人展开的一系列的斗争。后来，由于叛徒斯塔霍维奇叛变，绝大部分队员被捕，但英雄们又把监狱当战场，继续战斗。在该城解放前夕，他们满怀胜利的信念英勇就义。

奥列格是"青年近卫军"的政治委员，是这个组织的灵魂。深沉、干练、善于思考是奥列格的特点。在他和地下区委书记刘季柯夫建立联系后，"青年近卫军"的每一项重要活动都请示了区委，在区

---

① 张捷：《法捷耶夫的悲剧》，《文艺理论与批评》2002 年第 1 期，第 40 页。

委的严密部署下进行工作。他虽然才 16 岁，在斗争中却成长得很迅速，领导着队员们进行了有力的斗争。奥列格被捕后，他的英雄本色得到更加充分的表现。德寇要他供出组织的全部活动和全体队员，他却守口如瓶。在监狱中，他总结了自己的一生："我幸福，因为我没有像蛆虫那样匍匐爬行，我在斗争……我没有辜负同志们的信任。我可以毫不惭愧地对自己说：你死得值得。"这是他对过去斗争道路的总结，也是迎接新的战斗考验的誓言。后来，奥列格被投进秘密警察的刑讯室。敌人百般折磨他，把他的右臂打断，但他表现了崇高的无产阶级革命气节。

总部委员邱列宁是小说中最鲜明、生动的形象之一，是充满革命浪漫主义气质的英雄。如果说，奥列格是以他的深思远虑和组织才能得到同志们的尊重和信任，那么邱列宁则是以他的机智勇敢和充沛的精力得到大家的赞叹。作者详细地介绍了这个勇敢机灵的小伙子过去18 年的生活。正是他，在德军占领克拉斯诺顿的第一天夜里，一个人巧妙神速地用燃烧瓶烧毁了敌军司令部，发出克拉斯诺顿居民反法西斯斗争的第一个信号。参加"青年近卫军"后，他的活动更加大胆。他总是执行最危险的任务并完成得很出色，将全部精力和热情献给反法西斯的斗争。邱列宁被捕后也表现了惊人的坚毅和顽强精神。在敌人将队员们运往刑场的路上，他已被折磨得无力逃走。但他用牙齿咬开另一位同志手上的绳结，目送那位同志逃脱，内心怀着强烈的狂喜叫道："他跑了！……他跑了！"仿佛前面等待着他的不是死亡。

总部委员邬丽亚是一个富有诗意的形象。作家不仅描绘了她美丽的外貌，还通过这一形象展示了苏联青年内在的精神美和崇高的品格。她和奥列格有不少共同之处，对待一切事物都抱着严肃的态度。艰苦的环境和学校的教育使她成为一个早熟、内向、精神生活非常丰富的女孩子。她很早就开始思索人生的意义。邬丽亚严于律己，也善于用行动影响别人。敌人对这位坚毅不屈的姑娘实在没有办法，就用刺刀在她背上画了一个血淋淋的五角星。血水浸透了她的上衣，但她仍不屈服。在走向刑场的路上，她领着同志们高唱革命歌曲。法捷耶夫借邬丽亚的好友瓦丽雅的口衷心赞扬道："你是个不平凡的人……

你身上有一股强烈的、巨大的力量，你什么都能做……"

　　总部委员刘巴和邱列宁在性格上有许多相同之处。大胆、活泼、乐观、善于随机应变是刘巴的特点。克拉斯诺顿沦入敌手之后，她被留下来以"女演员"的身份奔走于克拉斯诺和伏罗希洛夫格勒之间，担任联络员的工作。她装成资本家的女儿、"女演员"，同德国官兵来往，刺探情报，掩护地下工作。她是"青年近卫军"队员中唯一公开同敌人打交道的人，承担着最危险的工作，但她总能顺利完成任务，把火一般的青春活力献给保卫祖国的神圣事业。作者一面尽情描写刘巴的勇敢、机智，一面着重表现她对祖国强烈的爱和对敌人的深刻仇恨。在狱中她激动地说："我们的民族是谁也征服不了的！……也许我们会牺牲，可是我并不害怕……"当刘巴被押去枪决时，她唱起自己最喜爱的一支歌。敌人要她跪下来，想对着她的后脑开枪，但是刘巴不肯跪下。她正面接受了子弹。

　　总部委员万尼亚的特点是安静、谦逊、敏感、富于幽默感。在学校里他被称为"诗人兼教授"，因为他有诗人的气质，教授的风度。万尼亚忠厚、敏感、关心同志。为了帮助患病的同学撤退，他放弃了与心爱的姑娘一起走的机会。他敏锐地发现了奥列格寻找地下关系时的苦恼，也凭着奥列格的兴奋心情知道他已经找到了关系，并要求和他一起工作。他在担任总部委员期间，出色地完成了联络员的工作，特别是组织了俱乐部来掩护地下斗争。万尼亚是最早被捕的"青年近卫军"成员之一，但敌人的严刑拷打摧毁不了他的意志，他发誓绝不开口。这位谦逊、安静的青年像完成一件普通任务一样为祖国献出了生命。

　　除上述五位总部委员外，小说还描写了几十名"青年近卫军"队员的形象。法捷耶夫以卓越的技巧成功地塑造了这些年龄和经历相近、理想相同而个性不同的青年英雄的群像。

　　青年英雄们的成长是和老一代布尔什维克对他们的教育、培养分不开的。小说也生动地刻画了普罗庆柯和刘季柯夫这两个党的地下工作者的光辉形象。前者是伏罗希洛夫州委书记，地下党和游击队的领导人。这是一个胸襟开阔、目光敏锐、考虑问题周密、有丰富的斗争经验和无限忠于党的事业的布尔什维克。克拉斯诺顿区委书记刘季柯夫的形象也刻画得十分鲜明。头脑冷静、沉默寡言、言行一致、大胆审慎是他的显著特点。他是"青年近卫军"的直接领导者和教育者，在他的领导下建立和发展了"青年近卫军"的组织。当这个组织开始遭到破坏时，他指示队员们马上离开。

法捷耶夫还在小说中无情地揭露了法西斯匪徒、叛徒、卖国贼的丑恶本质。他用讽刺和夸张的手法刻画了喉结洗得干干净净的文采尔将军和满身臭气的刽子手芬庞等法西斯分子的典型形象。斯塔霍维奇则是一个生长在新社会却堕落成叛徒的例子。

《青年近卫军》在艺术上的成就也是很突出的。

小说具有史诗的规模和完整的结构。它虽然有四条详略不同的情节线索，但形成了统一的整体。第一条线索（从正规红军的战略撤退到斯大林格勒战役反攻取得胜利）虽然着墨不多，但它是小说的历史背景，决定着小说中一切事件的发展，并有助于揭示反法西斯斗争的伟大历史意义。第二条线索（伏罗希洛夫地下州委和游击队的活动）也写得比较少，但表现了党对敌后斗争的统一领导，同时表明游击队与正规军紧密配合，共同抗击敌人。第三条线索（克拉斯诺顿地下党组织的活动）写得多一些，这条线索表现了党对"青年近卫军"的直接领导。第四条线索即"青年近卫军"的斗争活动是小说的主要线索。这四条线索作用不同，详略程度不同，但能互相配合，连成一体，深刻地揭示小说的主题思想，使作品成为完整的歌颂反法西斯斗争的英雄史诗。

在塑造青年英雄群像方面，作家也表现了娴熟卓越的技巧。作家在一百多个"青年近卫军"队员中，着重刻画了五位总部委员的形象。他的做法，一是突出描写每个人性格中的主要特点，如邬丽亚和奥列格的深沉、善于思考，邱列宁和刘巴的大胆、机智、精力充沛，万尼亚的幽默、敏感等。二是作者对他们的态度不同。在描写奥列格时，作者像长辈对待聪明、懂事的晚辈，怀着称赞和喜爱的心情，而在描写邱列宁时，作者像家长对待活泼、调皮的儿子一样，往往带着善意的嘲笑态度。三是运用不同的手法来描写他们，如对邬丽亚和奥列格多采用肖像描写和心理刻画的手法；对邱列宁和刘巴多描写他们的行动；而对万尼亚，则更多地从他和别人的关系中来展示他的性格。这样，作家成功地刻画了众多年龄相近、经历相似、理想相同但个性不同的青年英雄群像。

浓厚的抒情色彩是小说的特色。在展开故事情节和描写人物时，数量多、篇幅长的抒情插话增强了作品的抒情性，也有助于揭示小说的思想内容。

《青年近卫军》这部杰作给法捷耶夫带来了极为广泛的声誉，成为广大读者，尤其是青年读者非常喜爱的作品。肖洛霍夫认为，法捷耶夫具有善于深刻地和激动人心地描写青年的绝妙的本领，在《青年近卫军》中，他的巨大天才得到了充分的发挥。法捷耶夫用这部杰作为青年英雄们树立了不朽的艺术纪念碑。

思考题

1. 《毁灭》及其主人公莱奋生在 20 世纪 20 年代的苏联文学中占据什么地位？

2. 在《青年近卫军》中，作家是如何表现五位总部委员的个性特征的？

3. 简述《青年近卫军》的艺术成就。

第四节　肖洛霍夫

〔学习提示〕　学习本节时要注意了解肖洛霍夫创作的发展过程，把握他创作的特点。

应该注意小说《被开垦的处女地》第一部和第二部在思想和艺术上的异同。

长篇史诗《静静的顿河》是世界名著，是本节的学习重点。它描绘了顿河哥萨克在革命和战争中沸腾的斗争生活。应着重理解：形成主人公葛利高里的悲剧性格的社会原因，这一形象的复杂性、矛盾性及其悲剧的实质，以及形象的典型意义和作家刻画这一形象的意图。还应该注意《静静的顿河》所表现的肖洛霍夫创作的独特的艺术风格。

一、生平与创作

肖洛霍夫（1905—1984）是 20 世纪享有世界声誉的俄罗斯作家，诺贝尔文学奖获得者，是一位具有独特艺术风格的作家。他在创作中生动地描绘了顿河哥萨克在革命和战争中的艰苦历程，反映了苏联人民革命后走向新生活、建设新社会和保卫祖国所进行的斗争。他的不朽巨著《静静的顿河》已成为世界文学宝库中的珍品。

1905 年 5 月，肖洛霍夫生于顿河军屯州维约申斯克镇克鲁日林村。父亲是从梁赞省移居顿河的"外乡人"，做过店员，生活虽不富裕，但喜欢藏书。母亲是乌克兰人，出身农家。肖洛霍夫长期居住在顿河流域，非常熟悉顿河哥萨克的生活和风俗习惯。1912—1918 年，他进入小学、中学学习。1918 年因国内战争开始而辍学。

国内战争时期，肖洛霍夫随父母居住在顿河上游。1919 年大规模的哥萨克暴动就发生在这里。他目睹了红军同白军、贫农同富农之间的激烈斗争。这些事件给少年肖洛霍夫留下了深刻的印象。1920 年，顿河地区建立了苏维埃政权，肖洛霍夫积极参加革命活动，曾任镇革命委员会的办事员、扫盲教师，参加过武装征粮队，经常在草原上同匪帮作战。他曾被马赫诺匪帮俘虏，因年幼而被释放。这些经历给他后来的创作提供了丰富的素材。

1922 年内战结束后，肖洛霍夫为了学习和创作来到莫斯科，不久参加了莫斯科共青团作家和诗人的文学小组"青年近卫军"。1924 年发表第一篇短篇小说《胎记》，并加入俄罗斯无产阶级作家协会（"拉普"）。1926 年，第一部短篇小说集《顿河故事》问世。同时他迁到维约申斯克镇居住，从事专业创作。

《顿河故事》收入二十余篇短篇小说，反映了顿河哥萨克在国内战争期间和苏维埃政权建立初年的生活和斗争，情节富于戏剧性，人物性格鲜明，语言生动活泼。其中有的故事描写了哥萨克家庭在国内战争的严酷年代里父子之间、夫妻之间的流血斗争。如《胎记》写匪帮头目珂晒沃依带领匪帮袭击和平村庄，他的儿子尼古拉却是奉命追击匪帮的红军骑兵连长。在激烈的战斗中，尼古拉被匪首砍死。当匪首脱下死者的靴子时，他从死者脚上的胎记认出了自己的儿子。匪首痛心疾首，开枪自杀。另一类短篇小说则描写了革命和新的生活给予人的深刻影响。如《高尔察克、荨麻和别的》（1926）用活泼、新鲜的形式，表现了革命提高了哥萨克妇女的觉悟，改变了她们在家庭中的地位。作家的喜剧才能和幽默风格在这里已开始显露。《顿河故事》里很少有复杂的性格和深刻的心理描写，但《野小鬼》（1925）和《人家的骨肉》（1926）在这方面却是两篇较优秀的作品。在《野小鬼》中，作者塑造了男孩米什卡的形象，他深入孩子幼小的心灵中，自然而感人地表现了阶级仇恨的种子怎样在那里萌芽、滋长。

　　肖洛霍夫的早期短篇有的带有自然主义色彩，并过多地使用了方言土语，但刻画了一些具有鲜明性格的形象。这些作品显示出作者敏锐的洞察力和善于表现人物内心世界的才能，因而在当时就受到读者的欢迎和评论界的好评。老作家绥拉菲莫维奇在《顿河故事》的序言中赞誉道，肖洛霍夫的短篇小说像草原上的鲜花一样，生气勃勃，色彩鲜艳。朴素、鲜明，所讲的故事使人感同身受，仿佛就在眼前；作者对于所讲述的事物具有广泛深入的了解；眼光敏锐能抓住事物的本质，善于从许多特征中挑出最典型的特征。绥拉菲莫维奇预言，肖洛霍夫将会发展成为一个"可贵的"作家。

　　1926年，肖洛霍夫开始创作史诗性长篇小说《静静的顿河》，直到1940年，他才完成这部巨著。

　　1930年，肖洛霍夫参加了联共（布）。同年，斯大林接见了他。在斯大林谈话的启示下，他决心暂时放下《静静的顿河》的写作，积极投身于农业集体化运动并写一部反映农业集体化的小说。1932年，《被开垦的处女地》（又译《新垦地》）第一部问世。书中充满了暴风雨般的阶级斗争的时代气息，再现了1930年顿河集体化时期的生活，同时也描写了党在集体化运动中某些政策上的偏差，这是当时反映这一运动的最优秀的作品。1955 年至 1960 年，肖洛霍夫发表了小说的第二部。全书获得了 1960 年度的列宁文学奖。

小说第一部故事发生在顿河的一个村庄——格列米雅其村。时间是 1930 年 1 月到 6 月，也就是联共（布）中央颁布全盘集体化的决议以后全国开展集体化运动的时期。

小说有两条平行发展的情节线索。工人党员达维多夫和逃亡的白卫军官波罗夫则夫于 1930 年 1 月间到达格列米雅其村。达维多夫在白天赶着雪橇，进入村苏维埃。波罗夫则夫在傍晚悄悄地溜进他的旧部下、伪装成中农的富农奥斯特洛夫诺夫的家里。以达维多夫为首的党员立即领导贫农和大部分中农，没收富农财产，建立集体农庄。以波罗夫则夫为首的反革命势力则纠结被驱逐和隐藏下来的富农，利用群众的落后意识和干部工作中的缺点，兴风作浪。他一面指使奥斯特洛夫诺夫打进集体农庄搞破坏活动，一面阴谋组织反革命叛乱。斗争异常激烈。3 月，斯大林发表《胜利冲昏头脑》一文，纠正了农村工作中的偏差，群众受到教育，敌人被孤立，集体农庄在思想上得以巩固。

可是斗争仍然是复杂的。在奥斯特洛夫诺夫的煽动下，不久村里发生了"妇女暴动"。达维多夫在关键时刻镇静地向群众进行教育。第一部结尾时的春耕场面显示出农民的觉醒和集体农庄的优越性。千年沉睡的处女地显出一片生机，群众展开了社会主义劳动竞赛。

小说第一部的成就在于它成功地描写了格列米雅其村进行社会主义改造的历史变革，深刻地反映了贫农、中农同富农以及潜藏的反革命分子之间的错综复杂的斗争，生动地表现了农民，尤其是中农从个体经济走向集体经济的痛苦的转变过程，鲜明地塑造了集体化的领导者、布尔什维克（达维多夫、拉兹米推洛夫、拉古尔洛夫）、贫农（罗比西金、舒卡尔老爹）、中农（梅谭尼可夫）和富农的典型形象。

主人公达维多夫是党派往农村开展集体化运动的 25 000 名工人党员之一。作者在他身上概括了集体化时期共产党员的许多典型特征。达维多夫在革命前当过童工。国内战争中当过红色水兵，20 世纪 20 年代在列宁格勒的普梯洛夫厂当工人。朴实和平易近人的作风使他迅速地得到了农民群众的信任。他对农村工作很不熟悉，为了开展集体化运动，他夜以继日地思考着村里发生的事。"村里对于他好像是一座新型的复杂的马达，达维多夫专心地紧张地研究它。"他具有较高的政策水平，善于区别对待人民和敌人，能正确处理人民内部矛盾。他责备拉兹米推洛夫在清算富农时表现出的软弱和温情主义，也坚决反对拉古尔洛夫的过火行为和粗暴作风。对于农民的落后意识，他始终坚持用说服教育的方法加以克服，他的高尚品德在"妇女暴动"事件中表现得极为充分。为了维护集体利益，他以顽强的毅力忍受着妇女们的毒打，机智地延宕时间，事后还不计较个人得失，冷静地指出妇女们迷误的原因。达维多夫对人民的忠诚和高尚品格使党群关系进一步密切起来，许多退出农庄的农民重新加入了集体农庄。

达维多夫作为集体化运动的领导人，没有满足于仅仅做组织领导工作，他认识到深入生活实际对于巩固农庄的重要作用。春耕期间，他深入田间，虚心地学习技术，在耕地时创造了出色的成绩。达维多夫是 20 世纪 30 年代一个有血有肉的共产党员的典型形象。

在集体化运动中同达维多夫并肩战斗的，有村苏维埃主席拉兹米推洛夫和党支部书记拉古尔洛夫。这两个人物在性格、政策水平上与达维多夫大不相同，但也刻画得十分鲜明有力。拉兹米推洛夫是劳动哥萨克的典型代表。跟达维多夫相比，他在政治上不够成熟，政策水平较低，但作家描写了他的成长。

党支部书记拉古尔洛夫在性格上与拉兹米推洛夫成为鲜明的对比，在政策水平和工作方法方面又同达维多夫形成对照。这是一个比较复杂的形象。在他身上，对革命事业的忠诚同政治上的幼稚、工作作风上的简单粗暴以及性格上的急躁结合在一起。他痛恨私有制度，醉心于人类解放，时刻准备为捍卫党和苏维埃政权而献身，但政治上很不成熟，往往将战争时期的工作方法搬到和平时期，只凭着自己的感情行事，以致给工作造成严重的损失。肖洛霍夫通过这一形象概括了 20 世纪 30 年代某些农村党员的特点。

　　为了展示新的集体农民诞生的主题，作者还塑造了一系列有鲜明个性的贫农和中农的形象。其中有立场坚定但缺少办法的贫农罗比西金、直率鲁莽的乌莎可夫，成天胡扯和善于讲故事的舒卡尔老爹等，但最重要的是中农梅谭尼可夫的形象。

　　梅谭尼可夫在内战时期是红军战士，现在是苏维埃政权的忠实拥护者。但即使像梅谭尼可夫这样有觉悟的中农，要从思想上割断同私有制的联系，也需要经过长期痛苦的斗争。作家运用内心独白、沉思、回忆等艺术手法深刻地揭示了梅谭尼可夫在放弃私有财产过程中痛苦的思想斗争。他"带着眼泪和血"，"扭断了把他和财产所有权，和他的牛，和他自己的一块田地联系着的脐带"。这一形象既说明20世纪30年代在农业集体化过程中争取和团结中农的路线是正确的，同时表明农民思想改造的艰巨性。

　　以达维多夫为中心展开的情节线索是明线，是小说的主要线索。描写敌人破坏活动的线索则是暗线。肖洛霍夫在塑造敌人的形象时，同样没有违背生活的真实，没有将人物形象简单化。在这些人物中，奥斯特洛夫诺夫的形象刻画得尤为出色。作者一面着重揭示这个富农的内心世界，淋漓尽致地描绘了他仇恨苏维埃政权的思想状态，同时又充分地展示了他的双重行为和两面派手法，揭露了这个最狡猾、最阴险的敌人的真实面目。

　　在小说第一部中，肖洛霍夫以鲜明的艺术形象和巨大的艺术力量，真实地描写了那个时代的群众运动和阶级斗争，因而小说在20世纪30年代拥有极为广大的读者。

　　肖洛霍夫在写完《被开垦的处女地》第一部之后，集中精力写《静静的顿河》。二十多年后，《被开垦的处女地》第二部的全文才同读者见面。

　　小说第二部描写了格列米雅其村集体农庄巩固的过程。这时，中农梅谭尼可夫的形象退居次要地位。奥斯特洛夫诺夫为了不泄露他家窝藏反革命军官的秘密，灭绝人性地将自己的生母活活饿死。达维多夫更加深入群众之中，了解了奥斯特洛夫诺夫的一些底细。小说最后，公安人员经过伪装来到村里，打算逮捕反动军官波罗夫则夫等人。但拉古尔洛夫在未同公安人员取得联系的情况下，擅自同达维多夫、拉兹米推洛夫去围攻暗藏的敌人。结果，反革命分子被活捉了，达维多夫和拉古尔洛夫也在跟反革命分子搏斗中牺牲。整个农庄沉浸在巨大的悲痛之中。

　　小说第二部的人物和情节虽然是第一部的延续，但时隔二十多年，作家的构思已经有了变化。第二部和第一部有许多显著的不同之处。首先，作品的基调有了很大的变化。小说第一部充满了集体化时期暴风骤雨般的紧张气氛和革命激情，第二部却着重表现劳动人民的精神世界，情节发展比较缓慢，事件描写减弱，关于个人经历的叙述增多，抒情成分加强，着力表现了 20 世纪 50 年代大力提倡的人道主义精神。社会历史主题通过伦理道德主题表现出来。其次，小说第二部和第一部在揭示人物性格的途径和侧重点方面都有所不同。第一部主要通过具有社会意义的、富有阶级斗争内容的事件来揭示主人公的性格。他们的性格鲜明地反映出时代的内容与历史转折时期的矛盾。第二部则偏重于通过日常生活的描写和主人公爱情生活的感受、通过他们同人民群众的交往来揭示人物性格。在第一部中，作家将三个党员置于群众的教育者的地位。在第二部中，作者却侧重从普通劳动者的角度来表现共产党员的精神世界，强调他们的民主作风，突出他们尊重人、同情人、爱护人等道德品质。此外，小说第一、二部对敌人的描写也有所不同。第一部中，农庄每前进一步，都会感到敌人在暗中破坏。第二部却只采用传奇的手法暗示波罗夫则夫等与"另一个世界"有联系。作家只对敌人在准备暴动做了一般交代。

　　第二部的结局是极其悲惨的。达维多夫和拉古尔洛夫牺牲后，格列米雅其村的上空笼罩着乌云，秋天的"夜越来越长，越来越黑"，舒卡尔老爹在他们的墓旁叹气，达维多夫的未婚妻华丽雅孤独地跪在达维多夫的墓前，拉兹米推洛夫在妻子的墓旁徘徊。这些描写虽然表现了作者善于写悲剧的才能，但调子过于低沉，使人产生抑郁、忧伤之感。

　　卫国战争时期，肖洛霍夫作为军事记者上了前线。写了许多随笔和短篇小说。1942 年，为了纪念卫国战争一周年，他发表了短篇小说《学会恨》。1943 年，他开始发表反映卫国战争的长篇小说《他们为祖国而战》（新版于 1969 年发表）的部分章节。不过，这部未完成的小说无论在思想内容、艺术构想，还是在人物塑造方面，都不如过去的作品。

1956 年和 1957 年之交，肖洛霍夫在《真理报》上发表了轰动一时的短篇小说《一个人的遭遇》（又译《人的命运》），其中描写了一个普通劳动者在卫国战争中的痛苦经历。主人公索科洛夫是 20 世纪的同龄人。他 17 岁那年，爆发了十月革命。国内战争中，他参加了红军。1922 年大饥荒时，父母被饿死，他成了孤儿。后来，他当了工人，建立了幸福美满的小家庭。妻子伊林娜很贤惠，生了两个女儿和一个儿子。可是，这种幸福生活因卫国战争爆发而被破坏。1941 年，战争开始的第三天，他应征入伍，在一个汽车连当司机。1942 年，在前线的一次战斗中他负伤被俘。在德国集中营里，他受尽了极其残酷的折磨。后来，他利用给德国少校工程师开车的机会，俘虏了这个工程师，带着他逃回祖国。但是回国后等待着他的是不幸的消息，他朝夕思念的妻子和两个女儿早被德国飞机炸死。他重返前线，跟当上炮兵大尉的儿子取得了联系，把全部希望寄托在儿子身上。可是儿子却在对德战争胜利的那一天在前线牺牲了。索科洛夫在"远离故乡"的土地上"埋葬了自己最后的欢乐和希望"。战后复员回来，他仍然当汽车司机。这时，他遇到一个在战争中失去父母的孤儿，他冒充孤儿的父亲，收养了这个孩子。孩子把他当作亲生父亲，两人相依为命。

作者在小说的结尾处写道："两个失去亲人的人，两颗被空前强烈的战争风暴抛到异乡的沙子……什么东西在前面等着他们呢？我希望，这个俄罗斯人，这个具有不屈不挠的意志的人，能经受一切，而那个孩子，将在父亲身边成长，等到他长大了，也能经受一切，并且克服自己路上的各种障碍，如果祖国号召他这样做的话。"这段话包含着作者对主人公深切的同情和无限的信赖，对于侵略战争的谴责和对于未来的肯定。

这篇小说通过一位普通苏联公民在卫国战争中的遭遇，真实地再现了千百万苏联人在战争中经历的痛苦生活，反映了德国侵略者给苏联人民带来的深重灾难。作家既表现了人民在战争中的悲剧命运，也表现了经受战争考验的人民怀着对未来的希望走向新的生活道路。与20世纪40年代和50年代前期的战争题材作品相比，这篇小说有着显著的特点。它与其说是描绘战争，不如说是回味战争，其中表达了作家对于战争的感受和对于历史的深刻思考。作家写的虽然是普通人在卫国战争中的苦难遭遇，但作品中强调的却是苏联在20世纪50年代大力提倡的关心人、爱护人的精神。这一特点使《一个人的遭遇》在思想基调上与《被开垦的处女地》第二部有近似之处。

这篇小说的结构形式是故事中套故事。主人公关于自己苦难经历的故事镶嵌在作者的旁白之中。作者的旁白不仅介绍了故事发生的背景，加强了作品的感情色彩，而且力图把普通俄罗斯人的个人遭遇作为整个民族遭遇的艺术缩影来写。这种写法使小说具有史诗的特色。

《一个人的遭遇》开20世纪50年代后半期和60年代苏联一系列卫国战争题材作品之先河。从40年代至50年代上半期，苏联作家主要是从为国建树功勋的角度来反映卫国战争。从《一个人的遭遇》开始，他们从对英雄主义和建树功勋的描写逐渐转向对于战争的更加深沉的思考和评议。因此有的评论家认为，这篇小说为表现战争题材的作品指出了新的前景，拟定了从思想上和艺术上处理战争题材的新路线。在它之后，出现了不少从新的角度、用新的调子反映卫国战争的小说，如邦达列夫的《最后的炮轰》、巴克拉诺夫的《一寸土》、西蒙诺夫的《生者与死者》等。

肖洛霍夫在苏联文学界享有极高的威望。1934年，他当选为苏联作家协会理事。1939年当选为苏联科学院院士。1961年当选为苏共中央委员。他曾获得斯大林文学奖、列宁文学奖和社会主义劳动英雄的称号。1965年，他获得了诺贝尔文学奖，授奖证书上写道：授予米·亚·肖洛霍夫1965年度诺贝尔文学奖，借以赞赏他在描写俄国人民生活各历史阶段的顿河史诗中所表现的艺术力量和正直品格。

肖洛霍夫的创作反映了苏联十月革命、国内战争、农业集体化运动、卫国战争等历史时期的人民生活，特别是顿河哥萨克的生活。他善于表现动荡时代的形势和复杂的矛盾斗争，善于在广阔的历史背景下反映社会变革当中的人民生活的深刻变化，因此在苏联被称为"史诗作家"。同时，他还善于描写历史急剧转折时刻的悲剧性冲突和悲剧情势，所以又被称为"悲剧作家"。苏联文学界认为，肖洛霍夫的作品开创了悲剧史诗的艺术风格。他们还认为，肖洛霍夫的创作向人们展示了一个独特的艺术世界，他的名字可以同俄罗斯文学巨匠列夫·托尔斯泰和高尔基的名字并列在一起。

1984 年 2 月 21 日，肖洛霍夫病逝。

二、长篇史诗《静静的顿河》

1928—1940 年间，肖洛霍夫发表了长篇小说《静静的顿河》。这部巨著具有史诗性，气势磅礴，场面宏伟，着笔细腻，雄浑的战争描写和日常生活场景相互转换，景物描写和人物心理活动彼此衬托，体现了肖洛霍夫特有的现实主义的艺术风格，同时也充分显示了他的悲剧史诗的艺术特色。无论就作品反映现实生活的深度和广度，揭示生活中复杂矛盾的真实性和深刻性，还是就塑造人物形象的生动性以及高超的艺术技巧来看，《静静的顿河》堪称肖洛霍夫创作的高峰；同时，它也是苏联小说中的杰出作品之一。

《静静的顿河》的构思前后有变化。初稿标题为《顿河乡土》，其中主要描写 1917 年科尔尼洛夫的叛乱。但肖洛霍夫不久就发现，假若不表现哥萨克过去的历史，则这一叛乱，尤其是哥萨克在这一叛乱中的作用，很难被人理解。因此他开始构思更为广阔的小说，决心从第一次帝国主义大战前夕顿河哥萨克的生活写起。这样，肖洛霍夫写出了前三卷，即小说的第一部。接着，他重新修改了最初的手稿，写成第二部。

肖洛霍夫曾说，《静静的顿河》的构思是要通过对顿河哥萨克的生活的描写，来表现由于战争和革命的结果，在风俗、生活以及人们的心理状态中发生的巨大变动，揭示卷进 1914 到 1921 年间发生的各种事件的激烈旋涡中的个别人的悲剧命运。史诗共分 4 部 8 卷。第一部（第 1—3 卷）描绘了 1912—1916 年间即第一次世界大战前后的事件，生动地再现了顿河哥萨克的历史状况和生活方式。第二部（第4—5卷）写了 1916 年 10 月到 1918 年春顿河地区复杂的阶级斗争，包括二月革命、科尔尼洛夫叛乱、十月革命，一直到顿河地区国内战争的开始。第三部（第 6 卷）表现了 1918 年春至 1919 年 5 月这段国内战争最激烈时期的斗争。第四部（第 7—8 卷）反映了 1919 年春至 1922 年顿河地区叛乱的匪帮遭到彻底失败和苏维埃政权的日趋巩固。作家把 1912—1922 年间复杂纷繁的历史事件作为小说情节发展的历史背景，将中农哥萨克葛利高里·麦列霍夫的命运和他一家人的遭遇放在小说的中心，把传记与历史、战争场面与家庭琐事、群众运动和个人情感的波动交织在一起，透过哥萨克的命运展示历史的进程，同时，历史进程的发展又影响和决定着哥萨克的命运。

反映顿河哥萨克在历史转折时期的生活、探讨哥萨克的历史悲剧命运是《静静的顿河》的重要内容。哥萨克是俄国历史上一个特殊的社会阶层。他们原是俄国内地的农奴，约 16 世纪时逃到顿河地区定居。他们一向以酷爱自由、骁勇善战著称，其中出现过拉辛、普加乔夫等农民起义的领袖。历代沙皇为了使哥萨克成为自己的驯服工具，采取收买和威逼的两面手法，对上层哥萨克赏赐土地，封官晋爵，同时向全体哥萨克灌输等级偏见，使他们具有"哥萨克光荣"的优越感，蔑视"庄稼汉"，歧视"外乡人"，愿为沙皇效忠。在 19世纪俄国进行的多次阶级搏斗中，哥萨克往往充当了沙皇镇压革命的工具。

小说开头叙述了位居鞑靼村尽头的麦列霍夫家的历史。葛利高里的爷爷普罗珂菲在俄土战争中带回了一个土耳其女人，从此出现了剽悍、美丽的麦列霍夫家族。小说第一、二卷通过对麦列霍夫、珂尔叔诺夫等家族的描写，展示了第一次世界大战前哥萨克社会的独特的画面。这个社会表面上和平宁静，实际上已经发生严重的阶级分化。米琪卡·珂尔叔诺夫和米海伊尔·珂晒沃依都是葛利高里的好朋友。但珂尔叔诺夫家是富农，靠剥削雇工成为鞑靼村的首富。贫农珂晒沃依父子只能给他家当雇工。依靠向政府告密和残酷剥削工人发家的商人莫霍夫比珂尔叔诺夫家更加富裕。鞑靼村的哥萨克没有一家不欠他的债。不仅如此，他还"把握着邻近几个村子的命脉"。李斯特尼斯基则是顿河上游的大地主，拥有4 000亩土地和豪华的庄园，整天过着悠闲舒适的生活。尽管哥萨克内部业已分化，但整个来说，他们作为一个特殊的社会阶层，顽固地保持着中世纪的封建传统和哥萨克的自豪感。愚昧落后、残忍野蛮是革命前顿河哥萨克的典型特征。

　　第一次世界大战使哥萨克进一步分化，也促进了劳动哥萨克的觉醒。小说第三、四卷描绘帝国主义战争给人民带来的深重灾难，同时也教育了人民。共产党员贾兰沙揭露战争本质的谈话对葛利高里有很大的影响。从彼得堡上前线的布尔什维克彭楚克散发列宁亲自写的传单，号召"变帝国主义战争为国内战争"。许多哥萨克逐渐懂得："人民需要的真理""在布尔什维克一边"。十月革命时守卫冬宫的哥萨克在情绪上终于转向了革命的方面。肖洛霍夫真实地描绘了哥萨克的情绪。上过前线的哥萨克大多站在布尔什维克一边。他们选出以波得捷尔珂夫为首的顿河哥萨克军事委员会。在这种形势下，葛利高里也站到了革命的方面，他是鞑靼村第一个参加红军的哥萨克。

　　由于历史的原因和其他复杂原因，哥萨克经历了长期的艰苦的斗争和痛苦的考验，才接受了新的生活。小说第五卷至第八卷用巨大的篇幅描写1918—1922年间顿河地区一系列富有戏剧性的历史事件。1917年底，反革命的科尔尼洛夫、克拉斯诺夫、邓尼金来到顿河下游，妄想得到"反动的顿河人的支持"。他们同外国武装干涉者勾结在一起，在哥萨克中兴风作浪，组织反革命暴乱，加上红军和顿河地区的苏维埃政权对待哥萨克中农采取了过火的行动，因此，整村甚至整乡的哥萨克参加了反革命叛乱，大批布尔什维克遭到杀害。一度参加红军的葛利高里变成了叛军首领。后来，列宁在斯莫尔尼宫接见了参加第二届全俄苏维埃大会的哥萨克代表。1919年10月，斯大林又来到南方战线，根据列宁的计划挫败了托洛茨基的阴谋。这样，在三年国内战争中成为反革命中心的顿河地区的新政权才得以巩固。

　　肖洛霍夫一直生活在顿河地区，同广大的哥萨克同呼吸、共命运，对他们不仅有广泛的接触，而且有深刻的理解。尤为可贵的，是他在描写十月革命前后哥萨克社会的巨大变动时，没有回避严峻、复杂的客观现实。他一面揭露了长期统治着顿河哥萨克的反动、腐朽的旧制度、旧势力，表现了旧制度的必然灭亡，同时又欣赏哥萨克富于生命力的、剽悍的性格。在描写顿河地区建立和巩固苏维埃政权的过程中，他不仅歌颂了许多布尔什维克和革命哥萨克的高尚品格，也深刻表现了革命队伍的过火行为和政策错误引起的严重后果。这一切都表明，作家在揭示现实生活的矛盾时具有非凡的胆识。

《静静的顿河》的中心主人公是葛利高里·麦列霍夫。小说复杂曲折的情节，重大而多方面的内容都由他艰难、坎坷的一生联成一个整体。在作品中，他的形象得到了全面、深刻和生动的揭示。同时，他的形象对于表现小说的主题思想起着极重要的作用。

肖洛霍夫在 1929 年的一次谈话中曾说，葛利高里是顿河哥萨克中农的一种独特的象征，一个摇摆不定的人物，直到1920 年，即这种动摇未终止以前，不止一个，也不止几十个葛利高里·麦列霍夫一直在摇摆不定。肖洛霍夫认为自己描写了葛利高里的本来面目，并强调自己不愿意违背历史的真实。这番话是我们理解这一复杂形象的钥匙。

葛利高里首次在作品中出现时，是一个 19 岁的生龙活虎般的小伙子。他从小热爱劳动，热爱大自然，有敏锐的感受力、深厚的同情心和丰富的内心世界。他对阿克西妮亚热烈的爱情既反映了他天不怕地不怕的性格，也表现了他对不幸妇女的同情。他尊敬父母，热爱乡土，自幼受到哥萨克习俗和等级偏见的深刻影响。

在家庭生活中，葛利高里处于矛盾的中心。他爱阿克西妮亚，又在父亲的坚持下娶了珂尔叔诺夫的女儿娜塔莉亚为妻。他不爱也不忠实于自己的妻子，但始终没有同她断绝关系。

在历史事件中，葛利高里同样经常处于矛盾斗争的焦点。在第一次世界大战中，亲身的经历和与共产党员贾兰沙的交往使他认识到帝国主义战争的荒谬性，激起他对地主资产阶级和旧军官的仇恨，他效忠沙皇和哥萨克天职等旧观念开始动摇。可是，沙皇政府奖给他的一枚乔治勋章以及他返回顿河后家乡父老对他的尊敬很快毁掉了贾兰沙在他心中播下的真理的种子。重返前线时，他已决心要"忠实地保守着哥萨克的光荣"了。

1917 年初，葛利高里对废除沙皇的统治深表同情。十月革命后，他参加了红军，就任连长，英勇地同白军作战。但内心中仍和许多哥萨克一样，认为自己高于俄罗斯的"庄稼汉"。所以在旧军官伊兹瓦林狂热地鼓吹哥萨克自治时接受了他的观点。在对待被俘人员态度上，他同革命军事委员会主席波得捷尔珂夫发生了冲突，这使他从红军中动摇到白军中去。他觉得，全俄罗斯共同的真理是没有的，只有哥萨克共同的真理。当顿河上游发生暴动时，他以为找到了维护哥萨克利益的道路，当了叛军连长、团长，甚至师长，统率三千人马，乱杀红军。随着形势的发展，暴动的军队和白军联合起来，葛利高里不断同白军军官发生冲突，于是他又怀疑自己走错了路。在库班地区噩梦般地撤退之后，他认识到白军的事业已经失败。当这支队伍的残兵败将乘船逃往君士坦丁堡时，葛利高里决心留下来。不久，他参加了布琼尼的红色骑兵队，为赎罪而战斗。但他当过叛军军官的经历使他不受信任，他终于被遣送回家。

这个时期，葛利高里的家乡已经成立了苏维埃政权，他的归来引起了人们的猜忌和敌视。他的妹夫、村苏维埃主席珂晒沃伊要他去肃反委员会登记。他拖延不去，最后怀着仇恨和绝望的心情加入了骚扰余粮征集队的佛明匪帮。此时，广大的哥萨克群众已经不像 1919 年时那样愿意离家参加叛乱了。1922 年春，佛明匪帮完全垮台。阿克西妮亚在同葛利高里逃跑时半路中弹身亡。葛利高里伤心到了极点。多年来，他驰骋沙场，多次负伤，但他孜孜以求的"真理"，他的勇敢精神和全部精力都已付之东流。他感到心力交瘁，唯一的梦想是同儿子相见。他的同伙说，"五一"节要大赦，那时可以回家自首。但葛利高里不愿再等待。他将随身带的步枪、手枪扔进开始解冻的顿河中，独自回到了鞑靼村。他的可怕的外表使他的儿子十分震惊。小说结尾写道："他站在自己家的大门口，手里抱着儿子。这就是在他的生活上所残留的全部东西，这就是他暂时还能和大地，和整个这个巨大的，在冷冷的太阳下面闪闪发光的世界相联系着的东西。"

应该怎样理解葛利高里的形象及其悲剧的实质呢？按社会地位来

说，葛利高里是中农。中农具有两重性。劳动者的一面使他接近无产阶级，而私有者的感情却使他倒向资产阶级。在十月革命和国内战争的严酷斗争中，葛利高里站在十字路口，动摇于革命与反革命之间。葛利高里的动摇不定体现了战争与革命年代中农哥萨克的情绪。但是，仅仅用中农的两重性来解释葛利高里的动摇不定，又是远远不够的。因为广大的中农哥萨克在血的教训和党的教育下于 20 世纪 20 年代初就走上了革命的道路，而葛利高里却脱离人民，陷入反革命泥坑不能自拔，最后才悟出历史的必然，回到苏维埃现实中来。同广大的中农哥萨克相比，葛利高里显然有其独特之处。葛利高里的悲剧深刻地反映了哥萨克在国内战争中走过的曲折道路。悲剧的实质是他以独特的哥萨克的气质、哥萨克的传统偏见和哥萨克的自治要求去对抗历史发展的总趋势。肖洛霍夫真实地、令人信服地塑造了这个有着悲剧命运的人物的形象。他的生活道路典型而又特殊地表现了一部分顿河哥萨克在国内战争中经历的艰难曲折的道路。尽管作家把葛利高里的悲剧命运部分归咎于苏维埃政权在国内战争中对待哥萨克的过火政策，但他同时又以高超的艺术技巧有力地肯定了苏维埃现实，歌颂了十月革命的胜利以及为建立和巩固苏维埃政权而斗争的英雄的人民。从这里可以看出肖洛霍夫既同情哥萨克又拥护苏维埃政权的立场。

葛利高里这一形象的塑造，无疑是肖洛霍夫的一大成功。作者对他始终抱着同情的态度，所以无论对他正面的还是反面的特点，都赋予抒情的笔触。作者力图表明：葛利高里是哥萨克劳动者中出类拔萃的一员，他在动荡的年代里始终在寻找"真理"，即使陷入反革命泥坑，当了叛军骨干，他也没有丧失劳动人民所固有的某些品质。葛利高里是一个既体现了十月革命前后中农哥萨克的某些本质特征，又有着独特的生活道路和鲜明个性的艺术典型。

肖洛霍夫在小说中还刻画了一系列栩栩如生、富有魅力的妇女形象。葛利高里的母亲伊莉伊奇娜是一位饱经风霜的哥萨克劳动妇女。她热爱劳动，有强烈的正义感和同情心，无私地把自己的一切献给家庭、子女和其他善良的人。阿克西妮亚和娜塔莉亚同样无私、坚贞、执着地爱着葛利高里，但她们的性格和经历却大不相同。阿克西妮亚是一个美丽的、有反抗精神和刚毅性格的哥萨克劳动妇女，自幼备受欺凌。她那朝气蓬勃、精力充沛的性格是在痛苦的磨炼中锻炼出来的。为了爱情，她可以赴汤蹈火，在所不辞。娜塔莉亚出身于鞑靼村的富农家庭，是父母的掌上明珠。她性情温柔和顺、心地善良、热爱劳动，对葛利高里一直沉溺于单相思。这两位哥萨克妇女由于局限于追求个人幸福，生活圈子狭小，把自己的命运同悲剧人物葛利高里联系在一起，最终都成了爱情的牺牲品。阿克西妮亚虽然得到了葛利高里的爱情，但缺乏明确的政治方向，最终在跟葛利高里潜逃时中弹身亡。娜塔莉亚尽管把自己的全部精力和感情都放在葛利高里和两个子女身上，但始终没有得到丈夫的爱情，在痛苦和不幸中度过了一生。葛利高里的妹妹杜妮娅单纯热情，善良乐观，热爱劳动，把追求个人幸福同追求社会进步结合在一起。以上几位妇女形象烘托了中心主人公葛利高里的形象，使得葛利高里的形象表现得更加充分和深刻，也使小说完整的艺术形象体系显得更加绚丽多姿、丰富多彩。

《静静的顿河》在艺术上取得了重大的成就。

首先是作品具有史诗性。肖洛霍夫比同时代许多作家的艺术视野更为广阔。在苏联文学中，他第一个广泛又真实地再现了十月革命前后顿河哥萨克及整个俄国命运的伟大转折。小说有两条情节发展的线索。第一条线索从介绍麦列霍夫的家史开始，着重描写了葛利高里与阿克西妮亚的爱情以及同娜塔莉亚的婚姻。第二条线索展示了20世纪头20年顿河地区社会各阶级的政治斗争，反映了俄国各种社会力量在战争和革命年代的生死较量，再现了从第一次世界大战到国内战争期间一系列重大的政治历史事件。两条线索交织发展，出现了越来越多的人物。历史人物中既有沙皇尼古拉二世，资产阶级临时政府首脑克伦斯基，反革命头目科尔尼洛夫、克拉斯诺夫、邓尼金等反面形象，又有无产阶级领袖列宁、斯大林的形象。还有大量虚构人物：地主、富农、资本家、工农兵代表等。故事包括的地区越来越广，从鞑靼村、维约申斯克镇扩大到整个顿河下游以及包括彼得堡、莫斯科在内的整个俄国。《静静的顿河》有广阔的画面，浩瀚的内容，众多的人物，丰富多彩的插曲，磅礴的气势和史诗的规模，堪称杰出的巨著。

　　真人真事与艺术虚构相结合是小说的又一显著特点。作家在叙述历史事件和描写历史人物时，将许多历史文献资料写进小说之中，从而增强了作品的历史真实感，使作品具有编年史的特点。史诗的第四、五卷关于1916年10月到1918年春的历史事件的叙述就鲜明地表现了这种特点。应该承认，作家在描写历史上的真实人物时，往往把历史事件的记叙放在首位，而把对人物性格的描写放在第二位，这就使得出场的反革命将军虽然很多，但大多数没有性格。可是肖洛霍夫在描写虚构人物，尤其是他所熟悉的哥萨克的形象，反映哥萨克的生活时，就没有这样的缺点。在塑造葛利高里的形象时，历史事件和人物命运紧紧地结合在一起。肖洛霍夫作为艺术家的才华表现得特别充分。这些哥萨克农民是历史发展中积极活动的人物，以自己的活动参与历史的伟大变革，同时又有复杂的心理和丰富的感情世界。肖洛霍夫笔下的许多哥萨克农民的形象都具有深刻的典型性，又都具有鲜明生动的个性。对劳动、对大自然的热爱是这些农民的优秀品格之一。肖洛霍夫善于描写人物心灵的变化，表现人物的复杂的心理和感情。早在1928年，绥拉菲莫维奇对肖洛霍夫刻画人物的高超技巧就进行了高度的赞扬。他说，肖洛霍夫的人物不是画出来的，也不是写出来的，他们不是纸上的人物，而是一群活生生的、光华夺目的簇拥而出的人物，每个人都有自己的鼻子、自己的皱纹、自己的眼睛和眼角上的鱼尾纹，都有自己说话的语调。每个人走路和转头的姿态都各自不同，每个人都有自己的笑声；每个人按照自己特有的方式去恨。爱情的明亮、爱情的光辉和爱情的不幸也因人而异，各具特色。肖洛霍夫塑造的哥萨克农民形象将俄国文学对农民形象的塑造提高到新的水平。

　　此外，民歌民谣的大量运用和饱含抒情的风景描写也是小说的一大特色。史诗中引用的民歌民谣和风景描写不是脱离作品的思想内容孤立存在的，而是作品的有机组成部分，是作者借以烘托主题、刻画人物心理、表现人物情绪、表达人民对历史事件和现实事件的看法的一种艺术手段。如小说开头引用的两首哥萨克古歌立即把读者引进悲壮的顿河哥萨克生活的历史长河之中，使人们记起数百年前哥萨克的起义领袖拉辛等人反抗压迫争取自由的可歌可泣的斗争，同时也预示着英雄们的后代在浑浊的顿河边将经历一场伟大的翻天覆地的社会变革。肖洛霍夫是描写风景的大师，小说中有大量以景托情、情景交融的精彩描写。如娜塔莉亚在暴风雨中诅咒葛利高里的场面。又如对葛利高里在亲手埋葬了阿克西妮亚之后的心情的描写："……他好像是从一场噩梦中醒了过来，抬起脑袋，看见自己头顶上是一片黑色的天空和一轮耀眼的黑色太阳。"这些描写确实具有震撼人心的力量。

《静静的顿河》出版后，在苏联国内外引起巨大的反响，肖洛霍夫赢得了伟大的苏联作家的国际声誉。很多评论家认为，《静静的顿河》表明肖洛霍夫是一位具有非凡胆识的真正现实主义作家。卢那察尔斯基把《静静的顿河》誉为巨匠的手笔，认为其中许多篇章具有足以和经典作家的作品并列的艺术力量。费定认为肖洛霍夫的巨大功勋表现在他的作品所具有的那种胆识之中，无论他反映任何一个时代，他都不回避生活所固有的种种矛盾，而是直书生活的全部真实。诺贝尔奖授奖证书对他的赞誉——在描写俄国人民生活各历史阶段的顿河史诗中所表现的艺术力量和正直品格，显然首先是指《静静的顿河》这部作品。以上评价至今仍有现实意义，值得每一位读者认真思考。

思 考 题

1. 试比较分析《被开垦的处女地》第一部和第二部在思想和艺术上的异同。
2. 葛利高里是一个什么样的人物？其典型意义何在？
3. 简述《静静的顿河》的艺术成就。
4. 《一个人的遭遇》在苏联战争题材文学中占有什么地位？原因是什么？
5. 简述肖洛霍夫在文学史上的地位。

第五节 罗曼·罗兰

〔学习提示〕 罗曼·罗兰是法国近现代著名的批判现实主义作家，在世界文坛上享有很高的声誉。学习本节，应了解罗曼·罗兰追求真理、向往光明的伟大一生和他的创作思想，注意他的人道主义思想特点；要掌握他前期小说的代表作《约翰·克利斯朵夫》歌颂资产阶级人道主义、理想主义和英雄主义，控诉资产阶级社会摧残艺术天才这一思想内容；了解他刻画人物形象追求真善美的特点和以自然之流、音乐之流、生命之流与心理之流构成作品的大河体系的艺术特色。

一、生平与创作

罗曼·罗兰（1866—1944）是19世纪末和20世纪前期法国现实主义文学的杰出代表。他一生追求真理、向往光明和人类解放，是一个伟大的人道主义者、和平战士。他被称为两个世纪的文化的一座桥梁、欧洲的良心，高尔基称他是法国的托尔斯泰。

罗曼·罗兰生于法国中部小城克拉姆西的一个律师家庭，从小爱好音乐，特别喜欢贝多芬。15岁时，随家迁居巴黎，1886年考入巴黎高等师范学校史学系，对文艺感兴趣，敬仰文坛大师托尔斯泰。1887年开始和托尔斯泰通信，信奉其艺术为民众的艺术观点以及人人相爱并献身于民众的人道主义和"勿以暴力抗恶"的思想。这对罗曼·罗兰一生的思想影响很大，形成他前期创作的抽象的人道主义。高师毕业后，罗曼·罗兰又入罗马的法国考古学校当研究生，受到文艺复兴时期的人文主义影响，同时，他与被他称为"我的第二母亲"的德国贵夫人梅森堡结下的深厚友谊，促进了他的民主思想的发展。1891年，罗曼·罗兰回国，第二年与法兰西学院教授勃莱亚的女儿结婚。1895年完成博士论文《现代歌剧的起源》，获博士学位，并被选为法兰西学院院士，先后在巴黎高等师范学校和巴黎大学讲授艺术史。

1898 年，罗曼·罗兰开始写作。他一生的著作有小说、戏剧、人物传记、时事评论、艺术研究著作和政论等。他的早期创作有一组以 1789 年法国资产阶级大革命为背景的"革命戏剧"：《群狼》（1898）、《理智的胜利》（1899）、《丹东》（1900）和《七月十四日》（1901）等，这是他的戏剧为民众服务主张的实践。他企图以革命历史的英雄事迹来教育人民，宣传为正义而斗争的人道主义。他的创作遭到资产阶级学者的指责，他的夫人也和他离婚了。20 世纪初，法国国内劳资矛盾日渐突出，帝国主义的殖民掠夺和帝国主义之间的矛盾日益严重，欧洲空气混浊，令人窒息。为此，罗曼·罗兰写作了历史上三大艺术家的"英雄传记"：《贝多芬传》（1903）、《米开朗琪罗传》（1906）和《托尔斯泰传》（1911）。他在《贝多芬传》的序言中大声疾呼："让我们把窗子打开！让我们把自由的空气放进来！让我们呼吸英雄的气息！"他的英雄是指具有"伟大的心"，为崇高理想奋斗不息的人。他在"英雄传记"中，歌颂了忠于信仰，为崇高理想而奋斗的伟大艺术家们的英雄主义和坚强意志，颂扬他们同庸俗的社会现实和腐朽的艺术所进行的不屈不挠的斗争，同时提出了要以艺术感化和道德自我完善来挽救社会的主张，这暴露了他的资产阶级人道主义的局限性。与此同时，他创作了标志着他的艺术和思想发展里程碑的第一部长篇小说《约翰·克利斯朵夫》（1903—1912），一举成名。小说与英雄传记的主题思想有密切联系。随后，他写作了一个表现 16 世纪法国农民乐观生活态度的中篇小说《哥拉·布勒尼翁》（1914），这是他的一部最明朗、最轻快的小说。在书中，他赞扬了充满智慧才干的劳动人民和法国文艺复兴末期与劳动人民密切相联系的文化。这种充满生气的文明，与 20 世纪的"垂死的文明"相对立，是对现实颓废文化的批判。这部小说也暴露了他的思想弱点，即赋予他的主人公以宽恕一切的保守思想。

第一次世界大战期间，罗曼·罗兰坚持人道主义，连续发表了许多反战文章，宣传和平、正义、公道、民族协调，这些文章后来编成集子，书名为《超乎混战之上》。他受到战争狂热分子的猛烈攻击，但他不顾个人安危，坚持反对帝国主义战争。1915 年，他获得诺贝尔文学奖，授奖词赞扬了其作品中的高尚理想主义和他在描写各种不同人物时所具有的同情和对真理的热爱。俄国十月革命的胜利，使他看到了人类的光明前途，他支持苏联并对苏联寄予希望，同时又对无产阶级革命和无产阶级专政的"暴力"感到害怕。20 年代，罗曼·罗兰陷入严重的精神危机，表现出第一次世界大战后欧洲知识界所特有的悲观主义情绪，并接受了印度甘地的不抵抗思想。

20 世纪 30 年代初期，法西斯势力的猖獗使罗曼·罗兰觉醒。他发表了进行自我批判的著名论文《向过去告别》（1931），清算了自己的悲观主义思想和所持的错误观点，转向革命。他说，从旧社会走向新社会的人，必须斩断身后的桥梁，只能有进无退。他一边写作，一边作为国际反法西斯委员会的主席，领导和参加了一系列国际上争取和平反对战争的活动。他的思想变化也反映在他的第二部大型长篇小说《母与子》（1922—1933）里。

《母与子》是罗曼·罗兰的后期小说代表作。小说描写一个出身资产阶级家庭的知识妇女安乃德的经历。她最初追求独立的精神人格，遭到失败。她的私生儿子玛克选择了为正义而奋斗的道路，在反法西斯斗争中光荣牺牲。安乃德在失去儿子的痛苦中，继续儿子的事业，投身到反法西斯的革命斗争中去，找到了人生的道路，完成了她几十年艰苦探索的精神历程。小说的主题，比《约翰·克利斯朵夫》深刻得多。高尔基认为，《母与子》宣告了旧世界的灭亡，预示了新社会的诞生。从罗曼·罗兰的前后期代表作中，我们可以看到他的思想发展脉络。经过几十年的奋斗，他从个人主义走向集体主义，完成了从和平主义和抽象人道主义到确认参加群众性社会政治斗争的重要性这一思想飞跃。

1935 年，罗曼·罗兰去苏联访问，住在高尔基家中，并受到斯大林接见。他对苏联的建设事业极为佩服，决定投入法国工人运动，把自己的创作和人民事业结合起来。他说："我从巴黎到莫斯科，这条路是好艰辛和遥远啊！"这象征了他是怎样从资本主义的文化走到了社会主义的文化，完成了他由一个资产阶级民主主义知识分子到倾向无产阶级革命的杰出作家的转变。1938 年，罗兰回到故乡，坚定地站在人民一边，投入反法西斯战斗，在法西斯的严密监视下，坚持著书。1944 年 11 月 7 日，他抱病去巴黎参加十月革命纪念活动，同年 12 月 30 日在故乡逝世。他的正直的灵魂，一生追求真理的精神，成为一切热爱社会主义、靠拢无产阶级的进步作家的榜样。

罗曼·罗兰这位文化巨人、和平战士，对世界文学的贡献是巨大的。他在一生的创作中，揭发和控诉资本主义制度的反动性，突出表现了资产阶级人道主义，同时满腔热忱地号召人民大众起来为争取人类的光明前途而斗争。战斗的人道主义，是罗曼·罗兰全部作品的灵魂。他的美学观的基础和世界观的核心是求和谐。在艺术上，他继承和发展了法国文学传统擅长心理分析的描写手法，将心理分析和自然景色描绘、哲理性思考融合在一起，第一人称和第二人称交替使用，拓宽了心理剖析的天地和层次，形成了罗曼·罗兰式的自我问答、哲学沉思和精神探索的独特风格。

二、《约翰·克利斯朵夫》

《约翰·克利斯朵夫》是罗曼·罗兰的成名作和前期小说代表作。罗曼·罗兰以十年酝酿，十年写作，每年一卷的速度，完成了对克利斯朵夫这个贝多芬式"英雄"一生的描写。这部巨著长达一百几十万字，共有十卷，描写了平民出身的天才音乐家约翰·克利斯朵夫奋斗成名的一生。约翰·克利斯朵夫是全书的中心形象。

约翰·克利斯朵夫聪明、敏感，很小就感受到社会的不平。六岁时，因受富家少爷的欺凌而第一次意识到了社会压迫的存在，并产生了反抗意识。他觉得自己心中有一股怒潮在汹涌骚动。他要生存，要主持正义、惩罚恶人、剪除强暴的欲望如醉如狂。他觉得，只有音乐在沉闷、黑暗的人生中给他带来光明。音乐使他陶醉，他的心潮随着音乐的欢乐的巨流起伏。他刻苦练琴，终于成为远近闻名的音乐神童。他 11 岁开始在宫廷当乐师，14 岁就挑起了全家生活的重担，成了一家之主。他渴望胜利、渴望真实地表现自己，把生命的扁舟直放出去，梦想有一天能做个生命的太阳。在经历了少年友谊的被破坏、失恋的痛苦和悲伤之后，在舅舅的帮助下，他认识到，英雄就是竭尽全能去做自己能做到的事的人。

在《约翰·克利斯朵夫》的扉页上，作者将小说题献给"各国的受苦、奋斗、而必战胜的自由灵魂"。这个"自由灵魂"，指的就是一切追求真善美的文明战士。罗曼·罗兰在卷七初版序中说，他写此书，是"要反抗一种不健全的文明"，因此，他认为自己写的不是纯粹的小说，而是"创造了一个人。一个人的生命决不能受一种文学形式的限制。它有它本身的规则"。这是作者改革小说的主张，他追求作品更高的审美层次，从中找出隐含的哲理性。《约翰·克利斯朵夫》是这种独特风格的成功尝试。

在资产阶级文学正面形象的画廊里，有不少个人反抗的英雄，但他们都有这样那样的私欲、野心和杂质，而像克利斯朵夫这样一尘不染，无私无畏，具有强烈使命感，爱真理甚于爱自己，一生追求真善美的个人反抗英雄并不多见。如果说，哈姆莱特是欧洲文学史上近代资产阶级第一个文明形象，那么可以说，克利斯朵夫是近代资产阶级最后一个文明形象。罗曼·罗兰在卷十初版序中写道："我写下了快要消灭一代的悲剧。我毫无隐蔽地暴露了它的缺陷与德性，它的沉重的悲哀，它的混混沌沌的骄傲，它的英勇的努力，和为了重新缔造一个世界、一种道德、一种美学、一种信仰、一个新的人类而感到的沮丧。——这便是我们过去的历史。"作者在这里谈到的就是近代资产阶级末代英雄的文明性。从克利斯朵夫诞生的大半个世纪以来，他超越时空，吸引着不同文化背景的一代又一代读者，他的艺术魅力和象征意蕴所在，就是他的文明性。

人类的精神文明史，是进步文化不断战胜野蛮落后、愚昧保守、腐朽没落的历史。克利斯朵夫出生在被称为音乐之邦的德国，这是举世闻名的"音乐巨人"贝多芬的故乡。克利斯朵夫从小受着民间音乐和古典音乐的熏陶，听母亲哼民谣，是他"最甜美的幸福"。想着舅舅教育他要重视民间音乐的真情实感，他"从此写音乐的时候总忘不了舅舅"。他常演奏著名音乐家巴赫的作品，从中接近那些"伟大的心灵"。他喜欢歌曲大王舒伯特"纯洁的音乐"。贝多芬则是他终身崇拜的英雄,他立志要像贝多芬那样,"坚强而能受苦",把自己的生命"奉献给最高尚最完善的东西"。同时,他接受西方文明传统的影响,领会荷马史诗那些古老灵魂,喜欢阿喀琉斯式的英雄。他读莫里哀、拉辛、拉封丹、卢梭、伏尔泰、雨果、歌德、席勒等资产阶级思想家、文学家的著作。在他心目中,莎士比亚和贝多芬都是取之不尽、用之不竭的生命的灵泉,他尤其喜欢《哈姆莱特》,拿"这面神奇的镜子把自己的本相再照一遍",惊叹剧中的生命力多么强烈。克利斯朵夫从这些进步文化中,接受人文主义、民主主义和启蒙思想,形成文明形象所特具的真诚、坦白、自尊、无畏、积极斗争、努力奋斗的性格特征。

罗曼·罗兰认为,真诚是跟聪明与美貌一样少有的天赋,它是文明的最基本素质;唯有真诚的人,才能具有高尚的道德和高贵的灵魂,才能创造出具有真正文明的艺术美。真诚是克利斯朵夫最主要的性格特征。他憎恨虚伪,最不能原谅的缺点是不真诚,最不安的是自己替荒谬的剧本配音乐,最气恼的是谎话,最大的誓愿是为真而写作,最无保留的是表露自己的真情,最不满意的是不近人情的恭维。克利斯朵夫的真诚达到纯净的程度,显示出道德的美和文明的力量。它使一切虚假丑恶的东西相形见绌,使一切善良的人们受到感染。

克利斯朵夫疾恶如仇,追求至纯至善的真诚,源于文明形象必备的精神素质:强烈的自我意识。对于力图摆脱蒙昧、向往文明的克利斯朵夫,他有个认识自我,表现人的尊严、自由和创造天性的追求过程。他从小懂得维护自尊,追求独立的价值。他痛斥以金钱门第为价值标准的克里赫太太说:"即使我没有你的门第,我可是和你一样高贵。唯有心才能使人高贵……所有那些自命高贵而没有高贵心灵的人,我都看作像块污泥。"这是人的尊严的宣言。他要在践踏人格的鄙俗环境里,"做个够得上称为人的人"。他向往自由,不甘居于宫廷乐师的奴仆地位,公开向干涉他的独立和自由的大公爵挑战:"我不是你的奴隶,我爱说什么就说什么,爱写什么就写什么。"获得人身自由的克利斯朵夫想要表现自我,他认识到自我价值的实现在创造中。他大刀阔斧地批判一切假丑恶的东西，反对腐朽颓废的艺术，企图通过自己在音乐创作方面的改革来达到改进社会的目的。他一个人批评整个上层建筑，这种力量悬殊的斗争显示出生长中的弱小文明与强大的腐朽势力的斗争的艰苦性和激烈性。在斗争中，克利斯朵夫不断反思自己："我要变成怎么样？"他把眼光转向平民，认识到自己的社会责任和使命。他要"唤起整个民族的健全力，使全国所有的老实人都奋臂而起"。然而，唤醒因循守旧、麻木不仁的民众，是更为艰苦的弱小文明与强大的习惯势力的惰性的斗争。这个斗争，不能像对付敌人那样使用投枪匕首，只能用严肃的剖析去暴露民族的恶习和可笑的地方，用深情的呼唤和博爱之心去恢复民众的精神。他感到自己责任重大，要毫不留情地将民族的惰性剖析出来。他说："安分守己的人，看到人家认为一切都不大行，看到人家提出这些惨事丑事来，是要痛苦的！他们受着剥削，可不愿意承认。他们发现人家吃的苦已经受不住了，所以宁愿无知无觉地做牺牲品。……可是即使他们不愿意有人帮助他们反抗压迫，至少也得知道别人跟他们一样受着压迫而不像他们那么逆来顺受，没有他们那种自欺欺人的本领。"他用自己活泼的生命去影响公寓的人，希望大家团结起来，振作精神。他像一阵风摇着酣睡的森林似的，对着民众大声疾呼："最渺小的人和最强大的人同样有一种责任……如果你们问我，辛辛苦苦费这许多力量有什么用，奋斗有什么用……那么我告诉你们：因为法兰西已经奄奄一息了，因为欧罗巴也奄奄一息了，因为我们的文明，人类以几千年的痛苦缔造起来的文明要崩溃了……起来吧！应当生活！是的，要是你们非死不可，也得站起来死。"克利斯朵夫就是这样以他壮怀激烈的深情去完成他的使命，其中闪耀着实现自我价值的文明形象的理想主义光芒。

一个真正的文明形象，不是靠恩赐和吹捧树起来的。他的强大生命力不是表现为外在的显赫功名，而是表现为内在的意志力量和心理能量，也就是罗曼·罗兰所说的"心的英雄"和抽象的"力"。克利斯朵夫的追求几起几落，在那些艰难困苦的场合中，使他永远挺立，没有倒下去的力量是他的生命力。书中写道："白天受了屈辱之后，克利斯朵夫在他静得嗡嗡作响的心头，感觉到他永恒的生命。悲惨生活的浪潮在生命的底下流动：但这悲惨生活跟他生命的本体又有什么关系呢！世界上一切的痛苦，竭力要摧毁一切的痛苦，碰到生命那个中流砥柱就粉碎了。克利斯朵夫听着自己的热血奔腾，仿佛是心中的一片海洋；还有一个声音在那里反复说着：'我是永久，永久存在的'。"永恒的生命力给予克利斯朵夫力量，使他具有强大的心灵，表现出主人公的强者意识。

"凡是天性刚毅的人必须有自强不息的能力。"强者强在能够战胜自己、超越自己。克利斯朵夫靠着自强不息的力量，不断克服和超越自己的庸俗和落后，以求得自身的文明性。他超越自己，从许愿当英雄上升为竭尽所能；从否定一切上升为客观评价；从表现自我的艺术上升到为大众的艺术；从怀疑自己上升到点燃别人灵魂；从但求得到最低限度的友情上升到志同道合、灵魂渗透的友谊；从迷惑感官的情欲上升到富有诗意的爱情。在这种种超越中，他显示出文明形象所特有的英雄主义和强大的心理能量。

围绕着克利斯朵夫性格的展开，作者陆续描写了许多人物，他们从各个侧面丰富了这个文明形象。他的舅舅高脱弗烈特，这个生活在社会底层的贫穷小贩，保持着人类最美好的天性，始终对人类未来充满信心。他帮助克利斯朵夫克服了怀疑自己的精神危机。仁慈宽厚的苏兹老人，是"善"的代表，他的温情使失望中的克利斯朵夫恢复了自信，增添了追求真善美的动力。法国女教师安多纳德是书中最动人的女性形象，她好似一颗倏忽即逝的流星，用她的温厚虔诚、无私忘我的牺牲精神照亮了别人。克利斯朵夫从这个萍水相逢的年轻死者身上汲取生命启示和生机。他的挚友奥里维是纯洁无私的理性的代表，他帮助克利斯朵夫接近平民，完成艺术观的转变。他们之间的友谊表现了人类的精神共鸣和情感价值。"谁要在世界上遇到过一次友爱的心，体会过肝胆相照的境界，就是尝到了天上人间的欢乐"。他的最亲密的女友葛拉齐亚是美的理想的体现，她给克利斯朵夫带来清明高远的和平心境。他们的爱情是理智与感情的和谐统一。"两颗相爱的心灵自有一种神秘的交流：彼此都吸收了对方最优秀的部分，为的是要用自己的爱把这个部分加以培养，再把得之对方的还给对方。"
"从葛拉齐亚的心中再去领会自己的音乐，等于和这颗心结合了，把
它占有了。这种神秘的交流又产生新的音乐，有如他们交融之后的果
实。"这些人物在各个侧面和不同程度上，都表现出具有真善美的文
明精神。在他们的补充和陪衬下，作者完成了对克利斯朵夫这个资产
阶级文明形象的塑造。

必须指出的是，克利斯朵夫的文明性受限于资产阶级人道主义。
他所表现的英雄主义和理想主义都是抽象的人道主义的体现。他的反
抗和追求，是以个人奋斗和博爱为武器。他脱离群众，脱离现实，声
称"要独立，必须放弃社交"。他只相信个人的人格力量和坚强的意
志，认为自己是克服资本主义文明危机的强者，他不理解革命，反对
暴力，主张超党派，"不能拿艺术去替一个党派服务"。他以为只要
把古典音乐和《国际歌》"一齐放在一阕合唱交响曲里"，就能够感
奋人心，凭着他的艺术天才拯救人类。他认为只要人们"彼此相
爱"，就能解决社会矛盾，求得各民族的和谐。凡此种种，都说明了
资产阶级文明的局限性。克利斯朵夫虽然执着地追求真善美，竭尽所
能地为文明而战，最终却以皈依宗教而告失败。这是一代资产阶级文
明形象的悲剧。

《约翰·克利斯朵夫》在艺术上有其显著的优点和特点。比如，
它规模宏大，有出色的心理描写和自然景物描写，有饱含哲理和抒情
色彩的大量议论即政论因素等。这些描写和议论互为条件、彼此联
结，同为展示作品的主人公及书中其他形象和突出作品的主题思想服
务。特别值得注意的是作品大河般的结构形式，以及作品独具特色的
音乐性。

1. 大河般的结构形式

大河般的结构形式是作家采取的一种独特的表现方法。作家以河
流来比喻各种现象，或者说，作家注意展示各种事物的流动性或流动
状态。如音乐之河、自然之河、生命之河、时间之河、思想之河、民
族之河和工人运动之河等，其中含有四条主要支流，即自然之流，音
乐之流、生命之流和心理之流。它们彼此联结、互相渗透，都与主人

公的命运有关系。如小说中壮美的莱茵河与克利斯朵夫的一生相谐：他出生在莱茵河畔，结识朋友在莱茵河畔，处身异国时眼前浮现的是莱茵河，弥留时刻听到的是莱茵河的涛声……关于江河的描绘贯穿全书，象征着主人公奋斗不息的一生，对于展示主人公的性格有着重要的作用。

2. 独具特色的音乐性

音乐性在《约翰·克利斯朵夫》里，无论就结构说，还是作为一种艺术手法，都具有极为重要的作用，剔除了书中的音乐性就会使这部作品大为减色乃至不能成书。这与作品的题材有内在联系。作品里的主人公是个音乐家。作品中的音乐成分，作为作品的构成因素和表现手段，可以说比比皆是。如作家把克利斯朵夫的经历分为少年、反抗、悲歌和复旦四个阶段，认为它们"相当于交响曲的四个乐章"。在作品里，音乐和音乐家的精神世界息息相关，是主人公生命活动的组成部分。书中赞美音乐的段落，如说"音乐，你抚慰了我痛苦的灵魂；音乐，你恢复了我的安静，坚定，欢乐——恢复了我的爱，恢复了我的财富"等，处处可见。"节奏"、"合奏"、"音响"、"音阶"、"调子"、"旋律"、"和声"等音乐术语用得很多。像"钟声复起……天已黎明，它们相互答应，带点儿哀怨，带点儿凄凉，那么友好，那么静穆，柔和的声音起处，化出无数的梦境，往事，欲念，希望，对先人的怀念……他在卧室听到这音乐的时候，仿佛眼见美丽的音波在轻清的空气中荡漾，看到无挂无碍的飞鸟掠过，和缓的微风吹过"这类描写人对音乐感受的文字，也并不少见。这一切不仅给主人公的身心造成一种独特、和谐的氛围，而且也是作家用以展示主人公精神世界的一种恰当的手段，这无疑是一种现实主义的艺术独创。

思考题

1. 分析克利斯朵夫形象，指出它的时代特征。
2. 简析《约翰·克利斯朵夫》的艺术特色。
3. 从《约翰·克利斯朵夫》看罗曼·罗兰前期的创作思想。

第六节 德 莱 塞

〔**学习提示**〕 德莱塞是 20 世纪美国现实主义文学的杰出代表。他从人道主义、民主主义立场逐步走上社会主义道路。他的思想和创作是复杂的。学习这一节，主要了解他顽强追求真理、坚持现实主义创作原则的精神，以及他创作的思想艺术成就。

这一节的重点，是他的长篇小说《美国的悲剧》。这部小说被誉为美国最伟大的小说，其主要价值在于它是"美国的悲剧"。我们应当用历史唯物主义观点，从美国社会制度以及由此而产生的贫富鸿沟、拜金主义、道德堕落等方面去理解这部小说深刻的社会内容，分析克莱德这一形象的典型意义。小说塑造出具有时代特色的典型环境中的典型人物，形象鲜明，心理分析细致，情节曲折，细节真实，体现出德莱塞创作的现实主义特色。

一、生平与创作

西奥多·德莱塞（1871—1945）是 20 世纪美国现实主义文学的杰出代表，在美国文学史上占有重要地位。

德莱塞生于美国印第安纳州的特雷浩特镇。父亲是德国移民，破产的小业主，虔诚的教徒，努力按教规来严格管束子女。母亲是俄亥俄州的农村姑娘。德莱塞是他们 9 个孩子中最小的一个（有说是 13 个孩子排行第 12 个），他的童年和少年时代是在极端贫困的环境中度过的。他没读完中学，16 岁就独自到芝加哥谋生，当过洗碗工、洗衣工、车站检票员、小伙计等，也曾因失业而流落街头。他偶然间上了一年大学。这段艰苦的经历，使他看到美国社会的黑暗，奠定了他同情贫苦人民、批判并力图改变资产阶级社会的思想基础，也为他后来的创作积累了素材。德莱塞童年起就害怕贫穷，向往财富，这种心理萦绕着他一生的思想，并反映在他的作品里。

1892 年，他成了芝加哥《每日环球报》的记者，以后又到不少城市当记者。长时间的记者工作，有助于他研究美国现实，也锻炼了他的写作才能。19 世纪 90 年代的美国已进入垄断资本主义阶段，是贫富鸿沟最深的国家之一。德莱塞面对美国经济繁荣的景象，清醒地看到，美国现实是残酷和非正义的，幸福只不过是幻觉而已，并不像当时流行的柔情现实主义文学所描写的那样美好。他敢于正视社会矛盾，揭露贫富鸿沟及其严重的社会后果，为穷人鸣不平。他认为作家的责任是真实地反映生活，真理怎样，就怎样宣传。在这种思想指导下，他开始文学创作。这个时期，美国文坛上各种思潮、流派纷至沓来，法国的自然主义文学理论和创作，以及达尔文的进化论、斯宾塞的生物社会学、尼采的超人哲学、弗洛伊德的精神分析学等，十分流行，它们对德莱塞的思想和创作也有影响。但在德莱塞创作中占主导地位的是人道主义思想和现实主义创作原则。他继承了狄更斯、马克·吐温等现实主义作家的优秀传统，尤其是学习了巴尔扎克的创作经验，在西方现代文学的背景下，进行艺术探索，大胆地揭露美国社会的黑暗面。

德莱塞一生共写了八部长篇小说、四部短篇小说集、两部戏剧集、三部政论集以及传记、散文等。他的思想和创作道路，可以1917 年为界线，分为前后两个时期。

1. 前期的创作

1900 年，德莱塞针对当时流行的粉饰生活的"愉快"故事，发表他的第一部长篇小说《嘉莉妹妹》。小说的情节和主人公形象在很大程度上取材于他家庭悲惨的往事。主人公嘉莉原是朴实、勤奋的农家女，向往城市的富裕生活，天真地以为可以靠劳动发财，实现过幸福生活的梦想。她从乡下到芝加哥谋生，先是当女工，每天累得精疲力竭，仍不能满足衣食的要求，失业后，为了生活，当了推销员和酒店经理的情妇。最后，她在纽约成了名演员，却感到生活空虚，得不到幸福。这是一个司空见惯的"美国梦"幻灭的悲剧。19 世纪后期，美国经济迅速发展，大都市相继出现，贫富的急剧分化和农民到城市谋生，成为当时突出的社会现象。人们天真地相信在这标榜民主、自由、平等、幸福的国家里，人人机会均等，只要努力奋斗就可以发财，获得幸福。事实上这只是一个梦。嘉莉就是一个"美国梦"幻灭的悲剧形象，她的"成功"是以道德堕落为代价的。"美国梦"幻灭的题材和形象，具有深刻的社会意义和鲜明的时代色彩，成为20世纪美国文学中一个重要主题。

这部小说表现出对嘉莉道德堕落的同情，把批判矛头指向社会，大胆地揭露"美国梦"的腐蚀性和虚幻性，揭露美国式"成功"的偶然性和不道德性，打破人们对美国生活方式的幻想，出版后就受到资产阶级评论界的指责，作品被封存。德莱塞在这种打击下一度出现创作危机。不过，这部小说也得到辛克莱·刘易斯等著名作家的称赞。1901年，《嘉莉妹妹》在英国出版，轰动一时。随后它多次重印，风靡欧洲大陆，成为美国小说中一部具有历史意义的里程碑。德莱塞继续坚持认为，生活就是悲剧，要按生活本来面目来描写生活，1911年，他发表第二部长篇小说《珍妮姑娘》。

《珍妮姑娘》描写穷苦工人女儿珍妮的悲惨遭遇。她善良、忠实、富有牺牲精神。为了帮助家庭，她先后当了参议员白兰德和企业家少爷雷斯脱的情妇，但因出身贫苦而不见容于富人社会。后来，为了使雷斯脱继承遗产，她同意和雷斯脱断绝关系，蒙垢忍辱，过着凄凉的生活。珍妮是资本主义社会中被侮辱、被损害的妇女形象，她的悲剧是社会造成的。小说通过珍妮的悲剧揭露美国社会不允许逾越的贫富鸿沟，其中，也包含了作者童年家庭贫苦生活和他一个姐姐受骗与人私奔、生子、遭遗弃的某些经历。小说表达了对贫苦妇女悲惨命运的同情和对资产阶级卑劣品质的谴责，悲剧性、批评性加强了，但没有揭示真正的社会冲突。《珍妮姑娘》出版后，德莱塞进入他创作的繁荣期。

1912年，德莱塞发表了《欲望三部曲》的第一部《金融家》，两年后，又发表三部曲的第二部《巨人》。《欲望三部曲》以南北战争前到20世纪初为背景。从美国的费城、芝加哥、纽约写到英国的伦敦、法国的巴黎以及印度等地，在广阔的背景上真实地反映出金元帝国的历史面貌，堪称是一部史诗性的文学巨著。中心人物是金融寡

头柯帕乌。德莱塞塑造这一形象是有现实依据的。他在当记者期间就
熟悉美国企业界、金融界内幕，为了创作这部小说，他搜集了美国垄
断资产阶级、汽车大王查理士·耶基斯的大量资料，研究他的发家
史，以他为原型创作出这部长篇小说。《金融家》从南北战争写起。
柯帕乌是银行职员的儿子，他从动物世界的弱肉强食中"领悟"到
人生的法则："人是以吃别人为生的。"他的格言是"我的欲望高于
一切"，他的全部活动就是要满足他对金钱、地位和女色的强烈欲
望。他靠投机活动，从一个经纪人成为金融家。他和控制费城的
"三头政治"勾结，狼狈为奸，相互倾轧，终于因挪用公款而入狱，
当了"三头政治"的替罪羊。《巨人》写柯帕乌在 19 世纪 70 年代到
90 年代，在芝加哥经营金融业务，同时又在工业上投资，取得市内
铁路的垄断权，终于爬上亿万富翁宝座的过程。

　　这两部小说最大的成就是在广阔的社会历史背景中，通过对柯帕
乌的描写，反映了美国金融资产阶级的罪恶发迹史，对美国金融界、
政界、司法界的黑暗腐败以及金融资产阶级控制政权机构的真相，作
了大胆而深刻的揭露。柯帕乌是美国文学史中最典型的金融寡头形
象，它体现了德莱塞对美国统治集团的深刻认识。德莱塞在揭露他的
同时，又欣赏他的勇敢、才干和精力，强调他的本能、欲望，渲染他
的两性关系。因此，小说又具有自然主义倾向，但这并不能掩盖作品
的现实主义成就。

　　1915 年，长篇小说《"天才"》问世。主人公尤金是一位有才华
的青年画家，在社会腐蚀下，堕落为贩卖艺术的市侩，"天才"被毁
灭了。小说通过描写尤金堕落的过程，愤怒地控诉了美国资产阶级社
会对艺术的摧残和腐蚀。由于看不到改变现实的出路，作品流露出悲
观情绪。《"天才"》触及美国社会的疮疤，所以发表后遭到攻击和禁
止出售的厄运。

　　德莱塞早期的创作，反映美国社会贫富鸿沟及其后果，有力地戳
破了"美国梦"的神话，揭露美国社会的黑暗和垄断资产阶级的罪
恶，对美国文学的高雅传统和清教精神给以冲击，它的现实主义成就
是巨大的。但其中也存在以生物学优胜劣汰规律解释社会现象的思想

和自然主义成分。德莱塞真诚地同情劳动人民，痛恨资产阶级，但又看不到改变现实的力量，因此，作品流露出悲观情绪。

２. 后期的创作

十月革命的胜利，给美国进步人士以很大鼓舞。德莱塞热烈欢迎十月革命，在十月革命的影响下，逐渐克服前期的错误思想，世界观和创作都发生了显著的变化。这时期，他写了不少剧本、短篇小说、特写、政论和长篇小说，题材相当广泛，有力地揭露了美国的社会制度，表达了他追求进步，力图变革现实的政治观点，批判力量大大加强了，而且，反映了美国人民的觉醒和必胜的信念。

1925 年发表的长篇小说《美国的悲剧》是又一部深刻揭露美国社会制度和生活方式的杰作，代表了德莱塞创作的最高成就。它发表后轰动了美国文坛，奠定了德莱塞在美国文学史上的重要地位。

1927 年，德莱塞访问苏联，目睹苏联人民的生活和社会主义成就后，确立了对共产主义的坚强信念。回国后，他一面继续创作，一面积极支持工人运动，走上了革命的道路。

1929 年，德莱塞发表短篇小说集《妇女群像》，反映美国妇女"生命被摧残"的悲剧。其中的《艾尔尼塔》描写一个女共产党员的成长过程，是这部小说集中最优秀的一篇。它在这部小说集阴暗的背景中显得非常突出。作者通过这种对比告诉人们：只有革命才能改变被摧残的命运。20 世纪 20 年代是德莱塞创作道路上最光辉的年代。

20 世纪 30 年代到 40 年代初，德莱塞发表了《悲剧的美国》（1931）、《拯救美国》（1941）等战斗性很强的政论，以大量事实对美国社会制度进行全面的剖析，揭露美国人民无权、受剥削的实际情况。他指出美国实际的主人并不是国会和政府，而是垄断企业和金融寡头，"银行和公司才是我们真正的政府"，宪法不过是一张纸片。他号召人民起来斗争，改变美国的社会制度。文章还揭露帝国主义和法西斯的侵略罪行。他本人也积极支持工人运动，参加反法西斯斗争。30 年代的德莱塞是积极的社会活动家，享有国际声望的进步人士。

1941 年，德莱塞被选为美国作家协会主席。1945 年 8 月，他加入以福斯特为首的美国共产党，同年 12 月在加利福尼亚州逝世。他的长篇小说《堡垒》和《斯多噶》是在他逝世后由他的妻子海伦整理出版的。

《堡垒》（1946）的主人公苏伦·巴恩斯是德莱塞创作的最后一个典型。他是教友派教徒、银行家，为人正派诚实，以道德自我完善为生活原则，被誉为"堡垒"。小说通过描写他一家的败亡，说明宗教道德堡垒也挽救不了金融资产阶级必然灭亡的命运。《斯多噶》（1947）是《欲望三部曲》的最后一部，描写柯帕乌在芝加哥遭受挫折后垄断伦敦地下铁路的活动，正在他庆祝事业的成功时，因肾脏病突然发作而死去。他死后，财产被拍卖，遗产被继承人瓜分。柯帕乌之死及其事业的崩溃，象征金融资产阶级的必然结局。这部小说还反映了 20 世纪初帝国主义的资本输出活动以及殖民主义的罪恶。这两部小说是德莱塞现实主义创作中带有总结性的作品。

德莱塞是一位有时代特色的现实主义作家。他在 20 世纪美国文坛流派蜂起、风格多变的年代，在谩骂、责难与争议的声浪中，以追求真理的信念和顽强的抗争精神，始终坚持现实主义创作原则，按照现实生活的模式来进行创作。他全部作品取材于美国社会，有些素材来自他家庭的苦难和贫苦人民的悲惨遭遇，形象与情节大多有原型，有高度的真实性。作品题材多样，贯穿着揭露、批判美国社会制度与生活方式的悲剧性主题。他的创作成为 19 世纪末到 20 世纪三四十年代美国社会生活的真实写照，代表了 20 世纪前半期美国文学的进步力量。

德莱塞的现实主义成就还表现在塑造出典型环境中的典型性格。他小说中的人物与社会环境是紧密结合着的。他以人物为中心描绘出美国从资本主义演变成帝国主义后有代表性的社会场景，塑造出由社会环境造成的众多典型形象，其中，有的已成为美国文学史上著名的典型。在塑造人物形象方面，德莱塞着重表现驱使人物活动的欲望，在不同情景的对比中描写人物的行动和内心世界，把社会背景和弗洛伊德心理学说糅合在一起，进行深入细致的心理分析。人物性格各具特色，形象鲜明，语言个性化，情节发展合理，细节真实，作品表现出真实、大胆、细腻的现实主义风格，具有浓厚的悲剧性。但是，他的作品也不同程度地存在着自然主义因素和唯心主义思想的局限，有些作品给人冗长滞重之感。

德莱塞是 20 世纪美国现实主义文学的开拓者。美国著名作家辛克莱·刘易斯在接受诺贝尔文学奖时说，德莱塞比他更有资格获此殊荣，他认为，走着自己独特道路的德莱塞在美国小说领域内突破了维多利亚时代式的、豪威尔斯式的胆小与高雅传统，打开了通向忠实、大胆与生活的激情的天地。德莱塞的创作丰富了美国文学宝库，影响了一代美国现实主义作家，并且帮助美国文学跻身世界民族文学之林，至今仍有很强的生命力。

二、《美国的悲剧》

长篇小说《美国的悲剧》（1925）是德莱塞的代表作。它一出版就引起很大的反响，被认为是美国最伟大的小说。

德莱塞写这部小说是有大量事实为依据的。1906 年，纽约州赫基默郡发生一件情杀案，青年契斯特·杰勒特为了向上爬，把已怀孕的情妇格雷斯·白朗骗到埃尔克湖溺死。这起凶杀案很快被侦破，凶手被判处电刑。这类在当时相当普遍的案件，引起了德莱塞的注意。他对契斯特案件进行了采访，仔细研究有关材料和审讯记录，又研究了大量类似的案件，经过概括提炼，便以契斯特案件为主要的情节依据，于 1922 年开始创作。小说原名《幻想》，出版时改为《美国的悲剧》，把悲剧的重点放在对美国社会制度和生活方式的揭露上。

《美国的悲剧》共三部。主人公克莱德·格里菲思是一个贫穷传教士的儿子，从童年起就随父母在街头传教。在蔑视贫穷、尊崇财富的资本主义社会里，他们一家受到人们的轻蔑与嘲笑。他姐姐与人私奔、被遗弃，使家庭处境更加困难。克莱德从小就害怕贫穷，追求享乐。16 岁时，在堪萨斯市最繁华的格林·戴维森旅馆当服务员，接触到富人的生活方式，交上放荡的朋友，于是开始喝酒，交女朋友，逛妓院。一次郊游后发生了车祸，他被迫逃离堪萨斯市。以后，他在芝加哥联合俱乐部重操旧业，碰到前来办事的伯父赛缪尔·格里菲思。赛缪尔是纽约州莱科格思的大富翁，"格里菲思衣领公司"的工厂主。他雇用了克莱德。克莱德当上打印车间的工头后，和厂里的女工罗伯塔·奥尔登有了私情。不久，他又受到大资产阶级小姐桑德拉·芬琪雷的宠爱。克莱德为和桑德拉结婚，决心甩掉已怀孕的罗伯塔。堕胎无效，他便起了杀心，设下骗她到大卑顿湖并溺死她的毒计，但船到湖中又没勇气下手，后来，罗伯塔因船翻落水而死。克莱德作案时漏洞百出，案件很快被侦破。这时，正逢卡达拉基郡共和党和民主党竞选前夕，现任的区检察官、共和党人梅森准备竞选法官，这案件正好成为他竞选的资本，克莱德的辩护律师贝尔纳普是民主党人，梅森竞选的对手。法庭经过冗长的起诉、审讯、辩护、作证后，以故意杀人罪判克莱德死刑。

这部小说通过写克莱德的堕落毁灭，对美国社会作了广泛而深刻的揭露，具有强烈的社会政治意义。

小说真实地展现了美国社会的贫富悬殊和生活方式。堪萨斯市里，阿萨·格里菲思一家住在木板房里，沿街传道，在贫困与屈辱中挣扎；出入于富丽堂皇的戴维森旅馆的富人，终日吃喝玩乐，过着奢华腐朽的生活。别的城市也一样。莱科格思的"贫富界限是分得清清楚楚的，就像用刀子刮过似的，或者有一堵高墙隔在中间"。上等人家的住宅宽阔优雅，房子非常讲究，还在湖区盖了别墅。他们经常举行宴会、跳舞、骑马、游湖、打猎。而贫苦女工罗伯塔·奥尔登的家却是屋顶下塌，墙壁没有粉刷，破败不堪，显出一幅凄惨的景象。穷人终日劳作，只能勉强维持生活。穷苦姑娘被玩弄抛弃的悲剧，屡见不鲜。这种贫富悬殊是资本主义制度的产物，它滋生着社会的堕落与犯罪。小说第三部描写的死囚牢，正是这种社会罪恶的真实反映。

小说还形象地揭示出美国社会宗教、政治、道德、司法制度等的虚伪与黑暗。传教士阿萨·格里菲思夫妇一家的悲惨遭遇，有力地说明宗教的无能为力，上帝不能使人摆脱贫困，也不能保卫人的灵魂。在这金元帝国里，社会的主宰者不是上帝，而是金钱。贫穷被看作是"耻辱"，富有是美德，有钱便有一切。政府官员、议员、报纸、法庭等都是为有钱人服务的，劳动人民正当的权益得不到保障。克莱德的姐姐赫丝特被玩弄抛弃，因无钱上诉，只好忍受不幸与屈辱。贝尔纳普律师年轻时曾诱奸妇女，花了一千美元就轻易地摆脱了那怀孕的姑娘，并没有受到社会谴责与法律制裁。克莱德是因迷恋桑德拉而以身试法的，但大资产阶级芬琪雷家有钱有势，他的法律顾问、前共和党主席通知法庭不得披露桑德拉的名字，对她写给克莱德的情书更是绝对保密。这案件发生在卡达拉基郡选举前夕，共和党和民主党都借机捞取政治资本。检察官共和党人梅森为提高声望以竞选卡达拉基郡法官，夸大案情，申请州最高法院开特别庭审理。辩护律师民主党人贝尔纳普为击败竞选对手，讨好克莱德的伯父、大工厂主赛缪尔·格里菲思，竭力掩盖真相，以伪造的动机和情节来为克莱德开脱。两人在法庭上唇枪舌剑，辩论不休，但双方都以某小姐代替桑德拉的名字，小心翼翼地保护大资产阶级的名誉和地位。凡此种种，都是对美国的政治、司法制度的黑暗的揭露。

主人公克莱德就是这贫富悬殊的社会和美国生活方式的受害者，也是社会罪恶制造者。他原是一个善良、天真、幼稚的少年，机警、敏感、富于幻想，性格软弱，易受环境的影响。在美国这拜金主义社会里，他因贫穷而遭到奚落嘲笑，由此，他对贫穷感到憎恶和屈辱，幻想幸福，渴望享乐。

克莱德所幻想的幸福是以个人为核心，以金钱为基础的美国生活方式。他的欲望是在社会环境影响下逐步形成和发展的。他追求的过程就是堕落毁灭的过程。对克莱德性格发展影响最大的，首先是戴维森大旅馆。这是富人的世界，美国生活方式的缩影，不少青年在这里接触到这种奢华生活后误入歧途。克莱德只不过是其中的一个。他在戴维森旅馆当服务员期间，来往于家庭与旅馆，两者鲜明的贫富对比，使他对享乐和财富的欲望更加强烈。"从这时起，他的世界观就完全变样了。"他在邪恶的欲海中随波逐流，成为资产阶级腐朽生活方式和利己主义人生哲学的俘虏，崇拜金钱，开始过放荡的生活，堕落为一个自私、虚伪、追求享乐的青年。

芝加哥联合俱乐部的社会地位和物资设备比戴维森旅馆还要高一等。克莱德在这里见到了来自国内的以及世界各国的政客、大资本家

和社会名流，他的欲望和利己主义人生观又有了进一步的发展，幻想
能被某个大人物看中，得到重要位置，"上升到一个他从来没有领略
过的天地中间去"。

克莱德抱着这种幻想到了莱科格斯，但不可逾越的贫富鸿沟横亘
在他面前。上等社会不许他沾边，工人又因他是大工厂主的侄子而疏
远他。他在贫富两个社会交接的奇特处境中，忍受着寂寞，等待着伯
父和堂兄的提拔重用。每当他看到青年男女缠绵的情景，"总会激起
他天性中那一份被压制而反抗着的性之力的骚动"。他克制不住情
欲，便偷偷和女工罗伯塔有了私情，但并不准备和她结婚。

大资产阶级小姐桑德拉对他的垂青，使他有机会进入渴望已久的
社交界，尝到上等人生活方式的甜头，追求"金钱、美貌和社会地
位"的欲望更强烈了。在他的心目中，"桑德拉是奢华生活和至高无
上的社会地位的典型"，得到桑德拉便可一步登天。从此，对桑德拉
的迷恋，尤其是桑德拉提出和他私奔结婚，使他热昏了头，利己主义
思想恶性膨胀，终于走上犯罪的道路。

德莱塞对克莱德既有揭露，又有同情。他详细描写克莱德对外部
世界强烈的感受，以及由此激发起的猛烈的内心冲突，把他写成一个
"永远不会成熟的灵魂"，"中了精神不安和追求虚荣的毒素"。美国
的社会环境和生活方式造成他的欲望。他在欲望的支配下身不由己，
如同被磁礁吸引的一叶孤舟，终于在茫茫的欲海中触礁沉没。克莱德
这种在社会腐蚀下堕落犯罪的悲剧，在美国具有普遍意义。在美国贫
富悬殊的社会里，普通的美国人受到资产阶级人生哲学和生活方式的
腐蚀毒害，他们幻想幸福，相信资产阶级散布的人人可以发财致富的
神话，不择手段地去追求金钱和物质享受，以致精神空虚，道德堕
落。克莱德的悲惨命运同样会降临他们头上。在现实生活中，许多青
年就是这样堕落毁灭的，其发生的频繁已到了惊人的程度。德莱塞认
为，这不仅是美国青年的悲剧，更是滋生堕落和犯罪的美国社会本身
的悲剧，是"真正的、美国的悲剧"。他通过克莱德的悲剧，对美国
社会制度提出有力的控诉。

《美国的悲剧》在艺术上有独特的成就。德莱塞遵循环境决定性

格的现实主义原则构思这部作品，塑造出美国社会这个典型环境中的典型性格。他很重视对社会环境作逼真的描写，认为写小说必须把社会背景写出来。小说通过对造成克莱德堕落的社会环境的描绘，展现了美国社会贫富悬殊这一典型环境。阿萨·格里菲思一家的贫困受辱和豪华奢侈、终日寻欢作乐的富人社会交替出现，对比反衬，不仅为克莱德的思想和行动提供了真实的社会背景和合理的依据，而且使作品具有浓郁的时代色彩。德莱塞力求在环境描写和细节方面都符合生活真实。他深入生活，对克莱德案件的原型作了缜密的调查研究，并进行了实地考察，所以小说的社会场景写得栩栩如生，对法庭审判的描写，也和原案审判的实际情况基本符合，甚至梅森在法庭宣读罗伯塔的信，也是格雷斯·白朗的原件，这些使小说所写的环境和细节，有高度的真实性，具有极大的说服力。

在塑造典型形象方面，德莱塞擅长用心理分析方法，把社会背景和弗洛伊德的学说有机地结合起来，深入细致地描写人物在特定情景中的心理状态，分析他们的欲望和感情。如第一部写克莱德因性诱惑开始冒头，由此加深对家庭贫穷的不满心理；他在腐朽生活方式的腐蚀下，沉溺于情欲的矛盾心理。第二部写克莱德的犯罪心理，剖析他的灵魂。他为了追求财富与地位，决心杀死罗伯塔，并作好了安排，但是当船到湖心时，又心慌意乱，受良心谴责，不忍下手。他恨自己的怯懦、恨罗伯塔，下意识地推开她，无心的一击使船歪了。他想帮她站稳，反而把船弄翻了，眼看着罗伯塔落水淹死。在这过程中，作者写了他的渴望、恐惧，写了他的下意识、幻想、梦境、抑制与反抑制等一系列心理活动，从心理现象上深刻地揭示出他的悲剧的社会根源，并且使人物形象更加真实、饱满、富有艺术魅力。

思考题

1. 分析克莱德·格里菲思的形象。
2. 简述《美国的悲剧》的艺术成就。

第七节　海　明　威

〔**学习提示**〕　学习这一节要注意以下几点：一、作者是如何反映第一次世界大战后西方一代人的经历和精神面貌的。二、从《永别了，武器》到《丧钟为谁而鸣》，作者的战争观发生了怎样的改变。三、作者的艺术风格是什么。四、《老人与海》表达了什么样的象征意义。

一、生平与创作

欧内斯特·海明威（1899—1961）是 20 世纪美国最重要的小说家之一，他的创作在思想内容和艺术风格方面对现代文学都产生了重大影响。

海明威于 1899 年 7 月 21 日出生在伊利诺伊州芝加哥郊外一个名叫橡树园的小镇上。父亲是医生，医术高明，作风正派，为人诚恳，在当地颇受敬重。他还十分喜欢参加各种户外活动，对打猎、钓鱼、射击、远足、采集动物标本等样样都有兴趣。母亲具有一定的艺术修养，热爱音乐和绘画。在这样一个家庭环境的熏染下，海明威从童年时代起就养成了对文学、艺术以及体育运动的热爱。他在当地中学读书时就是一个出类拔萃的学生，不仅功课好，而且积极参加各种各样的课外活动。他踢球，游泳，参加射击和拳击训练，在学校的乐队拉大提琴，为学校的杂志做编辑和撰稿人。暑假期间，常常随父亲到密执安湖区消夏，在那儿打猎和垂钓。这种丰富多彩的童年生活为他日后的文学创作奠定了良好的基础。

中学毕业之后，正赶上美国参加第一次世界大战，那时海明威 18 岁，精力充沛，充满了各种理想和冒险精神，于是积极报名应征，但他的左眼在中学拳击时曾受过伤，体检不合格，未被批准。海明威闷闷不乐，只好到堪萨斯城的《星报》担任见习记者。

1918 年，海明威作为红十字会的司机来到意大利前线。他们的车队为部队运送粮食、弹药和伤员，也时而参加一些小的战斗。能够在硝烟弥漫、枪林弹雨中体验出生入死的滋味，这使年轻的海明威异常兴奋，但没有多久，他就在抢救一名意大利伤兵时受了伤，全身一共中了 237 块弹片，在米兰的医院里治疗了三个月。

1923 年，他的处女作《三篇故事和十首诗》在巴黎发表，1924 年，速写集《在我们的时代里》问世，次年又出版了《在我们的时代里》的短篇小说集。这些作品都没有引起文坛的重视，但 1926 年出版的第一部长篇小说《太阳照常升起》却获得了成功。

《太阳照常升起》以作者 20 世纪 20 年代初在巴黎和欧洲各地采访的见闻和经历为素材，通过侨居巴黎的一群美国青年的生活透视了一代人精神世界的深刻变化，揭示了战争给人们生理上、心理上造成的巨大创伤，在一定程度上具有反战色彩。杰克·巴尼斯是一位美国记者，战争中的一次"事故"毁掉了他的性机能，他与战时结识的英国女护士布莱特·艾什利关系密切，他爱布莱特，布莱特也很倾心于他，但他们的爱情由于丧失了性爱的基础变得残缺不全。杰克和他的朋友比尔，加上布莱特和布莱特的未婚夫迈克，以及另一个美国青年科恩成了战后一群被生活的激流冲击出来的年轻人。他们流落异乡，浪迹欧洲大陆，整日聚饮垂钓、看斗牛，或者在三角关系中争吵、殴斗。在战后的一片精神荒原上，他们的生活完全失去了目的和意义，他们感到巨大的空虚和迷惘。他们"没有一个人是清醒的"，"人人都形迹恶劣"（杰克语）。《太阳照常升起》一书扉页的题词写的是斯泰因的话："你们是迷惘的一代"。这句话恰如其分地道出了这部小说的实质，使它和它的作者一起成了"迷惘的一代"的代表。

这部小说出版之后，立即引起了文学界的注意，批评家们认为他的明快风格可以和获得诺贝尔文学奖的美国作家辛克莱·刘易斯相比，他的讽刺手法赶得上马克·吐温，而他写死亡和暴力的主题则可以和爱伦·坡媲美。世界各国争相翻译介绍，并迅速改编成电影。

1927 年，海明威出版了他的第二个短篇小说集《没有女人的男人》，同时开始酝酿他的第二部长篇小说。这时，第一次世界大战结束已经将近 10 年了，但这些年中，战争的魔影时刻游荡在他的心中，他痛恨战争，决心用自己参战受伤的经历来谴责战争，终于在 1929 年写成了一部不朽的杰作《永别了，武器》。

小说通过美国青年亨利参加第一次世界大战前后的思想变化，以他和英国女护士凯瑟琳的恋爱悲剧为主线，描绘了一幅在纷飞的战火下到处是阴暗、冷落、破败、毁灭和死亡的画面，真实地反映了帝国主义战争的残酷和罪恶，揭示了战争对人类物质和精神世界的摧残，以及给整整一代人造成的无法愈合的心理创伤，从而对战争给予强烈的谴责。

亨利和凯瑟琳都是天真烂漫的青年，他们相信了帝国主义宣传工具所说的那套"光荣、神圣、爱国"之类的鬼话，"志愿"参战，他们热烈盼望战争的胜利，以为那就可以保护自己的亲人免遭蹂躏，捍卫自己美好幸福的生活。但是参战的实际经历却深刻地改变了他们对战争和人生的看法。他们逐渐地认识到战争不过是一个骗局，是毫无意义的，是"愚蠢的"，那些在战前灌进他们头脑中的诸如尊严、荣誉、牺牲之类的抽象的价值观念，荡然无存。他们"看不到任何神圣的东西"，战争把世界变成了一片荒芜和废墟，战场就像是"芝加哥的屠宰场"，只不过它的屠宰物不是拿到市场去出售，而是埋在地下罢了。战争杀戮人，更严重的是损伤了一代人的心灵。亨利对战争的态度从"志愿"参加，到冷漠、麻木，直至最后诀别的变化过程，是一代人对帝国主义战争态度的典型概括。人们反战的情绪既是强烈的，又是普遍的。亨利和他的朋友雷那尔第以及教士、凯瑟琳和她的女友都是战争的参加者，同时又都是战争的反对者。在这部作品里，从士兵到长官，从伤员到医护人员，几乎人人都厌恶战争、痛恨战争、诅咒战争。这种从一代人角度发出的大声疾呼在客观上无疑是对帝国主义战争的强烈谴责。

小说中亨利与凯瑟琳的恋爱作为一条主线始终是与亨利的战争经历交织在一起的。海明威把男女主人公的爱情关系放到了战争的广阔背景上，将二者紧密结合，加以对照，他以冷静、客观、简练的笔触写这对青年从邂逅与玩世不恭发展为一种心心相印、难分难舍的纯洁、真诚的爱情，而这种美好的爱情又如何一步一步被战争毁灭，这样，就把个人的幸福与战争的残忍联系起来了。亨利和凯瑟琳的悲剧绝非个人的悲剧，而是具有普遍性的悲剧，是战争造成的悲剧，是社会的悲剧。这样，海明威就把战争作为整个人类悲剧的制造者来加以谴责，从而使作品主题有了更深的意义。

当然，海明威还没能分清战争的性质。还没有找出制造战争的罪魁祸首。他把战争作为一个笼统、抽象的概念加以反对，势必走向盲目和悲观。在他看来，人类正像处在一根燃烧着的木头上四处奔突、最终仍将葬身火海的蚂蚁。但是，亨利毕竟是被帝国主义战争毁坏的一代人形象的典型，从这一意义上说，《永别了，武器》有着重要的认识价值。

海明威不仅从事件与人物的安排方面为最终的悲剧结局作了层层铺垫，还在氛围上作了大力渲染。小说中反复出现、淅沥不断的阴雨显然是苦难与死亡的象征。阴雨霏霏的环境与亨利那种黯然神伤的心绪和凯瑟琳不祥的预感构成一幅凄凉、灰暗的图景，给人一种沉重的压力和窒息的感觉，加强了悲剧的感染力。

20 世纪 30 年代后期，国际政治斗争日趋尖锐，左翼进步的文学思潮进一步发展，反战的呼声高涨，在这样的形势下，海明威也受到了影响。他开始从那狭窄的斗牛场和围猎区走出来，投身到现实生活的洪流中。这主要表现在这些年中他写出的一些富有时代感的作品上。1937 年他发表中篇小说《有的和没有的》，第二年在西班牙内战前线写出剧本《第五纵队》，随后又发表了长篇小说《丧钟为谁而鸣》（1940）。

《有的和没有的》的主人公哈利·摩根是佛罗里达州的一个渔民，因无法维持生活，铤而走险，进行海上走私。他偷运酒类、军火，甚至奴隶，结果被打坏了一只臂膀，最后在搏斗中受了致命伤。作为一个贫苦的无产者，哈利在临死前终于从自己苦难的一生中悟出了一条真理，那就是："孤孤单单一个人"的奋斗是"不成的"。这里海明威明确地接触到贫穷的人民要团结战斗的社会主题。

《第五纵队》塑造了一位对西班牙人民的革命事业无限忠诚、宁愿放弃个人幸福而为广大受苦受难的人民英勇奋斗的战士的形象。这里，海明威表达了分明的爱憎，明确宣告了他对西班牙共和政府的同情与支持。这个剧本成为两年后他的另一部重要小说《丧钟为谁而鸣》的先声。

《丧钟为谁而鸣》是海明威根据自己对西班牙近 20 年的了解写成的。小说在西班牙内战的背景上，通过后方一个游击队的一次军事行动，展现了西班牙人民反法西斯斗争的广阔画面。罗伯特·乔登是一个美国人，他志愿参加到西班牙人民反法西斯斗争的行列中。乔登也像《太阳照常升起》中的杰克和《永别了，武器》中的亨利一样厌恶、诅咒战争，在暴力和死亡的笼罩下为恐惧、梦魇所困扰。尽管如此，他却在相当程度上摆脱了杰克和亨利身上那种迷惘与悲观的情绪，认识到自己为什么而战，因而保持了较高的斗志。海明威终于分清了战争的正义性与非正义性，旗帜鲜明地表示了自己支持人民的立场，这表明作者从原来的基点上大大前进了一步。

小说中，与乔登的军事行动这条线交织进行的还有另一条线索，那就是乔登与玛丽娅恋爱的情节。玛丽娅的父亲是共和政府的一个市长，后来与玛丽娅的母亲一起被法西斯匪徒杀害了，她自己也遭到长枪党党员的蹂躏。在游击队的山洞里，皮拉尔精心护理她，并极力促成她与乔登的恋爱，使她身心迅速康复。尽管这种爱情显得过分浪漫、过分理想化，但正如亨利与凯瑟琳一样，男女主人公那种真诚相爱的精神毕竟是美好的、感人的。

海明威不仅积极参加了支持西班牙人民争取民主和自由的斗争，为他们筹集了四万美元的资助，而且积极参加了世界人民反法西斯的正义斗争。他把自己的渔船"皮拉尔号"改装成战船，在加勒比海沿岸搜索德国的潜艇，他所提供的情报对彻底歼灭这一地区的纳粹潜艇起了重大作用。后来，当他再度以记者身份来到欧洲时，还带领一支非正规的小部队率先参加了解放巴黎的战斗。他的这一系列实际行动受到全世界爱好和平的人民的高度赞扬。

海明威的巨大影响表现在他所进行的艺术创新上。他的艺术风格的形成固然得力于多年做新闻记者的功底，但更主要的是来源于他那种勇于探索和追求的精神。他在立意、构思、炼句等方面是十分讲究的。他自己说过，《永别了，武器》的最后一页曾经重写过 39 次，在写作《老人与海》（1952）的过程中，曾经不断翻阅全稿达 200 次之多。这种对待创作一丝不苟、严谨认真的态度和不肯因循守旧的精神是形成海明威艺术风格的主要原因。

海明威的艺术风格主要有以下两点：

一是简洁、清新、干净的表现形式。他避免用描写的手法，避免使用形容词和华丽的词汇，而是尽量采用直截了当的叙述和生动、鲜明的对话，句子短小，语言准确。通过这样一种表现形式，他把事件、景物、人物活生生地摆到读者眼前，造成一种真切的艺术效果，使人有置身银幕之前的感觉。

二是含蓄、凝练的意境。他曾经以冰山比喻创作，说作品要像海上漂浮的冰山，7/8 应该隐于水下，只有 1/8 露在水上。可见他要获得的是一种言外之意、趣外之旨。为了达到这种效果，他还恰到好处地运用象征手法。如短篇小说《乞力马扎罗山的雪》中的雪山与山上的豹，《白象似的山峦》中的白象，《密考伯先生幸福、短暂的生活》中的狮子等都具有较为复杂的象征意味。

海明威独特的艺术风格提出了一种新的审美标准，成为数十年来许多作家竞相效仿的范例。

二、《老人与海》

《老人与海》是海明威后期的代表作，自 1952 年在《生活》杂志刊登之后，立即产生了巨大的影响。仅头两天，这份杂志就卖出了530 多万册。1953 年它获得了普利策奖，1954 年获诺贝尔奖。

按照海明威原来的计划，这部作品只是他描写大海的一部长篇小说中的一部分，原题拟作《此刻的大海》，后来海明威把它抽出来单独发表，改题为《老人与海》。它的故事是根据一位古巴老渔夫所讲的亲身经历写成的。在构思的时候，海明威曾考虑过许多背景材料，如渔村的历史和现状、村中渔民的生活、习俗，他们之中有代表性的各类人物及复杂关系等，但他后来还是决定舍弃这些繁杂的背景描述，只写老渔夫桑提亚哥的故事，这样，就形成了现在这样一部简短、凝练、紧凑、含蓄的中篇小说。

从表面上看，作品所讲的故事是十分简单的：桑提亚哥一连出海84天，却一无所获，随后再次出海，经过三天两夜的生死搏斗，终于捕获了一条特大的马林鱼，但在返航的途中遭到一大群鲨鱼的进攻，它们紧紧包围着马林鱼，你争我抢，尽管老人奋力拼搏，终于无济于事，等到返回港口时，马林鱼已被撕扯一空，只剩下一副巨大的骨架了。作品中所塑造的人物也是简单的，全篇只有两个形象：老渔夫桑提亚哥和小孩儿曼诺林。

然而，倘若进行深入分析，我们就会发现，这个看似简单的故事却包含着多层复杂的意义，是一个巨大而深刻的象征结构。

首先，它以现实主义的方法写人与自然的对立和拼搏，歌颂人在神秘莫测的自然力面前不屈不挠的大无畏气概，表达"你尽可把他消灭掉，可就是打不败他"的崇高主题。

桑提亚哥是作品的中心形象。海明威不愧是塑造人物的高手，在刻画这一人物时，他惜墨如金，只淡淡几笔就使一个普通劳动者的形象跃然纸上：他是一个在湾流里打鱼的孤零零的老头儿，老伴去世了。年轻时曾在一条开往非洲的帆船上做过水手，后来又在摩斯基多海湾捉过多年海龟，仅这几笔简要的叙述就告诉读者，他是那种属于下层社会，一辈子辛苦劳作，但仍时有衣食之虞的人。颈上凝聚的深深皱纹、脸上太阳晒出的肉瘤、手上留下的年深月久的疤痕进一步说明老人憔悴、衰老的现状，而对那间用椰子壳搭成的小茅棚的简略描述（一张床、一张饭桌、一把椅子、一张旧军毯作盖被，几张破报纸铺床），则以传神的妙笔道出了老人的艰苦。

这仅是老人形象的一个侧面。在极为艰辛困苦的环境中，老人又表现出顽强的生命力和乐观的精神："他身上的每一部分都显得老迈，除了那一双眼睛。那双眼啊，跟海水一样蓝，是愉快的，毫不沮丧的。"这简直是画龙点睛的神来之笔，作者只将"那一双眼睛"轻轻一点，已让人洞见老人那昂扬、达观的精神世界。老人过去曾接连87天没有捉到鱼，现在又接连84天捉不到一条鱼，但他毫不气馁，仍旧精神焕发，再次出海。当第一条鲨鱼来进攻的时候，他用渔叉扎死了它，后来又有几条鲨鱼追上来，他用绑在桨上的刀一个一个地结果了它们。这时他满手血污、疲惫不堪，连一点气力也没有了，而且渔叉被带走了，刀子折断了，还有许多鲨鱼即将来围攻，老头儿仍旧坚强不屈地撑持着，他在心里说着："只要我有桨，有短棍，有舵把，我一定要想法去揍死它们。"夜里一大群星鲨又来纠缠，老人在没有锐利武器的情况下，依然奋力拼搏，他的大鱼虽然被吃光了，但他却打死了四五条，并打伤了若干条硕大的鲨鱼，直到最后，他也没有服输，仍然期待着新的战斗。

老人还有一颗真诚、善良的心。他对亡妻始终怀念不已，小心地珍藏着她的遗物和照片；他爱那个名叫曼诺林的小孩，五岁就带他出海，耐心教他使船打鱼的技巧，和他长期相处，相依为命，对他怀有一种慈父般的感情；他对村里的人也极和善，人们开他的玩笑，他一点也不生气；最后还一再关照要把那个仅剩的大鱼头送人，他的心是纯净的、透明的，没有半点杂质。

此外，海明威还在作品中零散地描写了渔民之间那种富于同情、和谐友爱的人际关系。这主要表现在小孩曼诺林以及村里的渔民对老人的态度上。曼诺林对老人的感情不亚于对父亲的感情。他爱老人，曾多次陪老人出海，这不仅免除了老人的寂寞，还能助他一臂之力。即便不能陪老人出海，他也要在老人每次归来后，帮他收拾用具，为他张罗饭菜，陪他一起聊天，他为老人的成功而兴奋，为老人的失败而伤心，还常常给老人以激励，使老人从他那儿感受到青春的活力，增添了生活的乐趣和奋斗的勇气，他已经成为老人生活中不可缺少的一部分。村里的渔民也都是淳朴、善良的人，他们对老人的处境深表同情，为他打不到鱼难过，为他出海三天没有消息而焦急，为他捕到大鱼却被鲨鱼吃掉而惋惜，也为他的顽强所感动。在海明威的笔下，海边渔村这片小小的天地是一个冰清玉洁的世界。这里的人们过着日出而作、日落而息、互助友爱的生活，他们的日子尽管艰难，却闪烁着真正的人道主义的光辉。

扩大一点来说，海明威塑造的桑提亚哥是一个完美崇高的人的象征，而小孩曼诺林则代表这个人的青少年时代。这个形象之所以完美、崇高，不是说他是一个超凡脱俗，头顶着圣洁光环的完美无缺的人物，而是说，他是一个具有一切普通人的遭遇和感情，同时又具有劳动者崇高精神力量的人物。作为一个普通人，在漫长而艰难的生活道路上，他有成功的喜悦，也有失败的痛苦，甚至也难免有垂头丧气的时刻，但他最终能把自己的本质力量凝聚起来，表现出那样无畏的勇气和奋斗精神，正视失败和死亡，仅此一点就展示了人类精神中最宝贵的东西。正是在这个意义上他代表了进步人类的整体。

小说中的鲨鱼、大海，作为人的对立面象征着神秘的命运和不可知的自然力，因此，老人与大海和鲨鱼的搏斗就象征了人类和自然、命运以及一切外于自身的邪恶力量的抗争。

上面提到的仅是这部作品复杂的象征结构的第一个层次。从更深一层来剖析，我们发现作品具有宗教的象征意味。桑提亚哥显然是基督的化身。作品开始就交代他以前曾 87 天出海一无所获，现在 84 天又遇到了"背运"，加上 3 天在海上的拼搏恰好又凑成了 87 的数目。这两个"87"与耶稣的经历有一致的地方，耶稣曾被引到不毛的旷野中受魔鬼的考验，40 天无点滴饮食进口，备受饥饿的折磨，后来的 40 天又遭受了各种各样的苦难（即现在基督教一年一度的复活节前的四旬斋），最后的 7 天即复活节前的一周，更是灾难重重。桑提亚哥在海上奋斗的 3 天也可看成是耶稣受难，被钉死在十字架上的前 3 天。当老人看到第二条鲨鱼的时候，小说里描写道：

> "呀"，他嚷了一声。这个声音是没法表达出来的，或许这就像是一个人在觉得一根钉子穿过他的手钉进木头里的时候不自主地发出的喊声吧。

这里所讲的正是耶稣被钉在十字架上刹那间的情形。后来老人回到小茅棚，躺在床上时，"脸朝下躺在报纸上，手心朝上，两只胳膊伸得挺直的"，完全是一副耶稣被钉在十字架上的姿态。作者以耶稣的受难、复活，暗示一切信仰宗教的人们都将蒙受巨大的灾难，但终将获得精神上的再生。

沿着这第二层象征结构再向纵深开掘，我们还可以认为，桑提亚哥和马林鱼之间的关系象征了艺术家和他的杰作之间的关系，捕鱼的过程正是艺术创作过程的象征。桑提亚哥曾经两次提到他捕鱼"懂得许多诀窍"。他在捕获马林鱼并与鲨鱼的博斗中不仅表现了无限的勇气，也表现了高超的技艺，难怪孩子们说他是那一带"顶好的"渔夫，桑提亚哥遭遇的苦难正是创作过程必然要经过的磨炼。鲨鱼作为敌对势力正象征了阻碍艺术家取得成功的各种外在力量。

最后还有一层，那就是桑提亚哥是海明威本人的象征，他象征经历了种种磨难，已经进入晚年的海明威。尽管他已经"老迈"，创作力也已大大衰退，但仍顽强不屈，具有排除万难、勇往直前的气魄和胆识。《老人与海》正是他在艺术的大海中打到的一条最大、最美的马林鱼。

思考题

1. 试析海明威战争观的转变。
2. 简述海明威的艺术风格。
3. 分析《老人与海》的结构及其象征意义。

第八节　卡夫卡

〔学习提示〕　卡夫卡是影响最大的现代派作家之一，许多人称他为现代派文学的鼻祖。学习本节应了解卡夫卡的创作及表现主义文学的特点：象征性的隐喻、描写对象的虚妄化等；了解《变形记》通过人的"异化"所表现的小人物的悲剧。

一、生平与创作

弗朗兹·卡夫卡（1883—1924），著名的奥地利作家。生于奥匈帝国统治下布拉格一个犹太商人家庭。父亲经营百货批发生意，靠艰苦奋斗创立了家业。母亲是个气质忧郁、喜欢幻想的家庭妇女。卡夫卡小学、中学在德语学校学习。1901 年入布拉格大学学习德国文学，后屈服父亲意志转学法律，1906 年获法学博士学位。1908 年后一直在一家半官方的工伤保险所当职员。1922 年因肺病严重辞去职务，在欧洲各地治病、疗养；1924 年因病情恶化逝世于维也纳，年仅41 岁。

卡夫卡短促的一生经历了一个极为黑暗、沉闷的时代。他目睹了"奥匈帝国"这个封建主义与资本主义奇怪的混合物的土崩瓦解以及第一次世界大战给人类造成的空前灾难。同时，卡夫卡个人精神处境也十分不愉快。父亲的专横常让他感到奴隶般的压抑；枯燥乏味的职员工作与心爱的文学事业又产生了不可调和的矛盾。作为犹太人，说着德语，他在德国人中却感到孤独、陌生，受到排犹主义的精神迫害。这一切都使他时时承受着无法摆脱的精神压力，形成了他思想、性格上极端的孤独感和与世界无法沟通的苦闷。这些情绪在他的作品中留下了很深的痕迹。

卡夫卡自幼酷爱文学，中学时代就广泛阅读易卜生、尼采等人的作品。大学时代开始文学创作，写作在他的一生中占据相当重要的地位。自 1908 年发表了题为《观察》的 7 篇速写后，又创作了《变形记》（1912）、《在流放地》（1914）、《乡村医生》（1919）和《饥饿表演者》（1924）等 4 部中篇小说、3 部长篇小说，以及许多短篇小说和日记、书信等。虽然创作甚丰，他却并不满意。生前仅发表了几个中、短篇小说。临终时，他让好友布洛德将这些文稿付之一炬。布洛德十分珍视这些手稿，违背他的遗愿，陆续整理出版了包括他的书信、日记在内的全部著作。1935 年，布洛德主编的《卡夫卡全集》6卷本问世，1950 年又扩充为 9 卷本。

小说《美国》（1912—1914）发表于 1927 年，是卡夫卡的第一部长篇。写 16 岁的男孩子卡尔·罗斯曼流落异乡美国的不幸遭遇。他无力掌握自己的命运，与敌对的世界格格不入。作家虚构了一个普遍化了的资本主义世界——美国，揭露了资本主义社会的弊端与矛盾。这是卡夫卡不成熟时期的作品，不能代表他创作的特色。

长篇小说《审判》（或译《诉讼》）1914 年开始写作，是一部充分体现卡夫卡创作特点的小说。银行职员约瑟夫·K 突然被秘密法庭宣布逮捕，但仅限于一声通知，并未剥夺他的行动自由。他照常上下班，过自己的生活。他自知无罪，但这一虚幻的案件却像幽灵一样困扰着他，使他心神不宁，再也无法解脱。他四处奔走、申诉，都无效果。最后，他被两个黑衣人在一个晚上带到采石场处死，"像狗一样死去"了。这里，法律象征着一种邪恶的、令人恐怖的力量主宰着人的命运，任何人面对它也无能为力。作家深刻地表现了法律机器残害人的本质，并对那些徒然挣扎的小人物表示了深切的人道主义的同情。

《城堡》（1922）最能体现卡夫卡创作的特点。主人公 K 来到城堡附近的一个村子。城堡近在咫尺，但却怎么也进不去。城堡主人的黑手无处不在，但谁也没有见过他本人。K 为进城堡所作的一切努力都一一失败。最后，主人公与城堡间联系的一切可能性都消失了。小说没有写完。根据卡夫卡的构想，K 在临死前，城堡来了通知，宣布 K 永远不得进入城堡。小说中的城堡是一个抽象的象征物，象征着虚幻的、混乱的世界，象征着给人们带来灾难的、不可捉摸的现实与可望而不可即的目标。人陷入这样一个不可知的荒诞世界，一切努力都徒劳无益，永远也达不到预期的目的。小说突出地表现了资本主义世界中普通人的虚幻感，反映了小人物与国家统治机器间的疏远与对立关系。

卡夫卡还写过不少短篇小说。许多作品以人化的动物为对象，用以象征受着异化折磨的人的孤独与苦闷。如《地洞》（1923）写一个人化的动物为了保存食物，精心营造了一个地洞，但又始终怀疑它的安全性，被恐惧折磨得寝食不安，惶惶不可终日。小说以怪诞的情节与抽象的构思，深刻地写出了资本主义社会中小人物难以自保的处境。

卡夫卡把生活看成"一种虚无，一场梦，一阵晃动"[1]。他的全部作品表现的是被社会障碍所摧毁的个人孤立无援的心理。由于他笔

---

[1] 〔奥地利〕卡夫卡：《卡夫卡集》，叶廷芳等译，上海远东出版社，1997 年，第 237 页。

下的主人公名字往往带一个"K"字，因此可以说他着力表现的，是K在充满敌意的社会面前的灾难感、恐惧感与孤寂感。在艺术手法上，他经常使用大量的象征性隐喻来寄托他对社会的愤懑。他惯于把现实荒诞化，把描写的对象虚妄化，看似荒诞、反常，实则捕捉到事物本质，达到"神似"的效果；他喜欢用写梦境的手法来表现现实，给人一种似真非真，置身于恍惚之中的感觉。这样，他的作品便蒙上一层神秘主义的色彩。

二、《变形记》

《变形记》（1912）是作者生前发表的少数几篇作品之一，是卡夫卡的代表作，在西方现代文学发展史上占据着重要地位。

一天早上，旅行推销员格里高尔从睡梦中醒来，发现自己已经变成了一只巨大的甲虫。他挣扎着想从床上起来，但是，变了形的身体却不听使唤。失业的前景使他万分恐惧。他又发现自己的嗓音也变成虫子的声音了。门铃响了，传来公司秘书主任的声音，他大声训斥格里高尔，并催促开门。当格里高尔拼命从床上滚下，忍着疼痛扭开门出现在人们面前时，大家都惊呆了。秘书主任夺门而逃，母亲瘫倒在地，父亲挥起手杖便打，把格里高尔赶回房间。

格里高尔变形之后生理上完全变成了甲虫，但仍保持着人类的心理。他能观察和体验到他的变形给家庭带来巨大的灾难，并受着生理上精神上双重痛苦的折磨。

家庭经济来源断绝，为了生存，父亲、母亲和妹妹不得不出去干活。他不仅不能分忧，反而成为家庭的累赘。他被认为是"一切不幸的根源"，连一直怜悯他的妹妹都下决心要把他弄走。他自惭形秽，决心消灭自己。从此，他不再进食，被反锁在屋里，直到一天他已经干瘪的尸体被人发现。

格里高尔死后，全家如释重负。他们永远离开了那座给他们带来不幸的公寓。

《变形记》是现当代文学的一块重要基石，篇幅不长而意味无穷。它通过人变为甲虫后种种荒诞不经的故事，主人公丧失说话和与人交往的能力后内心的体验，表现了在资本主义社会中小人物的悲剧。

《变形记》以直接的形象的方式表现了人的"异化"。主人公格里高尔就是这样一个可悲可怜的虫子似的人物。他干着旅行推销员这累人的差使，长年奔波劳碌，饮食低劣且无定时，以微薄的收入负担着全家生活的重担。要不是为了攒钱还清父母的欠债，他早就不干了。他唯恐被辞退，不得不低三下四，竭力讨好上司。他凡事谦卑退缩、委曲求全，忍受着种种虐待与损害。这是一个比果戈理笔下的小人物更为悲惨的形象。实际上，格里高尔早就丧失了正常人生活的条件，过着"非人的生活"，异化成畸形物了。作家抓住人成为"非人"这样一个资本主义社会的本质特征，用虚妄的、荒诞的表现手法，将主人公直接变成了一只甲虫，并描写他身体变异后的遭遇。随着挣钱职能的消失，他本身的存在与无情的生存法则发生了尖锐的冲突，因而，他既不为社会所容，也不为家庭所容。形体的变异，只不过象征价值的消失而已。作家用象征手法直接表现了人"异化"的悲剧，表现人不成其为人而成为虫子的悲剧，给人留下最强烈最可怕的印象，收到令人震惊的效果。

小说突出地表现了小人物的灾难感与面对灾难而无能为力的恐惧心理。灾祸就像一场噩梦，一夜之间突然降临。在这里，人根本无法掌握自己的命运；谁也料不到有什么灾难会落到自己头上。唯其灾祸如此突然，如此不可解释、无法改变，才更加表现了灾难的深重及其不可抗拒性，这些表现了人们处境的悲惨。格里高尔一觉醒来，突然发现自己身体的变异。他十分惊恐："我出了什么事情？"尽管他形体、嗓音都变了，但他不愿正视这一现实，求生存的欲望使他还在想着赶紧起床，去赶早上5点的第一班火车，像往常一样开始推销员新的一天。但他怎么挣扎也改变不了身体已经变异的事实。主任亲自出马来催他上班。这时他不得不正视灾祸已经降临，而即将失去饭碗的恐惧甚至超过了对变成甲虫的恐惧。这种恐惧心理压倒了他正常的感觉和正常的思维。他忘了自己已经变成甲虫，急急地去追赶主任。他头脑中只有一个念头：保住饭碗。他死缠住主任，说服他，让他同意自己继续工作。"我立即穿上衣服就动身……出差很辛苦的，但我不出差就活不下去。"身体已经被束缚在甲壳里，他还在作无望的挣扎，何等悲惨而又残酷！人已变成甲虫，却还系念家庭、惧怕上司、担心失业，又是何等凄凉！这是令人心寒的哀号，是灵魂深处的罹难与痛苦，使人受到强烈的震动。

《变形记》还表现了人与人之间成为陌生人、人和一个敌视他的陌生环境处于对立地位的现实。格里高尔变形后，同亲人们的关系发生了根本的变化。他被关在卧室里，平时家里人谁也不注意他，唯一还能同他接近的是他最疼爱的妹妹，然而她也生疏了，甚至讨厌见到他。每逢前来送食物，她都故意用钥匙在锁里扭几下，似乎是通知他赶快躲起来。她一走进房间就冲到窗前，仿佛快要窒息的样子使他非常痛苦。既然妹妹看见他就恶心，他只好躲在沙发下面去不让她看见。昨天还是相知的亲人，今天彼此间却如此隔膜。语言不通，思想不通，感情不通，中间隔着一道无法打通的玻璃墙。连最爱他的母亲，一瞥见他都要吓得昏厥过去，母子之间也形同陌路。他的妹妹忍受不了这种折磨，"这个东西害得我们好苦"，要求父母下狠心将它弄走。妹妹的话使他最后的幻想与一线希望彻底破灭。他的心中一片空虚，从而决心离开这个世界。格里高尔生活在亲人中间却举目无亲、孤苦无告，与人世完全隔绝，最后悲惨地独自死在被锁上的屋子里而不为亲人所知。这是一种多么可怕的孤寂！小说从格里高尔的角度展开叙述，通过他的心理折光来反映周围环境的变化；用象征的手法具体、真切、深刻地表现了资本主义社会人们普遍存在的孤独与寂寞，反映了作家独特的艺术表现力。

《变形记》的主要艺术特征就是用写实的手法描写虚妄的事物。小说主人公是人变的甲虫，显然是荒诞和虚妄的。作家把现实荒诞化，把所描写的事物虚妄化，不追求形似而求神似，抓住资本主义社会将人异化为非人这一本质特征，寓言式地显示其本质。这样作家便把普遍的社会现象升华成为生活的哲理，不仅具有很强的艺术概括力，也尖锐地触及社会的本质，从而具有很强的社会批判性。

卡夫卡对中国老庄哲学、印度佛学以及 19 世纪存在主义哲学很有兴趣。他的世界观中有很深的虚无主义、悲观主义倾向。他常常表现人的异化，但并未揭示异化的原因，也未指出消除异化的出路。他看到世界荒谬丑恶，然而对它却无能为力。这对他作品的思想内容与艺术形式都有较大影响。他的小说情调低沉，情节怪诞，结构散漫。小说的结局往往悲惨，对人生的前途表现出一种莫名其妙的恐惧感。不过，在似乎是对命运深不可测的悲哀绝望中，有时也表现出一种不灭的东西。在对丑恶的憎恶中，引起人对光明的向往。《变形记》即是如此，不仅结构较其他作品严谨，而且正如结尾处所表达的，"对生活作了最终的无言的肯定"。

思考题

1. 格里高尔变形的悲剧包含了什么样的思想内容？《变形记》的现实意义是什么？
2. 结合《变形记》分析表现主义文学的艺术特点。

第九节　乔伊斯

〔学习提示〕　乔伊斯是爱尔兰著名作家，西方意识流小说的主要代表作家之一。学习本节，应了解乔伊斯创作的思想艺术特色，他在艺术上突破西方文学的陈规，开创了意识流小说。本节的重点是乔伊斯的代表作《尤利西斯》，它被誉为意识流小说的"经典性作品"，表现了意识流小说的种种特征。它以心理时间结构作品，运用多种意识流技巧展示人物生活和思想，并采用神话结构表现一定的象征意义，文体灵活多变。

一、生平与创作

爱尔兰著名小说家詹姆斯·乔伊斯（1882—1941）生于都柏林的一个税务官家庭，父亲嗜酒如命、不善理家，家庭生活十分拮据。

乔伊斯六岁入学，在天主教耶稣会办的学校受到严格的古典文化和宗教教育，16 岁入都柏林大学学习哲学和语言学。乔伊斯厌恶宗教教义，痛感祖国狭隘闭塞，对英国文化传统反感，因此他在大学毕业后离开都柏林到欧洲大陆，开始了长期侨居国外的生活，主要居住在巴黎、罗马和苏黎世。

乔伊斯在国外，最初以当银行职员、教授英语、为报刊撰稿为生，生活十分艰辛。他从 1904 年开始文学创作，经诗人叶芝的引荐，进入文学界。这年他从欧洲回国奔母丧，认识了旅馆招待员诺拉。6 月 16 日是他们第一次约会并定情的日子，为了纪念他们的爱情，乔伊斯将《尤利西斯》的故事时间也安排在这一天。乔伊斯在生活穷困潦倒的状态下进行创作，1914 年得到美国诗人庞德的大力推荐，他的作品开始在杂志上连载并出版。从此，乔伊斯得到半官方机构和私人的资助，生活有所改善，继续坚持文学创作。1920 年他前往巴黎，专事写作。晚年他受到眼疾的折磨，眼睛先后动手术 25 次，都未治愈，同时受到爱女精神病的困扰，身心交瘁，于 1941 年 1 月病逝于苏黎世。

乔伊斯的文学成就主要在小说方面。他创作态度严谨，特别讲究内容与形式的一致，追求最佳表达效果。他的创作总是反复修改，既费力又费时。如《尤利西斯》酝酿构思十年，具体动笔写作花了整整八年，他自己估计实际写作时间约为两万小时。《芬尼根们的苏醒》用了 16 年时间写出。乔伊斯对自己写好的小说不愿按出版商的意见修改，哪怕个别容易引起纠纷或法律上的麻烦的字眼和人名、地名，他都不愿改动，使得他的书难以出版，经常排好版后又毁版。如《都柏林人》从 1905 年交稿并签订合同后，前后拖了九年，换了几个出版社，两次毁掉已经排好的版，直到 1914 年，小说集才得以问世。他的创作数量不多。重要作品有短篇小说集《都柏林人》（1914）、长篇小说《青年艺术家的肖像》（1916）、《尤利西斯》（1922）和《芬尼根们的苏醒》（1939）。

乔伊斯的创作以故乡都柏林为背景。他虽然长期侨居国外，却对祖国无限眷恋。19 世纪末，爱尔兰在政治上受到英国的严密统治，爱尔兰人不满这种统治，兴起了蓬勃的民族自治运动。著名的民族主义领袖帕内尔是爱尔兰自治运动领导人，他倡导合法斗争，争取爱尔兰能有一个合法的议会。他立场坚定、主持正义，受到爱尔兰人的普遍拥护和爱戴，被尊为"爱尔兰的无冕之王"。后来帕内尔因私生活问题被保守势力轰下台，民族自治运动陷于瘫痪。这个时期，天主教影响渗透到社会生活的各个方面，成为社会文化领域里的一股反动的力量。加之经济受英国的剥削，整个国家极其贫困，爱尔兰处于一种不景气的瘫痪状况，整个社会弥漫着一种悲观气氛。

乔伊斯从小受父亲的影响，崇敬帕内尔。在他的作品中，肯定爱尔兰民族主义是一个突出的思想内容。帕内尔以后的政局使他感到失望，为了逃脱爱尔兰的死寂气氛，他怀着对祖国又爱又恨的心情远走他乡。但他的心却永远在爱尔兰，他的作品写的都是爱尔兰。1921年他对一个爱尔兰青年作家说：写头脑里的东西是不行的，必须写血液里的东西；一切大作家，都首先是民族的作家。正因为他们有强烈的民族精神，最后才能成为国际的作家，例如，屠格涅夫就是这样的。他强调自己会永远写都柏林，因为只要能抓到都柏林的心，他就能抓到全世界一切城市的心；因为具体之中蕴藏着一般。

《都柏林人》是乔伊斯的第一部短篇小说集，包括 15 个短篇。小说描写 20 世纪初都柏林中下层市民的日常生活，反映都柏林人面临的窘境和现代社会死气沉沉、麻木不仁、无所作为的精神状态。《伊芙琳》最生动地表现了都柏林人的退避与无力追求理想的精神面貌。伊芙琳的父亲十分凶悍，女管家对她百般刁难，她生活在一个压抑、沉闷的环境里。后来伊芙琳认识了外国水手弗兰克，决心跟他逃离家庭。但就在轮船起航的前一刻，她动摇了，重新退回到令人窒息的家庭。《死者》是 20 世纪英语小说中最杰出的作品。主人公加里埃尔是一个大学教师，与格丽塔的婚姻生活美满幸福。他们一起去姑母家参加节日聚会，饭后一位客人唱的民歌《奥格里姆姑娘》，引起了格丽塔对往事的回忆。格丽塔婚前有一个恋人，经常唱着《奥格里姆姑娘》向她求爱。他患了肺结核，不顾寒冷，雨夜唱着歌去看她，为此病情恶化而死去。格丽塔回到家，向丈夫透露了这桩秘密。

她流着泪说："他是为我而死的。"这对丈夫是一个很大的刺激和震动。最初他愤懑、妒忌，认为妻子没有真心爱过他。接着冷静下来，他审视自己，发现自己从来没有对女人产生过愿为她而死的热烈感情，他多年的爱情生活是肤浅的、苍白的。顷刻之间，他感到自己的灵魂已接近死者的领域。故事结尾描写大雪飘飘，大雪覆盖在所有生者与死者的身上。这个故事寓意深刻，它将生者、死者和虽生犹死者的形象一齐陈列在读者面前，供人们去审视、鉴别。《都柏林人》基本上是采用现实主义和自然主义的方法写成，但作者已注意挖掘人物的精神世界，运用象征手法，带有现代主义文学的某些成分。它为乔伊斯对现代主义艺术技巧的探索打下了基础。

《青年艺术家的肖像》是一部带有自传色彩的小说。作品描写青年艺术家斯蒂芬从幼年到青年的过程，其间充满冲突与对抗。从童年到青少年的转变时期，斯蒂芬经历了欲望和理性的冲突，在和妓女的拥抱中找到暂时的欢乐与满足。紧接着他陷入了自己所犯罪过与宗教观念的矛盾冲突中，精神备受折磨，在宗教的怀抱里恢复了生活的宁静。教会学校赏识他的忏悔和刻苦修炼，要他接受圣职，选择牧师职业。面对生活道路的选择，斯蒂芬陷入了宗教神职和非宗教事业选择的冲突。他到海边徘徊，领悟到生活的意义要富有创造，决定拒绝神的使命，到艺术创作中去追求理想。他离开祖国，到欧洲去寻求他的艺术事业。作品通过主人公对人生、社会、艺术的艰苦探索，表达了作者不满现实，为理想而奋斗的思想。这部小说标志着乔伊斯创作的新阶段，开始由现实主义转向现代主义。意识流技巧被用来表现主人公各个阶段的精神冲突，各种象征手法用于揭示人物的意识活动，加深了作品的寓意。

《芬尼根们的苏醒》是乔伊斯的最后一部小说，这是一部寓言式作品。故事从一天傍晚开始，酒店老板伊厄威克的一女二子与邻居女孩一起玩耍，晚饭后，两兄弟为讨女孩的欢心而争吵不断，伊厄威克则在厅堂里侍候客人。小店关门之后，醉意朦胧的老板躺在床上，脑海里浮现出过去勾引女子的丑闻和对年轻女儿的乱伦狂想。半夜时分，两个男孩在窥视父母晚间的秘密。第二天早晨，这家人又开始了新的一天的生活。小说主要描写伊厄威克的梦，在他的梦中融入大量的神话传说与历史典故。乔伊斯以一个普通人家的故事来反映所有人的故事，他们的冲突代表了所有的战争与情欲。情欲创造人，而战争又消灭人，二者形成了历史的循环，暗示人类的动力来自战争与情欲。小说的基本主题是表现唯心主义的历史循环论。乔伊斯认为这部小说是他的杰作，但它的语言十分艰涩难懂，书中使用了 18 种语言文字，大量采用双关语、杜撰词汇等，能读懂的人极少，从而失去广大读者。

二、《尤利西斯》

《尤利西斯》是乔伊斯的代表作，被认为是意识流小说的"经典性作品"。小说描写广告经纪人布卢姆和他的妻子莫莉、青年艺术家斯蒂芬三人在 1904 年 6 月 16 日这天从清晨到深夜 18 个小时内在都柏林的经历和内心活动。

早晨八点钟，斯蒂芬早饭后去学校给学生上历史课，下课后他领工资，然后去海边散步、遐想。下午两点，他在国立图书馆和几个熟人讨论莎士比亚及哈姆莱特的个性问题。

这天早晨八点，布卢姆早餐后去参加葬礼，途经邮局去取情人的信。葬礼后，他与人谈生意。下午一点，他和旧情人邂逅，得知一个熟识的妇女住院。接着他去书摊为妻子租了一本色情小说，在饭店吃饭时给女友写了一封信。下午五点，他无意卷入一场有关民族和社会问题的争论，而后他到海滩散步，对不相识的姑娘产生想入非非的念头。晚上十点他去医院看病人，看见斯蒂芬正与一群学生饮酒聊天。斯蒂芬离开医院去妓院，布卢姆认识斯蒂芬的父亲，担心这个年轻人出事，尾随斯蒂芬到妓院。斯蒂芬在妓院酒后肇事，用手杖打碎了吊灯，到街上又与两个英国士兵发生冲突，被他们打得昏死过去。布卢姆把受伤的斯蒂芬带回家中，时间已过了午夜。他们一边喝茶，一边谈论时事政治等问题。斯蒂芬走后，布卢姆上床睡觉，把一天的事告诉了莫莉。莫莉半睡半醒，回忆起她所认识的男人，想得最多的是有关丈夫的事，心里洋溢着幸福、欣悦之情。

　　小说塑造了三个人物形象。布卢姆是小说最主要的人物，他是一个中年犹太人，与妻子结婚16岁，有一个15岁的女儿，11年前他们的儿子刚出生就夭折了，使他受到沉重的精神打击，以致丧失了性功能。妻子与人私通，使他受人奚落，但他忍气吞声。为了填补精神的空虚，他与一个女打字员书信往来，十分亲热，见到漂亮女性，也会产生邪念。他对人善良，充满同情心，缺少英雄气概又渴望精神自由，为人宽容又不失尊严，具有道德原则又不乏邪念，通达世故又庸俗猥琐，既非英雄又非小人。作者把他作为现代人"最完整的人格"来塑造，他体现着西方现代社会的庸人主义。布卢姆的出现标志着20世纪非英雄的现代人的诞生，他是20世纪最早的非英雄代表。

　　斯蒂芬是一个青年知识分子，他才思敏捷，知识广博，怀才不遇，郁郁寡欢。母亲去世时要他祈祷，出于对宗教的厌恶，他没有从命，感到对不起亡母。他曾对母亲怀有性爱的情感，因而对父亲有负罪感。他否定一切，精神上无所依托，靠进妓院、酗酒来刺激感官。后来遇见布卢姆，两人一见如故，相见恨晚。斯蒂芬的性格也是矛盾复杂的，他是虚无主义的代表，思想空虚、行动动摇，反映了20世纪西方青年一代理想的幻灭。

　　莫莉是一个歌唱演员，热情风流，她因儿子夭折而与丈夫失和，肆无忌惮地追求官能享受。当她把情夫与丈夫比较一番后，仍觉得丈夫是个有教养、通情达理、靠得住的好丈夫。她决心再给丈夫一个机会，与他重新和好。莫莉是肉欲主义的代表，反映了20世纪西方道德的衰微和社会的堕落。

　　通过这三个人物的刻画，小说反映了现代社会的复杂生活，揭示了现代资本主义文明的价值观念已面临崩溃瓦解，人们生活在一个社会动乱、危机四伏的环境里，精神空虚，无所行动，充满孤独感和恐惧感。

　　在反映西方社会危机的同时，作品肯定了人的精神。这种人的精神就是积极寻找生活的意义。斯蒂芬探索人生的真谛，布卢姆追求生活的和谐，莫莉向往家庭的温馨，体现了现代人的精神面貌。

　　作品最动人的主旨是赞美普通人无私的爱。布卢姆的夫妻生活中出现了第三者，但他朴实无华、诚恳待人的品德终于在妻子心中赢得了地位，战胜了善于寻欢作乐的鲍伊岚。他在社会上一贯受歧视，但他富有同情心，参加朋友葬礼，为死者家属慷慨解囊，终于使那些看不起他的人也对他肃然起敬。小说的高潮是布卢姆与斯蒂芬相遇，布卢姆热情地帮助和照料醉酒闹事的斯蒂芬。尽管布卢姆因自己的犹太身份受到社会歧视，自己的家庭生活不幸，事业上也不得志，但他看见别人需要帮助时，就忘记了自己的不幸和痛苦，无私地给予援助。斯蒂芬抱着虚无主义，但内心深处仍然渴望友情。他接受布卢姆的帮助，并且把他看作精神上的父亲，还希望和莫莉像母子一样相处。互助互爱，取得人性的理解和沟通，这是作家的憧憬，也是小说透出的一线光明。只要人人都能够无私地爱，担起自己的社会责任和义务，理性的秩序就不难恢复。这是小说主题的积极意义。

《尤利西斯》是意识流小说的杰作，在艺术上富有特色，有很大的独创性，由此被称为"登峰造极的小说"。小说的艺术特点表现在以下几方面。

1. 用心理时间结构作品

重视心理时间结构是意识流小说的突出特点。在《尤利西斯》里，作者采用了两种时间：描写外在事物的客观时间和描写人物意识活动的心理时间。小说中，客观时间只是故事叙述的立足点，故事仅仅发生在一天。在这有限的客观时间里，人物意识自然流动、随意跳跃，形成过去、现在、未来重叠交织的主观心理时间，它概括了三个人物的全部经历和全部精神生活，又把都柏林的当代生活与爱尔兰的历史、远古人类活动、未来时间指向交织在一起，组成了漫长的心理时间，成为小说叙述的主要时间结构。这样，18 小时的叙述浓缩了两千年的历史，极大地丰富了小说表现的内容。1904 年 6 月 16 日这天成为西方文学史上的"布卢姆日"，心理时间结构在小说叙述艺术中站住了它的脚跟。

在《尤利西斯》里，心理时间的叙述方式是多种多样的。首先是倒时序叙述，通过人物的回忆来描写过去的历史和生活。

其次是循环时序叙述，作者在循环的时间中展示社会生活与人物心理，由此显出心理时间的跨度和跳跃性。例如书中有两个 6 月 16 日和两个忌日的循环。6 月 16 日布卢姆去参加朋友葬礼，心理时间循环跳跃到 1864 年 6 月 16 日，爱尔兰民族主义领袖奥布赖恩死于这天。布卢姆又由普通人的忌日联想到另一个爱尔兰民族主义领袖帕内尔的忌日——"常春藤纪念日"。这种循环的心理时间把现实与历史联系在一起，拓展了小说叙述的范围，表现出作家对祖国前景的失望情绪。

最后是预见时序叙述，作者在预见的时间中想象将来，表现出心理时间的玄远性。预见叙述建立在假设的基础上，但它的前提却是循着人物现实心理的发展趋向去预见未来，从而使这种预见叙述的可能性和可信性增大，表现出心理时间运动发展的乐观信念。例如小说第12 章，描写布卢姆宣传民族之间应该亲善相爱，遭到暴力袭击，这时他突然化为先知腾空而去。先知是对人类前途命运先知先觉的社会思想家和改革家，犹太教指预言者。布卢姆是犹太人，具有朴素的社会主义思想，作者写他化为先知，显然是把他当作预言者看的。先知、预言者，恰好表明了人物意识活动的预见性特点。小说最后三章，三个人物的心理时间都指向未来，形成预见叙述。斯蒂芬找到了精神上的父亲，他想象着将来加入布卢姆的家庭生活，要和莫莉互教歌咏等。怀着这种愿望，他愉快地离开了布卢姆家。布卢姆找到了精神上的儿子，他认识到自己应对不和谐的家庭生活负一份责任。他想着将来，愿意调整自己。他的思想还跑到未来的理想社会，"只要你劳动，你就能过好生活"。这种超前叙述，把现实中还没有发生，将来却可能发生的前景展现在读者面前。莫莉躺在床上的思绪也属于预见叙述，她为斯蒂芬的出现感到一种母性的满足，想象着今后和他的交往。她的意识在流过许多岁月之后，最终流到布卢姆，指向将来和他和睦相处。这个结局是光明的，是充满希望的预见叙述。

2. 意识流技巧

意识流是一种心理描写，但它和传统小说的心理描写不同，表现出意识的流动性和人物心理的动态性。意识流通常分为意识层和潜意识层两个层次的心理描写，《尤利西斯》兼有两个层次的意识描写，意识流动纷繁复杂、深奥难解，读者要反反复复琢磨，才能分辨两种意识流的界限和内容，理解它们的联系和内涵。一般说来，两个男主人公在 6 月 16 日这天的行动，潜意识是要寻找儿子和寻找父亲。因而在布卢姆的意识流中有关儿子夭折的回忆，都是潜意识中渴望重新得到儿子的反映，及至遇到斯蒂芬，他的这一渴望得到满足，夭折的小儿便不再出现。在斯蒂芬的意识流中，有关亡母的回忆和幻觉是潜意识中负罪感的反映。他渴望得到精神上的安宁与自由。当遇到布卢姆后，他寻到了精神上的父亲和强有力的依傍，幻觉中的母亲形象得以消失。莫莉在沉沦中的意识活动，很大成分上是潜意识中的性生活受挫和家庭生活失败的反映，渴望有健全的家庭生活。当斯蒂芬来到她家，她感到母性的满足，对与布卢姆重归于好产生了信心，这时盘踞在心中的情人失去了光彩。

小说中，意识流技巧以各种形式表现出来。首先是内心独白。它是人物意识过程的再现，把人物的全部意识表露出来，这是意识流的主要表现形式。其次是意识迁移。在人物的各种意识活动之间，同一现象的不同表现之间，存在相关性联系和相互影响，它使人物的意识对象发生转移，形成意识迁移。如小说第六章以布卢姆参加葬礼为意识迁移的原点，他想到死去的邻居、夭折的儿子、亡故的父亲、历史名人的忌日等。他的意识迁移是一连串的死亡，死亡成了这一章的主要形象，象征了都柏林的压抑与低沉。第三是意识流语言。它的突出标志是不用任何标点符号，以省去标点符号的序列性语言来模仿意识的自然流动。它是对理性语言的一个革新。如最后一章写莫莉躺在床上的思绪，长达 40 页没有标点符号，它被公认为是最典型的意识流篇章。全书最后一部分大量使用重复的语言符号"是的（Yes）"，它在没有标点的意识流语言中，把人物的热烈情感步步推向高潮，形成意识流的欢快节奏。

　　我想是的他比别人也不差呀于是我用目光叫他再求是的于是他又一次问我愿意不愿意是的你就说愿意吧我的山花我呢先伸出两手搂住了他是的我把他搂得紧紧的让他的胸膛感到我的乳房芳

香扑鼻是的他的心在狂跳然后是的我才开口答应愿意我愿意
是的。

尽管意识流缺乏逻辑性、混乱无序，但我们从它的表现形式中还是不
难发现意识流本身的内在规律性。循着这种规律，作者展示了人物复
杂的内心世界，使读者能够直接进入人物内心生活，探微触幽。

3. 神话模式

古代神话在它的流传过程中形成了一系列被后世文学模仿的原
型。这些原型是跨文化的符号，它们引发作家用神话原型来构思作品
和表达既定的思想意识。《尤利西斯》明显地借鉴了荷马史诗《奥德
赛》的神话原型，它的书名是奥德修斯的罗马名字。《尤利西斯》的
人物和结构方式与《奥德赛》有一种平行对应关系。布卢姆对应于
奥德修斯，莫莉对应于奥德修斯的妻子潘奈洛佩，斯蒂芬对应于奥德
修斯的儿子帖雷马科。第一至三章斯蒂芬的寻求对应于《奥德赛》
的头四章帖雷马科外出寻父；第四至十五章布卢姆一天之中的奔波对
应于《奥德赛》五至八章奥德修斯漂流历险；最后三章布卢姆带斯蒂
芬回家对应于《奥德赛》最后十二章奥德修斯和儿子还乡，全家
团圆。全书十八章没有章节名，但乔伊斯在写作时，每章都按《奥
德赛》的章节内容标了古代神话的名称，发表时才删除。因此各章
布局给读者留下了强烈的神话原型印象，它的书名更是把希腊神话原
型直接推给读者。

《尤利西斯》的神话模式具有深刻的象征意义。首先，它建立了
一种假设的秩序，把混乱无序的现代生活纳入假设的秩序中。这个假
设的秩序，就是作者重建复归的神话模式，使人们从中看到古代和现
代的联系，在现代生活中找到了新的支点和新的信仰，"诸神复活
了"。这个假设的秩序为现代派小说提供了一种有效的表现方式。在
乔伊斯之后的许多现代派小说家都广泛采用神话来组织题材，安排情
节，表现现代生活的图景。

其次形成了古今对比。乔伊斯以现代的观念去重建、复归古代神
话，建构的是现代神话结构，它和古代神话虽有结构形式上的平行关

系，但古今人物却有本质的区别。古代神话的人物是被歌颂的英雄形象。奥德修斯智勇双全，但有夫权思想；潘奈洛佩是传统的贤妻良母，但有依附心理；帖雷马科勇敢无畏，但有男权意识。《尤利西斯》的人物全是非英雄的普通人，平庸、渺小、毫无英雄气概，比古代神话英雄退了一大步。但他们的观念却比古代英雄进了一大步。布卢姆平和宽容，没有男权思想，充满对家庭、社会的责任感；莫莉打破传统贞节观，具有自由观念，仍承担有对家庭的义务；斯蒂芬蔑视权威，充满渎神意识，追求单纯的爱，对布卢姆夫妇表现出一种自然的亲善感情。

4. 文体灵活多变

《尤利西斯》每章的文体都不相同，如第二章采用宗教教育的问答式，第十五章全用戏剧形式，第十四章用了三十多种文体。此外，书中用了大量典故、方言、俚语，使小说显得博大精深，但也流于晦涩，使人难以理解。在第二次世界大战期间，英国一邮电检查人员竟误认为这本书是密码本。《尤利西斯》的创作在文学史上是一次大胆的尝试。

思 考 题

- 1. 分析布卢姆形象。
- 2. 试述《尤利西斯》的艺术成就。
- 3. 简述乔伊斯在西方现代文学史上的地位。

第十节 艾 略 特

〔学习提示〕 艾略特是英美杰出的现代诗人，现代主义诗歌传统的开创者之一。学习本节，应了解艾略特的创作发展道路，知道他各个时期的重要诗歌作品及其诗论的内容。本节的重点是艾略特的代表作《荒原》，要掌握这部作品的基本内容、主题和艺术形式。

一、生平与创作

T. S. 艾略特（1888—1965）出生于美国密苏里州圣路易斯，先祖是英国移民，祖父是圣路易斯的华盛顿大学的创办者，反对蓄奴制。在南北战争期间，他的祖父发挥了重要影响力，使蓄奴州之一的圣路易斯站在北方联邦一边。艾略特的父亲是一个商人，母亲热爱文学。在这样的家庭环境中，艾略特从小受到广博的教育和民主自由思想的熏陶。1906 年，18 岁的艾略特考入哈佛大学。大学期间，受到新人文主义批评家白璧德的反浪漫主义态度的影响。1909 年，艾略特获得硕士学位，留在哈佛担任哲学助教。1910 年，艾略特前往巴黎学习。他听柏格森的哲学讲座，研读法国象征主义诗歌，迈出了成为诗人的关键性一步。1911—1914 年，艾略特重返哈佛，攻读印度哲学和梵文。1914 年，艾略特来到英国，入牛津大学默顿学院学习哲学。1915 年 6 月，经朋友介绍，他与维维安·海格-伍德在牛津相识并结婚。维维安有精神病史，这桩婚姻后来给艾略特带来了诸多困扰，也给妻子造成了不幸。但也正是为了维维安，艾略特决定留在伦敦。在同一年，他的长诗《阿尔弗瑞德·普鲁弗洛克情歌》在《诗刊》杂志发表。诗中的抒情主人公普鲁弗洛克是一位羞怯、懦弱、缺乏自信的中年男子，在黄昏的街道上行走，犹豫着是否要去向一位女子求婚。他担心女士会嘲笑他的年龄和相貌，担心女士会误解他的动机，担心女士会拒绝，害怕流言蜚语。他越想越自卑、越害怕，就想尽量把解决这个"压倒一切的问题"的时间向后推延。诗歌最后在普鲁弗洛克的延宕和叹息中结束。普鲁弗洛克萎靡、倦怠，无力追求个人幸福的形象，是现代西方人精神空虚，对人生乃至文明充满幻灭感的真实写照。诗歌中出现的戏剧性独白、意象叠加、反讽、奇喻等手法，都给人耳目一新之感。

1917 年，艾略特进入劳埃德银行工作，并担任《利己主义者》杂志的助理编辑，第一部诗集《普鲁弗洛克及其他观察》出版。1922 年，艾略特创办了《标准》杂志。该杂志在首期推出他的长诗《荒原》，震动欧美诗坛。1925 年，艾略特辞去银行职务，出任新创建的费伯出版社董事和编辑。杂志和图书的编辑出版，使他团结了一大批英国甚至欧洲大陆的诗人作家，成为英国现代主义诗歌运动的领袖人物。

1927 年，艾略特受洗成为英国国教徒，并在当年加入英国国籍。思想和信仰的转变在他《空心人》（1925）、《圣王的旅程》（1927）、《圣灰星期三》（1930）等作品中都有迹可循。尤其是《圣王的旅程》，借《圣经》中东方三贤赴伯利恒朝觐的故事，记录了诗人皈依英国国教的心路历程。诗歌平缓、倦怠的语气与坚定的信仰之间构成张力，写实的朝圣之旅与耶稣从诞生到死亡，再到复活的幻象描写相叠加，意识流手法的应用，都使这首诗独树一帜。

从 20 年代后期开始，艾略特对戏剧的兴趣日益浓厚，创作了《大教堂凶杀案》（1935）、《合家团圆》（1939）等诗剧，以及《鸡尾酒会》（1949）等喜剧作品。其中最有代表性的作品是《大教堂凶杀案》，它取材于英国 12 世纪坎特伯雷大主教托马斯·贝克特被国王势力刺杀，随后被封为圣徒的史实。剧中的贝克特是一位坚定的教权和信仰的捍卫者，他自知回国定遭不测，仍然义无反顾。剧中的几位诱惑者出于各种目的，以各种理由向他游说，都被他拒绝，最后杀身成圣。此时的艾略特已经是坚定的国教教徒，剧中贝克特的诚恳、坚忍和献身精神，反映了艾略特自己的宗教理想。全剧主题崇高，风格庄严，仪式感强烈，反映了艾略特试图复兴传统诗剧的努力。

艾略特在文学批评领域有着同样大的影响，被著名文学理论家韦勒克称为 20 世纪英语世界最为重要的批评家，其文论收入《圣林》（1920）、《论文选》（1932）、《诗歌与戏剧》（1951）、《论诗歌与诗人》（1957）、《评批评家》（1965）等著作。艾略特在文学批评方面的最大贡献，是提炼和总结了现代主义诗论，并在创新与传统之间架起了一座桥梁。艾略特说："诗不是放纵感情，而是逃避情感，不是表现个性，而是逃避个性。"[①] 诗歌不可能不表现诗人的情感和个性，但表现的方式不应该直抒胸臆，这才是艾略特这段看起来违背常理的名言之真意。艾略特推崇的表现方式是找到一个"客观对应物"，

---

① ［美］T. S. 艾略特：《艾略特诗学论文集》，王恩衷编译，国际文化出版公司，1989 年，第 8 页。

"用一系列实物、场景、一连串事件来表现某种特定的情感，要做到最终形式必然是感觉经验的外部事实一旦出现，便能立刻唤起那种情感"①。这就是隐喻或意象象征的模式。不仅如此，艾略特使情感和个性的表现更加智性化、反讽化。艾略特不像未来主义诗人那样取与传统彻底决裂的姿态，他努力在传统的连续性中阐述当代文学的意义。但艾略特对传统并不是一概接受，他是有选择的。他摒弃了华兹华斯一路浪漫主义诗歌传统，却从英诗中清理出一条以玄学派诗人、德莱顿、蒲柏等为代表的"智性"诗歌传统，从而为现代主义诗歌找到了历史的依托，奠定了坚实的理论基础。

艾略特晚期诗歌的代表作是《四首四重奏》（1943），由《烧毁的诺顿》《东库克》《干赛尔维奇斯》《小吉丁》四首诗组成。标题中的诺顿、东库克、小吉丁是英国地名，干赛尔维奇斯是美国马萨诸塞州海湾的一处岛礁，都与艾略特的生活经历有关。每一首诗由五章组成，第一章呈现全诗主题，随后以不同方式展开变调，形成了四重奏音乐的回旋结构。同时，四首诗又依次以春夏秋冬四季和古希腊哲学家赫拉克雷特斯认为的宇宙四大基本元素空气、土、水、火作为基调，从而把四首诗组合成一个宏大、繁复，同时严谨、整饬的结构。《四首四重奏》是艾略特的精神自传，寄托了诗人对时间和永恒、赎罪与拯救的思考。比起《荒原》，《四首四重奏》用典更为节制，戏剧性场景让位给诗人心灵活动的书写；《荒原》中的语言意象绵密，词采绚烂，而《四首四重奏》的语言归于疏朗明澈。1948年诺贝尔文学奖授给艾略特，授奖辞称赞此诗"以近乎赞美诗般的叠句和对自己精神历程的细腻而精确的描述，创作了一支用文字谱写的沉思曲"②。但不可否认，《四首四重奏》的内蕴也更加抽象、晦涩。

艾略特与他的第一任妻子在1933年正式离婚。1947年，前妻维

---

① ［美］T. S. 艾略特：《艾略特诗学论文集》，王恩衷编译，国际文化出版公司，1989年，第13页。

② ［瑞典］安代尔斯·奥斯特尔林：《一九四八年诺贝尔文学奖授奖辞》，见赵萝蕤等译《艾略特诗选》，山东大学出版社，1999年，第3页。

维安去世。1957 年，艾略特与秘书瓦莱丽结婚，找到了梦寐以求的幸福。1965 年，艾略特病逝于伦敦家中，骨灰按他的遗嘱被送到先祖诞生的东库克。

二、《荒原》

《荒原》是艾略特诗歌的代表作，也是现代主义诗歌的典范作品。全诗共 343 行，分五章，以都市生活场景为主干，同时连缀、叠加了大量取自神话历史典故、自然景观及超自然幻象的片段。全诗虽然没有一个连贯的故事线索，但"荒原—拯救"的运思框架将这些场景和片段组合成一个整体。

第一章《死者的葬仪》。本章从标题可见其哀歌的性质和基调。时间是四月，万物复苏、春暖花开，同时欲望也蠢蠢欲动，不快的回忆被唤醒。开篇的抒情段落之后，依次出现了五个场景描写：奥地利贵族玛丽·拉丽施伯爵夫人的度假生活，干涸空寂的荒原景象，风信子姑娘爱情落空的故事，算命女人用泰罗特纸牌在给人算命，伦敦街头鬼魂般涌动的人流。

第二章《对弈》分两部分。第一部分由一对上流社会夫妇的对话构成。丈夫对妻子有所猜忌，妻子焦虑地追问丈夫现实问题时，他总是沉默以对，但内心的声音却每问必答，意有所指，悲观抑郁。第二部分由丽儿的女友回忆她在小酒馆里与丽儿的谈话构成。女友劝告丽儿要取悦即将退伍归来的丈夫，但丽儿疲惫邋遢，对丈夫即将归来全无热情。

第三章《火诫》中，泰晤士河流淌着垃圾和淫欲。渔王在死水中垂钓。博尔特太太和她的女儿在濯足，准备迎接薛维尼的到来，他们是顾客和妓女的淫乱关系，令人想到古代国王铁卢对翡绿眉拉的强奸。在伦敦这座"并无实体的城"中，士麦那商人在完成他的商业交易后，约"我"与他幽会。雌雄同体的帖瑞西士发现一个公司职员去一个女打字员家约会。女打字员满足欲望后播放的音乐从"我"耳边飘过，引起"我"对伦敦城街景的关注。泰晤士河的三个女儿的歌唱，哀悼着当代伦敦的沉沦和堕落。"我"前往迦太基，为世间淫欲泛滥而忏悔。

第四章《水里的死亡》只有短短的一节诗，写腓尼基水手弗莱巴斯死后忘记了水鸥的鸣叫、深海的浪淘、利润和亏损。他死于情欲之海，又被水净化。

第五章《雷霆的话》分两部分。第一部分中，骑士穿过荒原，最终到达安放圣杯的"凶险"教堂这一条线索，或明或暗穿插于其间，将各诗节的内容连贯起来，这些内容包括耶稣死而复活，"带头罩的人群"在荒原上行走，以及带有末世色彩的荒原景象描写。随着"凶险的教堂"出现，雨水降临到干涸的荒原上。第二部分有雷霆发声，表达舍予、慈悲、克制之意。渔王再次出现。全诗在重复梵文"舍予、慈悲、克制"和"平安"的奥义中结束。

艾略特的《荒原》之所以被看成是一部具有划时代意义的作品，主要在于它凝聚了20世纪初西方知识分子关于西方文明已经衰朽没落的共识，使之以最具概括力的"荒原"形象呈现出来。在长诗中，艾略特从四个层面展开荒原形象的描写。第一是自然层面。在第一章，诗人写一片荒漠中，"一堆破碎的偶像，/承受着太阳的鞭打"，"枯死的树没有遮阴"，"焦石间没有流水的声音"。在第五章第二节，荒漠的形象更见具体："这里没有水只有岩石"，干涸到"死了的山满口都是龋齿吐不出一滴水"，甚至"连静默也不存在"，雷也是"枯干的"。由于缺乏雨水滋润，自然界一片死寂，毫无生机。第二是现实社会层面，它以现代都市生活场景为表现对象，重点描写伦敦：在破晓的黄雾中，伦敦虚幻如"无实体的城"，行走的人流犹如行尸走肉。泰晤士河上漂浮着油污和垃圾；衰朽的阁楼上，老鼠啃噬着白骨。在这座城市里，合法的夫妻同床异梦，关系冷淡，而非法的卖淫，随意的苟合，错乱的性恋，却大行其道。第三是神话—历史层面，它以情欲和死亡为特征。有埃及女王克莉奥佩特拉、迦太基女王狄多因情而死，希腊神话中的国王铁卢欧斯为满足情欲，残害了泊劳克奈与翡绿眉拉姐妹。与情欲泛滥相对照的，是传说中的渔王因性功能丧失，导致原来富饶美丽的王国一片荒芜，人兽不育。此外，还有女先知西比尔虽生犹死，以及耶稣之死。第四是超自然层面，其想象有着浓重的末世色彩，如戴头罩的人群"在无边的平原上蜂拥而前，在裂开的土地上蹒跚而行"，现实与历史上的名城伦敦、耶路撒冷、雅典、亚历山大、维也纳，在暮色中开裂，坍塌，化为一片废墟。艾略特以非凡的想象力，穿梭于历史与现实、自然与社会、超验与经验之间，绘制出一幅有着丰富文化思想内涵的荒原图景。

20 世纪初叶，尤其在第一次世界大战之后的欧洲，随着资本主义社会危机的加深，知识分子对整个西方文明产生了空前的幻灭感和危机感。此外，虽然是现代社会，达尔文的进化论已经深入人心，但基督教的循环历史观同样大行其道。人们普遍认为，每一段历史都有开始和结束，都有其盛世和末世；而在末世之后，被救赎的历史又掀开新的篇章。正是在这样的历史文化背景之下，《荒原》描绘了一幅腐朽颓败，颠倒错乱，肉欲横流，有性无爱的社会图景。在《对弈》中不断重复出现的呼喊，"请快些，时间到了"，正是死亡之神敲响了这个堕落社会的丧钟。

艾略特在呈现荒原图景的同时，也在为陷入危机中的西方文明寻找拯救之途。如贯穿全诗的渔王故事，除了"荒原"的寓意，也包含了拯救的功能。渔王故事取自学者魏士登女士的《从祭仪到神话》一书。书中记载，需要有一位年轻骑士，带着利剑，战胜艰难险阻，找到盛过耶稣宝血的圣杯，渔王才能痊愈，荒原也将普降甘霖，重新焕发生机。而要找到圣杯，必须保持童贞，还要经过一个凶险的教堂，并且理解利剑和圣杯的含义。在这个基督教民间故事中，渔王是繁殖神的化身，而骑士携剑寻找圣杯，带有浓重的性启蒙意味。我们在《荒原》中看到，一方面是畸情泛滥，另一方面则是健康之性的衰竭，现代社会有机体生病，与渔王之病相呼应，是"荒原"出现的内因。正是在这个意义上，寻找圣杯就成为拯救荒原的行为。《荒原》第一章，名叫马丹梭梭屈里士的算命女人出示的泰罗特纸牌，就由寻找圣杯传说的诸意象构成。第三章有渔王在死水中垂钓的场景。第五章，渔王垂钓的形象再次出现，还出现了凶险的教堂，随即天降甘霖，旱象解除。艾略特在诗中套用的这个神话框架，表达的正是"荒原—拯救"的象征寓意。

《荒原》中还隐伏了一个耶稣基督死亡与复活的神话框架。在第五章开头数节描写的场景，化用了耶稣在客西玛尼园中的被捕，被钉上十字架，复活后在门徒们中间行走的情节。值得注意的是，《荒原》的主题不是一般的死亡，而是复活的前提。第一章《死者葬仪》展示了荒凉干涸的土地和面临死亡的人们，而西方的复活节就在四月份，人们在这个日子庆祝耶稣的复生。第二章则描绘各阶层的女性走向死亡的过程。第三章用"火"暗示了"再生"主题，为后两章埋下伏笔。第四章描写了一个宗教仪式：水里的死亡，为死者超度灵魂，使其死而复生，引出了再生的源泉——水。最后一章则是《启示录》一般的复活宣言。

在不断铺展开的结构中，艾略特把拯救的希望寄托在宗教教义上。宗教是他精神探索的最终归依，也是他向世人宣传的最后真理：末世需要拯救，但不能通过暴力革命的方式。"这是什么声音在高高的天上／是慈母悲伤的呢喃声／这些带头罩的人群是谁／在无边的平原上蜂拥而前，在裂开的土地上蹒跚而行。"这些荒原人应通过宗教指导来实现个人的完善，即"舍予、慈悲、克制"和"平安"。当时的艾略特还没有完全投入基督教的怀抱，篇尾的教义渗透着他所感受到的东方宗教的影响。在他看来，以宗教为指引的古代文明无疑是解决现代西方各种严重社会问题的一剂良药。

《荒原》体现了艾略特高超的象征叙事技巧，主要表现为对神话框架的借用。艾略特提出"客观对应"，即用意象、场面、细节构筑起一个隐喻、象征系统，通过这种间接暗示，完成叙事任务，而象征的最高形式就是神话。当作品中的意象系统具有整体功能，且这一意象系统和人类远古时代的生产、生活、宗教等实践活动有关时，象征就上升为神话。苏联批评家梅列金斯基指出，二十世纪初，"'再神话化'，即神话的'复兴'，盛极一时，囊括欧洲文化的各个领域。"① 使用神话框架来结构作品，的确是现代主义文学的一个普遍

---

① ［苏］梅列金斯基：《神话的诗学》，魏庆征译，商务印书馆，1990年，第25页。

现象，如乔伊斯的《尤利西斯》、福克纳的《喧哗与骚动》、劳伦斯的《虹》、奥尼尔的《悲悼》等采用了古希腊神话和《圣经》的框架。艾略特的《荒原》中的渔王故事与耶稣故事，则是两个彼此关联、互为补充的神话框架。神话框架的使用，能够使作品摆脱对具体、琐碎的现象世界的逼真描绘，超越浅层次的对丑恶、黑暗的揭露批判和对美与善的颂扬，跨出了"现在"和"这里"的范畴，虚构出一个"纯粹存在"的世界图式，囊括对宇宙、自然、人类的哲学思考，其意义是重大的。

断片（碎片）组合也是《荒原》最重要的结构方式之一。所谓断片组合，是指把一个个看似毫无关系的意象、场景或情节强行组接、连缀在一起，依靠这种断片组合，来完成整体的荒原叙事。如第三章《火诫》，首先写泰晤士河的景象，随后猛然跳到一个孤独的人在瑞士莱蒙湖畔哭泣，接着又回到泰晤士河景，然后跳到死水里垂钓的人，再接下来出现了博尔特太太和女儿洗脚……这种情形在《荒原》中大量存在。艾略特对断片并置组合的应用是自觉的。他在《玄学派诗人》一文中表示，这符合普通人的思维方式：他们的经验是混乱的、无规则的、片段的，如坠入爱河或阅读斯宾诺莎的书，这些经验彼此互不相干，可是像对多恩这样的诗人来说，这些经验总是在构成新的整体。而诗人的思想也是不断将相异的东西混合在一起的经验。[①] 从荒原叙事看，碎片的组织形式，可以模拟和揭示现代世界的"碎片"本质。

但《荒原》中的断片并不是毫无关联地杂凑在一起，而是以对话的方式造成反讽的效果。对话区别于众声喧哗的混乱无序，却又比自说自话的单角度叙事更贴近于生活本身的复调性。诗中有三种对话形式，即断片的组接方式最引人注目。第一种是"我"与他者的对话。"我"不是同一个人，而是指不同年代、不同身份的很多叙述主体。"我"和"你"，和"我们"，以及另一个"我"之间有着频繁

---

① 参见［美］T. S. 艾略特：《艾略特诗学论文集》，王恩衷编译，国际文化出版公司，1989 年。

的对话，他们彼此间有时相互附和，有时又相互质疑，从多方面揭示叙述客体的面貌，也收到很好的戏剧性效果。第二种是现代场景与古典场景的对话。古典场景和现实人生的交叉、重叠、暗含带给《荒原》厚重的历史感。如《对弈》，首先是古代女神或贵妇雍容华贵的居所和装束，然后是夜莺的神话，之后视线转移到当下的生活状态，夫妻之间百无聊赖的谈话，形同交易的两性关系，女友间无聊的闲言碎语等。第三种是不同社会阶层之间的对话。如第二章先写上层贵族的生活，接着写下层人民的处境，两者的对弈是无声的对话，赋予这首长诗宽广的社会视角。

　　《荒原》的另一个鲜明的艺术技巧是大规模的和独特的征引。全诗共涉及 6 种语言，35 个作家和 56 部作品。其中有论著、回忆录、语录、经文等，大部分是文艺作品，有神话故事、民间歌谣、诗歌、戏剧、小说等。所征引的无论是词语、单纯的意象、某个场景，还是事件，都经过了作者的加工，打上他本人构思的烙印，作者的感情附丽在这些被征引的事物上。在旁征博引的时候，艾略特往往反其意而为之，如前文提到的他将四月描绘为"残忍"，而冬天使人"温暖"。这样的例子还有很多，如在诗的第 74 行，诗人借用了魏布斯特《白魔鬼》中的诗句——"叫豺狼走远些，它是人类的仇敌"，但是特意将"仇敌"更换成"朋友"，并将诗句变成"叫狗熊星走远吧，它是人们的朋友"。作者似乎在暗示，在无聊的人生里苟延残喘的人需要的是生根、发芽和在这之后的复活，而不是在人世继续存留。

思考题

1. 简述艾略特的创作道路及诗歌、诗论成就。
2. 分析《荒原》的主题。
3. 简述《荒原》的艺术特点。

第十一节 福 克 纳

〔**学习提示**〕 福克纳的文学史地位可以这样概括：美国最重要的南方乡土作家，意识流小说的代表作家，最杰出的西方现代作家之一。学习本节，应了解福克纳以表现美国南方乡土社会的小说的基本内容，"约克纳帕塔法世界"的构建形式。本节的重点是福克纳的代表作《喧哗与骚动》，要掌握它的情节和结构，知道围绕凯蒂的故事是如何讲述的，它的主题是什么，在意识流技巧的应用方面有什么特点。

一、生平与创作

威廉·福克纳（1897—1962）是美国最重要的南方乡土作家，意识流小说代表作家，最杰出的西方现代作家之一。福克纳出生在美国密西西比州北部城镇新奥尔巴尼，5 岁时全家搬到附近的奥克斯福镇。此后他的一生，除了短暂的在外学习、工作和旅行，大都在这里度过。福克纳的家族在 19 世纪 40 年代定居密西西比州，内战前后开始发迹。曾祖父是家族史上的一位传奇人物，被尊称为"老上校"，他当过律师，在南北战争时期曾统领过两支南方军部队，作战勇猛。内战结束后，他开设铁路公司，还写过畅销小说，最后被仇家所杀。他的故事，在先辈中口口相传，成为家族历史和荣耀的象征，也为福克纳打开了了解美国南方历史和传统的窗口。福克纳青少年时代的正规教育乏善可陈，只上完 11 年级。但通过父亲，福克纳培养了对户外生活，诸如打猎、钓鱼、徒步旅行的爱好，从母亲那里接受了文学艺术的熏陶，阅读了很多文学经典。1914 年，福克纳与比他大四岁的大学生菲尔·斯通相识，在他的引介下，阅读了波德莱尔、T. S. 艾略特、乔伊斯等欧洲现代派作家的作品，与当地文学圈子交往，走上文学道路。一战后期，福克纳到加拿大皇家空军学校接受飞行员训练。战后回到家乡，作为特殊学生，在密西西比大学读了一年书，并开始诗歌创作，出版有诗集《大理石牧神》（1924），这部诗集模仿法国前期象征派的痕迹十分明显，算不上成功之作。1925年，福克纳结识美国作家舍伍德·安德森，在他的鼓励下，转向小说创作，出版了第一部小说《士兵的报偿》（1926），随后写了《蚊群》（1927）。《士兵的报偿》以一战中负伤的退伍军人马洪与失去丈夫的寡妇玛格丽特的爱恋纠葛为主线，表现了战后一代美国青年的理想幻灭和精神迷茫。《蚊群》以美国南方城市新奥尔良为背景，描写了一群艺术家的颓废生活。这两部作品都具有20年代出现在美国的"迷惘的一代"作家的作品特征。

1925年8月至12月，福克纳赴欧洲旅行。这次旅行开阔了他的眼界，让他有机会从新的角度认识美国南方社会的历史与现实、发展与衰败、诗情与罪恶。年底回国后不久，福克纳的创作开始聚焦美国南方。1929年，福克纳的第三部小说《沙多利斯》出版，这也是他的第一部以虚构的美国南方"约克纳帕塔法县"为背景的乡土小说。从这部小说起，他找到了属于自己的创作方向，这就是以自己的家乡为背景。

福克纳自己后来总结道："打从《沙多利斯》开始，我发现我自己的像邮票那样大的故乡的土地是值得好好写的，不管我多么长寿，我也无法把那里的事写完……它打开了一个有各色人等的金矿，我也从而创造一个自己的天地。"[1] 沿着这条道路，福克纳从1929年至1936年进入创作的高峰时期，完成了《喧哗与骚动》（1929）、《我弥留之际》（1930）、《八月之光》（1932）、《押沙龙，押沙龙!》（1936）这四部他最出色的小说。40年代之后，福克纳又创作了《村子》（1940）、《去吧，摩西》（1942）等重要作品。从40年代中期开始，福克纳的作品拥有越来越广大的读者，逐渐获得了世界声誉。1949年他荣获诺贝尔文学奖，授奖辞称他为"伟大的南方史诗作家"。

获得诺贝尔文学奖之后，福克纳又写了《小镇》（1957）、《大

---

[1] ［美］威廉·福克纳：《我弥留之际》，李文俊等译，漓江出版社，1990年，第7页。

宅》（1959）等小说，它们与40年底出版的《村子》共同构成"斯诺普斯三部曲"。在50年代，福克纳又先后获得美国国家图书奖、普利策奖等荣誉，还接受政府派遣，赴欧洲、南美洲和日本进行文化访问，并担任过弗吉尼亚大学住校作家。1962年，福克纳因患心脏病在家乡去世。

福克纳一生共写了19部长篇小说，70多篇中短篇小说，2部诗集，一些电影剧本、论文、随笔。其中14部长篇小说和大多数中短篇小说，都以虚构的密西西比州北部的约克纳帕塔法县为背景，它就是福克纳发现的"自己的天地"。这里地处南方，在历史上曾是蓄奴州，种植园经济发达。南北战争中，它所属的南方邦联战败，种植园经济崩溃，庄园主阶级走向没落。同时，随着北方工商业资本主义的侵入，南方社会传统的价值观念和生活方式开始解体；奴隶制虽然被废除，但黑人仍在政治、经济、文化等各个层面受到歧视。这一切，使美国南方成为一个独特的地理历史文化存在。福克纳扎根自己的家乡，挥动如椽之笔，创造出他的约克纳帕塔法世界。这个世界里有名有姓的人物约600位，就人种和阶层而言，有富白人、穷白人、黑人、印第安人；就职业和身份而言，有庄园主及其后代、雇工、仆人、商人、店主、店员等；他们生活在约克纳帕塔法县的杰弗逊镇及其周围的种植园和乡村，大多属于几个家族，如沙多利斯家族、康普生家族、麦卡士林家族、斯诺普斯家族、塞德潘家族等，他们的历史可以上溯到19世纪初叶，一直延续到20世纪50年代。福克纳采用"人物再现法"和"事件再现法"，让同一人物在不同作品中出现，或在不同作品中描写同一事件，经过这样多次从不同阶段和不同侧面对人物进行刻画、对事件进行描写，不仅使其内涵更加丰富，而且使之彼此关联，从而形成一个有机的整体。通过如此经纬交织的描写，福克纳全方位地展现了传统与文化意义上的美国南方的没落。他对造成南方社会没落的根源进行了深刻的探索，对奴隶制、种族主义、清教主义、拜金主义，给予了痛切的谴责和批判，对南方人物、家族及其传统观念在现代化进程中无可挽回地走向异化、死亡、解体和崩塌的悲剧性命运寄予了深切的同情，对乡土自然以及人身上的美好德性和优秀品质给予了热情的讴歌。同时，福克纳对美国南方乡土社会的描写，又是对丧失了精神核心的荒原般的现代世界的隐喻，因而具有了普遍的意义。

诺贝尔文学奖授奖辞中称福克纳是"二十世纪小说家中伟大的实验主义者"①。他的小说既吸收了经典现实主义作家巴尔扎克《人间喜剧》的宏大创意和微观营造技巧，吸收了哈代虚构"威塞克斯地区"的灵感，同时还追随现代主义文学潮流，不懈地探索新的艺术表现手法，进而成为这一潮流的引领者。他丰富和发展了意识流的表现技巧，创造性地应用人类的神话和原型，广泛采用多角度限制叙事的技巧，创造出不朽的约克纳帕塔法世界，深刻地表现了陷入危机中的现代人类社会图景，从而成为"二十世纪世界文学中的一个里程碑"②。

二、《喧哗与骚动》

《喧哗与骚动》是福克纳的代表作，它以班吉、昆丁、杰生、凯蒂等的精神活动和命运为主线，叙述了康普生家族的败落。康普生家族的祖先是来自苏格兰的移民，19 世纪上半叶靠从印第安人手中骗取的一平方英里土地发迹，出过州长和将军。南北战争中，南方战败，康普生家族也开始走下坡路，祖业一点点被抵押和变卖。到了20 世纪初叶，为了供长子昆丁上哈佛大学和给女儿凯蒂举行体面的婚礼，家里卖掉了最后一块田产，只剩下宅子、马厩和佣人住的木屋。作为一家之主，康普生先生自己不思重振家业，只会酗酒空谈，在 1912 年去世。他的妻子沉溺于南方淑女的做派和贵族世家的荣誉，整日躺在床上，不断抱怨和自怜，不尽母亲之责，她于 1933 年去世。康普生夫妇的这四个孩子，就出生和成长在这样的家庭环境中。小说分四部分展开叙事，以时间作为标题。

第一部分是"1928 年 4 月 7 日"，由白痴班吉以第一人称叙述。

①　［美］福克纳：《我弥留之际》，李文俊等译，漓江出版社，1990 年，第 429 页。

②　［美］福克纳：《我弥留之际》，李文俊等译，漓江出版社，1990 年，第 431 页。

这一天他 33 岁，却只有 3 岁孩子的智力。他被黑人小厮勒斯特带着，先在高尔夫球场外寻找一枚丢失的硬币，然后沿栅栏墙回家。晚饭前，迪尔西用自己的钱给班吉买了一个蛋糕，为他过 33 岁的生日。勒斯特不断捉弄班吉，惹得他哭闹不止，直到把凯蒂的一只拖鞋抱在怀里，才止住了哭声。晚饭时分，他目睹了杰生和小昆丁发生激烈争吵。睡觉前，他看见小昆丁从楼上窗户爬出来，顺着树下到草坪，然后消失在远处。班吉在这一天时间里，所到之处，往事都会一一在脑海中浮现。班吉记忆所及的时间起于 1898 年。这一年昆丁 8 岁，凯蒂 6 岁，杰生 4 岁，毛莱 3 岁。四个孩子在宅子附近的小溪边玩耍，凯蒂在水里弄湿了衣裤。傍晚回来，他们并不知道外祖母去世了，看到家里有许多人，好奇的凯蒂爬到树上从窗子往里瞧，她的兄弟们都从树下看到了她在水里弄湿的衣裤。2 年后的 1900 年，毛莱 5 岁，康普生太太不得不承认他是一个白痴。她觉得这是一件丢脸的事情，就把他的名字由毛莱（她弟弟的名字）改为本杰明（小名班吉）。班吉记忆的中心，是凯蒂对他的关爱和呵护，以及他对凯蒂的依恋。这种依恋的感情，发展成对凯蒂情感的占有，他对凯蒂的贞操极其重视，本能地抵制凯蒂恋爱、结婚。他因为凯蒂 14 岁那年第一次用香水而大哭，直到她把香水送给迪尔西。1906 年，他发现凯蒂与男友在秋千架前亲吻而死命哭闹，逼得凯蒂认错，又在水池边用肥皂洗嘴。1909 年夏末，凯蒂第一次失身于男友后回家，班吉又一次大哭，把她推进洗澡间，要她像早先洗去香水味一样，洗掉她的不贞。1910 年 4 月 25 日凯蒂结婚那天，班吉和黑小厮 T. P. 偷酒喝，醉态百出。凯蒂结婚后，凯蒂的一只旧拖鞋成为班吉对凯蒂情感的寄托，他哭闹时，家人只要把拖鞋给他抱着，他立即就不哭了。1913 年，他因为骚扰女学生，被做了去势手术。1933 年，母亲去世后，班吉被杰生送进了精神病院。

第二部分是 "1910 年 6 月 2 日"，以第一人称写昆丁当日自杀前的活动和意识流。占据昆丁思维核心的是凯蒂的失贞和结婚，这也是导致他自杀的主要原因。他是家中长子，有着强烈的家族意识，因此对家族的衰败十分敏感。他的父母把振兴家业的希望寄托在他身上，为了供他进哈佛读书，卖掉了家里仅存的牧场，他为此极为痛心、自责。他对妹妹凯蒂怀着畸形的情感，把妹妹的贞操看得尤为重要，把她的失贞、恋爱和结婚与家族的衰败联系起来，与自己的生死联系起来。他 8 岁那年与弟弟妹妹在溪水边玩耍，凯蒂因为弄湿了衣服，就把外套脱掉，他当场打了凯蒂一巴掌。1909 年夏末，昆丁找到凯蒂的情人达尔顿·艾密司，向他寻衅。凯蒂结婚前，昆丁找到她的未婚夫赫伯特·海德，扬言要揭露他被哈佛开除的丑事。他恳求凯蒂不要嫁给海德，而与自己一起出走。他又向父亲承认自己犯了乱伦罪，因为他的心越轨了。当凯蒂不顾他的劝阻，执意和海德在 1910 年 4 月结婚后，昆丁决定自杀，以逃避现实和自我救赎。1910 年 6 月 2 日是他决定自杀的日子，一早起来，他收拾好衣物，乘电车来到河边。但因为误会，他被当成幼女拐骗犯，带到警察局，幸好遇到室友同学，缴了罚金后被释放。他再次回到宿舍，随后又一次出门。

　　小说第三部分是"1928 年 4 月 6 日"，由杰生以第一人称叙述，写杰生当天的活动及意识流。由于凯蒂婚前失贞，她与赫伯特·海德结婚不久就被抛弃，原先赫伯特许诺给杰生的银行职位落空。家里已经没有钱再供杰生上学，他只好到一家农具杂货店当店员。他因此迁怒凯蒂及其私生女小昆丁，并把凯蒂供养女儿的钱据为己有。凯蒂生下小昆丁后，母亲认为有辱家风，不许她回家，不让她见女儿，也不许家里人提起她。在父亲葬礼的当天，凯蒂从报上得到消息，偷偷回来，希望为父亲送别，并能见女儿一眼。杰生借机敲诈了凯蒂 100 块钱，才让她远远看了小昆丁一眼。小昆丁不断逃学，与不三不四的男人鬼混。4 月 6 日这天，杰生上班时间敷衍了事，被店主责备。他到邮局取凯蒂寄给小昆丁的生活费，又买进棉花期货，结果折了本。在大街上，他发现小昆丁与一个男子在一起，开车跟踪，不仅没找到人，轮胎还被放了气。气急败坏的杰生晚上回家，借管教小昆丁之机，辱骂甚至殴打她。第二天晚上，小昆丁撬开杰生的钱箱，将他贪占的抚养费和攒的钱（约 7000 美金）席卷一空，与情人私奔。抓狂的杰生到警局报案，又驱车追赶，都没有成功，最后灰溜溜回到镇上。在后来的岁月里，他经营着自己的店铺，没有结婚，没有子女，这意味着康普生家后继无人，家族彻底败落。

小说第四部分是"1928 年 4 月 8 日"，由第三人称叙述者叙述，以迪尔西的活动为中心。这位没有文化的黑人女仆，抚养照料了康普生家的四个孩子，她以她的忠诚、忍耐、宽厚、仁慈，成为康普生家的精神支柱，成为孩子们的依靠。她尤其用心地保护照顾班吉和小昆丁，使杰生对他们不敢太过放肆。4 月 8 日复活节这天，她带着班吉、女儿弗洛尼和外孙勒斯特去教堂，被牧师讲道和教堂虔诚、肃穆的气氛深深打动；班吉在教堂里出奇地安静，似乎神性在他身上产生了奇异的作用。但离开教堂回家后，班吉再次哭闹。迪尔西让勒斯特驾车带他去康普生先生的墓地。车经过广场时，没有像以前那样从雕像的右边拐弯，班吉于是发狂地吼叫起来。正巧杰生追赶小昆丁回来，他让车按过去的习惯重新拐弯，班吉才逐渐安静下来。

《喧哗与骚动》在出版 15 年之后，福克纳又增加了一个附录，对康普生家族的历史作了补叙，交代了几个人物的结局。从中读者得知，凯蒂被遗弃后，1920 年与一个电影界人物结婚，1925 年离异。二战期间，她成为一个德国将军的情妇。1940 年时，已经 48 岁的凯蒂风韵犹存，在被德军占领的巴黎不知所终。

福克纳将康普生家族最后的衰落阶段，压缩到 4 天的时间里，主要通过四个叙述人的叙述呈现出来。我们看到，这个家族，由于凯蒂的失贞，打开了通往无底深渊的最后一道闸门。少女时代的凯蒂热情、善解人意，对人充满同情和关爱。她用周到细致的呵护和关爱，给白痴弟弟班吉带来了本该由父母提供的家庭温暖，为他营造了一个温馨安宁的世界。她是昆丁心目中理想和荣誉的象征，是他生命的希望和支撑。她也是杰生赖以发财致富的"终南捷径"。她的出走斩断了与兄弟间的种种纽带，导致了昆丁的自杀，班吉因骚扰女学生被阉割，并最终送进精神病院；杰生因为怨恨而报复她和小昆丁，随之又招致了小昆丁的反报复。

然而，凯蒂的失贞只是造成康普生家族最终解体的表层原因，更深刻的原因，是传统意义上的美国南方的衰落，以及在此背景下父母的失职和缺位。康普生家族在经济上的破产和分崩离析，是美国南方社会衰落的见证和缩影。但在此过程中，这个家族的主要成员却固执地生活在过去，生活在对 19 世纪内战前旧南方的荣耀的记忆当中，固守着传统价值观念，无法适应也不愿意适应已经改变了的现实世界。康普生先生是一个虚无主义者和悲观主义者，他在把旧传统传给孩子们的同时，又用他的观念和情绪解构了这个传统的价值。康普生夫人沉醉于"南方淑女"的做派，实际上是一个自私冷漠、精神抑郁、整天躺在床上哼哼唧唧、怨天尤人的病人。孩子们无法从父母那里得到正确的引导和关爱，造成心灵扭曲，性格乖张，注定了他们日后不幸的命运。

值得注意的是，福克纳并非秉承进化论价值观，他对现代资本主义工商业文明带给南方社会的拜金主义和唯利是图风气，是极其憎恶的，这一点通过杰生这个人物得到很好的呈现。福克纳的全部同情都在美国南方传统社会方面，围绕少女时代凯蒂、黑人保姆迪尔西发生的许多事件，展示了这个社会残存的温馨、诗意的一面，展现了人性的善良和美好，为这个注定要消亡的社会弹奏了一曲无尽的挽歌。这种"怀旧"情调，使《喧哗与骚动》成为一部美国南方社会的"乡土抒情诗"，而不是单纯的"现实批判"之作，这也是这部作品的魅力之源。

《喧哗与骚动》是一部现代主义杰作，在艺术方面进行了出色的探索，取得了突出成就。

首先是多角度间接叙事的技巧。这是一种被叙述对象缺席，而由多个知情人对其活动进行叙述的方法。一个知情人所知之事有限，对对象的理解有异，造成了其叙事的"限定性"和个性，但多个知情人展开的"限定叙事"合起来，则可以构成有关对象的相对完整的拼图，使得图像色彩斑斓，产生多样和丰富之美。在小说叙事发展的历程中，由全知叙事走向限制叙事是一个大趋势，尤其是意识流小说，因为要模拟特定人物内心意识的流动，这种情形就更加普遍。《喧哗与骚动》的贡献在于，这是第一部将限制叙事发展成一种完美的"组合"模式的小说。《喧哗与骚动》前三部分由班吉、昆丁、杰生三个人物从各自的视角，分别把康普生家族的故事讲了一遍。第四部分由全知叙事人以迪尔西的活动为主线，把故事再讲了一遍。小说出版 15 年之后，福克纳又增加了一个附录，对康普生家的故事作了补充。也就是说，以凯蒂及其女儿堕落为标志的康普生家族衰落的故事被讲了五遍。但小说并没有以她们作为叙述人，而是让书中的其他人物讲述她们的故事，让其他人物的所作所为，都与她们相关联。在班吉的意识流中，凯蒂的形象定格在几个重要场景中：1898 年大姆娣去世那一天凯蒂在溪水边弄湿了衣裤；1900 年 11 月班吉改名那天凯蒂搂抱他；同年圣诞节前两天凯蒂带着班吉，替舅舅给帕特生太太送情书；1906 年，凯蒂与男友约会被班吉搅散；1909 年夏末凯蒂失身后回家；1910 年 4 月 25 日凯蒂结婚。昆丁的回忆聚焦在他向凯蒂的初恋情人达尔顿·艾密司和未婚夫赫伯特·海德寻衅，阻止妹妹与其他男人交往。杰生对凯蒂的记忆是在凯蒂结婚离异后，与他作为小昆丁的监护人对凯蒂所寄抚养费的私吞及对小昆丁的暴虐有关。小说第四部分写小昆丁将杰生的钱款全部偷走，与情人私奔。这四部分的时间从 1898 年至 1928 年，涵盖了凯蒂的少年、少年和青年，以及小昆丁的成长，时间上大致衔接。凯蒂对白痴弟弟班吉的关爱，她被轻浮男人诱奸到被迫出嫁，再被抛弃，终于出走，以及他的"失贞"对家族带来的影响等，都在班吉、昆丁和杰生等人的回忆中连缀起来。通过这种方式，福克纳不仅对以凯蒂和小昆丁母女堕落所象征的康普生家族的衰败命运，进行了多方位的探索和表现，还在这些叙述者之间，以及他们的叙述内容之间造成意义丰富的对话。这犹如一首宏大交响乐的四个乐章，错综复杂，又衔接得天衣无缝。

其次是出色的意识流写作技巧。小说展现了人物混沌复杂的内心世界，尤其是写班吉和昆丁意识流的两章，堪称意识流描写的典范。班吉是一个白痴，不会说话，没有逻辑思维能力，没有时间观念。他无法对事件和活动做出合乎理性的反应，也全无参与能力，除了哭闹嚎叫，只能够在当天经历的事件和活动的触发下，产生散漫的自由联想。由此，过去三十年间诸多事件的碎片，在他的脑海中频繁地闪回、交错、混杂和叠置，构成了他意识流的全部内容，而对姐姐所怀的畸恋和这种畸恋无法满足，是他产生自由联想的内在动力。

　　在班吉时序错乱、支离破碎的意识流中，嗅觉这种感官活动，占据了十分突出的地位。班吉的嗅觉十分敏锐，他的嗅觉经验往往比视觉经验和听觉经验更加可靠，甚至具有与其他感觉发生通感的能力。他能够辨识出猪和狗的气味，能够嗅到父亲、昆丁和威尔许身上雨水的气味，能够闻出母亲生病的味道，能够在父亲和祖母去世当晚闻到浓烈的死亡气味。他凭借从凯蒂身上闻到的气味的变化，准确地感知了她从纯真到堕落的过程。在班吉的回忆中，失身之前的凯蒂身上有一股他喜欢的树的香味，凯蒂 14 岁那年第一次擦香水时，16 岁与查理约会时，18 岁与海德结婚时，班吉都因为闻不到凯蒂身上的树的香味而大哭大闹，直到凯蒂洗去或擦去身上的其他味道，变得"又像树一样香了"，班吉才会安静下来。这里，"树的香味"象征了凯蒂的纯洁和自然之美，而其他的味道，都是对凯蒂自然美的破坏，意味着她的堕落。在凯蒂离家多年后，班吉仍能通过闻她留下的一只拖鞋上的味道，维系对她的依恋。

　　昆丁的意识流流动沿着两条线索交错进行。一条是对以凯蒂为中心的往事的记忆，另一条是对现实世界的感官印象。与白痴弟弟相比，他的感官印象连续性很强，也丰富复杂得多；当然与班吉一样，昆丁的感官印象无论多么丰富复杂，最终都会联系到凯蒂身上。在昆丁的感官印象中，关于时间和忍冬花的印象尤为强烈。昆丁早上醒来，就听到手表发出的滴答声。出门后，教堂的钟声又一声声传了过来，步行到郊外，又注意到太阳光影的移动，这些都固执地向他提醒着时间，无从逃避。对时间极度敏感的昆丁，既无法停止时间的步伐，又无法从"过去"走出来，因此，不断意识到的时间就成了他的催命符。"忍冬花的香味"也是昆丁的意识流中频繁出现的一个意象，发挥了重要作用。昆丁的许多心理活动是由现实中或想象中的"忍冬花的香味"诱发出来的。对他而言，忍冬花香既象征着凯蒂的堕落，又象征昆丁潜意识中的乱伦欲望。忍冬花香在昆丁的意识中频繁出现，意味着对妹妹堕落的痛恨和对她的肉欲不断撕扯昆丁，使他的意识陷入一种癫狂的状态。

　　第三是神话框架的应用。向神话回归是 20 世纪现代主义文学的

164

一个普遍倾向，这一点在《喧哗与骚动》中也有充分表现。福克纳在其中采用的神话框架，是《圣经·新约》中的四福音书，即马太福音、马可福音、路加福音、约翰福音，它们由耶稣的四位使徒从各自视角讲述了耶稣的生平，《喧哗与骚动》则由四个叙述者从各自的视角讲述了凯蒂的故事。此外，《喧哗与骚动》以具体时间作为四部分的标题，这些时间点对应的是耶稣从受难到复活期间的重要纪念日，其中第一部分"1928年4月7日"，是当年复活节的前一天；第二部分"1910年6月2日"是濯足节，据《圣经》所载，耶稣在这一天为他的门徒洗脚，要求他们谦卑、仁爱；第三部分"1928年4月6日"是耶稣受难节；第四部分"1928年4月8日"是复活节。小说各部分的人物活动和事件，都与耶稣的行迹构成对应关系，目的是以基督的庄严圣洁、意义重大的一生来反衬康普生家后代自私、无爱、失败、互相抱怨和仇视的生活，产生了强烈的反讽效果，也使这种生活获得了普遍的意义。还有就是这部小说的题目"喧哗与骚动"（The Sound and the Fury），它取自莎士比亚四大悲剧之一《麦克白》的第五幕第五场中麦克白的一段关于时间与人生意义的独白。小说中白痴班吉的意识流，是名副其实的"痴人说梦"，而在现实世界，他无休止地哭闹，在第四章结尾处又发出声嘶力竭又毫无意义的嚎叫，也对应了小说的标题和主题。

思考题

■ 1. 福克纳的南方乡土小说是如何构建"约克纳帕塔法世界"的？

■ 2. 简述《喧哗与骚动》的主要情节。

■ 3.《喧哗与骚动》的艺术特点有哪些？

第十二节 萨 特

〔学习提示〕 萨特是法国存在主义哲学家、文学家，他把存在主义哲学引入文学，使存在主义文学成为西方第二次世界大战后影响最深远的现代主义文学流派。学习本节，应了解萨特积极从事社会活动，不断开拓精神文化领域的一生和他的存在主义哲学思想，了解他的创作的思想艺术成就。

这一节的重点是分析萨特的存在主义名剧《间隔》（一译《禁闭》）。《间隔》被称为西方现代戏剧的经典之作，反映了存在主义关于人际关系的基本观点。我们要掌握《间隔》揭露"丑"的自由选择所带来的丑恶、卑劣的生存状态，表现资本主义社会现实中人与人之间敌对关系的精神本质，了解作品象征性、寓意性和戏剧性的艺术特色。

一、生平与创作

让-保尔·萨特（1905—1980）是20世纪法国存在主义哲学家、思想家、社会活动家和文学家的杰出代表。他一生酷爱自由，鄙视权威，追求真理，在精神文化领域里不断开拓，努力创造。他继承了法国历史上作家兼斗士的光荣传统，积极投入当代社会政治斗争，参加反法西斯斗争，挺身捍卫人的尊严和自由，他被称为"20世纪人类的良心"。

萨特出身在一个海军军官家庭，一岁丧父，他的整个童年在外祖父家中度过。外祖父家有很多藏书，萨特的童年生活从读书开始。他在阅读中获得了大量的历史知识和文学知识，培养了他丰富的想象力和极强的抽象思维能力。这是他日后成为哲学家和文学家的重要因素。

1928年萨特从巴黎高等师范学校哲学系毕业，获哲学博士学位。第二年参加全国大中学哲学教师资格考试，获第一名，第二名是后来的女作家西蒙娜·德·波伏娃。他们就此相遇，结为终身伴侣，成为生活上的伴侣和思想上的友人。

萨特在中学任教多年，后来在德国留学期间，受德国哲学家海德格尔与胡塞尔的影响，形成他的存在主义哲学思想体系。第二次世界大战爆发，他应征入伍，在前线被俘，成为德军的战俘。1941年获释后，参加法国地下抵抗运动，为法国共产党领导下的地下刊物撰稿。战争结束，他创办《现代》杂志，专事写作，宣传存在主义哲学和反传统的思想，同时从事各种社会活动。20 世纪 50 年代，他谴责美帝的侵略战争，与法国共产党接近，关系密切，成为法国共产党的同路人。60 年代，他冒着被捕的危险，反对法国对阿尔及利亚的殖民战争。60 年代后期，他公开谴责苏联出兵侵略捷克斯洛伐克。70 年代，他积极支持工人罢工和学生运动。他的行动显示出不畏强暴、正直无私、主持正义的精神。他于 1964 年获诺贝尔文学奖，但他拒绝接受，表示"谢绝一切来自官方的荣誉"。1980 年 4 月 15 日萨特在巴黎病逝，享年 75 岁。出殡时，数万群众前来哀悼，骨灰入蒙巴纳斯公墓。

萨特的存在主义是一种唯心主义的哲学，它将人的意志置于一切事物的中心。萨特认为，人是注定要自由的，我们一旦创造了自由的价值，我们对自己的存在就负有责任。因此，我们的责任和义务，就是实行自由的原则。

萨特存在主义哲学的核心是"存在先于本质"论和"自由选择"论。他认为物的本质是预先确定的，人则不然，降生于世，一无所有，面临多种发展道路和选择途径，选择的结果决定人的本质。也即人的存在在先，本质在后；人存在着，进行自由选择和自由创造，而后获得自己的本质。

萨特哲学的精神是强调行动。他不相信上帝的存在，他说：上帝并没在他的心中扎下根来，而只是在他心中勉强生长了一阵子，后来就死了；如今，当人们与他谈到上帝的时候，他就像一个已经老迈年高的美男子遇到年轻时如花似玉的一个女子那样十分肯定地说，"50 年以前，如果没有导致我们分手的那一场误会，说不定在我们之间会发生点什么事情"。萨特把上帝、神、宿命从他的哲学中驱逐出去，规定人的本质、价值要由人自己的行动来决定。人的行动最重要。面对恶心的现实和荒谬的生存环境，人不能听任环境的摆布，而要通过行动来介入和干预生活，改变世界。萨特认为，人是自由的，懦夫使自己懦弱，英雄把自己变成英雄。人是自己行动的结果，此外什么都不是。这种哲学强调了个体的自由创造和主观能动性。为此，萨特的存在主义哲学也被称为行动哲学。他的主要哲学著作有《想象》（1936）、《存在与虚无》（1943）、《存在主义是一种人道主义》（1946）、《辩证理性批判》（1960）和《方法论若干问题》（1957）。

萨特首先把存在主义哲学引入文学，以文学创作宣传他的哲学思想，使存在主义文学成为西方第二次世界大战后影响最大的现代主义文学流派。萨特的文学创作包括小说和戏剧两部分。

萨特的主要小说有中篇小说《恶心》（1938）、短篇小说集《墙》（1939）、未完成的多卷本长篇小说《自由之路》（1945）等。

《恶心》是萨特的成名作。它是一部日记体小说，没有明确的社会历史背景，也没有连贯的故事情节。作者通过它写出对现实的哲理性认识。主人公洛根丁是一个青年历史学家，有一天他出门游玩，突然感到周围的一切都令人恶心。人们浑浑噩噩地生活，精神空虚无聊，世界充满污秽，十分荒诞。小说传达了存在主义哲学关于"存在即荒诞"、"世界是荒诞的"的基本观点，用以攻击资本主义社会现实。《恶心》的出版，标志着萨特存在主义哲学体系正式形成，并使萨特蜚声文坛。

小说集《墙》包括五个短篇，形象地描述了存在主义观点。其中短篇《墙》的故事写共和党人巴勃洛·伊皮叶达和两个年轻人被佛朗哥法西斯分子逮捕，判处死刑。晚上，法西斯医生来到牢房，看到三个死囚各有不同的表现。一个年轻人对死亡充满恐怖；另一个年轻人强作镇静，唠叨不休；伊皮叶达灰心丧气，万分空虚。医生的到来加深了三人的恐惧感与孤独感。第二天一早，两个想生的年轻人被枪决。伊皮叶达宁可死也不愿出卖革命军领导格里，他明知格里藏在他亲戚家，却信口胡诌说他藏在墓地。谁知格里不愿连累他人，真的从亲戚家转移到墓地躲藏，被法西斯分子根据伊皮叶达的口供抓到了。伊皮叶达因此免除死刑。伊皮叶达听说格里被抓，感到突然，继而放声大笑、泪流满面。小说揭示了世界的荒谬，"墙"的题名具有深刻的哲理意义。这是一堵横在生与死之间的墙，生死、善恶、坚贞与背叛之间都没有明显的界限，想生的人死了，想死的人却获生了。

人物的行动体现了"自由选择"的原则，他们不受外界干预，由自己决定自己的行动，这是存在主义人物的特点。

长篇小说《自由之路》以第二次世界大战为背景，写哲学教师玛第厄使情妇玛赛尔怀孕了，可他不愿和她结婚，四处找人借钱，要为玛赛尔打胎。亲友借钱的前提是要他和玛赛尔结婚。经纪人丹尼尔说："你总想做一个自由的人，这给你一个绝好的机会，让你去采取一次自由的行为：你只消与玛赛尔结婚。"他的哥哥说："你既保有自由的外表，又得到婚姻的全部好处，并且回避它的不便之处。……你还没有到达懂事的年龄。"最后丹尼尔作出娶玛赛尔的决定。玛第厄感到自己孤身一人，并不比以前更自由，但他感到自己到了懂事的年龄。

第二次世界大战爆发，玛第厄应征入伍。他认识到自己追求的个人自由十分空虚，他投入斗争。在一次抵抗德国侵略者的阻击战中，他一人坚持了最后的 15 分钟，以英勇的射击成为英雄。他死后，他的朋友、共产党人布吕内继续进行斗争。这个多卷本小说通过一个知识分子的生活道路，对萨特的"自由选择"提供了范例。玛第厄在民族危难的关键时刻，通过"自由选择"成了英雄，表现了"自由选择"的积极意义。

在萨特的文学作品中，戏剧成就最高。戏剧是萨特得心应手的体裁，也是萨特思想最生动的表现。萨特一生写了九个剧本，主要剧作有《苍蝇》（1943）、《间隔》（1945）、《死无葬身之地》（1946）、《可尊敬的妓女》（1946）、《肮脏的手》（1948）等。

《苍蝇》是萨特写的第一个剧本，在德国占领时期获得成功。剧本根据埃斯库罗斯的悲剧《俄瑞斯忒斯》三部曲改编，写阿伽门农的儿子俄瑞斯忒斯为父报仇的故事。这个剧本完整表述了萨特的哲理思想。俄瑞斯忒斯是一个存在主义英雄，他选择了替父报仇的行动，事后勇敢地承担起自己行为的责任，离开了家乡。他对姐姐说："我是自由的。自由就像霹雳一般击在我的头上。"俄瑞斯忒斯为自己的自由采取了行动，作了英雄的自我选择而成为英雄，从而获得肯定的意义。这个剧本具有号召法兰西人民起来反抗法西斯的作用，因而遭到德国占领当局的禁演。

《死无葬身之地》是一个反法西斯题材的剧本。五个抵抗战士被捕，不久队长若望也被俘，但敌人不知道若望的身份。于是，五个抵抗战士为保护队长作出了自己的选择：卡诺里斯始终守口如瓶；索尔比埃担心自己熬不过严刑而跳楼自杀；吕丝是若望的情人，她遭受凌辱而毫不动摇；15 岁的弗朗索瓦是吕丝的弟弟，他动摇了，昂利在吕丝的同意下把他掐死，保住了秘密也保全了他的名声，使他没能变节。若望以假情报骗得敌人信任获释，其他战士都牺牲。

这出戏揭示了世界的荒谬性，揭露了法西斯的暴行和野蛮，世界的荒谬与法西斯的凶残是一致的。它形象地阐释了存在主义哲学关于"自由选择自己本质"的理论。"自由选择"分积极的选择和消极的选择，任何人都应对自己的结果负责。四个抵抗战士都为了一个崇高的政治目标，正确选择了自己的本质，确定了自己的人生价值，使自己成为英雄。萨特说，"人在为自己选择时，也为所有的人作选择"，几个烈士是善的"自由选择"的榜样。

萨特的小说和戏剧都表现了共同的思想内容，主要表现在以下几个方面。

一是表现人在现实中的生存状态和精神状态。萨特对人的现实生存状态和生存环境是持否定态度的，认为人在一个空虚无聊、肮脏丑恶的世界上苟且偷生。如《恶心》的描写，流露出悲观的情调。

二是揭示世界的荒诞性。萨特认为世界是荒诞的，它与人对立，使人感到陌生、恐惧，人在这个世界上四面受敌，孤立无援。"存在就是受难"，"他人就是地狱"。《墙》《苍蝇》《死无葬身之地》《恶心》等，都体现了世界的荒谬性。

三是强调自由选择。在展示世界的荒谬和人的存在的荒谬的同时，萨特强调人的自由选择和积极行动，用行动来改变环境，超越环境，争取个人的解放。如《苍蝇》《死无葬身之地》都歌颂和肯定了人的积极行动和有价值的人生。《自由之路》阐明人要在荒谬绝伦的社会里获得自由和幸福，就必须介入生活的激流，为寻求正义事业而斗争。

四是干预社会生活。萨特主张"倾向性文学"，提出文学要为战斗行动服务，要有鲜明的倾向性。因此，他的作品都以现实生活为背景，把文学和反法西斯主义、反资产阶级道德和反不合理的现象结合在一起。如《可敬的妓女》揭露美国的种族歧视，《涅克拉索夫》讽刺法国反动势力，《阿尔托纳的隐藏者》抨击法西斯残余势力，《特洛亚妇女》影射殖民战争的不正义，《苍蝇》《自由之路》《墙》《死无葬身之地》则是直接表现反法西斯的作品。

萨特文学作品的艺术特性也是与他的哲学思想一脉相承的，具体表现如下。

一是哲理性。这是萨特作品最突出的特点，符合他以文学来阐发他的哲学思想的要求。他以一种客观冷静的态度去描写人与环境的冲突，注重表现人对外界事物的感受和体验，探讨人对社会复杂关系的哲学见解。他的戏剧属于"情境剧"，这是一种哲学剧，即通过剧本的情境设计来表达哲学观点。如《死无葬身之地》中三个抵抗战士对要不要通过假供求生存的问题作了讨论。卡诺里斯说："人们评判你每一个行动都要根据你整个一生……如果你还能工作就让人杀死，那就没有什么比你的死更荒谬的了。"传达出作者的哲学见解。

二是真实性。萨特强调作品的真实性，但他强调的真实和传统文学强调的真实性不同。他注重个人意识和非理性情绪的自然流露，不加掩饰地把世界的本来面目和人物的灵魂、行动描写出来，让读者看见活生生的人和实在的现实。为此，他的作品不重情节，客观描写人物形象，既不美化，也不丑化，把人物对外部世界的感受体验真实地表露出来。如短篇集《墙》对人物的各种变态心理的真实描绘。

三是象征性。萨特的作品往往采用象征寓意的手法来表现深刻的内涵。如《墙》《间隔》的标题就有深刻的寓意，表现人与人的敌对关系和孤独感。

二、《间隔》

独幕剧《间隔》（又译《禁闭》）是萨特的存在主义名剧，被称为西方现代戏剧的经典之作。故事发生在地狱中的一间第二帝国时代款式的客厅里，人物是一男两女三个鬼魂：加尔森、伊奈司和埃司泰乐。加尔森生前是个文人，品质恶劣，虐待妻子，他在战争中临阵脱逃，背叛祖国而被枪毙。伊奈司是个凶狠的同性恋者，因煤气中毒而死。埃司泰乐是个色情狂，因财迷心窍和一老人结婚，又与情人生下私生女，并把她溺死。情夫悲痛欲绝自杀，她也因病而亡。这三个鬼魂在地狱里形成环状的三角角逐关系，他们以地狱为人生舞台，残酷地折磨别人，也被人所折磨。

剧中三个人物都是心灵扭曲、精神变态的人物。加尔森生前曾把妻子救出火坑，两人结了婚，妻子十分崇拜他。而他却折磨她，虐待她，公然带女人回家留宿，让妻子把饭端到他们床上，直到下地狱，他对妻子的虐待"毫无遗憾"、"不后悔"。

伊奈司是个心理变态的同性恋者。她想尽办法破坏别人的两性交往，勾引同性。她说，"我活着就得让别人受痛苦"，点上"一把烧毁人家心灵的火"。她对女友疯狂折磨，使女友打开煤气开关，和她一起丧命。伊奈司对自己下地狱不以为然，她说："是不体面，那又怎么样？"

埃司泰乐是个虐杀婴儿的变态女人，她和情人生了私生女，却并不喜欢孩子，不顾情夫的阻拦，从阳台把婴儿掷进湖里。情夫为此自杀，她却无动于衷，认为"犯不着"。

这三个生前有劣迹的人，下地狱后仍不改恶习，抱着卑鄙丑恶的人生态度。他们各自怀着私欲，想从别人那里得到满足。加尔森向伊奈司求爱，想让女方崇拜他，把他当作英雄。可伊奈司迷恋同性，不理加尔森，千方百计追求埃司泰乐。埃司泰乐对同性不感兴趣，挖空心思地勾引加尔森，加尔森则对她的放荡侧目。他们相互折磨，没有人对人的宽容、体谅、温情和鼓励。加尔森一心想为自己的临阵脱逃辩护，希望得到两个女人的承认。埃司泰乐只想从加尔森那里得到肉欲的满足，对加尔森是不是胆小鬼毫不在乎，她说："就算你是贪生怕死的小人，我也爱你！……为了你的嘴，你的声音，你的头发，我才爱你的。"暴露出猥琐卑污的人生观念，毫无对人的理解与体谅。伊奈司明明知道加尔森急于想在她那里证明自己是个男子汉，但她恋着埃司泰乐，偏不给加尔森证明，对他喊道："你是个贪生怕死的小人，加尔森，你是个贪生怕死的小人，因为我说你是，听到了没有，我说你是!""我决不会放过你。"暴露出幸灾乐祸、极其残忍的阴暗心理，毫无对人的恻隐与同情。他们互相牵制、互相奚落、互相攻讦，生活在痛苦之中。

《间隔》具有深刻的思想意义，通过三个鬼魂的互相倾轧，反映了存在主义关于人际关系的基本观点，揭示了资本主义社会人与人之间的敌对关系。人们生活在孤立、隔膜、互相戒备、矛盾对立的环境中，没有理解和沟通，没有帮助和扶持，没有容忍和友爱，只有无情打击，残酷斗争。剧本结尾处，加尔森的话点明了全剧的主旨："原来这就是地狱。……用不着铁条，他人就是地狱。"从此，"他人就是地狱"成为揭示西方社会中人与人关系的一句名言。地狱就是他人投向我们的敌视目光，就是他人对我们的折磨，个人的思想行为总要受到敌对环境的支配和限制。萨特在1956年为该剧灌制的唱片的前言中说，他的用意是要通过这个荒诞的戏表明：我们争取自由是多么重要，也就是说，我们改变自己的行为是非常重要的。不管我们生活的地狱是如何禁锢着我们，我们都有权利砸碎它。

该剧表现的另一个主题是自由选择。依照存在主义观点，自由选择有善的选择和恶的选择之分。加尔森三人生前有恶行、污点，死后在地狱里互相折磨，并非别人强迫，而是他们自愿作出的卑劣的选择，从而决定了他们的本质是低劣的、丑恶的。剧中加尔森和伊奈司的一段对话说明了他们这种恶的选择。

伊奈司：你做了30年的大梦，老以为自己有智有勇，你对自己的千百种缺点短处从来都不放在心上，总以为英雄人物怎么干都是允许的。那时候你多不拘小节呀!

加尔森：我不是做英雄梦。我是自愿选择了走这条道路的。一个人自己愿意做什么人，就是什么人。

伊奈司：拿出证据来。证明你过去并非梦想。只有行动才能断定人的愿望。

加尔森：我死得太早，人家没有给我时间，让我作出我的
行动。

伊奈司：人总是死得太早——或者死得太晚。然而，结束了
的一生在那儿摆着，像账单一样，已经记到头，得结账了。你的
一生就是你的为人，除此之外，你什么也不是。

萨特对于人的这种恶的自由选择是持否定态度的，剧中三个鬼魂由于
作了卑劣的自由选择，他们在地狱里才那样痛苦、难堪。萨特通过地
狱里的痛苦景象，向人们提出了道德的告诫，人必须进行高尚的、积
极的自由选择，才能摆脱苦恼和空虚，成为一个有责任感和有德行
的人。

《间隔》的艺术手法也是十分突出的，体现了存在主义文学的
特点。

1. 象征性

《间隔》从剧名、场景、人物关系到剧情、台词都充满象征性。
剧本的题名 *Huis Clos*，原意是法律上的"禁止旁听"，只限当事人在
场之意。萨特以此题名来象征剧中人互相隐瞒、互相防范、互相封闭
的关系和精神状态，人与人难于沟通。剧中人物的活动环境是地狱，
它象征了人生舞台，剧本提示和剧本台词都强调指出了地狱是"一
间第二帝国时期风格的客厅"，这同样具有象征性。法国历史上的第
二帝国时期是拿破仑三世独裁统治的时期，地狱里的第二帝国客厅象
征了人物生存环境是一个受到人身限制、毫无自由的异己环境。三个
人物的关系构成了现实社会人与人关系的缩影。剧中人物多次企图开
门，但"门是从外面关死的"。"门是关死的"象征了人际关系的封
闭，人生活在令人窒息的禁闭环境中。加尔森说自己"像只耗子那
样关进鼠笼"，象征了人们生存环境的恶劣和人的猥琐。象征描写是
《间隔》的一个突出表现手法。

2. 隐喻性

《间隔》的故事是一个虚构的、荒诞不经的故事，充满寓意。加尔
森出场就问尖头桩、铁条架、皮漏斗在哪里，它暗示了人们生活在一

个备受压迫、残酷斗争的环境里。剧中极富哲理的隐喻描写是关于偶然性的讨论。三个人物的口味不同。"为什么要把咱们凑到一块儿？"埃司泰乐认为是偶然；伊奈司则认为："这一切他们早就安排好了。甚至每一个细枝末节，都经过了他们的精心布置。这间屋子，早就预备好等咱们来住。"剧中关于"一切都早已定了"的台词重复了三次，它暗喻了生存状态的异己性，个人被不可知的异己力量所控制。剧中的地狱没有必备的刑具和刽子手，伊奈司说："咱们之中，每一个人对其他两个人就是刽子手。"这话具有深刻的寓意性，表明现实生活中人与人的敌对关系。剧中有很多格言警句式的台词，都是充满哲理的隐喻描写。诸如："我到哪儿去弄这点良心呀？我已经烂了。""你就是一个圈套……处处都有陷阱。可是能把我怎么样？我也一样，我也是陷阱。是对付她的陷阱。"剧中有一个唱歌的细节。在一出独幕剧里，作者详尽地写出伊奈司所唱的三段歌词：《在白外套大街》，显然是有它的寓意的。罪恶的现实被白色的外套所遮盖，它掩盖的是断头台、刽子手。大街充满白色的恐怖与邪恶，红色的鲜血、黑色的臭水沟和白色的外套形成强烈的色彩对比，揭示了世界的真正本质。

3. 戏剧性

《间隔》的戏剧性首先表现在人物关系上。三个人物构成一个连环追逐的三角关系。这种三角关系不是通常描写的两个女人爱一个男人的关系。由于每人都有不同的私欲和恶癖，他们之间形成了谁也不能遂愿的单相思。产生这种关系的关键点是对伊奈司这个同性恋角色的处理，同性恋因素在人物关系的戏剧化中起了举足轻重的作用。

其次是人物动作戏剧性。戏剧离不开动作，《间隔》的人物动作饱含幽默意味。例如三个人物在剧中各想各的心事，互相牵制的动作是典型的戏剧语言。第五场描写三人对白时的神态，形成一个追一个的循环。甲对乙说话，但眼睛却盯着丙。剧中特别用舞台提示来交代这种场面的戏剧性。

〔伊奈司走过来，站在埃司泰乐的身后，但没有碰到她。下面对话时，她的话几乎是凑在埃司泰乐的耳边说的。可是埃司泰

乐却面对加尔森。加尔森也看着她，不说一句话。埃司泰乐只朝他答话，好像是他在盘问。〕

剧中，加尔森想把埃司泰乐拥在怀里，但只要伊奈司一注意他们，就能使他们放弃拥抱。一个眼色、一个停顿、一声叫喊、一举手、一投足，都是戏剧性的一瞥，充满幽默与讽刺。

萨特的创作取得了巨大的思想艺术成就，但他的存在主义哲学的唯心主义和非理性主义性质，也给他的作品带来明显的局限性。

思考题

■ 1. 试分析萨特的存在主义哲学思想。

■ 2. 简述萨特创作的思想艺术成就。

■ 3. 分析《间隔》的主题思想和艺术特色。

第十三节　贝 克 特

〔**学习提示**〕　贝克特被公认为荒诞派戏剧的奠基人。学习本节应了解：《等待戈多》所表现的"人生就是一种痛苦、徒劳的等待"的思想及深沉的幻灭感；荒诞派戏剧反戏剧反传统的表现手法及《等待戈多》的艺术特点；贝克特在文学史上的地位。

一、生平与创作

贝克特（1906—1989）原籍爱尔兰，出生于都柏林。1927 年在都柏林三一学院毕业后，因成绩优异被聘为巴黎高等师范学校英文辅导教师；1930 年回爱尔兰作法文教师，并研究笛卡儿的哲学思想。1932 年开始漫游欧洲，1936 年后定居巴黎。第二次世界大战中，他参加过法国反纳粹的抵抗运动。第二次世界大战结束后，他曾回爱尔兰为红十字会工作过一段时间，以后回到法国，在一所医院当过盟军翻译。

贝克特学生时代曾去巴黎游历，与旅居巴黎的爱尔兰现代派作家詹姆斯·乔伊斯相识，以后一直与之保持联系，曾当过他的秘书，在创作思想上受他影响很大。

贝克特20年代末开始创作活动，写过诗歌、小说以及一些文学评论，还翻译过乔伊斯的作品。他青年时代写的诗歌，如《婊子镜》（1930）就具有现代派诗歌的特点，比艾略特的《荒原》还要晦涩难懂。1931年出版评论著作《普鲁斯特》；1938年出版长篇小说《莫菲》；7年后又出版长篇小说《瓦特》。此后，他改用法文写作。他曾说自己喜欢用法文写作，因为这同用英文写作的感觉完全不同，更使他激动。1946年至1950年间，他写了许多作品，除剧本外，还有三部曲小说《马洛依》《马隆纳之死》和《无名的人》。其中《马洛依》曾被某些评论家称为20世纪最佳小说之一。这以后，他一连几年未写东西。1956年他自称找不到什么东西可写，感到过去写的作品是在翻来覆去地说着同一件事情，写作的领域越来越狭小了。

尽管他写了许多作品，但真正使他名震西方世界的，却是1952年发表的第一个荒诞派剧本《等待戈多》。此后他又写了不少剧本。这些剧本的创作和演出，奠定了贝克特在西方现代文学史上的地位。除《等待戈多》外，贝克特最重要的作品是《终局》和《啊，美好的日子》。

独幕剧《终局》（又译为《剧终》，1957）出场人物有：汉姆、仆人克洛夫、汉姆的父母纳格和纳尔。四个人物没有一个是身体健康的正常人：汉姆患瘫痪症，整日在轮椅上坐着；仆人克洛夫患的是只能走动不能坐的怪病；汉姆的父母亲都是没有腿的残废者，各自生活在一个垃圾桶里。全剧没有什么情节，主要是汉姆与克洛夫的对话；剧中仅有的动作，是克洛夫推着轮椅在室内转来转去，让汉姆去看看垃圾桶中的父母。有时父母从垃圾桶中伸出头来，向汉姆要东西吃。剧本向观众展示了一幅极为凄凉悲惨的生活图景。主人公们在毫无出路的绝望中生存，也不知道这样的痛苦生活何时才会结束。正如汉姆所说："结局在开始时就出现了，然而还在继续。"剧本以极端荒诞的舞台形象，揭示了资本主义社会中人的可悲处境。

《啊，美好的日子》（1961）是一个两幕剧。地点在一个荒凉的海滩。出场人物是一对老夫妇。老妇叫维妮，第一幕时已半截入土了。全剧没有什么情节，写从早上醒来到晚上合眼之间维妮絮絮叨叨、语无伦次的独白。她以小丘后仅露出头部的丈夫为对象，漫无边际地说着，既不是谈话，也不是祈祷。她被土埋了半截，仍在梳头、刷牙、抹口红、修指甲、戴眼镜、撑阳伞，单调地重复着这些动作直至全剧终结。第二幕时，她只剩下头部在外边了。

她的丈夫是一个瘫痪者，始终在艰难地向她爬去，可总爬不上埋着她的小丘。全剧在这无论如何也爬不到一起的老夫妻的对望中落幕了。他俩一个埋在土丘里，不能动弹；一个住在"洞"里，只能笨拙地爬动。生活是何等悲惨，处境又何等凄凉！在这无聊、空虚、孤独与死亡无时无刻不威胁他们的当口，他们依然不厌其烦地重复着日常琐事，在习惯与本能支配下消耗着生命。他们对自己的处境已变得麻木，本是死亡即将降临的时候，主人公反而把它看成美好的日子，从剧本一开始就絮絮叨叨地不断地加以赞美："又是一个好日子。""噢，又是美好的一天！"维妮的赞美声与嬉笑声，不仅表现了人生的卑贱，没有价值，也是对不敢正视现实与自我欺骗者绝妙的讽刺。剧本还让人领略到比悲愤的控诉、凄苦的眼泪更为浓烈的绝望。从绝望的处境下发出的嬉笑声比从地狱发出的哭声更为惨烈。

贝克特始终以人生的虚无与绝望为主题。他在一系列作品中，向人们展示了生活的丑陋、猥琐、无聊与可悲。他以对现实生活的极端敏感、巨大的艺术才华和丰富的想象力，选择一些极为荒诞可笑的场景，生动形象地阐释了他对社会生活本质的思考。如《哑剧Ⅰ》（1957）里，写一个人在沙漠里试用各种工具。这些工具一件也不管用，最后倒地死去。《哑剧Ⅱ》（1959），写一条袋里装着两个人，幕后伸出一根铁棍，轮流地捅他们，两人因此做出一些极为可笑的动作。在《最后一盘磁带》（1958）里，则写一个残废瘫痪的老头，在死一般的寂寞中，为了打发无聊的时光，整天听着自己30年前的录音带，以寻找一点乐趣。在《喜剧》（1964）里，则以奇特的想象把一男二女搞三角恋爱的人装在三个坛子里，只有头露在外边，让他们争风吃醋，互相追逐。贝克特剧作的背景，总离不开凄凉的荒原、寂寞的河滩或与世隔绝的斗室。色调灰暗而阴沉，主人公是一些流浪汉、瘫痪者、残疾人、浑浑噩噩的混世者、智力低下或精神不健全的人。他们精神空虚萎靡、内心忧虑不安、悲观失望。在他们前面看不到任何出路，等待他们的是黑暗与死亡。这就是作家展示的资本主义社会人生的画面，让人心悸、令人毛骨悚然。

贝克特的剧本构思新奇，敢于大胆打破戏剧章法的束缚。他的戏人物少、动作少，故事极为简单。《最后一盘磁带》全剧仅一个人（老克拉普）出场，边听磁带、边模仿自己 30 年前的神态动作，十分可悲可笑。《啊，美好的日子》虽有两人出场，但全剧几乎是维妮一人的喃喃自语，同时做一些琐碎的动作至终。《喜剧》里，则只看见露在坛子外边的三个脑袋，当然就谈不上什么动作了。他的两幕剧，第二幕往往与第一幕重复，包括语言与动作，只是场景稍作一些变换，让人强烈地感受到生活的乏味与空虚。

贝克特善于运用幽默讽刺手段取得强烈的戏剧效果。他剧中的人物常常处于极不合情理的生活状态之中，如在垃圾桶里自得其乐，在坛子里打情骂俏；作家采用极度夸张的手法，把人物的麻木而不自知作了深刻的表现，讽刺意味力透纸背。这些白痴、疯子似的可怜虫浑浑噩噩，经常语无伦次，废话连篇，但有时会突然妙语惊人，讲出一些富于哲理的话来，这样便使人感到特别滑稽可笑，富于幽默情趣。这种方式，使观众在面对残酷凄凉的人生画面时，能略为减轻一点心灵的重压。荒诞派戏剧的这一特点，以后为"黑色幽默"作家所接受与发展，形成现代西方文学中的一支。

此外，注意整体舞台艺术效果，调动舞台上的一切表现手段来为内容服务，是贝克特剧本的又一特点。大到人物造型、环境布置、舞台设计、灯光配置、道具使用，小到人物表情、动作，乃至一件小小的道具，作家都精心设计，有详尽的提示。这样，舞台上出现的一切都具有表现作家思想的作用或象征的意义，收到很好的艺术效果。

二、《等待戈多》

《等待戈多》（1952）是公认的荒诞派戏剧的"经典"作品。贝克特因之一跃而为剧坛名将。与尤奈斯库初期的不成功相反，1953年，在赞誉与批评的激烈争论中，《等待戈多》在巴黎上演了三百多场，引起了极大的轰动。近30年来，它被译成二十多种文字，在许多国家上演，已成为研究荒诞派戏剧的基本读物，可说是荒诞戏剧中影响最深的代表作。

《等待戈多》为两幕剧，主人公是两个衣服破烂、浑身发臭的流浪汉爱斯特拉冈（戈戈）与弗拉基米尔（狄狄）。第一幕是黄昏，在荒野的路旁。戈戈坐在一棵光秃秃的树下脱靴子，狄狄走来了。二人开始梦呓般地、语无伦次地闲谈，一边做着许多毫无意义的动作（把靴子脱了又穿上，穿上又脱下；把帽子戴上又脱下，脱下又戴上）。他们在等待戈多。等待戈多干什么？向他祈祷，向他乞求。在等待的过程中，夹杂着许多这样的对白："希望迟迟不来，苦死了等的人"，"真是极大的痛苦"，"我觉得孤独"。戈多不见来，却来了奴隶主波卓和他用绳子套住的"幸运儿"。他们把波卓当成戈多，原来他们不认识自己苦苦等待的人。戈多还是没有来，他的使者（小孩）送来消息：戈多当晚不来了，明晚准来。他俩相信明晚还有希望。

第二幕，次日，同一时间、同一地点。枯树长出了四五片叶子。两个老流浪汉又来到老地方。对昨夜的事他们仅有模糊的回忆，看到枯树，才忽然想起昨天发生的事。他们想到了死，无名的恐惧使他们无话找话。他们继续等待戈多，再次寻找对昨天失去的记忆，再次闲谈昨天无聊的话题，无数次重复戴帽脱帽的动作。他们互相对骂，对生活腻烦透了。狄狄狂怒地吼道："我他妈的这一辈子到处在泥地里爬……瞧这个垃圾堆，我这辈子从来没有离开过它！"戈多老不来。波卓和"幸运儿"又来了，但波卓眼瞎了，幸运儿哑了。他们像烂泥似的摔倒在地，戈戈、狄狄也倒在地上，几个人长时期地爬来爬去，互相折磨，胡言乱语。最后戈多的使者又来了，他传话：戈多当晚不来，明天准来。他们想上吊，但是没有上吊的绳子，用裤带上吊，裤带又断了。他们决定明天再来等待。

贝克特认为，只有没有情节、没有动作的艺术才算得上是纯正的艺术，他要开辟过去艺术家从未勘探过的新天地。《等待戈多》正是他这种艺术主张的实践。

以戏剧法则来衡量，《等待戈多》是典型的反传统的作品：没有情节发展、没有戏剧冲突，人物不仅没有形象塑造与性格描绘，连正常思维能力也说不上；地点和时间都含混不明，通篇是杂乱无章的对话与荒诞的行为。整个舞台呈现出一片凄凉、丑恶的景象，笼罩着绝望的、令人窒息的气氛。这就是西方当代人对自己生存环境的认识。它表达了西方人对混乱、荒诞、可怕的现实生活悲观的感受，反映了西方人强烈的幻灭感。

生活没有意义，没有目标，毫无价值，而且这种可悲可怕的生活无休无止，循环不已。作家在剧本结构上、写法上突出了这种幻灭感。两幕剧的第二幕，时间、地点、结构与第一幕酷似。同样的人物，同样乏味而冗长的对话、同样的等待。可以设想，如果有第三幕，也必然与第一幕的程式重复。人物的动作也是呆板、单调而且不断反复，如戈戈和狄狄不断地重复接过对方递来的帽子，把自己的帽子整一整，脱下来递给对方。这一切形象地表现了人的处境的单调与刻板，表达了生活是无尽头的乏味重复的思想。

剧本的内容也强调了这种幻灭感。《等待戈多》被称为"什么也没有发生的戏"，即什么也没有说，什么也没有发生。剧中一句话之后，往往跟着与之相矛盾的另一句话；一个行动之后，是与之相反的另一个行动，而后者总是否定了前者。结果，便没有一句话、一个行动具有意义。如第一幕结尾时，戈戈问狄狄："咱们走不走？"狄狄回答说："好，咱们走吧。"但他俩却坐着不动。戈戈和狄狄在绝望中互相诉说着自己的孤独，为了暂时忘掉自己的痛苦，他们需要不停地说话，哪怕是明显的谎言；他俩一直在交谈，但由于相互并不了解，因此，常常说的并不是一回事。这样，令人莫名其妙的、前言不搭后语的、自相矛盾的对白充满了剧本。这实际是经过作家精心构思的，用以表现深沉的幻灭感的一种手段。

　　《等待戈多》的中心是"等待"。始终没有出场的戈多在剧中居于重要地位，对他的等待是贯穿全剧的中心线索。但这个让人一日复一日等待着的戈多，他的一切却是含糊的。他是谁？他代表了什么？剧中只有些模糊的暗示。两个流浪汉似乎在某种场合见过他，但又说不认识他。戈多像什么样，甚至是否叫戈多他们都不清楚。不过，可以肯定的是"戈多是一个救星，是一个希望"。"他要是来了，咱们就得救了"，"要是不来呢，咱们明天就上吊"。这个未出场的戈多在剧中重要到了这样的程度，他决定着两个流浪汉的命运。但戈多到底代表什么，连贝克特自己也不知道："我要是知道，早在戏里说出来了。"因此，这引起西方评论界和广大观众无穷无尽的分析与猜想。实际上戈多是一种象征，是西方现代人的一种精神寄托，一种模糊的精神需要，代表了惶惑不安的人们对未来若有若无的期望。戈多似乎能给人以希望，给生活以意义，但直到戏剧终了，他仍没有出现，"希望迟迟不来，苦死了等的人"。他会来吗？他能使人们免于失望吗？答案很清楚，根本就没有戈多。有关戈多的一切，全是人们为了安慰自己编织的幻想，所以作家构思出了这个难以解说的戈多来。实际上，戈多在舞台（现实）以外。他和现实的关系只是叫人徒劳地永远等待而已。

　　《等待戈多》竭力表现了人类在一个荒谬的宇宙中生活的尴尬与难堪。两个流浪汉对自己生存于其中的世界、对自己的命运、处境一无所知。他们把自己"拴在戈多身上"，戈多一来，他们就可以"完全弄清楚"自己的"处境"，就可以得救。所以等待戈多，成了剧中主人公生活的全部内容，唯一的精神支柱。"在这场大混乱里，只有一样东西是清楚的，咱们在等待戈多的到来。"尽管等待是一种痛苦的煎熬，但他们还是一天又一天地等待下去。除了等待，生活便毫无意义。可是，戈多并不存在。他们连自己要等待的是什么也并不知道。因此，这种永久的期待也和生活一样成为毫无意义的东西。等待也就成为极大的荒诞了。

　　爱斯特拉冈和弗拉基米尔是两个极端孤独的受难者。作者将他俩作为一切"人"的象征。他们衣衫褴褛、肮脏、浑身臭烘烘、精疲力竭，对一切都无能为力，连想脱掉自己的靴子也难办到。第一句台词"毫无办法"，似乎定下了全剧悲观主义的基调。他们是两个好似虫子的"非人"。在他们身上看不出人的价值，只显出低劣、朦胧的本能。他们的行动没有任何意义，可又总在忙忙碌碌，被习惯的本能牵动着盲目地运动。贝克特着意地表现了他们的痛苦："真是极大的痛苦"。"好像只有你一人受痛苦，我就不是人？我倒想听听你要是受了我那样大的痛苦，将会说些什么。"这里，"人"与"痛苦"紧紧联在一起。是什么痛苦？等待的痛苦。他们发出了心灵的呼唤："戈多，你能不能回答我一声，哪怕是偶尔一次。"这是绝望而凄切的哀鸣。两个不称其为人的人在等待着得救。两个丧失了人的价值的人在等待着得救。全剧弥漫着无法解除的人类痛苦的浓郁气氛。明知徒劳无益而不得不重复毫无意义的言行，想以此来冲淡、忘却痛苦却又不能如愿。明知没有谁能救他们脱离苦海，而本能却驱使着他们徒然地、苦苦地等待。这就是他们的悲剧。这种等待，沉重地撞击着观众的心灵，引起了"人生痛苦"的强烈共鸣。戈戈和狄狄象征着"人"。他们的流浪汉身份象征着"人"在精神上的失落。他们透过无望的等待发出来的呼喊，是对人的悲惨的生存条件、丑恶的生活处境的抗议，尽管这种抗议是微弱的。

人生就是一种等待，这是剧本的主题。但是不管等待多么痛苦，等待的东西却始终不来。生活中什么事也没有发生，琐碎的、无聊的生活机械地、日复一日地循环着，已达到不可忍受的地步。生存变得更加痛苦，更加令人厌烦。在荒唐怪诞的图景后面，剧作表现了作家对人类命运非常严肃的、深沉的思考，表现了作家对社会罪恶、人性沉沦、人格丧失的强烈愤怒，表现了作家深沉的人道主义的愿望。

《等待戈多》是荒诞的内容与荒诞的艺术形式的完美结合。它完全打破了传统戏剧的常规，一切出现在舞台上的人（人的行为、语言）和事都被作家荒诞化、非理性化了。空空荡荡的舞台上仅有一棵枯树作背景，一夜之间它突然长出了几片树叶；波卓也在一夜间变成了一个瞎眼人；传信的男孩第二次出场时竟弄不清头一天传信的是不是他自己。一切都颠三倒四、荒唐可笑、不合情理、难以理喻。作家在结构上运用反复再现的手法，不仅语言重复啰唆，而且第二幕与第一幕重复展现，增加了剧本的荒诞感，收到很好的艺术效果。

思考题

- 1. 分析《等待戈多》的思想内容及其蕴含的主题。
- 2. 结合《等待戈多》分析荒诞派戏剧反传统的表现手法及艺术特色。

第十四节　马　尔　克　斯

〔**学习提示**〕　马尔克斯是拉丁美洲最杰出的魔幻现实主义作家。1982年曾获诺贝尔文学奖。学习本节，要了解马尔克斯生平、思想与创作，理解其代表作品《百年孤独》中马孔多镇和布恩蒂亚家族兴衰消亡的原因，并能较好地分析霍·阿·布恩蒂亚、乌苏娜、奥雷连诺上校三个艺术形象和作品的艺术特性。

一、生平与创作

加夫列尔·加西亚·马尔克斯（1928—2014）出生于哥伦比亚马格达来省的阿拉卡塔卡小镇。父亲是电报报务员。马尔克斯童年在外祖父母身边度过。他喜欢听外祖父谈内战时期的往事，更爱听外祖母讲的妖魔鬼怪故事。日后他回忆说，外祖母的魔幻世界深深地吸引着他，他觉得自己也生活于其中。1947年他进入首都波哥大大学攻读法律专业，次年辍学，长期从事新闻记者工作，到过欧美诸国，增长了见闻，积累了素材，对拉丁美洲的历史与现状有了更深刻的了解。

在马尔克斯开始创作时，拉丁美洲文学中已有用魔幻或神奇手法反映现实的作品。19 世纪 20 年代，厄瓜多尔诗人奥尔梅多的长诗描写了传说中的印加酋长胡阿依纳的幽灵在战场上出现，帮助独立革命军攻打西班牙殖民者的故事。到了 20 世纪 40 年代，这种手法继续被运用。古巴作家卡彭铁尔提出了"神奇的现实"的观点，认为拉丁美洲的现实本身具有神奇性，文学作品的内容也应是神奇的。另外，拉丁美洲作家坚持表现乡土文学浓郁的地方色彩，反映那热带的草原林莽、吃人的蚂蚁、森林中的神经错乱、昏热病，描绘奥里诺科河卷起的黄色波涛、圭依尼河倾泻的黑色浪水，特别是拉丁美洲独特的社会生活。

马尔克斯创作愿望的触发，始于他 17 岁时（1945）第一次读卡夫卡的《变形记》。他说，他发现自己会成为一个作家，因为他觉得卡夫卡写的"变形"与外祖母讲的"魔幻故事"有许多相同之处。他从 1950 年开始写作，一般以描写哥伦比亚农村生活为主，反映拉丁美洲人民苦难深重的生活，表现作者强烈反对殖民主义，反对封建统治，反对独裁政治，反对保守落后的思想倾向，迄今已发表的重要作品有：短篇小说集《格朗德大娘的葬礼》（1962）；中篇小说《没有人给他写信的上校》（1961），《一桩事先张扬的凶杀案》（1981）；长篇小说《落叶》（1955），《百年孤独》（1967），《家长的没落》（1975），《迷宫中的将军》（1989）。

马尔克斯认为，"文学的最佳模式是真实"，并说，"我的所有小说没有一行文字不是以真事为基础的"，但是，"小说的现实不同于日常生活中的现实，尽管前者源于后者"，"拉丁美洲的日常生活告诉我们，现实中充满了奇特的事物"。因此，他在发扬拉丁美洲古印第安文学、前后期浪漫主义文学和现实主义文学的基础上，吸收外来创作经验，将神奇的现实与魔幻的手法融为一体，把魔幻现实主义文学推向了高峰。他的魔幻现实主义代表作品《百年孤独》，是"继塞万提斯的《堂吉诃德》之后最伟大的西班牙①作品"；是 20 世纪下

---

① 哥伦比亚以西班牙语为国语。

半叶"给人印象最深的一部小说，而且是任何一个世纪这类杰出作品中的杰作"。①

二、《百年孤独》

马尔克斯以他的家乡小镇阿拉卡塔卡和他所熟悉的一些人为原型，创作了《百年孤独》这部长篇小说。小说中马孔多镇的变迁史就是阿拉卡塔卡的变迁史，也是拉丁美洲自19世纪后半叶至20世纪前半叶的百年史。但是，作品表现的重点不在历史过程本身，而在"拉丁美洲的孤独"。造成这种孤独的重要原因，不是因为远离欧洲数千里路的地理位置，而是因为欧洲的许多思想家和领袖们，不理解"拉丁美洲异乎寻常的荒诞的现实"，②怀疑和拒绝它要求改变社会的努力，认为整个世界除了任凭两个大国摆布之外就毫无其他的选择。他们"运用不属于我们的生活模式来解释我们的社会现实，只能使别人更不了解我们，使我们更不自由、更加孤独"。③因此，要呈现拉丁美洲魔幻的、神奇的现实，使人相信，并得到外界具体的行动上的支持，实现拉丁美洲在西半球中的独立，便需要用一种正当方式来解除孤独。

人们不能以某一民族为尺度去衡量另一个民族。每一个民族都有它自身的历史、环境、物质生活条件、文化传统、精神特质、性格特征和风俗习惯。作为一种民族现象，拉丁美洲自然有其独特的面貌。在原野上，有肚脐长在背脊上的猪、无爪的鸟、没有舌头的鹈鹕，还有头耳像骡子、身体像骆驼、腿像鹿、叫声如马嘶的怪状动物。直至16世纪，那儿的土著人在镜子面前看到自己的形象时，还会被吓得惊恐万状。

马孔多的一切是那百年间拉丁美洲的"异乎寻常的荒诞现实"的真实写照。

①　本段引文均转引自《百年孤独》高长荣译后记，北京十月文艺出版社1984年版。
②　马尔克斯获奖演说：《拉丁美洲的孤独》。
③　马尔克斯获奖演说：《拉丁美洲的孤独》。

由于马孔多环境闭塞，没有与文明世界接触，"享受不到科学的好处"①，造成了马孔多人的愚昧落后。外来的吉普赛人把早已发现的磁铁当作最新发明，向观众表演所谓的"马其顿炼金术士创造的世界第八奇迹"，把冰块也说成是孟菲斯学者的新发明，霍·阿·布恩蒂亚竟向孩子解释："这是世界上最大的钻石"。马孔多居民被类似的种种新发明弄得眼花缭乱，简直来不及表示惊讶。

在创建马孔多时虎虎有生气的霍·阿·布恩蒂亚，为了摆脱自身与他人的愚昧落后，力图寻找通向文明世界的道路，却未能成功。他的愿望是可贵的，他的失败来自愚昧。既然吉普赛人能够进入马孔多，他就应当为马孔多找到通向外界的出路。他的妻子乌苏娜正是按照吉普赛人所去的方向，发现了她丈夫未能发现的那条道路，发现了沼泽地另一边的一个城镇，那儿能收到邮件，使用能够改善生活的机器。

霍·阿·布恩蒂亚富于幻想，有时不免愚昧，却又有惊人的智慧，总想创造奇迹。他是马孔多尊重科学、不断进行科学试验的首屈一指的人物。他有过用磁铁探测地下黄金、迷信倍金术②的可笑举措。为了证明用放大镜对付敌军的效力，他竟让阳光的焦点射到自己身上，因而受到严重灼伤，他甚至想点燃自己的房子。他一连几小时地计算这种新式武器的战略威力，编写了论据确凿的使用指南。最令人惊异的，是他光靠观象仪就证实了他不曾知道的而前人早已证实了的理论："地球是圆的，像橙子"，如果乘船一直往东航行，就能回到出发的地点。

霍·阿·布恩蒂亚对保守党政府强烈不满，他把政府派来的镇长看作敌人。他对这个阿·摩斯柯特镇长说："请你永远记住：我们这儿的事用不着别人来管"，"如果你来制造混乱……那就拿起你的行李，回到你来的地方去"。镇长以"我有武器"威胁，他便一把揪住他的衣领，举起来，沿着街道中间拎了过去。镇长终于被他制服。

---

① 未注明出处的原作的引文均参考了高长荣译本。下同。
② 使金子成倍增长。

可惜，他得了精神病，用门闩砸烂东西，还想毁掉整座房子，他被捆在栗树干上。在这种情况下，他孤独地生活了许多年。间或神志清醒时，他反驳尼康诺神父用自己离地升空六英寸证明上帝的存在，指出这只不过是发现了物质的第四种状态，而要证明上帝的存在，就得把上帝的照片拿来。同时他试图用理性主义动摇神父的宗教信仰，以致神父担心自己的信仰遭到动摇，不敢再来看望他了。

霍·阿·布恩蒂亚这个形象表明，一旦拉丁美洲人民摆脱孤独和愚昧，将会出现多么了不起的人物。

乌苏娜是霍·阿·布恩蒂亚的妻子。她在作品形象体系中的重要地位，并不亚于她的儿子奥雷连诺上校。这是一个勤劳、朴实、善良、活泼且具有巾帼英雄气质的拉丁美洲劳动妇女。她至少活了115岁，几乎贯穿了布恩蒂亚家族和马孔多的兴衰历程。她既是马孔多的创建者，也是家族中威望最高的女主人；她既是家务的筹划人、劳动者，制作糖动物的手工艺者、销售人，也是农业生产者。"从黎明到深夜，四处都有她的踪影"。地面、土墙、木器都是干干净净的，"保存衣服的旧箱子还散发出紫苏轻淡的芳香"。为后代居住条件着想，她大兴土木，像做苦工的女人一样参加修建劳动。在年过百岁、双目失明、连遭十年大雨又刮起使沼泽全都干涸的热风之后，她凭感觉与气味晒干衣物，用毒剂袭击蟑螂，堵死白蚂蚁的一条条通道，打扫房屋，整理作坊，"力图恢复一切"。

乌苏娜不仅参与各种劳动，抚养子孙后代，而且敢于旗帜鲜明地干预社会生活。她的孙子阿卡蒂奥在执掌马孔多政权之初，滥杀无辜，给反对他的人戴上脚镣。她每次听到他的横行霸道，都向他叫嚷："你是杀人犯！奥雷连诺知道的时候，他会枪毙你，我第一个高兴。"然而一切都是枉然。阿卡蒂奥终于成了马孔多不曾有过的暴君。正当他准备发出"开枪"的命令枪决温和友善的阿·摩斯柯特时，冷不防挨了祖母的一顿粗大牛筋鞭子的鞭打，直打到他蜷缩在最远的角落里。她放了前镇长和所有戴脚镣的人，并且开始掌管这个市镇，宣布阿卡蒂奥轻率的命令一概无效。

乌苏娜为了教育后代，为了争取本族的生存，作了长期不懈的努力。她虽勤劳勇敢，却很孤独，感到"时世不佳"，一切都变了。她伤了那么多脑筋，付出了那么多劳动建设起来的这个家——这座疯人院，似乎注定要成为罪恶的渊薮了。她希望最终来一次片刻的暴动，这种片刻的暴动，是她向往了多次、推迟了多次的。

乌苏娜这个生动的艺术形象，是作者心目中的理想女性和妇女的楷模，具有比作品中的其他艺术形象多得多的写实成分。欧洲一农村读者给马尔克斯的信中说，乌苏娜就像是自己的老奶奶、大妈、姑姑和婶子。这个形象在世界上的许多国家都引起了共鸣。

奥雷连诺上校是霍·阿·布恩蒂亚和乌苏娜的次子。在生活历程中间的一长段，他是在战争中出生入死、当过革命军总司令的显赫人物，而开头和末尾却是关在屋子里制作金鱼①的孤独者。他的身上体现了作品其他地方也常反映的历史的循环。在小说的末尾，他的孤独被表现得尤为深重难熬。

这是一个传奇色彩很浓的英雄。他少年时期沉默寡言，"异常孤独"，只聚精会神制作金鱼，几乎足不出户。此时已初步显露出他有预见未来的特异功能。他说有人就要来了，果然11岁死了父母、爱吃泥土和墙石灰的雷贝卡就来了。后来，当他被押回家乡枪决时，他预感到不会死，果然他哥哥在刑场上救了他。但是，他的预言、预见和预感并不全都可靠，其功能远远不及吉普赛人梅尔加德斯。

奥雷连诺上校走出作坊投身起义，肇始于他从岳父那里得知了国内政治局势，看清了保守党政府部门偷换选票、制造伪证栽赃陷害自由党人的恶行败迹，进而他"相信消灭保守制度是必要的"。战争爆发后，他率领21个30岁以下的人，夺取了政府派到马孔多的警备队的枪支，枪决了警备队长。接着，他的队伍离开家乡去与革命将军麦丁纳会合。

关于奥雷连诺上校，作品第六章开头，作了扼要而又比较全面的叙述。他"发动了32次武装起义，32次都遭到了失败。……他自己

---

① 这里是指用金做成的首饰。

遭到过 14 次暗杀，73 次埋伏和一次枪决，但都幸免于难。……他曾升为革命军总司令，在全国广大地区拥有生杀予夺之权，成了政府最畏惧的人物，但他从来没有让人给他拍个照。战争结束以后，他拒绝了政府给他的终身养老金，直到年老都在马孔多作坊里以制作小金鱼为生。……"

奥雷连诺上校发动起义的主要目的，是"彻底摧毁保守制度摇摇欲坠的大厦"，求得自身的解放。为此，他甚至出国与加勒比海其他国家节节胜利的联邦主义者联合起来，并企图联合中美洲的联邦主义者的力量，"推翻整个大陆——从阿拉加斯加到巴塔戈尼亚——的保守派政府"。然而，他得知自由党的领袖们把革命变成了为个人权力的战斗，便想赶快结束这种讨厌的战争，甚至不惜镇压起义，终于在尼德投降书上签了字。他感到耻辱，于是开枪自杀，可是没有击中要害。这次自杀被看成是崇高行为，解除了他被讥笑、唾骂的难堪局面，恢复了他已经失去的威望。"这一切的结果不过是马孔多的一条街道拿他命了名。"

奥雷连诺上校在自由党人和保守党人长达 20 年的战争中，站在自由党人一边，出生入死，身先士卒，既未能使自己得到解放，更未能摧毁保守制度。可以认为，这既是奥雷连诺上校的个人悲剧，也是拉丁美洲的民族悲剧。悲剧的根源首先是自由党领袖们的出卖行为，其次是上校本人对孤独的向往。他想尽快结束这场战争的原因之一，便是回到马孔多制作金鱼，安度晚年。他"跟孤独签订了体面的协议"。

除上述三个形象外，霍·阿卡蒂奥、阿玛兰塔、雷贝卡、俏姑娘雷麦黛丝、菲兰达、奥雷连诺·布恩蒂亚、梅尔加德斯、布劳恩等都很有特色。

《百年孤独》从马孔多最后在飓风中消亡和布恩蒂亚家族七代人的孤独与兴衰，多方面地探讨了孤独、兴衰、消亡的原因。这是马尔克斯对拉丁美洲一百年历史教训的沉痛反思，是作者用魔幻现实主义的长篇小说写成的历史总结。其用意是使人相信拉丁美洲的真实生活情况，让拉丁美洲和它的人民发扬自身优势，斩断"孤独"的病根，走上兴旺发达的、独立自主的道路，建立起"任何人无权决定他人应该如何生活和如何死亡"①的新社会。"在那时，人们可以享受真正的爱情，人人可以追求幸福；而那些曾经被命运注定成为百年孤独的民族，也终将在地球上获得永生的第二次机会。"②小说最后一句说的"遭受百年孤独的家族，注定不会在大地上第二次出现了"正是作者这种主导思想的反映。

《百年孤独》是一部以反殖民主义、反封建制度、反独裁统治、反血腥内讧和反保守落后为主题思想的优秀作品。它虚构的马孔多的独特天地都是有真实依据的，不是凭空杜撰的。熟悉拉丁美洲历史和现实的读者们，很容易看出它的鲜明的现实主义特点。作品所涉及的这一百年，既有外界难于理解的自然灾害，更有长年不断的内忧外患。连续十年干旱，使所有的沼泽都干涸了；连续十年大雨，空气潮湿得鱼儿能从门口进来，从窗户游出；狂风、龙卷风、12级飓风也经常出现。此外，拉丁美洲许多国家奉行保守制度。它们对内实行残酷的政治压迫和经济剥削，对外与继西班牙、葡萄牙之后的新殖民主义者相勾结，镇压工人运动和人民起义。美国设在马孔多的香蕉公司中的工人大罢工，政府诡称调解冲突，却派遣军队在火车站广场枪杀工人、妇女、儿童三千多人。自由党宣称要推翻最高统治、实行联邦制，经过20年战争，却把胜利变为投降，由此换取三个部长职位和议会中的少数派地位，出卖了革命。革命军中也发生过血腥内讧，争权夺势，甚至不惜镇压反对和谈的起义者，以便实现停战。这些都可以从现实中找到依据。在严酷的事实面前，马尔克斯仍在他那篇获奖演说里很有信心地说："面对压迫、掠夺和歧视，我们的回答是活下去。任何洪水、猛兽、瘟疫、饥馑、动乱，甚至数百年的战争，都不能削弱生命战胜死亡的优势。"

作为魔幻现实主义代表作品的《百年孤独》，其艺术上最突出的特征，是浓重的魔幻色彩。

---

① 马尔克斯获奖演说：《拉丁美洲的孤独》。
② 马尔克斯获奖演说：《拉丁美洲的孤独》。

这部长篇小说中，充满神秘怪异、荒诞离奇的细节。社会动荡激烈，政局长期不稳，大自然异乎寻常，印第安人和黑人的神话传说在群众精神生活中扎根，等等，使得拉丁美洲的现实成为神奇的、魔幻的现实。然而作家不是拿魔幻的事物当作真实来表现，而是把现实作为魔幻事物去描述。因此，小说中涉及的魔幻事物，总可以从现实生活中找到解释。

乌苏娜失踪后即将归来，锅里的水无火自沸，直到完全蒸发；躺着小阿玛兰塔的柳条篮子，突然自己动了起来，在屋子里绕圈子。这两件怪事都与乌苏娜平日烧水和照料小女儿有关，是她丈夫内心活动外露为具体形象的夸张表现。所以当乌苏娜回家时，霍·阿·布恩蒂亚便说："正像我预料的！"美艳绝伦的俏姑娘雷麦黛丝抓住被一阵风卷走的床单，凌空升起，挥手向曾祖母乌苏娜告别，永远消失在上层空间。只有乌苏娜一个人"能够识别风的性质"。拉丁美洲经常发生的龙卷风、飓风就曾把整个马戏团刮上了天空，这里不过是加了点人情味描写而已。尼康诺神父离地升空六英寸，在现代魔术中比他升得更高的已是司空见惯了。小说中还写到奥雷连诺上校和吉普赛人梅尔加德斯能预见未来。后者提前100年在他所写的羊皮纸手稿上，预言了布恩蒂亚家族里的事件，并且陈述了一切最平常的细节。例如"家族中的第一个人将被绑在树上，家族中的最后一个人将被蚂蚁吃掉"，等等，第六代人小奥雷连诺破译它的密码后发现，其中所说的一切，都先后在实际生活中得到了应验。这与印第安的神话传说和基督教的"先知"① 都有关系。至于梅尔加德斯的死而复生、几死几生等，则是迄今还存在于拉丁美洲很多居民头脑中的"生死轮回"和人鬼共存的"二元世界"的宗教观念的表现。黄色，是印第安人认为不吉利的颜色，马孔多人接受了这种观念，所以霍·阿·布恩蒂亚死时，"整整一夜，黄色的花朵像无声的暴雨，在市镇上空飘落"。梅梅的情人总是在夜晚到浴室同她幽会。天一黑，房子里就满是黄蝴

---

① 《圣经》中所说"受神启示"而"传达神的旨意"或"预言未来"的人。

蝶。结果他被枪弹击中，子弹陷在他的脊骨里，造成终身瘫痪。还有，火车站广场枪杀了三千多人，"奥雷连诺第二既不相信广场上的大屠杀事件，也不相信夜间列车载着尸体开往海边的噩梦"。居民们听了政府的特别通告，也"终于相信：没有死人，满意的工人回到了自己家里"。曾被枪伤而未死的霍·阿卡蒂奥第二自己也有些怀疑是不是做梦时见了那么多死尸。其实，作品反映的正是1928年哥伦比亚政府屠杀罢工工人的血案。通过这样描写，竟被弄得真假难分。这种魔幻现实主义的写法，深刻揭露了政府掩盖其罪行的卑劣行径。

总之，《百年孤独》采用了佯谬和极度夸张的手法，使神奇、魔幻的拉丁美洲现实，变得分外离奇怪诞、神秘莫测，从而产生出一种强烈的、吸引读者的魔幻效果，又不失去现实主义的特色，正如瑞典文学院所评，它汇聚了不可思议的奇迹和最纯粹的现实生活。

《百年孤独》艺术上的另一独特性，是多方位地使用循环往复的表现手法。这种手法最先出于民间口头文学，有进行强调、加深记忆的作用。在这部长篇小说中，它围绕"拉丁美洲的孤独"展示了各种封闭式的圆圈式运动。正像航海一直往东行又回到了原来的出发点一样。乌苏娜就曾慨叹说："仿佛世界上的一切都在循环。"布恩蒂亚家族从第一代开始出现孤独，以后各代尽管经历不同，但都回复到了孤独。奥雷连诺上校从制作金鱼开始，又以制作金鱼告终。时光虽有时停滞，在梅尔加德斯的房间里始终是三月，始终是星期一，但更经常的是"轮回往返，打着圈子"。马孔多镇出现一度繁荣之后，又回到以往那种"跟外面世界完全隔绝"的状态，于是吉普赛人又拿着磁铁冒充最新发明，又开始用放大镜聚集阳光。后来的危险政局，又重复了从前的。至于一再重提的火车站广场事件和羊皮纸手稿，也是后面的回复到从前的。不过，这种循环往复中的后一种情况，往往是进一层的、深化了的。奥雷连诺上校停战后的孤独，羊皮纸手稿的破译便是例子。

马尔克斯在写这部享誉世界的作品时，也有针线不够缜密处：火车站广场被镇压的三千多人，作者夹注为工人、妇女和儿童；后来又说是三千多工人，前后不一。一个地方写奥雷连诺上校的17个私生子，有 16 个被歹徒打死了，只剩了最大的一个——奥雷连诺·阿马多；另一个地方却说，一夜之间，他的 17 个儿子都被打死了。这些尽管是小疵，无伤大局，但仍应予以注意。

思考题

1. 什么叫魔幻现实主义？它在《百年孤独》中是怎样表现的？
2. 《百年孤独》反映了哪些社会斗争？
3. 分析霍·阿·布恩蒂亚夫妇和奥雷连诺上校三个形象。
4. 《百年孤独》艺术上的独特性是什么？

第二编

亚非文学

第一章 上古文学

第一节 概 论

〔**学习提示**〕 亚非上古文学是人类创作的最古老的文学，是世界文学的源头之一，对于其后亚非文学和世界文学的发展产生了广泛的影响。

这一节概要地论述了亚非上古文学的一般情况。学习本节，首先要了解亚非上古历史发展的脉络；其次要了解亚非上古文学发展的脉络，了解亚非上古文学的特点；第三要认识亚非上古文学所取得的成就，即埃及、巴比伦、印度、伊朗和希伯来文学的概貌及其重要作品。

一、历史和文学发展概况

大量考古资料和历史记载证明，西亚的两河流域和北非的尼罗河流域是人类首先摆脱蒙昧状态、进入文明社会的地区。

大约从公元前4800年起，苏美尔人便已居住在亚洲西南部的幼发拉底河和底格里斯河流域（即美索不达米亚平原），并且创造了欧贝德文化。到公元前3500年至前3100年的乌鲁克文化时期，各地开始出现若干小型城市，城中有较大规模的神庙，并有文字和印章，这是初期文明的表现。有的学者认为，在随后的杰姆代特奈斯尔文化时期（前3100—前2900）已经形成城邦国家。公元前2900年以后为苏美尔早王朝时期，也就是奴隶制城邦的繁荣时代。公元前2371年，苏美尔早王朝为阿卡德人所建立的阿卡德王国所取代。此后则有古巴比伦、亚述和新巴比伦等王国先后在这块土地上诞生。

大约与此同时，非洲东北部的尼罗河流域形成了人类生活的另一个聚集地。人们在这里先后创造了拜达里文化、阿姆拉文化和格尔塞文化，而格尔塞文化（约前3500—前3100）则是当地进入文明时代的标志，因为这时业已产生贵族与平民、奴隶主与奴隶的阶级区分，有些地方已经发展成为城市公社性质的小型城邦。其后，传说美尼斯于公元前3100年左右统一上埃及和下埃及，成为有史以来的第一位埃及国王，埃及从此进入早王朝时代（约前3100—前2686）；而到了古王国时代（约前2686—前2181），埃及则实现了真正的统一，建立了奴隶制国家，确立了君主独裁的专制制度。

继西亚的两河流域和北非的尼罗河流域之后，西亚的伊朗高原、南亚的印度河流域和恒河流域、东亚的黄河流域以及西亚的巴勒斯坦地区也接连进入文明社会。

在伊朗高原的西南部，早期居民为埃兰人，他们于公元前2700年左右步入阶级社会，逐渐形成阿万、西马什、安善、苏萨等奴隶制城邦，其中以阿万最为强大。公元前2300年左右，阿万国王建立统一的埃兰王国。此后，米底人和波斯人从中亚移居伊朗，并着手建立奴隶制城邦和奴隶制帝国。

印度最古老的文化当属印度河流域文化和恒河流域文化。印度河流域文化约产生于公元前2360年至前1750年之间，当时人们已经使用了铜器，发明了文字，并且建成了相当规模的城市，这可能是印度最早的奴隶制城邦。恒河流域文化约产生于公元前1800年至前600年之间，即吠陀时代文化。

中国的远古文化可以上溯到公元前2200年以前。早在夏代（约前2200—前1700）成立之前的传说时代（即黄帝、尧、舜时代），便已创造了光辉的文明，并渐次由原始社会向奴隶社会过渡。中国奴隶社会始于夏代，王位由"禅让"改为"世袭"是中国奴隶制国家正式形成的标志。

巴勒斯坦地区的早期居民是迦南人，公元前1900年和前1200年左右，希伯来人（又称以色列人）先后两次迁徙到此，终于在此定居。经过一番较量，他们于公元前 1030 年左右建立起以色列犹太联合王国。

在古代东方人率先进入奴隶社会的同时，他们也率先创造了一批文化财富，使东方地区成为世界文化的发祥地。

如在文字方面，苏美尔人和埃及人创造了人类社会最初的文字，前者称为"楔形文字"，后者称为"圣书体"。楔形文字的雏形——一种象征符号式的文字早在公元前 3000 年以前就已产生，而楔形文字最终形成于公元前 2500 年前后，是人类最古老的文字系统。据说楔形文字是用削尖的芦苇秆做笔刻画在泥板上的，笔画很像木楔，因而得名。这种文字其后曾供阿卡德人、巴比伦人和亚述人长期使用。圣书体又称象形体，也形成于公元前 3000 年以前，之后逐步演变为僧书体和民俗体。在苏美尔人和埃及人之后，生活在地中海东岸地区的腓尼基人觉得楔形文字过于复杂，于是另行创立由 22 个辅音字母组成的文字系统。这种文字后来直接影响到古希腊字母，又由古希腊字母派生出拉丁字母和斯拉夫字母。另外，印度人和中国人也分别于公元前 2000 年前后创立了自己的文字系统。

又如在数学方面，埃及人和中国人分别测算出了圆周率，结果颇为接近；在天文方面，中国人早已提出了"二十八宿"的说法，据说印度人和伊朗人也有类似的观点；在历法方面，埃及人早在公元前 2781 年便创立了太阳历，这种历法后来经过改造，成为现在世界各国通用的公历；在建筑方面，埃及规模庞大的金字塔成为古代世界建筑事业的奇观。诸如此类，不一而足。

东方文学最初产生于原始社会末期。这时的文学是远古东方人在共同生活和劳动过程中创造的，当时主要依靠口头传播，用文字记载下来是后来的事。今天我们能够见到的早期文学，除歌谣（如古埃及歌谣）外，主要是神话传说。东方几个古国都有自己的神话传说，其中埃及和两河流域的神话传说历史最古老，印度的神话传说内容最丰富，希伯来的神话传说传播最广泛。

其后，当东方几个先进地区从原始社会过渡到奴隶社会时，东方文学的发展也步入了崭新的阶段。就文学作品的形式而言，除原有的歌谣和神话传说继续存在外，这时又逐渐产生了诗歌（如颂神诗、咒语诗、爱情诗、史诗等）、故事、箴言、小说、戏剧和散文等多种多样的体裁；其中最引人注目的是诗歌和故事的成就。诗歌如埃及《亡灵书》中的诗歌、印度《梨俱吠陀本集》和《阿达婆吠陀本集》中的诗歌、希伯来《旧约》中的诗歌等；还有史诗如巴比伦的《吉尔伽美什》、印度的《摩诃婆罗多》和《罗摩衍那》等。故事以埃及、印度和希伯来的故事成就最高。同时，由于生产的发展和社会的分工，从事创作的半专业和专业作家随之产生，这是一个不可忽视的变化。一方面，由于这些作家知识比较丰富，文化修养较高，文学创作水平有了明显的提高；另一方面，由于这些作家大多依附于奴隶主和帝王，世界观较为复杂，因而使文学作品的思想内容趋于复杂化。他们有的是作品的创作者，有的是作品的编订者。

在长期发展和演变过程中，古代东方文学形成了如下一些鲜明的特点：

首先是历史古老。东方几个文明古国创造了人类最古老的文学。古代埃及文学和古代巴比伦文学的资格最老，古代印度人、中国人、伊朗人和希伯来人在文学创作方面也走在世界各国前列。举例来说，世界最古的神话传说是在埃及、巴比伦、印度和希伯来等国产生的；世界最早编成的诗文集是埃及的《亡灵书》、印度的《梨俱吠陀本集》和伊朗的《阿维斯塔》；世界最早写成的史诗是巴比伦的《吉尔伽美什》。

其次是产生的多源性。西方古代文学主要是指希腊文学和罗马文学，而且这二者联系密切；但东方古代文学却有埃及、巴比伦、印度、中国、伊朗和希伯来等几个源头，它们起初是在本国或本地区的土壤上独立产生并发展起来的，后来才有了相互之间的交流和影响。这种多源性充分显示出古代东方人的艺术创造力量，使各国文学保留了更加鲜明的民族特色，也使东方文学显得更加丰富多彩。

再次是具有浓厚的民间文学色彩。古代东方文学是以人民口头创作为基础的，因而具有浓厚的民间文学色彩。远古时期的歌谣、神话传说等，本身就是人民的口头创作，它们大多没有作者名字，可以说人民群众是作者。巴比伦和印度的史诗也是人民群众的集体创造，署名作者往往是统编过程中的编辑者和加工者。即使后来的专业作家的创作，也大都以神话传说和史诗等为题材来源，同人民口头创作保持着密切联系。这就使得古代东方文学所反映的社会生活更真实、更广泛，艺术风格更质朴、更清新。

最后是文学与宗教的关系密切。古代的埃及、巴比伦、印度、伊朗和希伯来文学与宗教的关系极为密切，有些文学作品是正式的宗教经典，有些文学作品是重要的宗教文献，还有许多文学作品与宗教有着千丝万缕的联系。一般来说，宗教对古代东方文学既有积极的影响，也有消极的影响。

综上所述，古代东方文学既是古代东方各国人民的艺术创造，又是他们之间相互学习和影响的艺术结晶。各个国家和民族的文学开始时都是在各自的土壤上产生的，后来伴随着历史的发展和彼此的往来，才逐渐出现了文学的交流。这种交流不仅有力地促进了东方各国文学的丰富和繁荣，也直接或间接地推动了西方文学乃至世界文学的进步和发展。

二、埃及文学

古代埃及是世界上最古老的国家之一，古代埃及文学是世界上最古老的文学之一。古代埃及文学经历了漫长的发展过程。在古朴时期和古王国时期（前3200—前2181），首先产生了神话、歌谣、诗歌、故事和箴言等。到第一中间期和中王国时期（前2181—前1786），文学有了很大发展，被认为是古代埃及文学史上最辉煌的阶段，有些作品在表达、描绘、修辞等方面成为后来文学创作的典范。第二中间期和新王国时期（前1786—前1085）比较突出的文学体裁是旅行记和颂歌。

古代埃及神话是古代埃及人宗教信仰的反映。古代埃及人信奉多种神灵，围绕这些神灵则形成许多神话。关于开天辟地的神话、关于拯救人类的神话、关于太阳神"拉"的神话、关于奥西里斯和伊希斯的神话等，都是古代埃及人思想观念的艺术体现。以奥西里斯和伊希斯的神话为例，故事是这样发展的：国王奥西里斯向人们传授农业、酿酒、采矿等技艺，受到人们欢迎。但是，他的弟弟赛特设计篡夺他的王位，并将他杀死，把他的尸体抛入尼罗河中。王后伊希斯设法找到丈夫的尸体，将他埋葬；并在这个过程中与他灵魂感应，生下一个儿子，名叫荷鲁斯。后来，荷鲁斯继承了奥西里斯的王位，而奥西里斯则成为统治下界的冥王。

古代埃及诗歌可以分为世俗诗和宗教诗两类。世俗诗包括劳动歌谣和爱情歌谣。劳动歌谣直接表现劳动的场面和劳动者的心声，是我们今天能够见到的人类最古老的劳动歌谣。它们是用象形文字刻在墓壁上的，据说记录的时间约在公元前 16 世纪，产生的时间还要早得多。如《庄稼人的歌谣》描写奴隶看见王爷前来视察时的紧张心理，要工头儿领着大伙儿快快干；《搬谷人的歌谣》描绘搬谷人辛勤劳作的情景，抒发了他们的愤懑情绪。这两首歌谣都很质朴有力、生动感人。爱情歌谣常常有音乐伴奏，有时还采用男女对唱的形式，表达彼此互相爱慕的纯真感情，虽然朴实无华，但也不乏诱人的魅力。在宗教诗（包括赞美诗）方面，有歌颂太阳神的，如《阿通太阳神颂诗》；有赞颂尼罗河的，如《尼罗河颂》等。

古代埃及故事也是多种多样的，有的以写实为主，有的以虚构为主，有的比较朴素，有的加工较多。如第九王朝时期的《乡民与雇工》（又译《能说会道的农夫的故事》），通过农民赛克赫提依靠自己的智慧和口才战胜王室总管及其爪牙的故事，反映了当时的社会矛盾，揭露了权势者的专横，赞颂了劳动者的斗争。又如第十二王朝时期的《遭难水手的故事》，描写一个水手航海遇难、流落荒岛、历经艰险的故事，其中充满惊险的场面和曲折的情节，显示了古埃及人丰富的想象力和创造力。此外，古代埃及的故事还有《赛努西的故事》《注定要死的王子的故事》《昂普、瓦塔两兄弟》《魔法师的故事》《预言的故事》《幽灵的故事》等。

诗文集《亡灵书》（又译《死者之书》）堪称埃及古代文学的汇编，古代埃及最有代表性的文学作品。古代埃及人相信，人死后的亡灵要先经历一段冥国的生活，那里有 12 块国土，处处充满艰难险阻，亡灵必须通过这些艰难险阻，来到"真理的殿堂"，接受冥王奥西里斯的审判，最终决定自己的命运，或者登上天国，或者葬身怪兽之口。《亡灵书》实际上是放在死者坟墓中的陪葬文件，是亡灵到下界去的行动指南，保护他在下界经受各种各样的考验，应付一次一次的审判。《亡灵书》的文字（包括诗歌、神话、符箓、宗教仪礼文等）大多写在纸草上面，并且附有彩色插图，其内容混杂，多数来自《金字塔文》（《金字塔文》是古埃及的宗教文献，因发现于金字塔内法老墓室和过道的墙壁上而得名）和《棺文》（《棺文》是古埃及的葬仪文集，大多由《金字塔文》演化而来，《金字塔文》为法老所专用，《棺文》则用于贵族和平民），可以归纳为百余章，各章长短不同。有的是对神的歌颂和对魔的诅咒；有的是对心灵的叮嘱；有的教导亡灵通过审判的技巧；还有的反复说明亡灵生前没有做过任何坏事，目的是让他逃脱责罚。所以，从《亡灵书》里，我们可以清晰地看到古埃及人的种种思想信仰，特别是他们的生死观念。

总之，古代埃及文学源远流长，是古代埃及人聪明才智的形象表现。古代埃及文学的重要性不仅在于它本身是最古老的，而且在于它还通过希伯来文学以及希腊文学和罗马文学影响了后世世界文学的发展。

三、巴比伦文学

古代巴比伦也是世界上最古老的国家之一，古代巴比伦文学也是世界上最古老的文学之一。古代巴比伦文学是在苏美尔和阿卡德文学的基础上形成的。这里所谓巴比伦文学，主要是指古巴比伦王国时期（约前 2017—前 1595）的文学，即古代幼发拉底河和底格里斯河流域文化繁荣时期的文学。

古代巴比伦文学作品是用楔形文字记在泥板上的，保留至今的文学作品有神话、史诗、歌谣、寓言、赞歌、箴言和祈祷文等多种样式。例如《埃努玛·埃立什》（又译《七块创世泥板》）是一篇流传颇广的创世神话，描述天地星辰、宇宙万物和人类的创造过程，表现古巴比伦人对世界来源的认识；同时也歌颂巴比伦人信奉的主神——马尔杜亥的伟大力量和功绩。《伊什妲尔下降冥府》描写爱情和生命女神伊什妲尔与种子和植物之神坦姆兹的故事，表现了当时人对年年岁岁季节循环变换的理解。叙事诗《咏正直受难者的诗》写的是一个正直老实的人却不断遭受各种苦难的经过，因此他对神灵的公正和宗教的教义表示了大胆的怀疑。《主人和奴隶的对话》通过主人和奴隶的一连串问答，表达了奴隶对主人的不满和反抗情绪。

《吉尔伽美什》是在苏美尔有关史诗（如《吉尔伽美什和生物之国》《吉尔伽美什和天牛》《吉尔伽美什之死》和《吉尔伽美什、恩启都和另一世界》等，其中已经出现了《吉尔伽美什》的几个主要情节）的基础上创作的，代表古代巴比伦文学的最高成就。这部史诗长期在口头流传，编辑完成大约是在公元前19世纪至公元前16世纪，是迄今所知人类最早编定的长篇史诗。全诗共有3 000余行，用楔形文字分别刻在12块泥板上。其主要内容如下：吉尔伽美什是乌鲁克城的统治者。他三分之二是神，三分之一是人，身高体壮如同野牛，手执武器气概非凡。他和半人半兽的勇士恩启都经过一番苦战之后成为好友，两人一同出外为民除害，先后战胜沙漠中的狮子，打败杉树林里的恶人芬巴巴，又杀死残害乌鲁克居民的天牛。狮子、芬巴巴和天牛等都是暴力的象征，而吉尔伽美什和恩启都的行为则反映了人类战胜暴力的斗争精神，也表现了他们敢于违抗神的意志的反抗精神。但是由于触怒神灵，后来恩启都不幸死去。恩启都死后，悲痛不已的吉尔伽美什怀着探索人生奥秘的强烈愿望，四处寻找救治恩启都的药物，探求人类永生的方法。他跋山涉水，历尽千辛万苦，得到始祖的指点，终于在深海里取到了仙草。但不幸的是，在归途中仙草被蛇吞食，他的努力和希望全部落空。他不得不怀着无限悲伤的心情回到乌鲁克城。最后，恩启都的亡灵又向他诉说了阴曹地府的可怕故事。通过这番艰苦奋斗和与恩启都亡灵的对话，吉尔伽美什才明白人是不能永生的。由于长期流传和多次编辑，这部史诗的思想内容显得十分复杂，有的地方甚至是矛盾的；但其中心思想乃是反映当时人类与自然灾害的尖锐矛盾，表现当时人类企图战胜自然灾害和死亡威胁的迫切愿望。这部史诗在艺术风格上的特点，则以浓郁的浪漫色彩和深邃的哲理性最为突出。《吉尔伽美什》在古代世界文学中占着特殊的地位。它对古代西亚、中亚各民族文学以至古代希腊、罗马文学都产生了深刻的影响，并通过这些地区和国家的文学辗转地影响了后世文学的创作。

四、印度文学

古代印度文学极其丰富多彩，不仅数量最多，而且水平很高。古代印度文学包括吠陀文献、两大史诗、佛教文献、古典梵语文学和泰米尔语文学等五个部分。

1. 吠陀文献

吠陀文献主要是指四部吠陀本集，即《梨俱吠陀本集》《娑摩吠陀本集》《夜柔吠陀本集》和《阿达婆吠陀本集》，约成书于公元前1500年至公元前1000年之间。《梨俱吠陀本集》在四部吠陀本集中最为古老。"梨俱"是诗节的意思，"吠陀"是知识的意思。全书分为10卷，共有1 028首诗，共计10 589节，主要表现人们对于种种自然现象（如天、地、日、月、风、雨、山脉、河流、动物、植物等）和社会生活（如集会、畜牧、农耕、酿酒、恋爱、婚姻、赌博、偷盗等）的态度，对于天上、空中和地上诸神的崇拜、赞美和祈求。在《梨俱吠陀本集》中被提到的神灵很多，如战神和雷神因陀罗、太阳神苏尔耶、火神阿耆尼、风神伐由（或伐都）、大地神普利提维、黎明神乌霞、酒神苏摩等，其中以因陀罗的地位最高，对他的歌颂也最多，约占四分之一。《娑摩吠陀本集》共有1 875节诗。"娑摩"是曲调的意思，所以这部本集实际上是一部曲调集。《夜柔吠陀本集》的内容是祷词和祭祀仪式，"夜柔"是祭祀的意思。《阿达婆吠陀本集》分为20卷，共有731首诗，共计5 975节。"阿达婆"是祭司或巫师的意思，其中的诗歌大都具有巫术的性质，所表达的是当时的印度人力图控制自然和生活的强烈愿望。如有的诗是驱邪治病的，从普通的咳嗽、发烧到难治的黄疸、麻风等统统包括在内；有的诗是祈求幸福的，包括长寿、生子、家庭和睦、男女恋爱、婚姻和美、风调雨顺、五谷丰登、经商获利、战争胜利、降妖伏魔等。以上四部吠陀本集主要采用诗体，可以说是世界上最早编成的大规模诗集。除吠陀本集外，古印度人又编辑了各种梵书、森林书和奥义书等作品。

2. 两大史诗

即《摩诃婆罗多》和《罗摩衍那》，是印度古代文学最重要的成果。《摩诃婆罗多》约有 10 万颂，被认为是世界最长的史诗之一。"摩诃婆罗多"的意思是"伟大的婆罗多"或者"伟大的婆罗多族的故事"。全书共计 18 篇，其核心故事是婆罗多族内部两大王族——俱卢族和般度族争夺王位的斗争。双方各不相让，最后决定用战争的办法解决矛盾。俱卢族组织了 11 支大军，般度族组织了 7 支大军。这场大战在俱卢之野进行，前后经过 18 天，结果俱卢族失败，般度族获胜。就这个核心故事来说，《摩诃婆罗多》是一部民族英雄史诗，它集中地描述了一场大规模的战争，艺术地表现了印度社会由分裂到统一的过程。这场战争是史诗的中心，对于这场战争的态度表现了史诗的基本思想倾向。这个基本思想倾向可以概括如下：对于战争与和平的态度是，反对用战争方式解决两族的兄弟之争和王位之争，主张用和平方式解决两族的兄弟之争和王位之争；既然反对战争方式、主张和平方式，所以也就反对挑起战争的俱卢族一方，支持反对进行战争的般度族一方；既然反对战争方式、主张和平方式，所以战争的结局也就充满悲剧色彩。不过，这个核心故事只占全诗篇幅的一半左右，另一半则是二百多个长短不一的插话和插叙。有的是文学性的作品，有的是非文学性的作品。前者如英雄传说、神话传说和寓言故事等，其中以《那罗和达摩衍蒂》和《莎维德丽》流传最广，名声最高。后者则具有宗教、哲学、政治和伦理性质。从这个意义上说，《摩诃婆罗多》不同于一般的史诗，其内容几乎包罗万象，可以说是一部百科全书式的作品。因此，按照印度传统，不称《摩诃婆罗多》为诗歌，而称之为历史。

3. 佛教文学

首先指佛经中具有文学色彩和文学价值的作品。佛经有巴利语系、汉语系和藏语系三大系统。此处以巴利语系的佛经为例。在巴利语系佛经中，以《小尼迦耶》的文学色彩最为浓厚。《小尼迦耶》共有 15 部经，其中又以《法句经》《上座僧伽他》《上座尼伽他》和《佛本生故事》的文学价值最高。《法句经》是格言诗集，共计 423 首，选自佛经的各个部分，运用生动的语言和形象的比喻讲述宗教的道德和人生的哲理，通俗易懂，流传广泛。《上座僧伽他》是比丘（和尚）写的诗歌，共计 107 首；《上座尼伽他》是比丘尼（尼姑）写的诗歌，共计 73 首；二者分别表现比丘和比丘尼的宗教生活和宗教感情，包含若干动人的故事和动人的描写。《佛本生故事》（又译《本生经》）是一部大规模的故事集，共计 547 个故事，记述佛陀（释迦牟尼）生前的经历，即他成佛之前的经历。由于这部故事集是将长期在民间流传的故事收集起来，按照固定格式加以编辑改造而成的，因此其中包括不少思想积极、形象生动的优秀故事。除了佛教经典本身以外，属于佛教文学系列的还有佛教信徒的创作，而在这个领域则首推诗人和剧作家马鸣的创作。他留下的主要作品是两部叙事诗——《佛所行赞》和《美难陀传》。前者描述释迦牟尼的生平活动，后者叙述释迦牟尼度化他的异母弟弟难陀的经过。这两部作品语言简明，韵律优美，堪称佳作。

4. 古典梵语文学

所谓古典梵语，是指在两大史诗使用的通俗梵语基础上，经过语法学家规范化的梵语。古代梵语文学的前期，约在 3 世纪至 5 世纪。这时印度北部和中部一度统一，从而促进了古典梵语文学的发展，尤其是古典梵语戏剧的发展。这个时期的古典梵语戏剧，可以跋娑、首陀罗迦为代表。跋娑（约 2 至 3 世纪）据说写有 13 部剧本，六幕剧《惊梦记》是他的代表作，取材于《故事海》，写的是优填王和王后仙赐的曲折爱情故事，同时具有政治色彩。这个剧本情节紧凑，形象鲜明，表现生动，标志着古典梵语戏剧的早期水平。首陀罗迦（约 2 世纪至 3 世纪）的十幕剧《小泥车》被誉为古典梵语名剧之一，取材于当时的实际生活，描写在暴君八腊王统治下，妓女春军和穷婆罗门商人善施的恋爱故事。这部剧本不但批判暴君、歌颂起义，具有鲜明的进步倾向，而且情节曲折，人物生动，语言朴素，真实感人。诗人和剧作家迦梨陀娑无疑是这个时期古典梵语文学最杰出的代表作家，也是整个古典梵语文学最杰出的代表作家。

5. 泰米尔语文学

泰米尔语是印度南部泰米尔人使用的语言。泰米尔语的作品主要有《八卷诗集》和《十卷长歌》等。《八卷诗集》（约 1 至 2 世纪）共计收入 2 420 首诗。第一卷至第五卷是爱情诗集，大多以自然景物描写为背景，描绘男女之间的爱情生活，抒发悲欢离合的感情。第六卷和第七卷是勋业诗集，前者讴歌十个国王的功勋和业绩，后者讴歌八十多个国王和诸侯的功勋和业绩，充满英雄色彩和尚武精神。第八卷则兼有爱情诗和勋业诗。无论是爱情诗歌，还是勋业诗歌，都有不少思想和艺术俱佳的优秀作品。《十卷长歌》（约 1 世纪至 2 世纪）共计收入十部长诗。这些诗歌大都描写生动，韵律和谐，广泛地反映了泰米尔人当时的社会生活和风俗习惯，具有一定的艺术价值。

五、伊朗文学

古代伊朗的历史主要由三大王朝组成：阿契美尼德王朝（前 550—前 331）、阿什康尼（安息）王朝（前 250—224）和萨珊王朝（224—651）。阿契美尼德王朝是幅员辽阔的奴隶制大帝国，当时琐罗亚斯德教（又称祆教、火祆教、拜火教）已在伊朗传播。《阿维斯塔》是索罗亚斯德教的经典，也是伊朗古代神话传说的总汇。阿什康尼王朝时期的文献典籍流传下来的很少。萨珊王朝时期是伊朗古代文化和文学创作的高峰时期，虽然后来遭到毁坏，但是仍有不少著作保存下来，主要书目有《本达赫什》《丁卡尔特》《阿尔达希尔·巴巴康的传记》《霍斯鲁与侍臣问答录》和《阿尔达维拉夫集》等。

《阿维斯塔》是索罗亚斯德教的正式经典，也是伊朗古代社会百科全书式的作品。一般认为，该书并非该教创始人琐罗亚斯德一人所作，而是经过多人之手完成，并且吸收大量民间创作在内。据说萨珊王朝时期整理出来的《阿维斯塔》约有 34 万字，但现存的本子只有8 万多字。全书可分为五个部分：《亚斯纳》，主要内容是歌颂天神阿胡拉玛兹达及其助神；《亚什特》，主要内容是歌颂天神的助神；《万迪达德》，主要内容是宗教的法典和规则；《维斯帕拉德》，主要内容是颂词；《小阿维斯塔》，主要内容是后人编写的《阿维斯塔》普及本。《阿维斯塔》不仅对研究古代伊朗的社会状况和伊朗人的宗教信仰具有十分重要的意义，而且对研究伊朗的文学发展也具有相当重要的价值，如中古时期菲尔多西在创作《列王纪》时，就以《阿维斯塔》为重要依据之一。

六、希伯来文学

古代希伯来文学的内容也很丰富。由于古代希伯来人崇尚宗教，所以许多文学作品都与宗教有关，现在我们所能见到的希伯来文学作品几乎都被收集在与犹太教和基督教有关的几部经典中，即《旧约》《次经》《伪经》和《死海古卷》。

除《旧约》外，《次经》的价值最高。其中的大部分作品用希伯来文写成，其余部分用希腊文和亚兰文写成。这些作品都产生于公元前200年以后。这部经典分为14卷。其中比较著名的卷如下：《多比传》是具有宗教性质的民间传说，《犹滴传》是带有传奇色彩的小说，《所罗门智训》和《便西拉智训》是哲理性质的智慧文学，《马拉比传（上、下）》是历史性质的传记。此外有些卷是《旧约》一部分卷的补编。

思考题

1. 上古时期亚非文学的发展脉络及其特点是什么？
2. 简述上古时期埃及、巴比伦、印度、伊朗和希伯来文学的主要成就。

第二节 《旧约》

〔学习提示〕 《旧约》是希伯来文学的基本汇集。希伯来文学是古代东方文学史上独具特色的文学，它是古代巴勒斯坦地区人民生活的艺术结晶。《旧约》中的大量文学作品虽然经过犹太教以及基督教的窜改和加工，但仍保持了不朽的艺术魅力。

学习本节，我们要注意以下几点：

一、希伯来文学主要指不包括《新约》在内的《旧约》文学，它是古代希伯来民族发展和以色列、犹太王国兴衰历史的艺术记录。

二、要了解希伯来文学的形成和发展的历史，特别要着重掌握神话传说、英雄故事、雅歌、哀歌、先知预言等的思想内容及艺术成就。

三、要了解和掌握希伯来文学的重要意义和影响，特别要结合具体事例说明它对欧洲文学的影响。

一、希伯来文学产生的历史

《旧约》是希伯来古文献的汇编，是集中了希伯来文学精华和成就的文学总集。它在世界文学史上占着重要的地位，影响极其深远。

以《旧约》为基础的希伯来文学，它的产生是与古代巴勒斯坦的历史以及犹太教的创立分不开的。

巴勒斯坦古时属于迦南，指地中海东岸沿海的一条狭长地带，即从黎巴嫩山南麓延展到阿拉伯沙漠北边的一块地方。迦南的古代历史开始得比较早，远在公元前两千多年，迦南人就已由游牧生活转向从事农业的定居生活。在周围的埃及、腓尼基、苏美尔、巴比伦等文明古国的影响下，迦南人曾经创造了丰富的文化。以后，大约在公元前一千多年时，希伯来人侵入。希伯来人为闪族的一支，原游牧于幼发拉底河畔的草原，因而意即"从河那边来的人"。希伯来人进入迦南后，经过征战，占领了迦南的广大地区，并逐渐地与迦南人融合而定居下来。公元前12世纪时，希伯来人受到海上来的强敌非利士人的进攻。希伯来人与非利士人进行了长期的战争，在战斗中涌现出一系列英雄人物，这在文学作品中都有生动的反映。

公元前11世纪至公元前10世纪时，希伯来人开始建立国家。由各部落联合推选英雄人物扫罗（前1028—前1013）为第一任国王，统辖以色列和犹太各个部落。扫罗战死后，犹太部落的首领大卫（前1013—前973）乘机夺取政权，登上王位。大卫建都于耶路撒冷，他通过战争逐渐统一了以色列和犹太，使经济和文化出现了繁荣局面。大卫逝世后，由他的儿子所罗门（前973—前933）接替。所罗门统治的时代是希伯来人的国家兴旺发达的鼎盛时代。此时不仅经济和文化得到进一步发展，而且文学上也取得重大成就。所罗门死后，国势逐渐衰落，内部不断爆发起义，终于在公元前922年分裂为南北对峙的两个国家：南为犹太，北为以色列。以后这两个国家经常处于内忧外患之中，国力日趋衰微。以色列王国于公元前722年被亚述王国所灭。而犹太王国的首都耶路撒冷也于公元前586年被巴比伦的军队摧毁。巴比伦军入侵后，劫走了五万多犹太人，带回国供驱使，这就是古代东方历史上著名的"巴比伦俘虏事件"（"巴比伦之囚"）。犹太人在被俘期间，不甘心受侮辱和虐待，盼望获得新生，于是在一部分人中产生了有"救世主"可以拯救自己的思想。公元前538年，巴比伦王国被波斯战败。波斯王决定恢复耶路撒冷，把大批的犹太人放回去重建都城。然而在一二百年内，仍臣属于波斯。此后又经过多次战乱，广大犹太人被迫远离家乡，流落到世界各地，至公元1世纪中期，古希伯来民族的历史基本结束。

犹太人返回耶路撒冷后，很快建立了神权统治，规定全民只能信奉上帝耶和华神，把耶和华作为精神寄托，认为他是宇宙的最高主宰。从此，作为一神教的犹太教便巩固发展起来。

犹太教建立后，为了宣传它的教义，由宗教祭司把从公元前13世纪至公元前2世纪流传下来的各种文献和作品进行加工、整理，编成了自己的经书，这部经书后被基督教所接受，称为《旧约》。

《旧约》共39卷，用希伯来文写成。一般研究者按其内容和编纂体例把它分为三个部分；第一部分为律法书（"法典"），亦称"摩西五经"，包括《创世记》《出埃及记》《利未记》等5本书。第二部分为先知书，包括《约书亚记》《士师记》《撒母耳记》等9本早期先知书和《以赛亚书》《耶利米书》《阿摩司书》等12个小先知书。第三部分为杂著，包括《诗篇》《雅歌》《耶利米哀歌》《箴言》

《约伯记》《路得记》等 13 本书。除《旧约》外，还有《次经》14
卷及《伪经》多卷，也属于希伯来文学的范畴，我们不在这里涉及。

基督教诞生后，把犹太教的《旧约》和它的《新约》合并为
《新旧约全书》而作为自己的经书固定下来，这就是通常所称的《圣
经》。

二、希伯来文学的基本内容

希伯来文学是希伯来民族历史发展的艺术记录，它多方面地反映
了希伯来民族从原始公社制社会末期到奴隶制社会的社会生活。希伯
来文学丰富的思想内容是与希伯来民族进入迦南以后的历史发展过程
基本上相一致的。

1. 氏族部落时期的文学（前 13 世纪—前 11 世纪）

希伯来人在进入迦南前后创作了丰富的口头文学。这些古老的作
品真实、生动地反映了氏族社会及军事民主制时期希伯来人的生活和
思想面貌，反映了他们同迦南人、非利士人等所进行的艰苦斗争。这
些作品在形成过程中受到了迦南文学以及埃及、巴比伦文学的影响，
主要形式有神话传说、劳动歌谣和英雄战歌等。

《旧约》中的神话传说以《创世记》中的创世神话和大洪水神话
最为出色。这两组神话都体现了古代希伯来人和巴勒斯坦的原始居民
用想象和借助想象以征服自然力、支配自然力的朴素愿望。

创世神话中讲，在远古时期，上帝耶和华神用六天的时间创造了
天地万物和人类。上帝最初造出的人叫亚当和夏娃，让他们在伊甸园
中生活。亚当、夏娃后来由于听了蛇的劝诱偷吃了分别善恶的树
（"智慧树"）的果子，有了智慧。上帝唯恐他们再偷吃了生命树上的
果子而长生不老，于是把他们逐出伊甸园。这篇神话十分优美动人，
它反映了古代迦南地区的原始居民对天地万物出现和人类起源的朴素
想象和理解，也反映了他们敢于违抗神意的创造精神。神话中的情节
和典故产生了深远的影响。英国作家弥尔顿曾据此写了他的著名长诗
《失乐园》。

耶和华神创造人类以后，发现人类罪恶越来越大，决定发一场洪

水消灭人类。在洪水到来之前，唯独对义人挪亚开了恩，叫挪亚造方舟躲避洪水。挪亚带领妻子儿女和生物在方舟中游荡了百余日，最后放出鸽子试探，鸽子口衔橄榄叶子返回，于是得知水势已退（以鸽子和橄榄叶象征和平的说法即来源于此）。他把方舟中的活物都放出来，从此人类和生物得以生存和延续。这个神话是在巴比伦的大洪水神话的影响下创造出来的。它既反映了原始人类对洪水的畏惧心理，也反映了他们战胜洪水的强烈愿望。神话中的挪亚是一个古代英雄的象征，他以自己的才智和勇敢战胜洪水的过程，体现了人类祖先同自然暴力进行斗争的精神力量。

《旧约》中保存下来的远古时期的劳动歌谣很少，其中《挖井歌》（《民数记》21 章）是有代表性的一篇。歌词是这样的：

> 井呵，涌上水来！
> 你们要向这井歌唱。
> 这井是首领和民中的尊贵人
> 用圭，用杖所挖所掘的。

这首歌谣虽然比较简单、粗糙，但它却质朴地反映了氏族社会末期劳动人民的劳动生活和欢快情绪。

收入《旧约》的《士师记》中的《底波拉和巴拉的歌》是英雄战歌的典范。这首歌是女士师底波拉为赞颂以色列人对迦南王的将军西西拉作战取得胜利而作的。女士师底波拉令勇士巴拉与西西拉作战，打得西西拉全军覆没。西西拉只身逃至希伯之妻雅亿的帐篷。雅亿先稳住他，趁他睡熟时用木橛从头部把他钉死了。从此以色列人制服了迦南王。这首歌既从正面表现了以色列人胜利后的欢快心情和高昂的士气，又以讽刺的口吻从侧面描绘了西西拉的母亲还不知道儿子已经死亡，仍然依窗翘首盼望儿子掠得女子和财物而归的情景。诗中写道：

> 西西拉的母亲，
> 从窗户里往外观看，

从窗棂中呼叫说：

"他的战车，为何耽延不来呢？
他的车轮，为何行得慢呢？"

……

"他们莫非得财而分？
每人得了一两个女子？
西西拉得了彩衣为掳物，
得绣花的彩衣为掠物。
这彩衣两面绣花，
乃是披在被掳之人颈项上的。"

这首战歌不仅思想内容充实，而且在艺术上也取得了较高成就，是《旧约》中的优秀作品之一。

2. 君主专政时期的文学（前 10 世纪—前 6 世纪）

希伯来人建立统一的国家之后，经济和文化逐渐出现了繁荣局面。在大卫、所罗门的时代，文学上取得了巨大成就。这一时期出现了大量世俗抒情诗、传奇性故事和先知预言等。

世俗抒情诗以《诗篇》和《雅歌》最有代表性。

《诗篇》是一部赞美诗集，是为耶路撒冷的教堂而编撰的。不少是大卫时代的作品，被伪托为"大卫的诗"。全书共分为 5 卷，收入了 150 篇作品。诗歌的基本主题是赞美耶和华神，颂扬上帝的恩德，但也有不少作品反映了人民的苦难生活，寄托了作者的理想和愿望。如第 146 篇写道：

耶和华造天、地、海和其中的万物；
他守诚实，直到永远。
他为受屈的伸冤，赐食物与饥饿的。

耶和华释放被囚的；
耶和华开了瞎子的眼睛；

耶和华扶起被压下的人。

耶和华喜爱义人。

耶和华保护寄居的，扶持孤儿和寡妇，

却使恶人的道路弯曲。

诗中深切地表示了对弱者和被压迫者的同情。

《雅歌》是一部爱情诗篇，被称为"所罗门之歌"，其实和所罗门并无多大关系。它原来是民间口头创作的，后来可能经过了文人的一定加工。对《雅歌》的构成，研究者有着不同的主张，但一般认为它是民间情歌的汇集。《雅歌》的内容清新朴实，不带宗教意味。

首先，它比较细腻地表现了青年男女之间爱情的欢乐和痛苦，尤其是对劳动人民之间爱情的描写更为淳朴、坦率，真实可信。如第一章中有一段心理描写：

我所心爱的啊，

求你告诉我，你在何处牧羊，

晌午在何处使羊歇卧。

我何必在你同伴的羊群旁边，

好像蒙着脸的人呢？

其次，《雅歌》中的不少诗篇表现了劳动人民对爱情的无比珍视和忠贞不渝的态度。如：

爱情，众水不能熄灭，

大水也不能淹没；

若有人拿家中所有的财宝要换爱情，

就全被藐视。

《雅歌》在艺术上取得了相当高的成就。它具有人民口头创作清新刚健的艺术风格，并明显地保留了当时结婚仪式上新郎、新娘对唱的痕迹，洋溢着浓郁的生活气息。同时，不少诗善于以景寄情，并好用比喻等艺术手段形容自己所爱的人。如第四章的开头几节是这样描写的：

> 我的佳偶，你甚美丽！你甚美丽！
> 你的眼在帕子内好像鸽子眼。
> 你的头发如同山羊群，卧在基列山旁。
> 你的牙齿如新剪毛的一群母羊，
> 洗净上来，个个都是双生，
> 没有一只丧掉子的。
> 你的唇好像一条朱红线，
> 你的嘴也秀美。
> 你的两太阳，在帕子内如同一块石榴。
> 你的颈项好像大卫建造收藏军器的高台，
> 其上悬挂一千盾牌，都是勇士的藤牌。
> 你的两乳，好像百合花中吃草的一对小鹿，
> 就是母鹿双生的。

《雅歌》的高超艺术技巧曾引起后世许多作家和诗人的赞叹。

故事性作品包括历史故事、英雄故事、生活故事等。

历史故事以《出埃及记》最为有名。故事中讲道，以色列人的先祖雅各的第十一个儿子约瑟，因只知享受，被弟兄们卖给过路的埃及商人。约瑟到埃及后，受了不少苦，后来时来运转做了宰相。约瑟死后，他的子孙繁衍发展起来。埃及法老唯恐以色列人势力壮大对他不利，便残酷地压榨他们。以色列人由于不堪受辱，决心逃出埃及，他们在领袖摩西的带动下，经过40年的艰苦长征，终于摆脱困境，回到迦南。故事的情节曲折生动，充满浪漫主义色彩。其中摩西被描写为头脑聪颖、意志坚强并深受群众爱戴的英雄，颇具感人的力量。

英雄故事中以大卫的故事、参孙的故事最引人入胜。

大卫是耶西的幼子，一日在野外放羊时，听说扫罗与非利士人作

战，屡屡失败，就主动请求出战。扫罗同意他去试试。在战场上他机智地用弹弓发石子打中了非利士人首领哥利亚的头部，并乘机杀死了哥利亚。大卫的胜利，使以色列人大为振奋。从此他成为驰名的小英雄。后来，他做了以色列的第二任国王，干出了一番事业。大卫这个英雄的名字在欧洲是家喻户晓的。

参孙是上帝耶和华施恩给玛挪亚的妻子所生的男孩，从小就有超人的勇气和力量。他的力量来自他头上的七绺头发。长大以后，做了以色列的士师（军事首领），战无不胜。非利士人对他又恨又怕，但无能为力，后来买通了他的情人大利拉，剃去他的头发，挖掉他的双眼，把他投入狱中。不久，参孙的头发又长了出来。一日，非利士人举行宗教大祭，把参孙提到一个大厅中进行侮辱、奚落。面对敌人的暴行，参孙心中充满仇恨的怒火。他机智地手抱双柱，用尽全身的力气使双柱折断，大厅倒塌，压死了所有在场观看的敌人，自己也同归于尽。这个故事通过生动感人的情节，歌颂了参孙英勇机智的斗争精神和不可战胜的力量。参孙的形象影响极其深远。后来英国作家弥尔顿曾以之为题材写出了著名悲剧《力士参孙》。

《路得记》是一篇早期的短篇小说，是生活故事的优秀代表。它通过路得在丈夫故去后仍孝敬婆母的事迹，讴歌了人与人之间相互关心、和睦友善的美好品德，并肯定了异族通婚。这在当时是有进步意义的。

在《旧约》中，带有政论性的文艺散文——先知预言是希伯来文学的重要收获。这里的先知是指一些社会改革家和宣传正义的志士。这些先知虽然不能预见未来，但由于他们生活于动荡不安的时代，与上层统治者和宗教祭司集团有矛盾，因而敢于揭露黑暗现实，批判社会的不合理现象，表达自己的进步政治主张。先知预言的代表作有《阿摩司书》《以赛亚书》《弥迦书》等。

《阿摩司书》中的阿摩司，出身于劳动人民。他在预言中强烈地谴责统治阶级及其帮凶的罪恶：国王专横暴虐，无所不用其极；贪官污吏"践踏贫民"，"苦待义人，收受贿赂"；高利贷者"见穷人头上所蒙的灰，也都垂涎"；奸商们"卖出用小升斗，收银用大戥子，用诡诈的天平欺哄人"。作者认为这是一个"有罪的国，必将这国从地上灭绝"，并且对美好前景做了预示："到那日，我必建立倒塌的帐幕，堵住其中的破口，把那破坏的建立起来，重新修造，像古时一样。"这里充分表现出作者对现实的批判态度，以及对未来的向往和信心。

《以赛亚书》和《弥迦书》比较真实地反映了在外敌入侵的情况下，以色列国土上的种种悲惨景象，揭露了奴隶主阶级和宗教祭司的野蛮暴行，指出他们"以人血建立锡安，以罪恶建造耶路撒冷。首领为行贿行审判，祭司为雇价施训诲，先知为银钱行占卜"。从作者展现的罪恶现实中，不难看出当时尖锐的阶级矛盾以及广大劳动人民的悲惨命运。

此外，这一时期还有一些具有教诲意义和启示作用的箴言、寓言等，也有一定的文学价值。

3. 被俘以后的文学（前6世纪—前2世纪）

如前所述，公元前586年耶路撒冷城被巴比伦人毁坏。巴比伦军队把大批的犹太人作为俘虏押送到巴比伦。当时犹太人面临国破家亡、背井离乡的悲惨处境，于是创作了不少悲愤哀怨的诗歌，以表示他们的内心苦痛和对敌人的切齿仇恨。其中《耶利米哀歌》较有代表性。先知耶利米是巴比伦俘虏事件的目击者，他亲自感受了亡国之痛。因此，他的哀歌爱憎分明，悲怨感人，充分表达了广大犹太人的心声。如第五章中的一段描写：

> 敌人在锡安玷污妇人，
> 在犹太的城邑玷污处女。
> 他们吊起首领的手，
> 也不尊敬老人的面。
> 少年人扛磨石，
> 孩童背木柴，都绊跌了。
> 老年人在城门口断绝，
> 少年人不再作乐。
> 我们心中的快乐止息，

跳舞变为悲哀。

冠冕从我们的头上落下。

我们犯罪了，我们有祸了！

……

诗中通过对耶路撒冷被占领后的凄惨景象的描绘，有力地激起人们对巴比伦侵略者的仇恨和憎恶。

反映人民哀怨的诗歌，有的也收入在《诗篇》之中。如《诗篇》卷五第 137 首就是一篇杰出的哀歌。其中描述道：

我们曾在巴比伦的河边坐下，

一追想锡安就哭了。

我们把琴挂在那里的柳树上。

因为在那里掳掠我们的，要我们唱歌，

抢夺我们的，要我们作乐。

说："给我们唱一首锡安的歌吧？"

我们怎能在外邦唱耶和华的歌呢？

耶路撒冷啊，我若忘记你，

情愿我的右手忘记技巧。

我若不记念你，

若不看耶路撒冷过于我所最喜乐的，

情愿我的舌头贴于上膛。

……

这首哀歌不仅生动有力地表现了犹太人被俘虏到巴比伦后的怀乡深情，而且艺术技巧也是相当高超的。

哀歌是希伯来诗歌发展到高峰的重要标志。这些优美哀怨的诗歌是完全应该列入世界古典名作之林的。

除哀歌以外，这一时期还产生了颂神诗和戏剧等。其中《约伯记》是一部大型哲学诗剧，约完成于公元前 5 世纪下半叶。剧中通过主人公约伯无论在什么情况下都能坚守纯正、笃信上帝，从而得到善报的过程，歌颂了人的正直、善良的品德，寄托了作者的美好生活理想。约伯家里十分富有，妻子为他生了七子三女，他感到十分满足。为此，他衷心感谢上帝的恩典。一次上帝与魔鬼撒旦相遇，上帝夸约伯是个义人，魔鬼则持否定态度。于是二人打赌，看谁的看法正确。魔鬼经上帝允许，对约伯进行毁灭财产、压死子女、伤害身体等三次打击，可约伯对上帝的忠心仍不变。最后上帝出面重新肯定约伯是个义人，又赐给了他财产和子女，使他的生活比以前更为美满。

这个诗剧所探讨的是好人为什么受苦、坏人为什么得志这个重大社会问题。最后的答案是，这是上帝的意旨，从而告诉人们，只要坚守纯正，崇奉上帝，未来总是美好的。可见它的主旨仍然是歌颂上帝耶和华。然而诗剧也提出了一个令人深思的问题：既然上帝是全知的、公正的，那么为什么又如此残酷地考验约伯呢？这就使人不能不对神的"全知"和"公正"产生怀疑。同时，约伯的重新获得幸福是靠容忍、委曲求全得来的，这显然是被犹太教加工的结果。《约伯记》把深刻的哲理和浓郁的诗情融于戏剧之中，具有较强的艺术感染力。它对德国诗人歌德的创作产生了一定的影响。

从以上对三个历史阶段不完全的分析和介绍中，我们不难看出古代希伯来文学的丰富性。

三、希伯来文学的意义和影响

《旧约》作为古代希伯来文学的基本汇集，不仅是希伯来人的宝贵文学遗产，也是世界古代文学宝库中的艺术珍品。它以较高的思想成就和卓越的艺术手法，多方面地反映了希伯来民族的发展进程，反映了古代巴勒斯坦地区的社会生活，反映了当时的政治、经济、宗教以及社会风习等方面的情况，对我们认识古代巴勒斯坦的历史，尤其是希伯来文学的发展历史有着重要的意义。

《旧约》被翻译成希腊文，并成为基督教的《圣经》（《新旧约全书》）的组成部分之后，和《新约》一起，对欧洲的社会生活和文学产生了极为深远的影响，成为欧洲文学的书面源流之一。从文学上来讲，《圣经》的影响是多方面的。

首先，《旧约》以及《新约》的宗教思想，在相当长的历史时期内，不仅成为在欧洲社会占统治地位的思想，而且成为欧洲文学的一大特点：欧洲的中世纪文学一直被教会所控制；中世纪以后直至今天，许多作家的作品仍带有浓厚的宗教色彩或与宗教有着千丝万缕的联系。

其次，《旧约》中，特别是《新约》中的"平等互助"、"爱人如己"、同情弱者的思想，对欧洲许多作家的创作倾向都产生了影响，体现了早期的人道主义精神。这种精神在一定程度上促进了文艺复兴时期资产阶级文艺思想的形成。

第三，《旧约》和《新约》中的不少作品善于把神话传说与现实生活结合起来，把历史材料和艺术创造结合起来，把夸张的笔法和写实的因素结合起来，形成了早期浪漫主义与现实主义趋向。这种趋向对欧洲文学中的浪漫主义和现实主义的形成，起了一定的借鉴作用。

最后，《旧约》和《新约》中的情节、人物、典故等，对欧洲作家的创作产生了深刻的影响。如但丁的《神曲》、歌德的《浮士德》、拜伦的《该隐》、狄更斯的《大卫·科波菲尔》、纪德的《窄门》、普希金的《先知》、莱蒙托夫的《恶魔》、托尔斯泰的《复活》等，在创作过程中都曾从《旧约》或《新约》取材，或接受了其中某些典故的启示。同时，《旧约》和《新约》中的人物事件对欧洲的音乐、绘画、雕刻等方面的影响也是十分明显的。

思考题

1. 简述希伯来文学产生的历史背景。
2. 分析《创世记》中主要神话传说的思想内容及其意义。
3. 分析《旧约》有代表性的英雄故事及其意义。
4. 分析《雅歌》的思想成就和艺术特色。
5. 分析哀歌的思想内容及其意义。
6. 简述希伯来文学的意义和影响。

第三节　《罗摩衍那》

〔**学习提示**〕　《罗摩衍那》是印度两大史诗之一，是印度古代长篇叙事文学的典范，被称为"最初的诗"。它通过罗摩王子一生坎坷的经历的描述，多方面地反映了古代印度的社会生活和审美观念，具有不朽的艺术魅力。

学习本节，注意掌握以下几方面：

一、了解史诗的思想内容与印度现实社会的关系。

二、了解和掌握罗摩形象的典型意义及其性格的复杂性。

三、了解史诗在古代印度文学中所占的重要地位及对后世文学的深远影响。

一、史诗的形成及基本内容

《罗摩衍那》[①] 是印度两大史诗之一，是印度古典长诗的光辉范例。相传史诗的作者为蚁垤仙人，其实它是在长期口头流传中逐渐发展起来的。关于史诗故事的来源，学者们众说纷纭，一般认为，早在各种吠陀、梵书、森林书、奥义书等古代著作中就有罗摩故事片段的记载。这些故事最初流传于民间，通过行吟艺人、歌人的吟唱，不断丰富发展。后来，得到学识渊博的蚁垤仙人的整理和加工才逐渐定型，具有现在的规模。因此，在古代印度人们往往称《罗摩衍那》为"最初的诗"，而把蚁垤仙人誉为"最初的诗人"。

关于《罗摩衍那》成书的时间，学者们意见也不一致，多认为它从形成到定型的时间较长，大约开始形成于公元前 4 世纪至公元前 3 世纪，而最后增补部分于公元前 2 世纪完成。

---

① 〔印度〕蚁垤著：《罗摩衍那》，季羡林译，人民文学出版社，1980 年。本书中涉及《罗摩衍那》的引文均参考此版本。

　　《罗摩衍那》意为"罗摩的漫游"或"罗摩的生平"。全书用古典梵文写成，共 7 篇，24 000 颂，约为《摩诃婆罗多》的 1/4，为荷马史诗《伊里亚特》《奥德赛》总和的两倍。它多方面地反映了古代印度人民的理想和审美观念。

　　《罗摩衍那》的中心内容是描述罗摩王子一生的经历。它的情节主要是由罗摩的早期宫廷生活、罗摩的被放逐、楞伽之战和罗摩的复位四个部分组成。史诗中讲，古时候，印度有一个国王——十车王，他有四个儿子，为毗湿奴大神的化身。长子罗摩，次子婆罗多，三子罗什曼那，四子设睹卢祗耶。国王年迈，决定立罗摩为太子，让他继承王位。此举遭到婆罗多母亲吉迦伊王后的妒恨，她迫使十车王让自己生的儿子婆罗多即位，而流放罗摩 14 年。罗摩遵从父命带领妻子悉多、弟弟罗什曼那到远方的森林中隐居，过苦行者的生活。不久，悉多被楞迦岛的十首魔王罗波那劫走，于是就发生了罗摩与十首魔王的一场大战。罗摩为救出悉多，与猴国国王须羯哩婆结盟，猴王派兵和神通广大、善于变化的哈奴曼来支援他。经过多次激战，罗摩杀死了罗波那，救出了悉多。然而罗摩却怀疑悉多在魔窟中失节，悉多一怒之下跳进火堆，经受了火的考验。14 年期满，罗摩回国接替了王位，出现了太平盛世。若干年后，罗摩又听信谣言，怀疑妻子不贞，将已怀孕的妻子赶走。悉多被蚁垤仙人救护到修道院中，生下孪生子。孩子长大后，仙人教他们唱罗摩衍那的故事。一次，罗摩举行马祭，听到孩子们的吟唱，罗摩终于发现这两个孩子就是自己的儿子。不过，罗摩仍怀疑悉多的贞操。悉多悲愤地向大地母亲呼救，大地顿时裂开，她一跃投入地母的怀抱。此后，罗摩四兄弟先后死去升天，又恢复为大神毗湿奴的本体。

二、主要人物罗摩和悉多的形象

　　在史诗中，罗摩是作为古代英雄和理想国王的形象来塑造的。史诗的主题和思想倾向也是通过这一形象反映出来的。在罗摩身上既体现了某些符合人民愿望和社会发展趋势的进步思想，也反映出许多剥削阶级的意识。

史诗主要通过德行和勇武两个方面来刻画罗摩的形象。

首先是把罗摩作为古代印度德行的最高典范加以赞颂。史诗在《童年篇》中就把罗摩写成集一切美德于一身的人，说"他的深沉似大海，他的冷静如喜马拉雅山"，"他的心胸像大地，他爱民犹国君，他视真诚为己任"。书中从多方面展现了他的崇高品格。罗摩本是十车王的合法的王位继承人，但当父王屈从于小王后的要挟决定流放他时，他却对妻子悉多表示，"我一定要维护父亲做出的许诺，今天就到森林中去"。罗摩携妻子悉多、弟弟罗什曼那出发以后，城中百姓纷纷前来送行，不忍离去。罗摩为了不让追随的百姓分担自己的灾难，命令车夫起早悄悄赶路，从而摆脱了尾随的人们。他来到森林，靠吃野果，穿树皮做的衣服生活。罗摩既严于律己，不计较个人得失，又疾恶如仇，大义凛然。当得知猴国国王须羯哩婆的王位被其兄篡夺时，他主持正义，帮助须羯哩婆恢复了王位。史诗对罗摩的高尚品德作了生动具体的描绘，从而使罗摩成为古代印度人民心目中伦理道德的最高典范。

罗摩既是古代印度德行的楷模，又是英勇无畏的古代英雄的光辉代表。他是大神毗湿奴的化身，史诗既赋予他以神化的风采，又表现了他作为普通人的真情，在他身上，神性与人性、德行和勇武完美地结合在一起。史诗中对罗摩的武力和英雄主义气概作了十分生动的渲染。其中对拉断神弓和楞伽之战等情节的描绘尤为引人入胜。遮那竭国王为女儿悉多选婿，宣称谁能拉开他祖传的神弓就把女儿嫁给谁。来求婚的王公贵族一个一个都失败了。可是罗摩不仅拉开了神弓，而且由于用力过猛一下子把弓给拉断了。这一壮举震动了整个宫廷：

> 这有力的人装上弓弦，
> 把弓一直拉在耳边；
> 这光辉的人中英豪，
> 把这张弓从中间拉断。
>
> 迸出了巨大的响声，

像是扫过来的飓风；
又像是那大山崩裂，
大地为之激烈震动。

罗摩的勇武在楞伽之战中得到更集中的表现。罗摩的妻子悉多被楞伽岛的十首魔王罗波那劫持。罗摩愁思百结，千方百计地寻觅悉多的踪迹。后来在猴国国王的帮助下，特别是在神猴哈奴曼的直接支援下，终于找到魔窟，与十首魔王罗波那相遇。于是一场激战开始了，直杀得天昏地暗、血流成河、尸横遍野。罗摩和罗波那经过几百回合的厮杀，打得难解难分。这时，天神"全都伫立来观战"，为罗摩助威。罗波那十分顽强，而且还善于使用魔法，罗摩曾上百次地射下他的头，谁知罗波那的"头颅滚落大地上，颈上又长一头颅"。面对狡猾的强敌，罗摩反复思考对策，最后终于以大梵天赐给他的神箭射死了罗波那。史诗中如此描述道：

愤怒罗摩斗志昂，
手持宝弓对魔王；
即刻把箭射出去，
穿透皮肤威力强。

神箭无双似金刚，
金刚双臂所射放；
无敌有如阎罗王，
打到魔王胸膛上。

神箭射出驶如飞，
敌人身躯即销毁；
坏蛋魔王罗波那，
心房中箭已粉碎。

罗波那死后，罗摩救出悉多，并拥立维毗沙那为新的楞伽国王。

史诗中表现罗摩的胜利，不仅是他武力的胜利，也是他崇高品德和正直精神的胜利。由于他为正义而战，不只得到天神的帮助，得到金翅鸟王和猴国国王的支援，而且还得到了罗波那的弟弟维毗沙那的积极配合。这充分体现了得道多助、失道寡助的思想。

罗摩是特定的历史阶段——奴隶制形成期的英雄人物，是上层社会统治阶级内部进步势力的代表。在史诗中，他同宫廷内以吉迦伊王后为代表的落后保守势力，同以十首魔王罗波那为代表的社会反动势力构成了尖锐矛盾，而后者是史诗揭示的主要矛盾。史诗通过对主要矛盾的揭示，反映了新兴的以农业经济为基础的城市文化，同落后的野蛮的以游牧为生的雅利安文化的冲突，披露出古代印度社会正在形成中的先进与落后、文明与野蛮、正义与邪恶的对抗关系。显然史诗的作者是站在罗摩一边的。不过，由于史诗流传久远，在流传过程中，不同时代、不同阶级、不同人物都要按照自身的要求进行窜改和加工，这就使罗摩的形象带有复杂的性质。在客观上，罗摩既是一个古代英雄、理想化的国王，同时也是一个伪君子，某些旧的统治秩序的维护者，在他身上体现出不少剥削阶级意识和落后的道德观念。如他多次怀疑悉多失节，甚至把怀孕的妻子逐出宫廷的做法，俨然一副蛮横的专制统治者的嘴脸。这与罗摩的整体品格似乎是矛盾的。

罗摩的妻子悉多是古代印度理想妇女的典型。她既温柔多情、善良贤淑，又自尊自爱、刚直不阿。与罗摩结合后，对爱情始终忠贞不渝，"只属于一个人"。罗摩被流放，她执意跟随他到森林中过苦行者的生活。被十首魔王罗波那劫持到楞伽岛以后，面对对方的威逼利诱，她宁死不屈，与罗波那进行坚决斗争。在被救出魔窟、罗摩怀疑她失去贞节时，她毅然愤怒地跳进火坑，接受烈火的考验。最后，当她带领两个孩子跟随蚁垤仙人来见罗摩、罗摩继续怀疑她的清白时，她为了洗刷对自己的侮辱，当众向大地母亲呼救："如果除了罗摩外，我从不想别的男人，那就请大地女神，露出罅隙让我进。"大地女神果然接受了这位纯洁刚烈的女儿，两臂合拢将她拥入自己的怀抱。于是众天神不断高呼"善哉！善哉！"一致赞颂悉多的品德。悉多这种既温柔善良又坚强不屈的性格集中地体现了古代印度妇女的美德。千百年来，悉多一直被印度广大妇女尊崇为学习的榜样，产生了深远的影响。

除了罗摩和悉多外，史诗中塑造的罗什曼那、神猴哈奴曼以及十首魔王罗波那的形象也是栩栩如生、真实生动的。特别是罗什曼那的那种敢于反抗旧秩序、不相信命运的叛逆精神同罗摩的维护旧传统、遵从命运的某些表现形成鲜明的对照。这也是史诗作者的有意安排。

三、史诗的思想倾向

《罗摩衍那》多方面地反映了从原始公社制社会向奴隶制社会过渡时期的时代面貌，表达了人民的理想和愿望。它的思想内容十分丰富。

反对上层统治集团内部争夺权力的斗争，祈求国家的团结和安定，渴望太平盛世是史诗首先表达的思想倾向。史诗中描述了阿逾陀、猴国、楞伽岛三个王国内部争夺王位的纷争。在阿逾陀，十车王本已决定立长子罗摩为太子，但在小王后吉伽伊的胁迫下，不得不放逐罗摩而立次子婆罗多；在猴国中，须羯哩婆和波林兄弟二人为争夺王位相互残杀并霸占对方的妻子；在楞伽岛，十首魔王罗波那与其弟维毗沙那政见不和，弟对其兄的专横荒淫行为不满，从而站在罗摩一边。兄战死后，弟成为罗刹王。这三国内部斗争的焦点都是围绕着王位的继承权问题进行的，它们都真实地反映了现实社会宫廷内部的尖锐矛盾。与以上情况相对照的是罗摩和婆罗多兄弟间互让互敬的高尚品格，史诗作者对此显然是赞美的，同时也颂扬罗摩即位后国家出现太平盛世的理想境界。这在当时无疑是符合人民的心愿的。

与此同时，史诗自始至终贯穿着反对掠夺和侵略、反对专横暴政、歌颂正义战争的思想。这集中体现在楞伽之战中。楞伽岛的十首魔王罗波那是一个专横暴虐的统治者，他不仅在岛内施行暴政，而且经常对外掠夺。他劫持悉多并妄图玷污她，这充分暴露出他又是一个酒色之徒。可见，由此引起来的罗摩为救悉多而与罗波那发生的一场战争是善与恶、正义与邪恶、进步势力与反动势力矛盾冲突的必然结果和真实体现。史诗通过对这场正义战争的热情赞颂，表达了国家间应该相互信任、友好相处的愿望。这在当时也是具有进步意义的。

最后，史诗还通过罗摩和悉多的言行宣扬了理想的道德观念，歌颂了忠贞的爱情。在史诗中，罗摩对待父王既是孝子，又是忠臣，尊崇备至；对待兄弟罗什曼那既严格要求，又多方体贴、关心；对待妻子悉多无比爱护，在悉多被劫持后，他不惜流血牺牲去全力救援；对待朋友能伸张正义，鼎力相助；对待平民百姓表示关心和同情。罗摩这种处理君臣、父子、夫妻、兄弟、朋友、上下之间关系的言行是符合当时正在形成中的等级森严的道德规范和礼法观念的。同时，史诗中还十分细腻地描写了罗摩和悉多忠贞如一的爱情，宣扬了一夫一妻制，并且特别强调妇女的贞操观念。这显然是与王位的继承和夫权的确立有直接关系。事实上罗摩和悉多在对待婚姻爱情的态度上是有所不同的。罗摩虽爱悉多，但却把悉多看作自己的附属品，多次考验她的贞节，有些做法是冷酷无情的。而悉多对罗摩的爱情是始终如一、誓死相随的。她尽管受了许多委屈，但仍不改初衷。这是她品格高尚之处。当然，悉多也有自己的弱点，她对待生活委曲求全、听凭命运摆布的态度也是不足取的。

四、史诗的艺术特色

《罗摩衍那》作为史诗，它既具有一般史诗场面宏伟、涵盖广阔和神奇玄妙的共性，又具有自己鲜明的艺术风格。它通过罗摩一生的曲折经历，广泛地概括了古代印度社会的政治、历史、宗教、文化、民俗、道德、婚姻以及自然风光等方面的时代面貌，并处处呈现出奇异、浪漫的色彩。史诗中塑造的主要人物不仅性格各异，而且每个人都具有超凡的神奇表现。如罗摩拉断神弓及在楞伽之战中显示的威力，哈奴曼的善于变化及手托大山取药时的雄伟气概，悉多既经受火的考验，又在一气之下投入地母怀抱的感人场面，罗波那与罗摩战斗时，头颅不断被射掉又不断生出新头颅的怪异魔法等，看来都是玄奥神秘的，但又让人感到真实可信。这种把现实世界与神话幻想世界紧密结合的描写方法生动地体现了早期的浪漫主义精神。

史诗在塑造人物时，还特别注重环境的描写与心理的刻画。以罗摩为例，当罗摩被十车王决定举行灌顶大典时，罗摩满心欢喜，和来祝贺的人们有说有笑。这一天整个阿逾陀城都挤满了人，到处充溢着节日的气氛，盛况空前：

> 就在这一天，名城阿逾陀，
> 大路都洒上了水打扫干净；
> 到处都悬挂上了各种花环，
> 房屋上的幡幢飘扬在空中。

可是，正在万民欢腾的时候，罗摩的命运却突然改变了，他将被流放到森林中 14 年。为此，他尽管"浑身上下罩满了忧愁"，却极力"控制住了自己的感官"。他决定接受命运的安排。当这个不幸的消息传开时，宇宙为之伤感，人们为之哭泣：

> 全城所有的人们，
> 都无缘无故地消沉；
> 没有一个人想吃东西，
> 也没人想游戏散心。

> 人们满脸流泪，
> 在王道上行走；
> 没有欢乐的样子，
> 所有人都十分忧愁。

> 风再也刮不起来了，
> 美丽的月亮不再清凉，
> 太阳不再发热照人，
> 全世界都凄凄惶惶。

这段生动的描写就把罗摩被流放时的悲剧气氛和人们的细微感情有力

地烘托出来。

史诗中对罗摩与罗波那激战场面的环境与景物描写更为精彩动人。这场战斗只杀得山摇地动、海水翻腾：

> 七大海洋都震翻，
> 海中生物情惊愕；
> 地狱众生和大蛇，
> 成千成千檀那婆。

> 整个大地大震动，
> 山岳森林和莽丛；
> 风神静止不再吹，
> 天上太阳无光明。

这种情景交融的描写既渲染了当时战斗的激烈程度，又表现了罗摩的勇武和罗波那的顽强，它对刻画人物、展现人们的内心世界都起了良好的作用。

史诗是用梵文写成的，它的语言生动、精练、形象，韵律和谐，并好用比喻、夸张、象征等，充满浪漫主义色彩和浓郁的抒情气氛。这种语言既适用于叙事，又适用于抒情，能恰如其分地表现人物的性格。正是通过这种形象化的语言，史诗才产生脍炙人口的艺术魅力。

《罗摩衍那》不仅在思想上而且在艺术上取得了卓越成就，千百年来一直为广大印度人民所喜爱，同时也受到世界许多国家人民的欣赏和欢迎。它对印度以及印度周围国家文学和社会生活的影响极其深远。这正如史诗的作者蚁垤仙人所预言的：

> 只要在这大地上，
> 青山常在水长流，
> 《罗摩衍那》这传奇，
> 流传人间永不休。

思考题

- 1. 试述《罗摩衍那》的形成及基本内容。
- 2. 分析罗摩和悉多的形象。
- 3. 分析《罗摩衍那》的主题思想。
- 4.《罗摩衍那》的艺术特色有哪些?

第四节 迦梨陀娑

〔学习提示〕 迦梨陀娑的创作在印度古代文学史上占着十分突出的地位,特别是他的戏剧创作达到了当时世界文学的高峰,影响极其深远。他的代表作《沙恭达罗》获得了德国作家席勒和歌德的高度赞赏。席勒在一封信中曾说,在古代希腊,竟没有一部书能够在美妙的女性温柔方面,或者在美妙的爱情方面与《沙恭达罗》相比于万一。

学习本节,要在一般了解作家创作成就的基础上,重点掌握以下两方面:

一、抒情长诗《云使》的思想内容和艺术特色,认识这部长诗在印度以及在世界诗歌发展史上的意义。

二、对《沙恭达罗》要在认真阅读剧本的基础上进行深入探讨和钻研。其中如:戏剧的主要矛盾冲突是什么,豆扇陀是怎样一个形象,戏剧为什么能产生如此巨大的影响,等等,都需要仔细思考。

一、生平与创作

迦梨陀娑是古代印度最著名的诗人和戏剧家。他的创作,特别是他的戏剧创作不仅是印度古典戏剧的光辉篇章,而且在世界古代戏剧史上也占着重要地位。

印度古代的历史是比较模糊的,往往缺乏准确的时间记载。许多作家的生卒年代也一直在考证当中，很难下一个确切的结论。迦梨陀娑也不例外。关于迦梨陀娑生活的年代以及他的生平和创作情况，文字记载中没有留下任何可靠的资料，因此只能根据一些线索去加以推断。不过，印度国内外研究者有一种主张被许多人赞同，他们认为，迦梨陀娑生活于公元4世纪初至5世纪末的笈多王朝时期，大约在350年至472年中的某一历史阶段。笈多王朝是印度奴隶制发展的鼎盛时代，经济和文化都曾得到高度发展。在这样一个繁荣的时代出现这样一位大诗人、大戏剧家是符合客观发展规律的。同时迦梨陀娑作品中所描写的景象，也大体上和笈多王朝时的社会情况相符。这就是研究者们倾向于他生活在笈多王朝时期的原因。当然这种看法还需要进一步发掘可靠的依据。

关于迦梨陀娑的生平，更无确切的考证。现在只流传下来一些带有浪漫主义色彩的传说。其中的一个传说讲道：迦梨陀娑出身于婆罗门家庭，幼时父母双亡，被牧人收留养大。后来与一个公主结婚，公主嫌其低贱、愚笨，把他逐出家门。他祈求女神迦梨（时母）的帮助，女神赐给他超人的智慧，从此成为大诗人、大戏剧家。还有一个传说中谈到，他曾在宫廷中服务过，是超日王时期的宫廷"九宝"之一。这些传说的可靠性很小，但却从侧面为我们提供了一些猜测的线索。依据种种传说，特别是依据作品的有关内容，大体上可以这样推断：迦梨陀娑可能出身于贫苦的下层，由于某种原因，具有渊博的学识和较高的文学造诣。他才华横溢，感情丰富，并且十分熟悉、热爱印度美丽的大自然；他作品中常常描绘和赞美的喜马拉雅山及其附近的优禅尼城可能就是他的家乡。

迦梨陀娑一生创作十分丰富，传说他曾写了三十部作品，但一般认为属于他的只有七部。这就是两部叙事诗（《罗怙世系》《鸠摩罗出世》）、一部抒情长诗（《云使》）、一部抒情诗集（《时令之环》）和三个剧本（《沙恭达罗》《优哩婆湿》《摩罗维迦和火友王》）。这七部是否都出自他的手笔，也有争论。其中抒情长诗《云使》和戏剧《沙恭达罗》是迦梨陀娑的代表作。

　　《云使》①是印度古典诗歌的典范作品，是印度文学史上最早的抒情长诗。虽为抒情诗，却也带有很大的叙事成分。长诗分为《前云》和《后云》两部分，共 125 节，中心表述一个被贬谪而远离家乡的小神仙药叉托云彩给爱妻传递深厚情意的故事。小药叉家住在北方的阿罗迦城，他因得罪了掌管财宝的大神仙俱毗罗，被流放到中部罗摩山的苦行林中。几个月后，正值雨季来临。一日，他看到一片雨云向北方飘浮，离情别恨立刻涌上心头，于是请求云彩把自己思念亲人的信息传达给家乡的妻子："云啊！你是焦灼者的救星，请为我带信，带给我那由俱毗罗发怒而分离的爱人。"

　　在《前云》中，药叉通过丰富的想象把从流放地到他家乡沿途的锦绣多姿的自然风光，壮丽繁华的城市景象一一讲给云彩听。这里万物充满生机，"大地放出香气"，使传递信息的云彩也不能不为之动情，产生眷恋，以至"在每一座有山花香气的山上淹留"。诗中一再渲染城市生活的欢快美好。如第 27 节写道：

> 虽然在你的北行的道路上有些曲折，
> 可是别放过不看优禅尼城的亭台楼厦；
> 那儿城市美女为闪电所惊眩的媚眼，
> 你若不去欣赏，就是虚度了年华。

在这里，诗人通过对美丽的自然风光和人间幸福的描绘，有力地衬托了药叉远离家乡、远离爱妻的凄凉和痛苦，字里行间都饱含着深厚的情意。

　　《后云》描绘云彩顺利地来到药叉家乡阿罗迦城后的种种情景。药叉首先向它介绍了这个城市的富丽堂皇以及人们的享乐生活，描画了那里的"女郎"的花容月貌与爱情的幸福。如第 66 节如此形容道：

> 那儿药叉们走上水晶造成的宫顶平台，

---

　　① ［印度］迦梨陀娑著：《云使》，金克木译，见于季羡林、刘安武选编《印度古代诗选》，漓江出版社，1987 年。

> 台上星光辉映成花朵，女伴尽是姣娥，
> 他们饮着如愿树所生的美酒"行乐果"，
> 同时缓缓奏着像你的声音一般的鼓乐。

然而药叉所渲染的阿罗迦城的优美，阿罗迦城"女郎"的秀丽，最突出的还是表现在他妻子的身上：她"正青春年少，皓齿尖尖，唇似熟频婆，腰肢窈窕，眼如惊鹿，脐窝深陷"，是人世间少有的美人，是花朵中最娇艳者。妻子的美丽和贤淑，使药叉感到无比幸福和自豪。正因为如此，远离了她，才使药叉无限惆怅，思念不已。如第106节中描述道：

> 我有时向空中伸出两臂去紧紧拥抱，
> 只为我好不容易在梦中看见了你；
> 当地的神仙看到了我这样情形，
> 也不禁向枝头洒下了珍珠似的泪滴。

在长诗中，诗人通过小神仙药叉的被贬以及他对妻子的思念，热烈地赞颂了忠贞如一的爱情，也曲折隐晦地表现了对现实社会的不满和批判态度，在一定程度上寄托了人民的生活理想。正是这种较为鲜明的倾向性赋予长诗以深刻的社会意义。

《云使》在艺术上也取得了较高成就。全诗从始至终激荡着感情的洪流，它以抒情主人公药叉思念妻子为中心线索，通过托云寄情的丰富想象，使感情得到淋漓尽致的抒发。作者尤其善于用渲染、烘托的方法状物抒情，表达情怀，诗中往往以大自然的美和城市的美凸显人物之美，以人物之美凸显爱情的欢乐，离别的痛苦。这种情景交融、以情为主的表现方法已经达到了炉火纯青的境地。长诗的语言优美、凝练、丰富，比喻恰当，韵律和谐，准确、生动地表现了人物复杂的内心世界，产生了较强的艺术感染力。正因为《云使》在内容和形式上达到了如此的完美统一，它才成为世界古典抒情诗的不朽杰作。

二、《沙恭达罗》

1. 基本内容

《沙恭达罗》的题材取自史诗《摩诃婆罗多》和《莲华往世书》，而反映的却是奴隶制鼎盛时期的社会生活。戏剧的中心是描写国王豆扇陀和净修女沙恭达罗之间的爱情。

全剧共分七幕。第一幕《狩猎》，第二幕《故事的隐藏》，第三幕《爱情的享受》，写某一个净修林中的净修女沙恭达罗，一日正与女友浇灌花木时，遇到打猎由此路过的国王豆扇陀。两人一见钟情，自主结婚。国王临别时赠沙恭达罗一枚戒指作为信物。第四幕《沙恭达罗的别离》，写国王离去后，沙恭达罗由于日夜思念、精神恍惚而疏忽了对路过的大仙人达罗婆娑的礼节，遭到了大仙人"你那个人决不会再想起你来"的诅咒。后来经沙恭达罗的女友说情，才改为"只要她的情人看到他给她的作为纪念的饰品，我对她的诅咒才失掉力量"。沙恭达罗怀孕了，师父干婆决定派人把她送到丈夫身边。于是沙恭达罗与净修林的义父母、女友和动植物依依惜别。第五幕《沙恭达罗的被拒》，写沙恭达罗中途失落了那枚戒指，大仙人诅咒应验，国王想不起往事，拒绝承认与她结过婚。沙恭达罗愤怒指责豆扇陀的不义，一气之下，祈求地母帮助升天。第六幕《沙恭达罗的遗弃》，表现国王见到渔夫拾到的戒指，恢复记忆后追悔莫及的情景。其中插入了豆扇陀应天帝之邀战胜恶神的情节。第七幕是戏剧的结局，写沙恭达罗与豆扇陀在仙界大团圆。

从以上简要介绍中可以看出，戏剧的基本情节是由沙恭达罗与豆扇陀之间的爱情纠葛构成的。第一、二、三幕的剧情是按男女主人公感情发展的顺序演进的。由第四幕大仙人诅咒开始，出现转折，产生了矛盾冲突（追求美好的爱情同阻碍它的实现之间的矛盾）。到第五幕，戏剧的冲突一下子转向沙恭达罗同国王之间，夫妻变成了冤家，矛盾发展激烈，进而推向高潮。至此，我们才发现，戏剧的实际冲突不在沙恭达罗和大仙人之间，而在沙恭达罗和豆扇陀之间，即国王豆扇陀对净修女沙恭达罗的遗弃构成了矛盾冲突的主要方面。戏剧中曲折地反映了现实生活中的这种矛盾，从而使爱情的故事具有更深的社会意义。我们只有掌握了戏剧冲突的复杂性和作家的创作意图，才能正确理解它的主题。

2. 主要人物形象

戏剧的基本情节既然是由沙恭达罗和豆扇陀之间的爱情婚姻纠葛构成的，那么这两个人物无疑是戏剧塑造的主要形象。其中沙恭达罗的形象居首要位置。

沙恭达罗是古代印度理想妇女的典型。她原是"王族的仙人"和天女结合所生，具有半人半神的性质，出生后即被遗弃，为森林中的飞鸟抚育，后被净修林中的隐士干婆收为义女。由于自幼在净修林中长大，生活地位比较低下，因而她身上所具有的基本上是平民女子的一些特点。

在作者的笔下，沙恭达罗从外表到内心都是完美的。她不仅有着"魅人的青春"，"像花朵一般"的容貌，而且还有一颗善良、美好的心灵。

单纯和质朴是沙恭达罗最鲜明、最突出的性格特征，在她身上处处表现出一种"自然人"的本色。她天生丽质、纯净无华，穿着用树皮做的衣裳，戴着用荷花须子弯成的手镯，浑身洋溢着"自然美"的气质。

在处理人与人之间的关系上，她也是十分单纯的。她只身一人，在净修林中除了义父母外，常和她在一起的主要是两个女友。她对义父母是尊重而有礼貌的。她与两个女友之间的感情是深厚的；她们相互关心、相互爱护，她有什么知心话都对她们讲。

沙恭达罗的单纯和质朴还表现在对大自然和动植物的热爱上。她对净修林周围美丽的自然风光和一些动植物充满了深厚的情意。这里的一山一水、一草一木、一鸟一兽，都仿佛与她紧密相连。她和森林中的弱小动物交了朋友。和她最要好的是一只可爱的小鹿。她常用稷子去喂它。有一次小鹿的嘴被草尖扎破了，她心疼地给擦上点油。当沙恭达罗离开净修林时，小鹿依依不舍地叼着她的衣襟，孔雀不再舞蹈了，野鸭子由于悲伤，嘴里衔的藕也掉在地上了。她对森林中的一些花草树木感情尤深。她称一棵小茉莉花为"林中之光"，把一棵结满花骨朵儿的蔓藤叫作妹妹。告别净修林那天，她与蔓藤妹妹辞行，热烈地扶抱着蔓藤说："蔓藤妹妹呀！用你的枝子，也就是用你的胳臂，拥抱我吧！从今天起我就要远远地离开你了。"戏剧就这样从多方面表现了沙恭达罗作为平民妇女的纯真和质朴。在这里，她的外形美和内心美以及周身散发的青春气息达到了高度的和谐统一。

在爱情上，沙恭达罗尤其能体现出作为平民妇女和"自然人"的特点：单纯、热烈、忠贞。她天真无邪、未经世事，既没有金钱、权势的考虑，也不会忸怩作态，因而见到豆扇陀以后，就把全部的爱情献给他。她突破了净修林的清规戒律，克服了自己的羞怯心理，勇敢地去追求她所向往的幸福。她对女友们说："假如你们不责备我的话，就请你们给我策划，让我取得国王仙人的同情。否则就请你们回忆我吧！"她与豆扇陀自主结婚以后，虽然也产生过一些疑虑，但还是倾心于他，向他敞开了自己的心扉。沙恭达罗在爱情上表现出来的这种天真和幼稚、温柔和善良、勇气和决心，虽然是她的品格高尚之处，但也是她容易轻信从而受骗上当的主要原因。

然而沙恭达罗的性格并不是单一的。她既是单纯质朴、温柔善良的，又是疾恶如仇、富于反抗精神的。当她来到宫廷遭到豆扇陀拒认和侮辱时，气愤之余，她对豆扇陀进行了无情揭露和斥责。她说："以前在净修林里，你引诱我这个天真无邪的人，一切都讲好了，现在却用这些话来拒绝，这难道合理吗？"她高声斥骂道："卑鄙无耻的人！你以小人之心度君子之腹。谁还能像你这样披上一件道德的外衣，实在是一口盖着草的井？"在这里，作家借沙恭达罗之口，既直接揭露了剧中豆扇陀的始乱终弃的卑劣行为，又间接影射了现实中的上层统治者的荒淫生活。戏剧通过对刚直、反抗一面的描写，更丰富了沙恭达罗的性格。

总之，沙恭达罗是古代印度既温柔多情又坚贞不渝的理想妇女的形象。在这一形象身上鲜明地表达了作者较为先进的生活理想和美学观。当然，由于时代和作家思想的局限，这一形象也不是完美无缺的。

国王豆扇陀的形象是比较复杂的，具有明显的两重性，作家一方面把他理想化，一方面又对他有所揭露和批判。

首先，在作家的笔下，豆扇陀是一个好国王、古代英雄和"情种"的代表。作为开明君主，他"关心臣民像关心自己的儿女一样"，而"人民欢迎陛下的诏令，就像欢迎及时的甘霖一样"。作为半人半神的古代英雄，他是杰出的武士和猎手，是净修林和天庭的保护者。他曾帮助天帝因陀罗战胜了白头巨臂的恶神阿修罗，表现出十分英勇的气概。豆扇陀在爱情上是较为严肃的，与一般统治者不同，他对沙恭达罗的追求还是真挚而郑重的，他说："这爱情是双方的，我是非常幸福的。"在他失掉记忆时，面对沙恭达罗能庄重自持、举止得体；即或受到沙恭达罗的斥责，他也审慎地琢磨自己是否有什么不对，尤其是在恢复记忆以后，他"后悔不迭"、"痛哭流涕"，表现出对沙恭达罗的真切思念和依依深情。这里，作家赋予了豆扇陀以普通人的感情，写得情真意浓、真实可信，因而产生了良好的艺术效果。

然而，作家在把豆扇陀理想化的同时，也直接间接地揭露了豆扇陀作为现实中国王的专横和荒淫的一面。这一切多是通过侍从或小丑的插话以及失掉记忆以后的言行表现出来的。其中不少地方从侧面暴露了豆扇陀的荒淫放荡生活，他后宫中有许多"佳丽"供他享乐，却仍旧另寻新欢。对豆扇陀追求沙恭达罗，剧中通过一个小丑做了这样的嘲弄："正如一个厌恶了枣子的人想得到罗望子一般，万岁爷享受过了后宫的美女，现在又来打她的主意。"这不仅是对戏剧中豆扇陀的始乱终弃行为的揭露，也是对现实中的统治者荒淫糜烂生活的谴责和批判。不过，从总的方面来看，剧中对豆扇陀的这种揭露是比较含蓄的、温和的，而对他的颂扬和美化却占着重要地位。这既反映了作者的进步性，也反映了一定的局限性。

3. 艺术成就

在《沙恭达罗》中，作家通过男女主人公爱情上的悲欢离合的故事，寄托了自己的政治理想和美好生活的愿望，表达了先进的婚姻爱情观念。在歌颂忠贞爱情的同时，作者也直接或间接地对上层奴隶主阶级进行了一定的揭露和批判。它的深刻的思想内容和社会意义是以高超的艺术技巧表现出来的。

戏剧构思巧妙、结构严谨。在结构上，它采取了古与今结合、神话与现实生活结合、悲剧性与喜剧性结合的方式。它从现实情节写起，中间插入神话的成分，情节发展跌宕起伏，环环相扣，充满浪漫主义色彩和引人入胜的力量。剧情安排由喜剧开始，进而转入悲剧，最后又以喜剧结尾。这种独具匠心的安排，既有利于表现作家的思想倾向及和谐统一的美学理想，又有利于对现实中丑恶事物的揭露和批判。

　　与这种情节结构安排相适应，戏剧中为人物活动设置了净修林、宫廷和仙界三种不同的环境。这三种环境各具特点：净修林处于大自然之间；宫廷立于社会之上；仙界则超乎自然界和社会之外。净修林是远离尘世、充满恬静轻柔气氛的美丽大自然，这便于揭示沙恭达罗的单纯和质朴。宫廷代表社会的最高权力，它处于复杂的环境中，这便于表现国王豆扇陀的威严，揭示他的专横态度和荒淫生活。而仙界则摆脱了一切人间关系的束缚，有利于表现作家的理想和浪漫构思。戏剧通过这三种环境的转换和交替运用，有力地突出了主人公沙恭达罗和豆扇陀的个性特征。

　　戏剧在人物形象塑造上善于采取细致的心理描写方法，使人物栩栩如生地展现在读者和观众面前。如第一幕中沙恭达罗与豆扇陀一见钟情、互相爱慕的细微感情是通过人物之间的心理揣摩展示出来的，几乎没有对话。第五幕对沙恭达罗来到宫廷后的心理刻画更是细致入微：她满怀欣喜、娇羞和希望来见"夫君"，可是却遭到豆扇陀的拒认，于是她惊异、沮丧、痛苦、失望；说理不成，乃由爱生恨，由失望转为绝望；然后满腔的愤怒一下子猛烈地迸发出来，对豆扇陀的背叛行为痛加斥责。这种描写十分真切感人，充分显示了作家心理刻画的深厚功力。

　　与此同时，戏剧还特别注意通过人物的动作表现人物的性格和人物的内心世界。其中第四幕对沙恭达罗辞别净修林时矛盾复杂心情的展示具有代表性。此时，沙恭达罗既希望快点见到自己的"夫君"，又对义父母、女友、同伴和周围的花木鸟兽恋恋不舍。她的一举一动，把这种感情表现得淋漓尽致。如她抚摸着心爱的小鹿时的哭泣；与"蔓藤妹妹"的拥抱；辞别女友时"一抬脚向前走，就要跌倒在地上"的情状等，都是她细微心理活动的外化。这无声的动作语言，更具有感人的力量。

戏剧是用古典梵文写成的，但它却克服了梵文雕琢的缺陷，具有淳朴、流畅、典雅、严谨的特点。特别是人物的语言恰当地表现了不同的个性特征，而且随着环境和情节的发展变化，人物的语言也有所改变。相比之下，沙恭达罗的语言是单纯、真挚的，给人以可信之感；豆扇陀的语言是比较精粹华美的，但显得有些虚夸和矫饰。从人物不同语言风格中，能区分出他们的不同性格和思想面貌。同时，《沙恭达罗》作为诗剧，全剧充满浓郁的抒情性，它的语言也带有鲜明的抒情色彩，处处洋溢着诗情画意，产生了引人入胜的艺术魅力。

《沙恭达罗》是印度古典戏剧的典范，也是世界戏剧史上的重大收获。它以高度的思想成就和卓越的艺术表现为印度戏剧创作开创了道路，产生了广泛的影响。这个剧本不仅在欧洲获得了极高的评价，在我国也受到了广大读者和观众的欢迎。

思 考 题

1. 试析抒情长诗《云使》的思想成就。
2. 试析《沙恭达罗》的主题思想。
3. 分析沙恭达罗的形象。
4. 如何理解和评价豆扇陀的形象？
5. 简析《沙恭达罗》的艺术成就。

第二章　中古文学

第一节　概　　论

〔**学习提示**〕　中古亚非文学跨越的历史时间长、地区范围广，文学创作又极为丰富，是亚非文学史的一个重要时期。学习中，首先应以宏观的态度，从整体上去把握中古亚非文学的基本特征，这样才有可能对中古亚非文学和各国文学发展情况作出正确的评价。在中古亚非文学的许多特点中，要特别注意三大文化区的形成和三大宗教对文学所产生的巨大影响。其次，在对各国文学发展概况作一般性的了解的基础上，对一些具有世界影响的作家和作品，要作较深入的探讨，要阅读原作，了解其历史地位。

一、中古亚非社会的基本特征

中古时期的亚非文学，同亚非地区封建社会的发展过程是相适应的。亚非地区的中古文学，指亚非地区封建社会兴起和繁荣时期的文学。

亚非地区的许多国家在进入封建社会后，大都经历了形成、繁荣和衰落的过程。封建社会的基本性质是封建土地所有制，封建社会的基本矛盾是农民阶级和占统治地位的封建地主阶级的对立。由于亚非一些国家、地区具有古老的历史，亚非地区的封建社会又是在继承其历史传统的基础上形成的，因而具有一些同西欧各国的封建社会不相同的东方特点：

第一，社会发展的不平衡，是亚非中古历史基本特点之一。亚非古代历史的发展是多源性的，亚非各国从奴隶社会进入封建社会的时间极不一致，有的相距千年以上。因此，同西欧以公元476年西罗马帝国灭亡为标志而进入封建社会的情况不同，它既没有一个共同的标志，更没有一个统一的时间。例如中国，早在公元前5世纪中叶，就已经进入封建社会；而有的国家，则迟至公元10世纪时，才完成向封建社会的过渡。这种社会发展的不平衡性，使得某些先进国家处于高度繁荣状态，而另一些国家，则相对落后，形成多种层次。这种历史发展的不平衡状态，对亚非中古文学结构的形成，也具有极大的影响。

第二，政治格局的变化，地区中心的形成，是亚非中古社会的基本特点之二。作为四大文明古国的中国和印度，在继承自己历史传统的基础上，在跨入封建社会之后，进入了高度发达的历史时期；而四大文明古国的另外两个国家古巴比伦和古埃及，前者早已消亡，后者也处于发展的低潮，代之而起的则是新兴的、强大的阿拉伯帝国。此外，朝鲜、日本和东南亚、南亚的一些国家，也先后进入封建社会。因而，在亚非的中古历史中，形成了以中国、印度和阿拉伯帝国分别作为中心的三大地区，打破了古代地区之间相对孤立的状态，这有利于各国之间经济来往和文化交流，对亚非文学的发展，也具有极为重大的意义。

第三，文化发展的领先性和经济嬗变的停滞性是亚非中古社会的基本特点之三。亚非的许多国家，在封建社会的初期和中期，其经济发展速度和繁荣的程度，远远超过了西欧并对欧洲产生了明显的影响。印度、阿拉伯的数学、天文学和医学以及中国的四大发明，对欧洲产生了不可低估的影响。但由于封建君主专制的统治、自给自足的自然经济形态的障碍等原因，亚非地区的封建社会在中期以后，发展特别缓慢，致使封建社会延续时间过长。

亚非中古社会的这些基本特点，无疑地影响着亚非的中古文学。

二、中古亚非文学的基本特征

中古亚非文学经历了兴起、繁荣和衰落的过程，但各个民族文化的传统从未中断过，具有其发展的连续性。亚非各国文学都具有各自的民族文化特点；但从整体来看，亚非中古文学在结构、成就、内容和地位等方面，又具有共同的特征。

第一，三大文化区的形成。中古时期，由于宗教的广泛传播、通商的繁荣和政局的变化，尤其是三大文化区的形成，促使亚非文学的结构也发生了重要的变化。这三大文化区分别是：以中国为中心的远东及东南亚文化区；以印度为中心的南亚次大陆文化区；以阿拉伯和波斯为中心的西亚北非文化区。三大文化区的形成，既促进了亚非文学的交流与发展，又扩大了亚非文学的地域，出现了一些具有深远影响的文学作品。

第二，创作的繁荣。中古亚非文学是在古老文化传统的基础上发展起来的，具有历史的连续性。同欧洲中世纪文化相比，亚非中古文化远远走在世界的前列；文学创作成就巨大，著名作家辈出，创作形式多样，写作技巧达到当时世界文学艺术的最高水平。例如在公元11世纪之初，日本就产生了世界文学史上最早的长篇写实小说《源氏物语》，其艺术价值有口皆碑。在中国，当时的文化水平之高和创作之丰富，当推世界之首。

第三，民间口头创作和文人创作共同发展、相互影响。中古亚非文学中的民间口头创作继承了古代口头文学的特点，发展迅速，创作特别丰富，形式多样，极大地促进了文人创作的发展。中古时期，文人创作也迅速发展起来，优秀作品大量涌现。

第四，宗教的影响。亚非地区是世界三大宗教——佛教、基督教和伊斯兰教的诞生地，许多民族笃信宗教，有的地区还形成了政教合一的政治体制。因此，中古亚非文学，就大多数国家和地区来说，受宗教影响很大。宗教的兴起和传播，对亚非文化的交流和文学的发展，在历史上曾起过极大的推动作用。例如由于伊斯兰教的兴起和传播，在亚非形成了独具特色的、对世界文化影响极大的阿拉伯文学；

许多宗教的经典本身，就整理和保存了大批的文学创作。但是宗教也给文学的发展带来了许多消极的影响，不少作品具有浓厚的宗教色彩，有的甚至成为宗教教义的宣传物，这在一定程度上又阻碍了中古亚非文学的发展。

第五，对西方文学的影响。中古世界文学史的一个重要特点，是东方对西方的影响。印度的《五卷书》和阿拉伯的《一千零一夜》对乔叟、薄伽丘等人创作的影响，中国《赵氏孤儿》对欧洲各国戏剧创作的影响，都非常明显；东方文学成为促进欧洲文艺复兴、启蒙运动文学发展的重要因素。

三、中古亚非文学概述

中古亚非地域广阔、民族众多、文学繁荣，其中日本、朝鲜、印度、阿拉伯、波斯和中亚一些国家和地区的文学取得了较高成就。

1. 日本文学

日本是一个岛国，由本州、九州、四国和北海道四个大岛及一千多个小岛组成，位于亚洲的东北部。大约在公元前 1 世纪到公元 2 世纪时，日本原始社会渐趋瓦解，进入奴隶社会。公元 3 世纪后期兴起的奴隶制大国大和国，日益强大，逐步扩张，到公元 5 世纪时，统一了日本。日本是受中国影响较大的国家，日本皇室曾不断派遣使团到中国学习政治、文化和宗教。公元 645 年，由革新派中的大兄皇子、中臣镰足等发动宫廷政变，消灭了当权的旧贵族苏我氏的势力，夺取了政权，拥立孝德天皇，年号取名大化。翌年，天皇颁发诏书，实行自上而下的改革，史称"大化改新"。这次改革的主要内容，是土地收归国有，在政治上仿唐制实行中央集权和任命地方官职等。"大化革新"成为日本过渡到封建社会的标志。公元 701 年，天皇颁布了巩固封建制度的法典《大宝律令》，封建制在日本最后确立。在一千多年漫长的历史中，日本封建统治的形式几经变化，但天皇制的本质未变，直到公元 1868 年的明治维新，才结束封建社会的历史而进入资本主义社会。

日本古代奴隶制的时间短促，文化落后，没有留下任何典籍。日本文化是在汉文化的影响下萌芽和发展的。日本文学属于以中国文化为中心的文学系统，这是日本中古文学的基本特点之一。

日本中古文学的另一重要特征，就是文学历史的连续性和一贯性。在将近一千年的中古历史中，日本文学不断发展，不断补充、丰富和提高，很少出现空白中断的情况。日本中古文学艺术的另一基本特征，在于通过对风云花草、日常生活的描写，揭示人物的内心活动，表现人物的情绪，显示出纤细、柔和、平静的美，而对社会本质的概括和挖掘，似嫌不够；作品在结构方面，往往不够严密。

日本中古文学始于 8 世纪之初，到明治维新时为止，一般分为奈良、平安、镰仓室町、江户四个时期。

710 年，日本定都平城京（奈良），到 794 年为止，史称奈良时期。这是日本文学史的开创时期，主要作品有《古事记》《日本书纪》《万叶集》和《怀风藻》等。《古事记》（712）是日本第一部书面文学历史著作，是由日本天皇命人撰写的，其目的在于巩固天皇的统治。《日本书纪》（720）是仿我国《史记》《汉书》的体例用汉字写成的历史书。《怀风藻》（751）是一部宫廷汉诗集。

《万叶集》是日本最早的一部抒情诗集，也是日本民族文学的根源和典范，其历史地位同中国的《诗经》相似。这部 7 世纪到 8 世纪的诗歌总集，约成书于 8 世纪下半叶，全书计 20 卷，4 516 首诗，借用汉字的音或义写成，用法十分复杂。诗集分类为杂歌、相闻和挽歌等；歌体分为长歌、短歌、旋头歌和佛足石歌四种。诗集的作者约 500 人，上至天皇贵族、僧侣官吏、文人学士，下至一般庶民乃至乞丐、妓女，包括了社会各个阶层。另有半数的诗作，属于无名氏的民间歌谣。诗集的内容相当广泛，反映了当时社会生活的面貌，描绘了下层人民的不幸，表达了他们的理想。诗集中的著名作者有山上忆良（660—733?）、大伴旅人（662—731）和大伴家持（718—785）等。山上忆良的《贫穷问答歌》（731）是一首具有深刻社会意义的诗作。

794 年到 1192 年，日本皇室迁都平安京（京都），史称平安时期。这时主要是大贵族掌握天皇政治实权的时期。在日本文学史上，这时是散文文学成熟和发展时代。著名作家纪贯之（868?—945?）

等人，为恢复和歌的地位，选编了一部 20 卷的《古今和歌集》，但影响不大。他本人记述自己离开土佐任所回京见闻的《土佐日记》，倒成为日本散文文学的开端，具有划时代的意义。其他散文著名作品，除清少纳言的随笔《枕草子》外，成就最大的是物语文学。

"物语"是故事或传说的意思。日本的物语文学，是在汉文学影响下，在民间评书的基础上形成的，具有鲜明的民族特色。物语文学，又分为以散文为主的虚构物语和以和歌为主的歌物语。前者如《竹取物语》《落洼物语》，后者如《伊势物语》和《大和物语》等。《竹取物语》是日本物语文学的鼻祖，作者不详，大约成书于 9 世纪到 10 世纪之间，作品描写伐竹老翁从竹中得到女儿赫映姬，五个贵人向赫映姬求婚失败的故事。赫映姬本系月宫仙女，三年之后，给皇帝留下不死之药，披上羽衣，飞回月宫去了。这部作品歌颂了少女的智慧，嘲弄了贵族的愚蠢和庸俗，反映了人们的善良愿望。它从整体构思到穿插的各个求婚故事，无不受到中国文学的影响。

物语文学的杰出代表作是紫式部的《源氏物语》。

1185 年，关东源氏取得政权后，于 1192 年在镰仓建立幕府，开始了武士的军事贵族专政，史称镰仓幕府时期。公元 1336 年，足利尊氏在混战中夺取幕府大权，设幕府于京都的室町，故称为室町幕府时期。随着武士阶层的得势和城市的兴起，文学也由贵族社会的狭小圈子向武士和城市化方向发展，其主要体裁有"战记物语"和城市戏剧。战记物语具有大众化倾向，其内容是描写战争，其代表作《平家物语》，被日本文学史称为"民族的英雄叙事诗"。戏剧文学指"能"和"狂言"。"能"是一种具有综合性舞台艺术（音乐、歌唱和舞蹈相结合）的古典戏剧，"狂言"是伴随"能"同时产生的滑稽剧。"谣曲"是"能"的唱词。作家世阿弥（1363—1443），被称为"能"的泰斗。他既是"能"的"谣曲"作者，又是"能"的演员，还是评论家。"狂言"本是"能"的幕间的插科打诨，后独立成为一种小型的讽刺笑剧，具有较强的现实主义色彩。

1573 年，室町幕府在百年战争中被削弱；1600 年，德川家康征服群雄，于 1603 年建幕府于江户，史称江户时期或德川幕府时期，直到 1868 年。这时，市民地位开始上升，文学创作也由武士阶层文化转变为市民文化，出现了新的文学形式：俳谐文学和浮世草子。俳谐文学的代表作家有松尾芭蕉（1644—1694）、小林一茶（1763—1827）等。松尾芭蕉被称为"俳圣"，留下的作品有七部。松尾芭蕉俳句的特点是"闲寂"和"幽雅"，即以真诚的态度和细微的观察，描写自然界刹那间的变化，表现朴实的感情，呈现一种宁静之美的意境。他在 1686 年写的《古潭》，就是俳句的一首绝唱。浮世草子是用假名写作的通俗小说，反映市民生活，井原西鹤（1642—1693）是这种文体的创始人。他的代表作有《好色一代男》（1682）和《好色五人女》（1686），内容是写市民的爱情肉欲生活。18 世纪末浮世草子衰落之后，式亭三马（1776—1822）的滑稽小说《浮世澡堂》等曾风行一时。

2. 朝鲜文学

朝鲜位于亚洲大陆的东部。1 世纪到 4 世纪之间，在朝鲜半岛上，先后建立了高句丽、百济和新罗三个奴隶制国家。7 世纪中叶，新罗统一朝鲜半岛，结束分裂局面，朝鲜也从此过渡到封建社会。当时朝鲜的统治者，也参照唐朝的政治制度，设置国家机构。公元 9 世纪时，在农民起义的打击下，中央政权衰落，原高句丽和百济在旧地重建王朝，重新形成三国鼎立局面。918 年，高句丽武将王建自立为王，称为高丽。935 年，高丽灭新罗，次年灭百济，朝鲜半岛再次统一。1392 年，高丽大将李成桂废国王自立，迁都汉城，改国号为朝鲜，是为李朝，直到 20 世纪之初终止。

朝鲜也是深受汉文化影响的一个国家。古代朝鲜没有自己的文字，一直使用汉字，读汉书，习汉学。15 世纪中叶，郑麟趾等人才创造了朝鲜文字，但汉字仍然通行。

古代朝鲜人民，也创造了关于建国的神话、传说。7 世纪时，朝鲜诗歌创作繁荣，称为"乡歌"，是一种具有高度人民性的抒情式的叙事歌谣，被称为朝鲜文学史的金字塔。现在流传下来的诗歌有《献花歌》《安民歌》等十余首。新罗统一以后，朝鲜大量派遣留学生到中国学习，所以汉诗文的创作在朝鲜十分流行，著名的汉诗人很多，如崔致远、李奎报等。崔致远（857—?）少年时期赴唐学习，18 岁参加唐朝科举考试，考中进士，在中国做官，受到唐僖宗的礼遇。884 年，他以唐使身份回到朝鲜，曾被新罗宪康王封为翰林学士等职，后屡遭陷害，晚年率家隐居伽倻山。崔致远的诗作大都散失，只留下在中国生活时期的《桂苑笔耕》20 卷。这是朝鲜三国时期留下的唯一的个人著作集，收入我国《四库全书》。崔致远是朝鲜汉文文学的奠基人，中国的《唐书·艺文志》中为他立有传记。李奎报（1169—1241）是高丽时期的著名诗人，精通汉儒经史和佛老之学，以文章名闻全国，官至集贤殿大学士。流传下来的两千余首诗作，收集在《东国李相国集》中。

李朝统治时期，由于朝鲜文字的运用，朝鲜文学也走向民族化的道路。15 世纪开始，朝鲜散文文学发展很快，著名的小说家金时习（1435—1493）是朝鲜第一位小说家，著有小说集《金鳌新话》等。在抗击日本侵略的壬辰战争时期（1592—1598），朝鲜文学创作充满爱国主义精神，出现了著名诗人朴仁老（1556—1642）和李舜臣（1545—1598）等。朴仁老是一位直接参加海战的抗击日寇的战士，他的代表作品有《太平词》和《船上叹》等。与此同时，出现了优秀的现实主义小说，如著名现实主义作家许筠（1569—1618）的《洪吉童传》和金万重（1637—1692）的《九云梦》《谢氏南征记》等。

18 世纪时的朝鲜，社会矛盾日益尖锐，农民运动日益高涨，一些贵族知识分子，运用从中国传去的（包括欧洲的）许多科学和技术作为指导，企图对封建社会实行自上而下的改革，史称"实学运动"。在这个运动的推动下，朝鲜现实主义文学得到空前繁荣，出现了朴趾源（1737—1805）和丁茶山（1762—1836）等伟大思想家和现实主义作家。朴趾源出生于汉城的一个世称"冠冕大族"的贵族家庭，他幼时从名师学习汉学，长大后无意科举仕途，便设馆授学，并开始创作，曾隐居金川郡之燕岩峡。1780 年，堂兄朴明源作为政府使团正使，赴中国祝贺清乾隆皇帝 70 寿辰，朴趾源应邀随访到了北京和热河，回国之后，写下了著名的《热河日记》，记叙沿途见闻。此书在朝鲜流传极广，影响很大，他曾因此受到恶意中伤。1786年后始出仕，晚年辞官归里，以读书著述消磨岁月。他从18岁开始写作，共留下九篇用汉文写作的短篇小说，其中《秽德先生传》《两班传》《虎叱》和《许生传》，已成为朝鲜的古典名作。

18世纪时，朝鲜出现了一些根据民间传说写成的优秀古典作品，如《兴甫传》《沈清传》《春香传》等，都具有高度的人民性和艺术性，是朝鲜文学的宝贵遗产。《春香传》的故事，大约在民间流传了500年，于18世纪末成书。这部作品通过退妓之女春香和翰林之子李梦龙的自由爱情和悲欢离合的故事，深刻地揭露李朝封建贵族的腐败和残暴，歌颂了英勇反抗暴虐、誓死不屈的民间妇女，表达了人民大众反封建暴政的愿望。这部作品也反映了中国文化对朝鲜文化的深刻影响。

19世纪末到20世纪初，随着资产阶级启蒙运动的开展，朝鲜文学史上出现了新文学。

3. 印度文学

印度大约在五六世纪以后，由奴隶社会过渡到封建社会。印度中古社会的主要特点是王朝林立，在长达五六个世纪的过程中，未能建立一个统一的中央集权的封建王朝。其次是外族的不断入侵。大约在12世纪时，北方信仰伊斯兰教的民族乘虚而入，在印度定居。1526年，由巴卑尔创建了伊斯兰教的政权，成为印度半岛的一个最大的王朝，通称莫卧儿王朝。1857年的民族起义失败之后，莫卧儿王朝的最后一个统治者被英殖民主义者放逐，这个王朝随之结束。

中古印度文学以12世纪为界，分为前后两个时期。前期是属于从1世纪开始的梵语古典文学时期，后期是各地方语言文学时期。

（1）梵语古典文学时期

这个时期文学的基本特点是使用梵语，继承了梵语文学的传统。只是梵语古典文学的繁荣时期已经随着笈多王朝的消逝、迦梨陀娑的过世和奴隶制度的灭亡而衰落，在中古的600年间，再也没有出现过高潮。尽管如此，在7世纪到12世纪之间，梵语文学仍然留下了一些足以留名世界文坛的作品。

这一时期在戏剧创作方面，有 7 世纪时戒日王的《龙喜记》，8 世纪时薄婆菩提的《茉莉和青春》和《大雄传》，6 世纪到 9 世纪之间的毗舍佉达多的《指环印》等；在古典小说方面，有 7 世纪时檀丁的《十王子传》、波那的《戒日王传》和苏班度的《仙赐传》等。民间创作仍然是中古印度文学的重要组成部分，主要作品有那罗衍的《嘉言集》、德富的《伟大的故事》、月天的《故事海》和产生世界影响的《本生经》和《五卷书》。

（2）各地方语言文学时期

10 世纪时，作为书面语言的梵语同现实生活用语相去甚远，开始失去其生命力，到 12 世纪前后，梵语被各地方语言代替，梵语文学结束了独占的一统地位，印度中古文学进入各地方语言文学时期。其中最有代表性的是印地语文学。印地语文学大致可以分为英雄史诗时期、虔诚派诗作时期和法式文学时期。

英雄史诗时期，指 12 世纪到 14 世纪时的文学。这个时期出现了一批叙事诗，歌颂民族的保卫者，以表达对伊斯兰教民族入侵的反抗。这类长篇叙事诗的代表作有金德·伯勒达伊的《地王颂》，德勒伯蒂·维杰耶的《库芒王颂》和维德亚伯迪的《吉尔蒂颂歌》等。著名的《地王颂》作于 13 世纪，在流行的十多个传本中，篇幅最长的有一万几千节双行诗。长诗的风格类似《摩诃婆罗多》，内容庞杂、穿插很多，其核心故事是写地王的世系、生平和英勇抵抗外族的情节，歌颂了地王不屈的民族精神。

15 世纪到 17 世纪，印度教中出现了虔诚派的宗教改革运动，主张虔诚地崇拜大神毗湿奴的化身罗摩或黑天，宣传教内平等和对其他宗教的一视同仁。在虔诚运动的影响下，很多歌颂毗湿奴化身罗摩和黑天的诗作随之产生，被称为虔诚派诗。虔诚派诗人又分为无形派、有形派和四支。

无形派的代表作家有格比尔达斯和加耶西。格比尔达斯大约生活于 14 世纪到 16 世纪之间，可能出生于一个低等种姓家庭，后来成为一个教派的领袖，有众多的追随者。这一派认为神明无形，所以反对偶像崇拜，因而主张通过理性和理智与神明合一，因而被称为"明理支”；加耶西主张通过爱与神明合一，因而被称为“泛爱支”。他宣传泛神论，否定种姓制度，也否定印度教和伊斯兰教。他的诗都是他的追随者随时记录下来的，大多是四行一首的格言诗。加耶西（1493—1542?）是伊斯兰教的苏菲派诗人，主张平等和泛爱。传说他的诗作很多，现存的有诗集《最后的话》《字母表诗》和长篇叙事诗《伯德马沃德》。《伯德马沃德》计1.1万行，描写了太子勒登森和公主伯德马沃蒂的坚贞爱情和悲剧命运的故事。

有形派的代表作家有苏尔达斯和杜勒西达斯。前者膜拜毗湿奴的化身黑天，因而被称为“黑天支”；后者膜拜毗湿奴的另一化身罗摩，因而被称为“罗摩支”。苏尔达斯的生平不详，大约生于1478年，死于1581年。他可能是一位民间说唱艺人，传说是一个盲者。他的诗歌总集《苏尔诗海》，收集有五千余首诗作。他的诗主要是写黑天的故事，歌颂黑天的威力，表达善战胜恶的思想。在他的诗中，黑天具有更多的人性，带有浓厚的人情味。杜勒西达斯（1532—1623）是印度中古文学中影响最大的一位诗人，关于他的生平，传说不一。他的诗集很多，除《谦恭书》《歌集》和《双行诗集》外，最重要的作品是长篇叙事诗《罗摩功行之湖》（《罗摩功行录》）。这一名著是依据史诗《罗摩衍那》改写而成的，在几百年中广为流传。

17世纪中叶之后，被称为法式文学时期。这个时期的文学创作，大都是专供帝王贵族消遣取乐的庸俗无聊之作，内容贫乏，追求华丽的辞藻。自此以后，印度古典文学创作陷于停滞状态。

4. 阿拉伯文学

中古阿拉伯文学是指阿拉伯帝国时代的文学，包括北非和西亚地区。

阿拉伯帝国起源于阿拉伯半岛。六七世纪之交，这个半岛上的阿拉伯人还是一个逐水草而居的游牧民族。伊斯兰教兴起之后，建立了一个地跨亚、非、欧三洲的神权帝国，并形成了一种独具特色的阿拉伯—伊斯兰文化。阿拉伯半岛的中心城市麦加的居民，本来信奉该城克尔白庙中的黑色陨石。贵族出身的穆罕默德（570—632）吸收过去宗教的内容，创立了一神教——伊斯兰教，奉安拉为唯一的宇宙之神，自称是安拉的最后的使者，负责传达安拉的启示。由于古莱氏旧贵族的反对，穆罕默德带着信徒于 622 年迁至麦地那。以后，伊斯兰教发展成为一个武装的政治团体，经过多次战争，伊斯兰教得胜，于 630 年进入麦加，奠定了阿拉伯帝国的基础。8 世纪时，穆罕默德的继任者建成了一个地跨亚非欧的大帝国。穆罕默德去世以后，经历了哈里发（632—661）、伍麦叶王朝（661—750）和阿拔斯王朝（750—1258）。1258 年蒙古人攻陷巴格达，阿拉伯帝国灭亡，代之而起的则是各自独立的阿拉伯国家。阿拉伯帝国存在的六百余年，形成和发展了阿拉伯文化，对东西方之间的文化交流，也作出了伟大的贡献。

阿拉伯文学是在伊斯兰教兴起、帝国形成之后产生的文学，具有极强的宗教性质。阿拉伯文学亦即伊斯兰教文学，通用阿拉伯语。中古阿拉伯文学在古代和近代文学之间，在东方和西方文学之间，都起着纽带和桥梁的作用，对世界文学的发展，具有极为重要的意义。

中古阿拉伯文学的发展经历了蒙昧、发展、繁荣和衰落四个时期。

（1）贾希利叶时期（416—622）即蒙昧时期

"蒙昧"一词出自《古兰经》，这是对伊斯兰教兴起之前一百多年阿拉伯半岛历史的称呼。蒙昧时期的文学创作主要体裁是被称为"卡西达"体的诗歌创作，著名的作品是被称为"悬诗"的七首长诗。"悬诗"的作者是伊木鲁勒·盖勒斯（约 500—540）等七人。这些长诗反映了氏族社会崩溃时期的社会面貌，描绘了沙漠的自然风光和险恶的环境以及阿拉伯人的社会生活习俗，歌颂了阿拉伯人的勇武、尚义的气概。这些诗作是后来伊斯兰教时期文学的基础。

（2）阿拉伯文学发展时期

中古阿拉伯文学发展时期是指阿拉伯帝国建国（630—661）和伍麦叶王朝（661—705）时期的文学。这个时期散文得到发展，诗歌没有受到重视。散文的代表作是伊斯兰教的伟大经典《古兰经》。《古兰经》是在穆罕默德死后，他的继任者组织了一个专门小组，根据穆罕默德生前口述的真主启示的记录整理而成的，全书共 114 章，

6 236 节。《古兰经》和《旧约》、佛经一样，是伟大的宗教文献，又是一部散文巨著，对许多民族的政治、社会、风俗、文化和文学，都产生了深刻的影响。

（3）中古阿拉伯文学繁荣时期

从 750 年阿拔斯王朝开始到 10 世纪，是中古阿拉伯文学的繁荣时期。这个时期出现了许多著名的诗人，编辑了许多诗集，还产生了具有世界影响的两本散文故事集《卡里来和笛木乃》和《一千零一夜》。《卡里来和笛木乃》的作者是伊本·穆加发（724—759）。这本寓言故事集的原本是印度的民间故事集《五卷书》。6 世纪时，《五卷书》从梵语译成古波斯语，伊本·穆加发又将它从古波斯语译成阿拉伯语，并作了艺术加工和再创作。这个阿拉伯语的《卡里来和笛木乃》，被译成多种欧洲文字，影响极大，也是世界上译本最多的作品之一。《一千零一夜》是一部伟大的民间故事集，在世界文学史上影响极大。

（4）中古阿拉伯文学衰落时期

11 世纪以后，阿拉伯帝国文学处于衰落时期，阿拉伯帝国灭亡之后，阿拉伯地区的各民族的文学逐渐兴起。

5. 波斯文学

地处中亚伊朗高原的波斯，也是一个具有五千年历史的文明古国，公元前 6 世纪时，曾建立了拥有整个中近东地区的奴隶制大帝国。这个大帝国在公元前 330 年为亚历山大帝国所灭。公元前 250 年到 226 年，又建立了地跨中亚和西亚的安息王国。226 年到 642 年，是著名的萨珊王朝时期。这两个王朝同中国都有着友好的交往。642 年，萨珊王朝为阿拉伯帝国所灭，成为帝国的行省之一。9 世纪时，波斯实际上走向独立。波斯古代人信仰琐罗亚斯德教（亦称袄教或拜火教），信奉波斯古经《阿维斯塔》。阿拉伯帝国占领后，转而信奉伊斯兰教，直到现在。由于外族的入侵，波斯古代文化遭到多次毁灭，所存无几。但波斯毕竟是一个文化古国，在 8 世纪后，很快得到恢复，在阿拉伯伊斯兰教的体系内，得到独立发展，而且影响了阿拉伯文学。

中古波斯文学是指9世纪到14世纪时的文学，使用的语言除阿拉伯语外，主要是9世纪重新形成的中古波斯语。中古波斯指中亚、西亚地区。中古波斯文学也是当时中亚、西亚的许多民族共同创造的，具有一定的国际性。由于波斯处于阿拉伯帝国的占领之下，故中古波斯文学具有强烈的民族情感。也由于伊斯兰教的影响，因而中古波斯文学又具有浓厚的宗教色彩。中古波斯文学是中古世界文学史上最繁荣的文学之一，它经历了过渡、繁荣和衰落三个时期。

从9世纪到10世纪，是中古波斯文学从兴起到繁荣、从民间口头创作到文人书面创作的过渡时期，这个时期的代表诗人是被称为"诗歌之王"的鲁达基（约850—940）。他是中古波斯文学的奠基者，传说他写诗100卷，但现存的仅有二千余行。

10世纪下半叶到14世纪，是中古波斯文学的繁荣时期，具有世界影响的作家辈出，其中有菲尔多西、欧玛尔·海亚姆、尼扎米、莫拉维、萨迪、哈菲兹和贾米等。

菲尔多西（约940—1020）是中古波斯的伟大诗人之一。他用35年的时间，写成一部长达12万行的文人史诗《列王纪》（《王书》）。《列王纪》是一部伟大的民族史诗，描写了波斯四千年的历史，当然，其中大都是神话、历史传说和民间故事。在《列王纪》中，诗人叙述了四个王朝的史实：俾什达迪王朝、基扬王朝、安息王朝和萨珊王朝。前两个王朝的内容缺乏史实根据，主要是传说。安息王朝的内容极少，只有七个联句。只有萨珊王朝的内容比较符合史实，但仍是虚实参半。在俾什达迪王朝中关于铁匠卡维起义的故事，在基扬王朝中关于勇士鲁斯塔姆的故事，可以说是脍炙人口。菲尔多西在《列王纪》中，歌颂平民和勇士，历数民族历史，借以激发人民的民族情感，表达反侵略、反暴君、反邪恶的思想。对处于阿拉伯帝国统治之下的波斯现实来说，这一主题具有重大的意义。

欧玛尔·海亚姆（1040—1122）是中古波斯的伟大科学家，在天文等方面都有发明。他也是一位具有世界影响的诗人，他的诗集《鲁拜集》在19世纪中叶译为英文出版后，长期流行于整个欧洲。海亚姆诗作的基本特点是深刻的哲理性。他在诗中表达自己对人生、宗教、现实和未来的严肃的探索精神，其中有对宗教说教的嘲弄和怀疑以及对人生的歌颂。早在五四时期，海亚姆就被介绍到中国，1922年，郭沫若把他的《鲁拜集》从英译本译成中文出版。

萨迪（1209—1292）是中古波斯的一位伟大作家，生前就已闻名波斯和阿拉伯地区。他的两部名著《果园》和《蔷薇园》以及大量的抒情诗，深受世界各国人民的称赞和喜爱。

哈菲兹（1320—1389）是中古波斯著名的苏菲派抒情诗人，他采用古典的"哈里宰"诗体，写了大量的抒情诗。他在诗作中，歌颂美酒和爱情，表现对人生的探索，对正统思想的挑战。他善于描绘自然风光，抒发的情感真实动人。有人认为他的诗歌是苏菲派的诗歌，但是比他稍晚的贾米（1414—1492）并不认为哈菲兹是苏菲派诗人。

15 世纪，中古波斯文学步入衰落时期。

6. 中亚文学

中古时期，除了以上诸国外，邻近波斯的中亚文学也取得了重大成就，出现了一些有世界影响的诗人。肖泰·卢斯达维里（1172？—1216？）是格鲁吉亚古典文学的光辉代表，格鲁吉亚文学语言的奠基人。他的叙事长诗《虎皮武士》，通过阿乌唐第尔和梯娜金、泰里爱尔和纳斯丹两对贵族青年男女悲欢离合的故事，热情地赞颂了崇高的爱情、友谊和英雄主义精神，寄托了美好的人生理想，有力地批判了传统的封建道德观念。它对格鲁吉亚文学的发展产生了深远的影响。

亚美尼亚的英雄史诗《沙逊的大卫》是一部颇有影响的文学名著。史诗以亚美尼亚人 7 世纪至 10 世纪反对阿拉伯统治者哈里发为主线，热情地颂扬了亚美尼亚人反抗侵略、不畏强暴的英雄气概，表现了他们热爱自由、向往美好生活的理想和愿望，充满爱国主义精神。此诗不仅是亚美尼亚文学的瑰宝，也是世界史诗文学的重大收获。

伟大的作家纳沃伊（1441—1501）生活于 15 世纪的乌兹别克，不仅是一位杰出的诗人，而且是一位著名的学者、哲学家、政治活动家。他的创作为乌兹别克文学开创了道路，奠定了基础。纳沃伊在波斯大诗人尼扎米的《五诗集》的影响下，也写了五部长诗，即《正直者的不安》《法尔哈德和希琳》《蕾丽和马季侬》《七星图》和《伊斯坎德尔的城堡》。纳沃伊在这五部诗集里，歌颂人格自由，歌颂崇高、美好的爱情，赞美人类劳动和创造的伟绩，处处表现出人文主义思想。纳沃伊的诗歌是中古东方古典诗歌的艺术珍品，对中亚文学的发展作出了巨大贡献。

中古中亚文学的辉煌成就，丰富了东方文学的艺术宝库，在当时世界文学中占有重要的地位。

思考题

1. 试述亚非中古文学发展的特点和在世界文学史上的地位。
2. 分析日本"物语文学"的形成和特色。
3. 分析《春香传》的主题和人物。
4. 《鲁拜集》的创作特色是什么？
5. 简述中古中亚文学的主要成就。

第二节　紫　式　部

〔学习提示〕　本节分为紫式部的生平与创作及《源氏物语》两个部分。由于资料缺乏，异说甚多，故学习本节时，对作者的生平与创作只要求作一般了解，重点应放在《源氏物语》的分析部分。

《源氏物语》是一部伟大的作品，我国已出版了中译本，学习时首先应通读作品，掌握小说的基本情节和主要人物的有关故事，理清作品的线索。其次，要弄清产生这部作品的日本社会及文化背景，特别是中国文学对这部作品的直接影响和佛教思想的影响。第三，要仔细体会作品所表现的情绪，抓住作品艺术构思的基本特点，分析其主题思想和主要人物形象的典型意义。最后，在阅读作品时，还要注意作者通过小说所表达的艺术见解，这有利于我们分析作品。

一、生平与创作

紫式部（约 978—约 1016）是日本平安时期杰出的女作家。她的作品《源氏物语》是世界文学史上最早的一部长篇写实小说。

关于紫式部的生平，留下的材料极不完整，因而，对《源氏物语》是否为紫式部所作的问题，在日本的学术界中也存在着异议。有的认为这部小说是紫式部的父亲藤原为时所作，紫式部只是补充其细节而已。有的认为《源氏物语》前后两篇是不同作者写的。但大多数学者根据紫式部日记等材料断定：紫式部是这部小说的真正作者。

紫式部本姓藤原，式部是以其父兄都担任过式部丞（式部的三等官）的官职而得名。后来，她创作的《源氏物语》中的主人公紫姬为时人所传诵，故被人称为紫式部，含有赞美之意。

紫式部出生于一个中等贵族家庭。这是一个世代相传的书香门第。曾祖父是延喜时代（901—923）的著名歌人，被列为 36 歌仙之一。祖父也是著名歌人和学者，其和歌以华丽而见称于世。在《后拾遗和歌集》和《新古今和歌集》等著名和歌集中，收录有她父亲的和歌。其兄惟规的诗作，也收录在《金叶和歌集》和《千载和歌集》中。紫式部生活在这个文化教养较高的家庭中，从小就受到汉文化和民族文化的熏陶，这为她后来创作《源氏物语》奠定了基础。

紫式部的生卒年月不详。有的学者根据她的日记推算，她可能生于 977 年或 978 年，殁于 1015 年或 1016 年，只活了 37 岁。从紫式部留下的日记，大致可以看出：她天性聪颖，敏而好学，才智过人。幼年时，父亲向兄长讲授《史记》，旁听的紫式部竟能比兄长们先熟读之。其父叹息说：可惜她不是生而为男，实是大为不幸。紫式部从父熟读汉学古籍，精通白居易诗文，又熟知音律和佛学。这深深地影响到她的世界观和创作。

大约在紫式部 19 岁时，她父亲被任命为越前守，她陪伴父亲赴任所，大约一年后归京。22 岁时同右卫门权佐藤原宣孝结婚。当时藤原宣孝年已 48 岁，且已有了三个妻子，紫式部婚后生活并不幸福。

婚后第三年，丈夫死去，留下一女。紫式部从此过着孀居生活。早年丧夫，哺育孤女，从当时妇女的经济地位来看，紫式部生活的艰辛是不言而喻的。然而，生活的不幸，却使她的才智受到磨炼。

在二十八九岁时，紫式部以才女的身份被召入宫，作中宫彰子的侍从女官。当时，正是藤原氏掌握皇室实权的摄政关白（即太政大臣摄政的专称）时期，历代的藤原氏都千方百计地把自己的女儿或亲属少女送进宫去，争夺后位，以便控制天皇。彰子是当时摄政藤原道长之女，12岁入宫，13岁册为中宫。紫式部在宫中为彰子讲解《白氏文集》和《日本书纪》。她在宫中文学名望很高，受到尊重；一条天皇称赞她极有才华，誉为"日本纪局"。豪华而淫乱的宫廷生活，皇亲国戚的权势和倾轧，特别是妇女的不幸命运等，紫式部均有深刻的感受，为她完成《源氏物语》的写作提供了丰富的素材。大约在彰子妊娠离宫之后，紫式部也出宫了。对于她此后的生活，人们几乎一无所知。她可能回到父亲的住所居住，不久病死。她留下的作品，除《源氏物语》外，还有《紫式部日记》等。

紫式部写作《源氏物语》始于何时，是一个难以确切回答的问题。日本学者历来看法不一。一般认为，她是在丈夫死后不久孀居时开始创作的，在宫中又写一段时间，才告完结。也有人认为，以源氏死去为界的前后两篇，写作时有一个较长的时间间隔。这是因为前后两篇在风格上不完全相同。后篇在对社会的观察、选材和艺术技巧等方面，比前篇显得更成熟、更丰富了。同当时的几位女作家相比，清少纳言表现了敏锐的才智，和泉式部具有奔放的热情，而紫式部在作品中，则表现了对社会和人生冷静、透彻的观察力和沉郁、凝重的态度。她对社会的反映，潜藏着一种严峻的批判精神，也表现了真诚的追求和向往。她在日本文学史上留下的这部长篇巨著，永放光芒。

二、《源氏物语》

1. 小说的基本内容

《源氏物语》共五十四回，八十余万字。小说的故事历时七十余年，跨越四个朝代，有四百多个人物。以源氏逝去为界，全书大致可以分为前后两篇。前篇从第一回到第四十四回为止，以京城宫廷贵族生活为背景，描写了主人公源氏从诞生到逝去的经历。源氏的生涯又以第二十一回为界，分为前后两个时期。前期写源氏从少年到中年时期的生活。小说开始，写当朝天皇桐壶帝，在众妃嫔中，独宠一个并无有力后援的更衣①。这个更衣因此而受到众妃嫔的妒忌、诽谤和怨恨。不久，这个更衣生下一个容貌如玉、盖世无双的小皇子，因此更受到皇上的宠爱。但皇太子母后弘徽殿女御也更加因此而忌恨这位更衣。在小皇子三岁时，这个更衣不堪众妃嫔的折磨，郁悒而死。皇子七岁启蒙，聪明非凡。桐壶帝因这个小皇子没有强有力的外戚作后援，将其降为臣籍，赐姓源氏。源氏 12 岁时，举行冠礼，并与左大臣之女葵姬结婚。源氏夫妇婚后不甚融洽，若即若离。桐壶帝新宠的藤壶女御，其貌酷似死去的更衣；故源氏与这个年长自己几岁的继母十分亲近，由倾慕、爱恋以至乱伦私通，后来生下一子，即后来的冷泉帝。这种悖理乱伦和深深的情思，使双方处于矛盾和尴尬的境地，成为源氏悲剧生活的一个重要根源。

青年时代的源氏，依仗着桐壶帝的宠爱和漂亮的面孔，放荡不羁、轻薄好色，不断地追求女性，过着戏谑调笑、荒淫放纵的色情生活。被他先后占有的有六条妃子、空蝉、轩端荻、夕颜、末摘花、花散里、源典侍和胧月夜等。年方十岁的紫儿，其貌酷似藤壶，于是他把紫儿强行接入府中，精心抚养。葵姬死后，源氏就将久已被他占有的紫姬当作正室。随着情场得意，源氏官运亨通，在宫廷角逐中扶摇直上，官至大将。

桐壶帝死后，源氏失去靠山，弘徽殿女御之子朱雀帝即位，右大臣一家垄断朝政，源氏开始失势。源氏同右大臣之女胧月夜幽会时，被右大臣当场抓获。弘徽殿女御想趁机除掉他。源氏知道自己地位不稳，急忙离开京城，到须磨隐居。不久朱雀帝不顾弘徽殿女御的反对，召源氏回京，官复原职。待源氏同藤壶私生的皇太子冷泉帝即位

---

① 日本皇宫中妃嫔中地位最高的是女御，其次为更衣、尚侍和典侍、掌侍、命妇等。

后，源氏重新得势，成为准太上皇。

第二十二回以后描写的是源氏的后期生活，这时源氏35岁。作者主要写源氏对玉鬘的恋情、三公主和柏木的私通以及紫姬之死，间写源氏同葵姬所生之子夕雾的生活。玉鬘是夕颜的女儿，多年流落在外，被源氏找到，迎回府中，作为义女。但源氏常调笑义女玉鬘，意欲纳为小妾，被玉鬘拒绝。源氏40岁时，受已退位的朱雀院之托，迎14岁的三公主为正妻，不久他发觉三公主同柏木私通，心中异常不快。三公主生下酷似柏木的薰君后，心中愧恨，削发为尼。源氏从此认为：这是自己早年乱伦放纵的罪恶报应，心如枯灰。紫姬在43岁时病故，年过半百的源氏悲痛欲绝，在烧去往日的情书之后，决心隐居佛堂。第四十一回只有卷名而无正文。从后文看，估计源氏于五十五六岁时去世。

后篇起于第四十五回，写薰君同宇治八亲王的三个女儿之间的故事，故称之为"宇治十帖"。宇治八亲王本是源氏异母兄弟，因曾被弘徽殿女御利用反对源氏，故当源氏重新得势之后，受到冷遇，移居宇治山庄别墅，独自抚育二女。年已20的薰君，同源氏的性格正好相反，他为人忠诚、守身严谨，他常因自己身世之隐秘，痛感人世之无常。他听说八亲王深通佛典，故往拜之。不久，他就恋上了八亲王的大女儿。大女公子病逝后，薰君极度悲伤。得知八亲王的私生女浮舟，其貌酷似已故的大女公子，便设法将她安顿在宇治山庄内，甚为亲近。不料匂皇子冒充薰大将，夜入浮舟卧室，强迫浮舟从之。浮舟一身事二男，不堪其苦，投江自杀，被救后，削发为尼。薰君往访，浮舟拒不相见，至此结束全书。这时薰君28岁。

2. 小说的基本主题

这部小说前后两篇的主要人物不同，某些卷章，又可以独立成为短篇小说，所以对这部作品的构思和主题是否具有二重性的问题，历来看法不一。我们从全书的基本情节、人物关系、作者的世界观和艺术构思来看，前后两篇是一致的，具有长篇小说的整体性，因而，其基本主题也是一致的：源氏荒唐、曲折而荣耀的一生，给人们展示了一幅皇宫贵族华丽、腐朽、淫乱的生活画面，暴露了贵族社会的种种黑暗和矛盾，揭示了上层贵族精神崩溃和必然没落的历史趋势，表达了往生净土的佛门幻想和宿命观念。

紫式部创作这部作品时的日本，正是藤原道长专权下平安王朝的全盛时期。表面上的繁荣实际上掩盖着极其复杂而尖锐的争权夺势的宫廷矛盾。这种争斗涉及包括宫廷内外、皇亲国戚、贵族派系的整个上层社会，甚至影响到佛寺禅院、山野荒村的化外之民。

在小说中，每当政局变动和情节发展处于转折时刻，作者常借书中人物之口，直接讥评时事，叹息处世之艰辛，感伤世风之沦丧。不管是桐壶帝的盛宴，源氏的流放，还是藤壶的辞世等，都伴随着人生的哀伤。仕途坎坷、变异之事时起，疫病流行、六畜不兴、世态炎凉、人情淡薄，使人痛感人生如落日、前途暗淡。这种凄凉哀怨之情，几乎笼罩整个作品。即使是在极乐之时，小说中的人物也不时感叹末日将临。例如源氏在重新得势、盛极一时的时刻，仍不禁哀叹时世之衰微，指出这是一个"江河日下的末世"。去位的朱雀院在与源氏叙旧时，也不无感慨地说，这是一个"末劫之世"。这种"末日"感，虽然浸透了佛教义理，但也不是无病呻吟，而是有感而发的，并且同小说的整个构思、情节发展是一致的。

《源氏物语》艺术构思的基本情调，是渊源于白居易的《长恨歌》。《长恨歌》中所描写的唐玄宗和杨贵妃的爱情悲剧，出现在《源氏物语》的首卷，无疑为全书规定了悲剧的基调。小说在叙述桐壶帝不顾众口非难，一味宠爱更衣时，写道："这等专宠，真正叫人吃惊！唐朝就为了有此等事，弄得天下大乱。"而且"这消息渐渐传遍全国，民间怨声载道，认为此乃十分可忧之事，将来难免闯出杨贵妃那样的滔天大祸来"。更衣死去之后，桐壶帝不仅晨夕披览《长恨歌》画册，以寄托哀思，而且其神情姿态，亦如《长恨歌》中所描写的唐玄宗那样，在悲戚茫然之中，幻想"天上人间会相见"。《长恨歌》中所表达的悲剧气氛，在整个作品中反复出现。如在葵姬病故、流放须磨、紫姬死去直至卷末的《蜉蝣篇》中，《长恨歌》的悲剧旋律，几乎不绝于耳，构成这部长篇小说的基调。

宫廷贵族的腐朽，还表现在作品所揭示的种种宫廷阴谋以及上层贵族的争权上。当然，这部作品不是从政治的角度去描写贵族内部短兵相接的斗争，而是围绕源氏的色情生活反映出来的。以弘徽殿女御及其父右大臣为首的外戚派和以源氏及其岳父左大臣为首的皇室派，是小说中政治角逐的主要对手。全国上下，宫廷内外，无不卷入这场权力之争，呈现出错综复杂的局面。源氏的荣辱升降，情场的得手和失意，无不受这场内部权力之争的制约。桐壶更衣被逼死，源氏被降为臣籍以及后来流放须磨，都是弘徽殿女御一派的胜利。而冷泉帝即位，源氏复升时，弘徽殿女御一派则受到排斥和打击。

人生的悲剧、佛门的空幻，也是构成这部小说基本主题的一个重要内容。不管是宫廷豪华的盛宴，还是源氏放荡淫乱的生活，处处都充满了悲剧色彩和对佛门的追求。这种悲剧，又是同作者对妇女的无限同情紧密地联系在一起的。作者运用细腻而委婉的笔触，描写妇女的不幸和痛苦，反映她们的哀伤和怨恨，表达对佛界净土的向往。小说中的许多女性，既是皇宫贵族淫乐生活的玩物和陪衬，又是政治角逐的工具和牺牲品。她们只能听任男子的摆布和命运的捉弄，根本无法掌握自己的命运。她们对自己的遭遇不满，有的也反抗过，然而，其结局都是悲剧性的，不是削发为尼，就是郁悒而死，有的甚至被逼自杀。佛门中的往生净土，是那些失势的贵族和退位的天皇的追求，更是这些妇女的一种无可奈何的可悲的归宿。这种悲剧色彩，还表现在作品所宣扬的现世罪恶报应的宿命观上。可以说，悲观的人生和出世的佛门信仰的结合，是这部作品的主导思想。

3. 小说的人物形象

在《源氏物语》的众多人物中，源氏是作者所着力刻画的一位主人公。这个皇族出身的大贵族，既是一个风流儒雅、潇洒多情的美男子，也是一个腐朽没落的贵族代表。作者本意在于把他写成一个贵族社会中的理想人物，但由于生活的逻辑和现实主义的力量，使作者把他写成了一个悲剧人物。

在作品中，源氏是一个容貌如玉、聪明娴雅、多才多艺、风流倜傥的贵族。作者常用侧面描写的手法，赞叹这位贵族偶像。如在斋院入社仪式的游览中，作者借观众情绪之变化，赞扬道："看到这盖世无双的源氏大将之风姿，即使是无情的草木，也没有不倾倒的。"那些中等人家的女子，出家修行的尼姑，古怪的老太婆，"以手加额，仰望源氏大将的容姿，目瞪口呆，竟像发痴一般"。可是，这个被称为"光华公子"的皇子，却是一个轻薄浮浪的好色之徒。他日夜钻营、调笑戏谑、淫逸无度。在同二十多个女子交往中，他或悖伦私通，或渔奇猎艳，或逼而占有，或玩而弃之，其色情之狂热、手段之卑劣、用心之良苦，可以说是达到了极点。他沉溺于情色中，肆无忌惮，为所欲为，在于他"受桐壶院无限宠爱，有恃无恐"，故而"不免过分嚣张，东闯西撞"。正如他在宫中强行占有胧月夜时所说的："我是大家都容许的。你喊人来，有什么用处呢？还是静悄悄的吧。"上自六十老妪源典侍、下至十岁稚女紫儿，继母婶娘、贵妃下女，他都可以逢场作戏，为所欲为。正如他的忠实走卒惟光所说的："我主子在女人上面的用心，真是无孔不入啊！"当源氏对自己的义女玉鬘也尽情调笑时，连他的儿子夕雾也说："太不像样子了。"不管色情生活是满足还是失意，作者都一无例外地表现了这个人物内在的悲剧性格，正如他在流放须磨时所吟的诗句那样："我似刍灵浮大海，随波漂泊命堪悲。"

　　源氏与众多女性的交往，各有不同的情趣、契机和结局。他同藤壶、紫姬和三公主之间的幽情和婚姻，不只是反映了源氏追逐色情的本性，而且同源氏政治上的沉浮和命运的波折紧密相连。这三个女人在不同时期的出现，可以说是源氏生命历程的三个转折点的信号和显示，也是构成他悲剧性格的三个重要原因。源氏与继母藤壶私通，这是由于藤壶酷似死去的生母桐壶更衣，便由亲近、恋慕而发展为乱伦。他俩生下的儿子冷泉即位为帝，源氏也就成为准太上皇，万事得以满足。但在精神上，这种悖伦之情，却是源氏一生悲剧的渊源。对藤壶的恋情越深，犯罪的意识就越加浓重。那种"前生多少冤仇债，此世离愁如许深"的苦闷，压抑而悲戚的情绪，笼罩在他的整个生活中。每当天有异兆、事有曲折之时，他无不归咎于此，认为："此乃自身罪恶深重所致。"他和藤壶的乱伦关系，几乎成了他的悲剧的根源。

源氏和紫姬的奇特婚姻，可以说是他和藤壶的乱伦关系的继续和发展。因为紫姬貌似藤壶且有血缘关系，源氏就强行带回，作为他日夜恋慕的藤壶的化身。从紫姬身上，源氏获得了在藤壶和葵姬身上都难以得到的东西，在色情和家庭关系中，都得到了极大的满足，以致紫姬去世之后，他失去了生活支柱，精神上处于崩溃境地，过着"终年泪似潮"的凄凉生活，在茫然中度过晨夕，终以身入空门而结束了自己荒唐的一生。

源氏悲剧结局的另一个重要因素，是三公主和柏木的私通。这既是原因，又是恶果。源氏40岁时迎娶年仅14岁的皇族之女三公主为夫人。然而，三公主与柏木私通，却又反过来使源氏跌入悲哀的深渊。本应使他万事满足的婚姻，竟成为对他致命的一击。这是源氏所始料未及的。他无限悲哀地说："我一生犯了许多可怕的罪孽，这大约是报应吧。在现世就受了这意外的惩罚，到了后世，罪孽可以减轻些了吧。"源氏自己所作的这种宿命的结论，也是作者思想和本书主题的反映。

源氏的悲剧命运，还有其社会原因。从小说描写看，皇室内外精神空虚、政治腐败、生活糜烂。置身于这种环境中的源氏，无法摆脱社会的影响和束缚。小说对人物命运及其环境的描写，正是对腐朽的贵族生活的揭露。

围绕源氏这个主人公，小说刻画了一系列妇女形象。政界的角逐、贵族的没落、精神的崩溃、空门的悲哀、无言的反抗等，大都是通过这一系列妇女的命运表现出来的。在这群各有长短的女性中，藤壶、紫姬和明石的身上，体现了较多的传统美德；弘徽殿女御、源典侍、近江君和末摘花等人的身上，则集中了更多的丑恶。

藤壶是作者心目中理想化的女性，也是在作品中唯一没有被讥讽的形象。在藤壶去世之后，作者对藤壶给予高度的赞扬，"藤壶母后在一切贵人之中，心肠最为慈悲，对世人普遍爱护。从来豪门贵族，总不免倚仗势力，欺压平民，藤壶母后则绝无此种行为。四方有所贡献，凡劳师动众之事，一概谢绝。在佛法功德方面，她也十分搏节：从来富贵之人，经人劝请，往往穷极豪华地大做功德，即在圣明天子时代，亦不乏其例。唯有藤壶母后绝不作此等奢侈之事，她只用上代传下来的财宝，以及应得的年俸爵禄，在不妨碍其他用项的限度内，尽量普遍地斋僧供佛。因此无知无识的山僧，也都悼惜她的逝世。葬仪的消息，轰动全国，闻者无不悲伤"。可是，在生活中，藤壶并没有得到快乐和幸福，而是一直处于苦恼和悲伤之中。她不断地为同源氏的悖伦隐事自责，忧心忡忡，害怕一旦泄露，会身败名裂。作品写道，当她看到自己生下的婴儿酷肖源氏时，"大受良心苛责，痛苦万状"。桐壶院死后，时事大变，门庭冷落，恐遭世人非议，害怕遭受戚夫人那样悲惨的命运；但又不能贸然同源氏割裂，担心所生皇子无后援人。在这进退维谷的矛盾状态下，她只有削发为尼，遁入空门，面对孤灯和经卷，过着沉默的、凄凉的生活，在 37 岁的盛年，便悄悄地离开了尘世。对这个人物，作者并没有去责备她的悖伦行为，而是对她痛苦的一生，表示了深深的同情。

紫儿是作为藤壶的化身而出现在作品中的，也是作者歌颂的一位女性形象。十岁的紫儿是在梦中被源氏强行带走的。她带着孩童般的天真情感，自然地同源氏生活在一起，不仅成为藤壶的化身，而且在葵姬去世以后，又填补了源氏正夫人的空位。这个娇艳、温柔、敦厚的美人，给源氏带来了生活的欢乐。可是，这个看来万事都已满足的女性，在一夫多妻制的贵族社会中，也不是事事都能如意。她不时被惆怅、悲痛和凄凉的情绪所笼罩。她对源氏放荡不羁的色情生活，不免愤怒怨恨。源氏赞扬明石姬使她心中非常不快，这包含着对自己的地位和处境的担心。当源氏同三公主结婚时，她苦闷、悲愤却又不敢发作。她自知无法同三公主煊赫的皇室势力相比，但又不愿失去正夫人的地位，以致多次产生出家的念头，郁悒不乐，直至疾病缠身，悄然逝去。在表面看来，她的一生是荣耀的；实际上，她的一生仍充满妇女的悲愤和辛酸。

作为中层贵族妇女的空蝉，具有突出的性格特征。作为一个年老的地方官的后妻，空蝉并不是一个软弱而无主见的妇女。她审时度势，柔中带刚。作品中写道："空蝉这个人的性情，温柔中含有刚强，好似一枝细竹，看似欲折，却终于不断。"当源氏夜半闯入卧室，要强行占有时，她虽然一时被这个姿容秀丽的美男子弄得神魂恍惚、犹豫不决，但她终于意识到自己的处境，义正词严地斥责源氏道："你当我是个卑贱的人，所以这样摧残我，教我怎不恨你？我是有夫之妇，身份已定，无可奈何的了。"当然，空蝉不是不懂风情的女子，她厌恶年老的丈夫，可是又不愿做他人之玩物，处于矛盾之中，终于在孤苦伶仃的凄凉生活中，削发为尼，了却一生。从这个女性身上，我们看到了妇女的悲惨和愤懑，更看到了女性身上的光辉，她宁可过苦闷而凄凉的生活，也要保持自己人格的尊严。她的情操远远高于小说中的其他女性。

浮舟是小说中命运最惨的一个妇女，生父弃养，继父虐待，又遭退婚之羞，精神之痛苦，可想而知。后来，被两个男子同时占有，境遇就更为悲惨了。在万般无奈之时，她投身水中，以求一死了之；被人救上岸后，矢志佛门，以求摆脱不幸。小说正是以浮舟的削发结束的。空门归宿，给予她的只是无限的悲愤和凄凉。

4. 小说的艺术特点

《源氏物语》是日本中古物语文学的典范，艺术成就很高，在日本文学史上的影响极大。

着重写情，是这部小说的基本特点。白居易的《长恨歌》中的情绪，是这部作品艺术构思的出发点。哀伤、忧愁和苦闷，是这部作品的基调。小说中既无惊人的故事情节，也没有令人震动的戏剧场面，只是通过对源氏日常艳情生活的描绘，表现人物的爱和恨、欢乐和悲哀，反映社会的面貌，揭示生活的真实，显示历史的趋势。因此，这部小说既给人一种宁静、平和、温柔的美，又以一种深刻而浓厚的悲剧气氛触动读者心灵。

这部作品的结构特点，是各回的独立场景和全篇的完整布局的有机结合。各回自有中心、突出重点，各自构成一个相对完整的故事，形成一幅鲜明的图画。而情节、情调和主题的一致性和连贯性，又把各回联成一个整体。由更衣而藤壶，由藤壶而紫姬，又由乱伦而在三公主身上所出现的"报应"，这一情节、思想的线索，在头绪繁多、内容复杂的小说中，贯穿始终。统观全篇，长而不乱，多而不繁，曲折有致，节奏鲜明。

　　这部作品刻画人物性格的基本方法是心理描绘。这种手法适合于以表情为主的艺术作品。作者特别善于描绘女性内心深处复杂而曲折的情感变化过程，委婉、细腻、缜密而纤巧。例如对空蝉、藤壶、紫姬等的描写就是这样。在空蝉同源氏的关系中，她既受宠，又受辱；既为情所动，又力图保持人格尊严，空蝉的内心活动及其变化十分复杂。作者把空蝉的这种状态写得非常到位，真实自然。

　　这部作品的语言温柔典雅、优美流畅。行文之中常常穿插汉诗与和歌，以表达人物的思想感情，渲染气氛，增强了作品的艺术感染力。

　　这部作品还大量引用中国古籍中的典故和诗句，包括《论语》《老子》《韩非子》《史记》《汉书》和《文选》，以及陶渊明、刘梦得和白居易的诗句。引用白居易的诗句达百余处。这些都增添了作品的抒情性，使得作品更为典雅和富有文采。

思考题

　　1. 怎样评价源氏这个人物形象？
　　2. 分析《源氏物语》艺术构思的特点。
　　3. 如何理解《源氏物语》的主题？

第三节　《一千零一夜》

　　〔学习提示〕　阿拉伯民间故事集《一千零一夜》是一部反映中古阿拉伯社会生活的历史画卷。它在阿拉伯文学和世界文学中都占据着重要的地位。

　　学习本节，应注意以下几点：

　　一、《一千零一夜》的形成与中古阿拉伯社会历史的紧密联系，与印度、波斯等地的民间故事的紧密联系。

二、《一千零一夜》故事的思想内容十分丰富，但由于在漫长的流传过程中受统治阶级、封建文人特别是宗教的影响，也杂糅着一些封建性历史痕迹和宗教色彩，我们应具体分析。

三、《一千零一夜》把艺术的真实性与美妙神奇的幻想相结合，构成了浓郁的浪漫主义色彩，具有不朽的艺术魅力。

四、对各类主题中有代表性的故事要有具体的了解和掌握。

一、《一千零一夜》的形成

《一千零一夜》又译作《天方夜谭》，是一部流传甚广的中古阿拉伯民间故事集。它以浓郁的东方情调和瑰丽的传奇色彩受到人们的喜爱，是世界文学名著中一颗璀璨的明珠。

《一千零一夜》的第一个故事这样讲道：相传在古代印度和中国之间的海岛中有一个萨桑国。国王山鲁亚尔生性残暴，他杀掉了行为不端的王后，从此为了向妇女报复，便每天娶一个女子过夜，次日又杀掉再娶。"当时妇女不是死于国王刀下，便是逃之夭夭"，全国一片恐怖。宰相的女儿山鲁佐德为了使妇女们免遭屠戮，毅然挺身而出，嫁给国王。她以每晚讲故事的手段吸引国王，刚讲到兴味浓处，天便亮了。国王急于知道结局，免她一死，让她晚上接着再讲。就这样夜复一夜，一直讲了一千零一个夜晚。国王终于被感动，与她白头偕老。这就是这本故事集取名为《一千零一夜》的原因。据阿拉伯原文版统计，全书共有大故事 134 个，每个大故事又包含若干小故事，组成了一个庞大的故事群。本书编纂者巧妙地以山鲁佐德讲故事作为发端，把大大小小不同主题、不同背景、不相关联的故事组织在一个框架中，构成一个完整的体系。

《一千零一夜》的故事由三大部分组成，其中核心部分是一部叫《赫左尔·艾夫萨乃》的古波斯故事集（即《一千个故事》）。据考证，这部分故事源于印度，最初是梵文，后译为古波斯文，再译成阿拉伯文后，又加进一些阿拉伯故事；第二部分源于伊拉克，是 10 世纪至 11 世纪编写的阿拔斯王朝，特别是哈伦·拉希德统治时期的故事；第三部分是 13 世纪到 14 世纪在埃及编写的有关埃及麦马立克王朝的故事。除第二部分直接反映阿拉伯人民现实生活的故事之外，阿拉伯人吸收、改造了那些外来的故事，使之成为《一千零一夜》的有机组成部分。

《一千零一夜》是劳动人民的集体创作，从口头创作到编定成书，经历了一个漫长的历史过程。早在 6 世纪，印度、波斯等地的民间故事就流传到伊拉克、叙利亚一带，在人民群众中辗转讲述；大约 8 世纪中叶到 9 世纪中叶，开始出现流传的手抄本。又经过几百年间人们不断地收集、整理、加工、补充，大约到 16 世纪才最后定形。

《一千零一夜》形成的最初几百年，也是阿拉伯大帝国最后形成并走上极盛的时期——阿拔斯王朝时期（750—1258）。此时阿拉伯帝国横跨亚非欧三洲，政治、经济、军事、宗教以及文化都十分繁荣。阿拉伯民族固有的文化传统、被征服民族的文化的影响，以及印度、希腊等文化因素的融入，产生了无比辉煌的阿拉伯新文化，《一千零一夜》正是它的优秀成果。

二、《一千零一夜》的思想内容

《一千零一夜》以其内容的博大、丰富、神奇、多彩而令人目不暇给。故事集展示了中古时期阿拉伯社会生活真实而生动的图景，栩栩如生地描绘了各阶层人们的生活面貌、习俗风尚。帝王将相、巨商大贾、巫医百工、乞丐奴隶乃至强盗草寇，三教九流，形形色色的人都纳入了它的镜头。它反映了尖锐的阶级矛盾、惊人的贫富悬殊、发达的航海事业、繁荣的商业贸易，还有婚姻制度、宗教观念、民族习俗以及手工技艺等，包罗万象。它还通过天上地下的神仙妖魔、法师精灵等幻想的人物与情节，反映了社会现实。由于《一千零一夜》多侧面地、广泛地反映了现实，因而被称为中古阿拉伯社会一面"一尘不染的明镜"。

《一千零一夜》是中世纪阿拉伯复杂的社会生活的真实描绘。更主要的是，它描绘了人民的生活，反映了人民的苦难、爱憎、情绪与愿望。因此，它是人民心声的忠实反响。这是《一千零一夜》具有很强的人民性的重要标志。

许许多多普通人成为故事的主角，这是《一千零一夜》十分引人注目的地方。劳动者们——渔夫、牧民、理发匠、补鞋匠、女仆、樵夫、农民、手工艺工人、脚夫等纷纷登台，成为这部故事集的正面主人公。裁缝的儿子阿拉丁、巴士拉银匠哈桑、樵夫阿里巴巴及其妻子、女仆马尔基娜……都被当作英雄加以描绘、歌颂。他们不仅具有惊人的智慧和创造力，而且有十分高尚的品德。他们个个刚毅正直、勤劳勇敢、朴实善良。渔夫每天只打四网鱼，仅求温饱，别无贪心。阿里巴巴的妻子见丈夫带回金子，怀疑他抢劫，骂他不该见财起意。患难之中，他们不惜舍身相助。邻居老大娘帮助阿里·沙琳走街串巷，打听被诱骗走的祖曼绿蒂的下落。宫廷老女仆冒死设法让聂尔曼见到被骗入宫的诺尔美……著名的《渔翁的故事》写的是一个善良的渔夫，在海里打到一个胆形的黄铜瓶。他好奇地撬去封瓶口的锡块，不料放出来一个被镇在瓶里已经 400 年的魔鬼。魔鬼恩将仇报，要杀死渔翁。渔翁想："他是个魔鬼，而我是堂堂的人类。安拉既然赋予我完备的理智，我就非用计谋对付他不可。我的计谋和理智，必然会压倒他的诡计和妖气。"于是渔翁用计将魔鬼骗回瓶子，制服了妖魔。这个故事塑造了一个临危不惧、敢于斗争、善于斗争的以智慧闻名于世的劳动者形象。《女人和她的五个追求者》写一个聪明的女人，把想调戏她的国王、宰相、省长和法官统统关进了木橱。这是对统治者辛辣的嘲讽，也是一个用才智以弱胜强，给欺凌者以羞辱的绝好例子。还有《白侯图的故事》中那个机智的奴隶白侯图，尽情地把他的主人耍笑愚弄了一番。虽然白侯图的形象有些油滑，然而他确实为受奴役的卑贱者出了一口气，令人拍手称快。劳动者用智慧战胜愚蠢，卑贱者以聪明战胜淫邪，弱小者以机智战胜狡诈，这是许多故事共同的主题。在同类故事中，《阿里巴巴和四十个强盗的故事》中年轻的女仆马尔基娜的形象尤为光彩照人。樵夫阿里巴巴砍柴的路上无意间发现了强盗的宝库，得到许多财产。强盗闻讯，要杀死阿里巴巴。马尔基娜帮助阿里巴巴破坏了强盗的计划，亲手杀死了两个匪徒，又用计以滚油烫死了 37 名强盗，取得了斗争的胜利。她始终机敏沉着，不动声色，掌握着斗争的主动权，显示出非凡的才智与惊人的勇气。在中世纪阿拉伯极端歧视妇女的时代，这种智勇双全的下层妇女形象是不可多得的。

《一千零一夜》还真实地描绘了人民的处境与命运，诉说了他们的苦难与不幸。故事中出现了不少饥寒交迫、衣食无着的乞丐、漂泊者、脚夫和穷人的形象。人民陷于赤贫之中，到处有标卖奴隶的市场，甚至还有母子同时被卖的惨况。《三个苹果的故事》[①] 中有这样一首诗：

> 如此惨淡生活，
> 比睡在坟墓里差得多。

许多穷人被逼无奈铤而走险，杀人越货，于是"骗子、诈徒像田里的草芥到处都是"。阿里巴巴砍柴遇强盗，阿里·密斯里旅行时遭拦劫，这类描写比比皆是，反映了惊人的贫富悬殊所造成的社会动乱。

《一千零一夜》深刻地揭示了人民苦难的根源，把批判的矛头直接指向统治阶级，尤其是最高统治者哈里发，批判尖锐、激烈，使这部民间故事集具有很强的战斗精神。它无情地鞭笞统治者在政治上对人民残酷压迫，在经济上横征暴敛、刮尽民脂民膏的罪行。许多故事就是哈里发及其宫廷、朝臣的罪行录。凶狠、残暴的国王，无恶不作、为人不齿的宰相，贪婪、昏庸的总督，专门奉承主子的贪官污吏等的丑恶嘴脸被揭露得淋漓尽致。《聂尔曼和诺尔美的故事》中，写哈里发驻库发的代理人，用诡计骗走良家妇女诺尔美，呈献给哈里发并谎称花了一万金币买得，既讨好主子，又赚了大钱。《一对牧民夫妇的故事》进一步揭露哈里发及其随从依仗权势胡作非为、霸人妻女的暴虐行为：一个乡下人来到哈里发宫廷，控告官吏麦克旺借审案之机强行霸占其妻肃尔黛的暴行。麦克旺以一万金币收买肃尔黛之

---

① 本节引文均参考纳训所译的《一千零一夜》，人民文学出版社1982年版。

父，同时严刑拷打乡下人，逼他休妻。这且不算，还将乡下人丢进监狱。乡下人满腹冤屈，求哈里发伸张正义。可是哈里发一见肃尔黛，竟然也想据为己有，便以权势财富威逼利诱，终因肃尔黛与乡下人情深意笃，夫妻才得破镜重圆。哈里发及其下属的恣意妄为、荒淫无耻、卑劣凶狠，实在令人发指。有的故事还揭露了狡猾、诡谲的大骗子受到哈里发的重用、晋升（《戴黎兰和载白玉乃母女的故事》）；哈里发的儿子艾敏强娶民女，稍不称心就毒打，致其遍体鳞伤（《第二个巴格达女人的故事》）；法庭草菅人命，判案荒唐、草率，如同儿戏（《驼背的故事》），等等。这样的统治者，使人民处于极度痛苦之中，阶级矛盾十分尖锐。《渔翁的故事》中，渔翁悲愤的呼声，代表了人民的情绪：

> 呸，你这个世道！
> 如果长此下去，
> 让我们老在灾难中叫苦、呻吟，
> 这就该受到诅咒。

在哈里发时代，宫廷的奢侈豪华也达到了十分惊人的地步。一方面是饥寒冻馁、民不聊生，一方面是哈里发们挥金如土、穷奢极欲。《一千零一夜》在描写宫廷生活时写道：到处是珍珠、宝石、金银、丝绸、名贵的香料、鲜花、丝竹管弦、珍馐美酒。《艾彼·顾辽伯和金银城堡的故事》是很有代表性的一篇。古代翁顿大帝的小儿子尚多德异想天开，想仿照天堂景物建立一座人间乐园。为此，他命人采尽了大地的金银宝石、珍珠翡翠，搜刮尽了老百姓手中的钱财，耗尽了全国民力，花了整整50年，才建成了一座黄金白银城堡。它里面装饰着珍珠、宝石、刚玉、麝香、龙涎香、番红花制成的球丸和着珍珠红玉当泥土铺满大地。水池由黄金铺成，蜿蜒曲折的河床是白银铸造。这种闻所未闻的豪奢，正是当时统治阶级淫逸无度的腐化生活的集中表现。正当城堡修成准备迁居之时，突然雷电轰鸣、山洪暴发，于是这个"横征暴敛、赫赫不可一世的尚多德大帝和他那些刚愎自用、无恶不作的僚属，以及他那骄奢淫荡的眷属们不是被雷劈电触，便是让山洪吞没，都同归于尽，化为乌有"，尚多德死了，那座辉煌的城堡作为他罪恶的见证永远留了下来。这场天谴表现了人民群众对统治者罪恶的极端愤恨。

《一千零一夜》表达了人民鲜明的是非观念与强烈的爱憎感情。人民不仅谴责暴君、贪官污吏，也谴责贪婪、嫉妒、残忍等一切恶行恶德，通过许多故事，大量揭露了统治阶级内部为争权夺利而同族残杀、兄弟阋墙、叔侄反目、弑君夺位等现象；揭露了人与人之间因金钱利害而玩弄阴谋的嘴脸。故事中不乏弟弟因财产谋害哥哥、妻子因嫉妒而谋害丈夫的事例。但是，凡是作恶者、害人者，最终都没有好下场。《阿里巴巴和四十个强盗的故事》中，贪心的哥哥高西睦一心想把匪窟中的金币掳尽。金珠宝贝使他眼花缭乱，连出洞的咒语也忘记了，结果惨死在匪徒手中。《第一个巴格达女人的故事》中，两个恩将仇报、谋财害命的姐姐被神女变为两只黑狗，注定每天要挨妹妹三百皮鞭，作为对她们贪婪凶狠的惩罚。凡玩弄阴谋诡计者、负心者、邪恶者都只落得可悲下场。光明必定赶走黑暗，正义终将战胜邪恶，这是人民淳朴的感情、善良的愿望和鲜明的是非观念的具体体现。

《一千零一夜》充满了积极乐观的精神，表现了中古阿拉伯人民对美好生活与理想未来的执着追求。

人民对所处的时代与环境强烈不满，对所遭受的迫害提出抗议，因而，他们不断设计着理想的世界。这种追求往往又与对自由、爱情的追求联系在一起。故事集里有大量的婚姻恋爱故事。男女主人公们为获得幸福和爱情而进行的斗争，本身带有强烈的反封建的倾向。《巴士拉银匠哈桑的故事》是一个曲折而美丽的神和人恋爱的故事。银匠哈桑在七公主的帮助下和神女瑟诺玉结了婚，几年后瑟诺玉思念家乡，趁哈桑外出用计骗取羽衣飞回瓦格岛去了。为了寻找自己的妻子，哈桑冒着生命危险，越过七道深谷、七个大海、七架高山，穿过稍不留神就致人死命的飞禽地带、走兽境界和鬼神地区，来到瓦格岛的第七个岛上。在仙人帮助下，他得到魔帽与仙杖，救出爱妻。神女瑟诺玉忠于爱情，尽管其父（神王）、其姐（女王）用酷刑万般折磨，她仍坚贞不屈，最后抛弃神王世界的享乐生活，毅然与哈桑回到人间。这里的神魔世界，无疑是现实世界的一个缩影；国王与女王的凶恶残暴，反映了现实社会中封建专制制度对青年的残酷迫害，而他们冲破重重障碍终于获得了幸福，这是对坚贞爱情与不屈意志的歌颂。

许多故事都描写了主人公为追求幸福而经历的千难万险。《阿拉丁和神灯的故事》中的阿拉丁和哈桑一样，为了追求幸福历尽了艰辛，可是他们勇往直前，百折不挠。妖魔鬼怪、国王宰相的种种残害都不能阻止他们为实现理想而斗争，中古阿拉伯人民正是在这些平凡的英雄身上寄托了美好的理想。

值得注意的是，这一类故事的女主人公，她们大多美丽、聪明，有不屈不挠的意志。女奴张丽丝、王都丽等都为争取恋爱自由、婚姻自主而进行过艰苦的斗争。不受诱惑、不畏强暴是她们共同的特征。《一对牧民夫妇的故事》中无耻的国王向肃尔黛问道："在你看来，究竟是高尚尊贵、有权有势、住在宫殿中、拥有财产的哈里发最可爱呢……或者是这个饥寒交迫、衣食无着的乡下人最可爱？到底该选谁做你的丈夫？"肃尔黛毅然回答说："我和他情投意合，彼此间有着不可遗忘的旧情和不可磨灭的爱情。因此，像过去我们同甘那样，我应该和他共苦到底。"掷地有声的回答，表现了蔑视财富与权势的凛然正气和对爱情的忠贞不贰。《阿里·沙琳和祖曼绿蒂的故事》中的祖曼绿蒂，也是一个引人注目的女性。在奴隶市场上，她大胆为自己选择丈夫，自卖给阿里·沙琳。她被绑架后女扮男装逃出虎口，又奇迹般做了国王，并机智地严惩了害她夫妻分离的恶人，终于与朝思暮想的丈夫团聚。祖曼绿蒂做国王的那一段描写，不仅颂扬了她对爱情的忠实，也是对妇女的才干、独立人格、独立精神的大胆歌颂。

在中古时期的阿拉伯社会里，妇女的地位十分低下。《一千零一夜》的许多故事反映了这种历史情况。许多女主人公处于社会的底层：女奴女仆以及穷苦百姓的女儿妻子等。在贫富不均、男尊女卑的社会里，她们承受着更多的苦难，但她们不贪图富贵，敢于同封建势力抗争。书中对自由的爱情、自主婚姻的歌颂，便具有反封建、反压迫的特殊意义，所塑造的具有反抗精神和无限才能的妇女形象，闪烁着反封建束缚的耀眼的光辉。她们（和他们）对幸福爱情的热烈追求，表现了人民对摆脱封建束缚，争取美好生活的强烈愿望。

《一千零一夜》中，常有"贤明君主"的形象出现。他们"仁慈"、"正直"、"明智"，解救人民于苦难。这些"圣君"形象无疑是广大人民政治理想的一种寄托，是处于苦难中的人民盼望"太平盛世"的一种幻想。他们希望有"为民除害，秉公正直、赏罚分明"的贤君来解除他们在现实世界中所遭到的痛苦；这种幻想，本身就是对黑暗现实的一种批判。

《一千零一夜》还生动地描写了中世纪阿拉伯商人冒险远航经商的精神，反映了当时人们追求财富的普遍心理。

中世纪的阿拉伯帝国，商业一度繁荣，手工业兴旺发达。随着与各国频繁的贸易，新兴商业城市形成，巨商大贾随之出现。商人受到社会普遍的尊重与羡慕，经商成为发财致富，乃至谋取高位的捷径。《一千零一夜》产生于这样的时代背景，必然大量反映商人及其经商活动。许多故事写外出经商的人不仅满载而归，有的还被招为驸马、做了宰相，甚至当了国王，如尔辽温丁、阿里·密斯里等。许多商人为了发财，都渴望去远方冒险寻求财富，远航经商成为时尚。在众多的这一类故事中，《辛伯达航海旅行的故事》最有代表性。故事记叙了商人辛伯达七次冒险远航中惊险、曲折的经历，不仅生动地描写了海洋、岛屿与远方国家的奇闻逸事，描写了古代海上生活的艰辛和大自然壮美的原始景色，同时也歌颂了辛伯达的积极进取精神。

出身豪富的辛伯达将父亲的遗产挥霍殆尽之后，幡然悔悟，下决心去远方经商，以求发财。这个永不疲倦的冒险家，一次又一次地投身于航海冒险事业。每一次旅行都遭到难以想象的磨难和危险。风暴、沉船、海上漂流使他多次险些丧生；神鹰、巨蟒、怪兽也多次威胁到他的生命；他几乎被黑色巨妖吞噬，也差一点逃不出"海老人"的毒手；陪葬的奇怪风俗，异教的不同信仰都使他几乎处于绝境。但是每一次面临巨大的灾难，他都运用智慧和力量去顽强地搏斗，从而战胜敌人，摆脱了困境。危难中，他把自己绑到神鹰腿上以离开险地；以葡萄酿酒灌醉"海老人"，然后砸死他而逃生；陪葬后，他冷静地收集食物，等待着逃脱的时机；在荒岛上粮食断绝，伙伴全部饿死后，他沉着地扎好木船去寻找出路，终于从漆黑的山洞中穿出，绝处逢生。他不畏艰险、勇往直前，在濒临死亡的危急关头不灰心、不畏缩、不等待，而是立足于行动。正如他所说，他的幸福与地位"是从千辛万难、惊险困苦的奋斗中得来的"。奋斗与不息地探索，是辛伯达的特点。这表现了新兴商人进行创业活动时的顽强进取精神，在当时是有其积极意义的。

对财富的不断追求，是辛伯达冒险远航的动机和克服千难万险的动力。危难中他也曾立誓从此不再外出奔波，可是归来后，经不起发财欲望的怂恿，不久又再次出海。在辛伯达身上，他追求财富的渴望和求生的渴望差不多一样强烈。发财几乎成为他的一种本能，甚至在九死一生的关头，只要一息尚存，他就不放弃获取财富的机会。他落入全是蟒蛇的深渊里时，情况十分险恶，但仍拼命收集钻石，把"口袋、缠头、衣服、鞋子中装满了"；从陪葬的山洞死里逃生后，他也忘不了带出大量陪葬者穿戴的珍珠、宝石等名贵首饰。为了发财，他可以不择手段地危害别人，甚至谋财害命。在山洞里，他杀死了一个陪葬者，夺取她的饮食以维系自己的生命。从辛伯达身上，我们看到了原始积累时期新兴商人贪婪、自私、唯利是图的本质。他的行为，为他自己所说的"人性是贪得无厌的"作了最形象的解释。

故事既歌颂了辛伯达的坚毅勇敢、慷慨好施、不畏艰苦，又描写了他的贪婪自私、损人利己、追求享乐。在脚夫的困苦艰辛与辛伯达的豪华奢侈生活的强烈对比中，在他每次归来都赚了几倍财富的结果中，故事肯定了辛伯达对财富的追求，并把这作为一种美德来大加宣扬、赞美。这反映了当时普遍的社会心理，深深地打上了时代的烙印，流露出资产阶级的思想意识。

《一千零一夜》在形成发展过程中经历了漫长的八个世纪，这期间历代统治阶级和封建文人对它不断补充、改造、润色、加工，所以许多故事不同程度地反映了统治阶级的思想意识，存在一些封建性的糟粕。如宣扬剥削阶级的人生观、幸福观，鼓吹男尊女卑意识，严重的宿命论等，这些都是应当认真剔除的。

三、《一千零一夜》的艺术特色

《一千零一夜》是阿拉伯人民艺术才能的创造性的结晶。它以巨大的艺术魅力，多少年以来广泛地吸引着全世界的读者。

《一千零一夜》富有浓郁的东方情调与浪漫色彩。它以绚丽多姿的笔触，生动地勾勒出一幅又一幅阿拉伯社会生活的风俗画。它的内容五光十色，丰富多彩。这里既有宫廷饮宴管弦不绝的场面，也有奴隶受笞凄凉悲苦的惨景；既有对暴发商人动辄一掷千金的描写，也有对家道中落受尽冷遇的同情。嫁娶、丧葬、宗教礼仪、生活习俗、风土人情，无所不包，无所不有。而这一切都充盈着浓郁的东方情调：蒙面纱的女郎、戴缠头的波斯商人、五光十色的珍珠翡翠、芬芳扑鼻的麝香、对安拉的崇拜敬畏……把人们引入中古时期阿拉伯特有的气氛中，使人们宛如置身于中古阿拉伯世界。

《一千零一夜》把我们引入的不仅是一个现实社会，而且还是一个与奇妙幻想交织在一起的充满浪漫色彩的世界。作者丰富的想象与幻想在自由驰骋：无所不能的神灯与魔戒指，一夜间建成的巍峨宫殿，自由在空中往来的飞毯，控制机关飞行的乌木马，叫喊"开门吧，胡麻，胡麻"便应声而开的大石门，嗅一嗅便可医治百病的苹果，能战胜邪恶的头巾与拐杖……总之，一切仅存于幻想之中的事物，在故事里都存在着，一切幻想的奇迹在这里都得以实现。这些大胆的夸张、丰富的想象，又深深地根植于现实的土壤里。瑰丽的幻想与真切生动的描述相融合，表达了人们征服自然、改造社会、渴求幸福的强烈愿望。它们又闪烁着智慧的光辉，表现了人民群众巨大的创造才能。幻想世界与现实世界相互交织，浪漫主义与现实主义有机结合，这是《一千零一夜》的一个突出特点。

正由于这样，《一千零一夜》的故事背景便毫无拘束、十分自由，时而天上，时而人间，时而伊拉克、波斯，时而又在印度、中国。情节发展时而受制于神仙妖魔，借助于幻想力量，时而又完全遵循现实生活的逻辑。但它的内容却总是以不同形式与现实生活紧密相连，真实地反映了生活的本质。

结构灵活简便、情节离奇曲折是《一千零一夜》的又一特点。

《一千零一夜》众多的故事，是用一种灵活简便的方式组织在一起的，即以山鲁佐德给国王讲故事作为全书总的结构线索，把所有的各自独立的故事组织到这个大的框架之中。在大故事中包孕着一些小故事，小故事有时又包孕着故事，由一个故事引出另一个故事。每个故事既相对独立，又紧密相连，这样首尾呼应，上下衔接，形成连绵不断的整体。这种结构，便于保存旧故事，也便于补充新故事，无疑是说书人的一种需要。

民间故事要能够口耳相传，必须有紧紧抓住人心的情节。《一千零一夜》的每一个故事几乎都有惊险离奇的场面和变幻莫测的情节。有时奇峰突起，有时枝节横生，看似山穷水尽，忽又柳暗花明。哈桑与瑟诺玉的悲欢离合极尽曲折离奇之能事。阿拉丁禁闭魔窟，忽又绝处逢生。渔夫打鱼竟捞得装着魔鬼的铜瓶，险遭毒手又制服恶魔，故事一开始就十分奇突；继之白红蓝黄四色鱼的出现，烹鱼时，墙壁忽然裂开出来妙龄女郎，鱼对他吟出难以捉摸的曲子，更添了奇异色彩，让人惊讶不已；国王出访，找到着魔王子，又引起新的波澜。《渔翁的故事》就这样引人入胜地推演下去，真是奇幻诡异，变化万千，饶有趣味，令人爱不释手。

鲜明的对比性描写，是《一千零一夜》用来刻画人物形象的一种重要手法。故事中真、善、美的形象，总是与它的对立面假、丑、恶形成极为强烈的对照。渔夫与恶魔、银匠与神魔、阿拉丁与非洲法师等，都相互反衬，因而显出美的越美，熠熠生辉；丑的越丑，可憎可鄙。一篇故事中往往又设置多重人物关系的对比，如《阿里巴巴与四十个强盗的故事》中勤劳、忠厚、聪明的阿里巴巴和狠毒、贪心、嫉妒的哥哥高西睦的对比；阿里巴巴善良、朴实的妻子与高西睦狡黠、贪婪的妻子的对比；勇敢、聪慧的女仆马尔基娜和老谋深算的盗匪的对比等。在多种对比的描写中，不仅人物形象更加生动突出，而且也表现出作者对人物褒与贬、爱与憎的强烈倾向，鲜明地体现了劳动者的善恶观与朴素的美学观。

《一千零一夜》不仅是阿拉伯艺术的一件瑰宝，也已成为世界文苑中一颗耀眼的明珠。

思考题

■ 1. 分析《一千零一夜》产生的社会背景与形成过程。
■ 2. 为什么说《一千零一夜》具有很强的人民性？
■ 3. 分析《一千零一夜》爱情故事形成的背景及特点。
■ 4. 分析辛伯达的形象及其意义。
■ 5. 《一千零一夜》的艺术魅力何在？

第四节　萨　　迪

〔**学习提示**〕　萨迪是 13 世纪波斯的著名诗人，在中古波斯文学史上占着重要地位，在世界文坛上享有很高的声誉。

萨迪的代表作《蔷薇园》是他一生思想、经验和智慧的艺术结晶，产生了深远的影响。

学习本节应注意以下几点：

一、萨迪的创作与 13 世纪波斯动荡不安的历史、与他本人颠沛流离的生活经历有着紧密的联系。

二、《蔷薇园》思想内容十分丰富，它多方面地反映了波斯以及东方伊斯兰国家的社会生活，揭露了统治阶级的罪恶，颂扬了被压迫者的智慧和斗争精神，并教人以生活和处世的经验，具有强烈的讽刺批判精神和深刻的教诲意义。对此，应在认真阅读的基础上加以理解。

三、散文和韵文的结合是《蔷薇园》主要的艺术特色。散文部分作为每一节故事的内容基础，韵文部分往往是散文部分主题的升华和富有哲理性的概括。这种独特的艺术表现形式是萨迪对波斯文学的巨大贡献，也是《蔷薇园》具有永久艺术魅力的重要原因。对《蔷薇园》鲜明的艺术特色，我们要在阅读中细致领会。

一、生平与创作

波斯著名的抒情诗人萨迪，以其训诲散文故事诗集《蔷薇园》①著称于世；《蔷薇园》异常生动地勾画出 13 世纪波斯社会生活的真实图景，反映了作家对社会、对人生深刻的哲理性思考，同时以其独特的艺术风格，成为世界文苑中的一朵奇葩。

萨迪的生平事迹并没有准确的记载，但是根据他的作品分析，大致可以追寻到一些踪迹。大约 1208 年左右，他诞生在设剌子城一个传教士家中，取名为阿布-阿布达拉赫·穆里哈丁·萨迪·设剌吉，这就是后来的诗人萨迪。他童年时代，虽然父亲管教极严，但仍旧过得温暖而幸福。在他 14 岁时父亲不幸去世了，从此家庭断绝了生活来源。少年时期的萨迪和母亲全靠别人周济打发岁月，尝尽了生活的艰辛。萨迪自幼聪颖好学。20 岁左右，他来到东方穆斯林的中心巴格达，在别人资助下进入尼札米神学院学习，并以优异成绩取得公费。在这儿，他学习《古兰经》、古代哲学、法学、历史、数学等知识，尤其在波斯与阿拉伯诗学方面有很深的造诣。但是萨迪的志趣并不在此，他厌恶神学院禁欲主义的讲经传道，没有毕业便离开了尼札米学院。

30 岁左右，他陪一位老师去麦加朝圣，从此便加入了伊斯兰行脚僧的队伍，开始了长达 30 年的漂泊生涯。他常常随着商队上路，乘骆驼、骑驴马、坐船或步行，到各地布道讲学，足迹遍至亚洲、非洲广大地区。他多次到过麦加圣地，埃及、土耳其、叙利亚、印度、阿富汗及至中国的喀什噶尔都留下了他的踪迹。他在流浪中做过雇工，被十字军俘虏过，还服过苦役；旅途中穿沙漠、渡险滩、过密林，风餐露宿，历尽艰辛，多次遇险几乎丧生。在长期的布道旅行

---

① 本节未注明出处引文均参考水建馥所译《蔷薇园》，人民文学出版社 1959 年版。

中,他广泛接触了各类人物:僧侣信士、王公贵族、法官巡吏、学者文人、商贾平民、艺人工匠以及奴隶乞丐,亲眼见到国家的兴亡、社会的丑恶、贫富的悬殊、人民的苦难。丰富的阅历为他开拓了极为广阔的视野,加深了他对人生、世界的认识与了解,并积累了大量的生活素材,这成为他一生诗歌创作取之不尽的源泉。

1257 年萨迪终于结束了长期的托钵漫游生活,回到故乡设剌子定居。他在郊外一所简陋的房子里过着半隐士的生活,潜心著述,1292 年逝世后安葬在这里。

少年时代的萨迪就开始写诗并显出才华,只是那些诗都散失殆尽了。保存下来的最早的诗是 13 世纪三四十年代于巴格达和流浪中写成的抒情诗和四行诗。萨迪的诗作除了举世闻名的《果园》《蔷薇园》之外,还有抒情诗、道德诗、讽刺诗、哀歌、四言诗和格言等,尤以优美动人的抒情诗为人所称道。现存《全集》中共有抒情诗六百多首。作家歌咏花鸟、清水、美女、静夜,抒发对大自然的热爱和对理想人生的向往。他将抒情诗的格式提高到十分精湛完美的境地,寓情于景、形象鲜明、音韵铿锵、抑扬婉转,他的作品是波斯文学史上的一朵奇葩。

1257 年萨迪把周游列国的见闻与平生回忆,用诗体写成一本十卷故事集《果园》,作为游子奉献给故乡的礼物。这本诗集立刻使萨迪名声大振,受到社会的关注与统治者的青睐,之后萨迪又写了《蔷薇园》。这两本道德训诫诗集奠定了萨迪在波斯文学史上光辉的地位。

二、《蔷薇园》

《蔷薇园》写于《果园》成书后的次年春天,即 1258 年春。萨迪这样叙述了他写作的缘由:一天他和朋友在花园中散步,朋友采摘了许多鲜花想带走。这使他想到,园中的鲜花都要凋谢,即使蔷薇园中的花也不能久存。我要写一本《蔷薇园》,供阅者浏览,"它的绿叶不会被秋风的手夺去,它的新春的欢乐不会被时序的循环变为岁暮的残景"。于是,他花了近三个月的时间,完成了这部永不凋谢的

《蔷薇园》。

　　《蔷薇园》全书正文分为八卷，皆可独立成篇，前有引言，后有短跋。体裁采用波斯传统的散文夹诗形式，记叙了他近 30 年的漂泊生涯与旅途见闻。内容五光十色，丰富多彩。人世沧桑、人心善恶、人情冷暖、人间不平，半生经历的种种奇闻逸事、圣人训谕、帝王言行以及生活哲理、人生经验的总结等，几乎无所不包。它深刻地反映了波斯地区和东方伊斯兰国家 13 世纪社会生活的真实面貌，是萨迪一生智慧与经验的结晶。

　　萨迪是一个热爱人民的歌手。他的全部作品都表现出这种无比深沉、无比炽热的爱。因此，在《蔷薇园》中，作家首先对鱼肉百姓的统治阶级进行了深刻的揭露与猛烈的抨击。13 世纪的波斯，外有异族入侵，内有小邦争霸，常年战事不断；加之统治者又十分贪婪残暴，百姓苦不堪言。出于对人民苦难的深切同情，诗人怀着强烈的憎恨，愤怒地揭露了当权者——暴君、贪官、酷吏残害欺凌百姓的桩桩罪行：税吏为了充实苏丹的府库，不惜使百姓家破人亡（第一卷 20节）；酷吏随意打伤穷人（第一卷 21 节）；宰相为报复任意处死仆人（第一卷 23 节）。而法律却是维护当权者的工具。在这里贿赂横行，没有公理可言："你把 5 条胡瓜送给法官，他会判给你 10 处瓜田"，这是何等尖锐、何等辛辣的讽刺，又是何等沉重的事实！诗人对暴君的鞭笞则更为集中和激烈。《蔷薇园》中许多故事控诉了暴君"横征暴敛、残民以逞"，喜怒无常、草菅人命的罪行。最为沉痛的莫过于第一卷 22 节的故事了。国王为了治病，竟要活活地弄死一农家的孩子取出他的胆汁作药。而法官作出的判决则是"以臣民的性命保全国王，全然合法"。统治者的凶狠残暴和法律助纣为虐的本质被揭露得淋漓尽致。因此，萨迪大声疾呼：

　　　　暴君决不可以为王，
　　　　豺狼决不可以牧羊。

他猛烈地抨击暴政、暴君，毫不容情地诅咒他们：

> 暴君，暴君，你是人民的灾难，
> 你应该立即关闭你的市廛！
> 王权对你有害无益，
> 你的死胜于你的暴力。

萨迪清楚地看到了在暴政奴役下潜伏着危机，物极必反，人民的情绪和人民的力量不可忽视。他警告说：

> 你应注意那受害者的叹息，
> 否则那后果你会知道得太晚！
> 你不要使任何的心灵哭泣，
> 因为那声音能使地覆天翻！

对人民力量的清醒认识与正确估价，这是萨迪超越他同时代人的地方。他严正地提醒统治者，要让人民安居乐业，不要"任意榨取"百姓，否则"人民痛恨暴君，转眼叫他灭亡"。《蔷薇园》中也写出了一些与暴君相对立的开明君主的形象，他们博爱，宽大，慈善，体恤民情，乐善好施。这是萨迪希望通过贤君来改变人民处境的一种善良的愿望，从中也可以体会到诗人对人民命运的深切关怀。

萨迪不仅憎恶暴君，也憎恶为富不仁、欺压百姓的恶霸富豪。在《蔷薇园》中，他谴责暴行，痛恨社会不平，揭露豪绅欺压百姓的种种罪恶，嘲笑有钱有势者的贪婪堕落。他的同情总是在遭受不幸、备受欺压的弱者一边。他怜恤受苦受难的人民，对他们倾注了无限的爱。他主张仁爱、怜悯、宽恕：

> 如果你为别人所伤害，
> 宽恕他你也将得到宽恕。

他认为"诗人温和宽大才配得上人的名称"。这一切都清楚地表明了萨迪的人道主义立场。

　　萨迪不能容忍虚伪、贪婪和卑劣的行径。他无情地嘲讽丑恶，用犀利的笔剥开它们的外衣。他写了许多故事嘲笑欺世盗名的圣徒。有一个圣徒在赴国王宴会时"祈祷得比平时格外长"，饭却"比平日吃得格外少"，以示虔诚。一回到家，饿得立即吩咐开饭。连他的儿子也谴责他："既是这样，你的祈祷也不能算数，得重新来过。"另一则故事，写一圣徒在国王召见时为了显得高贵，服药减肥，结果误服毒药而送命。这些故事对圣徒的虚伪的嘲讽是极为辛辣的。诗人对贪婪这一恶习也痛加抨击，描写了种种因贪婪而自戕的故事。他告诫人们："贪婪的眼睛如果永不满足，终究会被黄土封住。"提倡知足常乐、不过分追求口腹之欲与财富，这是有其积极意义的。

　　萨迪热爱人民，赞颂劳动者的可贵品质，并常常以此与权势者的卑劣相对照，显示了他诗歌的进步倾向。有一则故事，写有人问以慷慨闻名的豪富哈丁台："你在世上见过或听说过有人比你更高尚吗？"哈丁台就赞扬了一个靠自己劳动糊口而不去他家白吃的樵夫，说："我看这人远比我豪迈而崇高。"另一则故事，写兄弟二人一个做官，一个自食其力。做官的邀兄弟也去当差以摆脱苦重的劳动，而穷兄弟却劝做官的摆脱伺候人的屈辱地位："与其腰束金带服侍别人，不如坐在地上自食其力。"赞美劳动和自食其力的劳动者，是与封建阶级的道德相悖的，这对13世纪的诗人萨迪来说，的确是难能可贵的。

　　《蔷薇园》包含着萨迪一生中总结的生活经验与处世哲理。诗人对人生进行的深入思索、与人民群众广泛接触中汲取的人生哲理都反映在作品中。许多故事都含有深刻的寓意。特别是第八卷，大多是些短小的格言警句、民谣、谚语。它们闪烁着智慧的光芒，有很丰富的内涵。他主张惩办恶人，"谁若杀死一个恶人，便是为好人除害"；反对宽容邪恶，"对锋利牙齿的老虎宽仁，就是对善良的羊群凶狠"；他说，"能够消灭敌人时，如果不把敌人消灭，便是和自己为敌"。

　　　　假如你手中有石头，
　　　　应立即向毒蛇抛去，

> 聪明人总是这样做，
>
> 丝毫不会有所犹豫。

对于暴君，他尤其主张不能宽恕：

> 我们虽然承认仁慈可取，
>
> 不要为暴君的创伤敷药。
>
> 你对毒蛇如果怜悯惋惜，
>
> 就是对亚当子孙的残暴。

由此可见诗人有着极强的是非观念。他讲"宽恕仁爱"是有原则性的。这种疾恶如仇的精神与他"宽恕仁爱"的思想并不相悖，因为他的立足点是站在正直善良的人民一边，是他对复杂的社会生活长期观察而总结出来的教训，发人深省。在这一点上，萨迪的认识甚至超过了 19 世纪一些人道主义作家。

《蔷薇园》中，萨迪赞扬坚韧不拔、吃苦耐劳、互助友爱、乐观主义等精神，主张表里如一，讲气节，重修养，提倡自省；他教人们识别真伪、分辨善恶，并讲了许多处世做人的道理。这都是他长期与人交往中积累的宝贵经验。有些警句至今仍是至理名言。如：

> 宝石即使落在泥潭里，仍是一样可贵，尘土虽然扬到天上，也无价值。

> 并不是每个外表美好的人都有完美的心灵；因为品德在于内心，不在于外表。

萨迪十分重视实践的作用。他在《蔷薇园》中反复论及："无论你腹中有多少知识，假如不用便是一无所知。""有了知识而不运用，如同一个农民耕耘而不播种。"对知识与实践的关系能有如此深刻的认识，这当然是和诗人在长期流浪中的实际体验并受到时代思潮的影响分不开的。

《蔷薇园》具有独特的艺术魅力。

故事中穿插诗歌是《蔷薇园》的一大特色。这些诗歌与故事有机地结合成一个整体，有时点出故事的意义，有时指出故事的教训，有时是故事内容的补充和发挥，有时是故事寓意的概括与总结，有时是故事中人物随口吟咏以言事，或是作者借题发挥而抒情。在形式上，作家不拘一格。一些叙述和诗都很简短，言简意赅。如：

> 我在沙漠中亲眼看见，
> 匆忙的旅人落在从容的后边；
> 疾驰的骏马落在后头，
> 缓步的骆驼继续向前。

这首诗是前面的故事主题"事业成于坚忍，毁于急躁"的形象化的注脚，十分生动鲜明，而含义耐人寻味。有的诗文并茂，相得益彰。这些诗歌短至2行、4行，多到10行、20行，全看内容所需，没有固定的模式。如：

> 再多的钱财也填不满贪婪的眼睛，
> 再多的露水也填不满一口水井。

两句诗道出一个真理。讲到蕾拉与玛依农的故事，则有一段长达19行的抒情诗，抒发了主人公失恋之后的痛苦心境。紧接着又有一首较长的诗，叙述另一对情人海上遇险的故事。当船夫要搭救那少年时：

> 那少年虽然已经奄奄一息，
> 仍喊着说："我的爱人在那里！
> 你快去救她，救她，救她！"
> 临死之前他喊出最后一句话：

"谁在患难之中把他的情人抛弃

千万不要相信他的甜言蜜语。"

一对可怜的情人终于同时灭顶，

……

这是一首十分动人的叙事诗，以浓烈而深挚的感情，描绘了死生不渝的爱情。这些诗作，无论是短小精悍的格言、热烈奔放的情歌，还是幽默泼辣的讽喻、朴实晓畅的叙事，都与故事水乳交融，浑然一体。整个作品风格、形式灵活多变，千姿百态，令人难忘。

萨迪在这本训诫故事集中讲了许多道理，提出了许多见解。他把对社会敏锐的观察和深刻的认识记录在作品中，但诗人却绝少发出空泛的议论。明睿的见解与一个个生动故事结合，哲理的思考寓于鲜明的形象之中，启发人们去玩味、去思索。寓教诲于生动具体的形象，而无枯燥、乏味的感觉，这就是诗人的目的。在跋中，萨迪自己曾明确地宣称："我用美丽的词采的长线串着箴言的明珠，我用欢笑的蜜糖调着忠言的苦药，免得枯燥无味，使人错过了获益的机会。"

萨迪擅长驾驭语言。他善于以极精练的笔墨描绘出栩栩如生的场面，以一个小动作、一个小情节，活灵活现地展示一个人物从外貌到内心的特征。他行文用语淳朴、简洁，不饰雕琢而意味无穷。用他自己的话说是"隽语风生，诙谐有趣"，难怪他被当时人们称为"设刺子的黄莺"。

思考题

　1. 为什么说《蔷薇园》是作家一生经验与智慧的总结？

　2.《蔷薇园》从哪些方面表现了萨迪的人道主义思想？

　3. 试述《蔷薇园》的艺术特色。

第三章 近代文学

第一节 概　　论

〔**学习提示**〕　文学是社会生活的反映，要学好近代亚非文学，必须学习一下世界近代史中的亚非部分。

学习本节应理解和把握的问题主要有三个：近代亚非文学的性质、作用及其局限性，近代亚非各国文学的主要成就，近代亚非文学的基本特征。

对第一个问题，应着重把握近代亚非文学的反帝反封建的资产阶级民主主义的性质及其历史的短暂和发展的不成熟。

对第二个问题，应概括了解：近代朝鲜、越南、菲律宾、伊朗、阿拉伯、土耳其文学的主要成就，特别是要重点了解近代日本、印度文学的重大成就，从而对近代亚非文学有一个宏观上的认识。

对第三个问题，应该明确近代亚非文学的五个基本特征，从而进一步把握近代亚非文学在思想内容和艺术成就上区别于近代欧洲文学的特征。

一、近代亚非文学的性质

近代亚非文学，基本上是指 19 世纪中叶以后，一直到苏联十月革命以前这一历史阶段中亚非两大洲的文学。在这一历史阶段中，亚非地区的各个国家——不仅是殖民地半殖民地国家，而且包括唯一没有遭受侵略的日本，都进入了近代文学的历史时期。

近代亚非文学史同近代欧洲文学史有着明显的差异。近代亚非文学的历史开端要晚于近代欧洲文学，发展过程也要短于近代欧洲文学。近代欧洲文学有几百年的历史，而近代亚非文学只有几十年的历史，最长的历史也只有百年左右。

近代亚非文学，是在反对殖民主义、帝国主义和封建主义，争取民族独立和民主自由的斗争中产生并为这一斗争服务的资产阶级民主主义文学。

近代亚非文学，尽管在揭露殖民主义、帝国主义和封建主义罪恶，促进民族觉醒，增强爱国主义精神，进行民主主义的启蒙教育，鼓舞民族独立、民主自由的斗志方面，发挥了不可轻估的巨大作用。但是，由于民族资产阶级本身所具有的"两重性"和所接受的西方资产阶级思想的影响，他们的民主主义不仅是不彻底的，而且带有明显的封建主义残余。因而，作品往往写得不够深刻，常常反映出作家世界观中许多落后的观念和意识。在艺术成就上，尽管突破了中古时期传统形式的束缚，在欧洲文学的影响下创造了许多新体裁，取得了可喜的重大成就，但是，尚未达到完善和成熟的阶段。近代亚非文学，为现代亚非文学的发展创造了条件，奠定了基础，然而，在近代亚非文学发展的历史过程中，资产阶级文学应该完成而又无法完成的历史使命，只有落在现代亚非文学的肩上了。

二、近代亚非文学的主要成就

近代亚非文学突破了前代封建主义旧文学的束缚，真实地反映了亚非人民的斗争生活和精神面貌，具有许多新创造，不少国家都取得了相当的成就。

在朝鲜，从 19 世纪末叶开始进入近代文学的发展阶段，资产阶级启蒙思想有了迅速的发展，文学创作体现了鲜明的反对帝国主义和封建主义的特色，出现了各种不同的新形式：新小说、新诗——唱歌调诗歌、新派剧以及新的政论作品。

在新小说中，李海朝的《自由钟》是具有代表性的作品。其中提出了废除封建的等级身份制度、尊重妇女权利、不畏惧外国的长枪大炮、为收回自主权而贡献自己的力量的主张。作品明显地宣传了反帝反封建的资产阶级民主主义启蒙思想。其他各种体裁的作品，也都在不同程度上宣传了这种启蒙思想。

越南的近代文学，始于19世纪八九十年代。爱国的诗人和作家怀着强烈的爱国主义热情，以笔为刀枪，同法国殖民者展开了殊死的斗争。抗法爱国的文学创作是近代越南文学的主流。阮廷炤、潘文治、阮春温、阮光碧和潘廷逢等，都是当时著名的爱国诗人。

潘佩珠（1867—1940），不仅是近代越南革命史上的光辉的先驱者，而且是近代越南文学史上不朽的诗人。他的文学创作充满了热爱祖国的赤子之情。他在《哭阮烈士式唐》一诗中，既表现了对烈士牺牲的惋惜悲痛，又抒发了诗人杀敌报国、赶走侵略者的胸怀，洋溢着强烈的爱国主义热情。然而，潘佩珠由于历史条件和阶级地位的局限，还无法认清帝国主义的罪恶本质，还不能分清越南人民的敌友。在《提醒国民歌》中，他竟然提出"一方亲（日），一方仇（法）"的错误见解。这反映了资产阶级爱国者的思想混乱。

同潘佩珠同时进行创作活动的诗人还有潘国祯、阮尚贤和吴德维等，他们的诗歌发挥了反帝反封建的战斗作用。

菲律宾的何塞·黎萨尔（1861—1896），是杰出的民族英雄，也是著名的革命作家和爱国诗人。他的长篇小说《不许犯我》《社会毒瘤》和《起义者》，以及他的绝命诗《最后的告别》等，都是近代亚非文学中的杰作。

在伊朗，19世纪下半叶出现了提倡文学改革的民主主义思想家密尔札·法塔赫·阿里·阿洪德扎德（1812—1878）。他所创作的剧本和散文正是实践他自己文学主张的产物。

密尔札·马利库姆汗（1833—1908），是一位著名的民主主义者。他主张君主立宪，提倡保障人权。在19世纪80年代末，他在英国出版了波斯文报纸《法言报》，批判了伊朗国王的封建专制主义和对殖民者的投降政策。他的剧本和散文创作秘密传入伊朗后，颇得群众的称赞。尽管遭到封建政权的查禁，但是，其中所宣传的反帝反封建的思想，在知识分子中间产生了广泛的影响。

1905 年到 1911 年爆发的革命运动，成为近代伊朗新文学发展的催化剂，促进了文学创作的繁荣。伊朗全国出现了百种以上的报纸杂志，文学创作的题材、主题、人物和体裁，都发生了明显的变化。这一时期的代表人物密尔札·穆罕默德·塔吉·巴哈尔（1886—1951）是近代伊朗的第一位诗人。他是新诗体——政治诗的开创者之一。他的诗篇充满爱国主义激情，揭露了帝国主义和封建主义的罪恶，唤醒了人民群众的斗争觉悟，增强了人民捍卫祖国独立的决心。

近代阿拉伯文学，是在启蒙思想运动的基础上产生的，出现于19 世纪上半叶。这种启蒙运动以激发民族觉醒为目的，既重视古代文学遗产，又强调西方文明，两者互为补充。阿拉伯近代文学的先驱者都是启蒙思想家。如埃及的雷法阿·塔哈塔威（1801—1873）的《巴黎纪行》是用韵文写成的，向阿拉伯人民介绍了法国资产阶级革命的斗争史，提倡人权和法制，宣传自由和平等。他的主要著作还有《纯金和诗集》和《阿拉伯诗抄》等。

纳希夫·雅季吉（1800—1871），是黎巴嫩的著名诗人，对阿拉伯近代文艺复兴，曾作出了很大贡献。他的三册诗集，被誉为阿拉伯诗歌中的明珠，很多人都能背诵。迈哈穆德·萨米·巴鲁迪（1838—1904）的诗篇洋溢着强烈的爱国主义热情和革命精神。

马格里布近代文学在 1871 年抗法起义后，有了较快的发展。在阿尔及利亚，最早的阿拉伯文报纸出现在 1847 年。从 1871 年一直到20 世纪初，报纸多达 130 余种。这不仅对民族觉醒、反法斗争起到了促进作用，而且对马格里布近代文学的产生和发展，也产生了推动作用。

19 世纪末到 20 世纪初，宣传民族觉醒和反对殖民压迫的政论日益增多，影响广泛。其中比较著名的代表作家有穆罕默德·阿斯-塞义德·伊本·泽克利和穆斯塔法·伊本·阿里·胡贾。他们的政论突破了中古时期古典文学传统规则的束缚，特别是摆脱了押韵散文——沙贾体的窠臼。这对开创阿尔及利亚的新文风、形成新的散文体裁，产生了明显的作用。

阿尔及利亚的近代诗歌出现得很晚。一直到 20 世纪初，诗歌创作依然受到古典诗歌传统的牢固束缚，"卡色达"体诗歌的古老创作原则①，依然是近代作家遵从的金科玉律。19 世纪中叶，民族英雄、抗法斗争的著名领袖阿卜德·阿里·卡季尔的诗歌创作，虽然成为阿尔及利亚近代文学的先声，但是，尚未完全抛开中古时期古典诗歌传统的影响。

直到 20 世纪初，阿尔及利亚的抒情诗篇都带有一种夹生的、新旧因素相混合的特点——既不是中世纪的诗，又不是近代的诗；既有中古诗歌的因素，又有近代诗歌的特点。到了二三十年代，开始出现了运用阿拉伯规范语言创作诗歌的热潮。诗人的创作突出地表现了爱国主义的主题。1926 年，著名诗人穆罕默德·阿里-哈吉·阿斯-谢努西·阿兹-札希利编选的诗集《阿尔及利亚现代诗人》，反映了这一时期诗歌创作的一般特征。

土耳其近代文学产生于 19 世纪 30 年代到 70 年代的"革新时期"（即"坦齐玛特"时期）。作品中充满了资产阶级人文主义思想，具有明显的反封建、求变革的特点。在语言上，土耳其近代文学逐渐摆脱阿拉伯、波斯的影响，开始使用更加纯净的土耳其语进行创作。这一时期，也出现了新的文学体裁：话剧、小说、杂文和政论等。

19 世纪 70 年代末，由于反动派的镇压和查禁，改革时期的进步文学遭到严重摧残。80 年代后半期，以《知识宝库》为中心，团结了一批散文作家和诗人。尽管"知识宝库派"主张为艺术而艺术，但是个别人的个别作品，还是起到了某种积极的社会作用。如诗人泰夫菲克·菲克雷特（1867—1915）的某些作品、穆罕默德·埃明（1869—1944）的一些诗歌，都能直接反映时事政治问题或关系到民族命运的问题。90 年代末，在土耳其苏丹的反动专制下，知识宝库派文学夭折。

1908 年土耳其革命以后，近代文学又进入了一个新的发展阶段。在青年土耳其党领导的资产阶级革命的影响下，文学又活跃起来。有

---

① 如：从头到尾只押一个韵——阿拉伯古典诗歌大多是单音韵，各种体裁都有其固定的主题、形象、比喻和联想……

一些作家继承了知识宝库派的优良传统，创办了新的杂志《未来的曙光》。这时的文学开始反映民族独立的要求，民主自由的呼声也日益高涨。

第一次世界大战激起了爱国主义作家们的创作热情，以民族解放运动为题材的作品，日渐增多。在属于现实主义的创作中，厄梅尔·赛斐丁（1884—1920）的作品是有代表性的。他的充满讽刺意味的短篇小说，对封建主义、宗教势力以及资产阶级政客，都进行了辛辣的讥讽和尖锐的抨击。

在近代亚非文学中，日本文学和印度文学的成就，尤为突出。

近代日本文学，是明治维新以后产生的资产阶级的民主主义文学。19世纪80年代产生的"自由民权运动"——资产阶级的民主主义革命，不仅促进了政治小说的创作和外国文学的翻译工作，而且推动了文学改良运动的发展。坪内逍遥（1859—1935）的《小说神髓》（1885—1886）中的主张，对日本近代现实主义文学的产生具有重要的启蒙意义；当然，其中的自然主义倾向也产生了一定的影响。

二叶亭四迷（1864—1909）创作的《浮云》（1887）为日本现实主义文学的发展开辟了道路，它的问世揭开了日本近代文学史的序幕。日本的现实主义文学虽然是在西欧现实主义文学的影响下产生的，但是，在日本却没有像在西欧那样成为蓬勃发展的不可阻挡的潮流。它总是受到各种文学流派的影响和干扰，在曲折中向前发展。在浪漫主义、自然主义或其他流派的作家中，日本文学往往也创作出具有现实主义精神的杰作。

日本的浪漫主义文学运动，大约产生于19世纪中叶，也受到欧洲浪漫主义文学的影响。森鸥外（1862—1922）从欧洲回到日本后，创办了日本最早的文艺评论杂志《堰水栅》，致力于文艺批评理论的启蒙工作。1893年，从《女学杂志》分化出来的《文学界》发行了创刊号，涌出了一股浪漫主义文学潮流。北村透谷（1868—1894）通过诗歌创作和文学评论展开了一场积极浪漫主义文学运动。

中日甲午战争前后，在《文学界》的作家中出现了樋口一叶（1872—1896），她的创作从浪漫主义转向现实主义。她的《埋没》

《下雪天》《大年夜》《青梅竹马》等，被誉为现实主义早期名著。

在中日甲午战争之后，日本的社会主义思潮也影响了日本近代文学，在文坛上出现了社会主义思想倾向的文学。儿玉花外（1874—1943）的《社会主义诗》（1903），抒发了工人的悲愤情绪，反映了强烈的革命热情，宣传了"爱与和平的社会主义"①。因而，这一诗集出版后，立即遭到查禁。在小说方面，木下尚江的《火柱》（1904）和《丈夫的自由》（1904）是在当时社会主义运动中产生的，在日本社会主义文学中是具有纪念碑意义的作品，是无产阶级文学的前奏。

到了 20 世纪初期，在近代日本的作家中有一部分人受到法国自然主义作家左拉文艺思想的影响，开始出现了自然主义文艺思潮。它经过曲折的道路，逐渐地形成了蓬勃发展的自然主义文学运动。在日本近代社会中成长起来的自然主义文学，具有自己的特征，有一些自然主义作家却往往写出现实主义作品。岛崎藤村（1872—1943）的《破戒》、田山花袋（1871—1930）的《一兵卒的枪决》和《乡村教师》，都体现了这一特征。在日本近代文学中，自然主义作家的文艺主张同创作实践往往是不一致的。此后，德田秋声（1871—1944）、正宗白鸟（1879—1962）、岩野泡鸣（1873—1920）和长冢节（1879—1915）等人，继承了岛崎藤村和田山花袋的传统，又发展了自然主义文学。他们的创作成为日本自然主义文学的又一高峰。

日本近代文坛也出现过反对自然主义的见解。夏目漱石在《答田山花袋君》一文中，针对自然主义的要害——原封不动、照相式地描写真人真事，提出了十分有益的批评。他的名著《我是猫》显示了现实主义精神，为日本近代文学的发展作出了巨大贡献。

1912 年以后，日本近代文坛又出现了所谓新浪漫主义的"唯美派"文学，主要代表有永井荷风（1879—1959）和谷崎润一郎（1886—1965）；还产生了宣传人道主义的"白桦派"文学，主要代

---

① 转引自日本现代文学研究会：《日本现代文学史》，京都之一书房，1954 年版，100 页。

表作家有岛武郎（1878—1923）、志贺直哉（1883—1971）。此后，所谓新现实主义的"新思潮派"文学兴起，主要代表作家有芥川龙之介（1892—1927）和菊池宽（1888—1948）。这是当时反自然主义潮流的三个主要文学流派。

自从芥川龙之介预感到"对未来的茫然不安"（《致旧友手记》）于 1927 年自杀后，日本近代社会中的资产阶级文学日趋衰败，不得不让位于新兴的无产阶级文学。

近代印度文学是在当时的民族解放运动中产生的反帝反封建的资产阶级民主主义文学。在其发展初期，它受到了帝国主义和封建主义文化政策的阻碍和束缚，发展得相当缓慢，也很不成熟。直到 19 世纪下半叶以后，印度文学创作才越来越明显地表现出反抗殖民统治和封建制度的要求和愿望，成为反帝反封建的民族解放运动的战斗号角。

近代印度文学是由孟加拉语、印地语、乌尔都语、马拉提语、泰卢固语和泰米尔语等各种语言创作的文学。这些不同语种的文学，既有近代印度文学的共同特征，又有各自不同的独特因素。

孟加拉是印度近代工业生产和文化事业首先发展的地区。孟加拉文学在印度近代文学中也是产生得最早的。孟加拉语文学首先反映了反帝反封建的新的主题。

印度近代启蒙思想运动的先觉者拉姆·莫汉·拉伊（1772？—1833）对近代孟加拉语文学的发展作出了重大贡献。他是近代印度文坛上最早出现的散文家和诗人。在近代印度文学中，他是散文这种新文体的创造者。他创办了《明月报》（1829）、《仁爱报》（1931），后来又出版了《仁爱杂志》。这些报刊对近代孟加拉文学的发展，发挥了有力的促进作用。

迪纳班杜·米特拉（1829—1874？）是近代孟加拉的著名作家。他的著名剧作《靛蓝园三镜》（1860）和《年轻的女苦行者》（1863）等，深受群众欢迎。

小说家班吉姆·金德尔·查特吉（1838—1894）对孟加拉散文创作的发展作出了重要贡献。他的历史小说《将军的女儿》（又译

《要塞司令的女儿》（1865）、《阿难陀寺院》（又译《欢乐的寺院》）和以现实生活为题材创作的《毒树》（1872），都得到了好评，被誉为孟加拉近代文学的先驱。泰戈尔等许多作家都受到他的影响。罗宾德罗那特·泰戈尔（1861—1941）是近代印度文学最重要的作家，他的作品体现了印度近代文学的主要倾向即反帝反封建的倾向，为近代印度文学的发展奠定了坚实的基础。

萨拉特·金德尔·查特吉（1876—1938）的著名长篇小说《斯里甘特》（1917—1933）、《嫁不出去的女儿》（1916）等，都是颇受称赞的优秀作品。

印地语文学，也是从 19 世纪下半叶以后开始进入近代阶段的。1857 年在民族大起义的推动下，印地语文学出现了革新的局面。

帕拉丹杜·赫里谢金德尔（1850—1885）是影响广泛的著名作家。他通过创办的报纸杂志《贝拿勒斯报》《觉醒报》《赫里谢金德尔》和文学刊物《诗之甘霖》宣传了反对殖民主义、帝国主义和封建主义的民主主义思想。他的剧本《印度惨状》（或译《印度的灾难》）（1880），充满了强烈的政治色彩和战斗力量。他也是近代文坛上的一位语言改革者，他善于利用口语进行创作。

19 世纪末，贝拿勒斯成为印地语的文学和语言的发展基地，出版了种类繁多的报纸和杂志。

默哈维尔·伯勒萨德·德维威蒂（1861—1938），在文艺理论和文学批评方面，作出了重要的贡献，因而，人们把 19 世纪末到 20 世纪初称之为德维威蒂时期。

乌尔都语文学是在 1857 年民族大起义之后开始进入近代历史阶段的。当时，这一文学形式出现了两个截然相反的派别——旧派和新派。旧派的特点是抱残守缺地维护日趋僵化的传统形式，描写远离现实生活的内容；新派的特点是除旧布新寻求变化发展的新形式，努力表达启蒙思想和民主精神。新派倾向于人民群众，并致力于促进民族觉醒。

赛义德·艾赫默德·汗（1817—1898）是印度北方启蒙运动的领袖，散文作家、历史学家和教育家。他的名著《印度大起义的缘由》（1857），被誉为乌尔都语文学史上的重要里程碑。他的战友纳兹尔·艾赫默德（1836—1912）创作的《新娘的明镜》（1869），是乌尔都语文学史上的第一部小说。阿卜杜·哈利姆·塞勒尔（1860—1926）是乌尔都语历史小说的奠基人。米扎尔·穆罕默德·哈迪（1858—1931），是乌尔都语现实主义小说的开拓者，他的《乌姆劳·蕣·阿达》以被损害的妇女为主人公，是乌尔都语文学史上的创举，反映了19世纪末乌尔都语文学的最高成就。

在近代印度社会中，马拉提语文学的现实主义长篇小说奠基人赫利·纳拉扬·阿伯代（1864—1919）、泰卢固语文学的奠基人维雷夏林格姆·甘杜古利（1848—1919）、泰米尔语文学的创始人苏比拉马尼亚·布哈拉蒂（1882—1921）等，都对近代印度文学的发展作出了积极的贡献。

三、近代亚非文学的基本特征

近代亚非文学，具有不同于古代和中古亚非文学的明显特征：

第一，近代亚非文学是在反帝反封建的斗争中产生并为这一斗争服务的，具有强烈的战斗性。近代的许多亚非作家大多是反帝和反封建斗争的直接参加者，有不少作家还是这一斗争的领导人。他们在艰苦卓绝的斗争中，把文学作为一种武器，发挥了宣传鼓动的作用。

第二，亚非各国资产阶级改良主义和民主主义的启蒙思想运动，对近代文学的产生和发展，创造了条件，起到了促进作用。这一启蒙思想运动，使文学成为宣传进步思想和改革精神的号角，增强了近代亚非文学的战斗性和社会作用。

第三，近代亚非文学是继承中古文学的优良传统，结合现实社会的斗争生活而创造出来的，同前代文学相比，从思想内容到艺术形式都有明显的变化和重大的发展。近代亚非文学表现了新的主题、新的形象，运用了新的形式和新的语言。这些新的因素突破了亘古不变的僵化传统和千篇一律的陈旧文风，一扫因袭和模仿的迂腐习气，奏出了反帝反封建的动人心魄的新文学乐章。

近代亚非各国表现得最突出的主题，就是反帝反封建的爱国主义思想。许多作品不仅揭露和抨击帝国主义的罪恶，而且批判和讽刺封建主义的暴政，表现了反帝反封建的顽强意志。

反帝反封建的新人物形象在近代亚非文学作品中是层出不穷的。

近代亚非文学的创作又出现了新的体裁和新的形式。近代阿拉伯文学接受欧洲文学的影响之后，出现了新体裁——杂文和小说；伊朗出现了适合群众需要的戏剧和小说；孟加拉的长篇小说、短篇小说、戏剧和诗歌都先后出现了。

近代亚非文学在文学语言上的明显变化主要表现在重视和运用日常口语上。这是确立和发展近代亚非文学的重要因素之一。

第四，在近代亚非文学的历史发展阶段中，东西方的文学交流有了进一步的发展。许多东方文学的名著通过翻译介绍到西方；同样，许多西方文学名著，被介绍到东方各国。近代亚非文学接受西欧文学的影响是非常明显的，从思想内容到艺术形式都有鲜明的表现。同时，欧美文学也受到了东方文学的影响。中国古诗对美国新诗运动和英美意象派的影响、印度古典诗歌对惠特曼的影响、中国文化传统和儒家思想对托尔斯泰的启迪……都是明显的例证。

近代亚非各国，在翻译和介绍西欧文学时，有一个共同的特点：对原作并不是字斟句酌地进行审慎的翻译，而常常是对原作进行任意处理：或者是增删原文，或者是变欧洲人名为亚非各国的人名，或者是使欧洲作品中的人物说出东方的格言和谚语；甚至有人不懂外语，听别人讲，自己进行改写。这必然会歪曲原作的本来面目，使读者很难把握原作的思想内容和作家的本来意图。尽管如此，西欧文学的翻译和介绍对近代亚非文学的发展还是起到不可轻估的作用。

第五，近代亚非文学的历史同近代欧洲文学的历史相比，在时间上是短暂的。欧洲文学，从文艺复兴到十月革命，有几百年的历史；东方文学，从19世纪中叶到十月革命，只不过是几十年的历史。因而近代亚非文学的发展是不充分、不成熟的。

领导近代亚非各国民族、民主革命的民族资产阶级，有其先天的不足和软弱，他们在斗争中所表现出来的妥协性和不彻底性，在文学创作中有着明显的反映。

近代亚非各国的启蒙主义文学、改良主义文学和革命文学，都没有得到充分的发展，虽然在反帝反封建方面具有相当积极和进步的作用，但是，尚不能触及问题的实质，往往是从道德上、伦理上和人性上抨击社会的黑暗和殖民统治的凶残。这些作品所提倡的往往是改良主义的药方：教育救国、文化救国、实业救国、道德救国，甚至依靠殖民者的开明救国，等等。有些论调不仅是浅薄的、幼稚的，而且是保守的、落后的，对暴力斗争和真正的革命都无法起到应有的促进作用。

这些作品既不能正确描写人民群众，特别是劳动人民，又不能清楚地展示理想和前途，缺乏乐观的情绪和必胜的信心。这些作品又确实表现了作家对帝国主义、封建主义的深恶痛绝和慷慨激昂的斗争情绪，但是，其中也蕴涵着前途的渺茫、人生的哀伤和世事的悲凉。亚非近代文学中的这种局限性，正是亚非近代资产阶级局限性在创作中的必然反映。

近代亚非文学发展的不充分、不成熟，还表现在：既没有像古代和中古亚非文学那样形成世界文学的高峰，也没有像近代欧洲文学那样居于世界文学的前列。虽然也出现了不少蜚声世界的著名作家、作品，但是，同欧洲相比，人数不多，成就不高。其重要原因之一是帝国主义摧残的结果，是欧洲文化中心论大肆泛滥的结果。

思考题

> 1. 试述近代亚非文学的性质。
> 2. 简述近代亚非文学的主要成就。
> 3. 近代亚非文学的基本特征有哪几个方面？

第二节 夏目漱石

〔学习提示〕 夏目漱石是日本近代文学史上著名的现实主义的代表作家。

学习这一节，应首先对这一作家的生平和创作道路有一个概括的了解。同时，还应接触一些夏目漱石的作品。

夏目漱石的创作道路，大致可分为三个阶段，学习时应该注意。在这一节里，重点学习的作品是《我是猫》。学习过程中应注意把握下列问题：

一、明治维新以后的历史特点：天皇制是地主、资产阶级联合专政性质的资产阶级专政。日本是"军事封建的帝国主义"国家，用军队、警察和军国主义教育维护其反动统治。人民的反抗斗争日益增多。

二、《我是猫》的主题思想，以及苦沙弥、迷亭、寒月、独仙等日本的"多余人"形象和金田、铃木等资本家形象。

三、《我是猫》的艺术成就：动物形象的第一人称、辛辣的讽刺风格、松散灵活的结构特征。

一、生平与创作

夏目漱石（1867—1916）是日本近代文学史上享有世界声誉的卓越的现实主义文学大师。在他生前十一二年的短暂的创作历程中，他为日本和世界留下十五六部中长篇小说。他的创作，对日本现实主义文学的发展产生了巨大的影响，在日本和世界文学史上占有重要地位。

夏目漱石，原名夏目金之助，1867 年（庆应三年）2 月 9 日出生于江户（东京）。父亲是世袭的名主——地方小吏。夏目漱石诞生后，送到别人家寄养，后来作了盐原昌之助的养子。

1888 年，他进入第一高等学校，产生了专攻英国文学的愿望。他和正冈子规同学，交往甚密，在正冈子规的帮助下，创作了许多汉诗文，编成一册，名曰《木屑录》。1893 年，他于东京帝大英文系毕业，成为高等师范学校的英语教师。1894 年 4 月，他突然赴松山，任爱媛县寻常中学的教师，1902 年 9 月，他被政府派往英国，官费留学。在伦敦的两年，他一心钻研英国文学，对西方文明开始有所认识，并产生了一定的厌恶和愤慨。他无法忍受人与人之间勾心斗角、尔虞我诈、损人利己的关系，感到自己像是"与狼群为伍的一匹狗"。1903 年 1 月回到日本，担任第一高等学校和东京帝大英文科讲师。他于 1916 年 12 月 9 日病逝。

夏目漱石的创作道路，大致可分为三个阶段。

第一个阶段是从 1905 年发表《我是猫》开始的。这时作家思想的主要特征是一种尊重道德和伦理的富有理想的资产阶级个人主义。他憎恶和反对社会的黑暗和道德的虚伪，向往近代西欧资本主义上升时期个人主义的道德理想和伦理观念。他特别反对自然主义消极地、纯客观地再现社会生活的错误态度，以不怕牺牲的坚强决心在自己创作中申明是非、表达理想。他说过："我想一方面出入于俳谐文学，同时，另一方面用维新志士那种拼个你死我活、虽牺牲生命在所不惜的炽烈的精神来从事文学。如果不这样，我总感到好像是舍难就易、厌剧趋闲，变成了所谓没骨头的文学家"；他怀着"神经失常也好，坐牢也好，都无所畏惧的决心"。①《我是猫》的创作，正是这种决心的鲜明反映。他一反当时的自然主义文学潮流，取得了现实主义文学的巨大成就。

夏目漱石的现实主义的创作，不仅具有深刻的揭露意义和强烈的批判精神，而且还具有辛辣的讽刺力量和尖锐的嘲笑意味。在这一方面，他既批判地吸收了 18 世纪英国文学的优良传统，又创造性地继承了日本俳谐文学的固有的技巧，显示了他的现实主义的独特风格。

继《我是猫》之后，夏目漱石又创作了《伦敦塔》（1905）、《哥儿》（1906）、《旅宿》（1906）和《疾风》（1907）等。这时期的创作敢于面对罪恶的现实，表现了自己的愤怒和不平，反映了强烈的讽刺精神。但是，由于阶级出身的限制、宗教思想的影响以及西欧唯美主义文学的熏陶，他又产生了一种超凡脱俗的幻想，向往世外桃源，沉醉于超现实的"非人情"的世界。《旅宿》的创作鲜明地反映了这一弱点。

---

① ［日］夏目漱石：《致铃木三重吉的信》（1906 年 10 月 26 日），见刘振瀛译《夏目漱石文艺书简》，《世界文学》1964 年 3 月号。

1907 年，夏目漱石接受了报社的邀请，放弃了大学教授的前程，决心走上职业作家的道路，这是他创作发展的第二阶段。

这一阶段，第一部长篇小说《虞美人草》（1907），鲜明地反映了与自然主义的不同特点。著名的三部曲《三四郎》（1908）、《其后》（1909）和《门》（1910），虽然也可看到自然主义的明显影响，但是，在本质上与自然主义还是迥然不同的。在创作方法上，他反对自然主义那种对现实生活的如实临摹，反对自然主义那种否认虚构、反对典型化的创作方法。1908 年，他在《答田山花袋君》一文中表明：无论是人物形象或故事情节，都应提倡艺术的虚构，能做到这一点的，才算是有本领的"创造者"。

《虞美人草》揭发和批判了拜金主义和利己主义四处泛滥的日趋腐败的社会现实，通过对东方的、封建的道义观的批判，显示了近代个人主义伦理观的确立。尊重道义的个人主义是夏目漱石现实主义精神的核心。

《三四郎》《其后》和《门》，是以明治时期中小资产阶级知识分子的生活为题材的三部曲，反映了这些知识分子的"梦幻"、"追求"和"失败"，表现了强烈的批判精神。但是，由于作家是以资产阶级个人主义伦理观揭露社会现实矛盾的，因而必然在社会视野的广度上和认识现实的深度上受到局限。这一阶段，作家在创作技巧上有了很大的提高，特别是对人物形象内心世界的精雕细刻上，取得了很大成就，形成一种被称为"漱石式"的独特风格。

1910 年，"幸德秋水事件"之后，日本反动政府对社会主义者、无政府主义者和进步的知识分子进行残酷镇压，社会现实变得更加黑暗和令人窒息。作家怀着暗淡沉郁和"毫无办法"的情绪进入了创作的第三个阶段。他拒绝反动政府授予他的文学博士的称号，发表了以"现代日本的开化"为题的演说，有力地抨击了近代日本社会的黑暗和畸形发展。

《春分以后》（1912）、《使者》（又译《行人》1912—1913）、《心》（1914）和《道草》（1915）等长篇小说是这一阶段的重要作品，《明暗》（1916）是未完成的名著。这一阶段在创作上的明显变化就是作家对社会的批判精神突出地减弱了，甚至是消失了，开始重视对人物形象内心世界的剖析。过去，他以尊重道义的个人主义为武器同社会黑暗势力和丑恶行为作斗争，现在，却用它来剖析人们灵魂深处的利己主义。他的批判精神碰壁之后，开始提倡"法天去私"和"道德净化"，在《道草》和《明暗》中，明显地表现了这一主张。其实，这只不过是回避现实、逃避斗争的软弱无力的道德说教。在晚期的创作中，他一直没有摆脱孤独、愤世和绝望的情绪。尽管有的作品存在着自然主义的影响，但是其主要成就还是现实主义的。在近代日本文学史中，夏目漱石是享有盛誉的现实主义艺术大师。

二、长篇小说《我是猫》

《我是猫》创作于 1904 年到 1906 年，是夏目漱石长篇小说的处女作，也是日本现实主义文学的优秀代表作。它突出地反映了作家对日本近代社会的批判精神。

1. 时代背景

明治维新是一次自上而下的资产阶级改革运动。当时的宪法，名义上是"君主立宪"，实质上天皇保有一切大权，凌驾于内阁和国会之上。日本近代天皇制是具有地主、资产阶级联合专政性质的资产阶级政权，列宁称之为"军事封建的帝国主义"。

明治维新以后，日本政府把军队看成是维护垄断资本和封建势力的暴力工具。在半个世纪中，军队人数从 5 万猛增到 700 多万。军阀不仅握有军事大权，而且是左右内阁的重要力量。天皇制警察是又一种暴力工具。日本政府认为：要强化帝权,必先强化警察。警察网布满城乡，并设立"高等警察课"、"特别高等警察课"，专门镇压革命运动。为了维护反动统治，日益加强军国主义教育，宣扬"尊皇"、"武国"和"神道"的思想，鼓吹效忠天皇的"武士精神"。这都遭到了全国人民的反对。

全国的反战情绪不断高涨，社会主义者、工农大众和中小资产阶级知识分子坚决反对战争，对黑暗现实极为不满。

304

2. 主题和人物形象

《我是猫》，通过猫的眼光，观察和评论了近代日本社会的弊病，从而表达了对黑暗现实的强烈不满。作者揭露了明治政权的罪恶——对外推行军国主义扩张，对内施行天皇制警察统治，并抨击了唯利是图、为非作歹的资产阶级，讽刺了资产阶级知识分子——日本的"多余的人"的庸俗习气和教育制度的腐败。

作品中描写了一系列资产阶级知识分子的形象，既表现了他们的正直、善良和愤世嫉俗的一面，也描写了他们浑浑噩噩、无所作为的一面。

主人公苦沙弥是中学的英语教师。他回到家里就走进书房，"几乎整天都不出来"。谁都以为他在用功，但实际上绝不是这样。猫"常常偷着到书房去看，发现他很爱睡懒觉"，"把书摊开；读上两三页就睡着了，口涎拖在书上。这是他每天晚上的日程"。他轻率任性，虽然没有胜过别人的才华，但是有多种多样的爱好，可怜的是没有一样精通。他有时写俳句或一两首新诗；时而又学唱或拉小提琴；甚至还学画，"但是，把他画好的东西拿来一看，谁也鉴定不出到底画的是什么"。他对自己的任何一种爱好，都不能持之以恒、坚持到底。他缺乏才智，极其平庸，在各方面都毫无出色之处。

苦沙弥头脑不清，语言含混，愚拙糊涂。他教了十多年的英语，却没有学好英语。他写的英语文章总是错误百出，层次混乱，不知所云。他还写过《天然居士墓志铭》和评论"大和魂"两篇文章，空洞无物，没有提出任何见解。在作者看来，学校里竟然还有这样低能的教师，真是教育界的耻辱。苦沙弥的智力水平恰恰反映了明治时代教育界腐败的一面。

但苦沙弥为人正直而又善良，从来不破坏人与人之间的友好关系。在这一方面，"苦沙弥先生认为自己是一个君子"。他鄙视世俗，憎恨权贵，厌恶唯利是图的资本家。他说："我从当学生起就讨厌资本家。"他咒骂大资本家金田，并且说："那家伙算什么东西！"他把另一个小资本家铃木的名片扔到厕所里，"判处了无期徒刑"。他对金钱、对资本家的仇恨是强烈的，这反映了他不肯与当时社会的拜金主义同流合污的精神，表现了憎恶趋炎附势而正直不阿的特点。

　　在苦沙弥眼里，明治社会是黑暗的。他认为：天皇制政府的侦探"是和小偷强盗一个族类的东西"，日本近代社会就是一个"疯子集团"。因为这些警察厅的侦探"为了搜索证据，什么都做得出来"，"甚至还要罗织虚构，陷害良民"，"良民出了钱雇用的人，倒把雇主陷罪，不是十足的疯子是什么呢?!"社会的人们正是被这个"疯子集团"以"整存零付"的方式"今天一刀，明天一斧地虐待而死"。他的关于"大和魂"的短文，对日本的军国主义教育和不断发动侵略战争的罪恶进行了抨击和讽刺，表现了强烈的不满。这也反映了苦沙弥对明治社会的某些方面具有清醒而深刻的认识。

　　苦沙弥既没有明确的人生目的，又没有远大理想。虽然他对现实社会持有批判和否定的态度，甚至是牢骚满腹、深恶痛绝，但是，他根本不想进行积极斗争，也丝毫没有改变社会现状的愿望。这正是当时没有觉醒的日本知识分子的"多余的人"的性格特征。

　　迷亭是一个轻浮浅薄、庸俗低级、经常捉弄人、一贯说谎的美学家。他的知识和才华，都没有用在正道上。他善于辞令，有说假为真的才华，并有使人信假成真的本领。他以愚弄别人为快事，不以为非，反而觉得"实在有趣"。经常说谎并以谎言取乐，这是迷亭追求低级趣味的性格特征。

　　迷亭这位美学家，虽然并没有什么美学著作和论文，但是，他却利用相当长的时间，"从美学的见地"研究过鼻子，特别是"关于鼻子的起源问题"，曾做过各方面的研究，但是总是得不出结论。他的知识和学问解决不了任何问题，对社会生活毫无用处。作家曾借猫儿之口对迷亭提出辛辣的批评："这位美学家虽然戴着金边眼镜，但他的气质却与车夫家的老黑有相似之处。"把美学家迷亭同车夫家猫儿老黑相提并论，实际上是把人贬低为畜，否定了迷亭的作为。可见，作家对这样的知识分子是蔑视的。

　　水岛寒月是理学士，小提琴爱好者，也是剧作家，特别喜欢创作诗剧。他非常感兴趣的研究题目是"吊颈的力学"。在这一题目的演说中，他不厌其烦地大谈绞刑、缢死的历史渊源，虽然已经离题万里，但是仍然津津乐道地继续旁征博引。作家通过资本家的老婆——鼻子夫人嘲笑他："阿唷，缺德的，什么吊颈不吊颈，这人可真古怪。研究吊颈呀什么的，是无论怎样也成不了博士的罢？"这位理学士还写过一篇独幕诗剧，全剧仅一句话："被入浴美女陶醉得停在枝头的一只鸦呀！"刚一吟罢，台幕立刻落下。这正像作家借迷亭之口所批评的："如果只是那么单调，诗剧也实在没有什么意思了……就算你写它一百两百个，也是亡国之音，要不得的！"

杉杨独仙是一位哲学家，他所主张的"忘我"和"无为"的哲学思想，是以消极的、退避的态度对待现实生活中的矛盾，反对人们对明治社会的黑暗统治展开积极的斗争，要用"无为而化"的方式对待社会现实，他认为，"想积极斗争，才是招至不幸的根苗"。但是，这种"心的修行"——消极的无为的哲学思想，是虚伪的、有害的，对社会的发展是毫无益处的。实现这种哲学要求是任何人也做不到的，甚至杉杨独仙本人也做不到。作家利用哲学家在睡觉时被老鼠咬了鼻尖时既没"忘我"也没"无为"的细节嘲讽了"忘我"和"无为"的主张。作品中还写道：李枝玙然和马上岛梅，因为按照独仙哲学潜心修养，结果变成了疯子；苦沙弥接受了杉杨独仙的劝告，竟变成了呆若木鸡似的半死不活的痴人。作家通过这些生动的事例，表明了对杉杨独仙哲学的深恶痛绝。

苦沙弥、迷亭、水岛寒月和杉杨独仙等形象反映了明治时期不同类型的知识分子的特点。作家笔下的这些知识分子，都是日本的"多余人"。他们虽然有着正直、善良和不满现实的思想，但是都缺乏积极斗争的精神，或者说根本没有这种愿望。他们身上的弱点严重地束缚了他们的长处，使他们与社会现实相冲突，不能不陷入悲观和绝望之中。作家对他们弱点的揭露和批判是很深刻的。

金田是大资本家。作家通过这一形象有力地揭露了资产阶级的穷凶极恶，抨击了他们为非作歹的罪恶本质。金田是明治时代的暴发户。他从一个高利贷者，发展成为三个公司的董事和拥有大量财富的赫赫有名的大资本家，这正是利用狠毒的手段贪婪榨取的结果。正像《我是猫》中所说的："总之，要没有和金钱同死的决心，就做不成资本家的……要想赚钱，就得精通'三缺'，就是缺义理、缺人情、缺廉耻的意思。"正是因为金田精通"三缺"，才使他拥有了洋房、仓库，以及比苦沙弥家大十倍的厨房。曾经去过金田家的猫儿回来后说："因为是从富丽堂皇的公馆突然回到污秽的住所，心里仿佛像从阳光充足的山头钻进了暗黑的洞窟一样。"

因为苦沙弥反对水岛寒月同资本家金田女儿的婚事，激起了金田的不满；金田便"买通车夫、马夫、无赖、破落书生，乃至穷婆、产婆、妖婆、痴婆"，围攻苦沙弥。金田的老婆说："穷不死的教员，那么狂妄！"金田也说："咱们给他一点苦吃，教训教训他。"金田一类的资本家，正像作家借猫儿之口所揭露的"是无法无天的人类，遇着他们只好认倒霉"，"这位老爷有一种不把人当人的毛病"。金田的胡作非为，使人看到金钱这一魔鬼对人的迫害和摧残。作家借迷亭的话说："像熊本长范那样的大盗倒好办，一刀两断叫他一命归阴；但对金田这个强盗却没办法了。他凭着驴打滚的高利贷起家，又贪又狠，穷凶极恶，就算千刀万剐，他也不会咽气哩！"这反映了作家对资产阶级的强烈憎恨和极端蔑视。

《我是猫》充分地表现了夏目漱石对日本明治时代资本主义社会的深刻揭露和批判。作品虽然主要描写的是资产阶级知识分子和资本家，但是，它对社会黑暗的揭露和批判则是多方面的。作家对明治社会的天皇制反动警察制度、不断向外侵略扩张的军国主义、脱离实际弊端百出的教育制度、资产阶级的横行霸道、资产阶级知识分子的高谈阔论和无所作为，等等，都给以无情的揭露和辛辣的嘲弄，深刻地揭示了社会的黑暗。

作家对《我是猫》的创作态度，是相当严肃认真的，他深刻地认识到，"必须撼动的敌人，正存在于前后左右"，所以他要以无所畏惧的决心进行创作。《我是猫》对日本近代社会黑暗的揭露和批判是深刻的，然而，由于作家世界观的局限，他没有看到变革社会的力量——人民群众。作家强烈讽刺精神的背后还蕴含着悲观绝望的情绪。尽管如此，《我是猫》的重大创作意义是永远闪烁着光辉的。它是日本现实主义文学发展史上的重要代表作品。

3. 艺术特色

《我是猫》这部现实主义杰作充满了讽刺和嘲弄的艺术魅力，在讽刺和嘲弄中又夹杂着东京人所特有的谐谑语言，显示了鲜明的民族语言的特色。

《我是猫》是用第一人称的形式创作出来的现实主义小说。但是，同一般长篇小说明显不同的是，《我是猫》中第一人称的"我"，不是人物形象，而是动物形象——猫儿的形象。"我"（猫儿）不仅是故事情节的叙述者和表现者，而且是人物形象的评论者和批判者。"我"这一动物形象在整个作品中起着多方面的作用。因为"我"是一只能说会道、善于观察和评论的猫儿，所以增强了情节叙述上的生动性和幽默性，在人物形象的评论上又可以尽情地发挥讽刺和嘲弄的作用。通过"我"的夹叙夹议，作品显得更加活泼轻快，能激发读者的阅读兴趣。

《我是猫》的讽刺风格，是作家继承并发扬了日本俳谐文学的优良传统并创造性地吸收了西方讽刺文学经验的结果。作家善于运用富有民族特色的幽默滑稽的语言，增强对事物的揭露和批判精神。例如用"活动钞票"嘲弄视钱如命的金田，不仅在语言运用上显得幽默滑稽、生动有趣，而且揭示了资本家唯利是图的贪婪本质。《我是猫》善于运用辛辣的语言嘲讽描写对象。当苦沙弥在攻击警察厅的侦探时说："乘人不备窃取人家怀中物的是小偷，乘人不备窃取人家心中物的是侦探。鬼鬼祟祟推开两窗去偷取人家东西的是小偷，鬼鬼祟祟使人家失言去窥察人家思想的是侦探。"接着，作家笔锋一转，把强盗和侦探联系在一起："把钢刀插在席子上向人家勒索财物的是强盗，乱编排一些威吓的语句去强迫人家的是侦探。"最后，作家通过苦沙弥的话语，把这些祸国殃民的东西归于一个种类："所以侦探是和小偷、强盗一个族类的东西，奇臭无比……"这种辛辣、富有嘲讽力量的语言，对侦探的揭露是深刻的，展示了当时日本警察制度的罪恶本质。

《我是猫》的艺术结构松散灵活、伸缩自如。作家在《我是猫》初版发行时，早已揭示了这一结构上的特点："这部作品，既无情节，也无结构，像海参一样无头无尾。"《我是猫》中确实没有曲折的故事情节和严密的艺术结构。这同作家最早的创作意图是有密切关系的。原来，作家只是想写一篇独立的短篇，像《我是猫》中第一章那样。此文在《杜鹃》上发表后，深受欢迎，颇得好评。在编辑和读者的热情鼓励下，作家便不断地写下去。这便是可长可短、伸缩自如的艺术结构的起因。

同时，这种艺术结构也同作品中的动物形象——"我"有十分密切的关系。作品中许多分散的独立的情节，正是通过"我"的观察而连缀在一起的。虽然各章可以作为短篇而各自独立，而且并无割裂之感，但是，从"我"与各章的联系上看，其结构又不完全是松散的，可以说有一定的联系性，甚至也可以说是有机的。总之，"我"对整个作品艺术结构的纵横开阖起到了重要作用。

在日本近代作家中，夏目漱石驾驭语言文字的力量是杰出的。他的创作充分地显示了民族语言的艺术特色。但是，他毫不排斥外国语言。在《我是猫》中，他运用了各种不同的汉语词汇、历史典故和格言成语，以增强语言的表现力或讽刺力量。这也可以看出，夏目漱石有着精深的汉语文学造诣和创造性地运用汉语文字的能力。

思考题

1. 夏目漱石的创作道路大致可分几个发展阶段？请简述每一阶段的思想和创作上的特点。
2. 试述《我是猫》的主题思想。
3. 分析苦沙弥、迷亭、金田三个人物形象。
4. 《我是猫》的艺术特色有哪几点？

第三节　泰　戈　尔

〔学习提示〕　泰戈尔是印度近代文学史上蜚声世界的诗人、小说家和剧作家。1913 年曾获得诺贝尔奖，在亚洲他是该奖的第一个获得者。

　　学习这一节，首先应该对泰戈尔的生平和创作道路有一个概括的了解。泰戈尔的创作主要分为诗歌和散文两个部分。在诗歌部分中，既要学习被称之为"故事诗"的叙事诗，又要学习脍炙人口的抒情诗。

　　在泰戈尔的创作中，有一条贯穿始终的红线，那就是反帝爱国的伟大思想。在各种不同形式的作品中，泰戈尔一再宣传的思想就是爱国主义。为此，他终生做了坚持不懈的努力。为了使祖国独立富强，他一直从事着反帝反封建的斗争。

　　《戈拉》是这一节重点介绍的代表作品，应该认真阅读。

一、生平与创作

　　罗宾德罗那特·泰戈尔是著名的诗人、小说家、剧作家、教育家、社会活动家、音乐家、作曲家、歌唱家和画家。他在一生中，为印度和世界留下了丰富的瑰丽遗产：五十多部诗集，十二部中、长篇小说，一百多篇短篇小说，二十多部剧本，二千五百多首歌曲和二千余幅绘画，关于文学、哲学、道德、宗教、文化等方面的许多论文和专著，以及各种回忆录、游记和书信等。总之，泰戈尔是一位多才多艺且多产的、杰出的文学家和艺术家。他的创作鲜明地反映了在英国殖民统治之下的印度人民的反帝反封建的爱国热情，为近代的孟加拉语文学和印度文学的发展作出了巨大的贡献。泰戈尔不仅深受印度人民的热爱，而且在世界上享有很高的声誉。

　　泰戈尔，1861 年 5 月 7 日诞生于西孟加拉邦加尔各答市的一个开明地主家庭。

　　泰戈尔的生活和创作，大致可分为四个时期。

　　1. 青少年时期（1875—1891）

　　泰戈尔从小接受过正规的教育，在东方学院、师范学校和孟加拉学院学习过。但是，他对学校里呆板的教学方法异常反感，没有读完正规学校。泰戈尔在家庭教师、父兄和佣人的影响下，对文学越来越发生兴趣。童年时期，他经常听人家讲《罗摩衍那》的故事，接受了民间口头文学的熏陶。泰戈尔曾经说过："从母亲嘴里听来的儿歌倒是孩子们最初学到的文学。"①

泰戈尔的家庭，弥漫着文学和艺术的气氛，夜夜都有管弦鼓乐的声音。泰戈尔的一个堂兄，特别喜爱戏剧，常常在家里演戏。泰戈尔有时也能扮演一个角色。这些民族的文学艺术传统的影响，为泰戈尔未来的成长奠定了良好的基础。

1877 年（16 岁）的秋天，泰戈尔到英国留学，因为不愿意学习法律，便转入伦敦大学专攻英国文学。1880 年回国。

泰戈尔 7 岁学诗，14 岁时发表爱国诗篇《献给印度教徒庙会》。16 岁时，他的长诗《诗人的故事》刊载于《婆罗蒂月刊》，同时还写作了一些论文。1880 年到 1886 年间，泰戈尔由于对异族统治和社会黑暗不满，总是怀着悲哀和孤独的情绪，因而，被人们称为"孟加拉的雪莱"。他不仅喜爱雪莱的诗篇，而且模仿雪莱的作风。可是，泰戈尔在自成一家之后便摆脱了雪莱的影响。

在这一阶段，泰戈尔出版了抒情诗集《暮歌》（1882）、《晨歌》（1883）、《画与歌》（1884）等，反映了泰戈尔早期抒情诗篇的特点。

2. 西莱达时期（1891—1901）

从 1891 年开始，泰戈尔按照父亲的意图管理家里的地产，较长时间地居住在西莱达。这一阶段的生活使泰戈尔扩大了视野，接触了农民。他目睹了农村的黑暗和凋敝，了解了农民的落后和贫困，对穷苦的农民群众产生了深厚的同情。帕德马河边的田园生活，给予诗人以直接接触祖国大地的机会。他通过在领地的事务性活动，亲自看到了大多数印度人民是在怎样地生活。他开始爱上了他们；这种爱是那样深厚，那样持久：从这时开始一直到他逝世的 50 年间，泰戈尔的深厚同情和热切关心都倾注在印度农民身上。他为农民创办学校和医院、修筑道路和贮水池、筹建银行和公共事业、设立自治组织，力图

---

① ［印］泰戈尔：《我的童年》，人民文学出版社，1954 年，第 26 页。

把农民从高利贷和靠诉讼养肥自己的低能律师的榨取下拯救出来。在一封信中，泰戈尔写道："我对这些农村的人们产生了巨大的爱情。——我国的农民，是无力的宽广无限的上天的孩子，如果不把食物送到嘴边，他们就要饿死。大地母亲的乳房一干涸，他们就只能哭号了。若是稍微治愈了饥饿，他们立刻就会完全忘掉一切。"① 他还说："若是真有联系万人之心的、潜在意识的内蕴感情，那么祈求农民大众福利的我心中的深厚夙愿，必然会达到他们的身边，产生微薄的作用吧。"② 这时，出于对农民的关心，泰戈尔也开始注意到社会主义思想。他在信中写道："我不知道更平均地分配财富的社会主义理想能否实现，如若不能，则上天的意志真是冷酷无情，而生物中最不幸的就是人了。"③ 尽管他想象的解决农民问题的办法带有空想的性质，但是他对农民的同情却是炽热和真挚的。

19 世纪 90 年代，泰戈尔已经开始了著名文学家的创作阶段，这也是泰戈尔创作的旺盛阶段。

泰戈尔在西莱达农村所度过的岁月，使他扩大并加强了对大自然的了解和亲近感，同时，也使他得到了观察和认识农村各种事物和一切生活的机会。这些生活体验成为泰戈尔创作取之不尽的源泉。特别重要的是，他更全面、更详细地看到了僵化的封建主义传统和落后的社会习俗，看到了外国殖民者对农民的残酷剥削和统治以及人民大众的不满和反抗情绪。这些都为泰戈尔的创作提供了丰富的营养。

泰戈尔在《萨塔纳》杂志上曾连续发表了几十篇短篇小说，如《委托保管的财产》（1891）、《骷髅》（1892）、《解脱》（1892）、《弃绝》（1892）、《喀布尔人》（1892）、《素芭》（1893）、《摩诃摩耶》（1893）、《原来如此》（1893）、《太阳和乌云》（1894）、《法官》

---

① ［印］克里山·库里帕拉尼：《泰戈尔的生涯》，东京第三文明社，1978 年，第 14 页。

② ［印］克里山·库里帕拉尼：《泰戈尔的生涯》，东京第三文明社，1978 年，第 14 页。

③ 《中国大百科全书·外国文学（二）》，中国大百科全书出版社，1998 年，第 985 页。

（1894）、《深夜》（1895）等，深刻地反映了社会的黑暗，揭露了英国殖民者的罪恶，抨击了封建习俗的吃人本质。泰戈尔开创了印度短篇小说创作的先河，为近代印度现实主义文学的发展奠定了良好的基础。现代印度文学史上，许多著名的小说家在创作上都受到了他的影响。

在这一阶段，泰戈尔还写了许多抒情诗，共发表了五部抒情诗集《金帆船》（1894）、《缤纷集》（1896）、《收获集》（1896）、《梦幻集》（1899）、《刹那集》（1900）等。此外，还有《河》（1896），是一部长诗；诗集《齐德拉》（1896），是泰戈尔诗歌才华的卓越结晶，其中的一些诗显示了这一时期的最高成就。

除了短篇小说和抒情诗之外，泰戈尔在这一阶段还创作了大量的叙事诗——泰戈尔称之为"故事诗"。1900 年，他编印了《故事诗集》，是这一阶段创作的叙事诗的总汇。

泰戈尔创作的戏剧有《齐德拉》（1892），还有两部滑稽、幽默的社会喜剧《婆伊困达练习簿》（1897）和《独身者俱乐部》（1901）。这两部社会喜剧，后来经常在加尔各答的舞台上演出，深受观众的喜爱。

3. 圣地尼克坦时期（1901—1930）

1901 年 12 月 22 日，泰戈尔在圣地尼克坦创办了一所学校。当时，学校一共有学生五人，其中一人是他的长子，教师也是五人，包括泰戈尔自己。从此，他不仅献身于教育事业，而且准备通过教育实现反帝爱国、改革社会的理想。这所学校后来发展成为驰名世界的国际大学。

20 世纪的最初阶段，在泰戈尔的一生中具有非常重要的意义。泰戈尔在文学创作、思想发展、社会活动和政治斗争等各个方面都获得了丰收。

在民族解放运动处于低潮时期，泰戈尔作为一位爱国者始终坚持反对英国殖民统治的正确主张。不过，作为一个民族资产阶级的知识分子，他又不能表现出像人民群众那样坚决、彻底的斗争精神。他甚至反对人民群众烧毁英国货、谩骂英国人等所谓"直接行动"。泰戈尔认为这是一种"破坏"，主张多做一些"建设性"的工作。因为群众不接受他的意见，他就退出了群众运动。但是，他没有像温和派那样投降，没有像极端派那样在放弃暴力斗争的同时也放弃完全独立的口号，更没有像秘密团体成员那样采取个人恐怖手段；他坚持符合自己观点的另一条反帝爱国的道路——进行社会改革，反对一切封建主义陋习，提高人民群众的文化水平，争取实现祖国的独立。泰戈尔认为：农村的改革、普及教育和增强群众的文化修养，是使印度摆脱殖民统治、获得独立的理想途径。

20 世纪初期，是泰戈尔屡遭不幸、极端痛苦的时期，也是诗人新作辈出、创作丰收的时期。1902 年，泰戈尔丧妻；1904 年，女儿病逝；1905 年父亲去世；1907 年，霍乱又夺走了最小的儿子。尽管泰戈尔连续遭受巨大打击，但是，他从来没有放下手中的笔，仍创作出许多优秀的作品。从 20 世纪初一直到 20 世纪 20 年代末，是泰戈尔创作的丰收时期。

1913 年，《吉檀迦利》译成英文出版，泰戈尔获得诺贝尔奖，加尔各答大学授予他名誉博士学位。

在长篇小说的创作上，他也取得了明显的成就。《小沙子》（或《眼中的沙粒》1903），通过早年守寡的比诺迪妮——绰号叫"小沙子"的遭遇，暴露了封建制度和落后习俗的罪恶。《沉船》借助两对新婚夫妇沉船失散后的种种离奇遭遇，批判了封建婚姻制度的不合理，并且通过人与人之间的关心互助和失散夫妻的最后团圆，提出了作家改革社会、改革婚姻制度的可贵理想。1907 年到 1909 年之间，泰戈尔在《布拉巴希》杂志上连载了长篇小说《戈拉》（1909）。这部名著从思想内容到艺术形式，都可以说是泰戈尔长篇小说创作的杰出代表。

这一阶段，泰戈尔还写了许多剧本：《暗室之王》（1910）、《邮局》（1912）、《春之循环》（1916）、《摩克多塔拉》（1922）和《红夹竹桃》（1926）等。这些作品都具有鲜明的政治倾向性，表现了社会现实生活中的矛盾。但是，由于一定的阶级局限性，作家多半采取浪漫主义的、象征主义手法反映社会矛盾，而不敢或不愿正面地真实地再现社会生活。

4. 最后十年时期（1930—1941）

从 20 世纪 30 年代开始，泰戈尔的世界观发生了新的变化，这使他的创作出现了新的思想内容和新的斗争气概。

1930 年 9 月，泰戈尔接受了苏联的邀请，访问了世界上第一个社会主义国家。泰戈尔认为：世界上没有一个国家可以和它相比，这个国家的人民"使一切人都同样彻底地觉醒了"①。

从此，他的世界观有了新的变化，更加关心现实中的社会问题，更加支持国内外的政治斗争，支持民族解放运动，反对法西斯侵略战争。

1934 年，意大利的法西斯主义者把侵略的魔爪伸向埃塞俄比亚，诗人对他们作出了强烈的谴责。1936 年，在西班牙发生了反对共和国政府的叛变，诗人站在共和国政府一边，反对法西斯头子佛朗哥。1938 年，德国法西斯侵略捷克，他向捷克朋友写信表示：坚决站在捷克人民一边。1939 年，德国法西斯猖狂地掀起了侵略世界的战争，他又应邀撰文抨击德国侵略者的罪恶行径。特别是在中国抗日战争全面爆发后，诗人在垂暮之年，抱病参加印度人民群众支援中国人民抗日的斗争。1941 年，诗人在生命垂危的弥留之际，在病榻上依然关心着中国人民的抗日战争。泰戈尔在晚年对法西斯是深恶痛绝的，在国际斗争中总是站在正义和人民一边。

这一时期，泰戈尔在创作上也出现了新的变化。政治抒情诗，是诗人的新收获。他开始放弃了爱一切人的思想，日益感到必须反抗、必须斗争。他以政治抒情诗为武器，斥责意大利侵略者，抨击法西斯的恶行，鞭笞日本帝国主义侵略中国……诗人的政治抒情诗为印度文学作出了重要的贡献。

1932 年，泰戈尔出版了诗集《临终》和《启迪》，接着，他又完成了《责问》（1932）、《树叶杯》（1936）等。在《启迪》之后，

---

① ［印］泰戈尔：《俄国书简》，《译文》1955 年第 11 期。

泰戈尔开始尝试散文诗的创作。他说，散文诗并不完全是无视格调、押韵和韵律法的规律，而是按照散文的毫无拘束的自由性，扩大其界限，成功地创造新诗的韵律。

最后十年泰戈尔在戏剧创作上的成就也是十分突出的。1936年，他的《秋天的节日》和《看不见的宝石》（《暗室之王》的改写本），分别在圣地尼克坦和加尔各答上演。这既是由于观众的要求，也是因为诗人的爱好，在这两出戏中，泰戈尔都登台表演了。此后，他根据初期的诗作《天罚》改写成一部新的舞蹈剧，剧名改为《霞玛》（1939），曾在加尔各答演出，诗人照例登台。此外，他还为一些歌剧和舞剧谱曲，如《齐德拉卡达》的乐谱，是他所写的一切芭蕾乐曲中最孚众望的。他为《贱民的姑娘》所谱的曲，是他舞剧中艺术魅力最强的作品之一。

1941年8月7日，正午的钟声响过十分钟以后，泰戈尔在乔拉香科的一间古老的房子里停止了呼吸；在漫长的八十年零三个月之前，泰戈尔就诞生在这里。

二、诗歌

泰戈尔是一位伟大的反帝爱国诗人。他的诗歌，在印度家喻户晓，深入人心；在世界各国也是脍炙人口，颇受欢迎。

泰戈尔从7岁学诗，14岁开始发表诗作。《诗人的故事》和《野花》都反映了他早期诗歌创作的特点。1881年，第一部诗集《暮歌》的出版，给泰戈尔带来了蜚声诗坛的声誉。这一时期的创作，以抒情诗为主，抒发的是个人情怀，是他孤寂的玄思冥想。泰戈尔的早期抒情诗，在一定程度上受到了英国雪莱的影响，因而被人称颂为"孟加拉的雪莱"。

故事诗是泰戈尔生活在西莱达时期的重要创作。

泰戈尔的历史故事诗有一部分是赞颂古代印度的人民群众反抗异族入侵和蹂躏的故事，通过一系列勇敢杀敌、顽强不屈的英雄形象，宣扬了热爱祖国、保卫祖国的爱国主义精神。《婚礼》通过一个王子在新婚之夜奔赴战场、最后牺牲的故事，赞颂了反抗异族侵略的英勇斗争精神。《被俘的英雄》赞颂了反抗莫卧儿侵略的锡克族英雄誓死斗争的爱国精神。泰戈尔写道：在一次反侵略战斗中，一位锡克教的首领般达成了莫卧儿的俘虏，像雄狮带上枷锁。不怕死的锡克俘虏，一个个高呼万岁，在敌人的屠刀下从容就义。般达被迫要在敌人面前杀死自己的儿子。他手握匕首，悄悄地在孩子耳边说："高呼一声万岁！我的好儿子。害怕的不是锡克教的英雄！"当般达把匕首刺进孩子的胸口时，孩子倒下了，口里高呼着胜利，脸上闪烁着勇敢无畏的光辉。英雄般达屹立着死去，不曾发出一声痛苦的叹息。《践誓》赞扬了宁死不屈地捍卫阿吉密堡垒的将军杜姆拉吉。他在接管这一堡垒时，"曾在心中发誓，国王的堡垒此生决不在敌人手中丢失"。他用生命捍卫了誓言，捍卫了国家，终于在堡垒的大门外以身殉职。《不屈服的人》颂扬了西鲁希王苏罗坦宁死不屈的精神。《戈宾德·辛格》歌颂了锡克教的宗师戈宾德·辛格在失败之后准备反抗到底的乐观精神。这位"曾千百次跳过死亡的深渊"而又"登上人生的海岸"的英雄，在失败之后，时刻渴望着战斗的欢乐——"离开这森林，手执着胜利的号角，冲入密集的人群，去推翻暴君，重整江山，去把侵略者的胸膛用利剑刺穿"。

在这些故事诗中，泰戈尔通过对历史上英雄人物的赞颂，热情地宣扬了印度人民的爱国主义精神。这些赞颂的对象尽管是帝王将相或宗教首领，但是他着重歌颂的是他们的英勇杀敌、宁死不屈、不畏强暴、敢于牺牲的精神，这恰恰是印度人民的爱国精神和高贵品质的生动反映。

泰戈尔的故事诗，还有一部分是直接反抗封建主义制度的作品。诗人通过各种历史故事对种姓制度、宗教偏见、封建陋习和封建统治阶级的残暴，进行了强烈的抨击。《婆罗门》一诗有力地反对种姓制度，歌颂了婆罗门圣者乔答摩的先进思想：真诚而坦白的孩子，是属于最高的种姓，是属于一个从不欺骗人的婆罗门家庭。《供养女》通过宫女利摩蒂惨遭杀害的故事，尖锐地揭露了宗教偏见的吃人本质和暴君的凶狠专横。《丈夫的重获》宣传了杜勒西达斯宗教改革的先进思想，批判了要求寡妇殉葬自焚的残酷习俗。《比丘尼》赞颂了关心灾民、勇于献身、为他人服务的精神，谴责了珠宝商人、武士和大地主对灾民无动于衷、一毛不拔的冷酷心肠。《轻微的损害》通过皇后烧毁群众茅屋遭到国王惩罚这一动人的故事，批判了皇后为了私欲而危害人民利益的罪恶，赞扬了关心群众疾苦的贤明国王。《审判官》揭露了谋杀嫡亲、蔑视法律、为所欲为的暴君拉胡那特·拉奥，颂扬了不畏强暴、执法如山、严明公正的审判官拉姆·沙斯特里。这些故事诗鲜明有力地宣传了反对封建主义各种陋习的先进思想。尽管诗人利用的是宗教题材，描写的是属于剥削阶级的主人公，但是诗中所表现的思想却是进步的，具有民主主义倾向。

《吉檀迦利》是泰戈尔抒情诗集中最有代表性的世界名著，也是1913年荣获诺贝尔文学奖的作品。《吉檀迦利》的英译本，是诗人自己译的，但是，英文本和孟加拉语原文本又有许多不同之点。孟加拉语《吉檀迦利》中收有157首能吟诵的韵文诗篇；而英文译本《吉檀迦利》则收有103首散文诗，其中只有53首诗是选自孟加拉语《吉檀迦利》的，另外50首是从其他的孟加拉语诗集中选出来的。在译成英语的时候，按照孟加拉语原句翻译的比较少，往往是节省了叠句、增加了解说，或者是为了照顾英国人的习惯而改变了用语。中译本《吉檀迦利》是冰心根据英译本翻译的，因而是散文诗。

《吉檀迦利》直译是"歌之献"，译为"献歌"还不准确，因此泰戈尔在英译本中也还是用孟加拉语的"吉檀迦利"为书名[①]。《吉檀迦利》中心诗歌是诗人献给他的神的，也可以说是诗人的颂神的抒情诗集。

《吉檀迦利》中，有许多诗篇都表现了诗人对神、天父和上帝的颂扬。泰戈尔认为上帝，是在"最贫最贱最失所的人群中"：

> 这是你的脚凳，你在最贫最贱最失所的人群中歇足。我想向你鞠躬，我的敬礼不能达到你歇足地方的深处——那最贫最贱最

---

① 金克木：《泰戈尔的〈什么是艺术〉和〈吉檀迦利〉试解》，见张光璘编《论泰戈尔》，南亚研究所，1983年，第188-191页。

失所的人群中。

你穿着破敝的衣服，在最贫最贱最失所的人群中行走，骄傲永远不能走近这个地方。你和那最贫最贱最失所的人们当中没有朋友的人做伴，我的心永远找不到那个地方。

在另一首诗中，泰戈尔明确地指出：上帝在劳苦大众之中。他在诗中写道：

把礼赞和数珠撇在一边吧！你在门窗紧闭幽暗孤寂的殿角里，向谁礼拜呢？睁开眼你看，上帝不在你的面前！

他是在锄着枯地的农夫那里，在敲石造路的工人那里。太阳下，阴雨里，他和他们在一起，衣袍上蒙着尘土。脱掉你的圣袍，甚至像他一样地下到泥土里去吧。

超脱吗？从哪里找超脱呢？我们的主已经高高兴兴地把创造的锁链带走；他和我们大家永远联系在一起。

从静坐里走出来吧，丢开供养的香花！你的衣服污损了又何妨呢？去迎接他，在劳动里，流汗里，和他站在一起吧。

这些诗篇表现了泰戈尔对劳动大众的同情和关注。但是，他也感到自己还距离他们很远，他的心"永远找不到这个地方"；他也想到要像神一样地"下到泥土里去吧"！

泰戈尔呼唤的神，既不同于印度教的神，又不同于佛教的神，当然，也不是基督教的上帝或伊斯兰教的真主。泰戈尔所宣传的神，不是万物的主宰，也不是想象中的偶像，而是"人格"、"人心"、"人性"的体现，其实也就是指人的感情、人类之爱。这也就是我们常说的人道主义精神。泰戈尔最崇拜的是爱，最相信的哲学是和谐与协调。泰戈尔坚信："真正增强文明的力量、使它真正进步的是协作和爱，是互信和互助。"他认为：想到他人，万事就调和了。在英帝国主义者统治印度的近代社会中，帝国主义者和封建地主阶级，是人而不爱人，是人而摧残人，泰戈尔却一再强调：应该想到他人。

《新月集》中的"新月"是童心的象征。泰戈尔在《孩童之道》一诗中说："孩子纤小的新月的世界里，是一切束缚都没有的。"这说明孩子的心灵还没有被社会熏染，他们的头脑还没有被权力、金钱和邪恶束缚住。孩子们的心灵，像新月一样的纯洁、温柔、美丽和宁静，在孩子的世界里，有大人们热切向往而又无法实现的理想：

> 我愿我能在横过孩子心中的道路上游行，解脱一切的束缚；
> 在那儿，使者奉了无所谓的使命奔走于无史的诸王的王国间；
> 在那儿，理智以它的法律造为纸鸢而飞放，真理也使事实从桎梏中自由了。

孩子的世界是解脱了一切束缚的世界，也是理智得以飞放的世界，是真理能获得自由的世界。

《飞鸟集》是短诗集，也可以说是警句诗和格言诗的集锦和荟萃。这些短小的诗句蕴涵着深刻的哲理，充满教诲、寓意无穷，使人感到诗人的思想精深、诗才横溢。其中的政治抒情短诗，在当时很有社会意义。如：

> 权威以它的恶行自夸；落下的黄叶与浮游云片都在笑它。

> 当人是兽时，他比兽还坏。

> 谢谢神，我不是一个权力的轮子，而是被压在这轮下的活人之一。

> 权势对世界说道："你是我的"。
> 世界便把权势囚禁在她的宝座下面。
> 爱情对世界说道："我是你的"。
> 世界便给予爱情以在她屋内来往的自由。

　　这些短诗，表现了泰戈尔对当时殖民统治和社会黑暗的不满。诗人对帝国主义者和地主阶级的揭露和抨击，是含蓄的、婉转的，然而却是深刻有力的。

　　20世纪30年代，泰戈尔世界观的显著变化，在创作上得到了鲜明的反映。他在这一时期创作的政治抒情诗，是诗人的新收获和新成就。这不仅表现了诗人晚期诗歌创作的新特点，而且标志着诗人在创作道路上向前跨进了一大步。

　　1932年创作的《问》一诗，反映了诗人政治思想上的变化：

> 我的神，一次又一次，你曾派遣使者来到这无情的世界；
> 他们教导我们："饶恕一切人"，
> 他们教导我们："爱所有的人——从心底拔掉仇恨的毒根。"
> 他们值得崇拜，值得怀念，
> 但是在这不幸的日子里，我却把他们赶出门外，丢一个虚伪的敬礼给他们。

　　这时，诗人同"饶恕一切人"和"爱所有的人"的思想开始决裂。因为，他曾亲眼看到"他们怎样秘密地在杀害无辜的弱者"；对那些毒污了空气的、扑灭了光明的"他们"——侵略强盗，怎能饶恕，又怎能爱呢！诗人已经感到：必须反抗，必须斗争。

　　泰戈尔密切地注视着国内外重大政治事件，随时以政治抒情诗为武器，不断地打击帝国主义，反对法西斯侵略战争。1937年，在意大利侵略埃塞俄比亚之后，诗人表示了极大的愤慨，写了《非洲》一诗，对非洲人民惨遭蹂躏充满了同情，强烈地谴责了帝国主义对非洲人民的疯狂侵略。这一年，日本帝国主义者在掀起血腥的全面侵华战争之后，竟然无耻地在佛寺中祈祷侵略中国的胜利，诗人感到极大愤慨，写了《敬礼佛陀的人》，进行了尖锐的讽刺。

　　20世纪30年代以后，泰戈尔以他所创作的政治抒情诗，为印度文学史提供了一种新的文学体裁。这种崭新的文学体裁对反映蓬勃发

展的民族解放运动，作出了重要贡献，有力地鼓舞了印度人民的
斗争。

泰戈尔在生命的最后历程中，已经逐步明确：一切侵略者必将灭
亡，只有印度的劳动人民是永生的。他开始坚信：劳动人民是历史的
主人，劳动将与日月永存。

在诗人生命的最后一年，他在《生辰集》第十首诗中写道：

> 农民在田间挥锄，
> 纺织工人在纺织机上织布，
> 渔民在撒网——
> 他们形形色色的劳动散布在四方，
> 是他们推进整个世界在前进。

诗人对劳动人民推动世界前进的历史作用有了进一步的认识。

他想接近工农群众，但是，由于阶级的和生活的藩篱限制了他，
使他不能勇敢地接近他们。诗人越来越认识到自己的弱点：

> 有时我也曾走近他们住所的围墙，
> 却没有那种勇气跨进他们的院子。
> 如果一位诗人不能走进他们的生活，
> 他的诗歌的篮子里装的全是无用的假货。
> 因此，我必须羞愧地接受这种责难——
> 我的诗歌的旋律有着缺陷。
> 我知道，我的诗歌，
> 虽然遍布四方，却没有深入每个角落。

这种自我反省的精神，是值得肯定的。他热切地希望出现新的诗
人，他写道：

> 因此，我在等待着一位诗人——

> 他是农民生活中的同伴，
>
> 他是他们工作、谈话中的亲人，
>
> 他和土地更加亲近。
>
> 在文学的盛宴中，
>
> 让他来贡献我不能奉献的一切。

泰戈尔真诚地希望这样的诗人能迅速出现，他表示：自己将第一个向这样的诗人敬礼，衷心欢迎工农大众的新诗人。在近代的印度社会中，泰戈尔的这种认识是先进的，也是难能可贵的。

三、短篇小说

泰戈尔不仅是一位诗人，也是一位小说家。他在一生中写过一百多篇短篇小说，其中有许多是具有很高艺术成就的杰作。

在近代印度文学史上，泰戈尔是短篇小说的创始人。泰戈尔的短篇小说创作突破了前代的文学传统，完全摆脱了史诗的题材、传奇式的爱情和宫廷生活，使短篇小说这一体裁表现了新主题、新题材和新人物。印度中古时期的文学创作是远离现实生活的，从泰戈尔开始才以现实主义的创作精神真实地反映了英国殖民统治之下的近代社会的悲惨生活和印度人民的反抗情绪，使文学创作同现实生活和人民大众有了更为紧密的联系。泰戈尔的短篇小说创作，对印度各种方言文学的影响是深远的，在世界文学史上也占有重要地位。

泰戈尔的短篇小说揭露了近代印度社会的各种罪恶，对英帝国主义野蛮和残酷的殖民统治进行了强烈的谴责，对地主、官僚和高利贷者的行径进行了尖锐的抨击，对封建主义的陈规陋习——种姓制度、寡妇殉葬制度、包办婚姻制度以及宗教的禁欲主义，进行了有力的批判。

《太阳和乌云》，是抨击英国殖民者暴行的作品，揭露了英国人的种种罪恶。其中有一个情节写道：当一只印度乡下的小帆船快要追赶上一艘英国轮船时，在轮船上的英国经理"举起他的手枪，对着鼓胀的船篷放了一枪。顷刻之间，篷破裂了，船沉了"，货物掉在水里，船上印度人的尸首冲到九里之外才漂浮到河岸上。虽然有人起诉，但是被告的英国经理却被宣告无罪。英国侵略者为所欲为，造成伤亡事故竟然不受制裁，充分暴露了殖民政权的反动本质。《法官》极为深刻地揭露了殖民机构的法官利用欧洲资本主义的近代文明和印度封建主义的古老教规残酷迫害妇女的罪行，生动地表明：殖民政权的执法者正是犯法者。

《原来如此》通过印度教的地主霸占异教的可怜寡妇并生了一个儿子的情节向人们表明：他的道德仁义、敬神虔诚和宽厚慈祥，都是骗人的，这个地主是一个地道的伪君子。《委托保管的财产》尖锐地抨击了地主阶级的贪婪和残酷。他为了在来世还能得到今生的财产，竟然把自己的亲孙子闷死在地窖里，作家深刻地暴露了地主的自私贪婪和野蛮残酷。《河边的台阶》通过八岁开始守寡的苦森投河惨死一事抨击了苦行主义的罪恶。苦行主义者使苦森失去了新婚的欢乐，又毁掉了她的青春和幸福，最后又粉碎了她的美好理想和爱情愿望，迫使苦森投河自尽。在这篇作品中，泰戈尔对苦行主义表现了深刻的痛恨，对遭受苦行主义迫害的苦森满怀着深厚同情。《弃绝》是反对种姓制度的罪恶的。《摩诃摩耶》是抨击包办婚姻和寡妇殉夫封建传统习俗的。

泰戈尔的短篇小说表现了反帝反封建的斗争情绪，充满了真诚的人道主义精神，具有重要的社会意义。但是，他对帝国主义和封建地主阶级的揭露和批判，往往局限于揭示他们在道德、伦理上的败坏和丑恶；他对被压迫群众怀有深厚同情，但却不能为他们找到真正解放的道路。他笔下的反帝反封建的主人公，往往是过于看重自己力量的个人反抗者，而不能联系群众、启发群众，更谈不上相信群众了。

泰戈尔的短篇小说，有着杰出的艺术成就，反映了诗人在创作上的高超技巧和艺术才华。

第一，他的短篇小说在情节的处理上，往往利用意外的偶然性事件促进情节的发展，掀起波澜，吸引读者，这在揭示和深化主题方面发挥了不可轻估的作用。例如《河边的台阶》，信仰苦行主义的丈夫利用谎言使苦森八岁开始守寡。十年后，她意外地见到了自己的丈夫，然而，她万万没想到自己的丈夫为了苦行主义又第二次抛弃了她。苦森的两次意外遭遇和突然地投河自尽，不仅有力地掀起了情节的波澜，而且对揭示苦行主义罪恶这一主题，也起到了深化和加强的作用。

第二，在人物性格的塑造上，他善于运用真实的细节描写，充实故事情节的血肉，增强人物性格的光彩。如《法官》中因受骗而沦为妓女的卡洛希达，被无辜地判处死刑时，头发中还藏着一个刻有比诺德·钱德拉名字的金戒指。作家巧妙地利用这一真实的细节突出地表现了法官的罪恶、肮脏和卑鄙的灵魂，也像镜子一样地反映了卡洛希达无辜、善良和纯洁的情怀。金戒指的细节描写对展示人物的性格特征，起了重要作用。

第三，在结构的安排上，泰戈尔布局巧妙、情节单纯，他的作品的开头和结尾既各有特色又朴实动人。如《弃绝》是以反对种姓制度摧残青年爱情为主题的作品，并没有按现实生活中事件本来发展的顺序加以描写，而是在结构上进行了巧妙的安排，把前因后果做了颠倒——赫门达和库松的矛盾提到前面，将哈利赫与波阿利的矛盾移到后边，作为插叙。这种双线结构的处理方法，对深化主题起了重要作用。泰戈尔不仅重视作品整体的结构安排，而且注意每篇作品的开头和结尾。无论是开头或者结尾，都显示了匠心独运、别具一格和耐人寻味的艺术魅力。

第四，在人物形象成长发展的表现上，他描写概括、剪裁得当、叙述生动，显示了短篇创作的特点。如《河边的台阶》，写苦森十年的变化只用了一百多字；《法官》中写卡洛希达二十四年沦落风尘的不幸生活只用了五百多字，非常精练和概括，真是惜墨如金，达到炉火纯青的程度。

第五，在语言的运用上，他的文章富有浓厚的抒情色彩。他的短篇小说的语言，常常像诗的语言一样，是强烈感情的集中体现和高度概括，含蓄而凝练，其抒情的力量也最容易激起读者感情的变化，耐人寻味。如在《素芭》中，用诗一样的语言描绘了素芭的孤寂、沉默、忧伤和哀怨的心情，感人肺腑，使读者对素芭不能不产生深厚的同情。

四、长篇小说《戈拉》

《戈拉》是泰戈尔长篇小说中杰出的代表作，代表了他小说创作的最高成就。这部作品鲜明地反映了泰戈尔反帝反封建的爱国主义思想，是近代印度现实主义的优秀作品，在世界文学史上占有重要地位。

《戈拉》写于 1907 年到 1909 年，曾连载于《布拉巴希》杂志。1910 年开始印成单行本出版，这部作品问世以来一直受到评论界的重视和广大读者的欢迎。

1. 时代背景

《戈拉》所反映的是 19 世纪七八十年代孟加拉的社会生活和斗争。19 世纪的最后 30 年和 20 世纪初叶，是"自由"资本主义向帝国主义转化的过渡阶段。这一时期的印度，既是英国的原料供应地、商品销售市场，又是英国进行资本输出的重要殖民地。19 世纪 50 年代以后，印度的民族资本在近代资本主义的基础上开始形成和发展。印度资产阶级既依附于英国，又同英帝国主义相矛盾，具有两面性。

19 世纪七八十年代，是民族意识迅猛觉醒的时代。印度的资本主义的发展，无产阶级和资产阶级的兴起，挣扎在死亡线上的农民的纷纷起义，以及小资产阶级知识分子阶层的形成，为印度民族解放运动的发展创造了极为有利的条件。

印度的资产阶级知识分子，同印度的民族资产阶级一样，具有两面性：同英国既有联系，又有矛盾。他们所提倡的资产阶级改良主义，反映了印度自由派地主和资产阶级的利益诉求。

当时，一切爱国的资产阶级知识分子都十分关心国家的命运和民族民主革命问题。他们围绕着这些重大问题，积极地宣传自己的主张，展开激烈的论战，形成了观点不同的两大思想派别。一派是由克舒伯领导的"印度梵社"。这一团体同"元始梵社"不同，他们轻视和否定印度的民族文化传统机构，在英帝国主义允许的范围内求得更多的民族自由和政治权利。因而，被称为"温和派"。尽管他们也主张社会和印度教的改革，主张废除一切封建主义的陈规陋习，但是民族虚无主义不能不使他们走上屈服于英国殖民统治的投降主义道路。另一派是最初由般金、查特吉领导，后来由提拉克领导的"新印度教派"。他们坚决反对西方文明，积极主张发展民族文化，以增强民族自豪感，反抗殖民统治的凶残和蛮横。为了维护民族尊严、发扬民族意识，这一派宣扬复古，要求恪守印度教的清规戒律，甚至让人们遵守落后和保守的陋习，以复兴古代印度的一切传统。

到了 20 世纪初期，提拉克所领导的极端派批评了温和派的妥协政策，主张通过暴力斗争推翻英帝国主义的统治。但是他们在主张通过暴力斗争推翻殖民统治、争得民族独立解放的同时，还宣扬复古精神，提出一套保持封建主义和维护印度教落后传统的社会纲领。他们为了反对温和派的妥协与投降政策，力图使印度的民族意识建立在印度教和古代雅利安文明的基础上，自己反而变成封建落后传统的卫道士和鼓吹者。这一矛盾反映了当时民族解放运动的特征。

2. 思想内容

长篇小说《戈拉》着重展示的主题思想，是反帝反封建的爱国主义思想。

《戈拉》通过主人公戈拉的政治斗争和生活冲突，歌颂了民族资产阶级正直的知识分子的爱国激情、斗争精神和祖国必获独立自由的坚定信念；批判了新印度教派迷恋传统的复古主义、梵社成员崇洋媚外的民族虚无主义以及教派对立、脱离群众等错误倾向；为一切反帝爱国的知识分子指出了一条争取民族解放的道路——破除宗教的偏见，摆脱种姓的束缚，联合起来一致对敌，积极参加反帝反封建的爱国主义斗争，为争取民族独立和民主自由而献身。

《戈拉》深刻地反映了 19 世纪末到 20 世纪初处于英国统治下的印度社会中的一系列重大问题，广泛地探索了印度人民开展民族解放斗争的真正道路。泰戈尔从资产阶级民主主义和爱国主义出发，明确地表明了自己的政治观点，对近代印度的反帝反封建的爱国斗争作了旗帜鲜明的总结。

戈拉是长篇小说中的主人公。反帝爱国是这个正直知识分子的基本性格特征：对帝国主义义愤填膺，深恶痛绝；对祖国印度满怀激情，无比热爱。反帝爱国的精神像鲜红的血液一样，渗透在戈拉的整个身心之中。

戈拉在大学毕业之后，曾担任过印度爱国者协会的主席。在印度教的青年中，他是一个深孚众望的领袖。他憎恶和痛恨英帝国主义的殖民统治。他认为：正是因为英国强盗四处横行，才把富饶的印度变成了荒芜的土地，使之处于遭难受辱的地位。戈拉热爱自己的祖国，随时准备为祖国贡献自己的一切。戈拉的爱国热情，随着年岁的增长日益高涨，少年时代高唱本国歌曲，成年以后，日夜想着印度。他曾经热情洋溢地表示自己的赤子之心：

> 当我对祖国的热爱一旦变得无比明显的时候……它会使我为它献出我的财富和生命，我的血液和骨髓，我的天空和光明：事实上，我的一切的一切。

戈拉对祖国的未来充满了信心，他坚信祖国必获自由、必得独立。他在"贫困饥饿，痛苦受辱"的现实中看到"一个摆脱了一切束缚的光辉灿烂的'未来'"，因而，他十分强调：

> ……我的祖国不管受到什么创伤，不论伤得多么厉害，都有治疗的办法——而且治疗的办法就操在我自己手里。

戈拉认为：目前我们唯一的任务，就是要把自己对祖国所有一切东西的坚定不移的信心，灌输给那些没有信心的人，因为以祖国为耻已经成为习惯，奴颜婢膝的劣根性也就毒害了国人的心灵。他激励人们增强民族自豪感和民族自信心，启发人们为祖国的独立和自由而奋斗。

在 19 世纪末叶的殖民地社会中成长起来的戈拉，"对一切英国东西都誓不两立"，充满了憎恶和反抗。他"只要看见英国人，总会起一种本能的反感"。本来，戈拉也是向往梵社，一有机会就准备贬责古圣梵典和保守习俗的。但是，当他看到一个英国传教士在报纸上蛮横无理地攻击印度的宗教和社会时，他便怒不可遏，挺身而出，勇敢论战，坚决为印度辩护。他还以极大的努力，从各方面论证印度的宗教和社会是"完美无瑕"的。他在一本书里曾这样写道：

> 我们决不能让自己的祖国站在外国法庭的被告席前受外国法律的审判。我们的荣辱观念，决不能用外国标准来逐点衡量。无论是在别人面前，还是在自己心里，我们决不能为自己的祖国感到羞耻——不管是在传统方面也好，信仰方面也好，经典方面也好，都是一样。我们必须拿出全部力量和自尊心，果敢地负起祖国的担子，使我们的国家和我们自己免受侮辱。

他绝对不能允许英国殖民主义者随意侮辱印度，他对殖民主义的奴才、崇洋媚外的知识分子深恶痛绝。他热爱祖国甚于热爱自己的生命。强烈的民族自尊心和民族自豪感，使他誓死保卫和发扬印度民族的伟大文化传统，保卫和复兴印度教是戈拉爱国理想的重要体现。

在反帝爱国的斗争中，狭隘的民族主义和盲目的排外主义，使戈拉变成了封建主义的卫道士和复古主义的鼓吹者。他为印度教的偶像崇拜辩护，为妇女身上的封建枷锁辩护，为罪恶的种姓制度辩护。他不加分析地肯定："祖国的一切都是好的。"对于古代印度的文化，他也主张"不论好坏，都接受下来"。戈拉自己又成为狂热的宗教徒，恪守印度教的一切陈规陋习。他额前用恒河泥土点上婆罗门种姓的印记，他脑后还留着一缕长发——"梯基"；他行触脚礼，不吃异教徒手里的东西。他专心致志地研究印度教哲学，并且撰写专著，竭力论证印度教的"完美无瑕"。这表明：戈拉想要用维护宗教信仰的办法实现爱国主义理想，在戈拉性格发展的初期阶段，这是一个非常突出的特点。

戈拉在反对英国帝国主义的斗争中，把保守的、落后的宗教意识作为争取独立和求得解放的思想武器。同时，他还想用这种宗教意识去启发和动员群众。戈拉曾经对他的朋友宾诺耶说：

> 别的国家需要威灵顿那样的将军，牛顿那样的科学家，罗斯
> 紫尔那样的百万富翁，我们国家却需要婆罗门，需要能够不知畏
> 惧、痛恨贪婪、克制忧伤、不计损失——身心与至高无上的真神
> 结合在一起的婆罗门。印度需要思想坚定、头脑冷静和心胸宽大
> 的婆罗门——有了这样的人，印度才能获得解放！

这表明：戈拉在反帝斗争上误入了复古主义的邪路。封建的种姓
制度和反动的宗教意识绝不能充当反帝的思想武器，复兴印度教也绝
不是爱国主义的理想前途。作品中帕勒席先生曾说过，"徒劳无益地
向过去求助，是毫无用处的"，人不能够回到过去的时代，这一观点
也反映了泰戈尔的见解。

戈拉到农村接触了群众之后，他的思想性格和精神面貌，都发生
了很大的变化。他是为了摆脱爱情的苦闷和烦恼而到农村去的。最
初，他对乡下的劳动人民有错误的认识：他们的头脑"迟钝"、生活
"平凡"、力量"脆弱"。但是，在农村的实际生活中，他第一次看到
了他所维护和宣扬的宗教意识和种姓制度给人们带来的危害：宗教信
仰的不同和种姓身份的差异，造成了彼此之间的憎恶和敌视，激起了
永无休止的争斗和纠纷。在农村的实际生活中，他所看到的宗教，远
远不是他过去一直向往的宗教——"那种通过爱情、服务、怜悯、
自尊和对全人类的尊敬而给一切人以生命、力量和幸福的宗教"。从
此，戈拉宗教救国的思想开始动摇了。

农村劳动人民的爱国斗争生活教育了戈拉。在戈斯巴拉村里，印
度教理发师关心爱国同胞，冒着生命危险，在自己家里收留并抚养了
一个因反英斗争而被捕的伊斯兰农民领袖的孩子。这一劳苦群众突破
宗教的偏见、关心他人的动人事例，有力地教育了戈拉。他经过激烈
的思想斗争，终于认识到："我们过去把纯洁一直当成外在的东西，
真是大错特错！"

在农村中，戈拉不能容忍别人作恶的性格又有了新的发展。过
去，戈拉曾满怀怒火地强烈抗议孟加拉绅士抽打穆斯林厨子，他对这

个厨子说，"我有句话跟你讲，你甘愿受这样的侮辱，连一句反抗的话都不说，真主是不会宽恕你的"，"容忍别人作恶的人，自己也就是在作恶"。现在，在农村里，他强烈抗议殖民当局残酷镇压农民斗争的暴行。当他看到英国殖民当局的警察殴打学生时，他挺身而出，直接同警察展开了英勇的搏斗。戈拉从前的暴力抗恶的主张，现在已经变成了暴力斗争的实际行动，甚至于因此而被捕入狱也在所不惜。在监狱中，他不接受保释，不找律师；在法庭上，威武不屈，坚持斗争，表现了反帝爱国的坚强性格和民族气节。

在戈拉的爱尔兰血统被彻底揭穿之后，他最后抛弃了宗教的偏见和种姓制度的束缚，"获得了新生"，"得到解放了"。他向帕勒席先生说："我父亲是个爱尔兰人！从今天起，印度从南到北的一切庙宇都对我关上大门了——从今天起，全国印度教徒的宴会上，都没我的席位了。"戈拉已经认识到，"我日以继夜地总是想把这些障碍当作我的信仰对象"。当他"获得了真正的自由以后，却忽然发现自己站在一片广大的真实之中！印度的一切善恶，印度的一切悲欢，印度的一切智慧和愚昧，都毫厘不爽地亲切地呈现在我心里。现在我真的有权利为她效劳了，因为真正的劳动园地已经展现在我面前，——这并不是我的假想的创造物，——这是给3万万印度儿女谋福利的真实的园地！"戈拉最后认识到：印度的人民大众要想反帝爱国，必须冲破"这些障碍"——宗教的偏见和种姓的罗网，不论宗教，不分种姓，团结一致，"给3万万印度儿女谋福利"。这一认识，是戈拉爱国主义思想的最高认识。此后，戈拉感到：

> 过去我日夜盼望而始终没有达到的，今天终于达到了。今天，我真正是一个印度人了！在我身上，印度教徒、穆斯林和基督徒之间不再有什么对立了。今天，印度的每一种种姓都是我的种姓，所有人的食物，都是我可以吃的食物！

现在，他终于发现了印度母亲，他高声对安南达摩依说："过去我到处去寻找的我的母亲，原来始终坐在我的房里。你没有种姓，你不分贵贱，你不知憎恨——你只是我们幸福的化身！印度就是你！"印度母亲就是印度的人民大众。他们和安南达摩依一样，不分种姓，不分贵贱。泰戈尔通过戈拉反对种姓制度和宗教偏见，宣扬了他的反帝爱国、民族解放的进步主张，这是应该肯定的。但是他对宗教的本质，还不能正确认识，也无法正确解决宗教问题。戈拉所强调的"不要跟众人脱离"，也反映了泰戈尔的群众观点。但是，泰戈尔还是把戈拉描绘成为"印度的化身"、"巨人"，是决定印度民族命运的主要力量。这恰恰是泰戈尔思想局限性的反映。

3. 艺术成就

《戈拉》不仅在思想内容上表现了近代印度的爱国主义精神，反映了人民大众的理想和心愿，而且在艺术成就上也冲破了过去的传统，具有别开生面的创新精神，为近代印度文学的发展作出了巨大贡献。

泰戈尔在《戈拉》中创造了反帝爱国的典型形象——在近代文学史中出现的反映现实社会生活的新的人物形象，这是这部长篇小说的重大成就之一。近代印度的社会斗争生活，要求作家必须描绘和塑造印度民族解放斗争的战士形象。这一新的创作任务，是由泰戈尔在《戈拉》中首先完成的。

善于通过不同人物的对话塑造和揭示人物的性格特征，是《戈拉》的又一创作成就。在《戈拉》中，不同人物热心探讨的是有关民族解放运动的重大问题，作者往往通过对话和争辩揭示社会矛盾和塑造人物性格。因而，各种人物之间的不同类型的对话和争辩成为表现人物性格和主题思想的重要艺术手段。

《戈拉》中的语言，具有诗一样的浓厚抒情力量。在整个作品中，不仅洋溢着热烈的爱国激情，而且充满了对英国殖民者和洋奴走狗深恶痛绝的鲜明情绪。在戈拉的语言中，饱含着爱国热情，他同宾诺耶讲："正如一个远渡重洋的船长，不论在工作或者空闲的时候，总是想着对岸的港口一样，我也无时无刻不在想着印度。"这话像诗一样表达了他日夜想着印度，时刻关心祖国命运和民族前途的炽热的情感。

　　泰戈尔的富有东方特色的作品，轰动了欧洲和世界，使许多人为之陶醉，泰戈尔的作品在世界范围内吸引了广泛的读者。

思考题

1. 泰戈尔的创作道路分几个时期？每一时期的创作特点是什么？举例说明。
2. 泰戈尔的故事诗有什么进步意义？
3. 简析泰戈尔的《吉檀迦利》。
4. 试分析《戈拉》中的主人公戈拉。
5. 简述《戈拉》的艺术特色。

第四章　现当代文学

第一节　概　　论

〔**学习提示**〕　亚非现当代文学是在亚非近代文学的基础上发展起来的。如果说亚非近代文学具有一定过渡性质的话，那么亚非现当代文学则构成亚非文学史上一个新的繁荣时期，并且成为世界现当代文学的一个重要组成部分。

这一节概要论述亚非现当代文学的一般情况。学习本节，首先要了解亚非现当代历史发展的脉络。其次要了解亚非现当代文学发展的脉络，认识亚非现当代文学的特点。第三要认识亚非现当代文学所取得的成就，各个地区各个国家文学的概貌及其重要作家作品。

一、历史和文学发展概况

亚非现当代文学是指 20 世纪初期以来的文学。这个时期的文学可以大致以 1945 年第二次世界大战结束为界，划分为前后两个阶段。

20 世纪初，第一次世界大战的结束和俄国十月革命的胜利，促进了亚非各国人民的觉醒和民族运动的高涨。在它们的影响下，亚非各国的革命形势发生了明显的变化：一个是不少国家的民族资产阶级力量迅速壮大，民族资产阶级政党纷纷建立，同时也有不少国家的无产阶级登上政治舞台，无产阶级政党日益强大起来，成为民族解放运动的领导力量；另一个是不少国家的民族解放运动以空前巨大的规模和空前猛烈的气势展开，如 1919 年朝鲜的"三一"起义，1919 年 3

月埃及的反英武装起义，1919 年中国的五四运动，1919 年至 1922 年印度民族解放运动的第二次高潮，1919 年至 1923 年土耳其的凯末尔革命，1926 年印度尼西亚的人民大起义等。

20 世纪 20 年代末和 30 年代初，资本主义世界发生了一场严重的经济危机。30 年代中后期，德、意、日法西斯主义者悍然发动了第二次世界大战。在亚洲，日本帝国主义为了达到霸占中国和亚洲其他国家的罪恶目的，将战火燃烧到东亚和东南亚的许多国家。与此同时，德、意帝国主义则将魔爪伸向欧洲其他国家和北非。在这种情况下，东亚、东南亚、欧洲和北非地区的许多国家和地区成为侵略战争的直接受害者，其他地区的许多国家也间接地受到了损害。事实证明，这场大战给东方各国人民带来了深重的灾难，但同时也迫使他们走上了反抗的道路，为战后民族的解放和国家的独立准备了良好的条件。

因此，对于亚非绝大多数国家来说，这个时期的社会性质与近代时期大体相同，仍然是殖民地、半殖民地和半封建社会；可是革命形势却与近代时期大不相同，即亚非绝大多数国家普遍展开了民族民主革命，反对殖民主义和封建主义的压迫。只有日本的情况有所不同，它从资本主义国家进而演变成为军国主义国家，走上了法西斯化的道路，并且终于把日本人民和邻国人民都推进了战争的深渊。

在上述社会背景下，亚洲和北非各国的文学冲破重重障碍艰难地向前进。20 世纪初是它的起步阶段。一般来说，这个起步过程并不平静，而是经过了一番激烈的较量，其中包括新文学与旧势力的较量、新文学与旧文化的较量、新文学与旧文学的较量、新文学内部的较量、无产阶级文学与资产阶级文学的较量，等等。进入 20 年代以后，各国文学普遍获得了较快的发展，作家队伍逐渐壮大，文学团体次第形成，各种流派纷纷登场，著名作家相继出现，优秀作品接连问世。可是到了 30 年代和 40 年代前半期，由于法西斯势力的猖獗和侵略战争的威胁，包括日本文学在内的许多国家（主要是东亚、东南亚和北非地区的国家）的文学又遭到了严重的迫害，只能曲折地前进，其他国家的文学仍在继续向前迈进；不过无论属于哪种情况，反法西斯侵略战争都成为这个时期文学作品的重要主题之一。

这个时期的亚洲、北非文学有什么特点呢？

一是具有鲜明的反对帝国主义、殖民主义和封建主义的性质。热爱祖国和人民，反对侵略和压迫，争取民族独立，争取民主自由，成为进步文学作品的共同思想。近代的亚洲、北非文学当然也是反对殖民主义和封建主义的，但是此类体裁的文学作品的思想倾向、批判力量和战斗精神不如这个时期反法西斯侵略战争的文学这样鲜明、这样猛烈、这样强烈。之所以产生这种变化，主要是由于历史的前进、时代的发展和革命的壮大。

二是除了资产阶级文学和小资产阶级文学以外，又增加了无产阶级文学这支生力军。随着无产阶级登上政治舞台，无产阶级政党的产生，无产阶级文学也出现在亚洲、北非文坛上，成为亚洲、北非文学队伍里一支新的生力军，大大地加强了亚洲、北非文学的战斗性。

三是在发展过程中继续受到欧美文学广泛而深刻的影响。欧美的浪漫主义、现实主义、自然主义以及各式各样的现代主义文艺思潮和创作方法，新诗歌、新小说、新戏剧和新散文等文学体裁，大量传到亚洲和北非，并为亚洲和北非各国作家普遍接受。这就促使亚洲、北非文学迅速地走上了现代化的道路，同时也促使亚洲、北非文学在保留自己特点的前提下，与世界其他地区的文学相互趋近。

第二次世界大战结束以后，亚非地区的社会、政治、经济形势发生了翻天覆地的变化。这种变化首先是广泛开展民族独立运动的结果。当然，这个运动是从 20 世纪初开始的；但是，只有到了第二次世界大战以后，才形成了锐不可当的世界性的潮流。国家要独立、民族要解放、人民要革命，成为大势所趋、人心所向。战后不久，民族独立运动立即在亚洲广大地区开展起来，并很快出现了高潮。由各国无产阶级政党和民族资产阶级政党领导的革命开展得轰轰烈烈，大多数国家很快获得独立自由。随后，民族独立运动的烈火又在非洲大陆迅速燃烧，使非洲的社会政治形势也发生了巨大的变化。亚非众多国家在挣脱殖民主义枷锁、获得民族独立以后，立即着手振兴和发展民族经济，以便维护和巩固已经得到的政治独立。为此，它们必须进行现代化改革工作，必须总结和研究自己的经济建设实践，不断调整自己的对内对外政策。与此同时，它们还必须进行民主化建设，如加强法制管理，实行民主选举，鼓励舆论监督等。在这个过程中，它们不得不克服各种各样的困难，在曲曲折折的道路上向前迈进。

战后亚非地区各国社会形势的巨大变化，促使文学产生相应的变化。与战前文学相比，战后文学的变化主要表现如下：

首先，战前文学是在极端艰难困苦的社会条件下产生和发展起来的，受到了殖民主义、封建主义和法西斯主义等反动势力的疯狂压迫和野蛮摧残：战后文学则不同，由于各国相继独立，革命先后成功，殖民主义、封建主义和法西斯主义等反动势力纷纷倒台，社会条件比较优越，创作环境得到改善，因而作家队伍空前壮大，作品数量空前增多，作品质量空前提高，呈现一派蓬勃发展的景象。

其次，战前文学和战后文学虽然同样具有鲜明的反帝、反封建的性质，但是战前文学主要描写各国人民在殖民主义和封建主义压迫下的悲惨命运，表现他们要求解放的愿望，探求他们争取解放的道路；而战后文学则一面热情洋溢地描绘各国人民如火如荼的革命斗争画面，讴歌他们英勇投身革命的战斗精神，赞美那些不畏强暴、不怕牺牲的广大群众及其先锋战士，一面认真深入地探索各国人民怎样面对殖民主义瓦解后的新形势和新问题，怎样处理西方的文化与东方的文化的关系，怎样才能在文化领域获得真正的独立，并且表现他们为此付出的艰苦卓绝的努力。

第三，在艺术表现方面（包括文学形式、文学思潮和创作方法等），战后文学也比战前文学显得更加多样化。仅就创作方法而言，除了传统的浪漫主义和现实主义等之外，又普遍出现了各种形式的现代主义和后现代主义。不言而喻，亚非文学中的现代主义和后现代主义，是在西方文学影响之下产生和发展起来的。在战前，现代主义就已经传入，在一些国家已经形成若干流派，不过当时的影响还不够广泛和深入；到战后，随着东西方文化交流的日趋频繁，现代主义和后现代主义在亚非的传播也越来越广、影响越来越深。

总之，半个多世纪以来，亚非文学取得了相当大的进展，获得了相当高的成就。如果说战前的文学是新文学奠定基础的阶段，那么战后的文学则是新文学繁荣兴旺的阶段。

亚非战后文学内部又大致可以分为两种情况：亚洲和北非文学的成熟，南部非洲文学的崛起。

在亚洲和北非地区，由于战前新文学的基础比较雄厚，所以战后的新文学已经逐步走向成熟。这突出表现在以下几个方面：第一是数量日益增多，即作家队伍迅速扩大，作品产量迅速增加，较之战前有成倍的增长。第二是质量日益提高，即文学作品在反映生活的广度和深度上，在克服公式化、概念化的倾向上，在艺术表现的多样化和成熟度上，都取得了长足的进展，远远地超过了战前的水平。第三是影响日益扩大，即战后亚洲、北非文学在世界上的影响大大地超过了战前，比如亚洲、北非作家获得各种国际性的大奖，担任各种国际性的职务，成为国际上的知名人士，作品在世界各国翻译出版的越来越多。从一定的意义上说，日本的川端康成和大江健三郎、以色列的阿格农、土耳其的奥尔罕·帕慕克和埃及的迈哈福兹等人获得诺贝尔文学奖，便是亚洲、北非文学国际影响扩大的标志之一。第四是接受西方文学影响的方式发生了变化，即不再像战前文学那样处于学习模仿阶段，表现为紧步西方后尘，西方出现一个文艺思潮和文艺运动，亚洲、北非也跟着出现一个文艺思潮和文艺运动。战后文学进入了独立自主的阶段，表现为虽然也接受西方影响，可是不再生硬地照搬，而是灵活地应用。

在南部非洲地区，虽然文学的基础比较薄弱，书面文学产生得比较晚，可是战后文学也取得了突飞猛进的发展。从一定的意义上说，尼日利亚的索因卡和南非共和国的戈迪默、库切先后获得诺贝尔文学奖，便是南部非洲文学取得显著成就的标志之一。在当代世界文坛上，南部非洲文学的崛起和拉丁美洲文学的爆发，已经成为最引人注目的现象。

二、东亚文学

现当代东亚文学主要指日本文学和朝鲜（含韩国）文学。

1. 日本文学

在东亚地区，日本文学所取得的成就颇为引人注目。日本是走上资本主义道路的国家，进入 20 世纪以后，日本的文学继续沿着自己的方向发展。20 世纪前半期，日本文学经历了分化时期、对立时期和黑暗时期等三个时期。

20 世纪初是分化时期。在夏目漱石、森鸥外进行创作和自然主义文学运动的后期，文坛上相继出现了三个新的文学流派，即唯美派、白桦派和新思潮派，三者都具有一定的反自然主义派的倾向。它们的出现表明，日本近代文坛为自然主义派所支配的局面被打破了。唯美派又称新浪漫派，该派作家大多接受西方唯美主义文学，尤其是法国唯美主义文学的影响，所写作品往往充满唯美主义色彩和享乐主义情调。唯美派的首创者是永井荷风（1879—1959），但获得更高成就的作家当推谷崎润一郎（1886—1965）。他的小说以表现美，尤其是女性美为主旨。他写了一些思想比较健康、情调比较高尚的作品，但也写了不少追求病态享受和变态心理，具有相当浓厚颓废色调的作品。他的小说技巧圆熟、文笔生动、语言优美，颇有感染力量。白桦派是以 1910 年创办的《白桦》杂志为中心的青年作家流派。他们主张尊重自然和人类的意志，努力探讨人应当如何生活，提倡尊重人的个性，强调理想主义精神，富有人道主义色彩，他们的文学又有新理想主义文学和人道主义文学之称。武者小路实笃（1885—1976）被认为是白桦派的领导者，有岛武郎（1878—1923）是白桦派代表作家之一，而志贺直哉（1883—1971）则是白桦派中影响最大的作家。他的小说大多取材于与自己有直接关系的生活，善于描述日常生活的细枝末节，善于描绘人物内心的细微活动，富于艺术感染力。新思潮派因杂志《新思潮》而得名，又称新现实主义派、新技巧派。他们力图将自然主义文学所提倡的"真"、白桦派文学所提倡的"善"和唯美派文学所提倡的"美"融为一体，强调题材多样、讲究写作技巧、注重形式完美。菊池宽（1888—1948）和芥川龙之介（1892—1927）堪称新思潮派的两大代表作家。芥川龙之介长于写作中短篇小说。由于家庭生活的重负、自身思想的矛盾和社会剧烈的动荡，他感到难以承受，终于服毒自杀，结束了年轻的生命。

从 20 世纪初到 30 年代初是对立时期。这里所说的对立，主要是指无产阶级文学和现代主义文学的对立。无产阶级文学的产生可以上溯到第一次世界大战后，当时出现了以反映工人和其他劳动人民不幸遭遇和愤怒情绪为主题的"工人文学"。20 年代初，文艺杂志《播种人》和《文艺战线》先后创刊，日本无产阶级文艺联盟组成，奠定了无产阶级文学的基石。到 20 年代末，经过一段分裂之后，无产阶级文学运动重新得到统一，并将无产阶级文学推上了全盛阶段。1933 年以后，由于反动当局的疯狂镇压，无产阶级文学被迫走向低潮。小林多喜二、中野重治（1902—1979）和德永直（1899—1958）等是无产阶级文学的重要作家。现代主义文学包括新感觉派文学、新兴艺术派文学和新心理主义文学等，其中以新感觉派文学最引人注目。新感觉派文学以《文艺时代》杂志（1924—1927）为阵地，接受西方多种现代主义文学流派影响，主张根据主观感受认识客观世界，通过主观感觉表现现代生活。横光利一（1898—1947）是新感觉派最有代表性的作家，川端康成的创作也是从新感觉派文学运动起步的。

进入 30 年代以后，法西斯势力日益猖獗，作家失去自由，文学创作活动被置于侵略战争的阴影之下，日本文学陷入黑暗时期。

20 世纪后半期，日本社会发展和文学发展都进入了一个新阶段。日本文学的发展历程可分为战后初期和战后后期两个时期。

战后初期（1945—1960），由于战争时期的严厉思想统治体制破产，长期受到沉重压抑的各种思潮兴起，文学方面也呈现出多种流派和倾向并立的景象。"民主主义文学"以新日本文学会为中心，该会是以无产阶级作家为核心的统一战线组织。女作家宫本百合子（1899—1951）是其重要代表之一。适应战后新形势而初登文坛的一批新作家被称为"战后派"。该派主张艺术至上，反对政治干预文学，在思想内容上既重视表现社会，又强调表现自我；在艺术表现上则力图突破传统的方法，广泛吸收现代派方法。主要作家有野间宏（1915—1991）、梅崎春生（1915—1965）、三岛由纪夫（1925—

1970）和安部公房（1924—1993）等。其中，野间宏的创作大胆地吸收现代主义文学的创作方法，特别是意识流方法，但又没有走上全盘西化的道路，而是始终保留着传统的现实主义创作方法的要素。当20世纪50年代第一批和第二批战后派开始从文坛第一线退却时，所谓"第三批新人"随之登场。他们不像战后派作家那样具有明确的目的意识性和丰富的社会思想性，而是着重描写日常生活，逐步与私小说接近起来。安冈章太郎（1920—　）和吉行淳之介（1924—1994）等是第三批新人的代表。"无赖派"是在战后混乱不堪的社会背景下产生的文学流派。这派作家对于传统和权威抱着强烈的反抗意识，具有明显的颓废倾向，同时努力革新创作方法。坂口安吾（1906—1955）、太宰治（1909—1948）等人的作品，可以体现无赖派文学的特色。其中，太宰治的主要作品大多以无赖派为主人公，都以无赖派为讴歌对象。"私小说"（日本特有的一种小说形式，即作家一面叙述自己生活经历和体验，一面描绘自己心境的小说），在战后初期得到重新发展。当战后派那些新鲜的、费解的作品风靡文坛时，另一方面也有不少优秀的私小说作家产生出来，赢得了不少读者。尾崎一雄（1899—1983）和檀一雄（1912—1979）等堪称代表。此外，以丹羽文雄（1904—2005）和石坂洋次郎（1900—1986）等为代表的风俗小说的流行，井上靖（1907—1991）和大江健三郎（1935—　）等人的小说创作，荒原派的诗歌创作，都是这个时期的重要收获。其中，大江健三郎是一位始终密切关注现实的作家。由于个人生活的不幸（残疾儿等）和人类社会的不幸（核威胁等）的交织，使他对现实生活所面临的问题和危险格外敏感。由于在创作上硕果累累并且充满创新精神，他于1994年获得诺贝尔文学奖，成为继川端康成之后日本第二位获此殊荣者。

　　自20世纪60年代初以来，日本经济进入高速增长时期，逐步成为高度发达的资本主义国家。这对日本的社会、生活、风俗、文化以及文学，造成了广泛而深刻的影响。战后后期的日本文坛更加令人眼花缭乱，其中比较重要的文学流派和作家作品如下：一是"第三批新人"继续活跃，并且更加突出地表现"日常"这个主题。二是随着大众传播媒介的蓬勃发展，形成"推理小说"的空前繁荣，涌现出松本清张（1909—1992）和森村诚一（1933—　）等一批流行作家。三是"作为人派"和"内向一代派"的对立，前者认为文学应当正视现实问题，表现现实问题，主要作家有高桥和巳（1931—1971）和开高健（1930—1989）；后者着力探索人们的内心世界，主要作家有古井由吉（1937—　）和黑井千次（1932—　）等。四是20世纪七八十年代以来登上文坛的新作家出现许多新动向，他们有的努力唤起人们对传统文化的热情，以便回归传统文化的世界；有的热心宣传西方文化的影响，企图将西方和日本等同视之；有的重点表现人们在繁华都市里的失落感受，有的着力表现人们在高度发达的资本主义社会的孤独体验，有的精心描绘当代青年独特的青春体验；有的则在语言、视角、手法、情调等方面进行创新，等等（当然，以上所述仅仅属于举例性质）。总的来说，日本当今文学正在朝着更加多样化的方向发展，正在不断探索新的道路。

2. 朝鲜文学

朝鲜现当代文学的发展过程可以分为战前和战后两个时期。

战前时期文学分为资产阶级和无产阶级两个方面。在资产阶级文学方面，有些作家提倡纯文学，宣传为艺术而艺术，倡导唯美主义和现代主义，属于这个行列的作家有李光洙（1892—1950）和金东仁（1900—1951）等；另有一些作家则写出若干忧国忧民的优秀作品，如小说家罗稻香（1902—1927）和诗人金素月（1902—1934）等。在无产阶级文学方面，作家们显得更加富有生机和活力。20年代初先后组成"焰群社"和"帕斯求拉"（这个名称是由参加者姓氏字母拼成的）等团体，被称为"新倾向派"。1925年，朝鲜无产阶级艺术联盟成立，明确提出发展无产阶级艺术的目标。进入20世纪30年代以后，抗日武装斗争的开展推动了无产阶级文学的进一步发展，李箕永（1895—1984）的长篇小说《故乡》和韩雪野（1900—1976）的长篇小说《黄昏》等名著相继问世，大大地提高了朝鲜文学的艺术水准。

战后时期文学分为北南两个部分。朝鲜北部建立民主主义人民共和国，在文学上继承战前无产阶级文学的传统。1946 年 3 月，朝鲜文学艺术总同盟宣告成立，组织作家积极投入革命文学的创作活动。1950 年抗美救国战争爆发后，许多作家浴血奋战，写出大量鼓舞人民斗志的作品。1953 年战争过后，文学加快了前进的步伐，作家队伍不断扩大，作品数量不断增加。当代文学作品的题材是广泛的，主题是多方面的，如反映抗日武装斗争，描写土地改革运动，表现抗美救国战争，歌颂社会主义建设，描绘近代历史画面，表达和平统一愿望等。当代作家也已形成一支实力相当雄厚的队伍。除老一代作家外，又有为数众多的中青年作家迅速成长起来，赵基天（1913—1951）和千世峰（1915—1986）等堪称代表。朝鲜南部在第二次世界大战后成立了大韩民国，在文学上继承战前现代主义文学和民族主义文学的传统。在 40 年代后半期和 50 年代，"战后文学派"的青年作家活跃于文坛，他们喜欢从不同角度批判战争和人生，在艺术表现上则深受西方现代派的影响，主要代表人物有孙昌涉（1922—2010）、河瑾灿（1931—2007）等。从 20 世纪 60 年代起，一方面有强调技巧、重视感觉、表现幻梦的"新感觉派"走上文坛，金承钰（1941—　）被公认为该派代表作家之一；另一方面有主张反映现实、暴露黑暗的"参与文学派"与之对垒，代表作家有金廷汉（1908—　）、方荣雄（1942—　）等。20 世纪 70 年代以后，由于现代化的进展，文学显得更加多样化，出现了"民众文学"等新流派，其中比较出色的作家有黄皙英（1943—　）和赵世熙（1942—　）等

三、东南亚和南亚文学

在东南亚和南亚地区，各国文学分别发展，情况复杂；兹以印度尼西亚和印度的现当代文学为例。

1. 印度尼西亚文学

印度尼西亚文坛情况更加复杂。在战前，文坛上先后出现过几个文学流派：无产阶级革命文学，如马斯·马尔戈（1878—1930）的长篇小说《自由的激情》；民族主义文学，如阿布杜尔·穆依斯（1886—1959）的长篇小说《错误的教育》；个人反封建文学，如马

拉·鲁斯里（1889—1968）的长篇小说《西蒂·努尔巴雅》；新作家派文学，如尔敏·巴奈（1908—1970）的长篇小说《枷锁》等。在战后，由于政治局势动荡不定，文学前进的道路更为崎岖不平。1945年民族独立初期，文坛一度呈现繁荣景象，不少作家争相发表颂扬革命的作品。其后革命运动遭到挫折，进步作家结成统一组织，力求推动文艺事业取得更大进展。1965年以后，进步作家组织被取缔，多种文学流派竞相发展。属于这个时期的作家很多，阿赫迪亚·卡尔达·米哈扎（1911—　）、乌杜依·达当·宋达尼（1920—1979）、莫赫达尔·鲁比斯（1922—2004）和凯里尔·安瓦尔（1922—1949）等都是其中的佼佼者，而在印度尼西亚现当代文学史上占有最显要地位的，则是普拉姆迪亚·阿南达·杜尔（1925—2006）。他的代表作品是被称为"布鲁岛四部曲"的四部连续性的长篇小说。这四部小说画面广阔，一方面有力地揭露了荷兰殖民主义者对于印度尼西亚的残酷压迫和野蛮统治，另一方面形象地展现了印度尼西亚爱国志士和民族运动成长壮大的曲折历程。

2. 印度文学

印度文学的发展比较迅速，取得了令人瞩目的成就。在第二次世界大战前，印度文学的发展过程大致如下：从20世纪初起，文学开始与民族解放运动紧密联系起来，形成了民族主义文学思潮。这时的文学强调与政治斗争和社会现实结合，强调文学的社会功能。到20年代以后，文坛上出现了浪漫主义文学运动。这个运动转而强调文学的个人功能，强调文学应当表现个人的思想感受。进入30年代之后，随着民族解放运动的高涨和西方现实主义文学的影响，以真实反映现实生活为主旨的现实主义文学抬头。其后，这种现实主义文学又进一步演变为深受甘地主义影响的现实主义、心理现实主义、唯理现实主义、进步现实主义和社会主义现实主义等多种流派。到了40年代，新出现的文学思潮被称为实验主义。这个思潮既与浪漫主义对立，也反对现实主义，它本身又可以分为极端个人主义实验派、民主主义实验派和形式主义实验派。第二次世界大战后，印度于1947年赢得国家的独立。独立以后，国内的矛盾斗争仍然相当复杂，各种不同的政治势力和政治观点都在影响着作家，各种不同的文学流派和文学观点也在左右着作家。60年代以后，印度文学较多地接受了西方现代主义文学和后现代主义文学的影响，意识流小说、心理分析小说和推理小说等广泛流行，印度文学进一步发生了变化。

在印度多种语言文学中，孟加拉语文学、印地语文学和乌尔都语文学的成就较为突出。

孟加拉语文学沿着19世纪后期和20世纪初期般吉姆和泰戈尔等人开拓的道路继续前进。萨拉特·钱德拉·查特吉（1876—1938）是这时的重要作家之一。他的主要艺术成就表现在中篇小说和长篇小说创作方面。除萨拉特外，这时的重要作家还有维普迪·普尚·班纳吉（1894—1950）、达拉辛格尔·班纳吉（1898—1971）和玛尼克·班纳吉（1908—1956）等。以萨拉特为例，他先后出版过八部短篇小说集和三十部左右的中长篇小说。由于他比较了解各个阶层的心理状态，比较接近农村社会，所以他在这些方面发挥了自己的长处。他以自己的创作实绩充实了孟加拉语文学和印度现代小说的宝库，提高了孟加拉语文学和印度现代小说的水平。

印地语文学在这个时期发展较快。除了著名作家普列姆昌德以外，耶谢巴尔（1903—1976）和介南德尔·古马尔（1905—1988）也被认为是重要的小说家，迈提里谢仑·古伯德（1886—1964）是民族主义诗人的代表，杰耶辛格尔·伯勒萨德（1889—1937）是浪漫主义诗人的代表。此外，苏尔耶冈德·德利巴提·尼拉腊（1896—1961）有"革命诗人"和"叛逆诗人"的称号，苏米德拉南登·本德（1900—1977）也是浪漫主义诗人。以耶谢巴尔为例，他被认为是普列姆昌德现实主义文学传统的重要继承者。不过，普列姆昌德主要反映的是农村生活，耶谢巴尔主要反映的是城市生活，普列姆昌德主要刻画的是农民，耶谢巴尔主要刻画的是知识分子。

乌尔都语文学在诗歌领域的代表当推穆罕默德·伊克巴尔（1877—1938），在小说领域的代表当推克里山·钱达尔（1914—1977）。伊克巴尔一共写了十部诗集。他既是印度诗人，也是巴基斯坦诗人。他的诗歌在思想上以哲理性强和宗教味浓为特色，在形式上则继承了印度、巴基斯坦和伊朗古典诗歌的传统。钱达尔一生写了约三十部中长篇小说、四百余篇短篇小说和三十余部电影剧本，其中尤以短篇小说最为出色。他的早期作品大多取材于故乡，具有浓郁的浪漫色调和乡土气息。其后他的创作逐渐发生了从浪漫主义向现实主义的转折，着重描绘广大人民痛苦的现实生活，讴歌他们的美好理想和英勇斗争。

除孟加拉语文学、印地语文学、乌尔都语文学外，泰米尔语小说家卡尔基（1899—1954）和阿基兰（1922—1988）、英语诗人萨罗季尼·奈都夫人（1879—1949）和小说家穆尔克·拉吉·安纳德（1905—2004）等人的名字也应当提及。如安纳德用英语写作，但其小说内容却紧紧结合印度社会实际，反映广大劳动人民的生活和思想。

四、西亚、中亚和北非文学

在西亚、中亚和北非地区，各国文学异彩纷呈，其中阿拉伯文学、以色列文学、伊朗文学、土耳其文学和吉尔吉斯文学获得了较快的发展，取得了较大的成就。

1. 阿拉伯文学

阿拉伯文学的发展也比较迅速。第二次世界大战战前文学已经取得了很大的成就。从 20 世纪伊始到 20 年代之前是阿拉伯新文学的起步阶段，这时的诗歌以复兴派为主，第一部长篇小说也刚刚问世。从 20 世纪 20 年代到 30 年代中期是阿拉伯新文学的繁荣阶段，这时的诗歌、小说、戏剧和散文蓬勃发展。从 20 世纪 30 年代中期到 50 年代初期是新文学的转折阶段，这时的文学思潮和创作方法不断转换，同时新老作家也在进行交替。

诗歌产生于近代的复兴派。该派在思想上主张把诗歌和民族复兴运动联系起来，在创作上主张基本遵循古典诗歌传统。属于复兴派的重要诗人有埃及的艾哈迈德·邵基（1868—1932）和哈菲兹·易卜拉欣（1871—1932），黎巴嫩的哈利勒·穆特朗（1872—1949），伊拉克的鲁萨菲（1875—1945）和宰哈维（1863—1936）等。浪漫派是在对复兴派怀疑和否定的基础上产生的，是在西方浪漫主义诗歌的影响下产生的。属于浪漫派的流派包括埃及的笛旺诗社派和阿波罗诗社派，前者的诗人有阿卜杜·拉赫曼·舒克里（1886—1958）等，后者的诗人有艾布·沙迪（1892—1955）等；还包括突尼斯诗人沙比（1909—1934），黎巴嫩诗人艾布·舍伯凯（1903—1947），叙利亚诗人艾布·雷沙（1910—1990）等。旅美派是由侨居美洲的阿拉伯作家组成的，其中包括北美派和南美派两部分。该派的基本倾向与浪漫派大体相同，只是更多地接受了欧美文学的影响。黎巴嫩诗人纪伯伦·哈利勒·纪伯伦是这一派最杰出的代表。

进入 20 世纪以后，新小说也进一步发达和兴旺起来。在阿拉伯各国中，埃及和黎巴嫩的小说成绩较大，叙利亚和伊拉克也取得了一定的成绩，其他国家则相对滞后。埃及作家穆罕默德·海卡尔（1888—1956）的《泽娜布》（1912）被认为是埃及以至阿拉伯现代小说史上第一部真正的长篇小说。这个时期小说方面的主要流派，一是旅美派，二是埃及现代派。在黎巴嫩小说家中，旅美派的创作引人注目，尤其是纪伯伦的小说；此外努埃曼（1889—1988）和艾敏·雷哈尼（1876—1940）的小说，也取得一定成就。埃及现代派的代表作家和作品有塔哈·侯赛因（1889—1973）的长篇小说《日子》、陶菲格·哈基姆（1898—1987）的长篇小说《乡村检察官手记》和迈哈穆德·台木尔（1894—1973）的短篇小说等。

阿拉伯战后文学是战前文学的继续和发展，是各国人民经过多年奋斗，挣脱殖民主义枷锁，获得民族独立的艺术反映。诗歌和小说仍是战后文学的主要形式。

阿拉伯的诗歌经过古典主义和浪漫主义等几个阶段的变革，破除传统格律的束缚，提倡自由的诗体，已经成为大势所趋；到了 20 世纪四五十年代，终于形成一场更加自觉的自由诗体改革运动。在这个运动中，伊拉克诗人走在前列。女诗人娜齐克·梅拉伊卡（1923— ）发表于 1947 年的《霍乱病》，标志着这个运动的开始。1957 年以后，自由体新诗便在阿拉伯国家站稳了脚跟。当今阿拉伯各国诗坛的特点之一是各种形式、各种流派、各种风格的诗歌竞相发展，既有格律体诗，也有自由体诗；既有现实主义诗歌和浪漫主义诗歌，也有现代主义诗歌和后现代主义诗歌。比较重要的诗人有伊拉克的沙基尔·赛亚卜（1926—1964）、阿卜杜·沃哈尔·白雅帖（1926—1999），埃及的阿卜杜·萨布尔（1931—1981）、艾哈迈德·希贾齐（1935—　），叙利亚的尼扎尔·格巴尼（1923—1998），黎巴嫩的艾杜尼斯（1930—　）等。

　　阿拉伯战后小说的变化比诗歌的变化更为明显。多种文学流派的形成，众多优秀作品的问世，表明阿拉伯新小说在战后已经步入自己的成熟时期。在令人眼花缭乱的流派之中，新浪漫主义小说、现实主义小说、各种现代主义小说、后现代主义小说和社会主义现实主义小说特别令人瞩目。活跃在小说领域的重要作家如下：在埃及，纳吉布·迈哈福兹是诺贝尔文学奖得主，阿卜杜·拉赫曼·舍尔卡维（1920—1987）和尤素福·伊德里斯（1927—1991）是现实主义作家，尤素福·西巴伊（1917—1978）、阿卜杜·库杜斯（1919—1990）和阿卜杜·哈里姆·阿卜杜拉（1913—1970）采用浪漫主义方法，杰马勒·黑塔尼（1945—　）是新起作家的代表之一；在黎巴嫩，陶菲格·阿瓦德（1911—1989）用社会主义现实主义方法进行创作，苏海勒·伊德里斯（1922—　）接受存在主义的影响；在叙利亚，哈纳·米纳（1924—　）的现实主义小说《蓝灯》驰名海外，阿卜杜·赛拉姆·欧杰里（1917—　）在短篇小说创作方面成绩卓著；在伊拉克，祖·努·阿尤布（1908—1988）用现实主义方法写了许多作品，阿伊卜·塔阿迈·法尔曼（1928—1990）的小说以紧密结合现实社会为特色；在阿尔及利亚，穆罕默德·狄布（1920—2003）以《阿尔及利亚三部曲》（《大房子》、《火灾》和《织布机》）蜚声文坛。

　　总之，从阿拉伯现代文学的发展趋势来看，原来以诗歌为中心的格局逐渐演变为诗歌和小说并驾齐驱的格局，原来以埃及和黎巴嫩等国为中心的格局逐渐演变为许多国家共同繁荣的格局。以盲人作家塔哈·侯赛因为例，他的代表作——自传体长篇小说《日子》艺术地记述了主人公从童年到青年时代的生活，并从一个侧面展示了19世纪末和 20 世纪初埃及社会的复杂状况及其变迁过程，描绘了一代知识分子争取民主、科学和进步所走过的崎岖道路。

2. 以色列文学

以色列现当代文学可以上溯到 19 世纪末和 20 世纪初。它的历史进程可以大致分为三个阶段：第一阶段从 19 世纪末到 1928 年，即流散世界各国的犹太人酝酿返回巴勒斯坦的阶段，这时的文学作品也以返乡问题为中心，主要代表有诗人哈依姆·那合曼·比亚雷克（1873—1934）和撒乌尔·车尔尼霍夫斯基（1875—1943），小说家摩西·斯米兰斯基（1874—1950）和约瑟夫·哈依姆·布林奈尔（1881—1921）等。第二阶段从 1928 年到 1948 年，即大批犹太人返回巴勒斯坦并成立以色列国的阶段，这时文学作品的重要题材是犹太民族的历史命运和复兴事业，其创作方法则呈现多样化的局面，主要代表有诗人伊茨哈克·兰姆丹（1900—1954）和亚伯拉罕·史龙斯基（1900—1973），小说家首推撒姆尔·约瑟夫·阿格农（1888—1970）。第三阶段从 1948 年到现在，即以色列国成立以后的阶段，这时的文学创作逐渐繁荣起来，涌现出许多新作家，他们广泛采用各种现代主义和后现代主义创作方法，广泛描写各种社会生活题材，使文学呈现出多元化的倾向，主要代表有诗人阿米尔·吉尔伯阿（1917—1984）和耶胡达·阿米哈依（1924—2000），小说家亚伯拉罕·耶胡舒阿（1936—　）、阿摩斯·奥兹（1939—　）和阿哈容·阿波菲尔德（1932—　）等。以阿格农为例。他的小说大都围绕一个主题展开，即恢复犹太民族文化与传统精神的风貌。由于创作成绩卓著，他于 1966 年获得诺贝尔文学奖。

3. 伊朗文学

伊朗现当代文学也可以分为第二次世界大战战前和第二次世界大战战后两个部分。第二次世界大战战前，伊朗文坛从 20 世纪 20 年代中期起，被置于巴列维王朝的高压统治之下。这时的进步文学更加接近现实生活和人民大众，反映广大乡村农民的痛苦生活、城市下层民众的贫困境遇和成千上万妇女的悲惨命运，成为作品的基本主题。在诗歌领域，除了巴哈尔和拉胡蒂等人仍在从事创作活动以外，伊朗又有一批新秀登上诗坛，穆罕默德·礼查·埃师吉（1893—1924）、伊拉治·密尔扎（1874—1925）、帕尔温·埃提萨米（1906—1941）和尼玛·尤师奇（1897—1961）等属于这个行列。在小说领域，贾玛尔扎德（1895—？）的《故事集》（1921）是第一部现代短篇小说集，姆沙法格·卡泽米（1902—　）的《恐怖的德黑兰》（1922—1923）是第一部长篇小说，这两部作品的问世具有开创意义，为以后小说的发展铺平了道路。其后，穆罕默德·赫加泽依（1900—1970）和萨迪克·赫达雅特（1903—1951）在小说创作方面取得了重要成果。第二次世界大战后，尤其是在20世纪70年代末，伊斯兰革命推翻巴列维王朝以后，伊朗文学发展的社会条件有所改善，伊朗文学前进的步伐逐渐加快。1946年召开的第一次作家代表大会，对于促进文学的繁荣具有一定的意义。其后，在诗歌和小说领域都有不少收获，其中特别值得提出的是麦赫迪·阿赫旺·萨勒斯（1928—1990）、阿赫玛德·夏姆鲁（1925—2000）和纳德尔·纳德尔普尔（1929—2000）等人的诗歌，伯佐尔格·阿拉维（1908—　）和萨迪克·丘拜克（1916—　）等人的小说。以赫达雅特为例。他前期有些作品具有颓废情调和感伤色彩，经常使用西方现代主义表现方法。后期主要作品的题材转向现实，采用现实主义创作方法，反映社会问题，开掘较为深入。他以富于鲜明特色的创作丰富了伊朗现当代小说的内容，推动了伊朗现当代小说的发展。

4. 土耳其文学

土耳其文学现代化的过程开始于19世纪，到1923年共和国成立后，现代文学获得了较大的发展。初期活跃在文坛上的作家有哈莉黛·埃迪普（1881—1955）和亚库普·卡德里（1889—1974）等人，而雷沙特·努里（1886—1956）的小说尤其受到读者欢迎。20世纪30年代至40年代诗歌创作取得了显著成果，革命诗人纳齐姆·希克梅特（1902—1963）和"怪诞"诗人奥尔汗·韦利（1914—1950）是当时最负盛名的作者；在小说方面，萨巴哈丁·阿里（1907—1948）的创作颇为出色。在20世纪50年代，农村题材的小说风行一时，亚沙尔·凯马尔（1922—2015）的长篇小说《瘦子麦麦德》堪称代表。进入 20 世纪 60 年代以来，作者描写的主要对象又由农村转到城市，由农民大众转到城市居民和知识分子，活跃于文坛的知名作家有阿古兹·内辛（1915—　）、内贾蒂·朱马勒（1921—2001）和奥尔罕·帕慕克（1952—　）等。以奥尔罕·帕慕克为例，他的小说题材丰富、方法多样，并且往往善于将东方的古典文学传统和西方的现实主义文学以及现代主义和后现代主义文学手法融合在一起。由于他的成就突出，2006 年成为诺贝尔文学奖得主。

5. 吉尔吉斯文学

吉尔吉斯现当代文学是从诗歌创作起步的，其后逐渐扩展到小说等领域。据学者研究，诗人和作家阿拉·托科姆巴耶夫（1904—1988）是现代文学的奠基者，而钦吉兹·托列库洛维奇·艾特玛托夫（1928—2008）的小说则使吉尔吉斯文学获得了更高的国际声誉。

五、南部非洲文学

近年来，南部非洲文学的发展颇为迅速，如今已经成为世界文学中一支不可忽视的力量。这个地区的主要居民是黑人，它的文学发展既有共同特征，又有明显差异。其共同特征主要在于发展的迅速性和跳跃性，即努力克服自己的落后状态，充分利用当代世界文学的成果和经验，争取尽快达到世界先进水平。其明显差异首先由于殖民主义国家所执行的文化政策不同。大体说来，法国和葡萄牙在殖民地国家执行同化政策，即拼命压制当地民族的语言和文学，极力扶植法语和葡语的文学；英国和比利时则执行使殖民地国家的语言和文学为自己服务的政策，即一面推动欧洲语言文学的发展，另一面却并不压制非洲语言文学，甚至于在一定程度上鼓励非洲语言文学的前进。

南部非洲文学是由许多国家和许多民族的文学构成的，这些国家和民族的情况千差万别。这里主要介绍塞内加尔、尼日利亚和南非共和国的现当代文学。

塞内加尔有用当地民族语言创作的文学作品，但成绩斐然的是法语文学。法语文学产生于 20 世纪 30 年代，1934 年出版的杂志《黑人大学生》创刊号标志着它的开端。其后，陆续出现一些诗歌、小说、故事作品。第二次世界大战后，随着民族的觉醒，文学前进的步伐大大加快，从 20 世纪 50 年代后期开始进入繁荣时期。莱奥波尔德·塞达，桑戈尔（1906—2001）和桑贝内·乌斯曼（1923—2007）等诗人和作家的创作，在塞内加尔文学史上占有重要地位。桑戈尔至少出版了八部诗集。他的诗歌具有三个鲜明的特征：一是自始至终洋溢着浪漫主义的激情，二是努力使诗歌与音乐联系起来，三是采用各种手段力图充分体现非洲特性。乌斯曼的主要作品是三部长篇小说，其中《祖国，我可爱的人民》使他获得了广泛的世界声誉。

尼日利亚是西非英语文学最发达的国家。从 20 世纪 60 年代初起，国家获得独立，文学取得迅速进展。小说家钦努阿·阿契贝（1930—2013）和戏剧家渥雷·索因卡的创作，代表该国文学的最高水平。阿契贝的主要作品是四部长篇小说，其中《瓦解》被认为是他最优秀的作品。

南非共和国的文学创作使用多种语言，如班图族语、英语、阿非里卡语等。该国文学形成于 19 世纪。白人文学分为英语文学和阿非里卡语文学两个系统平行发展起来，之后英语文学逐渐取代阿非里卡语文学。黑人文学起初用班图语写作，后来也渐渐改用英语。彼得·亚伯拉罕姆斯（1919—2017）、纳丁·戈迪默、丹尼斯·布鲁斯特（1924—2009）和约翰·马克斯韦尔·库切（1940—　）是该国文学史上影响最大的作家。其中库切由于创作成绩突出，于 2003 年获得诺贝尔文学奖，成为继戈迪默之后南非第二位获此殊荣者。

思考题

1. 亚非现当代文学发展的脉络及其特点是什么？
2. 亚非各地区各国家的现当代文学史上有哪些重要的作家和作品？

第二节　川端康成

〔**学习提示**〕　川端康成是日本现代著名小说家。学习这一节，首先要了解川端康成的生平、思想和创作情况，了解川端康成小说的思想倾向和艺术表现；其次要深入理解川端康成的代表作品——中篇小说《雪国》的故事梗概、人物形象、思想内容、创作方法和艺术特色。

一、生平与创作

川端康成（1899—1972）是日本现代著名小说家，日本第一位诺贝尔文学奖获得者。

川端康成1899年6月14日出生在日本大阪。他两岁丧父，三岁丧母。父母双亡对他产生很大影响。他日后在《致父母的信》一文中写道，深深刻入他幼小心灵里的，便是对疾病和夭折的恐惧。父母死后，他随着祖父母回到老家过日子。他七岁那年，祖母死去；十岁那年，唯一的姐姐死去；十六岁那年，最后一位亲人——祖父也辞别了人世。这使他感到极端的孤单寂寞，仿佛觉得天地之间仅仅剩下自己一个人了。孤独的生活和不幸的遭遇，乃是形成川端康成孤僻性格和川端文学悲凉格调的重要原因之一。

川端康成自幼喜欢读书。入中学后，他热衷于阅读文学作品，并将自作的新诗、文章和书信编为《谷堂集》，还频频向报刊投稿。1917年9月，川端康成考入东京第一高等学校英文科。这时他仍然热心读书，读得最多的是陀思妥耶夫斯基、契诃夫等俄国作家和志贺直哉、芥川龙之介等日本作家的作品，尤其敬佩志贺直哉。1920年9月，川端康成进入东京大学英文系，第二年转入国文系。在东京大学期间，他热心文学事业，积极参加编辑出版东京大学文科系统的同人杂志《新思潮》（第六届）。在这个刊物上，他发表过一些短篇小说。

1924 年春天，川端康成从东大毕业，决心走上文坛，成为专业作家。同年 10 月，他参与创办同人杂志《文艺时代》，发起新感觉派运动。《文艺时代》于 1927 年 5 月停刊。其后，他又先后参加了《近代生活》杂志、"十三人俱乐部"和《文学》杂志的文学活动。

进入 20 世纪 30 年代以后，日本军国主义势力在亚洲疯狂推行侵略战争政策。在战争期间，川端康成大部分时间过着半隐居的生活，继续写作几乎与战争无关的作品；但也参加过一些与战争有关的活动。总的看来，川端康成在战争期间没有狂热地鼓吹"圣战"，没有特别积极地投身到战争风潮中去。

1945 年 8 月 15 日，日本军国主义战败投降。这对川端康成是一个巨大冲击。他对日本第二次世界大战后的现实感到不满和失望。这种态度决定了他第二次世界大战战后生活和创作的基调。由于在创作方面不断取得成果，川端康成在第二次世界大战后获得了多种荣誉头衔和奖励。1968 年 10 月，获得诺贝尔文学奖。1972 年 4 月 16 日，在他的工作室里口含煤气炉管自杀，没有留下遗书，终年 73 岁。

川端康成一生写了四百三十多篇长篇小说、中篇小说、短篇小说和手掌小说（即小小说），此外还写了许多散文、随笔、讲演、评论、诗歌、书信和日记等。

从思想倾向来说，川端康成的小说是相当复杂的，并且经历了一个颇为曲折的发展过程。

川端康成第二次世界大战战前和第二次世界大战战时的小说可以归纳为两类：第一类小说描写他的孤儿生活和孤独感情，描写他的失恋过程和痛苦感受。《精通葬礼的人》（1923）、《十六岁的日记》（1925）和《致父母的信》（1932）等是这类作品的代表。这类作品接近于日本人所喜欢的"私小说"。由于这类作品所写的是他本人的经历和体验，所以描写细腻，感情真挚，具有激动人心的艺术效果；但也由于仅仅写他本人的经历和体验，并且自始至终充满低沉、哀伤的情调，所以思想高度和社会意义受到一定局限。第二类小说描写处于社会下层的人物，尤其是下层妇女（如舞女、艺妓、女艺人、女侍者等）的悲惨境遇，表现他们对爱情和艺术的追求。《伊豆的舞女》（1926）、《温泉旅馆》（1929）和《雪国》（1935—1947）等是这类作品的代表。这类作品不但比较真实地描绘出被侮辱者与被损害者的生活，比较充分地表现出他们的欢乐、悲哀和痛苦，而且还洋溢着作者对他们的热爱、同情和怜悯。

第一类小说以《十六岁的日记》为例。这篇作品以川端康成濒临死亡的祖父为主要描写对象，具体而生动地记述了祖父临终之前几天的音容笑貌，同时也充分地表达了作者本人对于这位即将告别人世的唯一亲人时而怜悯、时而不快、时而厌倦、时而悲伤等难以捉摸的感情变化。川端康成自幼父母双亡，从七岁起便单独同年迈的祖父一起生活，直到川端康成十六岁祖父离开人世为止。在川端康成的心目中，父母的形象是模糊不清的，唯有祖父的形象清晰可见，而《十六岁的日记》则是他为祖父所写的天真幼稚的墓志铭。他的祖父名叫三八郎，性情有些古怪。他从祖上继承下来不少财产，可是他不肯安分守己维持家业，喜欢从事各种事业，但结果全部失败。作为一个十六岁的少年，"我"一方面对这位祖父怀着深深的同情，同情他的痛苦和不幸；另一方面又由于年龄关系，还不大会关怀别人和体贴别人，所以又常常表示厌烦。这种复杂微妙的感情变化和心理变化，在小说里被反复地、细致地描写出来。这篇小说主要采用的是朴素、简洁的白描手法，如实记录病人的音容，几乎难以找到新感觉派文学过分文饰的特点，却给人留下了深刻的印象。如 5 月 14 日的日记写道："祖父从头到脚都布满了又大又深的皱纹，像一件穿旧了的单绸衣似的；把皮往起一提，手撒开后，好久不能复原。我心里害怕极了。今天祖父动不动就说些惹人生气的话。每逢这时，我便觉得祖父的脸似乎越来越可怕了。入睡以前始终听着祖父断断续续的呻吟声，我的头脑里充满不愉快。"不过，在个别段落里，又出现了一些非同一般的描写。如 5 月 7 日的日记有一段描述："再没有比这个更让我讨厌的差事了。我一吃完晚饭，就掀起病人的被褥，用尿瓶去接尿。等了10 分钟也没有尿出来，可见病人的腹部是多么无力了。在等着的时候，我的不平，我的不快，都自然而然地发泄出来了。于是，祖父低头道歉。而当看着祖父那一天天憔悴下去、露出死相的苍白面孔时，我又觉得羞愧难当。过了一会儿，祖父喊叫起来：'哎，疼死了，疼死了！哎哟！'声音又细又尖，使听者血脉凝固。与此同时，响起了潺潺的清澈声音。"在这段描写里，特别令人感兴趣的是，作者有意把病人痛苦不堪的呻吟和山谷小溪流水的清音联系在一起。这种从痛苦的形象到愉快的形象、从丑陋的形象到美丽的形象的转换是突然的、奇特的，可以说把现实非现实化了。

第二类小说以《伊豆的舞女》为例。这篇小说是川端康成根据自己 1918 年赴伊豆半岛旅行的经历和体验写成的。它具有自传性质，但又不是真正的自传作品；因为它并非作者实际生活的忠实记录，而是一篇艺术创作，其中改造了若干作者以为不必那么写的东西，省去了若干作者以为不需要写出来的东西。小说写的是男女主人公在伊豆半岛邂逅的故事。从男方来说，他是一个比较单纯的青年学生，心地善良，尚未受到多少世俗社会的坏影响。这突出表现在他对于巡回艺人没有轻视只有好感上。他对舞女的感情也是纯洁的。他固然欣赏舞女的如花美貌，不过其中不含什么肉欲的要求和占有的野心。他对舞女感情的深化，既与舞女对他的亲切态度和天真表现有关，也与他对舞女纯洁心灵的了解和不幸处境的同情有关。从女方来说，她更是一个天真无邪的少女。她的天真无邪在她与男主人公相处的过程中得到了充分的表现。这篇小说可以说是一篇美妙的青春颂歌，其情调是积极的、健康的。它讴歌了这一对男女主人公纯真的、美好的交往和感情，表现了作者对青春和生活的热爱。事实上，男女主人公的感情恐怕只能说是青春期前的感情（尤其对舞女来说更是如此）。这种感情的性质是有些朦朦胧胧的、模糊不清的，说它像爱情，又不像爱情。双方所追求的似乎仅仅限于了解、同情和好感，而不是更多的东西。大约正因为如此吧，所以两人分手以后，留给"我"的感受是复杂的，半分是悲哀，半分是愉快，或者说起初是悲哀，后来是愉快。另外，这篇小说还比较真实地写出了巡回艺人的坎坷境遇，同时也比较充分地表达了作者对他们的同情。在小说里，男女主人公的交往和感情是超越了他们之间的身份差异的。男方是高等学校（日本旧制高等学校，相当于大学预科）的学生，在当时社会被视为上等人；女方是巡回艺人，在当时社会被视为下等人。这篇小说在艺术表现上也有鲜明的特色。第一，在自然景物描写方面，它生动地勾勒出伊豆半岛的如画风光，并将这种美好的景色同美好的人情交织在一起。第二，在人物形象塑造方面，舞女形象的成功，主要取决于以下两个因素：一是重视感觉，刻画细腻。小说采用第一人称写法，设置男主人公"我"这个人物；而"我"并非被描写的主体，乃是感觉的主体，即通过"我"的眼光和感觉去写被描写的主体——舞女，这在很大程度上其实就是通过作者的眼光和感觉去写舞女，以便使舞女的形象更加活跃起来。二是适当加以美化。舞女的形象是根据实际生活中的人物塑造的，而实际生活中的人物则不免带有"缺欠"或者"污秽"；为了充分表现她的美，作者便有意隐瞒这些"缺欠"或者"污秽"。第三，在文章风格方面，这篇小说的主要特点是抒情味浓，感染力强。它的故事情节很简单，无非是从天城山到下田一天一天的旅行记录，甚至于可以说几乎没有什么很像样的、很紧张的情节，似乎没有什么特别吸引人的地方；但读者在阅读的过程中却会发现它像一首优美的抒情诗歌，或者一篇优美的抒情散文，自始至终贯穿着一种扣人心弦的感情，因而不知不觉地被充溢其中的美妙情趣所打动，读时不忍释手，读后难以忘怀。

　　川端康成第二次世界大战战后的小说产生了一定的变化。一方面，他仍然沿着《伊豆的舞女》和《温泉旅馆》等的道路前进，完成了《雪国》，并且继续写作表现人们正常生活和感情的小说，同时反映社会存在的某些问题，表达对于普通人民的同情态度，其中包括像《舞姬》（1951）、《名人》（1954）和《古都》（1962）等颇为成功的小说在内。另一方面，他又写出一些表现人们非正常生活和感情的小说，以表现官能刺激、色情享受和变态性爱为主要题材，如《千只鹤》（1952）、《睡美人》（1962）和《一只胳膊》（1964）等。参照他自己的说法可以看出，这些作品具有两重性，即其中所描写的实际内容和作者想要表现的思想倾向之间存在相当的差距，也就是说其中所描写的实际内容具有颓废的性质，而作者想要表现的思想倾向则具有虚无的性质。

总之，从思想倾向来说，川端康成的小说是复杂的，甚至是矛盾的；但是除了第二次世界大战战后一部分具有明显颓废色彩的作品以外，其余大部分作品应当说思想感情基本上是健康的，读者可以从中获得一定益处。不过，尽管川端康成生活在一个剧烈动荡和重大转折的时代，可是由于他不大关心社会和政治问题，所以他的小说一般并不表现重大的社会主题，并不描写尖锐的社会题材，也不深入开掘题材的社会意义，这就不能不在一定程度上影响了他的小说的思想价值。

就艺术表现而言，川端康成的小说也经历了一个颇为曲折的发展过程。当他在 20 世纪 20 年代中期参与创办《文艺时代》、发起新感觉派运动时，曾经一度单纯模仿表现主义和达达主义等西方现代主义方法，极力强调主观感觉，热心追求新颖形式，《感情装饰》（1926）便是这种倾向的产物，因而被认为是新感觉派的代表作品；但与此同时，他又发表了《十六岁的日记》和《伊豆的舞女》等较少具有新感觉派特色的小说，语言朴素，风格自然。30 年代初期，他又被乔伊斯等人的新心理主义和意识流小说所吸引，写出两篇纯属模仿式的小说——《针与玻璃与雾》（1930）和《水晶幻想》（1931），后者未完而辍笔，可见他已感到此路不通，决心另辟新径。所谓新径就是将日本民族文学传统与西方现代主义文学方法结合起来，并以前者为主的道路。用他自己的话说就是："我受过西方现代文学的洗礼，也曾试图加以模仿；但我在根底上是东方人，从 15 年前起就不曾迷失过自己的方向。"（《文学自传》）经过长期探索，他在这条路上果然取得了进展，而《雪国》的问世则是他正式走上这条道路的标志。从创作方法来看，《雪国》，既吸收了新感觉派文学方法，又不是纯粹的新感觉派小说；既吸收了意识流小说方法，又不是纯粹的意识流小说；而是将以现实主义和浪漫主义为主体的日本民族传统文学方法与新感觉派文学方法、意识流小说方法结合起来进行创作的小说，是立足于民族文学传统并吸收外来文学营养加以创作的小说。《雪国》及之后的小说都是继续沿着这条道路前进的，都是采用东西结合的方法，即日本民族传统文学与西方现代主义文学结合起来的方法进行创作的；不过具体情况千差万别，有的日本民族文学传统方法所占比重更大一些（如《名人》《东京人》和《古都》等），有的西方现代主义文学方法所占比重更大一些（如《山音》《睡美人》和《一只胳膊》等）。

二、《雪国》

中篇小说《雪国》被认为是川端康成的代表作。这篇小说从1935 年到 1947 年断断续续在几个刊物上发表，1948 年出版单行本。从作者 1934 年底动笔算起，到最后出版单行本为止，前后一共用了15 年的时间。

《雪国》写的是男主人公——无所事事的岛村三次从东京到雪国（多雪之乡）和女主人公——艺妓驹子交往的故事。岛村第一次到雪国是在满山一片新绿的登山季节，当时驹子给他的突出印象是难以想象的洁净。第二次到雪国是在下过初雪之后的冬季，与驹子的来往更加频繁。第三次到雪国是在又一年的秋天，即蛾子产卵、萱草茂盛的季节。这次他在雪国逗留了很长时间，一面频繁地与驹子见面，一面又被另一个姑娘——叶子所吸引。当他最后决定离开雪国时，当地突然发生一场火灾，叶子的身体被烧坏，驹子则发疯似的把叶子抱了起来。

这篇小说描写的重点显然不在男主人公岛村身上，而在女主人公驹子身上。驹子出生在雪国农村，由于生活所迫，被人卖到东京当过陪酒侍女，以后被一个男人赎了出来，打算将来做个舞蹈师傅生活下去。可是一年半后，那个男人又死了。驹子无奈，后来终于当了一名艺妓。小说主要从日常生活表现和对待爱情态度这两个方面描写驹子的性格。

在日常生活表现方面，作者着重写她记日记、读小说和练三弦等几个细节。驹子的日记从到东京当侍女之前不久记起，一直坚持下来。对于这些日记，她自己看得很重，不肯轻易拿给别人看，甚至表示将来要把它毁掉再死。从这些描写看来，尽管她的日记在内容上未必有什么闪光的思想和高深的意义，只是她的生活记录，而她的生活又是不大光彩的，所以自己看着也会害羞；但是，她记日记的态度是认真的，并且表现出坚持到底的毅力。驹子从十五六岁时起就喜欢看小说，而且把看过的书都记下来。当然，她所读的小说格调不高，并非真正高雅的文学作品；她所记的内容也不深刻，无非是些题目、作者、人物名字以及人物关系之类；但是，这却可以说明，她有求知的欲望和顽强的毅力。驹子弹三弦的技巧比当地一般艺妓高出一筹，这是她平日刻苦练习的结果。她不但用普通琴书练习，而且还钻研比较高深的乐谱。驹子苦练三弦自然也是职业的需要，但是贯穿其中的顽强毅力也是不能忽略的。总之，从日常生活表现来看，作为一个艺妓，驹子应该算是生活态度比较认真的，意志比较顽强的，不同于那些随波逐流、破罐破摔的人。因此，这是值得适当加以肯定的。

在对待爱情态度方面，即与岛村交往方面，驹子又是如何表现的呢？这要从她与岛村的第一次交往谈起。当时驹子虽然也到宴会上陪陪客人，但还不是正式的艺妓。她之所以一下子爱上了岛村，并且主动委身于岛村，是有原因的。简而言之，就是她觉得岛村虽然是一个游客，却跟一般毫无教养、毫无感情、毫无良心的游客对自己的态度有所不同。比如，岛村开头没有把驹子当成艺妓看待，希望跟她清清白白地交朋友；而且在岛村来说，这种态度并非全是假的。这使驹子感到，岛村对自己的态度要比一般游客真诚一些，至少有几分是真诚的。又如，岛村关于歌舞的一番议论，也使驹子感兴趣，也成了吸引驹子的力量。岛村的这些知识和教养，使驹子产生敬佩之情。这就是说，驹子之所以爱岛村，是因为她发现岛村确实有些可取之处；在她所能结交的男人之中，这样的人就要算是少有的了。她想在岛村身上求得像是爱情的爱情，哪怕只有一点儿也好，哪怕只能维持一段时间也好。当然，在我们看来，驹子对岛村的爱情无论如何也不能说是合乎常态的。首先，她把岛村这样一个极不可靠的人当成恋爱对象就是异乎寻常的。不过就作者的审美观而言，这一点恰恰表明了驹子只顾自己爱对方，不求对方爱自己的态度，即所谓"无偿的爱"；而这种"无偿的爱"，在作者看来，正是女性美的最高表现。其次，她一下子就委身于岛村，这种恋爱方式也是异乎寻常的。但是，这种态度是由于她所处的特殊环境造成的。她的可怜境遇、她的可怜身份扭曲了她，使她不能像一个普通姑娘那样去爱真正合乎自己理想的人，也不能以正当方式去爱。她的爱情既有纯真的一面，又有畸形的一面。

总的来说，《雪国》以同情的笔调，表现了驹子这个生活在社会底层的艺妓的悲惨命运，表现了她的进取精神和对纯真爱情的追求，因此具有一定思想价值。

《雪国》在创作方法和艺术表现方面，比较充分地体现了川端康成文学创作的特色：

《雪国》在创作方法上的特点是东西结合，自成一格。所谓东西结合，即将日本的古典文学传统与西方的现代主义文学方法结合起来。其具体表现之一是，既有一定数量具体的、客观的描绘，又在不少地方通过岛村的自由联想状物写人；在总体上基本按照事物发展的自然顺序来写，在某些局部又通过岛村的自由联想展开故事情节，适当冲破事物发展的时间界限和空间界限，形成内容上的一定跳跃。这篇小说巧妙运用自由联想方法的例子很多，其中最为人称道的是它的一头一尾。开头一段描写岛村坐在开往雪国的火车上，凭窗眺望窗外景色。这时由于暮色降临大地，车外一片苍茫，车内亮起电灯，所以车窗玻璃变成一面似透明非透明的镜子。在这个镜面上，车外四野的苍茫暮色和车内叶子的美丽面影奇妙地重合在一起，前者成为背景，后者浮现在它的上面，构成一幅美妙无比的图画，引起岛村的遐想。这样的描写使叶子的美貌罩上一层朦胧的、神秘的色彩，为作品增添了无限的诗意。结尾一段描写一场火灾，叶子被烧坏了身体。这本来是一个可悲的结局。但在岛村的眼里，在作者的笔下，火灾却是充满诗情画意的，地上洁白的雪景，天空灿烂的银河，衬托着火花的飞舞，构成一幅美丽的画面。这样的描写恐怕是与岛村以及作者本人的虚无观念分不开的。

《雪国》在人物描写上的特点是重视感觉，刻画细腻。川端康成重视表现人物的主观感觉，表现人物的纤细感情和瞬间感受。在《雪国》里，驹子的心理矛盾和感情变化被表现得无微不至。如有一次岛村夸驹子是好女人，驹子不解其意，怀疑岛村耻笑自己。于是，

"她满面通红瞪眼看着岛村","一阵激烈的愤怒使驹子的肩膀都在发抖,脸色唰地一下变得苍白,眼泪簌簌地落下来";当她哭得疲倦了,"就拿着银簪子扑哧扑哧地戳着席子"。小说随后写道:"怎么也想不出这个女人会把岛村偶然说出的一句话误解到那种地步,这反而使人觉得她心中有难以压制的悲哀。"这段描写使读者具体地感受到驹子的内心痛苦和好强性情。她被迫沦为艺妓,心里藏着无限悲哀;她最怕别人蔑视自己,最怕别人耻笑自己。所以,她对岛村偶然说出的一句话,产生了那么大的误解,并且做出了那么强烈的反应。

《雪国》在结构安排上的特点是自由灵活,活而不乱。川端康成有些中篇小说和长篇小说往往近似于若干短篇小说的连缀,其中的第一个短篇小说已经写出一个可以独立存在的世界,其后的短篇乃是对于第一个短篇小说的不断补充和丰富;所以作为整体来看,仿佛缺乏统一的构思和立体的框架,各个短篇之间的联系显得有些松散,不过仔细读来,仍然能够发现一定的内在联系。《雪国》也是如此。这篇不算很长的小说分为十多个短篇,断断续续在几个刊物上发表,前后长达十几年之久。作者起初没有写中篇小说的既定计划,当然也就没有作为中篇的固定构思。第一个短篇成为写第二个短篇的动机,而第二个短篇又带出了新的短篇,这样连缀起来,最后变成了现在我们见到的样子。

《雪国》在文章风格上的特点是既美且悲,抒情味浓。川端康成是热心探求美的作家。他的作品常常以绚丽多彩的大自然作为背景,以自然界的季节变化作为衬托,使自然的景色和人物的感情结合起来,达到水乳交融的地步。他的作品又常常以美貌的青年女性为中心,以她们对爱情和艺术的不懈追求为主题。这些都与他对美的探求有关。《雪国》充分地体现了这一点。在这篇小说里,驹子的现实美和叶子的空幻美正是在雪国的背景上展示出来的。川端康成又是擅长表现悲的作家。他的作品往往充满失意、孤独、感伤等悲哀感情,结局往往具有悲剧色彩。《雪国》也是这样。在这篇小说里,岛村的感伤情绪和驹子的内心痛苦充溢全篇,而在结尾处叶子身体被烧坏,更使小说增添了许多悲凉气氛。川端康成之所以如此处理,是因为他认为美与悲是相辅相成的、密不可分的，所以他总是把美与悲联系在一起加以表现，构成一种既美且悲的独特格调，抒情味浓，感染力强。

思考题

■ 1. 谈谈川端康成创作的思想倾向。

■ 2. 怎样认识和评价驹子的形象？

■ 3.《雪国》在创作方法和艺术表现方面的特点是什么？

第三节　小林多喜二

〔**学习提示**〕　这一节分为两个部分：第一部分介绍小林多喜二的生平、思想和创作，应当用历史的、发展的眼光正确认识他在日本无产阶级文学史上的地位和贡献。第二部分分析他的代表作《为党生活的人》，应着重理解这部作品的思想内容和艺术成就。

在阅读和分析《为党生活的人》时，需要注意以下两个问题：第一，这部作品是作者去世前一年写成的，是作者力图超过自己以前的作品，向前跃进一步的大胆尝试，学习中应当把握作者的创作意图。第二，安治的形象是小说思想内容的核心，是小说艺术成就的集中体现。应着重了解这个形象所体现的思想意义，以及作者是从哪些方面刻画安治的性格的。

一、生平与创作

小林多喜二是日本无产阶级文学的杰出代表，他的创作标志着第二次世界大战战前日本无产阶级文学的最高水平。

小林多喜二（1903—1933）1903 年 10 月 13 日生于日本秋田县北秋田郡下川沿村一个贫苦农民家庭。1907 年，他四岁的时候，全家由于无法维持生活，不得不迁居北海道小樽市，投靠在那里开设面包工厂的伯父。父母在市郊工人区开了一个小面包店，经常到附近工人宿舍叫卖面包。他在这里度过了幼年时代和小学时代。1916年以后，他一面在伯父的面包厂当学徒，一面进入小樽商业学校读书。1921年，他升入小樽高等商业学校。1924年，他从小樽高等商业学校毕业，就职于北海道开发银行。贫穷的家庭，青少年时代的困苦生活和劳动经历以及耳闻目睹的工农群众的悲惨境遇，使他具有许多劳动人民的品质。

1920年至1927年，小林多喜二写了一系列的短篇小说。在这些初期创作里，有的以浪漫的笔调描写学生生活，但更多的是现实地表现贫困者的生活。如不幸的少年（《阿健》《回家过节》）、贫穷的家庭（《小点心铺》《腊月》）、沦为娼妓的妇女（《泷子及其他》）以及被残害的矿工（《杀人的狗》）等下层贫苦人民的生活，都是以感人的笔触表现出来的。他的初期创作，受到志贺直哉等人的影响，具有浓厚的人道主义色彩；不过志贺直哉等人的人道主义乃是自上而下的同情，而他的人道主义则是与劳动人民同甘共苦、血肉相连的亲密感情。

1927年和1928年间，小林多喜二的思想发生了深刻的变化。这期间，他支援了小樽的海港工人罢工和矶野的佃农斗争，同工会、农会等组织建立起联系；参加了无产阶级文艺团体，并成为小樽无产阶级文学运动的组织者；参与了无产阶级政党——劳农党的竞选活动；加入了社会科学研究会，阅读了马克思主义经典著作。这些活动猛烈地冲击着他的思想，有力地推动着他踏上无产阶级革命的道路。

思想的变化带来了艺术的革新。从这个意义上说，《防雪林》是过渡性的作品，《一九二八年三月十五日》则是新阶段的标志。

中篇小说《防雪林》写于1927年12月至1928年4月。在这篇小说里，作者描绘了石狩川沿岸农村的贫穷景象，赞颂了农民奋起反抗地主的自发斗争，刻画了为摆脱贫困而拼死反抗的青年农民源吉的形象。小说结尾处，源吉悄悄放火烧了地主的家，然后自言自语地骂道："妈的，这还是轻的哪！"这表明，作者虽然没有能够指出解放农民的正确道路，但是已经深切地感觉到农民与地主的矛盾是不可调和的，并且相信被逼得走投无路的农民必将展开更加坚决有力的斗争。

中篇小说《一九二八年三月十五日》是在政治形势发生新的变化和作者总结了自己过去的写作态度后创作的。小说以 1928 年 3 月 15 日日本反动政府镇压共产党人的反革命事件为背景。在这个事件中，日本政府在全国逮捕了几千名工人、农民和知识分子，小樽也有五百多人遭到检举，其中有不少是作者的朋友和熟人。这使他感到愤怒。他好像受到什么启示一样，觉得自己有义务动手把这件事写下来。这篇小说就是根据他对"三一五"事件的见闻，怀着满腔怒火，于同年 5 月至 8 月写成的。小说一方面暴露了天皇警察迫害革命者的野蛮行为，打击了反动的国家政权机构；一方面描绘了革命者的形象，热情地讴歌了他们的战斗意志和乐观精神。作者把革命者的英雄气概和天皇警察的残暴行动对比地加以描写，造成了强烈的艺术效果。在"三一五"事件发生后，由于"治安维持法"的影响，所有的报纸杂志都不能向群众揭发警方的罪行，反而把革命者说成是比强盗和杀人犯还坏的恶棍；作者却敢于将真相彻底暴露出来，实在是难能可贵的。从艺术表现方面来说，这篇小说也有重要意义。首先，它描写的不是当时资产阶级文学所关注的身边琐事，而是关系重大的社会问题，并且是以无产阶级的观点来写的，至少是力图这样做的。其次，它以具体的、现实的描写代替了以往无产阶级文学或多或少地带有的概念化的、浪漫的描写。

"三一五"事件以后，反动当局更加露骨地镇压革命运动，革命势力则与之展开了针锋相对的斗争。工人运动十分活跃，无产阶级文艺运动也取得很大进展。小林多喜二于 1929 年 2 月被选为日本无产阶级作家同盟的中央委员。从此他更加自觉地深入革命运动中。

中篇小说《蟹工船》是继《一九二八年三月十五日》之后的第二篇杰作。这篇小说于 1928 年 10 月起笔，次年 3 月完成。当时，作者担任北方海员俱乐部发行的《海上生活者新闻》文艺栏编辑，对海员生活很熟悉，又在写作过程中进行过一系列实地调查。小说描写在一条捕蟹并加工的"蟹工船"上，一群最落后、最散漫的工人不堪忍受资本家的奴役，由怠工发展成罢工的故事。由于资方勾结海军加以镇压，这次罢工遭到失败。但是，通过这次事件，工人看清了天皇和军队的真面目，知道了谁是自己的敌人，总结了失败的教训，认识到团结的重要性。他们接着又发起第二次罢工，并取得了完全的成功。在这篇小说里，作者对于当时无产阶级文学前进过程中所面临的许多问题进行了探索，取得了有益的经验。这篇小说的主题具有重大社会意义，它不仅暴露了资产阶级的残暴性和野蛮性，而且揭穿了大财阀与帝国军队狼狈为奸的黑幕；不仅描写了资本家对工人骇人听闻的压榨剥削，而且展示了工人日益觉醒的成长过程。这篇小说对工人集体形象作了生动的描写。它从全体着眼，从发展着眼，一步一步地写出了工人群众的觉悟过程。但是，由于忽视对个人的描写，由于没有个体的主人公，工人的性格也就没有能够达到充分的典型化。

1929 年 4 月 16 日，反动当局又向革命者发动了第二次大搜捕，小樽工会被迫解散，小林多喜二也被拘留。其后，他一面积极协助重建工会，一面于同年 7 月至 9 月写了中篇小说《在外地主》。这篇小说是《防雪林》的改作，描写"上半身是地主，下半身是资本家"的剥削者如何残酷地剥削和压迫农民，说明农民必须和工人联合起来进行斗争才有出路。在这篇小说里，作者力图以马克思主义观点观察农民问题，克服了《防雪林》所存在的一些思想局限。

由于《在外地主》揭发了银行勾结地主盘剥农民的罪行，小林多喜二于 1929 年 11 月被所在银行解雇。第二年 3 月他来到东京，开始了新生活。1931 年，他被选为作家同盟的中央委员和书记长，并加入共产党。在此期间，他写了许多论文指导革命文艺运动，反对机会主义倾向；他的创作精力也更加旺盛了，除短篇小说外，还写了几个重要的中篇小说，并着手长篇小说的创作。

1932 年 3 月，反动势力加紧镇压革命文化团体，逮捕了许多人。小林多喜二由于偶然的原因没有被捕，但是已经不能公开活动，被迫转入地下斗争。在这个严重关头，他仍然不遗余力地献身于革命文化团体的再建和革命文化运动的发展工作，坚决同普遍的失败主义情绪作斗争。在创作方面，他这时的主要收获是中篇小说《为党生活的人》。

1933 年 2 月 20 日中午，小林多喜二在东京进行地下工作接头时被捕。警察对他进行了 3 个多小时的严刑拷问，没有得到一点材料。当晚 7 时 45 分，小林多喜二因遭毒打身死，年纪仅有 30 岁。

小林多喜二的一生极为短促，不足 30 年；他的创作生涯尤其短促，不足 10 年。但是，他对日本无产阶级文学的贡献却是巨大的。

小林多喜二积极进行活动的 20 世纪二三十年代，正是日本国内阶级斗争非常激烈的时代。他的创作的主要思想特征，乃是直接表现当时最尖锐的社会课题，反映阶级斗争发展变化的新形势。这表现在以下三点：第一，他的创作深刻地触及日本社会的本质和主要矛盾。日本资本主义勾结封建主义所构成的天皇政权的严密统治，日本资产阶级勾结地主阶级对广大工农群众的残酷压榨，在他的锐利的笔锋下被解剖得一清二楚。在日本现代文学史上，像这样大胆地再现现实社会矛盾的作品，应该说是首先出自他的笔下。第二，他的创作充分地表达了工农群众反抗现实的坚强意志，描绘了他们英勇斗争的壮丽图景。他特别喜欢描写工人的罢工斗争和农民的抗租斗争，描写工农群众和无产阶级先锋战士。在日本现代文学史上，像这样正确地表现社会发展趋势的作品，应该说是首先由他写出来的。第三，他的成功的创作具有丰富的现实生活材料。他力图使作品的思想同现实材料统一起来，使作品的思想从现实材料中自然而然地产生出来，而不是把思想硬塞进去。这就使得这些作品显得比较丰满而有力量。

小林多喜二的创作的主要艺术特征是善于通过生动的艺术形象展示主题。他的创作成功地塑造了一系列革命工农分子、革命知识分子和无产阶级先锋战士的光辉形象，表现了他们鲜明的阶级感情和顽强的革命意志。他们是当时最先进的人物。他们的革命精神和革命行动在他的作品中第一次得到了比较充分的表现。因此，他的成功的创作既具有激进的思想倾向，又不像当时所常见的作品那样概念化和缺乏艺术性，可以说是达到了思想和艺术的统一的。

二、《为党生活的人》

《为党生活的人》是小林多喜二 1932 年转入地下活动后，在特别高等警察的追捕迫害之下，在紧张艰苦的工作之余，于七八月间写成的小说。它以 20 世纪 30 年代初期日本帝国主义发动侵华战争为背景，表现了日本共产党人领导工人开展反对侵略战争的艰苦卓绝的斗争。

这篇小说写的是一个共产党支部在仓田工厂所进行的革命活动。作品的主人公是佐佐木安治。安治的形象是小说思想内容的核心，也是小说艺术成就的集中体现。

安治是一个完完全全为党生活的人。他从事地下工作，在号称世界最完备的警察网追捕下进行斗争。这种特定的环境对他提出了特别严格的要求：非但要彻底抛弃个人主义思想，而且要完全牺牲在正常环境下许可存在的个人利益、个人生活，把个人的全部精力以及全部感情毫无保留地献给党的事业。无疑，这是对一个革命者最严格的考验。安治自觉自愿地接受了这个考验，并且毫不含糊地经受住了这个考验。对于党的工作，他竭尽全力，拼命去干。要求自己一天过 24 小时的政治生活还不满足，又提出"一天工作 28 小时"的特高标准。这是什么意思呢？他说："最初我不太理解一天工作 28 小时这句话，可是当我一天不得不进行十二三次的联络时，我才懂得了这句话的含意。——个人的生活，同时也是阶级的生活。起码从我的本心来说，我是愿意接近于这样的生活。"可见所谓一天工作 28 小时，就是为了党的事业拼死拼活、不遗余力的意思。为了党的工作，他把个人的一切置之度外，自觉地断绝了所有妨碍工作的私人关系，自己的身体一天天坏下去也毫不介意。的确如他所说的那样："在我的身上，一丝一毫的个人生活都没有了。现在就连各个季节也成了我为党而生活的一部分。四季的花草、风景、蓝天和阴雨，在我看来都不是孤立的。天一下雨，我就高兴。因为出去联络可以打伞，人家就不容易看到我的脸。我希望夏天快快地过去，倒并不是我讨厌夏天，而是因为夏天一来，衣服穿得少了，我那有特征的身段（让这种特征喂狗去吧！）会一下子让人家识别出来。冬天一到，我就想：'好啊！又多活了一年了！又可以干工作啦！'只是东京的冬天过于明朗，对工作不方便。——自从转入这样的生活以来，我对季节不是不关心，反而非常敏感起来，敏感到几乎过去根本没有想象过。"这公而忘私的精神是何等崇高！

对自己的同志，他用"整个生命的感情"去热爱。听说"胡子"被捕，他感到心头极为沉重，以至走起路来膝盖发软，呼吸十分费力。与之相反，对革命的叛徒，他则用"整个生命的感情"去憎恶。这是因为他是没有所谓退路的。在这种情况下，遇到出卖组织和同志的叛变行为，就会使他整个身心愤怒起来。这爱憎分明的感情又是何等强烈！

安治达到这样的思想高度是经过一段内心斗争的。像小说里所写的那样，他并不是一开始就这么成熟。在他被警察搜捕之前，虽然也全力去工作，但是毕竟还有点朦胧的好名思想，仍有不少"个人"生活。转入地下之后，由于环境的要求，再加上主观的努力，才把凡不属于党的生活的个人欲望全部抑制下去了。这个过程是颇为艰苦的，"最初开始过这种新的生活的时候，就好像小时候跟人比赛谁能钻到水里待的时间最长那样，也曾经感到过一种难以忍受的、说不出滋味的憋气"。看来，作者没有把问题简单化，没有采取回避矛盾的态度，而是按照事物本来面目去描写，既敢于充分揭示矛盾，表现个人利益、个人感情和革命事业的冲突，又善于正确处理矛盾，表现个人利益、个人感情服从革命事业需要的过程。这样，人物精神境界的美才揭示得更深刻，更加令人信服。这在安治和母亲关系的描写上，表现最为明显。安治对母亲的感情是非常深的。这不但因为母亲年老体弱，而且因为母亲原是贫农，五十多年的生活都是在贫困的深渊里度过来的，如今又极力想要理解儿子的工作，为了准备儿子再次入狱时能够亲笔给他写信，竟然戴上老花眼镜开始学起字母来了。这样的母亲当然会使安治格外敬佩。可是，安治这次突然离家转入地下，连母亲也没有告诉。因此，母亲不能理解他为什么要这么做，一心盼望他早日回家，至少也要见他一面。然而当时的环境又绝不允许他回家。尖锐的矛盾就在这里产生了，安治的痛苦也就在这里产生了。怎样解决这个难题呢？安治认为，自己决不能从革命立场上后退一步，而只能努力引导母亲向革命方向靠拢。于是，他一面明白告诉母亲，自己不能回家，甚至母亲临死也不能去送终；一面对母亲反复说明，自己这样做是不得已的，是统治阶级逼出来的，不要恨我们，要恨这不合理的社会。由于作了这些说服动员工作，母亲最后终于表示：知道自己临死时儿子回家很危险，所以到时候一定不让儿子知道。安治则深有感触地说道："从此以后，我把过去留下来的个人生活的最后的退路——和亲生母亲的关系彻底切断了。在今后多少年内，只要新的世界不到来（我们正在为着这个新世界的到来而战斗），我跟母亲将不能生活在一起了！"

毋庸讳言，安治形象的塑造也不是完美无缺的。以安治和笠原关系的描写而论，就存在某些不足之处。但是瑕不掩瑜，个别缺点不能掩盖整个形象的光辉。

总的来说，这篇小说成功地刻画了安治的性格，塑造了安治的形象。作者选取了当时日本社会上阶级矛盾最集中、最尖锐的场面，描绘了站在阶级斗争最前线、处境最艰险、战斗最英勇的人物。安治身上具有极其鲜明而强烈的无产阶级战士的特性，同时他的性格又是完全个性化了的，是以自己独有的方式表现出来的。在这样一篇规模不大的作品中，作者能够集中笔墨，多方面地、较充分地塑造出一个光辉的共产党人的艺术典型，的确是不易做到的。1932 年 8 月，作者在给《中央公论》杂志编辑的信里表示：在这篇作品里，他采取了和《蟹工船》《工厂支部》等以往作品不同的写法，进行了冒险的尝试；这是力图摆脱过去无产阶级小说框框的作品。他自己也特别注意这篇作品的成果。他还表示，自己是不怕失败地写出来的。可见《为党生活的人》是作者抱着相当的自信写成的，是他力图超越自己以往的作品，向前跃进一步的大胆尝试。那么，究竟什么是他所说的过去无产阶级小说的框框呢？他又在这篇小说里作了哪些新的尝试呢？要回答这些问题，必须把这篇小说同他过去的一系列作品联系起来加以考察。简而言之，他过去的创作有一段时间产生过公式化、概念化的倾向，随后又有一段时间出现过专门注意日常琐事描写的倾向；他认为这些倾向都是不正确的，都没有能够写出活生生的、具有阶级性的人物。在这篇小说里，他既要克服公式化、概念化的倾向，又要避免专门注意日常琐事描写的倾向，而要用艺术概括的方法塑造一个活生生的、具有阶级性的人物。这个人物就是安治。从这方面来说，这篇小说确实如作者所说的那样，摆脱了过去许多作品的框框，进行了不少大胆的尝试，取得了相当大的成就。

《为党生活的人》不仅在思想内容上值得称道，在艺术表现上也有特点。

从表现方法来说，它的主要特点在于采用主人公自述的方式，着力探索人物的精神世界，描绘人物的内心感受，展示人物的思想矛盾。例如安治和母亲会面的场面就写得很出色。从开始"我一见母亲穿着出门的最好衣服，心里产生了一种说不出的感情"，到最后母亲说出临死时也不让儿子知道的决心，"使我万分地感动。我默默地说不出一句话。我除了沉默又能说什么呢"，话虽不多，却包含着极其丰富的内容和极其充沛的感情。起初，母亲把这次会面看成一件大事，懂得它来之不易，更明白以后不可多得，所以这样郑重其事地打扮起来。安治深深地体会到母亲内心的激动，对于母亲所经历的艰难又痛苦的思想斗争也颇为理解，因之自己心里自然也不能平静。后来，母亲经过儿子的反复教育，又通过会面的实地感受，终于由急于要求见面变成今后决心不再见面。这个变化实在太大了，太快了，连和母亲心心相通的安治也觉得出乎意料。他对母亲思想上的迅速成长感到无限惊喜，也对母亲内心所经历的痛苦斗争感到无限激动，以至于无言以对。这就造成了所谓"此时无声胜有声"的艺术境界，产生了感人至深的艺术效果。

就艺术风格而言，它的主要特点是朴素无华，简洁含蓄，细腻入微，亲切动人。叙事写景，常常如实摄录，近于白描，没有华丽的词语描绘；抒发感受，往往三言两语，犹如画龙点睛，没有夸大其词的形容，然而这一切都具有动人肺腑的力量，能产生发人深省的效果。

《为党生活的人》在作者去世后才发表，以《转换时代》的假名刊载在1934年4、5月号的《中央公论》上。当时由于战争的紧张形势和当局的压制，没有能够广泛流传，直到第二次世界大战以后才在日本国内外大量出版，获得高度评价。

思考题

■ 1. 如何认识小林多喜二在日本无产阶级文学运动中的地位和贡献？

■ 2. 《为党生活的人》的创作意图是什么？

■ 3. 试分析安治的形象。

第四节　普列姆昌德

〔**学习提示**〕　普列姆昌德是印度现代优秀的小说家。学习这一节，首先要扼要地了解普列姆昌德的生平、思想和创作情况，认识他在印度现代文学发展史上的重要地位和突出贡献；其次要深入理解普列姆昌德的代表作品——长篇小说《戈丹》的故事梗概、人物形象、思想内容和艺术特色。

一、生平与创作

普列姆昌德（1880—1936）是印度现代优秀的小说家，印地语和乌尔都语现代文学的杰出代表。他一生的活动和创作，可以大致分为早、中、晚三个时期。

普列姆昌德 1880 年 7 月 31 日出生在印度北方邦贝拿勒斯附近的拉莫希村。他的童年生活相当贫苦。青年时代又由于父亲去世，不得不肩负起维持一家老小生计的部分重担。为了维持生活和坚持学习，他常常到处奔波，求情借债，忍饥耐寒。经过一段艰苦奋斗，他在学业上终于获得了可喜的成果——1904 年在阿拉哈巴德师范学院进修完毕，并获得考试合格证书。他先后在小学和师范学校当过教师，还担任过县教育部门的副检查员。他起初用乌尔都语写作，后来为了扩大读者范围，改用印地语写作。

普列姆昌德的创作活动始于 20 世纪初。他的处女作——中篇小说《圣地的奥秘》（未完）发表于 1903 年至 1905 年间，第一篇完整的中篇小说《伯勒玛》发表于 1906 年。1908 年，他的第一部短篇小说集《祖国的痛楚》问世，但不久便因其中的一篇小说——《世界上的无价之宝》被检察机关认定为有蛊惑人心的煽动性言论而遭到查禁。1918 年，他的第一部长篇小说《服务院》付梓，这表明他在小说创作领域已经一步一步走向成熟。这部作品以表现印度下层妇女——妓女的不幸命运为主题。女主人公苏曼为生活所迫，不幸沦为妓女；后来被人救出火坑，住进了寡妇院。当苏曼得知妹妹也因为自己当过妓女受到连累而住进寡妇院时，便想投入恒河了结自己的一生，幸而被人劝阻。其后，苏曼被迫离开寡妇院，暂时寄居在妹妹家里。但过了不久，苏曼又不得不从妹妹家里出走（因为她当过妓女，妹妹觉得她是累赘，妹夫也觉得她是累赘），在茫茫的黑夜里走向服务院，到那里去教育妓女所生的女孩子。

　　普列姆昌德的中期生活和创作活动是和 1918 年至 1922 年印度民族解放运动的第二次高潮相联系的。为了响应国大党的不与英国当局合作的号召，他毅然辞去了教师的公职，牺牲了许多个人的利益，并由业余作家变成了专业作家。1922 年，他出版了一部新的长篇小说——《博爱新村》（又译《仁爱道院》）。这是他描写印度农村生活的第一部长篇小说。小说写的是印度北方邦贝拿勒斯的一个大地主家的故事。这个家庭有兄弟二人。弟弟葛衍那长期在家经管家务。他是一个典型的地主，不惜使用各种残酷手段盘剥农民。除了一般手段之外，他还强行用低价收购农产品，强迫农民无偿服劳役，勾结官府欺压农民等。在他的盘剥下，当地农民生活在水深火热之中，苦不堪言。哥哥普列姆是从美国回来的留学生，由于受过民主自由的教育，所以对于印度农村的封建剥削十分反感，对于葛衍那的所作所为也不以为然。后来，普列姆经过长期努力，终于在村子里建立起一个全新的组织——"博爱新村"，很多人都成了他的追随者，跟着他一起建设这个新组织，甚至连葛衍那的儿子马雅也跟着他一起干起来。在这个过程中，虽然葛衍那利用坑蒙拐骗等手段煞费苦心地积攒财富，但是到头来却没有人继承，因为他的儿子马雅已经宣布自己不再是土地的主人，农民才是土地的主人。葛衍那大失所望，最后投河自尽。那些活着的人则在"博爱新村"里过起了幸福的生活。这部作品真实地描绘了农村社会生活的画面，尖锐地揭露了地主横行乡里的罪行。与此同时，作者还在其中设计了"博爱新村"这样一个理想社会。在这个新村里，人人生活幸福，个个心情舒畅。这种理想固然美好，可是在当时的社会条件下，毕竟是难以实现的；即使在一时一地得以实现，也很难得到推广。

1923年以后，印度民族解放运动逐渐低落下去。由于政治运动遭到挫折而产生的悲观情绪反映到文学领域中来，普列姆昌德的某些创作也不可避免地受到了影响。在这期间，他除了发表若干短篇小说以外，还先后出版了两部长篇小说《战场》（又译《舞台》，1922—1924）和《妮摩拉》（1925—1926）和《新生》（1926）。

《战场》与《博爱新村》一样，也是以城市近郊的农村社会生活为描写对象，登场的人物有农民、牧民、商贩、资本家和土邦王公等，中心人物则是苏尔达斯。苏尔达斯出身于皮匠族，属于低等种姓，而且天生双目失明。他有一片荒地，专供村民无偿放牧。资本家约翰要买下他这片地修建卷烟厂，苏尔达斯不肯答应，因为他不愿让村民失去这片牧场。但是，约翰却不肯善罢甘休。他获得了当地王公、富豪和官吏等有权有势者的坚决支持，决心采用强行征购的办法得到这片土地。于是，围绕这片土地的所有权问题，双方展开了一场激烈的较量。虽然经过许多磨难，苏尔达斯始终不肯屈服。后来，在一次官府强制村民搬迁的事件中，苏尔达斯又带头加以阻挠，终于酿成流血冲突，苏尔达斯中弹身亡。这部小说主要反映的是农业和工业的矛盾，农民和资本家的矛盾。值得注意的是，作者一直站在苏尔达斯的立场上，而对资本家约翰则持否定态度。不过，从种种迹象可以看出，约翰应当属于民族资产阶级的一分子，他所兴建的工厂应当属于民族工业的范畴。所以，从这个角度来说，作者的态度是值得商榷的。

《妮摩拉》是继《服务院》之后作者所写的第二部表现妇女悲惨命运的长篇小说。女主人公妮摩拉刚满十五岁，是一个聪明、活泼、美丽的少女。但是，由于没有陪嫁，她只好嫁给一个四十多岁的律师，而且这个律师的前妻还留下了三个孩子。妮摩拉与丈夫年龄相差悬殊，两人之间谈不上什么爱情。于是，妮摩拉只得把自己的全部精力都放在操持家务和照料孩子上面。后来妮摩拉好容易自己生了一个女儿，精神才算有所寄托。但与此同时，他们家庭的矛盾却日益激化，丈夫和前妻的孩子死的死，离家出走的离家出走，丈夫自己也为了寻找孩子而一去不返。妮摩拉陷入绝境，生活拮据，疾病缠身，终于卧床不起，寂寞地离开了人世。这部小说思想明确，线索清晰，故事感人，形象生动，堪称佳作。

随着 1928 年至 1933 年印度民族解放运动第三次高潮的到来，普列姆昌德的生活和创作又进入了一个新的时期。这是他生活和创作活动的晚期，也是成绩最为辉煌的时期，优秀作品接二连三地出现。在短篇小说方面，《进军》《有儿女的寡妇》《开斋节的会礼地》《裹尸布》等是这时的名篇。在长篇小说方面，则有《贪污》（又译《一串项链》，1931）、《圣洁的土地》（1932）、《戈丹》（1936）和《圣线》（1936）等一系列新作问世。其中，《戈丹》是他最成功的作品，而《圣线》则是未完成的作品。

《贪污》是一部描写城市小资产者生活的小说。男主人公罗玛纳特是一个爱慕虚荣的小职员，为了给妻子佳尔巴买一副珍珠项链（佳尔巴从小就喜欢珍珠项链，希望得到珍珠项链），为了让妻子能够戴上各种贵重的首饰，过上豪华奢侈的生活，大手大脚地花钱，便从珠宝商人手里赊购了珍珠项链和其他贵重首饰；到期不能偿还欠款时，就拿别人托他买首饰的钱款垫上；别人催他要钱时，又拿公款垫上；公款无法弥补时，只好一走了之。在异地他乡，他躲躲藏藏，提心吊胆，张皇失措，终于还是落入警察之手。在被警察拘捕期间，他又被警方利用，被迫充当假证人以陷害爱国者。这部作品批判了小资产者的虚荣心和软弱性，也有力地揭露了警方的黑幕。

《圣洁的土地》是一部具有现实政治色彩的小说，既描写城市的生活和斗争，也描写农村的生活和斗争，并力图将二者结合起来。在城市方面，小说着重表现的是富商和有产者对下层贫民的欺压，高种姓婆罗门与低种姓不可接触者的矛盾；在农村方面，小说着重表现的是地主和高利贷者对穷苦农民的欺压。

二、《戈丹》

《戈丹》是普列姆昌德长篇小说方面的代表作品，标志着他在文学创作上所达到的最高成就。

《戈丹》的故事情节有两条线索：一条是柏拉里村的农民生活，以何利一家为中心，这是主线；另一条是勒克瑙城地主、资本家、知识分子的生活，这是辅线。作者安排这样两条线索并使之互相交错起来，目的在于从更广阔的社会背景上展示农民的命运，从更多的方面探索农民的出路以至民族的出路。

农民何利一家的生活是小说内容的核心。这是一个贫穷的五口之家。他们住的是茅舍，吃的是粗茶淡饭，穿的是补丁摞补丁的衣服，一年到头起早贪黑不停地干活。他们"最美丽的梦想，最崇高的愿望"（严绍端译文，下同），就是自己养一头母牛；因为在印度，母牛既能产奶，又是吉祥的象征，甚至还是膜拜的对象。但是，这样一个极其普通的心愿却像海市蜃楼一样，始终不能实现。有一次，何利好不容易从牧牛人手里赊来一头母牛，但不久就被自己的弟弟毒死了，他还因此吃了一场官司。从此以后，一连串的灾祸接踵而至：因为他的儿子和一个寡妇恋爱，他家被长老会和地主罚没了全年的收成，连房子也抵押了出去；牧牛人来讨母牛钱，强行拉走他家一对公牛，迫使他们成了雇工；为了出嫁大女儿，他家负上了新的债务；高利贷者肆意敲诈勒索，拍卖了他家地里的甘蔗，逼得他家债台高筑，每况愈下。于是，何利不得不违背自己的生活信条，采用变相出卖小女儿的办法，企图保住仅有的几亩地。最后，何利终于累死在为了还债和买牛而奋斗的苦役里，他卖命挣来的几个钱也被婆罗门祭司以"献奶牛礼"的名义搜刮走了。

在这部小说里，作者刻画了以何利为代表的农民形象，同时也刻画了莱易老爷等上层人物形象。这是两组处于尖锐对立地位的形象。小说正是通过他们之间的关系，揭示了农民的悲剧及其根源。

何利是处在社会底层的贫苦农民，属于深受强权压迫剥削和传统观念毒害的人物之列。自年轻的时候起，他就从死去的父亲手里接过了沉重的生活担子；在小说里登场的时候，他已经成为一个经过长期磨炼的中年人了。在这条坎坷不平的人生道路上，他有着自己的生活理想和奋斗目标：一个贫苦农民最起码的生活条件，即穿点粗布衣服，吃点粗茶淡饭，规规矩矩地过日子；一个家长制农民所向往的和睦家庭。他一生都在为了这些不屈不挠地奋斗着。他的性格里错综地交织着劳动人民忠厚、善良、富于同情心等高贵品质和因长期受摧残、受奴役而产生的软弱性以至麻木心理。"何利是一个性情温和的人，走起路来总是低着头，对什么事情也能够容忍"——这是他的性格特色。

何利的本性是极其厚道的。他对自己的妻子儿女怀着深厚的感情。他和妻子丹妮娅之间有着真挚的、感人的爱情。这是他在灾难之海里的唯一依靠。小说对他俩爱情的描绘，犹如在他们光辉的形象上涂了一层迷人的色彩。他爱自己的儿女，不忍责骂他们一句。儿子戈巴尔和寡妇裘妮娅的恋爱事件，给他带来了塌天大祸；但事情发生后，他只是担心不知下落的儿子的安全，并用充满爱抚的声调安慰走投无路的裘妮娅。他也非常希望和弟弟维持友好关系，甚至弟弟希拉毒死他的母牛，他也能够宽大为怀。后来希拉向他承认错误，使他异常激动，"他觉得人生的一切厄难、一切失意的事情都跟他无缘了"。不仅如此，对于其他劳动者，他也一律以诚相待，不肯乘人之危。例如为了从牧牛人薄拉手里得到一头母牛，他曾随口答应替薄拉说亲，因而达到了目的；但当他听说薄拉是因为没有草才卖牛时，他的态度马上改变，不仅把牛还给薄拉，还甘愿送给他草。正如小说里所说的："何利是一个庄稼人，别人家的房子着火了，要他去站在旁边伸着两手烤火，这样的事他是学也没有学过的。"

但是，何利又是没有觉醒的农民。他的处世态度带有很大的落后性。他确实是有韧性的，可是他从事活动的手段和应付事变的方式是消极无力的。"住在水里要跟鳄鱼作对，那是呆子"——这是他的座右铭。对于生活中的一切苦难，他都是逆来顺受的；对于社会上的一切强权，他也是畏惧顺从的。他无条件地承认现存社会秩序，认为人一生下来就是不平等的，一切都是老天爷预先安排好的，财产也是前世修来的。他误把地主当成好人，不惜巴结地主，帮助地主收节礼，还以能在地主家上演的戏里扮个小角色为荣。用他自己的话说就是："别人的脚踩在自己身上，只得放聪明点，在那脚底板上抓抓痒。"他对政府和巡官感到畏惧。母牛被害以后，他因为怕见官，怕打官司，甘愿吃哑巴亏，还下手毒打妻子，并用儿子的生命起假誓。巡官把他传来，"他战战兢兢，仿佛他会被绞死似的"；巡官下令搜查他弟弟的家，他惊恐万状，甘心借债贿赂巡官，以便躲过这场横祸。同时，他又是教族的牺牲品。对于教族的权威，他更是五体投地的，远甚于对地主和政府的畏惧。村里的长老会要用他儿子的恋爱事件欺诈他，这是显而易见的阴谋；但他竟然不顾一切，把一年的收成全部交出去了，"教族的威风多大啊，他得把粮食扛在自己的头上一袋一袋地搬去，仿佛是在用自己的手掘自己的坟墓一样"，因为他认为"长老会是有神灵做主的"。

在严酷的现实面前，在一次又一次失败的过程中，他的性格是有发展有变化的。在破产以前，他是积极的、顽强的，坚持按照自己的处世准则去奋斗的；但经济上的破产也带来了精神上的破产，使他渐渐失去勇气，最后不得不承认自己彻底失败了。这时，他终于发出了不平之鸣："乡亲们，可怜可怜我吧！我冒着3月的热风，冒着11月的大雨干了一辈子！你们剖开我的身体，瞧瞧我的心上有多少伤疤啊！你们问问我的身体，它是不是清闲过，是不是在树荫下歇过凉？我受了这么些苦，今天却落得这样丢人！"这是他接过卖小女儿的钱时，声嘶力竭的控诉。但是，他仍然坚持沿着自己失败的道路走下去，他的意志越来越软弱了。

何利是老一代的农民。长期以来，他的生活被限制在相当闭塞而又落后的农村里，因而他的思想也受到严格的束缚。在这个环境里，统治者所施加的残酷的政治压迫和经济剥削，迫使农民日趋贫困和破产，这是何利产生看不见出路的悲观主义思想的社会根源；统治者所进行的反动思想宣传又从精神上麻醉和毒害农民，这是何利产生宿命观念和采取顺从现实态度的思想根源。

何利一家是在当地政府和地主、资本家、高利贷者、婆罗门祭司等的压榨下破产的。小说生动地勾勒了这群吸血鬼的丑恶嘴脸。

地主莱易老爷是一个野心勃勃的政客，当地农村最大的吸血鬼。他依仗权势，任意巧取豪夺。如他沿袭奴隶制剥削方式，强迫农民送节礼，出劳工，缴罚款；利用农民雨后抢种的时机，迫使他们借债缴租等。与此同时，他又善于伪装，欺骗农民。如在民族运动中，他假意抛弃议员职务，利用自己蹲过一段监狱的经历沽名钓誉，摇身一变而成为爱国者；还花言巧语地替自己的剥削行为辩护，说什么地主不愿搜刮农民，希望目前这个不合理的社会制度快快结束，并虚情假意地拿出一块草地供农民放牧牲口，把自己打扮成慈善家的样子，让农民感恩戴德。莱易老爷是靠吸吮农民鲜血养活自己的。在小说最后，何利一家破产了，村里其他许多农民也破产了，莱易老爷却更加飞黄腾达，当上了省里的内政部长，掌握了指挥警察的大权。作者对何利这样的农民是无限同情的，而对莱易老爷这类骑在农民头上作威作福的人物是没有好感的，认为他们是民族的败类、人民的对头，所以毫不留情地加以鞭挞和讽刺。

高利贷者也是依靠吸吮农民血汗过活的。小说通过金古里·辛的形象给他们以有力的一击。金古里·辛是城里大高利贷者的代理人，是村里的小高利贷者。他身体矮胖、秃头、长鼻子、肤色黝黑、蓄着浓密的胡子，样子活像一个小丑。他平时总是嬉皮笑脸的，但在银钱往来的事务上，却丝毫不讲情面。他放债的利息很高，而且还要索取礼物、佣金和手续费，此外还得预先扣除一年的利息。在村里演出的一个小闹剧里，作者淋漓尽致地勾勒出了他的贪婪相。他明明答应借给人十个卢比，实际却只给人五个卢比，因为其余的钱都被他以种种名目扣掉了。

在印度农村，婆罗门祭司仍然占有很高的地位，拥有很大的特权。达塔丁就是如此。他表面上敬神念经，小心保持饮食用具的洁净；暗地里却放荡得很，专门干些亵渎宗教教规的勾当。"随便到哪一家人的门口站一站，总可以捞到点东西。生了人也捞，死了人也捞，办喜事也捞，办丧事也捞，又种田，又放债，又做中人，要是有谁犯了点错，就罚他出钱，抢劫他的家产。"——这些话的确是一针见血的。

这部小说反映的是 20 世纪 30 年代的印度社会生活。在 1928 年至 1933 年的民族解放运动第三次高潮中，广大人民群众奋起反抗，争取独立解放，但是没有获得成功。当时的领导者害怕群众运动的巨大威力，极力想把它限制在非暴力的范围内；当他们借助群众力量达到自己所设定的目标以后，便下令停止斗争。运动失败后，英国殖民当局勾结印度封建势力和大资产阶级，更加残酷地压榨广大人民，工农群众处于水深火热之中。

《戈丹》被誉为印度农村生活的史诗，它广泛、深刻地反映了20 世纪 30 年代初民族解放运动高潮过去后，印度社会极其复杂的矛盾和农村日趋破产的进程，抨击了地主、资本家、高利贷者、婆罗门祭司等的罪恶，表现了挣扎在死亡线上的贫苦农民的生活状况和思想感情。

小说通过具体生动的社会生活画面表明，印度的民族解放运动使某些政客捞取了更多的政治资本，而给何利这样的农民带来的却是更加可怕的贫困。这是多么令人痛心的事实啊！何利应该说是最勤劳、最善良、最正直的农民了，但在当时的社会条件下却只能落得一个悲惨的结局。他的悲剧说明，英国殖民当局和印度上层阶级奴役农民的心肠是多么狠毒，手段是多么阴险；在他们的奴役下，印度农民已经失去充当安分守己、忍饥耐寒的奴隶的资格，已经不能再做"体面"的奴隶了。显而易见，何利一家的悲剧并不只是个别农民家庭的悲剧，而是全体农民的悲剧。小说写道，何利一家是和全村农民一起走上破产道路的；当何利一家面临绝境时，村里其他农民也在遭受同样的灾难，"没有一个人不是愁眉苦脸的"，"他们的未来一片漆黑，看不出什么路径"。

由于种种条件的限制，作者虽然一向深切同情农民的悲惨命运，却不能为农民指出一条明确的出路。如果说在以前的小说（如《博爱新村》）里，他常常为农民安排一个理想化的结局（他称之为"理想主义者的现实主义"），那么在《戈丹》里，他则抛弃了这种理想化的结局，用何利的惨死作为整个故事的收场，这是当时客观实际的正确反映，可以说是现实主义的胜利。但与此同时，我们还可以看到作者仍然努力在为农民探索出路，这主要体现在何利的儿子戈巴尔以及另外两个知识分子——梅达和玛尔蒂的身上。作为一个青年，戈巴尔本来具有一定的反抗意识，可是后来没有得到充分发展，最后成了玛尔蒂的家庭佣人；梅达从哲学研究中懂得了生命的意义在于为他人服务的真理，玛尔蒂也追随其后复活了内心的牺牲精神，于是两人双双成为农民的知心朋友。看来作者是想通过戈巴尔所走的道路，通过梅达和玛尔蒂的行动，为农民安排一条出路。然而，这种安排并不能给人以踏实之感。

这部小说在艺术表现方面也具有鲜明的特点，取得了相当高的成就。

首先，小说真实地描绘了农村生活的画面，生动地刻画了农民的形象，闪耀着现实主义的光辉。小说里农民的性格是充实的、丰富的。他们的高贵的一面和软弱的一面，欢乐和痛苦，理想和失望，爱和恨常常错综地交织在一起，并且不断产生微妙的变化，显得真实而又动人。作者善于通过多种多样的日常生活场景展示人物性格的各个方面。如何利对妻子的关怀和体贴，对儿子的爱护和忍让，对地主的奉承和轻信，对祭司的尊敬和服从等，使得这个人物有血有肉。作者又善于通过尖锐的矛盾冲突集中地表现人物性格最重要、最本质的特性。如在母牛被毒死事件中，何利的胆小怕事和丹妮娅的泼辣大胆；在儿子恋爱事件中，何利和丹妮娅起初在收留儿媳问题上的一致和后来在对待长老会态度上的矛盾，对比地写出了两人的性格差异。作者还善于深入细致地描绘人物丰富多彩的内心世界。如何利由想从牧牛人手里骗取母牛到自愿放弃母牛并赠送牛草的转变，丹妮娅由坚决反对送牛草到主张大量送牛草的变化，都写得惟妙惟肖，颇为动人。除此之外，小说对于几个上层人物的描写也很出色。作者是从农民的角度观察和描写他们的，所以对他们的讽刺是最尖锐的，对他们的揭露是最深刻的。小说讽刺和揭露的力量在于尖锐地戳穿他们本质的反动性，讽刺和揭露的基础在于他们的漂亮言辞和丑恶行为之间的深刻矛盾。在表现他们的性格时，有时通过巧妙的诙谐的叙述点破他们的丑恶本性，有时通过他们"崇高"的言论和渺小的行为的对比证实其伪善面目，这些都产生了极好的艺术效果。

其次，小说的语言是朴素而优美的。农民的语言是朴素的、生动的，作者十分熟悉他们的语言，并且能够灵活运用他们的语言，所以在描写农民日常生活和农村社会生活方面，显示出特殊的艺术魅力。与此同时，作者还善于使用形象的、美妙的比喻和象征，使作品充满诗情画意。例如何利家里断了炊，多亏希拉的妻子送来一些粮食，一家人才重新活跃起来。于是，索娜走去生火，卢巴提起水桶去打水，"家里的生活像一度停下的车子，现在又往前开动了。本来因为受到阻塞而产生漩涡、泡沫，并且喧嚷奔腾的流水，在阻塞的东西被清除以后，又发出了柔和、甜蜜的声音，平静而悠缓，像一泓油汁似的流去"。又如，小说对何利和丹妮娅感情生活变化的描写——"在结婚生活的黎明时分，爱恋的感情带着玫瑰的色彩和沉醉的姿态涌上来，以它那绚丽的金光渲染着心的天庭。接着，日午的酷热来到，转眼间卷起一阵飓风，大地都给吹得颤抖起来，爱恋的金色帷幕消失了，呈现在眼前的是赤裸裸的现实。那以后，是憩息的黄昏，凉爽而又宁静，我们就像困倦的旅人一样，互相诉说着一天旅程中的种种际遇，我们显得那么漠不关心，仿佛已经爬到一个高山的峰顶，下面喧嚷嘈杂的人声不会传到我们的耳里了"。作者在朴素的叙述之中，加之以形象的比喻和抒情诗式的句子，从而大大增强了语言的表现力，给读者以美的感受和情的感染。

思考题

1. 谈谈普列姆昌德在印度现代文学史上的地位和贡献。
2. 分析何利的形象。
3. 怎样认识《戈丹》思想内容的深刻性和局限性？
4. 如何评价《戈丹》在艺术表现上的成就？

第五节 艾特玛托夫

〔**学习提示**〕 艾特玛托夫是勇于进行艺术探索和创新的、享有世界声誉的当代吉尔吉斯作家。他的小说突破了传统的表现方式，取得了创造性的成就。要了解他不同时期创作出现的新特点和表现手法，了解他创作中对神话传说的运用以及和现代派的不同。

《一日长于百年》是他的代表作，是本节学习的重点。要掌握小说中三组悲剧所表达的主题思想，了解小说在艺术上的独创之处。

一、生平与创作

钦吉斯·托列库洛维奇·艾特玛托夫（1928—2008），是享有世界声誉的当代吉尔吉斯作家。从小受祖母讲述的民间故事的熏陶，从民间文学中汲取了营养。父亲是老一代共产党员，曾两次去莫斯科红色教授学院学习，一直担任党的领导工作。1937年任州委书记时，惨遭清洗和镇压，这在他幼小的心灵中留下了难以平复的创伤，培育了他同情无辜、疾恶如仇的思想。卫国战争期间，他被迫辍学，担任过村秘书、税收员和新闻记者，增强了他的社会责任感和爱国主义思想，同时也积累了丰富的创作素材。1952年发表处女作短篇小说《记者久约》。1953年毕业于吉尔吉斯农学院，1956年进高尔基文学院文学进修班深造。从20世纪50年代到现在，已发表作品二十多部，并多次获奖。他的作品被译成七十多种文字，从1986年起，担任苏联作协书记等要职。

艾特玛托夫是从探究人类心灵中爱情的道德问题登上文坛的。20世纪50年代是他创作的早期阶段，其创作特点是以浪漫主义手法揭示吉尔吉斯人的心理和性格美。早期发表的短篇小说有《阿什姆》（1953）、《修筑拦河坝的人》（1954）、《在旱地上》（1954）、《白雨》（1954）、《夜灌》（1955）、《在巴达姆塔尔河上》（1956）等。《查密莉雅》（1958）是他成名之作，法国作家阿拉贡称之为"一部描写爱情的空前杰作"。小说通过吉尔吉斯少妇查密莉雅冲破宗法观念的束缚与残废军人丹尼亚尔真诚相爱和出走的故事，表现了对自由爱情的追求和对新道德的赞美。这部小说以倒叙方式安排结构，用音乐和绘画的形象揭示人物的内心世界，并运用对比衬托手法刻画人物性格，使普通的爱情故事产生了动人的艺术魅力。

20 世纪 60 年代，他的创作题材不断有新的开拓。当文坛受到"非英雄化"冲击，否定正面形象，大写庸人琐事之时，他创作了一系列歌颂人性美和理想美的作品。《我的包着红头巾的小白杨》（1961）、《骆驼眼》（1961）、《第一位教师》（1962）与《查密莉雅》一起荣获 1963 年度列宁文学奖。这些作品的共同特色是颂扬劳动人民的品质和精神力量，具有独特的民族风情和浓郁的抒情格调。中篇小说《永别了，古里萨雷！》（1966）标志作家创作进入成熟阶段，于 1968 年获国家文学奖。它以回忆形式，通过主人公塔纳巴依一生坎坷命运及其爱马古里萨雷的遭遇，反映了一个时代的功过是非，揭示了左倾路线给人们带来的危害。

20 世纪 70 年代，是他的创作走向哲理探索的时期。神话传说、民歌寓言成为他创作的新题材，抒情悲剧倾向成为他创作的突出特点。《白轮船》（1970）、《早来的仙鹤》（1975）和《花狗崖》（1977）等作品，表现出作家艺术探索的新倾向：对生活的哲理思考，寓言性的加强，创作手法上的写实与假定性互相交融。《白轮船》写的是一个父母离异、寄养在外祖父家的天真淳朴的七岁小男孩，听了外祖父莫蒙讲长角鹿曾救过吉尔吉斯族祖先并使之族群繁盛起来的故事，深为感动。小孩的姨父护林官奥罗兹库尔贪婪成性，强令莫蒙杀害了象征民族救星的长角鹿，大摆酒宴。绝望了的男孩，想象湖上有幸福的白轮船，他要变成一条鱼，向它游去，以寻找那失踪的父亲。小说表现了善与恶的斗争、生与死的思考。有关吉尔吉斯民族起源的长角鹿的故事和小男孩想象的白轮船的故事，属于神话传说。作者将神话传说与现实生活以及人们的道德观念的冲突交织在一起组成情节，作出了道德评价。激烈冲突的情节，鲜明对立的人物以及深刻哲理的内容，构成了小说的抒情悲剧的显著特色。

20世纪80年代，他的创作进入炉火纯青阶段。他开始用"全球思维"和选用其他流派的艺术手法，并以新奇的构思，探讨全人类的命运问题，哲理性更强。《一日长于百年》（1980）和《断头台》（1986）都体现了这些新的特点。

二、《一日长于百年》

获得1983年度苏联国家奖的《一日长于百年》，被誉为当代苏联文学的"指路牌"和"方向标"。它是一部关于命运的小说，通过铁路工人叶吉盖为亡友老养路工卡赞加普发表送葬的一夜一天的回忆与见闻，囊括了几千年的多种社会悲剧。小说以各自独立又互相联系的三组悲剧构成情节的三条线索：远古传说乃曼-阿纳的悲剧和赖马雷的悲剧；现实生活中卡赞加普的悲剧和阿布塔利普的悲剧；科学幻想的"均等号"空间站中苏美两国宇航员的悲剧。在三组悲剧中乃曼-阿纳的悲剧占中心地位，它不仅是小说整体结构的联结点，而且统率小说的基本思想。

乃曼-阿纳的悲剧，是古代传说中失去理智的儿子用箭射死母亲的故事。相传柔然人从亚洲游牧地带被赶了出来，侵占了乃曼人的萨雷—奥捷卡草原，双方进行过无数次战争。柔然人对战俘施以酷刑——头上戴"希利"，即用刚剥下的黏糊糊的骆驼皮，蒙在俘房剃光的头上，然后让太阳猛晒，紧紧箍住头部。活下来的很少，即使活下来，也已丧失记忆，失去理智，变成主人随意摆布的工具——曼库特。母亲乃曼-阿纳为寻找在战斗中下落不明的儿子，反被变成曼库特的儿子一箭射死。母亲的白头巾变成一只杜拜年鸟，啼叫着呼唤儿子醒悟。作者以此告诫人们不要忘记民族优良传统。

赖马雷的悲剧，是传说中向往自由、爱情和幸福的人惨遭迫害的故事。相传天赋出众、歌声动人的著名的民间老歌手赖马雷和少女白姬梅相爱，招致人们的非难，并被施以酷刑。死前赖马雷依然歌唱《白姬梅之歌》。这是人类社会野蛮地扼杀天赋和自由理想的悲剧。化作杜拜年鸟的啼叫和赖马雷死前的吟唱，都是呼唤人们不要忘记过去，不要重蹈历史上摧残人性的覆辙，因此这部小说被称为"警世小说"。作者以古喻今，以此影射和鞭笞现实生活中种种丧失人性的现象。

现实生活的悲剧，写的是卡赞加普和阿布塔利普的遭遇。卡赞加普的父亲在集体化时期被划为富农，兄弟姐妹流离失所，后来得到纠正时死于流放的归途中。卡赞加普身遭过火行为之害，强迫他当众谴责父亲，划清界限。为摆脱凌辱，他申请到边远地方去挖沟开渠。他当过挖土工人、拖拉机手、劳动班长，得过奖状。他在撒马拉罕的饥饿草原结婚。婚后本打算重返故乡，但那里当权的还是搞过火行为的人。内心难以平复的创伤，使他来到了荒凉的布兰内小站，当了养路工。他忍受暴风雪的袭击，克服各种困难，保证火车正常通过。他关怀别人，以高度人道主义精神帮助处在困境的叶吉盖，使他生活得以维持。他含辛茹苦地抚养儿女，支持他们上学。不料儿子萨比特让把父亲的财物搜刮得一干二净，忘记了父亲养育之恩，成了当代的曼库特。卡赞加普孤苦伶仃，惨死在空荡荡的泥板房里。儿子百般阻挠，不让遗骨葬在阿纳贝特墓地。一个对社会、对他人无私奉献的人，却遭到各种反理性的迫害，在现实生活中重演了阿纳的悲剧。

正直善良的阿布塔利普原是小学教师，卫国战争时入伍，不幸被俘，逃出战俘营后加入南斯拉夫游击队，受过伤，得过军功勋章，登过报。由于当过战俘，复员后不但不给他正常的复员军人待遇，反而屡遭迫害。学生指责他，亲友躲避他，教育部门排挤他，监察部门怀疑他。他被剥夺了当教师的权利，沦落到布兰内小站当了养路工。"罪"连妻儿，使他万分痛苦，甚至愁白了头。他妻子原来也是教师，她那同丈夫一道分担战争留下的灾难的精神，忠贞如一的感情，坚韧不拔的毅力以及同厄运搏击的斗志，使他得到温暖，增强了生活的勇气，并用心教育子女。他写下了自己的见闻和经历《游击队笔记》，记下了乃曼-阿纳的传说和赖马雷的传说，作为教育后代的珍贵礼物。不料到了1953年苏南关系紧张时，这些笔录成了罗织罪行的反动材料，被认为是反苏、反斯大林，与英国侦察机构有联系以及道德败坏的罪证。检查工作的铁路稽查员打了陷害人的报告，他因而被捕。传说中赖马雷横遭惩处致死的悲剧在现实生活中阿布塔利普身上又重演了。在社会暴力和变形的环境中，丧失理性的现实生活，给无辜的人带来了毁灭性的灾难。在阿布塔利普得到平反时，叶吉盖的老友、地质学家叶利查罗夫给他的信中，特别提到那个告密者稽查员，"是什么促使他干这种缺德的事？"本来不属于他的职责范围，与受害者又没有什么利害关系，为什么抱着这么大的仇恨，是特定历史时代的传染病，还是一种嫉妒心，或是向上爬的私欲，值得深思。这实际上是把克服人本身存在的仇视他人的恶习摆到人们的面前。

科学幻想的悲剧，写的是苏美两国为开辟外太空的能源、矿藏和水利平等合作建立的外太空"均等号"空间站上两个宇航员的悲剧。这个空间站受停泊在太平洋的航空母舰"公约号"两国联合指挥中心的指挥。但突然发生了非常事件，"均等号"空间站上的苏美两个宇航员受林海星的邀请进行了离奇的访问，并发回了电报。电报谈到，林海星上的人是宇宙文明水平最高的理性动物，他们会开采太阳能，并掌握了控制气候的技术，用辐射法驱散乌云和浓雾，能控制空气和海水的流动。在食品方面，从来没有不足的现象。林海人具有高度集体主义的星球意识，他们与人为善，和睦相处，精神达到美满的境界。平均寿命是130岁到150岁，有的活到200岁。最令人惊奇的是那里没有国家机器，没有武器和战争。电报中还传达了林海人访问地球的愿望，他们渴望与地球联合，去开辟宇宙各星球间人类思想和精神新纪元。但美苏双方为稳定地球现有秩序，将拥有高度文明的外星人拒之天外，从而使地球上的人类失去了学习和借鉴先进文明的良机。为避免传播他星文明的后患，竟把两个宇航员困死在太空中，扼杀了对外太空文明的理性思考。这与"希利"之刑、阿纳悲剧存在着本质上的联系，作家从"全球性思维"的角度对人类未来命运的思考，达到了空前的深度，在世界文学史上，是没有先例的。

作品通过三组悲剧，表达了严肃的主题：失去理性造成人们的谬误，而人们的谬误堵塞着人类自身求得充分发展的道路。

三组悲剧，在时间上连接着过去、现在和未来，在空间上涉及小站、省城基地和宇宙太空；在内容上包容了真善美与假丑恶、是与非、荣与辱、平凡与伟大、灵与肉、生与死等许多问题。作者通过小说的中心人物叶吉盖的经历和见闻，以回忆形式巧妙地组成了整体结构。

叶吉盖是作者心目中的理想人物、道德力量的体现者。小说从三个主要方面突出主人公的精神力量：首先是他的以苦为乐的高度责任感。他在荒漠的小站工作四十余年，平凡中见伟大。他是个荣誉军人，卫国战争中受过伤，立过功，得过军功章。在生活艰苦、气候恶劣、人烟稀少的小站当平凡的养路工，他埋头苦干，任劳任怨。在罕见的暴风雪中清理铁路两旁的深雪时，他表现出坚强的毅力。其次是他同情人、关怀人的博大胸怀。他热心操持老友的葬礼，不顾卡赞加普儿子萨比特让的阻挠，坚持按死者的遗愿葬在阿纳贝特墓地，并且强烈反对官方平毁维系历史教训的阿纳贝特墓地。他在生活上照顾走投无路、被迫害的阿布塔利普一家，帮助他们修火炉、搭门斗、挖菜窖、运土豆。在强大政治压力下，他不落井下石，坚持正义。面对审讯员，他理直气壮地为阿布塔利普辩护，并痛斥和赶走告密者。阿布塔利普被捕后，他照料生病的孩子，并鼓励死者妻子查莉芭不要丧失生活的勇气。受害者冤死在狱中，他陪同查莉芭去领取死亡通知书，归来的路上他机智地来了个紧急刹车。他想到如果孩子姓父亲的姓没有出路，就姓自己的姓好了。他为蒙冤者奔走，申请平反。他对查莉芭的爱慕之情，既表现了他的丰富感情，也表现了他能用理智战胜自己的坚强意志，同时也表现作家对人和社会进行"自我改正，自我清洗"的热望。作家通过主人公的内心感受和对事物的思索深入开掘了人物的精神世界。最后，是他放眼世界的博大胸怀。他以"全球性思维"来思考与国家、民族、世界、星球息息相关的生死、善恶、荣辱等一系列哲理问题。他把维护人类利益作为自己神圣的职责，正如评论家指出的：他虽没有建立任何惊天动地的功勋，却有权称之为时代英雄。

艾特玛托夫是一位具有鲜明创作特色的作家。他的艺术视野广阔，取材广泛，构思新颖，布局独特，善于对复杂的现实作高度的概括反映，这些都体现在《一日长于百年》中。它是一部多题材、多主题的小说。个人命运、国家命运和地球命运互为交织，政治的失误、家庭的离散、爱情的纠葛、认识的谬误、心灵的创伤、理性的思考都融合在这部小说中。把一时一地发生的现象，与过去、未来相联系，进行总体的解剖，具有深刻的认识意义。写过去提醒人们勿蹈历史覆辙，写未来引导人们防患于未然。从历史的连续性、继承性考察问题，联系现实生活，更易于把握事物的本质，总结人生哲理。了解过去和现在，可以预测未来，因而他的科幻描写不是没有根基的。林海星球虽属于科幻虚构，但寄寓着作家的理想。人们可以从作家的历史的、现代的、未来的忧患声中领悟人生哲理，加强社会责任感。正如他自己所说：文学应当奋不顾身地背负自己的十字架——干预复杂的生活。

艾特玛托夫永不满足自己所取得的艺术成就，强调自己不会停留在过去的阶段上。他在创作道路上不断探索，刻意求新的进取精神，在《一日长于百年》中得到了充分的反映：

1. 抒情悲剧的独特性

艾特玛托夫认为：悲剧是艺术的最高形式；在任何社会条件下，甚至当社会已经提高到社会道德发展的最高阶段的时候，艺术也不应该回避同悲剧性局势的决斗；真正的悲剧是现实主义的属性。这部小说中的人物，甚至动物的生活充满着大量的悲剧性事件。母亲被射死，奉献者不得善终，好人遭到镇压，家庭和情侣被拆散，真正的人性被扭曲。就连地球上的动物也被推向毁灭的边缘，觅食的狐狸得不到温饱，自由的雄鹰不能任意飞翔，发情的骆驼受到鞭打。在相互不信任的社会意识下，从人到动物都带有浓重的悲剧色彩。作者对这些悲剧哀而不叹。社会和自然的关系如何调和，社会的和自然的属性如何统一，作者提出了令人深思的哲理问题。

2. 别开生面地运用艺术假定性形式

运用象征、寓言、神话、传说、怪诞等假定性的艺术方法，作为表现生活和典型化的手段，现代派作家早已运用并取得了成就。艾特玛托夫的独创性，正如他自己所说，是把传奇、神话、民间传说等前辈留下的遗产当经验来依靠。因此，他不是套用神话的模式，而是对神话传说进行了加工和改造，使之与作家对现实的思考紧密相连，作为洞察历史、改造现实的工具。从艺术手段上说，这是为了强化作品主题和艺术表现力。因而他笔下的神话传说没有现代派的怪诞性和非理性，没有朦胧和虚幻。他的科幻描写也是立足于现实，以独特的幻想展示星球世界的文明和地球世界的差异。他立足于对高度文明的渴望，谴责地球上人类互相嫉妒、不信任和互相残害，呼吁人们要从"全球性思维"的高度来考虑人类的前途和命运，因而显得真实感人、富有哲理性。他把神话传说、科学幻想与现实生活融为一体，提出了传统价值和行为方式同现代科技发展的关系的重大课题。

3. 多层次多线索的网状结构

小说用回忆方式把不同时间、不同地点、不同事件压缩到较短时间内叙述，扩大了艺术空间，增加了时间跨度，使作品容量丰满，表现简洁，对比鲜明，哲理深刻。从时间上看，小说呈现多时性，随着叶吉盖的意识流动，忽而过去，忽而现在和未来，交错糅合，脉络清楚；从空间上看，忽而天上，忽而地上，忽而林海星和草原，忽而家庭和办公室；从事件上看，包容了天上地下、人世间、自然界发生的、空中的、国际的、社会的、家庭的多种事件，因而形成了多题材、多线索、多层次、多主题的新体小说。

4. 动物在小说中发挥了独特作用

古今中外文学作品描写动物形象并非罕见。但艾特玛托夫笔下的动物不是符号化的道具，而是血肉丰满的生命，在作品中起着独特的作用：首先是提供了审视社会的新的视角。如小说以狼的视角开篇。除提供人和动物活动的荒凉背景外，还以动物的视角来看人类的生存方式，让人们从人与自然、人与社会、人与人的关系审视和反省自身的行为方式。如送殡队伍在禁区受阻，被迫在土崖下埋葬死者时出现在高空中的雄鹰的视角，蕴涵着作家深邃的思考。雄鹰不断飞翔，它的眼里一会儿出现禁区发射场上正准备用先进技术发射火箭，阻止林海人与地球外空间接近；一会儿出现土崖边上正在举行的庄严的葬礼，二者形成了鲜明的对照。前者是对人类理性的禁锢和扼杀；后者虽然是古老的行为方式，却闪耀着人性的光辉。其次，提供情节转折的契机。骆驼卡拉纳尔发情逃走，导致叶吉盖离开会让站前去追赶，从而使他对查莉芭爱恋这个不易处理好的问题，获得了符合作家愿望的结局。再次，借助动物的感情独特地表现人物的内心冲突。叶吉盖的爱恋的感情与道德责任感的冲突表现得非常真实，这得力于卡拉纳尔。一方面借助卡拉纳尔的发情，渲染了难以遏制的生物的自然感情；另一方面，骆驼的发情被强行制止，又喻示着自然感情受着社会和人的理性制约。

思考题

1. 试述艾特玛托夫创作发展不同阶段的特点。
2. 试析《一日长于百年》中的三组悲剧所表达的主题。
3. 试析叶吉盖的形象及其社会意义。
4. 《一日长于百年》在艺术上有哪些独创之处？

第六节　纪　伯　伦

〔**学习提示**〕　纪伯伦是黎巴嫩现代著名诗人和作家。学习这一节，首先要了解纪伯伦的生平、思想和创作情况，认识纪伯伦的文学创作在黎巴嫩和阿拉伯文学发展史上所占的地位；其次要深入理解纪伯伦的代表作品——散文诗集《先知》的主要思想内容和艺术表现特色，从中获得若干教益和启示。

一、生平与创作

纪伯伦·哈利勒·纪伯伦（1883—1931）是黎巴嫩著名诗人和作家，阿拉伯现代文学史上的重要文学流派——"旅美派"的杰出代表人物，黎巴嫩和阿拉伯现代小说和散文诗的奠基者之一。

纪伯伦1883年1月6日诞生于黎巴嫩北部山村贝什里的一个信仰基督教的家庭。据学者研究，他童年时期家境贫寒，父亲嗜酒如命，难以维持一家生计。1895 年，纪伯伦 12 岁时，母亲出于无奈，带上子女离开故乡，随着移民的洪流辗转来到美国东海岸的波士顿城；父亲则继续留在故乡生活。在波士顿，他们一家人住在贫民窟里，母亲和哥哥、妹妹终日辛勤劳作，供纪伯伦上学。当时，纪伯伦除学习一般文化课程外，还在画家指点下热心练习绘画。

由于渴望了解自己的祖国和人民，纪伯伦于 1898 年单身返回黎巴嫩。他曾经满怀深情地说过，自己几乎不知道祖先的语言，不了解自己的祖国，因此必须进贝鲁特的学校，至少要学好祖国的语言，并熟悉自己的国家。怀着这种希望，他进入贝鲁特睿智学校，如饥似渴地学习阿拉伯文、法文和写作。暑假期间，他曾回到故乡看望父亲。

1901 年初，纪伯伦以优异的成绩毕业，随即重返美国的波士顿。在波士顿，他度过了一段痛苦而艰难的日子。这是因为，他的三个亲人——母亲、哥哥和妹妹相继去世，并且为了治病欠下了一大笔债务。1904 年，他结识了玛丽·哈斯凯勒女士。1908 年，他在玛丽·哈斯凯勒女士的慷慨资助下，前往法国巴黎艺术学院学习绘画，得到法国艺术大师欧埃斯特·罗丹的指点，并且受到英国诗人和艺术家威廉·布莱克的影响。此外，他还参观了罗马、布鲁塞尔和伦敦等欧洲名城，眼界大开，为他日后的文学艺术创作事业注入了无限的生机和无穷的力量。

1910 年，纪伯伦由巴黎回波士顿，翌年迁居纽约。在这个美国思想和文学艺术的中心，阿拉伯侨民文学艺术家的聚集地，纪伯伦的思想更加活跃，活动更加频繁，创作也进入了最旺盛的时期。在思想方面，他这时深受尼采学说的影响。他以尼采为自己的向导和朋友。每当想到尼采，他便觉得心情激荡，犹如地球压抑不住内部的火焰，只得从火山口将它喷发出来一样。他称赞尼采的《查拉图拉如是说》为历代著作中最伟大的一部。他特别欣赏尼采的暴力思想，主张实行暴力，要以暴力向一切传统信仰和宗教宣战。在活动方面，他这时最有意义的工作是 1920 年 4 月与米哈依尔·努埃曼等人一起创建"笔会"，大家一致推选纪伯伦为会长。该会的宗旨是团结阿拉伯侨居国外的作家，革新阿拉伯文学，为阿拉伯文学注入新精神，发挥新文学在民族解放和社会进步事业中的作用。纪伯伦为该会拟定的口号是：上帝有一个人间的宝库，它的钥匙就是诗人的舌头。该会主办文学刊物《旅行家》，并设立诗歌、散文和翻译文学奖金。文学界称该会成员的创作为"旅美派文学"或"叙美派文学"。

1931 年 4 月 10 日，纪伯伦因病去世。按照他的遗愿，他的遗体被运回他的祖国黎巴嫩，安葬在他的故里贝什里。

纪伯伦的文学创作活动大致以 1911 年定居纽约为界，分为前后两个时期。前期创作以小说为主，几乎都用阿拉伯文写成；后期创作以散文和散文诗为主，其中有的用阿拉伯文写成，有的用英文写成。

纪伯伦前期创作的小说有短篇小说集《草原新娘》（1906）、《叛逆的灵魂》（1908）和中篇小说《折断的翅膀》（1911）等。《草原新娘》收入三篇小说，即《世纪的灰和永恒的火》《玛尔塔·巴妮娅》和《疯人约翰》，主旨在于揭露社会黑暗势力，颂扬反抗和战斗。《叛逆的灵魂》收入四篇小说，即《瓦尔黛·哈妮》《墓地的呼声》《新婚的床》和《叛教徒哈利勒》，以更加饱满的热情，讴歌反对社会黑暗势力的斗争。《折断的翅膀》是纪伯伦在小说创作方面的代表作品，描写女主人公萨勒玛的不幸命运。萨勒玛本来有意中人，却被迫嫁给本城大主教的侄子——一个淫荡而邪恶的人。婚后，萨勒玛因迟迟不育而遭到丈夫的百般折磨，精神颇为痛苦。其后，萨勒玛终于有孕在身，可是婴儿出生不久立即死去。萨勒玛悲痛万分，她对于前途感到绝望，也同婴儿一起离开人世，母子被装在一口棺材里埋葬。萨勒玛被"折断了翅膀"。作者对女主人公的命运深表同情，对大主教的滥施淫威加以谴责。由于作者采用的新颖形式、细腻笔触和优美旋律，所以小说一出版便受到了阿拉伯世界的欢迎，赢得了阿拉伯读者的心。《折断的翅膀》被认为是黎巴嫩和阿拉伯浪漫主义小说的先驱之一。

纪伯伦后期创作的散文和散文诗大多汇集在十部正式出版的集子里，其中用阿拉伯文写的散文诗集和诗文集有《泪与笑》（1913）、《暴风集》（1920）和《珍趣篇》（1923）等，用英文写的散文诗集和诗文集有《疯人》（1918）、《先驱者》（1920）、《先知》（1923）、

《沙与沫》（1926）、《人子耶稣》（1928）、《流浪者》（1932）和《先知园》（1933）等；此外，他还写有若干剧本（如《大地诸神》《国王与牧人》等）和许多书信等。他在散文诗方面所取得的成就最令人瞩目。他是第一位采用现代散文诗体的阿拉伯作家，并将阿拉伯的现代散文诗迅速地提高到了世界水平。

纪伯伦既是文学家，又是艺术家；既是诗人，又是画家。可以说"诗"与"画"是他的两个翅膀。他一生画了七八百幅画，有油画、水彩画、炭铅画等。他的画是他的诗的形象化，他的诗的全部主题思想几乎都在画中得到了表现。他的许多画本来就是他的诗的插图。

纪伯伦是熔阿拉伯文化和欧美文化于一炉的文学家和艺术家。他是黎巴嫩人，并且一贯重视阿拉伯文化；他长期在欧美生活，深受欧美文化的熏陶。他将这两种文化密切融合在一起，创造出了自己具有独特风格的文学艺术作品，受到了东西方广大读者的欢迎和喜爱。

二、《先知》

《先知》被誉为纪伯伦散文诗创作的顶峰之作，也是纪伯伦呕心沥血之作。据说早在 18 岁时，他就写出了该诗集的第一稿，但长期没有发表，其间几易其稿，直到 40 岁时才决心使之问世。

《先知》开篇写道：智者亚墨斯达法在阿法利斯城中等候了 12 年，等他的船来，好载他回到他生长的岛上去。当船终于在烟雾中驶来时，预言者爱尔美差以及当地民众一齐走来为他送行，同时求他讲说真理；并且表示：我们要把这真理传给我们的孩子，他们再传给他们的孩子，如此绵绵不绝。于是，智者回答了他们提出的关于爱、婚姻、孩子、施与、饮食、工作、欢乐与悲哀、居室、衣服、买卖、罪与罚、法律、自由、理性与热情、苦痛、自知、教授、友谊、谈话、时光、善恶、祈祷、逸乐、美、宗教、死等 26 个问题，即"关于生和死中间的一切"。这时，天已是黄昏了。智者走上船去，站在舱面，面向大众，发表了告别词。然后，他向水手们挥手示意，他们立刻拔起锚儿，放开船儿，向东行驶。船走远了，逐渐消失在烟雾中，大众都星散了，只有爱尔美差仍然独自站在海岸上，在她的心中忆念着他所说的话：一会儿的工夫，在风中休息片刻，另一个妇人又要孕怀着我。

《先知》所采用的这种结构形式，近似于尼采的《查拉图拉如是说》，大约是从尼采那里借用来的。如果说《查拉图拉如是说》中的查拉图拉是尼采的化身，那么《先知》中的亚墨斯达法则是纪伯伦的化身。此外，阿法利斯城似乎是指作者长期侨居的美国，"岛"似乎是指作者的祖国黎巴嫩，而爱尔美差则似乎是指作者的女友玛丽·哈斯凯勒。

正如《先知》的中文译者冰心在《译本新序》中所指出的那样，纪伯伦的《先知》和泰戈尔的《吉檀迦利》有异曲同工之妙；不过泰戈尔的《吉檀迦利》所表现的，似乎更天真、更欢畅一些，也更富于神秘色彩，而纪伯伦的《先知》却更像一个饱经沧桑的老人，对年轻人讲些处世为人的哲理，在平静中却流露出淡淡的悲凉。书中所谈的许多事，用的是诗一般的比喻反复的词句，却讲了很平易入情的道理。诚然，纪伯伦的思想是复杂的，在我们今天看来，他假借亚墨斯达法之口所讲的话未必全部都是真理；可是其中确有不少闪光的思想和独到的见解，境界高超，眼光远大，值得我们耐心玩味，以便从中获得教益。举例如下：

关于男女婚姻和夫妇关系，智者亚墨斯达法的意见是新颖而独特的。首先，他指出夫妇要永远合一——"你们一块儿出世，也要永远合一。/在死的白翼隔绝你们的岁月的时候，你们也要合一。/噫，连在静默地忆想上帝之时，你们也要合一。"（冰心译文，下同）这个看法是符合传统观念的，中国人所谓"白头偕老"就是这个意思。其次，他又指出在夫妇合一之中要有间隙——

> 彼此相爱，但不要做成爱的系链：
> 只让它在你们灵魂的沙岸中间，做一个流动的海。
> 彼此斟满了杯，却不要在一杯中啜饮。
> 彼此递赠着面包，却不要在同一块上取食。
> 快乐地在一处舞唱，却仍让彼此静独，

连琴上的那些弦子也是单独的，虽然他们在同一的音调中颤动。

这些话乍看起来似乎有些奇怪，其实包含着更深刻的道理。因为只有留下间隙，才能更好地合一；只有保持彼此静独，才能更快乐地在一处舞唱；只有保持平等独立，才能更进一步地互相爱慕。由是可知，智者所提倡的不是女方依附男方的旧式婚姻和夫妇关系，而是人格各自独立的新型婚姻和夫妇关系。这个说法，在旧式婚姻和夫妇关系仍很普遍的当时，当然是很有新意的；即使是在新式婚姻和夫妇关系已经普遍建立的今天，对于如何正确处理夫妇关系也不无启迪意义。例如，它告诉我们，夫妇双方要互相包容、互相体谅，不要总是自以为是，更不要企图压倒对方。

关于父母应当如何看待孩子和教育孩子，智者亚墨斯达法也有自己的看法。一般父母都以为孩子属于自己，他却认为孩子并不属于父母，而是属于"生命"。他说："你们的孩子，都不是你们的孩子。/乃是'生命'为自己所渴望的儿女。/他们是凭借你们而来，却不是从你们而来。/他们虽和你们同在，却不属于你们。"一般父母都以为孩子应当听自己的话，像自己那样去生活，所以极力按照自己的模式去教育孩子（中国人有所谓"不肖子孙"之说，其中"肖"的本义是"骨肉相似"的意思，也就是认为不像祖先的子孙便是不好的，像祖先的子孙才是好的）；他却不以为然。他针锋相对地提出自己的主张，明确指出父母可以为孩子做什么，不可以为孩子做什么——

> 你们可以给他们以爱，却不可给他们以思想。
> 因为他们有自己的思想。
> 你们可以荫庇他们的身体，却不能荫庇他们的灵魂。
> 因为他们的灵魂，是住在明日的宅中，那是你们在梦中也不能想见的。
> 你们可以努力去模仿他们，却不能使他们来像你们。

因为生命是不倒行的，也不与昨日一同停留。

这些话初听起来仿佛不合情理，细想起来却可以发现其中含有许多合理因素，符合事物发展的客观规律。它表明，诗人是用不断发展、不断进步的眼光观察人类和生活的，认为人类和生活永远不会停止前进，更不会向后倒退。

关于教授，智者亚墨斯达法的看法也非同一般。教授是人类发展、历史前进必不可少的活动。但是，长期以来人们对于教授的理解并不完全正确，方式也不完全得当。在通常的情况下，教条式的、刻板式的、填鸭式的教授方法普遍存在，甚至占据统治地位。针对这种情况，智者提出了自己迥然不同的见解。他首先指出，教师的任务"不是在传授他的智慧，而是在传授他的忠信与仁慈"，他"不命令你进入他的智慧之堂，却要引导你到你自己心灵的门口"。为什么应当这样认识教师的任务呢？智者继之指出，"天文家能给你讲述他对于太空的了解，他却不能把他的了解给你"，"音乐家能给你唱出那充满太空的韵调，他却不能给你那聆受韵调的耳朵和应和韵调的声音"，"精通数学的人能说出度量衡的方位，他却不能引导你到那方位上去"。一言以蔽之，"因为一个人不能把他理想的翅翼借给别人"。这些话是发人深省的，是富有启示性的。它启示我们，教师的任务不是传授智慧，而是启发学生自己的聪明才智，让学生自己独立地思考问题，引导学生提出自己的独特见解，使学生自己长出"理想的翅翼"。

总体来说，《先知》具有以下两个突出的特点：一是思想深邃，见解新颖，富于哲理性和启迪性，能够发人深省，令人耳目一新。二是比喻恰当，形象生动，使人读来饶有趣味，并无枯燥乏味之感。例如，智者所谈的第一个问题是爱。他所追求的是一种理想的、平等的爱。所以他说："爱除自身外无施与，除自身外无接受。／爱不占有，也不被占有。／因为爱在爱中满足了。"他认为这样的爱能够使人圣洁，使人崇高。所以他说："如同一捆稻粟，他把你束聚起来。／他春打你使你赤裸。／他筛分你使你脱去皮壳。／他磨碾你直至洁白。／

他揉搓你直至柔韧。/然后他送你到他的圣火上去，使你成为上帝圣筵上的圣饼。/这些都是爱要给你们做的事情，使你知道自己心中的秘密，在这知识中你便成了'生命'心中的一屑。"这些诗句充分显示了纪伯伦高超的艺术功力。正因为如此，有的研究者认为，《先知》使纪伯伦几乎耗尽了全部的心血，《先知》是纪伯伦名副其实的代表作品。

思考题

■ 1. 谈谈纪伯伦在黎巴嫩和阿拉伯现代文学史上的地位和贡献。

■ 2. 根据智者关于婚姻、孩子和教授等的论述，分析《先知》的思想内容和艺术特点。

第七节　迈哈福兹

〔学习提示〕　纳吉布·迈哈福兹是埃及现代著名作家。学习这一节，首先要了解迈哈福兹文学创作的发展过程，各个时期作品思想内容和艺术形式的特点，认识他的创作在埃及和阿拉伯小说界的地位；其次要深入理解迈哈福兹的代表作品之一——长篇小说《宫间街》的历史背景、故事梗概、人物形象、思想内容和艺术成就。

一、生平与创作

纳吉布·迈哈福兹（1911—2006）是埃及现代著名作家，埃及现代文学的杰出代表之一。

迈哈福兹 1911 年 12 月 11 日生于埃及开罗杰马利叶区的一个商人家庭。据学者研究，他的父亲是一个虔诚的穆斯林和热情的爱国者，从迈哈福兹小时候起就教育他信仰宗教和热爱祖国。1919 年，开罗爆发了大规模的反抗英国统治的群众运动。当时年纪尚小的迈哈福兹，亲眼看到这一壮观场面，心情颇为激动，并在脑海里留下了深刻印象。1923 年，他家迁到阿巴斯区，他在这里度过了自己的少年时光。他结交了不少少年伙伴，了解到许多生活故事，其中有些成为他日后进行文学创作的题材来源。

迈哈福兹自幼勤奋好学，喜欢阅读各种阿拉伯文典籍（从《亡灵书》《古兰经》《一千零一夜》等古典名著，到现代阿拉伯文学复兴运动先驱者的著作），对阿拉伯文化怀有浓厚的兴趣；与此同时，他还广泛阅读各种外国作品（从西欧到俄罗斯，从浪漫主义、现实主义到现代主义作家的作品），接触各种外国文化。1930 年，他进入埃及大学（今开罗大学）文学院哲学系学习，先后发表哲学等方面的文章数十篇，显示出深厚的理论功底；同时还不时有诗歌和散文问世，表现出一定的文学才华。1934 年大学毕业后，他先后在埃及宗教指导部和文化指导部工作，历任埃及文学艺术最高理事会理事、电影局局长和文化指导部顾问等职，业余从事创作。1971 年退休后，出任《金字塔报》专职作家。2006 年 8 月 30 日因病去世，享年95 岁。

刚离开学校时，迈哈福兹曾经一度彷徨于哲学和文学之间，后来终于选择了文学，并且决定主要采用小说这种创作形式。他认为，文学是自己选择的一种生活方式，而不是一种职业，所以不应当追求名利；文学的各种形式几乎都有不可超越的界限，而小说是没有这种界限的，所以小说是无与伦比的。既然方向已经确定，他便把自己的主要精力投入到小说创作中去，起初写短篇小说，后来主要写中篇小说和长篇小说。在长达六十余年的创作生涯中，他已经陆续出版了五十余部长篇小说、中篇小说和短篇小说集。

迈哈福兹是一位关心祖国和民族命运的艺术家，又是一位勇于探索、勇于革新的艺术家。他的小说创作，无论是思想内容还是艺术形式，都随着时间的推移和条件的嬗变而不断发展、变化。其过程可以大致分为以下三个时期：

从 20 世纪 30 年代后期到 40 年代前期为第一个时期。这时正是埃及民族独立运动风起云涌，争取摆脱殖民主义枷锁呼声高涨的时期。在这种社会思潮的鼓舞下，不少作家着手创作历史小说，力争达到借古喻今的目的。年轻的迈哈福兹为这种潮流所吸引，怀着炽热的爱国热情，从阅读和翻译埃及历史入手，搜集历史素材，相继发表了三部长篇历史小说：《命运的嘲弄》（1939）、《阿杜比斯》（1943）和《塔伊拜之战》（1944）。这几部作品所写的都是埃及古代历史故事，但作者借古喻今，委婉地表达了今天埃及人民要求独立自主的愿望，充满了爱祖国、爱民族的热情。就艺术方面而言，这些作品采用的是传统的故事形式，表现手段尚未达到成熟的地步。这个时期被称为浪漫主义历史小说时期。

从 20 世纪 40 年代后期到 50 年代前期为第二个时期——现实主义社会小说时期。据说迈哈福兹本来打算继续从事历史小说的写作，可是后来觉得通过历史题材表现现代意识过于曲折，加上现实素材大量出现，促使他把目光转向现实生活，所以从 1945 年起，他便改弦更张，转向写作现实主义社会小说。自 1945 年至 1949 年，他先后出版了四部长篇小说：《新开罗》（1945）、《哈利利市场》（1946）、《梅达格胡同》（1947）和《人生的始末》（1949）。这几部作品都描写埃及现代人的生活，刻画埃及现代人的形象，从而反映出埃及在1952 年革命前充满矛盾、恐怖和暗杀时期的面貌。从艺术表现来说，这些作品继续采用传统的故事形式，作者以全知的态度讲述有头有尾的故事，但是情节逐渐复杂，人物次第增多，表现手段日益成熟。

如《新开罗》，围绕开罗大学的四个毕业生——阿里·塔哈、艾哈迈德·巴迪尔、马蒙·里德旺和马赫朱卜·阿卜杜·达伊姆展开故事，着重描写主人公马赫朱卜这个出身低微、家境贫寒的青年，极力想要摆脱自己的贫贱地位，想方设法进行各种各样的冒险斗争，终归一事无成并身败名裂的悲惨结局。他本来是从不甘心失败的人，可是到小说临近结尾处却不得不承认失败了。小说写道："他自忖着：明天会出现一个新的生活吗？抑或只有死路一条？然而这回他却自认失败，彻底绝望了。他感到眼前一片漆黑，他竭力求助于他的造反精神，用几乎听不到的声音咕哝了一声'呸'。可这一声却反常地暴露了心中绝望和无可奈何的情绪。"（冯佐库译文）读者不难看出，小说对于主人公固然含有批评之意，但更重要的则是通过这个人物揭露当时社会的黑暗和官场的黑幕。这部小说的结构是单线的，情节简单，人物也比较少，给人以单纯、清晰之感。小说从一开始便把笔墨放在描写四个青年身上，然后进一步集中力量表现四个青年之一，即主人公马赫朱卜的经历和遭遇，其他三个青年仅仅偶尔登场，最后则以马赫朱卜身败名裂，其他三个青年重新聚会就此事各自发表议论而告结束。

又如《梅达格胡同》，写的是开罗一条胡同里所发生的故事，反映出第二次世界大战后期埃及作为盟军战略基地，通货膨胀、民不聊生的困难处境。在小说里登场的几乎都是开罗城里的普通居民，诸如理发师、咖啡馆老板、面包师、媒婆、长老和小贩等，他们各有各的喜怒哀乐，同时互相之间又有错综复杂的关系；而处于中心地位的则是阿巴斯和哈米黛的爱情悲剧故事——哈米黛由于种种原因沦为卖身女人，阿巴斯在狂怒之下被一群英国士兵活活打死。这个故事一度在这条胡同里引起一点风波，溅起一点水泡，但其影响也仅此而已，正像小说末尾所写的那样："这个水泡像先前的水泡一样，也消失了。梅达格胡同带着它那健忘和对诸事冷漠的永恒美德存在着。像往常一样，早上哭过了——如果有什么可哭的话，晚上就开怀大笑，早晚之间，无非像门窗打开关上、关上又打开。"（郅溥浩译文）与上部小说相比，这部小说的线索增多了，人物也增加了；但作为主线的是阿巴斯和哈米黛的悲欢离合，着墨较多的是阿巴斯和哈米黛这两个形象。

不过，迈哈福兹这个时期最令人注目的小说还不是以上四部，而是写于1952年以前，发表于1956年至1957年的另外三部规模更为宏大、艺术更加成熟的长篇小说三部曲——《宫间街》《思宫街》和《甘露街》。

从20世纪50年代后期到现在为第三个时期。在1952年7月23日自由军官组织推翻法鲁克王朝，宣布成立共和国以后，迈哈福兹曾经停笔数年，观察社会变化，思考民族命运，同时也研究和总结自己走过的创作道路。经过一段时间的思索，他发现社会问题仍然比比皆是，民族前途依旧令人忧虑，自己以往的创作也有许多不足之处，于是决心重新拿起笔来，以新的面貌出现在文坛上，力图实现新的艺术飞跃。在这个时期，他的小说从内容到形式都发生了明显的变化，表现为作品题材更广泛了，创作手法更多样了，叙述方式更灵活了。他广泛地接受了西方现代主义和后现代主义文学的影响，并将其与自己原有的浪漫主义和现实主义文学融合起来。他的作品在思想内容上，由以批判社会现实为主，变为以描写现代人的自我意识为主；由以表现某个局部为主，变为以思考整个民族和人类命运为主。在艺术形式上，大量地、灵活地使用意识流小说、象征主义、表现主义、结构主义、荒诞派和魔幻现实主义等的表现方法。他自己称这个阶段的文学为"新现实主义"。自 20 世纪 60 年代初以来，他出版的重要作品有《小偷与狗》（1961）、《道路》（1964）、《乞丐》（1964）、《尼罗河上的絮语》（1964）、《米拉玛尔公寓》（1967）、《我们街区的孩子们》（1969）、《伞下》（1971）、《镜子》（1972）、《卡尔纳克咖啡馆》（1974）、《尊敬的阁下》（1975）、《平民史诗》（1977）、《续天方夜谭》（1982）、《伊本·法突麦游记》（1983）、《生活在真理之中》（1985）和《领袖被刺之日》（1987）等。此外，2000 年还发表了一部新作——《疗养期间的梦想》。

这些作品的思想倾向大体上可以归为两类：一类作品着重描写时代的面貌，反映现实的矛盾，探索人们的生活道路和思想心态。如《尼罗河上的絮语》描写一些中上层知识分子的心态，表现他们对现实不满、对未来失望的苦闷情绪。另一类作品着重描绘理想的世界，展示未来的前景，寻求通向美好理想的途径，表现人们面对未来的心理。如《平民史诗》具有浓郁的传奇色彩，通过一个平民家族几代人的兴衰嬗变，展现埃及人民为争取社会公正和获得幸福生活所经历的曲折道路。

这些作品在艺术形式上也有明显的差异：有的作品偏重接受西方现代主义和后现代主义小说的影响，追求叙述的多角度和多层次，淡化故事情节，增加寓意象征因素，甚至写出一些被评为"非小说的小说"来；不过他并没有走向极端，并没有满足于单纯模仿西方，仍然强调创作必须忠于自我，必须具有民族气派。如《米拉玛尔公寓》，登场的重要人物共有四个，即公寓的四个房客；作者从四个不同的角度观察和记述公寓里的种种故事，构成一幅幅新颖别致、多姿多彩的生动画面，使读者得以从多方面进行观察，从而产生强烈的立体效果。也有的作品偏重从埃及和阿拉伯民族形式中吸取养分，以便实践其倡导的"地域文学"主张。其中，有采用"玛卡梅"故事体的，即设计一个说话人，由说话人出面叙述故事，并以见证者身份加以评说，使故事和读者保持一定距离，让读者站在旁观者立场思考问题，如《我们街区的孩子们》，以该街区的一个知识分子为说话人，他既讲述故事，又做出评论，同时他也是故事的参与者，给人以真实感和亲近感；有采用传统游记体的，如《伊本·法突麦游记》，受到阿拉伯古老的游记文学的启示，描述主人公到各国去旅行的见闻和观感；还有直接对民间故事集《一千零一夜》进行再创造的，即《续天方夜谭》，该书仍旧保留原著的主要人物，却重新编写了故事，描绘生动，饶有兴味。

迈哈福兹在小说创作方面硕果累累，共计出版了约 30 部中篇小说和长篇小说，约 20 部短篇小说集。他既深深地根植于民族文学的土壤之中，又广泛地汲取了世界文学的营养。他的小说以深广的社会内容、浓郁的生活气息和多样的艺术形式为特征，将埃及和阿拉伯现代小说推上了成熟的阶段。在他的影响下，埃及和阿拉伯小说家正在迅速成长。由于他的小说推动了埃及和阿拉伯语言文学的发展，并且发挥了唤醒人民大众的启蒙作用，所以他于 1988 年获得了诺贝尔文学奖，成为阿拉伯世界第一位获此殊荣的作家。

二、《宫间街》

长篇小说三部曲《宫间街》《思宫街》和《甘露街》，写的是1917 年到 1944 年开罗一个中产阶级家庭的演变，并且通过这个家庭面貌的变化反映埃及社会面貌的变化。小说的故事始于 1919 年革命前夕，终于 1952 年革命前夕。这几十年正是埃及现代史上一段重要时期，即动荡的时期和变革的时期。从社会政治方面来说，这时埃及实际上已经沦为英国殖民地，广大人民一面在英国殖民者和本国统治者双重压迫剥削下苦苦挣扎，一面又在民族资产阶级政党领导下不断抗争。从日常生活和思想意识方面来说，这时传统的生活方式和思想方法仍然拥有强大的势力，但是新的生活、新的观念也在不断涌现，其势头锐不可当。小说正是在这一广阔的时代背景下，展示商人艾哈迈德·阿卜杜·贾瓦德一家三代人的生活的。

这三部曲分别以艾哈迈德一家三代人居住的街道命名，每一部各以一代人为重点。第一部"宫间街"是第一代人——艾哈迈德居住的街道名，第二部"思宫街"是第二代人——艾哈迈德的长子亚辛居住的街道名，第三部"甘露街"是第三代人——艾哈迈德的外孙阿卜杜·蒙伊姆和爱哈麦德居住的街道名。

第一部《宫间街》的故事发生在1917年到1919年之间，着重描写第一代人，即艾哈迈德和艾米娜夫妇以及他们五个儿女的生活。这个七口之家是在艾哈迈德的严厉统治下过日子的。他在家里唯我独尊，说一不二。他不准妻子艾米娜外出，艾米娜只得服从。有一次艾米娜趁他不在家时出门朝拜清真寺，归途被车撞伤。他发现后，便将艾米娜逐出家门，差一点把艾米娜休弃。他是儿女婚事的主宰者。长子亚辛的婚事是由他决定的，次子法赫米的婚事是被他回绝的，长女海迪洁和次女阿漪莎的婚事也都是他安排的。除了日常生活的波澜以外，社会政治斗争的风暴也不可避免地吹进这个家庭，每个家庭成员都不能不对这场关系民族命运的风暴表达态度和发表意见，而最积极投身革命的次子法赫米在爱国游行中被杀死，则成为本部小说情节的高潮和结尾。

第二部《思宫街》的故事发生在1924年到1927年之间，着重描写第二代人，即艾哈迈德和艾米娜夫妇的长子亚辛、三子凯马勒、长女海迪洁和次女阿漪莎的生活。亚辛生性放荡，公然违抗父命，先后与两个女人结婚，家庭生活屡遭挫折。凯马勒也不遵父命，决定从事学术工作，因研究达尔文的进化论而发生信仰危机，同时因恋爱失败而发生感情危机，最后又因参加爱国运动遇到挫折而发生精神危机，终于陷入茫然不知所措的境地。海迪洁和阿漪莎的婚后生活还算幸福；但是海迪洁性情泼辣，常与婆婆发生口角；阿漪莎又在一场瘟疫中失去丈夫和儿子，只剩下一个女儿和她相依为命。

第三部《甘露街》的故事发生在1935年到1944年之间，着重描写第三代人，即海迪洁的两个儿子——阿卜杜·蒙伊姆和爱哈麦德等人的生活。阿卜杜·蒙伊姆和爱哈麦德两兄弟分别走上了不同的政治道路，前者成为穆斯林兄弟会的宗教狂热分子，后者参加进步杂志社，变为坚定的马克思主义者，结果两人均以反政府的罪名被捕入狱。本卷末尾，这个家庭的第一代人艾哈迈德已经死去，艾米娜也奄奄一息，同时第四代人又要诞生了。

以第一部《宫间街》为例。在这部小说里，作为一家之主的艾哈迈德处于中心地位。他是一个中等商人，经营一家杂货店，所得利润不仅足以维持全家生计，而且还有余额供他吃喝玩乐。作者主要从日常生活和政治态度两个方面来描写他的。在日常生活方面，他是一个典型的两面派。在自己家里，他道貌岸然，庄严冷酷，专横跋扈，不可一世。他把这个家庭统治得犹如监狱一般，只要他在家里，人人都会感到束缚，唯有他外出时，大家才会获得自由。他的意志乃是最高的意志——像宗教的统治一样具有无限控制力。他把妻子看成是自己的附属品，不承认妻子的自主权。因为当时埃及离婚的权利是完全由丈夫掌握的，所以他可以为所欲为，不给妻子自由，甚至不让妻子外出。他第一个妻子就是由于私自外出探望父亲而被遗弃；他现在的妻子艾米娜则对他服服帖帖，不敢越雷池一步。有一次，艾米娜对他常常在外寻欢作乐委婉地表示不满，他便马上揪住她的耳朵厉声喝道："我是男人，令出必随。我不允许任何人干涉我的行动自由。对你来说只有服从。"从此以后，艾米娜再也不敢提出异议了。一次次的教训，使艾米娜终于明白了：为了避免激怒他，她应该忍受一切，她应该无条件服从一切。他把儿女也看成是自己的附属品，也不承认儿女的自主权，尤其是婚姻自主权。几个儿女的婚事都由他一个人说了算，根本不征求当事者的意见；而他做决定时，又只考虑自己的声誉，完全不照顾当事者的感情。如有一个军官托人向阿漪莎求婚，被他断然拒绝，其理由是："我不喜欢也不愿意把女儿嫁给任何一个败坏我的声誉的人。任何人要娶我女儿，只有我肯定他娶亲的目的是一心一意要跟我结亲，跟我！跟我！跟我！"而阿漪莎尽管非常希望这件婚事能够成功，可是在口头上只好说"父亲的意见再好不过了"，因为"她无可奈何，这是父亲的意旨，不可抗拒，只能服从，而且是心满意足的服从，稍有不快便是不可饶恕的罪过，而抗议更是她的教养所不能容许的"。在交际场上，他则嗜酒好色，举止轻佻，语言放荡，忘乎所以。由于他在家里家外的表现差异太大了，所以他的儿子亚辛在一个偶然的机会看见他在歌女面前丑态百出时，竟然不敢相信自己的眼睛；法赫米听到哥哥的介绍也大惊失色，觉得"比有人说格拉汶清真寺倒过来了，宣礼塔到了下面，墓室到了上面，或者说穆罕默德·法里德背叛了穆斯塔法·卡米勒，把自己卖给英国人了，更使他难以相信"。也正因为如此，歌女贾丽莱故意刺激艾哈迈德说："你荒淫无耻到了极点，为什么要在家人面前装圣贤呢？"由此可见，他是一个充满矛盾的人物，善于伪装的人物。他既虔诚地崇拜真主，又尽情地追求享乐。小说用讽刺的语调写道："他对礼拜的热情和他耽于种种生活享受的热情毫无二致，就像他工作时忘乎所以，开怀畅饮时一醉方休一样，在任何情况下，他都是虔敬真诚的。"不过，作者并没有把他写成一个反面人物，还写了他对于政治问题的态度。作为一个普通的埃及人，他是具有爱国意识的，对英国殖民者的占领是不满的。当然，他的爱国主义是有限度的，主要是思想感情的参与，也不吝惜捐款；但并不参与政治活动，更不赞成采取革命的行动，尤其反对他的儿子法赫米参加游行示威之类的活动。总而言之，他的性格是复杂的，他的形象是丰满的。

除艾哈迈德外，这个家庭的其他几个成员也是有血有肉的，各具特色的。如艾米娜是丈夫的奴仆和附庸，在家里几乎没有任何地位和权利，甚至不能自由行动；但她似乎已经习惯如此，非但不敢进行反抗，而且不敢心怀不满。从她的身上，我们可以具体地感受到当时埃及妇女所处的可怜地位。又如法赫米是血气方刚的青年学生，在蓬勃发展的反帝爱国斗争鼓舞下，公然违抗父命，投身革命洪流，终于在游行中献出了自己宝贵的生命。他所走的道路，生动地反映了1919年革命对于当时埃及青年一代的深刻影响。

《宫间街》通过艾哈迈德一家反映了埃及现代史上一个重要时期的面貌，其中既有具体的家庭生活场景，又有广阔的社会风情画面。在描写家庭生活场景时，作者抓住许多乍看起来平淡无奇、其实包含深刻意义的日常小事，细腻入微地表现了这个家长制家庭的夫妻关系、父母子女关系和兄弟姐妹关系，揭示了其间细微、复杂的矛盾，批判了家长统治、男尊女卑和父命子从等不合理现象。在描写社会风情画面时，作者选取的场面是多种多样的，有任人寻欢作乐的酒馆、咖啡馆和花街柳巷，供人虔诚朝拜的清真寺院，从事买卖交易的商店，掀起爱国风暴的大街；登场的人物也是形形色色的，有商人、贵族、学者、学生、革命者、歌妓、警察等，从而再现了当时的社会生活，谴责了醉生梦死者，讴歌了爱国志士们。

如上所述，这部小说的故事发生在1917年到1919年之间。当时正是埃及内忧外患交织的时期。英国于1914年单方面宣布埃及为其保护国，同时加紧压迫剥削埃及，迫使埃及广大民众在华夫脱党的领导下奋起反抗。华夫脱党是代表埃及地主和资产阶级利益的政党，主张撤销英国保护，实现民族独立，因而得到广大人民群众的拥护。在华夫脱党的领导下，埃及工人、农民、学生以及其他广大爱国人士，展开了轰轰烈烈的反对英国保护、争取民族独立的政治运动。1919年3月，英国当局逮捕华夫脱党萨阿德·扎格鲁勒等领导人，开罗因此爆发大规模的罢工、罢课、罢市和游行，有些地方甚至发展成为武装斗争，终于迫使英国当局释放萨阿德·扎格鲁勒等人。《宫间街》以此为时代背景，尤其是在后半部，更是花费许多笔墨描述这个背景，从而使故事情节的展开和人物性格的发展也与这个背景联系得越来越紧密。这部小说之所以能够包含如此丰富的内容，首先是由于作者本着"现实主义社会小说"的写作原则，作为那个时代的有心人，他密切关心自己祖国和民族的命运，他亲身经历过或目睹过书中描述的许多事件，他认识和了解书中刻画的许多人物原型，而且进行过仔细的观察和认真的思考，所以能够写得细致生动；其次是由于作者清楚地意识到艾哈迈德一家和开罗整个社会的密切关系，有意识地将艾哈迈德一家的生活场景和开罗城里的社会风情画面巧妙地结合起来，不使小说囿于一个家庭的框架之内。如在第二章里，艾哈迈德一回家便对妻子谈起艾哈迈德·福阿德继承王位的问题；此后，社会政治局势的每个动荡和变化几乎都成为一家人喝咖啡时的重要话题，几乎都在一家人思想上引起不同的反响，不用说与外界社会保持联系的艾哈迈德和他的儿子们，就连几乎终年足不出户的艾米娜也不能例外；特别是末尾所描写的法赫米之死，更将这部书所写的故事和人物与开罗的实际社会政治运动紧密地联系在一起了。

作为一部优秀的现实主义小说，《宫间街》在选取典型场面、刻画人物形象和表现人物关系方面特别出色。如小说开篇写道："时间已是午夜。她像往常一样准时醒来了。唤醒她的不是闹钟或别的什么声音，而是一种执着的自我感觉。这种自我感觉总是准确无误、忠实可靠地把她叫醒。"这里写的是艾米娜半夜起床准备迎接在外寻欢作乐的丈夫回家的情景。这种写法不仅具有引人入胜的作用，而且立即将艾米娜的心扉敞开，将她的性格突现，并将她导入与艾哈迈德的关系和矛盾之中。接下去便写她走上阳台张望大街动静，想起遭到丈夫呵斥的一段往事，听到声音赶忙举灯为丈夫照路，帮助丈夫脱衣，伺候丈夫洗漱等一系列心态和动作，从而绘声绘色地写出了艾米娜的俯首帖耳，艾哈迈德的专横跋扈，表现了男尊女卑、夫权至上的夫妻关系。其他如父子同桌用餐的场面、夫妻谈话的场面、父子谈话的场面、妻子被逐的场面等，也都是典型的，对于刻画其中的人物形象和表现人物之间关系具有重要意义。

《宫间街》在真实、准确的细节描写方面也很值得称道。如在人际关系方面，艾米娜对艾哈迈德说话时总是低眉顺眼，而且称之为"我的先生"，这表明了她的奴仆地位；艾哈迈德对凯马勒说话时总是厉声训斥，而且称之为"狗崽子"，这表明了他的专制冷酷。又如在房屋构造方面，小说多次写到艾哈迈德家的妇女从阳台小圆孔向外张望的情景。据说当时这样的阳台属于开罗的旧式建筑格局，基本上是封闭式的，只在墙上留有小圆孔，艾米娜和她的两个尚未出嫁的女儿平时不能迈出家门一步，所以只能透过阳台小圆孔窥探外部世界，艾米娜从这里张望深更半夜寻欢作乐归来的丈夫，海迪洁和阿漪莎则从这里张望街上人来车往的热闹情景以及走在街上风度翩翩的青年。

《宫间街》在采用传统叙述形式进行结构布局方面也是独具匠心的。作为三部曲之一，作者既注重三部小说的整体构思，又有意保持《宫间街》的相对独立性和完整性。从情节的发展来说，作者特别强调时间的作用，表现随着时间的推移所产生的社会的演进、故事的发展和人物的变化，显示时代在不断向前进的客观规律。三部作品都以艾哈迈德夜游归来这样一个场面起笔，只不过具体情况有所不同而已。第一部开始时，艾哈迈德身高肩宽，体魄魁梧，午夜过后回到家来，仍然显得风度潇洒，神气十足；第二部开始时，他的身体虽然还很壮实，但是鬓角已经挂着白霜，爬上楼便喘着粗气，一进房间就一下子倒在了沙发上；第三部开始时，他回家的时间则从午夜提前到九点，他的体态大有变化，不仅头发、胡子白了，而且连二楼都上不去了，晚餐也只能吃一杯酸牛奶和一个柑橘了。三部作品也都以一个旧生命的死亡和一个新生命的出世为结束。第一部结尾时，艾哈迈德的次子法赫米在游行中不幸牺牲，阿漪莎的女儿努埃麦呱呱坠地；第二部结尾时，民族领袖萨阿德去世，亚辛的妻子祖努白分娩；第三部结尾时，艾米娜奄奄一息，亚辛的女儿凯里麦即将生产。从人物的安排来说，作者将登场的众多人物精心加以组织，描写有主有辅，有详有略。三部作品各有侧重。第一部主要写第一代人的生活，其中以艾哈迈德为重点；第二部主要写第二代人的生活，其中以凯马勒为重点；第三部主要写第三代人的生活，其中以阿卜杜·蒙伊姆和爱哈麦德为重点。这就使整个三部曲显得井然有序。

思 考 题

▨　1. 谈谈迈哈福兹文学创作的发展过程及其在埃及和阿拉伯现代小说界的地位。

▨　2. 分析《宫间街》中艾哈迈德的形象。

▨　3. 谈谈《宫间街》的思想内容和艺术特色。

第八节 索因卡

〔学习提示〕 索因卡是尼日利亚当代著名作家。学习这一节，首先要了解索因卡的生平、思想和创作情况，认识索因卡的创作与尼日利亚及欧洲文化的关系，索因卡的创作在尼日利亚文学以及黑非洲文学史上的意义；其次要深入理解索因卡的代表作品之一——《森林之舞》所包含的思想观点，所表现的特殊风格，进一步体会索因卡创作的特点。

一、生平与创作

渥雷·索因卡（1934—　）是尼日利亚当代著名作家，尼日利亚当代文学的杰出代表之一。

索因卡 1934 年 7 月 13 日生于尼日利亚西部古城阿贝奥库塔。阿贝奥库塔的意思是"大石下的城市"，因为该城位于山坡上，山顶布满巨石，据说是往昔部落祭祀的遗址。据学者研究，索因卡是约鲁巴族人，父母都信仰基督教，父亲任教会小学校长，母亲则从事商业工作。这种比较特殊的家庭环境，使索因卡得以从小同时受到民族文化和西方文化的熏陶。约鲁巴语是他的母语，英语也早已会听会说；约鲁巴的民间故事为他所喜爱，《圣经》的神话传说对他也不陌生。

索因卡在故乡度过了幸福的童年时代，1945 年离开家庭来到伊巴丹读中学，后来又于 1952 年进入伊巴丹大学。在大学学习期间，他对诗歌创作颇有兴趣，曾在一个很有影响的刊物上发表过若干首热情洋溢的诗歌。1954 年，他获得一笔奖学金，于是前往英国利兹大学攻读英国语言文学。当时利兹大学学生戏剧活动十分活跃，经常演出英国和欧洲的古典、现代戏剧，著名戏剧家乔治·威尔逊又在该校开设戏剧研究课程，从而引起了索因卡对于戏剧的浓厚兴趣。1957 年，索因卡以优异成绩毕业，获得文学学士学位。

离开大学以后，索因卡来到伦敦，教了一段书。1958 年到 1959 年，在皇家剧院担任剧本审读工作。当时正是约·奥斯本、阿·韦斯克和塞·贝克特等名家的早期剧作在皇家剧院公演的时期，因而大大地开阔了索因卡的眼界，丰富了他的知识。也就是在这时，他开始了自己的创作生涯。

在英国皇家剧院工作期间，索因卡写出了自己的第一批剧本——《沼泽地居民》（1958）、《新发明》（1959）和《狮子和宝石》（1959）等。《沼泽地居民》在伦敦大学戏剧节上首演，作者亲自登台表演；《新发明》在皇家剧院首演；《狮子和宝石》则在伊巴丹艺术剧院首演。这些演出的成功，极大地鼓舞了索因卡的创作热情，增强了他的创作信心。

1960 年索因卡从英国回到尼日利亚，在伊巴丹大学任戏剧研究员，并到尼日利亚各地考察，广泛收集民族音乐、舞蹈和戏剧资料。与此同时，他先后于 1960 年组建假面具业余剧团，1961 年协助建立穆巴里作家艺术家俱乐部，1964 年创建奥里森专业剧团，相继组织演出塞拉利昂戏剧家萨里夫·伊斯蒙、尼日利亚戏剧家约翰·克拉克和他自己的剧本，为发展和繁荣尼日利亚的戏剧事业而努力工作。在这期间，他在创作方面也获得了丰硕成果，剧本有《裘罗教士的磨难》（1960）、《森林之舞》（1960）、《强种》（1964）、《共和党人》（1964）、《孔其的收获》（1964）、《灯光熄灭之前》（1965）和《路》（1965）等，另外还有长篇小说《阐释者》（1965），诗集《伊当里及其他》（1967）等。

在这个时期的剧本中，《沼泽地居民》《狮子和宝石》《森林之舞》《强种》和《路》占有重要地位。《沼泽地居民》是他最早的作品之一，描写尼日利亚独立前农村沼泽地带的愚昧和落后，表现作者的忧虑、不满和抗议，具有一定悲剧色彩。随后问世的《狮子和宝石》则是轻松活泼的喜剧，主要人物对话全部采用自由诗体，表演一个美貌少女宁肯与老奸巨猾的酋长结婚，也不愿答应满嘴时髦名词的教师求婚的故事。《强种》是一部悲剧，以严肃的笔调颂扬一个青年教师为保护弱者而自我牺牲的精神。

《路》是这个时期的一部杰作。它的主人公是一个被称为"教授"的奇怪老人。他白天给人造假执照,研究旧报纸;夜间则到教堂墓地去,到处寻找能够说明某种奥秘的"启示",最后被人刺杀身亡。其他的登场者都是尼日利亚现实生活中的普通人物,如汽车司机、售票员、流氓、保镖、政客和警察等。这个剧本情节离奇、风格独特,加之具有一定的象征性和荒诞性,所以评论者对它的看法也各不相同。从表面上看,它反映的是尼日利亚道路极坏、车祸极多的现状;再深一步研究,则可以发现作者也是影射尼日利亚在获得独立以后,社会上所存在的种种复杂问题和种种激烈矛盾(从一定的意义上说,这还不是尼日利亚一个国家面临的问题,而是许多非洲独立国家都面临的问题),并且进而探索人的生死问题,即教授所一再强调的"启示"。

除剧本外,长篇小说《阐释者》也是这时引人注目的成果。小说描述五个青年知识分子出国留学归来以后的困惑心境,揭露现实社会所存在的各种不合理现象。

20世纪60年代中期,索因卡曾两度身陷囹圄。第一次是1965年,他因涉嫌干预政府领导人的选举而遭到短期拘留。第二次是1967年,他因反对内战和暴力,被当局逮捕,未经审判便被监禁于拉各斯和卡多那狱中,直到1969年才被释放。这些不幸遭遇使他进一步认识了现实的黑暗和暴力的可恶,也使他的创作发生了深刻的变化,呈现出内容深化和思想内向的趋势。出狱之后,他的社会活动更加频繁,创作事业更加兴旺。他担任伊巴丹大学戏剧学院院长、伊费大学戏剧研究员等职,并与南非诗人丹·布鲁斯特一起创建"非洲各族人民作家协会",被选为该会总书记。在创作方面,相继问世的作品有《疯子和专家》(1971)、《裘罗变形记》(1972)、《酒神的伴侣》(1973)、《死神和国王的马弁》(1975)、《文尧西歌剧》(1977)、《失去控制的大米》(1981)、《未来学家安魂曲》(1983)、《重点项目》(1983)和《巨头们》(1984)等剧本,《狱中诗抄》(1969)和《地穴中的梭子》(1972)等诗集,叙事诗《奥贡·阿比比曼》(1976),长篇小说《混乱的岁月》(1973),散文《人死了——狱中笔记》

（1972）、《在阿凯的童年生活》（1981）和《你必须黎明出发》（2006），文艺论著《神话、文学和非洲世界》（1976），随笔集《艺术、对话与愤怒：文学与文化随笔集》（1995）等，其中不少作品在尼日利亚以及世界其他国家和地区获得广泛好评，引起巨大反响。

在这个时期的剧本中，《疯子和专家》《死神和国王的马弁》《文尧西歌剧》和《巨头们》占有重要地位。《疯子和专家》是一部荒诞的哲理剧，描述父子两人的奇特关系和残废军人的奇怪表演，含有揭发和鞭挞不合理现实的意义。《死神和国王的马弁》取材于历史，写一个国王马弁殉葬的故事，探讨自我牺牲和忠诚观念的价值。《文尧西歌剧》借用布莱希特名剧《三分钱歌剧》的情节，抨击尼日利亚现实社会的种种弊病。《巨头们》则把矛头直接指向非洲国家的独裁者们，充分显示了讽刺剧的威力，表现了作者的勇气；在形式和风格上，此剧也取得了重大突破。

除剧本外，索因卡的诗歌、小说和散文也有一定的成就。在诗歌方面，《狱中诗抄》和《地穴中的梭子》都是作者第二次被捕入狱时创作的，以攻击暴力压迫为主旨，尽管流露出孤独情绪，但却没有承认失败，没有表示失望，并且表现出对祖国前途和民族命运的关注。在小说方面，《混乱的岁月》是他的第二部长篇小说，采用寓意和象征的手法，揭露充满压迫、暴力和腐化的社会罪恶。在散文方面，《在阿凯的童年生活》的出版给作者带来了崇高的荣誉，该书被《纽约时报》书评副刊评为1982年12部最佳书籍之一，被评论家誉为当代英语文学的优秀成果，童年故事的不朽杰作。

索因卡用英语写作，他的艺术成就主要表现在戏剧方面。由于成绩卓著，他于1966年获达喀尔黑人艺术节奖和约翰·惠廷戏剧奖，1968年获乔克·坎贝尔小说奖，1973年获利兹大学文学博士学位，并于1986年获得诺贝尔文学奖，成为非洲大陆上第一位获得此奖的作家。

索因卡的创作活动具有明确的目的性。他主要以反对外族人和本族人的暴力压迫，维护民族的尊严和个人的自由为宗旨，所以反保守、反压迫、主持公道、伸张正义成为他的创作的重要思想内容。他的创作活动又具有广泛的包容性。他既深深地扎根于尼日利亚民族生活和文化艺术传统的土壤之中，又受过西方世界的系统教育和西方文化的长期熏陶，并且善于巧妙地将两方面融合起来，再加上自己的独创，所以他的创作达到了相当高的水平。正如他自己所说的那样：我虽然受过西方教育，但我让自己扎根在非洲人民之中，注重反映他们的现实，特别是他们所蒙受的苦难和对未来的理想。不过我也接受西方文学和东方文学的影响，只要是有益的，我都愿意接受。

二、《森林之舞》

两幕剧《森林之舞》是索因卡 20 世纪 60 年代初完成的一部杰作，在他的戏剧创作中具有一定的代表性。这个剧本是作者为庆祝尼日利亚独立日（1960 年 10 月 1 日，尼日利亚联邦宣布独立）而作的，曾在庆祝会上演出过，获得观众一致好评。原本名叫《非洲森林之舞》，《森林之舞》是其修改本。

这个剧本的故事，围绕人类为庆祝民族大团结而举行的聚会展开。正式开幕前是"瘸子阿洛尼的道白"，他简要地叙述了故事的梗概。人类的议员开会决定说："我们的祖先应该回来参加聚会。"他们请求森林之王让他们的祖先——他们杰出的先辈回来参加聚会。森林之王把这个任务交给了阿洛尼，阿洛尼则把两个不得安宁的幽灵派给了人类。

第一幕从两个幽灵的登场开始。一个男幽灵，他生前是马塔·卡里布军队中的队长。另一个女幽灵，她生前是队长的妻子。据阿洛尼说，他挑选这两个幽灵并非偶然，而是因为"他们原先的生活与四个活着的后代有暴力和血肉的联系"。这四个活着的后代是罗拉、阿德奈比、戴姆凯和阿格博列科。其中最臭名昭彰的是罗拉，她过去和现在一直是妓女，外号乌龟夫人。阿德奈比现在是议会演说家，前世是宫廷历史学家。戴姆凯现在是雕刻家，前世是宫廷诗人。阿格博列科现在是律师中的长者，前世是宫廷占卜先生。人类不欢迎这两个幽灵，他们把两个幽灵赶了出去。于是阿洛尼便把他们保护起来，让他们参加森林居民（精灵和妖怪）为他们举行的欢迎会。森林之王邀请戴姆凯、阿德奈比和罗拉参加欢迎会；他们不大情愿，但还是来了。

第二幕主要描绘欢迎会的场面。在森林之王到场后，舞台上的情景倒回去了几个世纪，人类伟大帝国中的一个——马塔·卡里布宫廷慢慢地显现出来了。原来，马塔·卡里布是一个热衷于流血事件和侵略战争的帝王，他肆意掠夺别人的妻子和财产，并驱使自己手下的武士（即男幽灵）去做无谓的牺牲；他的王后乌龟夫人则是一个淫荡的女人，始而与武士调情，遭到拒绝，继而则恼羞成怒，与丈夫一道折磨武士及其妻子（即女幽灵）；而武士之所以遭受百般折磨，无非是因为他不肯心甘情愿地去为国王和王后卖命，更不肯带领士兵一道去卖命。这场戏表演过后，埃舒奥罗冲上场来，他一心要求复仇，使诸事不能顺利进行。在森林之王主持对男女幽灵的审讯中，埃舒奥罗化装成审判官发号施令。当森林之王正式宣布召开欢迎会时，埃舒奥罗又化装成翻译，指导一切。森林之王命令给女幽灵卸下担子，让她那半人半鬼的孩子出世。埃舒奥罗便打扮成红色人影，与孩子玩游戏。结果红色人影赢了，孩子输了。孩子被扔来扔去。最后戴姆凯把孩子接住，又把他还给了女幽灵。欢迎会到此结束。另一方面，人类的议会决定雕塑一个伟大的重新联合的象征物，并委托雕刻匠戴姆凯来完成这个任务。当戴姆凯从树上掉下来时，雕刻匠保护神奥贡伸手接住了他，然后小心地把他放在地上。

正如"森林之舞"这个名称所示，森林和舞蹈是构成本剧的两个重要因素。森林是剧情展开的环境，舞蹈则是剧情展开的手段。

尼日利亚人的祖先曾经是森林中的居民，即使在现代许多尼日利亚人的心目中，森林也仍然充满神秘色彩。作者在自己的幼年时代，也时常对家乡附近的森林加以想象，猜测那里居住着各式各样的亡灵、精灵和妖怪，他们像人一样有思想、有感情。在这个剧本里，活人与幽灵在森林相聚，人类与精灵在森林交往，彼此渗透、互相影响。

舞蹈在尼日利亚人的生活中占有重要地位。它既用于庆祝丰收、纪念生日和悼念死者等仪式，又用于对神灵的膜拜和与神灵的交往。

在这个剧本里，舞蹈具有多种多样的形式，发挥着联结人性与神性、人类与神灵的纽带作用。而在所有登场的神灵中，雕刻匠保护神奥贡特别值得注意。他既是工艺神，又是战争神，一身兼具创造和毁灭的双重任务。索因卡常常在作品中写到他，甚至称之为指导自己创作的缪斯。

这个剧本的主要思想之一是历史与现实相似，历史并不比现实伟大。这个思想集中体现在把历史与现实密切联系起来的四个人物——罗拉、阿德奈比、阿格博列科和戴姆凯身上，体现在马塔·卡里布宫廷与现实社会的对照上。再现于舞台上的马塔·卡里布宫廷的场景告诉人们，这个几世纪以前的伟大帝国其实并不伟大，而是充满专制、暴力、阴险和仇杀的社会。前世生活在马塔·卡里布宫廷，现在仍然活着的四个人物，在历史上的表现也不见得比在现实中的表现更加光彩。特别是罗拉，她在马塔·卡里布宫廷曾经以王后身份迷惑国王，引起部落之间的战争，并且视手下人的生命为儿戏，为了一只金丝鸟，不惜牺牲手下人的身体甚至生命，还到处卖弄风骚，喜新厌旧，以"男人们替我杀戮，男人们为了我而死"为荣；现在是名妓，行为放荡，语言污秽，性情残忍，不知悔改，受她害的男人不计其数，坟地里到处埋着她的恋人。总之，这种构思的思想基础，是作者的历史循环往复观，即认为时间不是直线向前发展的，而是不断循环往复的。这种构思所表述的观点，则是历史并不像人们所想象和宣传的那样光彩，并没有过什么黄金时代；人们应该正视历史，同时也应该正视现实，努力探求通向未来的道路。在这个意义上说，《森林之舞》是作者社会观点的体现，是作者对于民族命运深入思索的表现。

《森林之舞》不仅寓意深刻，哲理性强，而且在艺术表现方面创新颇多。作者将西方现代戏剧的精巧结构和非洲传统音乐、舞蹈、戏剧的种种因素错综地交织在一起，把热情洋溢的自由体诗歌和含义丰富的约鲁巴谚语融合在一起，让活人与幽灵、精灵、神灵、妖怪同台演出，使现实生活与历史场景交替呈现，显得丰富多彩，风格独特。

思考题

■ 1. 谈谈索因卡在戏剧、诗歌、小说和散文创作上所取得的成就及其特点。

■ 2. 分析《森林之舞》所包含的思想观点和所表现的艺术风格。

第九节　戈 迪 默

〔**学习提示**〕　纳丁·戈迪默是南非共和国当代著名女作家。学习这一节，首先要了解戈迪默的生平、思想和创作情况，认识戈迪默小说的独特性质；其次要深入理解戈迪默的代表作品之一——长篇小说《我儿子的故事》的故事梗概、人物形象、思想意义和艺术特色。

一、生平与创作

纳丁·戈迪默（1923—2014）是南非共和国当代著名女作家，南非共和国当代文学的杰出代表之一。

戈迪默 1923 年 11 月 20 日出生在南非共和国约翰内斯堡附近城镇——斯普林斯。据学者研究，她父亲是立陶宛人，母亲是英国人，父母双方都是犹太人的后裔。她起初在家乡接受普通教育，后来到约翰内斯堡的威特瓦特斯兰德大学深造。她长期住在约翰内斯堡，所以这个城市成为她许多作品故事发生的舞台。

戈迪默自幼喜爱文学，热心阅读和写作，特别喜欢看普鲁斯特、契诃夫和陀思妥耶夫斯基等人的作品。早在 15 岁时，她就在约翰内斯堡《星期日快报》儿童版上发表了一篇短篇小说。这个成功鼓舞并鞭策着她，使她日后长期不辍笔耕。自 1948 年出版第一部短篇小说集《面对面》至今五十余年来，她连续不断地发表新作，共计出版了十余部短篇小说集，十余部长篇小说，两百余篇文章。她具有旺盛的创造力，虽年逾八十，仍然不辍笔耕。她的创作生涯大致可以1970年为界分为前后两个时期。

戈迪默所在的南非共和国是一个比较特殊的非洲国家。这个国家的经济相当发达，接近发达国家水平；但政治制度却非常落后，主要是种族隔离制度（在当地语言中，"种族隔离"是"分开"的意思，即不同种族的人必须在指定的地区内分别存在，各自发展）在作怪。这里的种族隔离制度由来已久。早在1909年英国议会颁布的南非联邦法案里，就规定了对白人和黑人的不同待遇。1910年到1923年南非党执政期间，又制定了许多压迫黑人的种族歧视法律。1948年国民党上台后，变本加厉地煽动白人对黑人的种族仇恨，并为巩固种族主义统治制定了一系列新法律，如《人口登记法》（1950）、《镇压共产主义条例》（1950）、《集团住区法》（1951）、《通行证法》（1952）、《公共场所隔离保留法》（1953）和《班图人教育法》（1953）等。在这些法律的制约下，白人和黑人不仅不能通婚，而且不能在一起居住，不能进入共同的公共场所，不能使用共同的公用设施，不能接受共同的学校教育，等等。非但如此，1959年，南非当局又出台所谓"黑人家园计划"，又称"班图斯坦计划"，将黑人划入十个独立自治区，企图彻底剥夺广大黑人的南非国籍。针对这种情况，南非黑人展开了长期的、艰苦的斗争，先后组成了"非洲人国民大会"和"泛非主义者大会"，后者于1960年3月21日发起反《通行证法》运动，几万群众在沙佩维尔集会，遭到当局镇压，被警察打死七十余人，打伤二百四十余人，这就是震惊世界的沙佩维尔惨案。戈迪默的创作便是在这种特殊的社会环境下开始的。

她的前期创作从短篇小说入手。在《面对面》（1948）、《蛇的低语》（1952）、《六英尺土地》（1956）和《星期五的足迹》（1960）等短篇小说集中，已经展现出这位女作家美好的心灵、锐利的眼光和非凡的才华。由于她从小生活在南非这个种族隔离的社会，早已意识到种族隔离制度的不合理性，所以一提起笔来便不得不把这个问题作为自己创作的重要主题之一。她善于抓住日常生活的某些片段，既表现黑人的不幸命运，又描绘白人的非常心态，笔法细腻，语言优美，叙述生动，结构精巧，显示出一定的功力。与此同时，她也着手从事长篇小说的创作，并且立即取得了一系列可喜的成果。如《说谎的日子》（1953），女主人公是一个白人姑娘，她立意打破种族隔离制度，敢于与黑人来往，与黑人青年谈情说爱，结果由于当局采取严厉手段，她的行动受到限制，爱情也遭到毁灭；《陌生人的世界》（1956），以一个从英国来到约翰内斯堡的白人青年的眼光叙述故事，他发现这里的白人社会豪华奢侈，黑人棚户低矮破旧，两者之间是互相隔膜的"陌生人的世界"，而对他来说这两者都是"陌生人的世界"；《恋爱时节》（1963），通过一对肤色不同青年的恋爱悲剧，更加清楚地表明了一个严酷的事实——造成这个悲剧的原因在于不合理的种族隔离制度。

《贵宾》（1970）被认为是戈迪默前期最优秀的长篇小说之一。该书故事的舞台，从南非共和国移到一个新独立的非洲国家。主人公是一个英国军官，他曾担任过殖民地军官，因支持当地黑人独立运动而被英国当局招回。如今这个国家获得独立，他又应邀以"贵宾"的资格回来访问。但在他访问期间，当地两派势力发生剧烈冲突，把他夹在中间，使他进退维谷，终于死于非命。这部作品以内容深刻而闻名于世，表明作者对新生国家的复杂矛盾有清醒的认识。

就总体而言，戈迪默的前期作品采用的主要是现实主义的创作方法，着重揭露种族隔离制度的各种弊端，善于表现这种罪恶制度所酿成的各种悲剧，描绘深受这种罪恶制度所迫害的人们的生动形象，刻画他们的复杂心理。在这个时期的许多作品中，作者往往喜欢通过一个白人女子冲破种族隔离制度束缚去爱一个黑人青年的故事及其悲剧性的结局，展示现实社会的不合理性。

南非共和国的反种族隔离制度的斗争，在20世纪70年代中期重新出现高潮。1976年7月16日，大批黑人学生在索韦托举行游行示威，被警察打死一百余人，打伤一千余人。这个惨案激起了黑人的极大愤怒和强烈反抗。1977年，为抗议当局杀害学生运动领导者，十余万学生上街游行示威。南非的社会局势日趋紧张，南非政府在国内外日益孤立。在迫不得已的情况下，当局才不得不做出一些让步，修改部分隔离政策，放弃某些隔离措施。这种社会环境，使戈迪默的反种族隔离制度的立场更加坚定，态度更加鲜明。

从 20 世纪 70 年代起，是戈迪默创作的后期。在这个时期，又有不少短篇小说集（如《利文斯通的伙伴》《小说选集》《士兵的拥抱》《影影绰绰》等）问世，显示出她在短篇小说创作领域的新水准。这些作品在结构、语言等方面，继承和发扬了契诃夫、莫泊桑的传统。不过，她更加引人注目的成果却是在长篇小说领域。如《自然资源保护论者》（1974），主要采用意识流手法展开故事，描写主人公梅林不断回忆在生活中碰到的许多难题，在心理上产生的许多困惑，从而令人信服地说明住在南非的白人并不比黑人优越，住在南非的白人不可能成为南非的真正统治者；《伯格的女儿》（1979），同样采用意识流手法，通过女主人公罗莎不断诉说自己经历和感受的方法，生动地刻画了一个继承父亲遗志，不遗余力地为黑人解放事业奋斗的白人女战士形象。

到了 20 世纪 80 年代，她在创作上有了更大的发展，其中以《七月的人民》和《自然变异》两部长篇小说最引人注目。1981 年出版的《七月的人民》，成为她后来获得诺贝尔文学奖的主要作品之一。这部小说以索韦托事件为背景，讲述一个名叫"七月"（又译"朱利"）的黑人奴仆，把白人主人斯迈尔斯一家人从战火中救出来，将他们带到自己家乡避难，让他们在黑人原始茅草棚里度日的故事。小说最令人感兴趣的是，作者通过主仆关系的微妙变化（甚至使人产生主仆关系发生易位和颠倒之感），展示出黑人和白人的复杂关系；而黑人小孩和白人小孩的融洽相处，则与大人之间的矛盾关系构成鲜明的对照。因此，我们可以说，这部小说是对白人中心主义思想的有力批判。1987 年出版的《自然变异》（又译《大自然的游戏》），也被认为是作者的优秀作品之一。小说以女主人公——白人女子海丽拉的经历为主线。她是一个我行我素的人，一直喜欢与不同肤色的人结交，喜欢与黑人成为知己。其后经过种种坎坷，她终于与南非黑人领袖惠拉结婚，并生下一个黑肤色的女儿。当惠拉因组织武装起义而被人暗杀后，她仍然不屈不挠，并且以更加充沛的精力投入到革命工作中去；后来又结识了另一个国家的黑人领袖罗埃尔，协助他在自己的国家建立起黑人政权，并与她一起参加了新南非的成立盛典。这部小说所表现的思想具有重要意义。一方面，它通过白人女子海丽拉和黑人领袖惠拉以及罗埃尔的结合，歌颂为黑人解放而勇敢献身的白人女子，表明白人与黑人的结合将会产生无穷无尽的力量，将会彻底消灭种族隔离制度。另一方面，它在南非共和国真正的第一任黑人总统——曼德拉上台之前三年，便描述了这样一个富有理想色彩的故事，塑造了这样一个富有理想色彩的形象，这表明作者是具有远见卓识的，是充满乐观精神的。因此，戈迪默这时的作品被评论家称为"预言现实主义"，即不限于如实地描写现实的面貌，而且要科学地预言现实的发展，预言现实的未来。

20 世纪 90 年代以来，她虽然年事已高，创作精力依然不减。举其要者如下：1990 年长篇小说《我儿子的故事》问世；1991 年短篇小说集《跳跃》出版；而近年写成的新作则有长篇小说《家藏的枪》（1998）、《偶尔结识的人》（2001）《新生》（2005）、《无人伴随我》（2006）和短篇小说集《掠夺》（2003）、《贝多芬是 1/16 黑人》（2007）等。此外，她还出版了评论集《基本姿态：创作、政治及地域》（1988）和《写作与存在》（1995）等。

总之，与前期作品不同的是，戈迪默的后期作品虽然继续致力于表现南非现实社会面貌及其存在的缺欠，但是同时注意着眼于展示南非的未来，并在反映生活的广度和深度方面有所前进。除此之外，她在创作方法和写作手法方面则更加多样化，如意识流等方法得到广泛和灵活的应用。

二、《我儿子的故事》

长篇小说《我儿子的故事》是戈迪默代表作品之一，也是她获得诺贝尔文学奖的主要作品之一。

小说以种族隔离制度下的南非社会和黑人开展的反种族隔离制度斗争为背景，描写一个黑人家庭为了追求黑人和白人的平等权利而分崩离析的悲剧故事。由于这个家庭的主人——小说男主人公索尼参加反种族隔离制度的斗争后，与支持这个斗争的白人女子汉娜产生了婚外恋，导致这个家庭发生了一系列的矛盾和冲突——儿子威尔敌视他，甚至一度想杀掉他；女儿贝比受到严重刺激割腕自杀未遂，随即离家出走到了国外；妻子艾拉忍无可忍，毅然走上革命道路，却与他形同陌路；而他自己也由一个英勇无畏、才华横溢的革命家和演说家，变成一个失去信任、精力衰竭的老人，失去了家庭，失去了妻子儿女，也失去了情人。

索尼本来是一个普普通通的黑人，是一个热爱教育事业的教师。然而，在种族隔离制度下的南非，他连最起码的做人的权利都没有，连和白人平起平坐的权利都没有，这使他感到难以忍受。有一次，由于带领学生参加示威游行（其实他负责的只是不让学生扔石头），要求废除垃圾教育，取消种族隔离，便受到革除教师职务的处分，而且明确规定今后不许其他任何学校再录用他。这就迫使他不得不走上反对种族隔离制度的革命道路。在这条道路上，他热情勇敢，不怕坐牢，甚至不怕流血牺牲。不久，他就成为黑人运动中一个深孚众望的活动家，一个十分出色的演说家。但是，这条道路是不平坦的。在这条道路上，他结识了白人女子汉娜。汉娜是一个国际人权组织的代表，负责监督南非当局对黑人政治犯的拘留和审判，设法帮助这些黑人政治犯及其家庭。因此，在索尼被捕入狱时，不仅他的妻子艾拉来探监，汉娜也来探监。艾拉探监说的都是家务事，此外无话可说；而汉娜探监没有家务事可说，但她却会用各种暗语传达外面的重要消息，诸如战友正在进行绝食斗争啦，哪些战友又被捕啦，哪些战友在受审啦，索尼的案子什么时候审理啦，等等。这就使索尼觉得艾拉跟不上自己了，而汉娜则与自己心有灵犀了。不仅如此，两人的探监不同，两人写的信也不同。艾拉每封信的结尾都是"我们都无限爱你"；而汉娜则在信的结尾写道"我知道你出狱后会欣然迎接战斗"。索尼感到"欣然迎接战斗"这几个字有力地鼓舞了自己，自己需要汉娜，希望汉娜常来信，常来看望；而艾拉却从来没说过他想要她说的话。所以，索尼出狱以后，立即与汉娜走到了一起，他们在工作上成为同志，在生活中成为情人。不言而喻，正是这种情人关系破坏了索尼的家庭，使他的儿女仇视他，使他的妻子离开他，使他妻离子散。从总体来看，索尼既是一个有热情、有才干的革命者，又是一个在爱情问题上犯了严重错误的革命者。他家庭的结局是具有浓重悲剧色彩的，他自己的结局也是具有浓重悲剧色彩的。在小说结尾处，他已经变成了"孤家寡人"，不但失去了所有的亲人，而且连房子也被人烧成了灰烬。

总而言之，这部小说写的是一个黑人家庭的悲剧故事。这个家庭之所以分崩离析，当然主要是由于索尼的错误，是由于索尼遗弃艾拉而和汉娜结合引起的。不过索尼之所以遗弃艾拉而和汉娜结合，并不是因为汉娜的美貌（事实上艾拉才是真正的美人），也不是因为一般的喜新厌旧，而是与索尼和汉娜在斗争中能够密切配合有关联的。因此，我们可以说，索尼的错误及其导致的家庭悲剧，是与黑人反对种族隔离制度的斗争有关联的，它从一个侧面反映了种族隔离制度的罪恶，反映了在种族隔离制度下黑人争取平等权利斗争的复杂性、曲折性和艰巨性。从这个意义上可以说，这个家庭的悲剧，乃是他们在争取平等权利斗争道路上所付出的代价和做出的牺牲。这里应当指出，小说的这种角度是新颖的，作者的这种构思是独创的。

《我儿子的故事》不仅在反映生活的角度上是新颖的，同时在表现生活的方法上也是颇有新意的。

在叙述方法方面，其新意首先在于，全书大体上按照时间顺序展开故事，但在某些局部又适当打破这种顺序，使事件的前后交错起来，使小说的叙述富于变化。其新意其次在于，双重叙述视角（索尼儿子威尔的第一人称叙述和作者的第三人称叙述）互相交织，避免单一叙述方法的单调，使得叙述方法显得丰富和多样，第一人称叙述使读者有更直接的感受，产生身临其境、感同身受的印象，而第三人称叙述则更便于作者放开手脚深入细致地描述许多具体事件及其细节，二者结合起来则起到了单一叙述方法难以达到的效果。当然，双重叙述视角的频繁转换容易造成混乱，好在作者充分注意到了这点，巧妙地利用隔行分段的办法，很好地解决了这个问题。

在人物描写方面，其新意在于细腻入微的心理描写。小说对于威尔、汉娜都有相当细致的心理描写，如威尔因为在电影院里发现父亲与汉娜在一起而对父亲产生的仇视心理，对汉娜产生的厌恶心理；汉娜自己已经决定接受联合国的聘任，但又对于在什么时候将这个消息告诉索尼而犹豫不决的心理，都是很好的例证。不过，小说对于主人公索尼的心理描写，不但数量更多，而且更加出色。如索尼起初满足于在暗地里与汉娜在一起，因为他们不仅有共同的理想，还有密切的私人关系，正是这种隐秘性使他感到幸福；后来又不满足于此，又希望在公开场合与汉娜在一起，因为他想炫耀这种关系，让人们看看他们彼此属于对方（但不幸的是，他们第一次公开露面就碰上了索尼的儿子）；再后来又不满足于此，又希望与妻子艾拉和情人汉娜一起在公开场合露面，因为他觉得让两个女人同时出现会给他带来莫大的兴奋——"他听见他身后某个地方传来那两个他在这个世界上最熟悉的声音，它们和别的谈话声混杂在一起。两只鸟儿在他感情的晴空下欢唱：他听不见别的女人们的饶舌，那些叽叽喳喳的麻雀声。他变得雄辩有力了。两个鼻孔带着信念张开。他从来没有像这一次那么有力地表达过自己的观点。这是第一次，他非但没有泾渭分明地在内心把那两个女人分开，相反他同时占有她们俩。与这种亢奋相反的是他生怕艾拉了解真相"。

综上所述，我们可以看出，戈迪默始终是一个反种族隔离制度的坚强战士，她的小说就是她与种族隔离制度进行战斗的有力武器。她的许多小说都直接或者间接地与南非的社会现实问题密切相关，其中又有相当一部分小说把矛头指向了黑暗的、野蛮的种族隔离制度。正因为如此，她多次受到南非白人右翼势力的迫害，她的好几部小说被南非当局列为禁书。但也正因为如此，她得到世界各国读者的爱戴，她的小说先后获得南非、法国、英国、德国、美国和意大利等国的文学奖，尤其是1991年又获得了诺贝尔文学奖。不言而喻，对于一个白人作家来说，要站在黑人解放斗争一边写作，是会遇到重重困难的。事实正如戈迪默自己所说的那样：对于黑人作家来说，站在黑人一边写作，等待他们的是荣誉，是黑人大众的欢迎；而对于白人作家来说，则既会受到黑人大众的误解，又会遭到白人社会的唾弃，甚至背上叛徒的恶名，最好的下场也是备受冷落。不过，所幸的却又不无讽刺意味的是，白人作家已经承担起这个责任（参见戈迪默所著评论文集《基本姿态：创作、政治及地域》）。戈迪默便是自觉地、无悔地"承担起这个责任"的白人作家之一。

最后需要指出的是，戈迪默一方面称得起是一位政治性很强的作家，她的许多作品与南非社会的政治局势有密不可分的关系，她的一些长篇作品由于表现具有重大意义的主题，甚至可以说具有史诗的性质；但另一方面，她又是一位非常注重艺术表现的作家，结构紧凑，文字精练，人物生动，刻画细腻，富于变化，是她的作品的共同特征。

思考题

1. 谈谈戈迪默的创作历程及其特点。
2. 分析《我儿子的故事》的男主人公索尼的形象。

附　　录

请扫码阅读部分作品的精彩片段

后　记

　　本教材自 1988 年出第一版，1994 年出第二版，2009 年出第三版，到 2018 年出第四版，已经走过了整整 31 个年头，积累了超过 100 万册的销量。这部教材，最初是为 20 世纪 80 年代勃兴的广播电视大学成人教育汉语言文学专业"外国文学"类课程编写的。现在的年轻人，很难想象当时会有成千上万的成人学生，冒着酷暑或严寒，汇聚在大礼堂里，听主讲教师讲授外国文学课程的盛况。本教材在 20 世纪八九十年代的畅销，与这个背景关系是很大的。一些参加了本教材的编写、亲历过这一盛况的前辈学者，后来回忆起来，仍为之动容，也使后辈的听者，更增添了向往之情和沉甸甸的责任感。

　　进入 21 世纪以来，随着高等教育的普及，教育内容日益丰富和多元化，外国文学的"学习热"有所降温，趋于理性和常态化，但各种外国文学教材的出版却呈现"井喷"之势。这其中当然有细心打磨的精品，但低劣重复之作也不在少数。在这种新的形势下，本教材仍能受到读者欢迎，长期维持在一个稳定的销量，这与编者们当初奠定的良好学术基础，以及不断吸收学术最新成果、不断更新的努力，是分不开的。此外，本教材各章的概论部分，篇幅相对较大，对有关文艺思潮、流派的论述比较详细；设节介绍的作家较少，但对专节作家论述较同类教材为详；节前有"学习提示"，节后有思考题；全书规模适中，文字平实、深入浅出。这些特点，都使得本教材具有了广泛的适用性，不仅便于全日制本科生和各类成教学生的专业学习，对其他外国文学爱好者，也是一本不错的入门读物。

　　遗憾的是，为本书做出过重要贡献的主编之一陈应祥教授和编者陶德臻教授、沈来清教授、彭端智教授先后仙逝。我们深深地怀念他们。为使这部倾注了许多学者心血的教材永葆青春活力，在第三版修订时，我们邀请了年轻学者刘洪涛教授加入到我们的编者队伍，第四版的修订工作也由刘洪涛教授负责。此次修订，除对欧美文学部分的文字进行了统一修饰，调整了一些章节顺序、译名和提法，还增加了"艾略特"和"福克纳"这两节内容。

本书撰写分工如下（按章节先后排序）：

张世君　暨南大学文学院教授：

　　　　欧美文学第一章第一、二节，第六章第九、十二节。

沈来清　原西南师范大学中文系教授：

　　　　欧美文学第一章第三节，第三章第三节，第四章第四节，第五章第二节、第十二节。

陈惇　　北京师范大学文学院教授：

　　　　欧美文学第二章

刘洪涛　北京师范大学文学院教授：

　　　　欧美文学第四章第一节，第六章第十、十一节。

王慧才　四川音乐学院教授：

　　　　欧美文学第三章第二节，第三章第五节，第五章第三节，第六章第八、十三节；亚非文学第二章第三、四节。

陈应祥　原内江师范学院中文系教授：

　　　　欧美文学第三章第一、三节，第四章第二节，第六章第十四节。

傅希春　北京师范大学文学院副教授：

　　　　欧美文学第五章第一、六、七、八、九、十节。

关婉福　北京师范大学文学院副教授：

　　　　欧美文学第五章第四、十三节，第六章第六节。

康林　　中国社会科学院研究生院教授：

　　　　欧美文学第五章第五、十一、十四节，亚非文学第四章第四节。

刘象愚　北京师范大学文学院教授：

　　　　欧美文学第六章第一、七节。

谭得伶　北京师范大学文学院教授：
　　　　欧美文学第六章第二、三、四节。

何乃英　北京师范大学文学院教授：
　　　　亚非文学第一章第一节，第四章第一、二、三、五、
　　　　六、七、八节。

陶德臻　原北京师范大学文学院教授：
　　　　亚非文学第一章第二、三、四节。

彭端智　原华中师范大学文学院教授：
　　　　亚非文学第二章第一、二节。

张朝柯　辽宁大学文学院教授：
　　　　亚非文学第三章第一、二、三节。

2018 年 1 月 15 日于北京